KB108352

근대기 국문실기
〈을사명의록〉과 〈학초전〉

고 순 희 저

박문사

　필자가 필사본을 읽어 가며 연구를 한 지도 오래되었다. 가사 필사본을 읽다가 아직 소개나 연구가 되지 않은 의미 있는 작품을 찾아낼 때면 마치 모래 속에서 진주를 찾은 것처럼 기쁨에 휩싸이곤 했다. 한편 새롭게 발견한 작품이 내용 중에 작가에 대한 단서를 서술한 경우 그 단서를 따라 관련 문중이나 후손을 찾아 방문 조사를 하기도 했는데, 그때 작가의 구체적인 생애와 의문 투성이었던 구절의 의미를 자세히 알게 되면 그 기쁨 또한 이루 말할 수 없었다.

　필사본 읽기나 문중 방문 조사가 주는 기쁨은 이것만이 아니었다. 놀랍게도 아직 소개되지 않은 별도의 귀중한 고전문학 자료를 얻게 되는 기쁨도 준 것이다. 근대기에 창작된 국문실기 〈을사명의록〉과 〈학초전〉은 필자가 평소에 수행하던 필사본 읽기나 문중 방문 조사 중에 얻게 된 자료들이다.

　〈을사명의록〉은 한개마을의 한주종택을 방문하여 얻은 자료이다. 필자는 독립운동가 이승희의 부인이 쓴 가사 〈감회가〉와 〈별한가〉를 연구한 적이 있다. 그때 작가의 구체적인 생애를 알기 위해 작가의 후손이 살고 있는 한주종택을 방문했다. 이 방문을 계기로 한주종택에서 가장본으로 전해져온 〈을사명의록〉을 얻어 볼 수 있었는데, 놀랍게도 〈을사명의록〉은 아직까지 소개된 적이 없는 신자료였다.

　〈학초전〉은 한국가사문학관의 가사 필사본을 읽다가 발견한 〈경난가〉를 계기로 얻은 자료이다. '박학초' 작 〈경난가〉는 의미 있는 작품임에는 틀림이 없었으나, 작가를 구체적으로 알아야만 풀릴 수 있는 여러 의문점을 지니고 있었다. 그런데 최근에 사학계에서 신자료인 〈학초전〉을 다루는 학술대회가 열리게 되었고, 이후 필자는 후손을 통해 〈학초전〉의 필사본을 구해 볼 수 있었다. 그리하여 〈경난가〉의 의문점을 상당수 해결하여 〈경난가〉에 관한 논문을 진행할 수 있었으며, 국문학계에 처음으로 국문실기 〈학초전〉을 소개하는 논문도 쓸 수 있게 되었다.

〈을사명의록〉과 〈학초전〉은 근대기에 창작된 국문실기문학으로 신자료이다. 두 작품이 신자료이기 때문에 이 책에 원텍스트를 DB화하여 실을 필요가 있었다. 그래서 이 책의 1부는 연구편으로 〈을사명의록〉과 〈학초전〉과 관련한 논문 4편을 실었으며, 2부는 자료편으로 〈을사명의록〉과 〈학초전〉의 원텍스트를 DB화하여 실었다.

450쪽이나 되는 〈학초전〉은 DB화하기에 까다로운 한자와 고어를 많이 포함하고 있다. 그런데 원텍스트 그대로를 DB화하는 고행에 가까운 작업을 안상호 대학원 학생이 완벽하게 수행해주었다. 안상호 학생에게 고마운 마음과 도움을 잊지 못한다는 마음을 전한다. 그리고 꼼꼼하게 책을 편집해주신 박인려 선생님의 노고에도 진정한 마음을 담아 고마움을 표한다. 두 분 덕에 이 책의 완성도를 높일 수 있었다. 끝으로 늘 엄마의 연구 작업을 지켜보며 자식으로서 누릴 행복을 희생해온 아들에게 사랑의 마음을 전한다.

2019년 1월 29일
광안리 해변가 연구실에서
고순희

제1부

연구편

근대기 국문실기 〈을사명의록〉과 〈학초전〉

제1장

근대기 국문실기 〈을사명의록〉 연구
─ 국문기록 의식을 중심으로 ─

01 머리말

〈을사명의록〉은 근대기에 국문으로 기록된 사건실기문학 작품으로 아직 학계에 소개되지 않은 신자료이다. 이 작품은 독립운동가 이승희(李承熙)가 을사조약의 부당성과 을사오적의 처단을 주장하는 상소를 고종에게 올린 일로 일제에 의해 투옥되었다가 석방된 사건의 전말을 그 아들인 이기원(李基元)이 국문으로 기록한 것이다. 근대기에 창작된 보기 드문 국문 사건실기문학이라는 점에서 자료적 가치가 높은 작품이라고 할 수 있다.

19세기 말에서 20세기 초반에 이르는 근대기는 한문체에서 국한문혼용체, 이어 국문체로 표기 체제의 전환이 이루어져 문학사의 획기적 변화를 이끌어낸 시기이다.[1] 그런데 이 시기의 국문 실기문

---

1 근대계몽기문학에 관한 연구는 고전문학 분야에서는 한문학, 고전소설, 가사문학과 같은 전통장르의 지속과 변용 양상에 대한 논의가, 그리고 현대문학 분야에

학은 이전 시대의 국문 실기문학을 당대의 표기로 고치거나 한문 실기문학을 국문으로 번역한 것이 활발하게 유통되는 방향으로 진행되었다. 그리하여 변혁적인 근대기의 역사적인 충격과 경험을 담은 새로운 국문 실기문학의 창작은 활성화되지 못했다고 할 수 있는데, 근대기의 역사적인 충격과 경험을 담은 작품은 오히려 한문 실기문학에서 집중적으로 발견되고 있다.

　근대기에 창작된 국문 실기문학은 표기 체제의 역사적인 전환 시기에 문학사의 변화 양상을 보여주는 좋은 예가 될 수 있다. 그러나 근대기가 국문체로의 전환이 이루어진 시기이므로 이 시기에 창작된 국문실기문학에 대해 '한문＝전통'과 '국문＝근대'라는 이분법적인 시각을 적용하여 작품에 대한 문학사적인 위상을 부여하는 경향은 경계해야 한다. 당대에 창작된 국문 실기문학 작품들의 실상을 고려할 때 국문으로 창작되었다는 것만을 주목하여 작품의 문학사적인 위상을 부여하는 것은 지나치게 단선적인 시각임이 드러난다. 이 시기에 창작된 국문 실기문학 작품 중에는 새로운 국자(國字) 의식에 기반하여 창작된 '근대기의 새로운 문학 양상'을 보여주는 작품도 있지만, 전통적인 의미의 국문 번역 의식에 기반하여 창작된 '전통의 지속 양상'을 보여주는 작품도 많기 때문이다. 이 논문은 국문 기록 의식에 대한 '근대기의 새로운 문학 양상'과 '전통의 지속 양상'을 복합적으로 고려하는 것을 견지하면서 〈을사명의록〉의 국문 기록의식을 규명하는 데 목적을 둔다.

서는 신문, 잡지와 같은 매체환경의 변화에 따라 새롭게 등장한 논설, 단형서사문학, 신소설, 전기, 번안소설 등에 대한 논의가 활발히 진행되었다. 그리하여 매체 소재 텍스트를 포함한 근대계몽기 자료들이 정리되어 출간되기도 했다. 최근 이루어진 19세기 말에서 20세기 초반의 한국 근대문학, 특히 산문문학에 관한 중요한 연구 성과들은 김영민의 「19세기 말 이후 20세기 초반 한국의 근대문학」(『국어국문학』 제149호, 국어국문학회, 2008, 133~157쪽)에 잘 정리되어 있다.

〈을사명의록〉은 처음 소개되는 작품으로 작가가 잘 알려지지 않은 인물이다. 따라서 2장에서는 먼저 자료와 작가의 생애를 간단히 소개한다. 그리고 3장과 4장에서는 〈을사명의록〉의 국문 기록의식을 규명하기 위한 사전 분석 작업을 수행한다. 작가는 〈을사명의록〉을 서술할 때 부친의 한문일기인 〈달폐일기(達狴日記)〉를 참고했으므로 〈을사명의록〉이 국문으로 기록되는 과정을 알기 위해서는 이 한문일기와의 비교가 필수적으로 요청된다. 그리하여 3장에서는 〈달폐일기〉와 〈을사명의록〉의 서술 양상을 비교, 분석한다. 그리고 4장에서는 〈을사명의록〉의 다양한 서술양상을 분석하는데, 〈을사명의록〉의 작품세계를 구성하는 네 가지 내용을 중심으로 분석한다. 이를 통해 〈을사명의록〉의 작품세계가 개괄적으로 소개될 수 있을 것이다. 마지막으로 5장에서는 앞서의 논의를 종합하여 작가의 국문기록의식과 작품의 문학사적 위상을 규명하고자 한다.

02 자료와 작가

1) 자료 개관

〈을사명의록〉은 총 64쪽 분량의 공책에 깨끗하게 정사되어 전하는 순한글 줄글체 수기본(手記本)이다. 소장자는 작가의 넷째 아들인 이규석(李葵錫)옹으로, 필자는 이규석옹의 배려로 이 국문실기를 얻어 볼 수 있었다. 소장자의 증언에 의하면 〈을사명의록〉은 애초 순한글 두루마리 필사본이었는데, 원래의 필사본을 공책에 따로 기록해 놓은 이 수고본만 남고, 원래의 필사본은 유실되었다고 한다. 성주 지역 성산이씨 고문서 목록과 해설집[2]에도 이 자료는 보이지 않는다. 안타까운 점은 이승희와 작가 이기원의 생가인 한주종택이 화재로 전소되어 현재 원래 필사본의 존재를 기대하기 어렵게 되었다는 것이다.[3]

현재 전하는 수기본의 표기 형태는 '아래 아'와 같은 고어 표기가 없다. 원래의 필사본을 공책에 따로 수기하는 과정에서 원래의 표기를 수기 당시의 표기로 고친 것으로 보인다. 그런데 수기본에는 제목이 〈을사명의록〉이 아닌 〈을사병의록〉으로 기록되어 있다. 그런데 '병의'라는 한자어가 잘 쓰이지 않는 것이라서 '병'은 '명'의 오기로 보는 것이 좋을 듯하다. 이 작품이 을사늑약의 부당성을 밝히다 감옥에 투옥되었던 부친의 의로운 행적을 그 아들이 소상히 기록한 것이므로 제목으로 '명의(明義)'가 타당하다는 판단이다. 그리하여 이 논문에서는 이 작품의 제목을 〈을사명의록(乙巳明義錄)〉으로 쓰고자 한다.

2) 작가 이기원(李基元)

작가의 부친 이승희(李承熙 : 1847~1916)는 한주학파의 종주인 이진상(李震相)의 아들로서 부친의 학맥을 이어받아 한주학파의 중심인물로 활동을 한 철학가이다. 그리고 일제강점기에는 항일활동

---

2 국사편찬위원회, 『수집사료해제집·2』, 2008, 413~657쪽.
3 이규석옹은 전 국민대학교 총장님으로 은퇴하셨다. 경북 성주의 한개마을에 있는 한주종택은 2010년 화재로 전소되었다. 필자는 2012년 8월 7일에 혹시나 후손이 원래 필사본의 존재를 알고 있지는 않을까 하여 한주종택을 방문한 바 있다. 불탄 가옥을 복원하고 있는 중이어서 한주종택 종부(유귀옥 여사)는 가건물에 기거하고 있었다. 유귀옥 여사는 원래 필사본에 대해서 전혀 아는 바가 없었다.

의 선봉에 나선 혁혁한 독립운동가이기도 하다. 경술국치 즈음에 블라디보스톡으로 망명하여 독립운동의 지도자로 활약하다 1916년 만주에서 사망했다. 그의 생애, 학문, 학맥, 교육활동, 항일투쟁 활동 등에 관한 사학·철학·교육계의 연구가 비교적 활발하게 이루어져 있다. 이 논문에서는 독립운동가로 너무나 잘 알려진 이승희의 생애는 생략하고, 상대적으로 거의 알려지지 않은 이기원의 생애를 집중적으로 살펴보고자 한다.[4]

삼주(三洲) 이기원(1885~1982)은 이승희와 전의이씨(全義李氏 : 1855~1922) 사이에서 장남으로 태어났다. 부모가 1873년에 결혼하여 1년만에 장녀를 출산한 바 있었지만 1885년에야 드디어 첫아들인 작가를 낳은 것으로 그때 부모의 나이는 39세, 31세였다. 조부인 이진상은 아들 이승희가 독자인데다 뒤늦게 장손을 얻어 이때의 감회에 대해 시를 짓기도 하고, 아기의 귀가 열리자 마자 매일 삼강오륜을 들려주곤 했다고 한다.[5] 1894년 갑오농민전쟁이 일어나자 그의 온가족은 난을 피해 거창군 가조면으로 이주해 살다 1897년에 다시 고향으로 돌아왔다.

작가는 15세 때인 1899년 정월에 춘양정씨(春陽鄭氏 : 1885~1948)와 결혼을 했다.[6] 이후 작가는 부친의 활동을 돕는 일에 전념했는데,

---

4 자세한 이승희의 생애는 금장태의 「한계 이승희의 생애와 사상(1)」(『대동문화연구』 제19집, 성균관대학교 대동문화연구원, 1985, 5~21쪽)을 참조할 수 있다.

5 "을유년에 장손이 태어나니, 선친은 성동이라 이름을 지었다. 그리고 겨우 귀가 뚫여 소리를 듣자 날마다 삼강·오상·삼재·오행 등의 글자를 외워서 들려주었으니, 유아 때부터 교육을 받게 하고자 한 것이었다. 아이가 좀 자라 말을 하려 할 때에 이르러서는 『소학』·사서 등의 격언들을 날마다 들려 주었으니, 묵묵히 감화되게 하고자 한 것이었다. 선친은 임종 무렵 병환이 위중할 때에도 손주를 안고 오게 하고는 웃는 낯빛을 지으며 연이어 몇 자를 외어 들려주고는 그만두었다."(이상하, 〈행록〉, 『주리 철학의 절정 한주 이진상』, 한국국학진흥원, 2008, 157~158쪽)

6 "己亥(先生五十三歲), 正月, 行長子基元冠昏, (聘于尙州 愚山鄭進士厚默家)"(《한계

13

한주종택 고문서 가운데 작가를 조선유교회 학정에 임명한 문서가
있는 것으로 보아 부친의 국권회복 운동과 유교진흥을 위한 사회활
동에 동참했음을 알 수 있다.[7] 1905년 을사늑약이 체결되자 부친은
고종에게 상소를 올리고 그 일로 감옥에 투옥되었다가 그 이듬해 풀
려났다. 작가는 부친이 석방된 직후에 그간 부친에게 있었던 일을
〈을사명의록〉으로 기록한 것이다.

　그러던 중 1908년에 부친 이승희가 독립운동을 위해 블라디보스
톡으로 망명했다. 작가는 모친과 함께 고향집을 지키면서 부친이
있는 소련과 만주를 종종 방문하곤 했다. 1909년에는 부친에게 독
립운동자금을 전달하기 위해 원산에서 배를 타고 블라디보스톡으
로 갔다. 그때 부친은 이미 만주 길림성 한흥동으로 떠난 뒤였다. 그
런데 블라디보스톡으로 동지들을 만나러 나오는 부친과 우연히 소
련과 만주의 국경에서 극적으로 만나게 되었다. 작가는 부친과 함
께 블라디보스톡으로 나와 부친의 동지인 안중근·이상설·김학
만 등을 만나 국내 정세를 전달하고, 부친과 체재하던 중 조속히 귀
국하라는 부친의 엄명이 있어 귀국길에 올랐다.[8]

　급기야 1910년에 막내 동생 이기인(李基仁 : 1984~1981)마저 부
친을 돕기 위해 17세의 나이로 만주 한흥동으로 들어갔다. 장남인
작가는 모친, 아내, 제수씨,[9] 그리고 어린 자녀들과 함께 한주종택

선생년보), 『한계유고』 7권, 앞의 책, 537쪽) 부인은 이기원과 동갑으로 생몰년
　도는 다음과 같다. "乙酉十月六日生戊子七月二十三日卒壽六十四"(『성산이씨세
　보』 권4, 865쪽).
7　「한주종택 고문서의 내용과 특징」, 『수집사료해제집·2』, 앞의 책, 474쪽.
8　금장태, 앞의 논문, 16~17쪽. ; 이규석, 「부군 삼주 이기원공의 생애와 독립운동
　기」, 『한주선생숭모지』, 한주선생기념사업회, 대보사, 2010, 528~529쪽.
9　동생 이기인의 아내 밀양안씨(密陽安氏)를 말한다. 이기인은 1906년 10월 불과
　13세의 나이로 4살 연상의 밀양안씨와 결혼했다. "丙午先生六十歲 — 十月, 行次
　子基仁冠婚聘于密陽安郡守璋遠家而親迎"(〈한계선생년보〉, 『한계유고』 7권, 한국

을 지키며 생활을 이어 나갔다. 1913년에는 혼자서 부친을 찾아 만났고, 1915년 말경에는 모친을 포함한 가족을 이끌고 만주 봉천으로 가서 부친을 만났다. 그러나 곧이어 1916년 2월에 부친이 만주에서 사망하자 부친의 시신을 고향으로 운구해와 장례를 모셨다.

이후 작가는 부친의 뜻을 이어 받아 동생 이기인과 함께 국내에서 항일활동을 계속했다. 1919년 3월 파리강화회의에 한국 유림대표들이 제출한 파리장서 서명운동에 참여했으며, 동년 4월 2일에는 성주읍 장날을 이용하여 기독교인의 시위군중과 함께 독립만세운동을 주동했다. 이때 겁에 질린 일본 경찰주재소에서 발포를 하며 시위 군중을 해산시키려 했으나, 작가는 이에 굴하지 않고 밤 11시까지 계속 독립만세시위를 전개했다. 그 후 일제의 의한 대대적인 검속을 피해 일시 피신했으나, 이해 4월 30일에 파리장서 사건으로 결국 체포되었다. 1925년 3월에는 영남유림들의 독립군자금 모금운동에 송영우·손후익·금화식 등과 같이 참여했으며, 이듬해 12월에는 동양척식회사 폭탄사건에 소요되는 자금을 지원하는 등 계속 독립만세운동을 전개했다. 그는 이러한 공훈을 인정받아 1980년에 대통령표창을, 1990년에 건국훈장 애족장을 수여받게 됨으로써 공식적으로 독립운동가가 되었다.[10]

해방 후 작가는 김창숙(金昌淑)과 유도회를 창립하고 성균관대학을 설립하는 데 온 힘을 기울였다. 그러나 성균관대학 설립과 유도회가 본궤도에 오를 즈음 더 이상 이 일에 관여하기를 단념하고 고향으로 돌아왔다. 이후 작가는 저술과 후진 양성에 힘을 쓰며 여생을 보내다 1982년에 생을 마감했다. 작가는 평생 조부와 부친의 문

국사편찬위원회, 1976, 546쪽).
10 국가보훈처, 『대한민국 독립유공자 공훈록』 제3권, 1987, 980~981쪽.

집 발간에도 공을 들였다. 부친이 사망하자 조부와 부친의 유고를
정리하여 출간한 바 있으며, 해방 후에 다시 『한주전서』와 『한계유
고』[11]로 출간하는 데 적극적인 도움을 주었다. 작가의 문집으로는
『삼주선생문집 (건·곤)』[12]이 있다.

03 한문일기 〈달폐일기(達狴日記)〉와의 비교

〈을사소행일기(乙巳疏行日記)〉와 〈달폐일기〉[13]는 이승희가 쓴 한
문일기로 전자는 을사늑약이 체결된 소식을 듣고 상경하여 상소를
올리고 돌아온 과정을, 후자는 체포, 이송, 투옥, 심문, 감옥생활, 석
방의 과정을 담았다. 〈을사명의록〉은 부친이 쓴 두 한문일기 가운데
특히 〈달폐일기〉와의 상관성이 높게 나타난다.

〈을사명의록〉은 〈달폐일기〉의 서술을 매우 많이 참조했다. 국문
으로 된 〈을사명의록〉이 경험 시점과 집필 시점의 시간적 격차가 크
지 않은 것[14]은 한문으로 된 〈달폐일기〉를 참고했기 때문이다. 그리
고 〈달폐일기〉는 이승희 자신을 1인칭으로 하여 사건을 기록했는

---

11 이진상, 『한주전서』 전5권, 아세아문화사, 1980. ; 이승희, 『한계유고』 전9권, 국
    사편찬위원회, 1976~1979.
12 이기원, 『삼주선생문집(건·곤)』, 삼봉서당, 1989.
13 〈을사소행일기〉, 『한계유고』 6권, 앞의 책, 415~420쪽. ; 〈달폐일기〉, 앞의 책,
    420~431쪽.
14 "보통 국문일기문학은 한문일기와 달리 경험 시점과 집필 시점의 시간적 격차
    가 큰 경우가 많다. 한문일기의 경우에는 그날그날 있었던 사건과 경험을 당일
    에 기록하는 성향이 대부분인데 반하여, 국문일기 가운데에는 경험했던 시점에
    서 꽤 오랜 시간이 지난 뒤에야 그때의 경험을 회상하면서 기록하는 경우가 많이
    있다."(정우봉, 「조선시대 국문 일기문학의 시간의식과 회상의 문제」, 『고전문
    학연구』 제39집, 한국고전문학회, 2011, 198쪽)

데, 대화체를 포함한 소설체 문체를 자주 사용했다. 〈을사명의록〉의 소설체 문체가 매끄럽지 못하고 부자연스러운 부분이 많은 것은 〈달폐일기〉에서 기록한 소설체 문체를 그대로 옮겼기 때문이라고 할 수 있다.

〈을사명의록〉이 〈달폐일기〉를 참조해 집필했음에도 불구하고 차이가 나는 부분도 있다. 〈달폐일기〉는 소나 장서를 본문 중에 기록하지는 않으나, 〈을사명의록〉은 본문 가운데 이것들을 실었다. 한편 〈달폐일기〉에서는 "을사십이월 이십오일, 이십육일, 병오 정월 초칠일, 정월 순간, 정월 이십일, 이월간, 사월 초칠일, 초팔일" 등 날짜를 기재한 후 사건을 기록하는 일기의 기록 방식을 취했다. 반면 〈을사명의록〉에서는 정확하게 날짜를 앞세우지 않고 사건의 전개에 중심을 두는 기록 방식을 취했다. "문득 십이월 이십 오일 초조에", "병오 정월 초칠일에" 등과 같이 날짜가 기재되기도 했지만, "불일 상경하시여 복합 상소하기로 즉시 발행하시니, 그날 즉 십일월 십사일일이라", "어언 삼월을 당하니" 등과 같이 사건의 전개를 중심으로 하는 기재 방식을 보였다.

특히 〈을사명의록〉은 〈달폐일기〉의 기록을 참조하면서도 원래의 것을 취사, 선택하여 서술하고 있는 양상을 보인다.

①26일, ②순검 몇 사람이 나를 경무청 방 안으로 데려갔다. 눈을 들어 보니 모두 일인들이 있었다. 한 사람이 구석진 곳의 의자에 앉아 있었는데, 내가 마주하고 의자에 앉았다. 의자에 앉은 자가 입술을 열어 소리를 내며 뭐라뭐라 하였다. 곁에 있던 한 사람이 소리를 전하여 이름이 뭐냐고 묻는데, 통역자였다. 내가 이승희라 했다. 나이가 어찌 되냐고 물어, 59세라 했다. 성주 무슨 면 무슨 리에 사냐고 물어 유동면

대포리라고 답했다. 장석영과 리두훈의 거주지가 어디냐고 물어 합천 매촌과 고령 내곡이라 답했다. ③인하여 내가 이곳이 어디냐고 묻자, 통사가 경무청이라 했다. 또 내가 심문하는 자가 어느 관의 누구냐고 묻자, 통사가 경부관의 일인이라고 했다. 내가 관찰부 훈령으로 잡혀 왔는데, 일인이 심문하는 것은 어째서냐고 하자, 통사가 관찰부 훈령 으로 일인이 심문하게 된 것이라고 했다. 내가 웃으며 어찌 해서 관찰 부가 심문하지 않느냐고 하자, 통사가 지금 국사가 그러하니 묻는 말 에 차례로 답하라고 했다. ④내가 지금 언어가 통하지 않는 자들이 서 로 묻고 답하니 어찌 상세하게 뜻을 다 펼 수 있겠느냐, 문자로 서로 문 답하면 어떻겠느냐고 하자 통사가 문자는 지체될뿐더러 말과 다를 수 있으니 의심하지 말라고 했다. 내가 내 이름이 '熙'인데 '훕'자로 써 있 는 것은 어찌 된 것이냐고 하자, 통사가 전사 상 오류일 뿐이라고 했다. ⑤경부가 상소는 무슨 일로 올렸느냐고 묻자 소초를 보지 못했느냐고 답했다. 저들이 소초는 차치해두고 그 대의를 말하라고 했다. ⑥내가 금번 신조약은 우리 대한 臣民이 통렬히 마음 아파하는 것이라 우리 폐하께 상소하여 인장을 마음대로 써서 조인한 여러 적들을 베어 죽 이고 일본의 협박에 의한 것으로 천하의 공의가 아님을 밝힌 것이라 고 답했다. ⑦통사가 자세히 듣지 못했으니 다시한번 말해 달라 해서 내가 다시 말해주니, 통사가 그대로 전할까요 하여 내가 말한대로 말 하라고 하자 통사가 전했다. ⑧저들이 사납게 소리치며 신조약이 공 의가 아니라고 하는 것이 무슨 일이냐고 하자 내가 소에서 이미 말했 는데, 번다하게 왜 또 묻느냐고 답했다. 저들이 상소문에는 다만 공의 가 아니라고만 했지 그 이유는 상세하지 않다, 지금 양국이 협정을 맺 은 신조약이 어째서 공의가 아니냐고 하자 내가 협박으로 인한 협약 을 협정이라고 말할 수 있겠느냐고 답했다. ⑨저들이 조선의 황제가 이미 허락하고 여러 신하가 합의하여 조인했는데 어찌 협박이라 하느냐고 하여 내가 우리 황제도 사직의 대의를 위하기로 죽음으로 맹세하셨으나 일인이 병력으로 위협하고 우리 대신 가운데 녹을 탐해 나라를 배신하는 자들을 유혹하여 인장을 찍게 했으니 소위 대신이라는 자들은 대한의 역적이라고 답했다.[15][필자 번역]

①그 익일에 ②대인을 인도하야 경무청 청사의 드러가니, 일본 경무관이 거주를 뭇고 답필 후 ③인하야 왈, "나를 관찰부 홀영으로 착내하여 일인이 뭇난 것은 왼 일인고?" "지금부터 국사 그러함이라." ⑤일인이 문왈, "소초랄 보지 못하엿나?. 그 뜻을 자시 말하라." ⑥답왈, "금번 신조약이 대한신민으 통심한 바라. 우리 폐하게 고하야 오적을 버히고, 또 이등방문으 협박이 천하공의가 아니물 밝히미라." ⑦통사 왈, "이 말씀대로 전하릿가?" 대인 왈, "내 말대로 전하라." ⑧일인이 대로하여, "신조약의 비리함이 무엇이리요?" "그 상소 중에 다 말하엿으니 엇지 다시 문나뇨?" ⑨일인 왈, "조선 대황제 허락하시고

15 "①二十六日, ②巡檢數人, 導余入警務廳室中, 擧目盡日人也, 有一人當奧椅坐, 余坐對椅, 椅坐者, 開吻作聲云云, 傍一人, 傳聲問名誰, 盖通辭者, 余曰李承熙, 間年幾, 曰五十九, 問居星州何面何里, 曰柳洞面大浦里, 問張錫英, 李斗勳居住何地, 曰陜川梅村, 高靈乃谷, ③余因此是何所, 通辭曰, 警務廳, 又問問者何官何人, 曰即警部官日人也, 余曰, 余以觀察府訓令而來, 今日人間之何也, 通辭曰, 以觀察之訓, 而使日人間之, 余笑曰, 何觀察之不自問, 曰今國事然矣, 第答其所問, ④余曰, 今使言語不通者問答, 何以能詳盡, 可將文字問答否, 通辭曰, 文字遲滯, 不似言語, 願勿疑, 余曰, 我名熙, 而訓以喜何也, 通辭曰, 傳寫之誤也, ⑤警部問, 上疏以何事, 余曰, 不見疏草否, ⑥彼曰, 且置疏草, 言其大意, 余曰, 以今番新條約, 乃我大韓臣民之所痛心, 上告吾陛下, 請斬擅調印章之諸賊, 且明日使脅勒, 非天下之公義也, ⑦通辭曰, 未能詳聽, 請更言之, 余申言之, 通辭曰, 如是直說乎, 余曰, 只如余言, 言之, 通辭云云, ⑧彼厲聲曰, 新約之非義者何事, 余曰, 疏中已言之, 何煩更問, 彼曰, 疏中只言其非, 而曲折不可詳, 今此兩國協定之約, 何以非之, 余曰, 脅勒之約, 亦可曰協定乎, ⑨彼曰, 朝鮮大皇帝旣許之, 諸大臣皆合議調印, 何謂脅勒, 余曰, 我皇帝誓以殉社大義, 日人乃以兵脅之, 誘我諸大臣貪祿負國者, 自調印章, 所謂大臣者, 即大韓之逆賊也."(《달페일기》)

19

대신이 다 합의 조인하엿거늘, 엇지 협박이라 하리요?" 답왈, "아황제
종사를 따라 죽엄으로 맹세하섯거늘, 일인이 병역으로 협박함이라.
대신이라 하난자는 곧 대한에 역적이라, 엇지 군신합의하리요."

위의 두 인용문은 12월 26일에 있은 1차 심문 내용을 적은 부분이
다. 첫 번째 것은 〈달폐일기〉의 서술을 필자가 번역한 것이고, 두 번
째 것은 〈을사명의록〉의 서술이다. 먼저 〈달폐일기〉 ①의 "26일"은
〈을사명의록〉 ①에 "그 익일에"로 기록되어 있다. 〈을사명의록〉에서
부친과의 면회가 26일 아침에 이루어졌으므로[16] 바로 이어진 위 서
술에서 "그 익일"은 '27일'이 되어야 한다. 하지만 〈달폐일기〉의 ①
에 의하면 일인의 1차 심문은 26일에 이루어졌다. 어떻게 된 일일
까. "그 익일에"라는 기술은 작가가 〈달폐일기〉를 참고하며 〈을사명
의록〉을 서술했기 때문에 나온 표현으로 보인다. 위에 인용한 〈달폐
일기〉의 26일 기록 앞에는 25일 기록이 있다. 따라서 작가는 부친이
대구 감옥에 투옥된 후 작가 자신의 행적을 서술하고 다시 26일에
있은 1차 심문 내용을 서술하기 위해 〈달폐일기〉를 참조하면서 25
일 다음에 기록한 26일 부분을 보고 "그 익일에"라는 표현을 쓴 것
이라고 할 수 있다.

이러한 날짜상 오류는 보충 심문에서도 나타난다. 보충 심문은
〈달폐일기〉에는 1차 심문이 이루어진 "그날 오후[其日午後]"에 일어

---

16 부친이 감옥에 투옥된 후 작가는 경무청 앞에서 머물 곳을 찾아 간신히 하루밤을
보내고 이튿날 부친이 투옥된 감옥을 다시 찾아간다. 순검에게 작가는 부친의
면회를 간청하면서 다음과 같이 말한다. "작야에 내의 부친이 상소로서 구감되
신 후 소식을 모르오니, 자식 되여 이른 천고소무지변을 당하오니 만사난속이
라. 부자지간 소식이나 알고 상면하면 죽어도 한이 없을 겠니 원컨대 선처를 베
푸소서." 밑줄친 "작야에"로 보아 작가가 부친을 찾아간 것은 26일 아침임이 분
명하다.

났다고 한 반면 〈을사명의록〉에는 "그 잇튼날" 일어났다고 서술했
다.[17] 역시 〈달폐일기〉를 참고하여 〈을사명의록〉을 집필하는 과정에
서 빚어진 오류라고 할 수 있다.

〈을사명의록〉은 〈달폐일기〉를 참고하여 가능하면 〈달폐일기〉의
내용 그대로를 서술하려고 노력했다. 그러나 위의 두 인용문의 길
이 차이에서 드러나듯이 〈을사명의록〉은 〈달폐일기〉의 기록 가운데
중요한 부분만을 취사, 선택하여 기록했다. 〈달폐일기〉의 ②는 심문
장소에 대한 묘사와 심문의 초기 질문 절차를 기록했다. 비교적 장
황한 이 부분의 기록이 〈을사명의록〉의 ②에서는 "거주를 뭇고 답
필 후"라고 간략하게 바뀌었다. ③도 〈달폐일기〉가 장황한 반면 〈을
사명의록〉은 간략하게 일부분만 서술했다. 그리고 〈달폐일기〉의 ④
가 〈을사명의록〉에는 아예 없다. 〈달폐일기〉의 ⑤는 〈을사명의록〉의
⑤에서 "일인이 문왈, 소초랄 보지 못하엿나? 그 뜻을 자시 말하라"
로 바뀌었다. "소초랄 보지 못하엿나?"는 일인이 물은 것이 아니라
"상소는 무슨 일로 올렸느냐"는 일인의 물음에 이승희가 답한 것이
다. 따라서 〈을사명의록〉의 ⑤는 〈달폐일기〉의 ⑤을 참고하면서 오
류가 생긴 것이라고 할 수 있다. 〈달폐일기〉의 ⑥과 〈을사명의록〉의
⑥에서 서술한 내용은 같지만, 〈을사명의록〉이 보다 쉽고 명확하게
표현되었다. 〈달폐일기〉의 ⑦⑧과 〈을사명의록〉의 ⑦⑧에서도 ⑥에
서와 마찬가지의 현상이 일어났다.

---

17 "彼又瞪視不言, 通辭導余出, 余詢通辭所謂警府名 鎌田三郎 云, 其日午後, 廳使又導
余入警部室中, 鎌田問有通文事否, 余曰, 頃於上京時, 果有之, 問文中所言何事, 曰伏
閣上疏, 投呱列舘之意也, 問通于何地, 曰, 通于仁同 高靈等地"(〈달폐일기〉) ; "감방
애서 다시 생각하라." 답왈, "나를 가두어 무엇하려느냐? 만일 아국 일을 무를진
대 맛당이 일본으로 가서 너의 임금게 항에코저 하노라." 그 잇튼날 또 불너 문
왈, "각처에 통문할 일이 잇나?" 답왈, "복합상소하고 각국 공관의 편지하자
하엿고, 통보하기난 인동 고령 각읍으로 하엿노라."(〈을사명의록〉)

한편 〈을사명의록〉의 서술 내용을 이해하는 데 〈달폐일기〉의 기록을 참고해야만 하는 경우도 있게 되었다.

"이릏히 문답이 지리하니 지필먹을 가저오라." ①순검 들이거날 (망의)담암)참회)거터니) 나기연옥공원사아 심적이 소소무용문하니 대한신자대한지라. 일인이 보고 문왈, "이것이 무슨 뜻이냐?" 답왈, "진회난 송나라 상국이요 금노난 송나라 원수어날, 진회가 화친하야 영화를 구코저 하거늘, ②호담암이라 하는 신하를 버히고져 하여 상소하엿고, 문천상이라 하는 사람은 송나라 충신이라. 원나라 오랑캐가 잡아서 연산옥에 가두어 초사 바드니, 문청상이가 굴하지 안이하고 죽은지라. 내 마음은 오늘날 무었을 물을 것이 잇느냐?"

仍曰, 如此問答, 轉成支離, 可取紙筆來, 通辭進紙筆, 余書一絶曰, 妄擬澹菴斬檜擧, 那期燕獄供元辭, 心跡昭昭無用問, 大韓臣子大韓知, 彼取見之, 問此是何義, 余微笑, 畧說其意曰, 秦檜, 大宋相國也, 金虜, 宋之讐也, 檜與之講和, 賣國求榮, 故胡澹菴欲斬之, 文文山, 大宋忠臣也, 元虜執之, 拘之燕山獄中, 使之供招, 文山不屈, 我之今日心跡, 亦何足問哉

밑줄 친 ①은 도대체 무슨 말인지 알 수가 없는데, 이것은 밑에 인용한 〈달폐일기〉의 기록을 보면 해결할 수 있다. "순검 들이거날"은 〈달폐일기〉의 '순검들이 지필을 가져오거날[通辭進紙筆]'을 참조하면 쉽게 이해할 수 있다. 이어 "(망의)담암) — "의 알 수 없는 부분은 〈달폐일기〉의 "망의담암참회거(妄擬澹菴斬檜擧)터니, 나기연옥공원사(那期燕獄供元辭)아, 심적(心跡)이 소소무용문(昭昭無用問)하니, 대한신자대한지(大韓臣子大韓知)라"라는 기록을 참조하면 쉽게 내용을 파악할 수 있다. 한편 밑줄 친 ②는 의미 맥락이 아무래도 이 상하다. 그런데 이 부분도 〈달폐일기〉의 "고호담암욕참지(故胡澹菴 欲斬之)"를 참조하면 "호담암이라 하는 신하가['를'은 '가'의 오기] 버히고져 하여 상소하엿고"로 내용을 이해할 수 있다.

이와 같이 〈을사명의록〉은 부친의 행적 부분에서 〈달폐일기〉를 상당히 참고하여 서술한 것으로 드러난다. 대체적으로 〈달폐일기〉 의 내용을 충실하게 따르면서도 그 내용을 취사, 선택하여 일정 부 분을 생략하거나, 보다 쉽고 명확하게 서술한 경향을 보인다.

04 작품세계의 서술 양상

〈을사명의록〉은 1905년 10월 21(음력)일 을사늑약의 체결부터 이 듬해 4월 9일 부친의 귀가까지 약 6개월간의 기록이다. 〈을사명의록〉 의 작품세계는 크게 네 가지로 구성되었다. 부친의 행적을 서술한 작 품세계, 부친을 곁에서 수발했던 작가의 행적을 서술한 작품세계, 상소나 장서를 국문으로 번역해 놓은 작품세계, 그리고 마지막으로 부친의 귀환을 기뻐하는 가사(歌辭)의 작품세계가 그것이다. 이 네 가지 작품세계를 차례로 살펴봄으로써 서술 양상을 분석해 본다.

1) 부친의 행적

〈을사명의록〉은 이승희의 상경 상소와 귀가, 체포 및 압송 과정, 일인의 심문과 답변 내용, 감옥생활, 그리고 석방 등 부친의 행적을 중심으로 사건을 서술했다. 부친이 일제의 국권 침탈에 저항하다 감옥에까지 갇혔으나 어떻게 자신의 신념을 지키고 의롭게 처신했는지 그 행동과 언사를 소상하게 기록하는 데 중점을 두었다. 그리고 특히 일인과 대면했을 때 부친의 의연한 행동과 대화를 하나도 빠짐없이 그대로 적고자 했다.

작가는 부친을 3인칭인 '대인'으로 하여 부친의 행적을 객관적으로 서술했다.

> 일이 대로하야 진목하니, 재방한 순검이 송연하야 인색이 업난지라.
> 일인 왈, "이 일이 양국에 다 유익함이니." "이재이 가히 능히 집주인이 치산을 못하니 주인을 권하여 잘 살기 함은 가컨이와, 임의로 간섭하며 조수족도 못하게 하면 엇지 그 집을 보호한다 하리요? 가히 통곡할지라." 고성대발하니,
> 일인 왈, "상경할 때 장아무와도 통상하엿나?" 답왈, "그르하다."
> 일인 왈, "소난 누가?" "내가 지엇노라."
> "몃 번이나 하엿나뇨?" "비답을 보지 못함으로 재소하고 도라 왓노라."
> (중략)
> 일인이 문왈, "조약으로 그르키 여기면 의병을 이륙힐 마음이 잇는냐?" 대인 왈, "나는 일개 선비라. 다만 문짜 의리나 아라 상소한 것은 내 직분이지, 의병은 비록 마음은 잇스나 힘이 업서 못하노라." 강직히 말슴하시니,
> "감방애서 다시 생각하라." 답왈, "나를 가두어 무엇하려느냐? 만일 아국 일을 무를진대 맛당이 일본으로 가서 너의 임금게 항에코저 하노라."

위는 대구 경무청 청사에서 부친이 받은 1차 심문을 기록한 것의 일부분이다. 일인을 대면하는 부친의 행동과 일인과 부친 사이에서 오고간 언사가 소상하게 서술되어 있다. 신문이 진행되면서 일본 경무관은 '을사늑약이 양국에 유익하다'고 하자 이승희는 고성대발하며 '우리를 잘 살게 권하는 것은 좋지만, 간섭하고 옴짝달싹도 하지 못하게 하는 것[措手足蹈]은 불가하다'고 답변했다. '상소문은 누가 지었느냐'는 질문에는 주저없이 '내가 지었노라'고 답변했다. 당당하게 자신의 행위를 인정하여 일인에게 추호도 구걸하지 않는 부친의 당당한 자세가 잘 드러난다. 중략 이후 일인이 '의병을 일으킬 마음이 있느냐'고 묻자 '마음은 있으나 힘이 없어 못한다'고 답변했다. 어이가 없는 경무관은 '감방에 들어가 다시 생각하라'고 하고, 이승희는 '일본 국왕에게 데려다 달라'고 호통쳤다.

위에서 작가는 대화체를 포함한 소설체식 문체로 부친의 행적을 객관적으로 서술했다. 대화를 그대로 적으면서 부친은 물론 주변의 일인과 순검의 행동도 묘사하는 소설체 문체를 구사함으로써 심문 현장의 생생한 장면성이 살아나는 것을 알 수 있다.

그런데 위에서 보는 바와 같이 대화체를 적어 나가는 방식에 있어서 다소 자연스럽지 못하고 부자연스러운 부분도 노정되고 있다. 부친이 쓴 〈달폐일기〉의 한문 대화 기록을 참고하여 〈을사명의록〉을 서술하는 과정에서 빚어진 어색함이라고 할 수 있다.

2) 작가의 행적

〈을사명의록〉에서 작가는 자신을 1인칭으로 설정하여 자신의 행적을 서술하고, 통사, 부친, 종형, 마을민 등과 오고간 대화도 빠짐 없이 기록하는 소설체식 문체를 구사했다. 특히 〈을사명의록〉에서 작가는 부친의 안위를 걱정하는 인간적인 아들로서의 모습도 생생하게 서술했다. 부친이 대구 경무청 감옥에 처음 들어가자 순검에게 온돌방과 금침을 간청하는 모습, 부친의 행적을 하나라도 놓칠세라 문틈으로 부친의 기척을 살피는 모습 등을 핍진하게 서술했다.

작가가 부친을 그림자처럼 따라다니며 수발했기 때문에 작가의 행적은 대부분 부친의 행적과 맞물려서 드러난다. 하지만 작가의 행적은 부친의 석방이 늦어지자 부친의 석방을 위해 모든 방도를 찾아 나섬으로써 독자적인 것도 드러난다. 작가는 부친의 감옥 생활이 길어지자 부친 대신 차라리 자신을 가두라고 〈대수장서(代囚狀書)〉를 올리기도 했다. 그리고 의친왕이 미국 유학을 마치고 부산으로 도착한다는 소식을 듣고 의친왕께 상소하고자 무작정 부산으로 내려갔지만 성과도 없이 고초만 겪기도 했다.

경황망조하여, 사관으로 도라와 온병을 사서 급급히 가니 벌서 어대로 가신지 모르난지라. 방황주저할 재 왜인이 금침을 주그늘 뭇고 저 하나 언어를 통치 못하니 엇지 하리. 즉시 정거장으로 차저 가니, 이미 왜인이 대인을 모시고 정거장 안에 들러가 위인을 보지 못하게 하니 급식을 안고 문위에 방황한들 엇지하랴. 수식경에 통사가 오거늘 옷깃을 붓들고 애걸간청하다 보니 그 음식이 차운지라. 다시 엇지할 도리 업고 통사가 겨우 들이니 대인이 또 선반하신지라.

위는 부친을 체포하여 대구로 이송할 때의 상황을 서술한 부분이다. 부상에 도착한 작가는 날도 어두워지고 혹한이어서 그곳에서 머무는 줄 알았다. 그래서 급히 부친께 드릴 저녁 음식을 사러 갔다. 그런데 따뜻한 떡[溫餠]을 사 가지고 와 보니 부친과 이송 담당 일행이 모두 사라지고 없었다. 금침을 주는 왜인이 있었으나 언어가 통하지 않아 물어볼 수도 없었다. 즉시 기차역으로 찾아갔지만 왜인이 부친을 만나지 못하게 했다. 음식을 들고 어쩔 줄 몰라 하다가 그제서야 오는 통사에게 애걸간청을 한 끝에 그 음식을 부친에게 드릴 수 있었다. 그러나 이미 음식은 다 식어 버린 뒤였다고 했다.

위에서 작가는 급박하게 벌어졌던 부상에서의 일을 장면묘사를 통해 서술했다. 빠른 호흡으로 생동감 있게 장면을 묘사함으로써 당시의 현장이 생생히 되살아나고 있음을 알 수 있다. 이렇게 작가는 자신이 직접 겪었던 일을 서술했기 때문에 자신을 1인칭으로 하여 소설체식 문체로 서술한 부분들은 부친의 행적을 소설체식 문체로 서술한 부분보다 장면성이 생동감 있게 살아나고 있다. 그리하여 이러한 부분에서는 문체의 어색함이나 부자연스러움도 훨씬 덜한 편이라고 할 수 있다.

3) 상소(上疏)과 장서(狀書)의 번역

〈을사명의록〉은 내용 가운데 상소와 장서를 번역하여 실어 놓았다. 작품에 실린 순서대로 이것들을 정리해 적어보면 다음과 같다.

작가	내용	시기
이승희	〈고종황제께 올리는 상소문〉	1905. 11.26
이기원	〈대수(代囚) 장서〉	1906. 1.
이승희	〈새관찰사에게 올리는 장서〉	1906. 2.
이승희	〈이등방문에게 올리는 장서〉	1906. 2.
이기원	〈의친왕께 올린 소〉	1906. 3.

27

이기원	〈관찰에 대수를 간청하는 호소문〉	1906. 3.
문중	〈본관에 올린 장서〉	1906. 윤삼월.
문중	〈관찰부에 올린 장서〉	1906. 윤삼월.
향중	〈관찰부에 올린 장서〉	1906. 4.

위에서 정리한 상소나 장서를 보면 〈을사명의록〉의 작품 전체에서 소나 장서의 번역문이 차지하는 비중이 상당함을 알 수 있다. 원래 소나 장서는 문필력이 있는 지식인이 작성하여 문장이 어려운 경우가 많다. 작가는 그간 올린 소나 장서가 어려운 한문장이라 독자들이 쉽게 알 수 없음을 아쉬워했던 것으로 보인다. 그리하여 이것들을 한글로 번역하여 〈을사명의록〉에 실어 놓은 것이다.

소나 장서의 국문번역은 전체적으로 볼 때 한문장을 그대로 따라가면서 충실하게 번역하는 축조방식을 취했다. 그리고 가능하면 쉽게 번역하고자 노력한 흔적도 보였다. 예를 들어 〈고종황제께 올리는 상소문〉은 부친이 한문으로 쓴 〈청주적신파늑약소(請誅賊臣罷勒約疏)〉를 충실하게 축조하면서도 쉽게 번역하고자 했음이 드러난다. 그러나 원래의 한문장이 워낙 어려웠기 때문에 국문으로 번역을 했다 하더라도 생경한 한자어구가 나열되기도 하고, 상당수의 어려운 한자어가 그대로 노정되기도 했다.

"①경상도 초야신 이모 등은 성황성공 돈수돈수 건백배상어우대황제폐하 왈, ── ②사생존망이 호흡에 박제하메 질성지호가 말삼을 재단치 못하여스니 원큰대 폐하는 살피소서. ③신등은 건통백배 이문하노이다."(〈고종황제께 올리는 상소문〉)

①慶尙道草野臣李承熙 張錫英 李斗勳等, 誠惶誠恐, 頓首頓首, 謹百拜

上書于統天隆運, 肇極敦倫, 正聖光義, 明功大德, 堯峻舜徽, 禹謨湯敬, 應命立紀, 至化神烈, 巍勳洪業啓基宣歷, 乾行坤定, 英毅弘休, 大皇帝陛下, ─ ②死生存亡, 迫在呼吸, 疾聲之號, 言不知裁, 惟陛下尙庶幾察焉, ③臣等無任瞻天望聖泣血祈懇之至, 謹痛哭百拜以聞(〈請誅賊臣罷勒約疏〉)[18]

위에 실린 부분은 상소의 맨 앞과 맨 뒷부분에 해당한다. 첫 번째 인용문은 〈을사명의록〉의 것이고, 두 번째 인용문은 〈청주적신파늑약소〉의 것이다. 〈을사명의록〉의 ①과 ③은 한자의 나열로 이루어져 쉽게 의미가 들어오지 않는다. 이 부분은 〈청주적신파늑약소〉의 ①과 ③을 참조하면 그 의미를 파악할 수 있는데, "경상도(慶尙道) 초야신(草野臣) 이모(李謀) 등(等)은 성황성공(誠惶誠恐), 돈수돈수(頓首頓首), 근백배상서우대황제폐하(謹百拜上書于大皇帝陛下) 왈(曰)"과 "신등(臣等)은 근통백배이문(謹痛百拜以聞)하노이다"가 된다. 〈청주적신파늑약소〉의 ①과 ③에서 번거로운 부분은 생략하고 중요한 부분만을 취해 번역하려 했으면서도, 생경한 한자어구의 나열이 되고 말았음을 알 수 있다.

한편 소나 장의 문장이 워낙 어려웠기 때문에 그것을 번역하여 순한글로 기록해도 원래 한문의 흔적이 그대로 묻어나 상당히 어려운 번역 문장이 될 수밖에 없었다. ②의 "호흡에 박제하매 질성지호가 말삼을 재단치 못하여스니"는 "사생존망(死生存亡), 박재호흡(迫在呼吸), 질성지호(疾聲之號), 언부지재(言不知裁)"라는 한문장에 현토한 정도의 번역 양상을 보였다.

이렇게 〈을사명의록〉은 소나 장서를 국문으로 번역했다 하더라도 완전한 번역이 이루어지지 않아 이해하기 어려운 부분이 많이

---

18 〈청주적신파늑약소〉, 『한계유고』 1권, 국사편찬위원회, 1976, 196~198쪽.

있게 되었으며, 문체도 장황한 논설체를 형성하고 말았다. 소나 장서를 번역한 이해하기 어려운 논설체 문체가 작품 전체에 걸쳐 상당한 분량을 차지하며 자주 나타나기 때문에 이 부분에 가면 대화체와 장면묘사로 이루어진 소설체식 문체의 생동감이 떨어지고 있음은 부인할 수 없다.

이와 같이 〈을사명의록〉에서 작가는 어려운 소나 장서를 독자들이 쉽게 알게 할 의도로 이것들을 국문으로 번역하여 실어 놓는 것을 과감하게 시도했다. 그러나 작가가 소나 장서를 국문으로 번역하여 쓰는 와중에도 그 이면에 잠재해 있던 작가의 한문기록 의식이 발휘되었기 때문에 불완전한 국문 번역의 난해성이 노정되고 말았다. 그리하여 어느 정도의 한문 소양을 지닌 교양인이 아니면 이해하기 힘든 번역 양상을 드러냈다.

4) 가사(歌辭)

〈을사명의록〉의 마지막은 가사로 장식되어 있어 또 하나의 작품 세계를 구성한다. 전체 64쪽 분량 가운데 가사는 60쪽 중간부터 64쪽까지 기사되어 있다. 총 34구로 기계적인 4자 4음보의 연속체 형식을 띄고 있다.[19] 부친이 감옥에서 풀려나 귀가한 기쁨을 산문으로 간단하게 서술한 후, "문단졸필 미흡하나 가사 한 폭 기록하여 이날 환희 기록할가"라 하면서 제목 없이 곧바로 가사를 서술했다. 내용은 우리 대한 오백년의 역사, 문중의 자세, 을사지변, 부친의 상소와 고초, 환귀(還歸) 시 문중 풍경, 그리고 결사로 이루어졌다. 부친이 귀환한

---

19 4・4・4・4 1음보를 1구로 계산한 것이다. 제9구에 기재상 오류로 [무]자가 빠진 것을 제외하면 정확히 4자 연속체이다.

환희를 집약적으로 나타내기 위해 운문인 가사체를 별도로 사용하여 그간에 벌어진 사건도 정리하면서 자신의 서정을 표현했다.

> 어와우리 붕우들아 이내말삼 들어보소 / 군신지예 밝이지고 부자지락 온전하다 / 충성피고 사정피니 장할시고 희한하다 / 만고무상 이른경사 굴지역역 몃몃치랴 / 경사로새 경사로새 우리집이 경사로새 / 연연세세 한가지로 오늘경사 무궁하새 / 선왕음덕 심원하니 국권회복 못할소냐 / 영성도치 우리나라 독입국기 세와노코 / 군신상하 한가지로 오늘경사 갖이하새 / 끗

위는 가사의 결사 부분이다. 작가는 '붕우'를 끌어들이고 있는데, 가사에서 흔하게 쓰이는 청자 불러들이기의 관습적인 어구라고 할 수 있다. 여기서 '붕우'는 21세인 작가 또래의 친구를 말하는 것이 아니라 가사를 향유하는 향유자 일반을 가리키는 말이다. 부친의 귀환이 "군신지례(君臣之禮)"를 밝힌 '충성'과 "부자지락(父子之樂)"을 온전히 한 '사정(私情)'의 면에서 장한 일이라고 했다. 그리고 "경사로새 경사로새 우리집이 경사로새"라고 하며 다시 한번 부친의 석방이 집안의 경사임을 말했다. 이어 작가는 "국권회복"을 다짐하며 "우리나라 독입국기"를 세워놓고 "군신상하" 모두가 오늘의 경사를 같이 하자고 하면서 끝을 맺었다.

이와 같이 작가는 마지막에서 가사라는 시문학을 통해 부친의 귀환을 기뻐하는 환희의 서정을 표현하고자 한 의도를 충실히 나타냈을 뿐만 아니라, 이 글을 읽는 가사의 향유자에게 국권회복과 독립운동의 의지를 고취시키려 한 작가의 숨은 의도도 동시에 나타내고 있다.

05 국문 기록 의식과 문학사적 위상

작가는 부친의 행적을 가능하면 사실 그대로 상세하게 기록하고자 하여 부친이 쓴 〈달폐일기〉를 상당히 참고했다. 〈을사명의록〉은 대체적으로 〈달폐일기〉의 기술 부분 중 일정 부분을 생략해 서술하거나, 보다 간략하고 분명하게 서술하는 경향을 보였다. 대화체로 이루어진 부친의 행적 서술 부분은 〈달폐일기〉의 한문 대화 기록을 참고함으로써 다소 어색하고 부자연스러운 점이 노정되기도 했다. 반면 작가는 자신을 1인칭으로 하여 부친, 일인, 통사, 기타 인물들이 빚어내는 행동과 장면을 묘사하고, 오고 간 대화들을 그대로 서술했다. 이러한 소설체식 문체는 장면성이 살아나 인물들의 언행이 생동감 있게 드러났다. 한편 작가는 소나 장서를 국문으로 번역하여 실었는데, 축조방식의 번역 속에서도 내용을 취사, 선택하여 쉽고 명확하게 서술하고자 했다. 그러나 소나 장서의 국문번역은 작가의 한문기록 의식이 발휘되어 어려운 한자어가 빈번하게 노출되는 논설체 문체를 이루어 작품 전체의 생동감을 떨어뜨리기도 했다. 마지막에서는 한 편의 가사를 서술함으로써 부친의 귀환을 기뻐하는 자신의 서정을 나타냄과 동시에 가사의 향유자에게 국권회복 의지를 고취시키려 했다. 이렇게 〈을사명의록〉에는 번역체, 소설체, 논설체, 가사체 등 다양한 서술 양상이 드러난다.

작가가 다채로운 서술 양상을 총망라하면서 〈을사명의록〉을 국문으로 기록했는데, 이러한 작가의 국문기록 의식은 어떠한 의미와 위상을 지니는 것일까? 작가는 전통적인 유림문중의 자제로서 한학을 일찍부터 익히고 연마했다. 작가가 태어나 귀가 열리자마자

조부 이진상은 매일 삼강오륜을 작가에게 들려주곤 했다고 한다. 작가는 조부가 사망한 후에는 한주학파의 중심 인물인 부친의 한학을 가학으로 전수 받고 자라났다. 그러므로 그가 〈을사명의록〉을 쓸 당시 21세라는 비교적 젊은 나이라 한문장을 작성하기에는 한문 실력이 미숙했기 때문에 국문으로 썼다고 볼 수는 없을 것 같다.

한편 작가는 나이 21세 때에 국문으로 〈을사명의록〉을 썼지만, 이후 평생 한시와 한문장의 글쓰기를 손에서 놓지 않아 그가 쓴 한시와 한문장은 두 권의 『삼주선생문집』으로 출간되기도 했다. 이렇게 평생에 걸쳐 자신의 글쓰기를 한문으로 했던 작가였기 때문에, 과연 작가가 국문으로 표기 체제의 전환이 이루어지는 시대의 변화를 적극적으로 수용하여 〈을사명의록〉을 국문으로 기록한 것인지 의문이 들지 않을 수 없다.

작가가 국문으로 〈을사명의록〉을 쓴 것은 어떤 특별한 의도가 있어서임은 분명해 보인다. 작가가 국문으로 〈을사명의록〉을 작성한 의도를 알아내기 위해서는 우선적으로 '그가 의도한 독자가 누구일까'라는 문제를 해결할 필요가 있다. 작가는 누구에게 읽힐 의도로 〈을사명의록〉을 국문으로 서술했을까. 결론적으로 말하면 작가가 염두에 두었던 독자는 모친을 포함한 문중의 여성이었다고 추정된다.

작가가 염두에 두었던 독자가 모친을 포함한 문중의 여성이라고 추정하는 가장 중요한 근거는 맨 마지막에 서술되어 있는 가사에서 찾을 수 있다. 가사에서 작가가 끌어들인 '붕우'는 가사문학에서 관습적으로 청자 끌어들이기에서 사용하는 어구이기 때문에 액면 그대로 친구라고 볼 수는 없다. 오히려 작가가 상정한 청자는 가사의 향유층인 여성이라고 보는 것이 합리적인 판단이다.

　이승희는 가사문학을 남기지 않았으며, 작가도 평생 한시와 한문장을 썼지 이 작품 외에는 가사문학을 창작하지 않았다. 그런데 주목할 만한 점은 작가의 모친이 장편의 신변탄식류 가사인 〈감회가〉와 〈별한가〉를 남기고 있다는 것이다. 〈감회가〉와 〈별한가〉는 만주로 망명하여 독립운동을 하고 있는 남편과 둘째 아들을 그리워하며 사는 자신의 신세를 한탄하는 내용의 가사이다.[20] 두 가사 모두 신변탄식류 가사의 관습적인 표현에 매우 능숙한 표현 양상을 보이고 있어, 작가의 모친이 오랫동안 가사문학을 향유해 왔음을 말해준다. 그리고 〈별한가〉는 많은 이본을 남기고 있어, 문중 및 향중의 여성들에게 활발하게 향유되었음을 보여준다. 이렇게 이들 가사 작품의 관습적인 표현에 능숙한 표현양상과 여러 이본이 존재하는 존재양상으로 보아 작가의 모친을 포함한 문중 여성들이 가사문학을 창작하고 향유하는 전통을 강하게 지니고 있었음을 알 수 있다.

　이렇게 작가는 여성을 중심으로 가사문학을 창작하고 향유하는 문중의 문화적 분위기 속에서 성장했다. 따라서 작가가 〈을사명의록〉의 마지막을 가사 1편으로 장식한 것은 가사문학을 향유하는 모친을 포함한 여성들과의 소통을 의도했기 때문이라고 할 수 있다.

　〈을사명의록〉에서 작가가 번역체, 소설체, 논설체, 가사체 등의 다양한 서술 양식을 사용한 것도 독자를 여성으로 설정하여 기술했기 때문이라고 할 수 있다. 〈을사명의록〉에서 작가는 부친의 행적을 서술할 때 〈달폐일기〉에 한문으로 기록된 대화를 참고함으로써 어색한 소설체 문체를 보여주기도 했지만, 작가 자신의 행적을 묘사

20　〈감회가〉와 〈별한가〉에 대한 것은 고순희의 「만주망명인을 둔 한주종택 종부의 가사문학-〈감회가〉와 〈별한가〉」(『고전문학연구』 제40집, 한국고전문학회, 2011, 91~122쪽)를 참조할 수 있다.

할 때는 매우 자연스러운 소설체 문체를 이루었다. 이러한 소설체 문체는 고소설의 전통적인 향유층인 여성들에게 매우 친숙한 문체였을 것이다. 그리고 작가가 한문장인 소와 장서를 국문으로 번역하여 장황하게 서술한 것도 문중 여성들에게는 어려울 수 있는 한문장의 내용을 국문으로 쉽게 전달하려 했기 때문이었다. 문중 여성들은 규방가사의 관습적 글쓰기에 능숙하여 어느 정도의 한자 지식을 지닌 교양인이었다. 작가는 다소 어려운 한자어가 섞이긴 했지만 소나 장서의 번역문을 당시의 문중 여성들이 어느 정도는 이해할 수 있을 것이라고 생각한 것 같다.

한편 작가가 의도한 독자가 문중의 여성일 것이라고 추정하는 근거로 들 수 있는 것은 〈을사명의록〉이 역사적으로 혁혁한 인물의 의로운 행적을 다루었음에도 불구하고 지금까지 알려지지 않았다는 점이다. 이 작품이 지금까지 알려지지 않은 이유는 정확하게 알 수 없다. 만약이지만 작가가 부친의 행적을 가사문학으로 서술했다면 당시 여성들 사이에서 활발하게 향유되고 유통되었을 것으로 생각된다. 그런데 불행히도 여성들에게 읽히기 위해 국문으로 썼지만 실기문학으로 썼기 때문에 이 작품은 한 번 읽히고는 더 이상 유통되지 못하고 가장(家藏)으로만 있게 된 것이 아닐까 한다. 특히 소나 장서의 어려운 번역문이 뒤이은 세대에 이르러서는 더 이상 이해되지 못한 것으로 보인다. 애초 작가가 가사문학의 향유층인 여성으로 독자를 한정했기 때문에 이 작품이 남성에게까지 확산되지 못하고 세상에 알려질 기회를 잃어버렸다고 할 수 있다.

작가가 한문으로 쓴 〈을사명의록〉은 없다. 작가는 자신이 쓴 한문실기를 국문으로 다시 쓴 것은 아니고 부친이 쓴 한문실기와 당시의 사건과 관련하여 작성되었던 소나 장서를 국문실기문학에 포함하여 다시 써 여성들과 소통하고자한 것이다. 특히 작가는 소나 장서와 같은 어려운 한문장의 번역에 집착하는 태도를 보이는데, 이러한 작가의 태도는 여성들이 이해하기 어려운 한문장을 쉽게 번역하여 여성들에게 그 뜻을 전달하고자 한 한문학과 국문학의 소통의도가 강했기 때문에 나올 수 있었다.

이렇게 〈을사명의록〉은 작가가 문중의 여성들에게 사건의 전말을 쉽게 전달하고자 쓴 국문실기였다고 할 수 있다. 이렇다고 할 때 작가가 〈을사명의록〉을 국문으로 쓴 것은 '언문이 국자'라는 새로운 국자 의식에서 비롯되었다고 볼 수는 어려울 것으로 보인다. 따라서 작가의 국문기록 의식은 근대기 이전 시기에 통용되었던 국문학과 한문학의 소통[21] 의식에서 찾아야 할 것으로 보인다.

근대기 이전의 시기에는 거의 모든 기록문은 한문으로 이루어졌지만, 그와 동시에 한문기록을 여성 가족들에게 읽힐 목적으로 국문으로 다시 쓴 국문기록문이 이루어지기도 했다. 한문기록을 국문으로 다시 쓰는 한문학과 국문학의 소통 양상은 근대 이전에 보편적인 문화 현상의 하나였던 것이다. 이러한 한문학과 국문학의 소통 양상은 근대전환기에 들어서면 더욱더 활성화되었다. 그리하여 근대전환기에는 이전의 한문기록을 국문으로 번역한 국문기록물이 매우 활발하게 향유되고 유통되었다.

근대전환기에 이루어진 한문학과 국문학의 소통 양상은 여성들을 위해 한문기록을 가사로 다시 쓴 일련의 문화 현상에서도 드러난다. 예를 들어 〈을사명의록〉과 동시대에 쓰여진 이종응(1853~1920)

---

21 '국문학과 한문학의 소통과 융합'이라는 말은 김영의 「조선후기 국문학과 한문학의 소통과 융합」(『국어국문학』 제158호, 국어국문학회, 2011, 49~70쪽)에서 쓴 것이다.

의 한문일기 〈서사록(西槎錄)〉과 가사 〈셔유견문록〉(1902), 김한홍
(1877~1943)의 한문기록 〈서양미국노정기(西洋美國路程記)〉와 가사
〈해유록(海遊歌)〉(1909) 등은 모두 한문기록을 가사로 다시 쓴 것으
로 한문학과 국문학의 소통 양상을 보여준다. 작가가 가사의 맨마지
막을 가사로 끝맺은 것은 한문기록을 가사로 다시 쓰는 한문학과 국
문학의 전통적인 소통 양상을 배경으로 나타날 수 있었다고 할 수
있다.

근대계몽기에 창작된 국문 실기문학으로는 유길준의 국한문혼
용체인 〈서유견문(西遊見聞)〉, 명성황후의 국문 편지 31편, 조병균
의 〈금강록〉, 연안이씨의 제문, 최남선의 여행기록 등 몇 편 되지 않
는다. 그리고 이들 국문 실기문학은 대부분 여행을 주제로 한 것이
주를 이루어 사건실기문학은 거의 없다고 할 수 있다. 따라서 〈을사
명의록〉은 근대계몽기에 창작된 보기 드문 국문 사건실기문학이라
는 문학사적 위상을 지닌다.

그리고 〈을사명의록〉은 '언문'이 공식적으로 '국문'이 된 근대계
몽기에 '전통적인 문자의식'을 기반으로 창작한 '국문문학'으로 파
악된다. 전통적인 문자의식에 기반하여 창작되었다는 의미에서
〈을사명의록〉의 국문 표기 자체는 '근대'와 연결되지는 못했다고
할 수 있다. 따라서 〈을사명의록〉의 문학사적 위상은 표기 체제의
역사적인 전환 시기인 근대계몽기에 전통적인 표기 체제의 지속 양
상을 보여주는 작품이라고 규정할 수 있다.

06 맺음말

여기에서는 〈을사명의록〉의 국문기록 의식을 규명하는 데에 중점을 두고 논의했다. 그리하여 이 작품은 국문기록 의식의 면에서는 '근대'와 연결되지 못한 것으로 드러났다. 하지만 〈을사명의록〉은 내용 면에서 일제의 탄압에 맞서 저항한 우리 민족의 근대적인 인물상을 서술하고 있다는 점에서 근대 의식과 연결된다. 그리고 〈을사명의록〉은 근대기 우리 역사의 전환점이 된 을사늑약과 그 후 전개된 한반도의 전반적인 일제강점 현실에 대한 자료로서의 가치도 지닌다. 〈을사명의록〉에 대한 역사적·문학적 읽기를 통해 작품의 역사적·문학사적 의의를 규명하는 작업은 후고로 미룬다.

제2장
근대기 〈을사명의록〉에 나타난 인물의 형상과 의미

01 머리말

을사늑약이 체결되자 을사늑약의 부당성과 을사오적의 처단을 요구하는 전현직 원로대신, 정부기관별, 그리고 유생층의 상소가 빗발쳤다. 그리고 사직상소를 올려 을사조약에 반대하는 의사를 표하는 대신들도 있게 되었다.[1] 급기야 11월 30일과 12월 1일에 민영환과 조병세가 자결하고, 이들의 자결 소식은 급속하게 전국으로 퍼져 나갔다. 경북 성주의 한개마을에 살고 있던 이승희(李承熙, 1847~1916)[2]도 이 소식을 듣게 되었다. 통분한 이승희는 12월 10일

---

1 반대상소자와 사직상소자의 명단은 이상찬의 「을사조약 반대상소와 5대신의 반박상소에 나타난 을사조약의 문제점」(『한국근현대사연구』 제64집, 한국근현대사학회, 2013, 10~13쪽)에 자세히 정리되어 있어 참조할 수 있다. 을사조약 직후인 11월 19일부터 동년 12월 31일까지 『秘書監日記』에 기록된 반대상소자의 숫자는 疏首만 해도 수십 명이며, 사직상소자의 숫자도 역시 수십 명에 이른다. 이상찬은 "반대상소의 특징 중 하나는 전현직 원로대신과 정부 각 기관별 연명상소가 많다"는 점을 지적했다.

성주를 출발해 입경하여 22일에 상소를 올리고 고향에 돌아와 있었다. 그런데 다음해 1월 19일에 이승희는 일인에게 체포되어 심문을 받고 수감생활을 하다가 5월 1일에야 석방될 수 있었다.

이러한 이승희의 행적을 그의 맏아들 이기원(李基元, 1885~1982)이 1906년에 국문으로 기록한 것이 〈을사명의록〉이다. 이기원의 문집인 『삼주선생문집(三洲先生文集)』[3]에 이 사건을 기록한 한문실기가 없다. 따라서 〈을사명의록〉은 근대계몽기에 애초부터 한문이 아닌 국문으로 창작된 것이다. 〈을사명의록〉에서 작가는 부친의 상소, 투옥과정, 심문과정, 수감생활, 석방 등을 상세하게 기록했다. 〈을사명의록〉은 을사늑약 직후 일제의 내정 간섭과 탄압, 그리고 그에 맞선 한 유림지도자의 비폭력 저항을 생생하게 기록한 국문 사건실기문학이라는 점에서 매우 귀중한 자료적 가치를 지닌다.

〈을사명의록〉은 을사늑약 직후 일인의 내정 간섭과 대한인에 대한 탄압이 본격화한 근대계몽기의 역사적 현실을 배경으로 한다. 이 작품은 당시 유림의 지도자였던 이승희가 일제의 탄압에도 불구하고 나라를 위한 자신의 신념을 지켜나간 의로운 행적을 기록하는 것이 목적이었다. 그런데 이승희의 행적을 기록하는 과정에서 그의

---

2 이승희와 이기원의 생애는 다음의 글을 참조할 수 있다. 宋相燾, 「이승희(사) 을사조약반대상소」, 『騎驢隨筆』, 국사편찬위원회, 1955, 75~80쪽. ; 금장태, 「한계 이승희의 생애와 사상(1)」, 『대동문화연구』 제19집, 성균관대학교 대동문화연구원, 5~21쪽. ; 권오영, 「한계 이승희선생」, 『한주선생숭모지』, 한주선생기념사업회, 대보사, 2010, 365~374쪽. ; 국가보훈처, 『대한민국 독립유공자 공훈록』 제4권, 1987년, 812~813쪽. ; 이규석, 「부군 삼주 이기원공의 생애와 독립운동기」, 『한주선생숭모지』, 위의 책, 528~533쪽. ; 국가보훈처, 『대한민국 독립유공자 공훈록』 제3권, 1987, 980~981쪽. ; 고순희, 「근대계몽기 국문실기 을사명의록 연구─국문기록의식을 중심으로」, 『동북아문화연구』 제36집, 동북아시아문화학회, 2013년 9월, 77~93쪽.

3 이기원, 『삼주선생문집』 건 · 곤권, 삼봉서당, 1989, 1~463쪽(건권) · 1~372쪽(곤권).

아들인 작가의 행적이 매우 비중 있게 드러나게 되었으며, 그 외 문중인·향중인, 통변, 일인 순검 등의 행적도 드러나게 되었다.

그런데 〈을사명의록〉에 나타난 인물들의 형상에서 주목할 만한 점은 근대계몽기 항일의식의 형성과 확산 과정에 유림 지도자를 중심으로 한 유림의 역할이 매우 중요하게 작용했다는 것이다. 그리하여 작품에 나타난 이승희를 포함한 인물들의 형상을 구체적으로 살펴봄으로써 당대 유림의 역사적 의미를 규명할 필요가 있다.

이 논문은 〈을사명의록〉에 나타난 각 인물의 형상을 분석함으로써 을사늑약 직후 근대계몽기를 살았던 당대 유림의 역사적 의미를 규명하는 데 목적을 둔다. 을사늑약의 역사적 의미나 독립운동가 이승희의 학문 및 항일활동 등에 관해서는 풍부한 연구가 선행되어 있으므로 이 연구에서는 따로 다루지 않는다. 당대 유림의 역사적 의미를 규명하기 위해 〈을사명의록〉에 등장하는 각 인물의 형상을 분석하는 데에 중점을 두고 논의하고자 한다.

본격적인 논의에 앞서 2장에서 〈을사명의록〉의 작품세계를 시간적 순서에 따른 서술단락으로 정리해본다. 3장에서는 작품에 나타난 각 인물의 형상을 살핀다. 우선 이 작품의 중심 인물인 유림지도자 이승희의 형상을 살피고, 이어 작가 이기원, 문중인·향중인, 기타 인물의 형상을 차례로 살펴본다. 이승희, 작가, 그리고 문중인·향중인의 형상을 살핌에 있어서 이들이 쓴 상소와 장서도 참조한다. 4장에서는 작품에 나타난 인물의 형상을 종합하여 을사늑약 이후 근대계몽기를 살았던 유림의 역사적 의미를 규명하고자 한다.

02 〈을사명의록〉의 서술단락

〈을사명의록〉의 서술단락은 크게 8단락으로 대별할 수 있다. 8개의 대단락은 ①왜의 침탈과 을사조약, ②부친의 상소, ③부친의 체포, ④부친의 투옥과정, ⑤부친의 심문, ⑥석방운동 및 부친의 감옥생활, ⑦부친의 석방, ⑧가사 등의 순서로 이어진다. 그리고 각 대단락은 여러 개의 소단락으로 나누어진다.

〈을사명의록〉의 서술단락을 순서대로 정리해 보면 다음과 같다. 날짜는 〈을사명의록〉에 기재된 것만을 적었는데, 음력이다.

대단락	소단락	날짜(음력)
①왜의 침탈과 을사조약	가)임오지변과 을미지화	
	나)을사늑약 체결과 을사오적	1905년 10월 22일
	다)민영환·조병세의 자결	
	라)고종의 대응	
②부친의 상소	가)주변의 만류와 부친의 상소 결심	
	나)부친의 상경	11월 14일
	다)부친의 입성과 탐문	11월 17일
	라)부친의 〈적신을 죽이고 늑약 파기를 청하는 상소〉	
	마)재차 상소 후 귀가	
③부친의 체포	가)일본순사의 급습 및 부친 체포	12월 25일
	나)체포 후 부친의 행동	
	다)사당 고유 및 부탁	

---

4 위의 표 대단락 ⑥의 차) 날짜 칸에 기록된 '4월 중순경'은 다소의 설명을 요한다. 〈을사명의록〉의 ⑥의 차)는 "주야가 지리한 중 만춘이 갓가와 <u>윤삼월</u>이라. 옥중에 담배 또한 엄금이라"로 시작하여, "윤삼월"에 벌어진 사건으로 되어 있다. 그런데 『만세력』에 의하면 1906년에는 윤삼월이 없었다. 이승희가 쓴 〈달폐일기〉

④부친의 투옥과정	가)성주읍 관찰부 도착		
	나)부상 헌병소 도착		
	다)기차 승차 후 대구 도착		
	라)대구 경무청 투옥		
	마)작가의 방 구하기		
	바)순검과의 대화 및 부친과의 면회		
⑤부친의 심문	가)일인 경무관의 1차 심문		
	나)2차 심문		
	다)연말, 작가의 일시 귀향	연말	
	라)3차 심문	병오 1월 7일	
	마)통변·순검의 걱정과 부친의 의지		
⑥석방운동 및 부친의 감옥 생활	가)작가의 〈대수를 요청하는 장서〉		
	나)부친의 〈새 관찰사에게 올리는 장서〉	2월	
	다)부친의 〈이등박문에게 올리는 장서〉	춘풍 2월	
	라)작가의 〈대수를 청하는 장서〉	3월	
	마)청사방으로의 이감과 부친의 반응		
	바)작가, 부산에 간 사연		
	사)작가의 〈의친왕께 올리는 상소〉		
	아)일인의 부친 감찰		
	자)작가의 〈감찰에 올리는 호소문〉		
	차)부친의 감옥생활과 독서	윤삼월[4]	
	카)문중의 〈성주군수에 올리는 장서〉와 〈관찰부에 올리는 장서〉		
	타)향중의 〈관찰부에 올리는 장서〉	4월	
⑦부친의 석방	가)순검이 자제를 찾음	4월 7일	
	나)경부와 부친의 실랑이 및 석방	4월 8일	
	다)귀향의 즐거움		
⑧가사	총 34구		

의 "三月間" 기록에 '옥중에서 담배와 독서를 금하여 담배를 피울 수 없었고, 다만 서책을 들여다가 볼 수 있었다(警部, 大禁囚中吸烟看書, 余不吸烟, 只入書册日看)'라고 하여 ⑥의 차 대목이 적혀 있다. 그리고 "三月間" 기록은 바로 "四月 初七日" 기록으로 이어진다. 한편 〈한계선생연보韓溪先生年譜〉에도 '윤삼월'은 전혀 보이지 않는다. 따라서 〈을사명의록〉의 "윤삼월"은 작가의 기억상 혼동으로 나온 기록으로 '삼월'이 맞다고 본다.

43

위에서 알 수 있듯이 〈을사명의록〉은 을사늑약의 체결에서부터 이승희의 상소, 투옥, 심문, 감옥생활, 석방 노력, 석방, 그리고 석방의 기쁨을 노래한 작가의 가사까지 기술되어 있다. 〈을사명의록〉은 작가 이기원의 1인칭 시점으로 서술되어 있다. 대단락 ①은 작가가 바라다본 당대의 시국이 서술되어 있고, 대단락 ⑧은 부친의 석방에 대한 작가의 기쁨이 서술되었다. 나머지 대단락 ②~⑦은 모두 부친 이승희의 행적을 따라 서술이 이루어지고 있다.

그런데 특이한 점은 내용 가운데 당시에 썼던 상소 및 장서를 국문으로 번역하여 싣고 있다는 것이다. 작품에 실린 순서대로 이것들을 정리하여 적어보면 다음과 같다.

작가	내용	시기(음력)
이승희	〈고종황제께 올리는 상소문〉	1905. 11. 26.
이기원	〈대수(代囚) 장서〉	1906. 1.
이승희	〈새 관찰사에게 올리는 장서〉	1906. 2.
이승희	〈이등박문에게 올리는 장서〉	1906. 2.
이기원	〈의친왕께 올린 소〉	1906. 3.
이기원	〈관찰에 대수를 간청하는 호소문〉	1906. 3.
문중인	〈성주군수에게 올린 장서〉	1906. 3.
문중인	〈관찰부에 올린 장서〉	1906. 3.
향중인	〈관찰부에 올린 장서〉	1906. 4.

03 〈을사명의록〉에 나타난 인물의 형상

1) 유림 지도자 이승희의 형상

작가는 부친이 일제에 의해 투옥되어 심문을 받고 수감생활을 할 때조차 항일저항의 신념을 의연하고 당당하게 관철해 나간 사실을 상세히 전달하고자 했다. 그리하여 작가는 일제에 굴하지 않고 떳떳하게 행하는 부친 이승희의 처신을 아무리 사소한 것이라도 세밀하게 관찰하여 빠뜨리지 않고 기술했다. 〈을사명의록〉에서 작가가 부친의 행적을 기술하는 내내 일관되게 견지하고 있었던 것이 부친의 '의로움을 알리는 것', 즉 '명의(明義)'였기 때문에, 작품의 제목도 〈을사명의록〉이 되었다.

작품에는 일제의 탄압에도 불구하고 굴복하지 않고 당당하게 처신하는 한 유림 지도자의 형상이 고스란히 드러난다. 이승희는 을사늑약의 부당성과 을사오적의 처단을 주장하는 상소문을 들고 성주에서 상경을 하게 된다(②의 나). 이승희가 소를 올린 후 '왜인이 군병을 내어 사방으로 찾'기에 이르는데, 당시 일인의 즉각적인 내정 간섭과 탄압이 얼마나 급속하게 진행되었는지를 잘 알 수 있다. 일제의 내정간섭과 탄압은 얼마 안가 현실화되는데, 이듬해 1월 19에 이승희는 일본 순사에게 체포되고(④의 가), 이송 과정을 거쳐 (④의 나~다), 대구 경무청에 수감되기에 이른다(④의 라).

이후 이승희는 3차에 걸친 일인의 심문을 받게 되는데, 작가는 일인과 부친 간에 오고간 대화를 빠짐없이 기록했다. 1, 2차 심문(⑤의 가, 나)에서 이승희는 답변을 통해 을사조약은 일인의 협박으로 이루어진 강제조약이라 무효라고 주장하면서, 일인의 내정 간섭을 강력하게 비판했다. "의병을 이륙힐 마음이 잇는냐?"는 일인의 물음에 이승희는 "의병은 비록 마음은 잇스나 힘이 업서 못하노라"라고 답변했다. 그리고 이승희는 답변을 통해 "내가 일본국을 능멸협박하고 또 이등방문을 천하강상에 도적이라 하여스니, 너들 나라에 법대로 하여라"고 추상같이 호통을 쳐 일인과의 타협을 불허하는 강경한 태도를 보였다.

이러한 이승희의 태도는 1월 31일에 있은 3차 심문(⑤의 라)에서도 여전했다. 일인이 "옥중 갓처 몃 날을 지나도 신조약을 반대할 뜻이 잇는가?"라고 묻자 이승희는 "내 몸은 비록 너들에게 간금되여스나, 내 마음은 조곰도 변치 안엿노라"고 답변했다. 일인이 "또다시 상소하갯나냐?"라고 묻자 이승희는 "신조약이 나라가 망하는 것을 보고 안연이 사라 잇스랴?"라고 답변하고, 일인이 "조선 정사가 부패하면 일본서 도와주난 것이어늘, 무슨 연고로 반대하나냐?"라고 얼토당토 않는 논리로 묻자 이승희는 "엇지 일본 사람으로 우리나라를 주장하리요"라고 답변하여 자신의 신념을 굽히지 않고 할 말을 다했다. 이러한 이승희의 타협 없는 태도는 심문하는 일인도 "맛당히 형벌할 것이나 애국하는 사람인 고로 그만 두나니 다시 생각해보라"고 할 정도로 강경하고 확고한 것이었다.

경부가 순검다려 이참봉을 다리고 오라 하니 순검이 인도하여 들어가니 경부 문왈, "또 다시 상소할나냐?" 대인이 대로 왈, "내가 나고 싶지 안타."

경부 문왈, "왜 그르타 말인고?"

"나는 대한에 무용한 인이라. 용맹이 족히 일인 하나라도 죽여서 국가에 치욕을 싯을 거시오. 우리나라를 도와 일본으 원수를 갑지 못하고 이재 나이 육순이 되여스니 죽어도 앗가우미 업고. 다만 여기에 구류하여 이신 적 오히려 가히 천하 사람으로 하여곰 대한 신조약을 반대하고 일인을 협박한 죄가 잇슴을 알 거시라." 하니,

경부가 대로하여 왈, "그른 즉 갓치여 있으라." 하그늘,

대인이 옥으로 향하여 가시니, 경부가 다시 불너 앞에 오라 하거늘,

대인이 "가두면 곧 가두지 다시 무엇하려 부르느냐?" 노발하시니,

"일른 일은 용서할 수 업스나, 노인으 체수하미 이미 오래 되여 부득이 출송하야 몸을 마음대로 하니 다시 다른 생각 하지말나."

내가 몸을 마음대로 못함을 허탈해 하시며, "내 몸은 너들에게 감금당하여서도, 내 마음은 너들에게 착취당하지 아니하엿다." 곧 감방으로 향하시니 경부가 청사다려 출송하라 하니,

부득하여 나오시니 경부 우서며 청사다려 일너 왈, "평안이 모시고 나가라."[5]

일제의 핍박 앞에서도 굽히지 않고 당당하게 행동한 이승희의 형상은 위의 석방 때 벌어진 사건(㉠의 나)에서도 드러난다. 일인은 이미 이승희를 석방하기로 결정했으면서도 "또 다시 상소할나냐?"라고 타이르듯이 말을 건넸다. 이에 이승희는 '감옥에서 나가고 싶지 않다'고 응수했다. 그 이유는 "나는 일인 하나라도 죽여서 국가의 치욕을 씻어야 하지만 용기가 부족해 대한에 무용한 사람이다. 재주가 부족해 내 나라를 보필하여 일본 원수를 갚지 못했다. 내 나이 육순이라 죽어도 애석하지 않다. 다만 여기에 계속 구류해 있으면

---

5 인용문의 국문 표기는 수기본 자료에 기록된 그대로를 따랐다. 오기, 탈자, 부가기 등도 그대로 옮겨 기록했다.

서 만천하 사람들에게 대한사람들이 신조약을 모두 반대하고 일인의 협박으로 신조약이 이루어졌음을 알게 하려 한다"[6]는 것이었다.

크게 화가 난 경부가 "그른 즉 갓치여 있으라"며 신경질적으로 반응하며 옥신각신이 이어졌다. 결국 석방을 허락 받았지만 이승희가 "내 몸은 너들에게 감금당하여서도, 내 마음은 너들에게 착취당하지 아니하엿다"라고 선언하며 다시 감방으로 들어가 버렸다. 그러자 경부는 웃으며 "평안이 모시고 나가라"고 명령을 내리고 말았다.

이승희와 일인의 대면에서 일인의 완패로 끝난 것처럼 보이는 이 장면은 이승희의 꼬장꼬장한 형상이 두드러지게 부각되어 마치 코믹드라마의 한 장면처럼 보일 정도이다. 육순의 나이에 4개월이나 수감생활을 했음에도 불구하고 일제의 실질적인 강제 점령에 결사 반대하여 감옥에 계속 있겠다고 하는 독립운동가 이승희의 형상이 생생하게 전달되고 있다.

한편 이승희는 일제가 조장한 폭압적 분위기에서조차 주눅 들지 않고 깐깐하게 절차를 따지며 일본 순사와 헌병을 대하여 법지식에 해박한 지식인 지도자의 면모도 보여준다. 체포 당시 순검이 '관찰부 훈령으로 체포한다'는 말로 체포를 하려 하자, '훈령을 본 후에 갈 것이라'고 답변하는 대목,[7] 훈령에 본인의 이름이 '희(熙)'가 아니라 '희(喜)'자로 기재된 것을 문제 삼는 대목[8] 등에서 이승희는 체

---

6 이승희가 감옥에 그대로 있겠다고 한 이유는 〈을사명의록〉보다 〈達狴日記〉에 분명하게 기록되어 있다. 여기서는 〈달폐일기〉의 것을 번역해 인용했다. "我即大韓無用之一庸人, 勇不足以殺一日人, 以雪國家之恥, 才不足以輔吾國家, 以報日國之讐, 年今六旬, 死亦無惜, 但得拘幽於此, 則尙可使天下之人, 知大韓人情之反對新約, 而日國有脅勒之罪矣".

7 순검 왈, "관찰부 훌영이 내부 훌영 명으로 이참봉을 잡아오라 하니 즉시 읍내로 가사이다." 대인 왈, "훌영을 본 후 갈 것이라." 재삼 힐난하시다가, 일순경 즉시 가기를 재촉하고 사색이 맹렬하야 찬 칼을 만지며 겻해 들어 안고

8 "훌영 중에 내 명호가 다르니 맛당히 관찰부의 보하여 진가를 자세이 안 후 갈 것

포나 심문하는 절차 상의 법적인 문제를 그냥 넘어가지 않고 꼼꼼히 들여다보고 피의자의 법적인 인권을 확보하려는 태도를 보였다. 특히 '관찰부 훈령으로 체포되어 왔는데, 일인이 심문하는 것은 무엇 때문이냐'고 따지는 대목[9]에서는 법적 절차를 들어 일본의 내정 간섭에 항의하는 모습을 보여준다.

이승희는 체포되고 투옥되는 상황 속에서도 유생으로서의 생활 자세를 그대로 유지했다. 체포되어 집을 떠나가기 전에 사당에 고유를 하고 떠나는 대목,[10] 일인 앞에서나 감옥에 있을 때나 절대로 갓을 벗지 않았다는 대목[11] 등에서 선비의 일상사와 몸가짐을 유지하고자 했던 유생의 형상이 나타난다. 그리고 작가에게 가사의 모든 것을 맡기면서 선인의 유문 수집과 간행을 특별히 부탁하는 대목,[12] 수감 중에도 항상 책을 읽고 글을 썼다는 대목[13] 등에서는 한

이라." 일순사 크게 영성하여 왈, "이거슨 다만 오서함이라 무엇을 의심하리요?" 하고, 협박하여 옥중에 드가시라 하니,

9 일본 경무관이 거주를 뭇고 답필 후 인하여 왈, "나를 관찰부 홍영으로 착내하여 일인이 뭇난 것은 웬 일인고?" "지금부터 국사 그러함이라."

10 "내가 날노 가묘에 배알하니, 이재 하물며 이래 가면서 엇지 사당에 하직지 아니하리요?" 일순사 허락지 아니한지라. 강경히 씨와 일어나시니 순경과 헌병이 따라가 묘 앞에까지 딸아 오난지라. 대인이 즉시 배알한 후 고유왈,

11 헌병 십여명이 돌출하여 둘너 싸고 대인으 의관을 벗기려 하니, 대인이 급히 갓을 잡고 대책왈, "내가 평생애 의관을 벗지 안엿그늘, 내 비록 목이 떠러저도 이 갓은 벗지 못하리라." 왜인이 숙시하드니 요대와 페도만 끄르드니, 즉시 토굴같은 옥의 가두고 종인을 축출하는지라.
경부가 대인으 의관을 보고 대로 공갈하니 방관이 모다 실색하며 청사가 엽헤서 말하여 왈, "이 나으림은 밤에도 의관을 벗지 아니신다." 하고 총순이 또 말하니, 경부가 그재야 노기를 눗코 대인을 들에 안즈라 하거날,

12 "— 부대 조심착염하여 가성을 보전키하라. 내가 가장 한 되난 것은 선인의 유문을 다 수집지 못하고 죽으면 엇지 명복하리요, 천추에 한이로다. 너의게 부탁하니 네가 십분착심하여 모관장으게 수고한 후 간행하게 하라."

13 "— 내 죽잔은 전의는 선인 문짜를 잇지 못하니 인편 잇그든 그 책을 보내여라." 대인이 앞에 잇는 서책을 가지고 보시거날 총순이 말하여 왈, "이참봉은 갓처 계서도 항상 책을 보시고 글을 짓는다." 하니 일인이 무언이 출하더라.

주학파를 이끌던 한학자로서의 형상이 나타난다. 이러한 이승희의 형상은 관습을 고식적으로 따르려는 인식에서라기보다는 일인 앞이니만치 더욱더 우리의 것을 유지하고자 한 인식에서 비롯된 것이라고 할 수 있다.

〈을사명의록〉에는 애초 한문으로 쓴 9개의 상소 및 장서가 국문으로 번역된 채 기록되어 있다(②의 라, ⑥의 가~라, 사, 자, 카, 타). 이승희가 쓴 것으로는 상소 한 편과 장서 두 편이 있다. 이승희는 고종에게 올린 상소 〈청주적신파늑약소(請誅賊臣罷勒約疏)〉[14]에서 고종이 을사늑약을 거부한 사실을 강조하여 상기시킴으로써 고종의 각성을 꾀했다. 그리고 을사오적을 죽임으로써 을사늑약이 협박에 의한 것임을 만천하에 밝혀 국권을 회복하자고 주장했다.[15]

이승희는 감옥에 있으면서 관찰사와 이등박문에게 장서를 올렸는데, 그의 저항적 태도는 〈이등박문에게 쓴 장서〉에서 잘 드러난다.

> 내 또한 대한에 신자라 한 장에 소로서 우리 부군 앞해 올이여 공으로 천하강상에 도적이라 하여시니 이웃나라 임군을 협박하니 이거슨 임군을 모르난 거시요 남의 신자로 하여 나라를 파라 먹기 하니 천하에 임군을 업기함이라. 이것이 도적이 아니고 무어시시리요? 그 전에 도적이라 함은 그 죄랄 말한 것이요, 이재 공이라 함은 우리 황제

---

14 이승희, 〈請誅賊臣罷勒約疏〉, 『한계유고(韓溪遺稿)』 1권, 국사편찬위원회, 1976, 196~198쪽.

15 〈을사명의록〉에는 이 상소문이 국문으로 번역되어 실려 있다. 이승희는 상소에서 고종이 '죽을지언정 을사늑약을 허락하지 않겠노라'고 이등박문에게 말한 사실을 상기시키며, 을사늑약은 어디까지나 "저 적신들이 폐하에 신자로 적국에 장두가 되여 종사와 강토를 적인으 손에 드"린 것이라고 했다. 그리하여 을사오적의 목을 베고, 이등박문의 위법을 만천하에 드러내라고 요구했다. 국권을 회복하는 것이 천하의 公義이고, 군신상하 모두가 죽음이 닥친다 하더라도 왜국의 귀신이 되는 것보다 나을 것이라고 했다.

으 용접한 고로 체모 잇난 바라. 이재 공이 와서 응당 위엄을 베푸러 전국내의 항거하는 사람을 모조리 죽일 터이니 나도 역참기중이라. 방금 대구 경무서에 갓치여 잇으니 가히 손을 지휘하는대 업슬 거시요. 만일 무명색하기 죽이기가 법정에 불안하그든 공으로 더부러 두 나라 정부에 재판하여 천하공의에 부처서 그 죄를 정하기가 늦지 안이하니 오즉 공은 심양하라.

위에 인용한 부분에 앞서 이승희는 이등박문이 대한제국을 '통감'하러 들어온다는 것은 있을 수 없는 일이라고 일갈하고, 이등박문은 다만 양국의 보존을 위해 노력해야 하는 일본의 '대사'일 뿐이라고 강조했다. 그런데도 병력으로 협박하고 고종의 허락도 없이 적신의 도장을 받아 조약을 체결했으니 조약은 부당한 것이며, 일본과 이등박문은 화를 면치 못할 것이라고 일갈했다.

이어서 위의 인용문이 이어진다. 이승희는 자신이 이등박문을 '공'이라고 부르는 것은 황제와 만나는 일본의 대사이기 때문이라고 했다. 이등박문은 '통감'이 아닌 '대사'일 뿐이라고 주장함으로써 일제의 국권침탈과 내정간섭에 대해 강한 저항감을 표하고 있음을 알 수 있다. 그러면서 이승희는 '나는 대한의 신자로서 소를 통해 공을 도적이라고 했다, 이제 공이 전국에서 나와 같이 일본에 항거하는 사람들을 다 죽일 것이다, 내가 갇혀 있는 몸이라 나를 죽이기는 어렵지 않을 것이다, 명분 없이 죽이기가 불안하거든 공과 함께 두 나라 정부에 재판하여 천하의 공의에 부쳐보면 어떻겠냐'고 추상같은 어조로 조목조목 이등박문을 향해 일침을 가했다. 여기에서 일본과 대한제국 간의 외교적 절차에도 밝은 지식인 유림지도자의 형상이 드러난다.

2) 작가 이기원의 형상

〈을사명의록〉에서 작가는 줄곧 '명의'의 입장을 견지하며 부친 이승희의 의로운 행실을 기술했다. 이러한 '명의' 외에 작가가 작품 전체에 걸쳐서 줄곧 견지한 입장은 부친에 대한 '봉효(奉孝)'였다. 작가는 부친을 가까이에서 수행하면서 부친의 일거수일투족을 신경 썼다. 〈을사명의록〉에서 작가는 대부분 부친의 안녕을 위해 전전긍긍하는 형상으로 나타난다. 작가는 부친이 상소하려 하자 '화를 당할 것이라'며 일단 만류하는데, 상소 자체를 반대해서가 아니라 화를 당하게 될 부친의 안위가 걱정되어서였다. 체포되어 집을 나서는 부친에게 "거럼을 조금 더디기 하시기를" 요청하기도 하는데, 이렇게까지라도 하여 부친의 안위를 배려하고자 한 작가의 세심함이 엿보인다.

작가는 부친이 대구 경무청 감옥에 투옥된 후에는 순검에게 온돌방과 금침을 간청하기도 하고, 부친의 행적을 하나라도 놓칠세라 문틈으로 그 기척을 살피고, 부친을 청사방으로 옮겨주기를 간청하기도 했다. 작가는 이러한 부친에 대한 세심한 배려도 모자라 부친을 대신하여 차라리 자신이 감옥살이를 하겠다는 〈대수장서(代囚狀書)〉를 두 차례나 올리기도 하고, 부친의 석방을 위한 문중과 향중의 장서를 얻어내기 위해 동분서주하기도 했다.

시일이 한참 지나도 부친이 석방되지 않자 작가는 물불을 가리지 않으며 부친의 석방을 위해서 노력했다. 그 노력 가운데 하나로 의친왕에게 소를 올리기 위해 무작정 부산으로 내려간 일을 들 수 있다.

그때 마침 이친왕이 일본서 귀국한다 하니, 혹시 기회 있으면 정해
볼가 하여. 부산 항구로 나려갈 제, 기차로 가니 날이 저무러 이미 야
심한지라. 생면강산에 한 사람도 아는 이 업고 정처업이 어대 유숙할
고. 길에서 방황하며 좌우로 다라보니 일인으 집뿐이라. 밤이 깊으니
물어볼 사람 업고 할 수 업서 길만 보고 더듬어 장근 오리 가량 나려
오니 겨우 조선집 몃집 보이거날, 드러가 집집이 문을 두드리니 잘 수
업다 내치니, 호호망망 길에서 하늘을 우러러 앙천통곡 무성무취 저
에게 천벌을 나리시난가.

할 수 업서 노중을 해매니 월색은 희미한대 냉풍이 엄습하니 새벽
이 다 된 듯. 한편으로 도라보니 망망한 바다에 산덤 갓튼 거시 앞에
대이거날, 창졸에 대우 소리 천지를 진동하니 깜작 놀나 정신을 가다
듬어 겨우 진정하여 살펴보니 발알래 대해가 망망한지라. 한발 자칫
하면 떨어질 듯. 자세 살펴보니 윤선인 듯하나 평생 보지 못한 것이
라, 엇지 요량하리요.

기시부터 얼마를 내려가니 그재야 한옥이 보이거날, 망문투입으
로 불문곡직하고 방문을 열고 달여드니 주인이 질책 왈, "엇든 사람
이 모야무지에 들어오나냐?" 당황 대책하거날, 내 딱한 사정을 말하
고 애걸하고 그날 밤을 지새우고,

날이 밝아 이친왕으 행성을 듯고 소 한 장을 하여스대, — 생략(〈의
친왕께 올린 소〉) —

이리 하여드니, 이친왕이 나오서 모든 경시 삼엄하고 일인의 여관
에 유숙하고, 이튼날 총경들에 겹겹 감시 아래 기차로 즉시 상경하니,
홀홀 단신이 기회를 어들 수 업는지라.

작가는 의친왕이 미국 유학을 마치고 부산으로 도착한다는 소식

을 듣게 되자, 지푸라기라도 잡는 심정으로 의친왕에게 소를 올려 보려 했다. 그리하여 작가는 무작정 기차를 타고 부산으로 내려갔다. 기차에서 내리니 한밤이었는데, 아는 사람도 없어 유숙할 곳이 막연한 가운데 좌우에 있는 것은 일인의 집뿐이었다. 밤이 깊어 물어볼 사람도 없고 하여 무작정 오리 가량을 걸어오니 겨우 조선집 몇이 보였다. 그러나 집집이 문을 두드려 보아도 하루밤을 재워 줄 집은 없었다. 작가는 새벽이 다 되도록 냉풍이 업습하는 길을 헤매다가 문득 산더미같은 것이 앞으로 다가오며 큰 소리를 진동하는데 놀라 정신을 가다듬고 보니 발아래가 바로 망망대해였다. 한 발만 자칫했더라도 바다에 빠질 뻔한 후 얼마를 내려가니 한옥이 보였다. 불문곡직하고 달려들어 재워 줄 것을 애걸한 끝에 간신히 그곳에서 그날 밤을 보낼 수 있었다. 그러나 이러한 작가의 노력에도 불구하고 의친왕을 만날 수 없어 소를 올리는 일은 그만 무산이 되고 말았다.

이와 같이 작가는 부친을 석방할 수 있는 일말의 기회가 될 수 있겠다 싶으면 앞뒤를 가리지 않고 뛰어들어 평생 겪지 못했던 고초를 겪기도 했다. 이러한 앞뒤를 가리지 않고 무작정 뛰어들어 무모하게 행동하는 작가의 형상은 오로지 위기에 처한 부친을 구하고자 한 작가의 의지에서 비롯된 것이라고 할 수 있다.

이렇게 '봉효'를 실천한 작가였기 때문에 부친의 뜻은 곧 자기의 뜻이기도 했다. 자신을 희생하며 나라를 위한 일에 솔선수범하는 부친의 독립운동의식은 곧 작가의 의식으로 내면화되었다. 이승희는 감옥에 갇히기 직전에 혹 아들을 다시 만날 수 없을지 모르는 상황이었기 때문에 당부의 말을 건네는데, "네가 부대 마음을 정하여 남에 움직인 바 되지 말어라"는 말이었다. 아들이 지녔으면 하는 마음의 자세를 포괄적으로 말한 것이지만 이승희는 자신의 항일정신이 그대로 아들에게 이어지기를 바란 것이라고 할 수 있다.

대단락 ①과 ⑧은 부친의 행적이 빠진 작가의 서술로만 이루어졌다. ①에서 작가는 일본의 침략 야욕과 을사늑약의 체결, 늑약의 부당성과 을사오적의 처단, 민영환과 조병세의 자결 및 고종의 입장 등 당시의 시국을 서술하고 있는데, 시국을 바라보는 시각이 부친 이승희의 것과 같았다. 그리고 대단락 ⑧에서는 부친이 석방된 데에 안주하지 않고 가사의 마지막 구절을 통해 국권회복과 독립운동 의지를 고취시키고 있다.

〈을사명의록〉에는 작가의 장서 두 편과 상소 한 편이 번역한 채로 서술되어 있다. 작가의 장서는 모두 부자간 윤리를 들어 늙은 부친을 위해 자신이 대신 투옥되겠다는 대수(代囚) 장서이다. 당시 부친을 대신한 아들의 대수가 법적으로 가능했는지, 실제로 이런 일이 일어나기도 했는지는 모르겠지만, 작가가 부친을 위해 최선의 노력을 했던 것만은 분명하다고 할 수 있다.

상소 한 편은 작가가 부산으로 달려가 의친왕에게 올리고자 했던 것이다(⑥의 사).

　　하물며 불초으 부난 백수 단침에 국가를 위하여 사지에 나아가 생사를 초월하시니 인자지정으로 옥문 밧게서 유리방황 늬탕하다가 마참 전하으 오심을 듯고 분주히 달여와 상서하오니 복걸 측은이 생각하시와 은전을 내리시여 불초 부로 세상에 사라 나오기 하오시면 성심 결초함은 비록 저들 분 아니오라 대한 신자된 자가 의리에 감동하야 나라를 위하여 죽엄으로 서천을 갑사오리다. 감히 번거리 못하오니 하감하시기를 천만번 바라앗나이다.

위는 의친왕에게 올리려 했던 상소의 뒷부분이다. 이에 앞서 작
가는 부친이 상소를 올리고 대구 경무청에 투옥된 지 두 달이 지났
지만 아직도 아무런 응답이 없이 구류되어 있다는 사실을 말하고,
의친왕의 환국을 찬양했다. 이어서 위에서와 같이 부친이 국가를
위해서 사지에 나가 생사를 초월하고 있으니 부친을 석방시켜주신
다면 비단 부친과 자신뿐만 아니라 대한의 신자들이 나라를 위해
목숨을 바치겠노라고 호소했다. 역시 '봉효'의 입장에서 부친의 석
방을 호소하는 자세를 견지하면서도 을사늑약을 반대하는 상소가
나라를 위한 것임을 천명하고 추후의 항일의지도 피력하고 있는 것
이다.

3) 문중인·향중인의 형상

이승희가 체포되어 투옥 생활을 이어나갈 때 문중인·향중인도
이승희의 석방을 도왔다. 이승희가 처음 체포되어 갈 때는 작가의
삼종 참봉형이 이승희의 곁을 지켰으며, 연말이 되어 작가가 잠시
집에 귀가했을 때는 작가의 종숙주가 이승희의 곁을 지켰고, 이승
희가 석방되기 하루 전에는 작가의 재종숙, 족인 전참봉, 장백씨 등
문중인들이 이승희의 곁을 지켰다. 그리고 문중인은 성주군수와 관
찰부에 각각 장서를 올려 이승희의 석방을 요청하고, 이어 향중인
도 장서를 올려 성주군수와 경부에게 이승희의 석방을 호소했다.
여기서 향중인은 경북 성주의 유림문중인일 것이다.

> 그 잇튼날 초팔일이라. 순검이 다시 나와, "이참봉을 석방식히려
> 하니, 누군가 보증인이 잇서야 석방할 터이니라." 하거날 강백씨 딸

아 들어가니, 경부가 문왈, "이참봉 종형이 밧게 잇다 하니 들어오
라." 하거날 제종숙이 들어가니 성명을 무른후에 가로대, "노인으 종
제를 이제 방석할 터이니, 노인이 가히 현보하고 다시 상소하기를 말
나." 하거날 제종숙이 왈, "종제으 한 번 상소함은 신자의 직분이라.
이제난 다시 상소할 일이 업슬 덧하나, 비록 부자형제 간이라도 뜻이
다르니 엇지 현보하리요." 경부가 간청하거날 재삼 하대 종내 허락지
아니하니,

위의 인용문은 이승희가 석방되는 날에 벌어진 일을 기록(⑦의
나)한 것이다. 경부는 이승희를 석방하기로 결정하고 보증인을 불
렀다. 이때 이승희의 곁에는 재종숙과 족인 전참봉 강백씨가 있었
는데, 경부는 보증인으로 재종숙을 불러들였다. 보증인의 역할은
다시 상소하는 일이 없을 것을 보증하는 것이었다. 그리하여 경부
는 재종숙에게 '이제 석방 시켜줄 테니 다시는 상소하지 말게 하라'
고 하면서 석방에 따른 보증을 재종숙에게서 받고자 했다.

그러나 재종숙은 '상소하는 것은 신자의 직분이다.'라고 하면서,
'부자형제 간이라도 서로 뜻이 다른데 그러한 말은 하지 못한다'고
딱 잘라 말했다. 재종숙은 경부가 재삼 간청했지만 경부가 제시하
는 보증을 끝까지 허락하지 않았다. 사실 이 일은 '다시 상소하지 말
게 하라'는 경부의 말에 재종숙이 짐짓 '그런다'고 답하고 다만 그
말을 이승희에게 하지 않고 넘어가도 좋을 일이었다. 그렇지만 재
종숙은 거짓으로라도 일제에 협력하는 일을 조금도 허락하지 않았
다. 이러한 재종숙의 형상은 고지식하지만 일제에 한 치도 굴하지
않으려한 이승희의 형상과 같다고 할 수 있는 것이다.

문중인·향중인이 쓴 장서 세 편의 내용은 모두 상소가 의리에

합당한 행동이고 애국하는 것이라는 입장을 견지하며 이승희의 석방을 호소하는 것이었다. 문중인·향중인이 쓴 장서 가운데 향중인이 새로 부임해온 관찰에게 올린 장서(⑥의 타)를 살펴본다.

> 임군이 욕을 보시면 신자가 죽고 조화함은 인윤에 갓흔 바요, 악함을 징계하고 착함을 권장하는 것은 왕법에 큰 일이니 진실노 한심통한하도다. 공번된 바를 사사로 하며 인윤 엇지 밝으리요. 보수하난 전참봉 이모는 육순 임하에서 공부한 바가 윤상대에라 작년 신조약 하는 일을 당하여 국가의 수욕함을 보고 분하여 몸을 도라보지 아니하고 소를 올이여 의리를 비푸러드니 비답을 보지 못하매 향산에 도라와 두문사세하고 만사여의라. 이에 관찰부 홀영으로 일인으 손에 구루한 지 사오삭이 지나고 백가지 고초로 지나시대 신자로서 임군에게 충성을 하다가 합하지 안이한 즉 아니 들을 일이라 무어시 죄 되미 잇으리요. 하물며 대한 신자로서 님군에게 말한 것이 무어시 일본으게 관게 잇나뇨? 또한 굿때 소한 자가 구류된 자 만으나 다 석방되여시대 홀노 모난 백수 음병에 수도지중이 완전하니 이 일이 무슨 이친고 합하가 충군애국하는 마음으로 이재 법을 맛하 가지고 이곳 왓으니 응당 측은애족한 마음이 잇을 터이라. 생등이 소동한 의리로 실상을 들어 우에 보고하고 외국에 공포하야 모로 하여곰 뉘옥에 사라 나오게 하여 인의 무거움을 다행하게 하며 왕법에 바른 것을 빗나게 하기를 천만 기강지지하나이다.

위 장서의 요지는 '전참봉 이승희가 을사늑약 체결이라는 국가의 욕을 당하자 분한 마음에 몸을 돌보지 않고 상소를 했다, 지금 관찰부 훈령으로 투옥된 지 사오삭이 되어 백가지 고초를 당하고 있다, 대한의 신자로서 임금에게 상소한 것이 무슨 죄가 되며 일본과는 무슨 관계가 있나? 그 때 상소를 하여 투옥된 많은 사람들이 다 석방되었으나 이승희만은 아직 구류 중에 있으니 이치가 아니다, 이승희의 상소는 전국의 공분을 대신하여 의리의 부당함을 편 것으로 이렇게 애국한 것이 무슨 죄가 되느냐'라는 것이다.

을사늑약을 국가의 치욕으로 본 점, 우리나라 신자가 임금에게 상소한 것이 일본과 관련이 없다고 본 점, 상소 행위를 전국민을 대신하여 의리의 부당함을 밝힌 애국으로 본 점 등에서 알 수 있듯이 향중인의 을사늑약과 당시 시국에 대한 입장은 이승희의 것과 같은 것이라고 할 수 있다. 특히 향중인은 '대한의 신자로서 임금에게 상소한 것은 죄가 아니며, 더군다나 일본과는 관계가 없다'고 함으로써 통감에 의한 일인의 내정간섭에 강한 저항감을 표하고 있음을 알 수 있다.

4) 기타 인물의 형상

〈을사명의록〉에는 대한인 순검과 통변도 자주 등장한다. 감옥을 지키는 순검은 추운 날에 이승희를 온돌방에 기거하게 하거나 금침을 가져다 주고, 감옥 밖에서 생활해야 하는 작가와 문중인의 거처를 알선해 주기도 하는 등 우호적인 입장에서 이승희와 가족에게 배려를 아끼지 않는 형상으로 나타난다.

> 순금이 이윽고 문왈, "무슨 일노 상소하엿소."
> 답왈, "월전에 한일 신조약 사건으로 상소하미라."
> 순금이 개용왈, "우리 비록 이 직분에 있어 일인의 노예가 될지언

정, 아한 인민이 되여 마음조차 다르리요. 영대인계서 절의를 세워 이른 일을 당하시니 무엇이 붓거러우리요. 부친이 이른 일노 욕을 보시난 겄은 오히려 영광이라. 무엇 그리 애탁히 여기리요."

답왈, "인자 되여 부친이 이러한 굴욕을 당하여도 구완하여 설분치 못하오니, 엇지 천지간에 용납하리요?" 애걸사정하니, 저들도 인심이 감탄함인가.

"우리 국가국민에 표상이라. 초동목수도 감탄하리로다. 노인이 한 절에 거처가 심히 어려우니 조석으로 감지보호하시고 부대 염여 마르시요." 관곡히 후대하니 이 은혜는 백골난망이라, 엇지 보답하리요.

위의 인용문은 이승희가 대구 감영에 투옥된 다음날 아침에 감옥을 찾아간 작가와 순검의 대화를 기록한 것(④의 바)이다. 순검은 작가에게서 이승희가 을사늑약 반대 상소로 잡혀 들어왔다는 말을 듣는다. 그러자 순검은 '우리가 비록 이 직분에 있어 일인의 노예 노릇을 하고 있지만, 대한의 인민으로 마음조차 다르진 않다'고 했다. '우리가 비록 이 직분에 있어 일인의 노예 노릇을 하고 있지만'이라는 말에서 을사늑약 직후 일제의 내정간섭이 순식간에 전국으로 확산되어 있음을 알 수 있다. 그러면서 이승희의 투옥이 '부끄러운 것이 아니고 오히려 영광인 것이라'고 했다. 이승희가 '절의를 세운' '우리 국민의 표상이라'고 단언한 순검의 발언은 당시 우리 국민 사이에 퍼져 있는 항일지사에 대한 일반적인 정서를 대변하는 것이다.

이렇게 순검은 이승희를 가두고 감독하는 역할을 수행하고 있기는 하지만, 일제에 저항하는 이승희의 행동을 자랑스럽게 여기고 응원을 하고 있어, 당시 대한인 일반의 형상을 대변한다고 할 수 있다.

한편 이승희의 심문에서 일인과의 소통은 통변을 통해서 이루어졌다. 통변은 이승희가 일인 면전에서 항일적인 발언을 직설적으로 했기 때문에 통변하는 입장에서 매우 곤혹스러워했다. 이승희가 일인의 심기를 자극하여 곤욕을 치루지 않을까 염려했기 때문이다.

> 일인이 서울서 온 통문을 보여 왈, "이것을 보앗나냐?"
> 대인이 취하여 보니, 그 뜻이 또한 신조약 반대하고 끝해 민충정 조충정 사절시의 인민긔 유서함이 잇는지라. 다 읽어면서 락누체읍하니, 끗때에 통사가 겻태서 또한 락누하더라.

위의 인용문은 1906년 1월 20일 오후에 있었던 2차 심문을 기록(⑤의 나)한 것의 일부분이다. 일인은 이승희에게 서울서 온 통문 하나를 보여주며, 그 통문을 읽은 적이 있느냐고 물었다. 그 통문은 을사늑약을 반대하는 내용과 민영환과 조병세의 유서가 적혀 있는 것이었다. 그것을 받아 읽은 이승희는 감격하여 '눈물을 흘리며 울었[낙루체읍(落淚涕泣)]'는데, 놀랍게도 곁에서 지켜보던 통변도 같이 눈물을 흘렸다고 했다. 이승희의 울음은 통문에 민영환과 조병세의 유서가 적혀 있었기 때문에 그들의 죽음에 대한 통한이 터져 나온 것이라고 할 수 있다.

사실 일인이 이 통문을 보여준 의도는 이 통문과 이승희를 얽으려 했던 것이었다. 그런데 이승희는 일인의 의도를 전혀 개의치 않고 그 통문을 끝까지 읽어내려 갔으며, 급기야 감격하여 눈물을 흘리며 울기까지 했다. 통변은 이러한 이승희의 통한적 정서에 자기도 모르게 감화된 형상으로 나타난다.

　　통변이 엿자오대, "이재 국사가 다 된지라. 혼자 회복하지 못할 것이니 엇지 하여 홀노 고생만 이릏이 하심잇가?"

　　대인이 대책 왈, "우리나라애 엇지 나 한 사람 뿐이리요. 이 마음은 아국의 생령이 다 잇는 배라. 그대도 대한 사람이라 이 마음이 없을소냐?"

　　순검 왈, "이 일이 진실노 올은 일인 줄 알고 잇사오나, 엄동설한에 노인이 고초 당하심을 뵈오니 너무 절통한지라. 오늘은 말슴만 화하기 하시면 나가실 걸을 감옥을 락지로 아시나잇가?"

　위의 인용문은 3차 심문 이후에 통변 및 순검과 이승희의 대화를 적은 대목(⑤의 라)이다. 통변은 육순의 나이에 감옥에서 고초를 겪는 이승희가 안타까워 '이제 국사가 다 되었다. 혼자 힘으로는 회복되기 힘드니 고생하지 말라'고 했다. 그러자 이승희는 '우리나라 사람은 모두 나와 같은 마음이 있다. 그대도 이 마음이 없겠느냐'며 호통쳤다. 그러자 이번에는 곁에 있던 순검이 이승희에게 말했다. '이일이 옳은 일인지는 알지만, 노인의 고초가 마음에 안쓰럽다. 말만화(和)하게 하면 감옥에서 나갈 수 있다'고 간청한 것이다.

　'이제 국사가 다 되었다. 혼자 힘으로는 회복되기 힘들다'는 순검의 말에서 을사늑약 이후 일제의 실질적인 지배가 현실화한 당대의 정세 속에서 일단 당대의 정세에 순응할 수밖에 없다고 생각한 일반 대한인의 현실인식을 알 수 있다. 이 말을 들은 이승희는 '혼자가 아니다, 우리나라 사람은 물론 그대도 모두 나와 같은 마음이 있다'고 크게 통변을 꾸짖었다. 당대의 정세에 순응하며 살 수밖에 없는 대한 일반인에게 항일의식을 심어주고자 노력하는 이승희의 의지가 잘 드러나는 대목이라고 할 수 있다.

이렇게 당대 대한인 통변이나 순검은 을사늑약이 잘못된 것이고 일제에 맞선 이승희의 저항이 옳은 것임을 잘 알고 있었다. 그래서 투옥된 이승희를 안타까워하고 이승희의 감옥생활을 가능한 한 배려하는 형상으로 나타난다. 하지만 당대의 정세 속에서 일단 순응하며 살 수밖에 없다고 생각한 일반 대한인의 형상으로도 아울러 나타난다.

한편 〈을사명의록〉에는 일인의 형상도 드러나는데, 다른 인물들에 비해 상대적으로 구체적인 형상이 부족한 편이다. 이승희의 체포, 투옥, 심문, 석방 등의 모든 사무는 일인이 주관했다. 일본인은 이승희를 철저히 일제에 대한 반역죄인으로 다루었다. 당시 일본인은 고령인데다가 유림지도자인 이승희를 상대로 고문과 같은 폭력은 사용하지 않았다. 하지만 언제나 칼과 육혈포를 지니고 있어 위협적인 분위기를 조성했다. 그리고 일인은 심문 과정에서 이승희의 뜻을 꺾지 못해 애를 먹는 형상도 드러냈다. 이렇게 일인은 일제 상부의 명령에 따라 움직이는 비교적 단선적인 형상으로만 나타난다.

04 근대계몽기 유림의 역사적 의미

이승희는 상소 당시 59세의 나이로 부친 이진상의 뒤를 이어 한주학파의 중심인물로 활동하면서 국권회복운동에 나섰던 유림지도자였다. 상소와 장서를 통해 유림지도자 이승희는 을사늑약의 부당성을 주장하며 일본의 국권침탈과 내정간섭을 강하게 비판했다. 투옥된 이승희는 일제의 탄압 속에서도 자신의 신념을 굽히지 않고 일인에게 저항하는 의로운 독립지사의 형상으로 나타났다. 작가는 주로 감옥에 갇힌 부친의 안위을 위해 '봉효'를 실천하는 형상으로 나타나지만, 부친의 뜻을 그대로 이어받아 항일정신을 지닌 독립지사의 형상으로도 나타났다.

문중인은 이승희의 곁을 번갈아 지키면서 석방을 돕고, 을사늑약 및 일제의 내정간섭의 부당성과 이승희의 정당성을 완강하게 주장함으로써 일제에 저항하는 독립지사의 형상으로 나타났다. 향중인도 장서를 써서 이승희의 석방을 돕고자 하는 형상으로 나타났다. 대한인 순검 및 통변은 항일지사의 투옥을 안타까워하면서 항일정신에 감화되는 형상과 아울러 당대의 정세에 순응할 수밖에 없다고 생각한 일반 대한인의 형상으로도 나타났다. 그 외 일인은 상부의 명령을 따르는 단선적인 형상으로만 나타났다.

이승희의 형상은 그의 아들에 의해 구체화된 것이기 때문에 과장되거나 미화된 것으로 볼 수도 있다. 그러나 〈을사명의록〉은 비록 매우 사적인 관계에 있는 아들이 '봉효'의 서술 태도를 견지한 채로 서술한 것이긴 하지만, 아들인 작가가 실제로 보고 들은 사실에 근거해 서술한 것이다. 따라서 이승희의 형상은 사실 그대로라고 볼 수 있으며, 과장되거나 미화된 형상이라고 할 수는 없을 것 같다. 한편 이승희는 감옥에서도 갓을 벗지 않는다든가, 관찰부 훈령으로 잡혀왔는데 일인이 심문하는 것은 무엇 때문이냐고 따진다든가, 나가라고 하는데도 감옥에 그대로 있겠다고 하는 등 형식과 절차를 따지며 꼬장꼬장한 유생의 모습도 보인다. 그런데 이러한 이승희의 형상은 일인이 내정을 간섭하고 대한인을 탄압하는 데 대한 반감과 저항에서 비롯된 형상으로 보는 것이 합당하다.

어쩌면 〈을사명의록〉에 나타난 이승희의 형상이 과장되었다거나

꼬장꼬장하다고 보는 시각은 현대인이 인식하는 유림의 형상에서 비롯된 것인지도 모른다. 점차 나아지고는 있지만 현대인은 유림에 대해 그리 좋은 인식을 지니고 있지 않다. 근대기 역사의 전개 과정에서 유림은 지배층의 주역으로 인식되어 타도 대상이 된 적이 있었고, 이러한 유림에 대한 시각은 일제의 식민지 지배 기간 동안 식민사관에 의해 고정화되어 해방 이후까지 연속되었기 때문이다. 그러므로 이승희와 같은 유림의 구체적인 형상을 통해 현대인이 유림의 형상에 대한 인식을 수정할 필요가 있는 것으로 보인다. 유림지도자 이승희의 형상은 과장되거나 미화된 것이 아니라 한민족의 자존을 지키고자 일제에 저항하며 치열하게 살았던 당대 유림의 실제적인 형상이지 않을까 생각된다.

〈을사명의록〉에는 이승희를 포함한 유림문중의 형상이 주로 나타난다. 그런데 〈을사명의록〉에 나타난 유림문중의 형상에서 주목할 만한 점은 이승희의 수감생활이 계속되면서 이승희를 돕는 일에 참여하게 되게 되는 시간이 이승희와 맺고 있는 친소관계에 따라 가장 가까운 사람이 가장 먼저이고 비교적 먼 사람들은 가장 나중이라는 것이다. 이것은 이승희가 수감된 시일이 경과함에 따라 작가·문중인·향중인의 순서로 이승희의 뜻에 동참하고 있음을 말해준다.

이승희, 작가, 그리고 문중인·향중인이 쓴 상소 및 장서에서도 이와 같은 현상이 일어나고 있음이 드러난다. 상소 및 장서가 이승희, 작가, 그리고 문중인·향중인의 순서로 씌어졌다. 일제에 항거하는 저항성과 단호함의 정도는 역시 이승희의 상소가 가장 높고 치열했다. 작가나 문중인·향중인이 쓴 소나 장서는 각각이 처한 입장과 처지에 따라 조금씩 내세우는 것을 달리 하며 이승희의 석방을 호소했다. 그러나 이들이 쓴 소나 장서는 모두 을사늑약을 반대하여 상소를 올린 이승희의 행위가 의로운 것이며 일제의 내정간섭이 부당하다는 주장을 줄곧 견지하고 있었다. 역시 이승희가 투옥된 후 시일이 경과함에 따라 작가·문중인·향중인의 순서로 이승희의 뜻에 동참하고 있음을 말해준다.

따라서 〈을사명의록〉에 나타난 이승희·작가·문중인·향중인 등 유림의 형상을 통해 당시 유림문중 내에 항일 저항정신이 유림지도자를 중심으로 하여 점차 바깥으로 확산되어가는 과정을 알 수 있다. 유림 내 항일정신의 확산을 가능하게 했던 원동력은 항일정신의 신념을 굳건하게 지켜나간 유림지도자 이승희에게서 나왔다. 그리고 이러한 이승희의 항일정신은 '봉효'를 실천한 그의 아들에게 그대로 이어졌다. 작가가 〈을사명의록〉의 마지막에 굳이 가사를 따로 지어 기록한 것은 부친이 귀환한 기쁨을 가사문학의 향유자인 문중의 여성들과 함께 나누고자 한 의도가 있었기 때문이었지만, 동시에 가사의 향유자들에게 항일의식을 고취시키고자 한 의도도 있었기 때문이었다.

이러한 이승희 부자의 불굴의 항일정신과 그것을 적극적으로 실현하려는 실천성은 문중인과 향중인에게 막대한 영향력을 끼친 것으로 보인다. 그리하여 이승희의 문중인과 향중인은 이승희의 석방운동을 벌이면서 집단의 결속을 다지면서 일제에 저항하는 항일 집단을 형성해 나갈 수 있었다. 이렇게 을사늑약 직후 한 유림지도자의 굴하지 않는 항일저항의식은 아들에 이어 문중인과 향중인에게까지 영향을 미쳐 유림문중 전체가 단단히 결속함으로써 항일 집단을 형성하는 쪽으로 나아간 것으로 보인다.

을사늑약이 체결된 시기를 전후하여 즉 일제의 강점이 더욱 노골화되던 시기에 형성된 유림의 항일 저항연대는 봉건시대부터 지켜져 내려온 유림문중의 '봉효'의식이나 공동체의식이 작용한 결과이기도 할 것이다. 하지만 당시 유림의 항일 저항연대는 무엇보다도 유림이 기본적으로 지니고 있었던 나라와 백성에 대한 지식인의 사명감에서 비롯되었다고 할 수 있다. 유림은 언제나 지식인으로서 백성의 지도자로 자임했다. 그리하여 지식인으로서 유림은 나라의 위기가 닥치면 누구보다 솔선하여 나라의 위기를 구하는 것과, 백성의 삶이 피폐해지면 백성의 편안한 삶을 위해 일하는 것을 '의리'이고 '충(忠)'이라고 여겨왔다. 근대기 일제의 노골적인 강점으로 나라가 풍전등화와 같은 상황이 지속되자 이러한 유림의 '의리'와 '충'의 사명감은 그 어느 때보다도 높아 있었던 것이다.

작가는 당시 부친 이승희의 생각을 "불초 대인이 세세잠영으로 국은을 만이 받어섯고 또 친히 은일 벼슬을 누차 바드시니 망극한 국은을 생각하대 감읍무지 하시드니, 조국 위기를 당하시와 엇지 통분치 아니리요"라고 쓰고 있다. 을사늑약으로 나라가 위기에 처하자 이승희는 자신이 세세잠영(歲歲簪纓)의 문중 유생임을 새삼 자각했다. 그리하여 자신이 먼저 나서서 나라의 위기를 구해야겠다는 유림의 사명감을 다진 것이다. 더욱이 이승희는 한주학파의 중심인물로서 명망 있는 지도자였기 때문에 그 사명감은 더욱 커질 수밖에 없었다. 이렇게 이승희는 민족이 위기에 빠지는 상황이 전개되자 아무런 망설임이 없이 누구보다도 먼저 나라의 위기를 구하는 데에 앞장을 섰다. 그리고 갑자기 나라의 국권이 침탈당한 초미의 위기 상황이었기 때문에 죽음도 불사하겠다는 극단적인 마음을 품었다. 대한제국에 대한 일제의 국권침탈과 탄압에 항거하는 일을 '대의(大義)'로 인식하고, 대의를 실천하는 데 구차하게 목숨을 도

67

모하지 않는 지식인이 되고자 한 것이다.

이러한 유림지도자 이승희의 확고한 신념과 행동이 유림문중이 지녀왔던 '의리'와 '충(忠)'을 표면으로 견인하는 역할을 한 것으로 보인다. 을사늑약 직후 일제의 노골적인 내정 간섭, 주권침탈, 탄압 등이 하나하나 현실화되는 정세가 전개되자 유림은 유림 지도자를 중심으로 전통적으로 지켜왔던 '충'의 관념을 '반제, 항일'의 정신으로 전화하여 발휘한 것이다.

을사늑약 이후 유림문중의 항일 저항연대는 이후 국권회복을 목적으로 전개된 의병운동, 근대교육운동, 그리고 해외망명 독립운동 등 항일독립운동을 이끄는 초석으로 작용했다. 항일독립운동의 초창기 발생과 전개에 각 향촌사회에 포진해 있던 유림문중은 실로 막대한 영향력을 끼치고 역할을 담당했다. 경술국치 직후 국내에서의 항일운동에 한계를 느끼고 해외에서 독립운동을 전개하고자 만주망명을 주도한 층도 유림문중이었다.

안동 내앞마을의 김대락문중, 안동 임청각의 이상룡문중, 서울의 이회영문중, 평해 사동촌의 황만영문중 등의 유림문중은 함께 만주로 망명하여 독립운동을 할 것을 기획했다. 이후 이들 문중인은 물론 향중인의 다수가 서간도로 망명해 독립운동에 참여한 것은 잘 알려진 사실이다.[16] 이승희도 상소 사건이 있은 지 3년 뒤인 1908년에 블라디보스톡으로 망명해 해외 독립운동을 이끌었으며, 이후 그의 막내아들 이기인도 부친을 따라 망명했다. 근대기 민족역사의

---

16 여기에 적은 문중 중에서 서울의 이회영 문중을 제외한 모든 문중인은 만주에서 가사문학을 창작하기도 했다. 만주망명가사를 생산한 유림문중으로는 이외 춘천 항골의 유홍석문중, 안동 가일마을의 권준희문중 등이 있다. 유림문중에서 창작된 만주망명가사에 대한 일련의 연구가 고순희에 의해 이루어졌다. 만주망명과 관련한 가사문학에 대해서는 고순희의『만주망명과 가사문학 연구』(박문사, 2014)와『만주망명과 가사문학 자료』(박문사, 2014)를 참고할 수 있다.

위기 국면에서 각 향촌의 세거족이었던 유림문중에서 문중의 지도자가 노블리스 오블리쥬 정신을 발휘하여 과감히 기득권을 포기하고 국가와 민족을 위해 헌신하자 유림문중 전체가 지도자를 따라 나라를 위한 일에 동참하게 된 것이다.

〈을사명의록〉은 을사늑약 직후 일인의 내정간섭과 탄압이 현실화한 당대의 정세 속에서 문중지도자 이승희, 작가 이기원, 문중인, 향중인 등 유림문중인의 형상을 주로 담았다. 그리하여 유림지도자의 굳건한 항일정신이 점차 문중인과 향중인으로 확산되어 유림문중의 항일 저항연대를 형성해나간 현상을 보여준다. 이와 같이 〈을사명의록〉에 나타난 유림의 형상은 유림지도자를 중심으로 유림의 항일저항 연대를 형성해나간 과정을 보여주며, 이렇게 형성된 유림의 항일저항 연대는 이후 전개된 항일독립운동의 초석이 되었다는 역사적 의미를 지닌다.

이외 〈을사명의록〉에 등장하는 대한인 통변이나 순검의 형상도 이승희에게 감화되는 면모를 보인다. 을사늑약이 체결된 직후 대한인 순검이나 통변은 매우 특수한 위치에 있었다고 할 수 있다. 갑자기 정세가 급변하여 대한인이지만 대한인이 적대시하는 일인을 위해 일해야 하는 처지로 전락했던 것이다. 그리하여 이들은 대한인으로서의 정체성과 일인의 명령에 따라야 하는 직분 사이에서 갈등을 겪을 수밖에 없었을 것이다. 그런데 순검이나 통변은 일인의 명령을 받고 일한다는 특수성이 있기는 하지만 생존에 발목을 잡혀 살아가야 했던 사람들이었다. 따라서 순검이나 통변은 현실에 순응하여 살아갈 수밖에 없었던 대한인 일반을 대변한다고도 할 수 있다.

당시 이들은 적극적이든 소극적이든 일제에 저항하는 데까지는 나아가지 못했다. 그러나 일제에 맞서 저항하는 독립지사를 안쓰럽게 생각하고 배려를 아끼지 않는 가슴을 지니고 있었다. 이들은 지독하리만치 일인에게 저항하는 이승희의 형상을 가까이에서 지켜보면서 순간적이긴 하지만 이승희에게 동화되기도 하고 존경을 표하기도 했다. 이 점은 유림지도자의 확고한 항일저항의식이 먹고사는 것이 중요한 대한인 일반에게도 스며들어가고 있었음을 말해준다고 하겠다.

05 맺음말

〈을사명의록〉은 을사늑약 이후 반대상소로 고초를 겪으면서도 일제에 저항했던 이승희의 행적을 주로 기술하면서도 이승희문중의 행적도 담았다. 그리하여 이 논문에서는 당시 이승희를 중심으로 하는 유림의 역사적 의미를 규명해보았다. 그런데 이 논문에서는 민족의 위기 상황에서 드러난 이승희문중의 행적을 근대기의 유림문중 일반으로 확대하여 적용하고, 유림의 역사적 의미까지 규명해보았다. 이 논문의 이러한 논지는 논리적으로 비약이 심한 것은 분명하다고 할 수 있다.

그런데 필자는 심증적으로 19세기 말에서 20세기 초에 이르는 근대기에 위기에 처한 민족의 역사에 대해 가장 큰 사명감을 가지고 실천적으로 행동한 층은 당대 향촌사회에 세거했던 유림층이었다고 판단한다. 그리고 유림층의 항일저항 행동이 전국적으로 확산되어 우리 민족의 항일 정신으로 승화될 수 있었던 것은 그 중간 매개체로 유림문중의 학맥과 혼맥이 있었기에 가능했다고 본다. 추후 근대기 유림층의 역사적 역할과 의미에 대한 논의가 계속되어 필자의 심중이 심중만으로 남지 않기를 기대한다.

제3장
근대기 국문실기 〈학초전〉 연구

01 머리말

　문학사의 전개에서 근대계몽기와 일제강점기 초반을 포괄하는 근대기의 문학은 매우 복합적인 양상을 띤다. 한학에 토대를 두고 성장한 지식인 가운데는 변화한 근대기 문자 환경과 신문·잡지와 같은 매체의 문화 환경에 대응하여 국문을 사용하여 작품 활동을 하고 발표 매체를 신문으로 한 작가가 생기게 되었다.[1] 하지만 19세기 중엽 이후에 출생하여 전통적인 한학을 교육 받아온 상당수의 향촌 지식인들은 새롭게 전개되어 가던 문화 환경의 사각지대에 있었다. 이들은 나름의 방식으로 근대기의 시대변화에 대응해 나갔지만 문학의 창작 활동은 양반 지식인의 인문학적 사명으로 고수해온 전통적인 장르를 통해 계속해 나갔다. 이 시기에도 양반 지식인의

1　김영민, 「19세기 말 이후 20세기 초반 한국의 근대문학─서사문학의 전개를 중심으로」, 『국어국문학』 제149호, 국어국문학회, 2008, 139쪽.

한문문집이 상당수 발간되었으며, 인문학적 교양을 지니고자 한 양반가 여성은 국문으로 된 가사문학의 창작에 몰두하여 엄청난 가사 필사본 자료를 남겼다. 한편 이들 가운데는 한문기록을 국문으로 번역하여 국한문체나 국문체의 국문기록물을 남기기도 했다.

이렇게 근대기 문학의 총체적인 양상은 매우 복합적이고 중층적인 양상으로 전개되었음을 알 수 있다. 그런데 근대계몽기와 일제 강점기 초반을 포괄하는 근대기는 현대문학의 초창기였기 때문에 현대문학에 비해 전통적인 장르는 상대적으로 관심을 덜 받고 연구가 활성화 되지 못한 것이 사실이다. 근대기 문학의 총체적인 양상을 밝히기 위해서는 19세기 중엽 이후에 출생한 지식인의 문학 활동에 대해 적극적으로 연구할 필요가 있다.

〈학초전(鶴樵傳)〉은 학초(鶴樵) 박학래(朴鶴來, 1864~1943[2])가 쓴 국문실기문학이다. 박학래는 19세기 중엽 이후에 출생하여 역사적 변혁기인 근대기를 살아간 한 양반가 지식인이다. 작가는 한문실기인 〈박학초실기(朴鶴樵實記)〉와 〈경난가〉를 포함한 몇 편의 가사를 쓴 바 있다. 그런데 학초는 1923년경에 이것들을 번역하고 재구성하여 국문으로 된 〈학초전〉을 서술했다.

〈학초전〉의 필사본은 박학래의 후손인 박종두씨가 소장하고 있다. 필사본의 영인본과 함께 현대어로 해석한 비매품 책자가 출간된 바 있으며, 최근에는 〈학초전〉을 현대어로 번역하고 내용의 일부는 편집하여 『학초실긔』라는 제목으로 출간되기도 했다.[3]

---

2 학초는 음력으로 甲子(1864)년 4월 24일에 태어나『鶴樵小集』(鶴樵年譜), 계명대학교 도서관 소장)、壬午(1942)년 12월 12일에 사망했다(《世譜》). 음력으로 임오년 12월 12일은 양력으로 1943년 1월 17일이므로 그의 사망연도를 1943년으로 보았다.
3 학초 박학래, 박종두 역·편,『학초실긔』, 생각나눔, 2018.

〈학초전〉이 처음으로 학계에 소개된 것은 2014년 8월에 동학농민
혁명 120주년을 기념하여 열린 학술대회[4]에서였다. 〈학초전〉은 소
개되자마자 사학계의 주목을 받았다. 양반신분인 박학래가 동학농
민농민군 지도자가 되어 당시 예천 일대의 동학농민군의 활약상을
직접 기록했기 때문이다. 그러나 자료가 소개된 지 꽤 시간이 지났
음에도 불구하고 현재 이 자료에 대한 사학계의 본격적인 연구 성
과는 나오지 않고 있다. 다만 이병규가 경상북부지역의 동학농민혁
명과 관련한 자료를 정리하는 자리에서 유일하게 동학농민군 자료
의 성격을 지닌 자료로 〈학초전〉을 들고, 내용을 간단하게 소개한
것[5]만 있을 뿐이다.

〈학초전〉은 양반 동학농민군 지도자가 직접 예천지역 동학농민
군의 활동을 적은 것이라서 역사적으로 중요한 가치를 지니지만,
이 연구에서는 〈학초전〉에 대한 문학적인 논의에 중점을 두고자 한
다. 그리하여 이 연구의 목적은 〈학초전〉의 작품세계를 정리하고,
국문실기문학인 〈학초전〉의 문학적 성격을 밝힌 다음 그 문학적 의
미와 문학사적 의의를 규명하는 데에 있다.

먼저 2장에서는 작가의 생애와 작품세계를 객관적으로 드러내기
위하여 〈학초전〉의 서술단락을 체계화하여 정리한다. 〈학초전〉은 2

---

4 동학농민혁명기념재단과 한국사연구회가 공동으로 상주문화회관에서 〈새로
   운 자료를 통해본 경상도 북부지역 동학농민혁명〉이라는 주제로 학술대회를 개
   최했다. 여기서 「〈학초전〉을 통해 살펴본 경상도 예천지역의 동학농민혁명」이
   라는 주제로 신영우교수의 발표가 있었으며, 학초 박학래의 후손인 박종두(당
   시 대구송일초등학교 교장)씨의 토론이 있었다. 여기서 처음 〈학초전〉이 소개된
   것이다. 발표자는 2015년에야 이 자료의 존재를 알게 되어 후손 박종두씨를 통
   해 〈학초전〉의 복사본을 구해 볼 수 있었다.

5 이병규, 「경상도 북부지역 동학농민혁명 관련 자료와 그 성격」, 『동학학보』 제
   35호, 동학학회, 2015, 171~202쪽. 이 논문에서 『학초전』의 내용을 간단히 소개
   하고(194~196쪽), 이 자료가 다른 14개 자료와 달리 유일하게 동학농민군 자료
   로서의 성격을 지닌다고 의미를 규정했다.

책으로 총 451면[6]에 걸쳐 1864년부터 1902년 초까지 작가의 생애를 서술했다. 그러므로 작가의 생애는 작품세계를 살피는 자리에서 드러날 것이므로 따로 살피지 않는다. 3장에서는 국문실기문학인 〈학초전〉의 문학적 성격을 밝힌다. 〈학초전〉은 실기문학의 성격을 분명하게 유지하면서도 장면의 묘사나 작가의 서술 태도가 영웅소설적인 면모를 지니고 있다. 즉 〈학초전〉은 실기문학과 허구적 소설문학의 경계를 넘나드는 지점을 지니고 있다. 그리하여 〈학초전〉의 문체, 서술 태도, 여타 사항 등을 고려하여 작품의 문학적 성격을 규명하고자 한다. 〈학초전〉의 문학적 성격에 대해 규명하는 논의는 작가 문제와도 연결되는 것이기도 하여 우선적으로 해결해야 할 과제이기도 하다. 마지막으로 4장에서는 앞서의 논의를 바탕으로 〈학초전〉의 문학적 의미와 문학사적 의의를 규명하고자 한다.

02 〈학초전〉의 서술단락과 작품세계

〈학초전〉은 3책 중 2책까지만 전한다. 1책은 표지에 제목이 없는 가운데, "학초전 일(鶴樵傳 一)"로 시작하는데 중간에 "박학초실기 권지이(朴鶴樵實記 卷之二)"로 바뀌어 기재되었다. 2책은 표지에 제목이 〈학초전 이(鶴樵傳 二)〉로 되어 있는 가운데, "박학초실기 권지삼(朴鶴樵實記 卷之三)"[7]으로 시작했다. 그런데 2책의 105면은 3줄

---

6 1책은 표지 외에 총 241면, 그리고 2책은 표지 외에 총 210면이다. 한 면당 10줄에 띄어쓰기가 없는 줄글체 형식으로 매우 빽빽하게 기록되어 있다.

7 "朴鶴樵實記 卷之三"에서 '三' 부분은 붓필로 굵게 가필하여 '二'로 보인다. 그러나 1책에서 "卷之二"가 이미 나왔으므로 이 부분은 원래 "朴鶴樵實記 卷之三"이

까지만 내용을 기재하고, 이어 106면을 비우고 107면에서 다시 내용을 기재했다. 중간에 106면을 비운 것은 105면까지가 권3의 내용이고 107면부터는 권4의 내용이기 때문으로 추정된다. 이렇게 〈학초전〉은 총 2책 4권으로 구성되었다.

총 451면에 걸쳐 작가 자신의 일생을 기술한 〈학초전〉은 다루고 있는 내용이 매우 많다. 여기서는 기술된 내용을 표로 정리하여 제시하고, 중요한 내용을 개략적으로 소개하고자 한다.

1권(1책 1~80면)은 학초의 출생부터 20세까지의 행적을 서술했다.

연도(나이)	단락	내용
1864(1)	a	예천군 우음동 낙척한 양반가에서 출생하다
1870(7)	b	이웃집 대추 사건으로 칭송을 받다
1871(8)	c	조부의 말에 따라 금연, 금주, 금도박을 결심하다
	d	외가에 가서 공부하며, 남의 집의 서책을 부러워하다
1875(12)	e	만인을 지휘할 인물이 될 것이라는 말을 듣다
1876(13)	f	결혼하고 장인에게 칭찬을 받다
	g	삼대 원수가 학초의 도량에 감복하여 화해하다
	h	도박하는 주인에게서 끝내 지세를 받아내다
	i	조선의 가렴주구 현실
1877(14)	j	체포된 부친을 구해내다
1878(15)	k	이매(李邁)의 행동에 감동하고 외삼촌과 대화하다
1883(20)	l	빈동(貧洞)의 장두가 되어 공정한 판결을 받아내다

학초는 가난한 집안 형편에도 불구하고 열심히 공부하여 장차 큰 인물이 될 것이라는 예견까지 들었다(a, b, d, e). 학초의 가난에 얽힌 일화(b)[8]에서 그가 가난에 대한 강한 자의식을 지니고 있었으며,

---

맞다.
8 학초는 다른 아이들과 다르게 떨어진 이웃집의 대추를 줍지도 받지도 않으면서 "어떤 사람은 과실나무가 많아서 자기도 호강하고 사람을 이리 하여라 저리 하

특히 젊어서부터 조선의 가렴주구 현실에 시선을 두는 민중적 시각을 지니고 있었다(i). 학초는 성장 과정에서 조부, 장인, 이매, 외삼촌 등의 영향을 받았다(c, f, k). 어릴 적부터 도량과 능력이 남달랐는데, 도박을 하면서도 지세를 주지 않는 주인에게 끝까지 지세를 받아내고, 갑자기 체포된 부친을 구하기 위해 문루의 북을 쳐 군수를 직접 만나 담판 끝에 부친을 구해내고, 급기야 20세 때는 富洞과 貧洞이 세금 문제로 대립할 때 빈동의 장두로 나서 공정한 판결을 받아내어 '소년분명'으로 칭송을 받았다. (g, h, j, l).

2권(1책 82~241면)은 갑오년 당시 동학에 입도한 학초의 행적을 서술했다.

연도	월	단락	내용
1894		a	백성에 대한 각종 폐단질고와 동학농민전쟁의 발발
	2	b	과거에 급제하여 진사가 되다
		c	동학에 입도하여 직곡 접장이 되다
		d	접에 잡힌 사람들을 풀어주고 소장을 처리하다
	7	e	예천 오천장터도회에 삼사인만 데리고 참가하다
	8	f	도인규법을 작성하고 신주소화사건의 범인을 밝히다
		g	접대를 거절하고 탈취한 장물을 돌려주라 처결하다
		h	용궁군의 군기와 무기 탈취를 막다
		i	화지동대도회에서 모사대장이 되다
		j	전략으로 예천 관포군 50명을 입도하게 하다
		k	각자 귀가하고 동학도인 2인을 인도하기로 합의하다
		l	김한돌과 오모를 관군에 보내고 귀화하다
	9	m	동학도인을 살해하고 재산을 탈취하다
		n	관포군이 학초의 재산을 탈취해가다
		o	서울로 가다(노정기가사路程記歌詞)

지 말라 하며 호군기세를 하는고? 우리는 남과 같지 못한가?"라고 한탄했다. 이 말을 전해들은 이웃집에서 대추를 따로 보내주었으며, 앞으로 이 아이가 큰 인물이 될 것이라고 칭찬했다.

		p	조한국의 편지를 얻어 내려오다(노정기가사)
	10	q	재산을 돌려주라는 경상감사의 훈령을 얻어내다
	11	r	상주군 주암동에 한 칸 방을 얻어 살다

　백성에 대한 각종 폐단질고로 동학농민전쟁이 발발했다(a).[9] 학초는 갑오년 봄 진사에 급제하고(b), 곧바로 동학에 입도(c)하여, 휘하에 5,772명을 거느린 직곡접장이 되었다. 백성들은 동학농민군의 접에 소장을 제출하여 그 동안 탐학을 일삼던 사람들의 단죄를 요구하기 시작했다. 학초는 접장이 된 후 주로 동학도인의 폭력을 엄단하고 기강을 바로 잡는 일을 하여 잡혀온 사람들을 풀어주고(d), 도인규범을 작성하여 민폐와 폭행을 금지했다(f, g). 그리고 오천장터도회에 3~4인만 데리고 참가해 불참자에 대한 징계를 면하게 했다(e).

　예천에서는 8월부터 동학농민군의 대규모 도회와 전투가 있었다. 학초는 용궁도회로 가는 길에 휘하부하가 관군의 군기와 무기를 탈취하는 것을 막았지만(h), 결국 관기와 무기가 탈취되고 이것을 빌미로 관군의 대규모 공격이 시작되었다. 학초는 8월 24일 화지동대도회에서 모사대장이 되어(i), 뛰어난 전략으로 관포군 50명을 생포해 입도하게 했다(j). 그리고 8월 27일 동학도인 2인을 잡아 인도하는 조건으로 집강소군과 동학군이 각각 해산하기로 합의하고(k), 다음날 김한돌과 오모 2인을 죄인으로 인도하고 휘하 부대를 이끌고 귀화했다(l).

　이후 예천에서는 동학농민군의 색출과 재산 몰수가 시작되었는데, 일본군을 죽인 고접장 형제와 예천 수접장 최맹순 일가가 잡혀

9　이후 학초는 자신의 행적을 서술하는 중간 중간에 전라도 고부의 전쟁 상황, 각 군에서 전개된 동학전쟁 상황, 조선정부의 대처 시국 등을 서술하고 있다.

죽었다(m). 도망 다니던 학초도 9월 10일에 재산을 몰수당하자(n), 서울로 가(o) 당시 경상감사의 조카인 조한국의 편지를 얻어 경상감영에 도착했다(p). 서울 왕복노정은 따로 서술하지 않고 가사(歌辭) 〈경난가〉로 대신했다. 그리고 10월 15일에 재산을 돌려주라는 경상감사의 훈령을 얻어냈다(q). 이후 학초는 상주 주암동에 잠시 기거를 하게 되었는데, 이때 상주대도회에 참가할 것을 권유받았으나 거절했다(r). 3권(2책 1~105면)은 학초가 고향을 떠나 경주에 이주하는 과정과 동학농민군 가담 전력 때문에 곤욕을 치른 사건을 서술했다.

연도	월	단락	내용
1895		a	학초를 잡으려던 예천 수집강이 자결하다
	1	b	부모형제를 만나고 경주이주를 결심하다
	2	c	부친 동학도로 잡혔으나 풀려나다
		d	경주 봉계에 도착해(가사) 의약설국을 하다
	5	e	경주 홍천동을 거쳐 옥산리에 안착하다(가사)
1896	봄	f	의병 소모장관을 권유 받고 거절하다(한시)
		g	의병전투에 대해 조언하다
	8	h	대구진위대 병사의 숙박을 잘 처리하다
1897	2	i	구강으로 이사하다(가사)
		j	실인강씨가 내조를 잘하다(가사 낙빈가樂貧歌)
1898	2	k	돈을 요구하는 김봉재에게 돈을 주어 보내다
	윤3	l	돈을 요구하는 정치근을 혼내주다
	3	m	경주군수의 출두 배지로 관아에 갔다가 풀려나다
	11	n	부친을 부정재판(府庭裁判)으로 구해내다

예천지역 동학전쟁이 종식된 후 학초는 동학도 색출을 피해 도망을 다녔다. 자신을 잡으려하던 장문건은 도리어 붙잡히게 되자 자결하고 말았다(a). 학초는 동학농민군이었던 과거 때문에 여러 차례 곤욕을 치렀는데, 이럴 때마다 뛰어난 언변으로(c), 돈을 조금 주

어 보내는 것으로(k), 관아에 고발하는 것으로(l), 인맥을 동원하는
것으로(m) 무사히 곤욕에서 벗어날 수 있었다. 고향에 갈 수 없었던
학초는 상주를 떠나 고향 인근에서 부모형제 및 처자를 만나 경주
로 이주해 이곳저곳을 전전하다가 구강에 안착하고 약방을 차려 생
계를 꾸렸는데, 부실 강씨의 내조가 남달랐다(b, d, e, i, j). 기술의
중간중간에 가사 〈경난가〉를 분절하여 싣거나 따로 〈낙빈가〉를 싣
기도 했다.

경주 옥산에서는 청송군 의병에서 의병 소모대장을 맡아줄 것을
권유하자 거절했지만(f), 이후 찾아와 자문을 구하는 의병장에게 전
술적 조언을 해주곤 했다(g). 그리고 의병장과 연루된 홍진사 집에
대구 진위대가 숙사를 요청하자 홍진사를 대신해 의연하게 대접하
여 보내기도 했다(h). 한편 손봉백이라는 사람이 가짜 차용증서로
무고하여 부친이 잡혀 들어가자 경상감영에서 뛰어난 언변으로 부
친과 자신을 변호하여 '鳩裁判長'이라는 명성을 얻었다(n).

4권(2책 107~210면)은 1899년에서 1902년 1월까지 학초의 행적
을 서술했다.

연도	월	단락	내용
1899		a	달대평 방천사(防川事)에 장두가 되어 일을 처리하다
		b	실인 강씨의 지극한 간병으로 육독(肉毒)이 낫다
1900	봄	c	달대평 방천사에 다시 장두가 되어 일을 처리하다
		d	달대평사로 돈을 걷는 이경험을 소를 써 잡히게 하다
1900	2	e	청송군 고적동으로 이사하다
	7	f	돈을 뜯어내는 신서방을 고발하다
1901	6	g	보현산 제단 투장사건에 장두가 되어 처리하다
		h	청송의병 소모대장 이국보와 의병에 대해 논하다
		i	(부실 강씨가 사망해 다시 부실 정씨를 들이다)
		j	(울산 여인과 7달을 동거하다 보내다)

	8	k	경주 봉계로 와 부실 정씨와 살다
		l	탐학하던 경주군수 김윤란이 학초를 잡아가두다
1902	1	m	영천으로 이수되고, 경상관찰사에게 의송장을 써 풀려나다

학초는 백성이 찾아와 장두가 될 것을 요청하면 그 일을 맡아 처리했다(a, c, d, g). 경주군수와 대구 진위대 2인이 공모하여 달대평 방천(防川)을 빌미로 수세를 거두고자 하자 대규모 시위를 하던 주민중 16인이 잡혀 들어갔다. 이때 학초는 장두가 되어 뛰어난 언변으로잡힌 백성을 석방케 하고 경주군수 및 2인을 처벌받게 했다(a, c, d). 그 사이에 육독이 났으나 부실 강씨의 극진한 간호로 회복했다(b).

1900년 2월 경주를 떠나 청송군으로 이사했는데(e), 이곳에서도 자신의 과거를 빌미로 돈을 뜯어내려는 사람이 찾아왔으나 관아에 고발하여 결국 그 자는 죽임을 당했다(f). 그리고 청송의병 소모대장 이국보와 의병에 대해 견해를 나누고 친구가 되었다(h).

1901년 8월에는 다시 경주 봉계로 와 부실 정씨와 살았다(k). 그런데 괄호 친 (i)와 (j)는 시기적으로 전년도에 있었던 사실이다. 1900년 5월에 부실 강씨가 사망하자 다시 부실 정씨를 맞아들여 부모가 계신 경주로 보냈는데, 한 여인이 찾아와 거두어줄 것을 간청하자 7개월을 동거하다가 울산으로 보내버린 사건이다. 새로 맞은부실정씨와 연결하여 과거에 있었던 부실강씨의 사망과 그 직후 한여인과의 동거 사실을 덧붙여 쓴 것이다. 경주군수가 탐학을 일삼았는데, 잠시 맡아둔 친구의 돈을 관가에 바치라고 학초를 잡아 가두자 소장을 올려 풀려났다(l, m).

03 〈학초전〉의 문학적 성격 : 영웅담적 자기서사

〈학초전〉은 국문으로 기록되었지만 상당수 어구에 한문을 병기했다. 문장은 한문장을 직역한 축자역 형태의 번역문장을 이룬다. 마침표가 없이 꼬리에 꼬리를 이어 문장이 계속됨으로써 우리말 문장에 맞는 어법이 제대로 구사되지 못한 경우가 많다. 그리고 국문으로 번역하는 것을 중도에서 그치고 말아 번역의 불완전성을 노정하기도 하고, 한문구의 한글음을 그대로 적기도 하여 의미의 맥락을 짚어내기가 어려운 경우도 많다.

이러한 조악한 번역체 문장은 원래 한문으로 기록되었던 〈박학초실기〉를 한글로 번역하는 과정에서 나타난 것이다. 앞서 살펴본 바와 같이 권의 표시에 '박학초실기 권2' 등으로 기록된 것은 원래의 〈박학초실기〉를 두고 번역하는 과정에서 나온 실수가 분명하다. 〈박학초실기〉는 현재 전하지 않아 그 내용을 정확하게 알 수는 없다. 작가가 인생의 중요한 국면마다 따로 기록해둔 여러 편이거나, 어느 시점에 이것들을 통합하여 기술한 통합본일 수도 있다. 그런데 작가는 〈박학초실기〉를 한글로 번역하여 필사본이 완성되자 제목을 적을 때 원래의 '박학초실기'가 아니라 '학초전'이라는 제목을 따로 달았다. 어쨌든 〈학초전〉은 한문기록 〈박학초실기〉를 바탕으로 하여 쓰여졌기 때문에 매사건마다 날짜, 인명, 장소, 오고 간 대화, 관련 문서 등에 대한 구체적인 사실을 기록할 수 있게 되었다. 그리하여 〈학초전〉은 기본적으로 사실에 기반한 실기문학의 성격을 지닌다.

〈학초전〉의 서두는 "朝鮮國(조선국) 慶尙北道(경상북도) 英陽郡(령양군) 芝坪洞(지평동)에 흔 ᄉ람이 이스니 姓(성)은 朴氏(박씨)오

일홈은 鶴來(학릭)오 字(ᄌ)는 仲化(즁화)오 호(號)는 鶴樵(학초)이
其先(긔션)은"으로 시작한다. 여기서 작가는 학초를 3인칭으로 서
술하고 있는데, 이러한 학초에 대한 3인칭 객관화 서술은 〈학초전〉
전체의 서술에서 일관되게 나타난다. 이와 같이 〈학초전〉은 실기문
학의 기본적인 틀을 유지하면서 학초라는 인물에 대한 立傳의 형식
으로 서술이 이루어졌다.

그런데 〈학초전〉은 학초의 행적을 영웅담적으로 서술하는 점을
특징적으로 드러낸다. 권1에서 7세 때 이웃집의 떨어진 대추를 줍
지도 받지도 않아 이웃집 노인으로부터 "장릭예 일만 사람이 울어
어 볼" 인물이 될 것이라고 치하를 받은 일, 선생님으로부터 '장차
만인을 지휘할' 인물이 될 것이라는 말을 들었던 일, 여인들에게 눈
길을 주지 않고 너도나도 가는 굿판 구경에 혼자만 가지 않아 장인
으로부터 "봉비천인(鳳飛千仞)에 기불탁속(飢不啄粟) ᄒ난 기상"이
라고 칭찬을 받은 일 등의 서술에서 영웅담적인 서술 태도가 견지
되고 있으며, 20세 때 부동과 빈동이 대립할 때 빈동의 장두가 되어
백성의 세금문제를 처리해준 일화의 서술에서는 영웅담적인 서술
태도가 더욱 두드러지게 나타난다. 학초의 정당한 논리와 뛰어난
언변으로 드디어 빈동이 승소하게 되자 빈동 백성들이 '만세만세
송덕으로 무수히 절을 하고', '장두의 의기(義氣) 구변이 청산유수
다'라고 칭선했으며, 이후 백성들이 세금 문제로 곤란한 지경에 이
르면 학초를 찾아와 '아니 되는 일이 없었으므로' '소년분명'으로
칭송을 받았다고 하는 서술에서 학초의 행적이 영웅적으로 부각되
고 있음을 알 수 있다. 이렇게 영웅담적인 서술태도는 학초의 어린
시절과 젊은 시절을 기술한 권1에서부터 견지되고 있다.

①이날 오시예 각 도인 등과 학초 슈하 도인이며 계장안츌(計將安 出)을 학초듸히 문난다. ②학초 소왈 "이 갓치 만은 도인 즁에 엇지 그 간 병오십명(兵五十名)을 금일밤닉로 그 총 오십명 울니 도즁에 바치 고 그 오십명이 입도흐야 울니 도인 민듯난 슈가 업시릴가" ③좌즁이 입을 별리고 묵묵도 흐고 혹이 왈 "정말 그리만 흐시면 참으로 모스 듸장 휘흐되기 바릭는이 (중략)" ④학초 왈 "그러흐면 영을 거힝흐라 우션 등불 셔헐 준비흐고 등듸을 노픈 듸장쎡 셔헐 준비흐고 일ᄌ 포 군 삼빅명을 준비흐고 셕양에 와셔 준비흔 일을 닉고 청영흐라" 흔이 라. (중략) ⑤그날 셕양의 각 졉 긔찰이 비밀이 상항 준비을 완셩흐고 릭고흔다. 학초 과졍 명영흔다. 총명(聰明) 영니흔 긔찰 흐느을 불너 (중략) ⑥잇쩌 례쳔 포군 오십명이 동편으로 뒤을 울여 불시예 달여 드난 격군 앞 노리코져 흐던이 쏘 으릭셔 포셩이 쳔지을 울이고 다라 든이 부득이 흐야 강약이 현슈흐고 스졀할 필요업고 포군 옷셜 벼셔 발니고 총은 그양 녹코 총소리 업는 편으로 가셔 동학인의 속에 쎳겨 신명을 보존할 슈박게 다시 상칙업셔 제가 졀로 속히 와셔 도인이 되 고 말앗쨔. ⑦잇쩌 인네 방쳔상유에 포군은 총 흔나식 포군의 옷 한가 지식 들고 의긔양양 승젼을 자랑흐고 모스듸장소에 와셔 진하흔다. 츠로붓터 모스장의 츙츈이 적지안이 할분더러 다슈히 흐는 말이 "당 시 졉젼명싴이 보통으로 단병졉젼으로 총을 맛촤 죽쏘 잡는 승젼분 인듸 포셩은 위염만 울니고 인명살히는 업시 군기 굿다 밧치고 닉 군 스 도인 밋드니 보통스가 알고보면 쉽지 정말 신츌귀몰흐다" 혹 과도 히 말흐는 스람은 "초흔 장ᄌ방 삼국쎡 제갈양이 울이 도즁에 잇쨔" 흐고 쳔만명 부지긔슈흔 도인이 학초만 복종 안이 할 ᄌ 다시 업더라.

위는 학초가 갑오년 8월에 지략으로 예천의 관포군 50명을 항복하게 한 일화를 서술한 것이다. 관포군과 동학도인이 서로 대치하고 있던 화지동의 동학농민군 내부에서는 전략을 의논했다(①). 이때 학초는 관포군 50명을 그날 밤 내로 항복하게 하는 수가 있다고 했다(②). 혹자가 그리만 된다면 휘하에 들어가기를 바란다고 하자(③), 학초는 등불 셋, 대장대 셋, 그리고 포군 300명을 석양에 대령하라고 했다(④). 그 날 석양에 학초는 100명씩 나누어 화지동 각각의 장소로 보내어 할 일을 정해주자 포군들은 그대로 행했다(⑤). 과연 관포군은 많은 포성이 연속하여 울리자 살기 위해 모두 투항해왔다(⑥). 그러자 많은 사람들이 학초를 신출귀몰하다고 칭찬하고 장자방·제갈량과 같다고 과도하게 말하는 이도 있었으며, 이후 학초에게 모두 복종했다(⑦).

위에서 학초는 범인은 도저히 생각해낼 수 없는 지략을 지닌 타고난 지략가로 나타난다. 그리고 동학농민군은 그의 말을 그대로 따라 군더더기 없이 임무를 수행해낸다. 실제로 당시 동학농민군 내부에서 전략을 수립할 때 학초가 제시한 지략이 타당성이 있는가에 대한 논의가 있었을 것이지만, 그러한 사실은 전혀 서술하지 않았다. 〈학초전〉에서 서술한 바만 보면 당시 예천의 동학농민군은 학초가 시행하려는 전략을 전혀 알지도 못한 상황이었음에도 불구하고 그의 말을 주저 없이 그대로 따랐다.

이렇게 위의 장면 묘사는 영웅소설의 묘사와 같아서 마치 〈홍길동전〉을 읽고 있는 듯한 착각을 불러 일으킬 정도이다. 초인적인 능력을 타고난 홍길동의 말에 따라 활빈당이 움직였던 것처럼 학초의 말에 따라 동학농민군이 움직였던 것이다. 그리하여 위의 서술 부분은 초인적인 능력을 타고난 한 영웅의 영웅담을 적은 것처럼 보인다.

 이러한 영웅담적 서술 태도는 동학농민군의 전투 현장에서 뿐만 아니라 학초가 평생에 걸쳐 겪었던 송사사건에서도 드러난다. 학초는 자신 혹은 부친이 송사사건에 휘말릴 때마다 자신이 직접 변호했으며, 수많은 백성의 송사사건에 변호사로 나섰다. 〈학초전〉은 송사사건에서 원고, 피고, 감사 및 군수 등과 오고간 대화, 좌중을 제압하는 학초의 뛰어난 변론, 학초의 기개, 사건의 해결 이후 사람들의 칭찬과 칭송 등을 곳곳에 서술했다.

 ①이츠로 밤이 되야 당상에 등롱과 디ㅎ에 황덕불을 노와 화광이 인회를 발킨다. 학초으 말은 의긔가 언스을 일일 변빅ㅎ야 손가으 말을 반듸로 깻다 말마다 잇치(理致)을 붓쳐 쌔여ㄷ나. ②손봉빅이가 이 가치 질니한 말을 져도 상상흔이 학초으 말이 조화운동이 져으 말에 의무(義務)을 덜 미친이 아모키나 익○보즈 ㅎ는 말노 왈 "박가으 조화슈단은 양반을 즈세ㅎ고 능청흔 슈단도 만코 글씨도 열어 가지을 잘 씨고 슐법(術法)이 풍운조화을 ㅎ는 모양이라. 목보션싹을 겁어 던지면 비둘기가 되야 나라ㄷ는듸 북궁북궁ㅎ난 걸 보와신이 미들 말이 업슴느다." ③잇쎡 학초 이 말을 듯고 듸상에셔 말 나리긔 전에 간두에 악셩 갓튼 음셩 늠늠흔 호령갓치 손가을 도라다보며 왈 "요놈아 당당흔 본건에 목적에 당흔 말은 안이ㅎ고 이게 비둘기 직판인야. 너가 군속흔이 건공으로 쑤며난야" ④잇쎡 당상당하 좌우 나졸까지 "비들기 직판인야" 이 말에 나오난 우슴을 졸지 참지 못ㅎ고 모다 입을 막쏘 도라셔 웃는다. 허다 구경 방청인회 즁에 막즁 촌엄지지지에 우슴 천지가 된다. (중략) ⑤학초 그 익일에 부친을 구ㅎ야 집애 도라오시게 ㅎ고 십사일만에 손봉빅으게 돈얼 물여가지고 도라올식 날이 승모ㅎ야 경순군 노실쥬막의 드러 슉소할 식 가운듸 밀창을 열어녹

코 웃방에 흔 스람이 이약이을 ᄒᆞᄂᆞᄃᆡ "ᄃᆡ구감영 삼긴휴로 쳠보난 이 약이 드러보소" ᄒᆞ며 왈 "전ᄌᆞ 영문에서 세도ᄒᆞ던 손긔관으 아달 육 쳔오빅양 드리고 관찰부 쥬ᄉᆞᄒᆞ야 일쳔팔빅양 바들나 ᄒᆞ다가 돈도 못밧고 쥬ᄉᆞ 쩌러지고 부옥에 체슈로 잇건이와 경쥬에 슌단 그 피고 되ᄂᆞ 스람이 일전에 증청각에 직판을 ᄒᆞᄂᆞᄃᆡ 이약 외군(外郡)에셔 연 소흔 스람으로 담ᄃᆡ도 ᄒᆞ고 경위도 발꼬 법졍 말노는 옛날 소진 장의 가 보지는 못ᄒᆞ야시되 그보다 낫지 못할 터라. 쳑쳑귀졀이 격(格)에 도 맛꼬 남보기 체면(體面)도 잇고 흔 스람 웃기기도 졍말 어렵짜 ᄒᆞ ᄂᆞᄃᆡ 공ᄉᆞᄒᆞ던 관원과 슈쳔만 방쳥 구경ᄭᅮᆫ이 요졀ᄒᆞ게 웃기고 득송 (得訟)ᄒᆞ고 나오난 질에 다시 드러가 할 말 잇짜ᄒᆞ고 들가는 거설 금 단흔이 도라셔셔 ᄎᆞ는 발길이 염나부 귀졸 갓튼 슈령으 가삼을 ᄎᆞ고 다시 드러가셔 이두 휴폐까지 ᄒᆞ기ᄒᆞ고 돈을 도로 물이고 부친을 구 ᄒᆞ고 가는 스람이 이서신이 좌즁에도 그 갓튼이 다시 잇실잇가" (즁 략) ⑥그 휴로 ᄃᆡ구 만셩 노소 각 스람이 학초을 보면 구직판장(鳩裁 判長)이라 ᄒᆞ고 아지 못ᄒᆞᄂᆞ 스람도 진니 가면 셔로 가라치며 경쥬에 구직판장(鳩裁判長)이 근다 ᄒᆞ더라.

위는 학초가 무고로 잡혀간 부친을 부정재판(府庭裁判)[10]으로 구 해낸 송사 사건을 서술한 부분이다(3권 n). 손봉백이라는 사람이 가 짜 차용증서를 만들어 고발함으로써 학초의 부친이 경상감영에 잡 혀 들어갔다. 학초가 부친을 변호하고 학초와 손봉백 사이에 '돈을

---

10 관부의 뜰에서 여는 공개 재판을 말한다. 부정재판에 대해 〈학초전〉에서는 다음 과 같이 설명하고 있다. "당시에 부정직판이라 ᄒᆞ면 션화당인나 증청각 직판이 라. 여간흔 일노난 조믜 부졍직판이 업고 송민이 각각 ᄌᆞ긔 말을 ᄒᆞ ᄌᆞ면 양반 수 족은 싱이라 ᄒᆞ고 아젼과 평민은 소인(小人)이라 할 썩요. 부졍직판이라 ᄒᆞ면 구 경ᄭᅮᆫ이 만이 인난ᄃᆡ 항ᄎᆞ 영문 시임쥬ᄉᆞ 손쥬ᄉᆞᄒᆞ고 경쥬 엇던 사람과 직판을 흔 단 소문을 듯고 구경ᄒᆞ기 원을 ᄒᆞ야 직판날을 셔로 무러 알고저 ᄒᆞ든ᄎᆞ".

빌려 주었다', 아니다 '알지 못한다'라는 진실 공방이 이어졌다. 그러자 학초는 공개재판인 부정재판을 요구하여 수많은 구경꾼이 있는 자리에서 부친과 자신을 변호하게 된 것이다.

날이 저물어도 공개재판은 계속되었는데, 학초의 변론은 말마다 막힘이 없고 조리가 분명했다(①). 당황한 손봉백이 학초의 위인됨을 비난하며 '목버선짝을 던지면 비둘기가 되어 날아가는 걸 보았으니 믿을 말이 없습니다'라고 말을 내뱉자(②), 학초가 '비둘기 재판이냐'라고 받아쳐(③) 좌중이 웃음천지가 되었다(④). 결국 재판은 학초의 승리로 끝나는데, 재판을 마치고 돌아오는 길에 학초는 한 주막에서 어떤 사람이 자신에 대해 하는 말을 듣게 된다. '담대하고, 경우도 밝고, 법정의 말로는 옛날의 소진·장의보다 못하지 않고, 법정의 말이 척척 격에 맞고, 남 보기에 체면도 있고, 구경꾼을 모두 웃게 만들고' 등등 칭송의 말이었다(⑤). 그 후로 알지 못하는 사람들도 지나가는 학초를 보고 '경주의 구재판장(鳩裁判長)'이라고 했다(⑥).

위에서도 부정재판을 열게 되는 과정이나 좌중을 웃게 만든 순간의 장면 묘사가 소설적이다. 그리고 학초의 계속되는 변론에서 '의기가 언사를 일일이 변백(辨白)하여 손가의 말을 반대로 깬다. 말마다 이치를 붙여 깨어간다'와 같이 앞서의 구체적인 묘사를 다시 총체적으로 전하는 서술에서나, 사람들이 학초의 언행을 칭송하고 이후 학초의 명성이 드날리게 되었다는 서술 등에서 영웅담적인 서술 태도가 견지되고 있음이 드러난다.

여기서 한 가지 짚고 넘어가야 할 문제가 있다. 〈학초전〉이 학초를 3인칭으로 기술하고, 학초에 대한 영웅담적인 서술 태도를 견지하고 있다고 할 때, 그렇다면 〈학초전〉은 누군가가 학초를 입전하여 학초의 행적을 영웅담적으로 서술한 것은 아닐까 하는 문제이다. 즉 〈학초전〉은 학초를 존경하는 누군가가 학초가 쓴 〈박학초실기〉를 바탕으로 학초를 입전하여 영웅적인 인물로의 형상화가 이루어진 것은 아닐까를 생각할 수 있다는 것이다. 더군다나 일반적으로 홍길동전, 최치원전, 춘향전 등과 같이 〈○○전〉이라는 제목을 지닌 작품은 ○○ 외의 누군가가 ○○의 행적을 입전하여 적은 것이 대부분이므로 〈학초전〉도 학초 자신이 아니라 학초 외의 작가가 썼을 가능성이 많아질 수 있다. 〈학초전〉이 거의 100년 동안이나 가장본으로만 전해지다가 지금에서야 외부에 알려진 점을 감안한다면 학초를 입전하여 영웅화한 사람은 학초의 자손일 가능성이 많다고도 할 수 있다.

과연 〈학초전〉은 학초가 아닌 누군가가 쓴 것일까? 필자의 결론부터 말하면 〈학초전〉은 작가 자신이 직접 쓴 실기문학일 것이라는 것이다. 〈학초전〉을 작가가 직접 쓴 것으로 보는 근거는 다음과 같다.

1) 학초를 칭송하는 부분의 내용이 구체적이며 그 서술 문체도 여타 내용의 것과 같다는 점을 들 수 있다. 〈학초전〉은 학초의 기개, 언변, 지략 등에 대한 주위의 칭송에 대해서도 날짜, 인명, 장소, 오고 간 대화 등을 매우 구체적으로 서술하고 있다. 그리고 칭송 부분의 문체가 한문장을 번역한 다른 부분의 문체와 동일하게 나타난다. 칭송 부분에 대한 서술이 구체성을 지니고 있으며, 문체가 여타 부분의 것과 동일하다는 점은 애초 작가가 한문으로 직접 쓴 〈박학초실기〉에 이미 이러한 내용이 서술되어 있었음을 말해준다.

2) 학초가 사망하기 직전에 자신이 직접 엮고 쓴 문집인 『학초소집(鶴樵小集)』에 자신의 연보를 작성하여 기재했으며, 『학초소집』의 필체가 〈학초전〉의 것과 동일하다는 점을 들 수 있다.[11] 보통 문집에 실

리는 연보는 작가가 쓰기보다는 아들 등이 쓰는 경향이 있다. 그런데 학초는 자신이 사망하기 직전에 미리 자신의 문집을 제작하고 연보도 직접 썼다. 학초가 자신의 생애를 직접 쓰는 일에 적극적이었음을 알 수 있는데, 이러한 학초의 개인적인 성격상 자신을 입전한 〈학초전〉도 스스로 서술했을 가능성이 많다고 할 수 있다. 그리고 이렇게 직접 제작하고 쓴 『학초소집』의 필체가 〈학초전〉의 것과 동일하여 〈학초전〉이 작가가 직접 쓴 것이라는 점을 분명하게 말해준다.

3) 이 필사본을 학계에 공개한 후손 박종두씨의 증언을 들 수 있다.[12] 박종두씨는 살아오면서 조부와 부친에게서 가끔 증조부에 대한 이야기를 들어왔는데, 〈학초전〉이 학초가 직접 쓴 것으로 들었다고 한다. 그리고 조부와 부친은 책과 거리가 먼 삶을 살았기 때문에 이들은 전혀 〈학초전〉을 쓸 수 없었을 것이라고 확신했다. 한편 박종두씨도 이 책을 처음에 읽었을 때 자기 자랑이 많아 증조부가 다소 과장해서 자신의 행적을 쓴 것이 아닌가 생각했다고 한다. 그런데 일정 부분에 한정하여 조사한 것이기는 하지만 자료를 찾아보고

11　『鶴樵小集』은 지금은 전하지 않는 『학초집』(예상제목)에 실리지 않거나 이후에 이루어진 작품을 모아 엮은 것으로 보인다. 여기에 실려 있는 〈鶴樵年譜〉는 학초가 사망(임오년 12월 12일)하기 직전인 3월까지의 사실을 기재했다. "十七年壬午(七十九歲) 去在大正十二年三月十三日 有英陽郡會 朴鶴來林業改良增息率先施業功績顯著 他人模範 爲右仍 以木綿贈表彰受之 又今年三月日 自慶尚北道知事 爲家庭治事受國家法律一平生模範者 償表狀及金色木杯祝長壽事各申開記載事受之" 39세 이후 학초의 생애는 이 연보를 통해 알 수 있다. 현재 이 책은 계명대학교 도서관에 소장되어 있다.

12　필자는 2016년 4월 29일에 대구에 살고 있는 후손 박종두씨를 인터뷰했다. 당시 박종두씨는 초등학교교장을 퇴임한 상태였다. 가족이 작성한 〈세보〉에 의하면 증조부 박학래(1864~1943), 조부 박병일(1893~1959), 부친 박창규(1923~1992), 제1자 박종태(1944~), 제2자 박종두(1952~)로 이어진다. 박종두씨는 추후 〈학초전〉의 사실 관계를 계속 추적, 조사할 예정이라고 한다. 그리고 박종두씨는 〈학초전〉 3권을 소장하고 있는 분에게 후사하겠다는 말씀을 거듭 강조했다.

현지를 답사해보니 〈학초전〉에 서술된 것들이 거의 사실로 드러나 이제는 〈학초전〉이 사실을 기록한 실기라는 점을 의심하지 않는다고 했다.

이와 같이 〈학초전〉은 학초가 자신이 겪은 사실을 기록한 국문실기문학으로 '자기서사'의 성격을 분명히 지닌다. 그런데 작가는 자신을 3인칭으로 객관화하여 자신의 행적을 영웅담적으로 서술하였다. 이렇게 국문실기문학 〈학초전〉의 문학적 성격은 '영웅담적 자기서사'의 성격을 지닌다고 하겠다.

04 〈학초전〉의 문학적 의미와 문학사적 의의

1) 〈학초전〉의 문학적 의미

〈학초전〉에서 학초는 입체적인 성격을 지닌 매우 흥미로운 인물로 나타난다. 그는 양반이었지만 가난한 자의 편에 서는 민중적 신념을 지녀 백성들의 크고 작은 소요 현장에서 백성의 장두로 나서고 백성들의 이해를 대변했다. 그리고 급기야 갑오년 당시에는 동학농민군 지도자로 변모했다. 한편 그는 평생을 송사사건에 휘말려 살았는데, 그럴 때마다 천부적으로 타고난 뛰어난 언변으로 남과 자신을 위한 변호사로 활약했다. 송사사건의 내용 중에는 남과의 금전적인 문제도 있었으나 결국 모두 무고로 밝혀졌다. 이러한 남과의 금전적인 문제는 학초가 금전적으로 문제가 있는 행동을 했기 때문이라기보다는 백성의 편에 서는 일에 적극적이던 학초에게 관

91

의 외압이 가해졌거나, 혹은 남의 일에 관여하기를 좋아하여 학초
가 주변에 적을 많이 만들었기 때문에 발생한 것으로 보인다. 학초
는 여기에 머무르지 않고 약방을 차려 치부까지 한 형상도 아울러
지녔다. 한학을 공부한 선비였으나 의약을 따로 공부해 약방을 차
려 치부까지 한 것이다. 그리고 학초는 동학에 참가한 전력 때문에
세거지인 예천을 떠나 경주와 청송 등지를 전전해 사는 유랑자의
형상도 아울러 지니고 있었다.

특히 학초는 양반이지만 예천동학농민군의 지도자로 활동하여
매우 주목되는 인물이다. 그는 접장이 된 직후에는 동학도인의 폭
력을 엄단하고 기강을 바로 잡는 일을 했다. 그러다가 그해 8월부터
는 모사대장이 되어 본격적으로 대도회와 전투에 참여했다. 그런데
그는 돌연 8월 29일에 휘하의 부대원을 이끌고 귀화하고 말았다. 그
가 갑작스럽게 귀화했기 때문에 그의 동학과 관련한 행적 및 의미
는 단순하게 파악될 수 없는 복잡성을 지닌다. 그렇기 때문에 그가
동학에 입도한 이유,[13] 입도 이후 그의 행적, 그의 예천동학농민군

---

13 학초는 동학에 입도한 이유를 다음과 같이 서술했다. "잇써 경상감수는 국지원
    로 되신의 조병호라. 위국안민 계칙을 싱각ᄒ되 동학에 속속 이허(裡許) 아지 못
    흔이 일일정탐ᄒ난 중의 세계을 정리(正理)ᄒ여도 동학중 사람이라야 동학의
    야단을 침식할 말이 이슨이 불입호혈(不入虎穴)이면 안득기자(安得其子)이요
    ᄒ난지라. 박학초 천언을 심득(心得)ᄆ지ᄒ고 세계 힝편을 둘너본이 동학 입도
    흔 사람이 안이면 세계예 용신할 곳지 업고 이익창싱은 오빅연 수즉이 죽거라
    죽거라 구제할 돌리 업는지라. 불입호혈(不入虎穴)이면 안득기자(安得其子)지
    리(理)가 정령ᄒ고 부친 통정공(通政公) 명영도 역연ᄒ지라. 수족되가의중지인
    (士族大家意中之人) 四五인 동심ᄒ고 학초 먼여 입도ᄒ는되 관동포(關東布) 최밍
    슌(崔盟淳)지접 박현셩(朴賢聲)으 직곡포(稷谷布)에 우슈라. 입도ᄒ던 그익일붓
    터 지ᄒ(支下)에 입도흔이 불과 슈십일뇌예 五千七百七十二(오천칠빅칠십이)인
    으 장슈라" 학초는 경상감사의 의도대로 동학에 들어가야 동학을 안다는 점, 당
    시 세상이 동학에 입도하지 않으면 용신하기 어렵다는 점, 당시 이 외에는 백성
    을 구제할 도리가 없었다는 점, 부친의 명령이 있었다는 점 등의 네 가지 이유로
    동학에 입도했다. 그런데 이 가운데 첫 번째 이유가 그가 귀화한 것과 맞물려 문
    제가 될 수 있다. 그러나 이 첫 번째 이유는 학초가 동학에 가담한 전력으로 재산

전투에서의 활동, 그가 귀화한 이유, 그의 귀화가 예천동학농민군
에 미친 영향 등을 면밀하게 분석하고 평가할 필요가 있다.[14] 그러
나 이 부분에 대한 논의는 이 연구의 주제를 넘어서는 것으로 별도
로 논의의 장이 마련되어야 할 것으로 보인다.

　이와 같이 학초는 양반, 동학농민군 지도자, 최초의 민변호사, 약
방인, 송사사건의 피의자, 유랑인 등의 다채로운 전력을 지닌 입체
적인 성격의 인물이다. 한 인물이 어떻게 이처럼 다채로운 형상을
지닐 수 있었을까 놀라울 따름이다. 어쩌면 근대기라는 역사·사회
의 변혁기적 상황이 한 인물의 다채로운 형상을 가능케 한 것은 아
닐까. 이렇게 〈학초전〉은 역사·사회적 변혁기인 근대기를 역동적
으로 살아간 박학래라는 한 인물의 형상을 생생하게 보여준다는 문
학적 의미를 지닌다.

　한편 〈학초전〉에는 백성을 괴롭히다 동학접에 잡혀 들어온 신동
건, 남매간 생피사건으로 동학접에 잡혀온 류결성의 손자, 민폐를

까지 몰수 당하고 이후 몇 년에 걸쳐 돈을 뜯기거나 관가의 송사에 연루되기도
했기 때문에 보신을 위한 위장적인 진술로도 볼 수 있다. 이 첫 번째 진술을 액면
그대로 받아들이기보다는 당시 예천동학농민군의 인도 상황이나 학초의 개인
적인 상황 등을 종합적으로 고려하여 평가가 내려져야 할 것으로 보인다.

14　처음 이 자료에 대한 발표를 한 신영우의 영남과 예천지역 동학농민군에 대한 주
요 연구성과를 소개하면 다음과 같다. 신영우, 「1984년 영남 예천의 농민군과 보
수집강소」, 『동방학지』 제44호, 연세대학교 국학연구원, 1984, 201~247쪽. ; 신
영우, 「영남 북서부 보수 지배층의 민보군 결성 윤리와 주도층」, 『동방학지』 제
77~79호, 연세대학교 국학연구원, 1993, 629~658쪽. ; 신영우, 「경북지역 동학농
민혁명의 전개와 의의」, 『동학학보』 제12호, 동학학회, 2006, 7~46쪽. ; 신영우,
「1894년 영남의 동학농민군과 동남부 일대의 상황」, 『동학학보』 제30호, 동학학
회, 2014, 149~210쪽. ; 신영우, 「경상감사 조병호와 갑오년의 경상도 상황」, 『동
학학보』 제35호, 동학학회, 2015, 81~138쪽. 이렇게 신영우가 이 지역 동학에 대
한 연구성과를 풍부하게 발표하고 이 자료를 소개하기도 했음에도 불구하고 이
자료에 대한 공식적인 논문을 발표하지 않는 이유가 혹시 박학래라는 인물의 역
사적인 성격을 규정하는 데 복잡한 어려움이 있어서이지는 않을까 하는 생각을
해본다.

일삼던 신장원가의 신주를 불태워버려 잡혀온 중대사 스님 김도희, 학초의 거짓 희생권유에 속아 스스로 관포군에게 잡혀간 동학 대장소 대장 김한돌, 동학난리에 고향을 떠나 타지에서 모친과 아내를 모두 다른 남자에게 빼앗긴 한 경주 남성, 동학도임을 약점 잡아 학초에게서 돈을 뜯어낸 김봉재, 학초가 임시로 맡아둔 돈이 탐나 학초를 잡아가둔 경주군수 김윤란, 학초와 언제나 고락을 같이 하며 동행했던 부실 강씨, 학초를 찾아와 몸을 의탁하여 학초와 7개월을 같이 산 울산 여인 등등 셀 수 없을 만큼 많은 당대의 인간군상이 서술되어 있다.

그리고 〈학초전〉에는 19세기 말 동학의 발발과 종식, 일병의 활동, 의병전쟁의 발발 등 근대기의 역사적인 사건이 전개되는 가운데, 계속되는 관의 가렴주구와 부패 현실, 당대를 살아가던 백성의 집단적 형상, 가족의 이산으로 인해 피폐해진 세태, 혼란의 틈을 타 사기와 협잡이 횡횡하던 사회상, 지방 사법제도의 구체적 처리과정 등도 고스란히 서술되어 있다.

이와 같이 〈학초전〉은 역사적 변혁기인 근대기를 역동적으로 살아간 박학래라는 한 인물의 형상을 서술하는 가운데, 갑오년 당시 예천지역 동학농민군의 활동상과 이후의 동향, 당대를 살아간 수많은 개인의 형상, 백성의 집단적 형상, 당시의 세태·사회상·사법제도 등을 구체적이고 생생하게 서술하고 있다. 따라서 〈학초전〉은 박학래라는 한 인물을 중심으로 19세기 중엽에서부터 19세기 말 동학농민전쟁을 거쳐 20세기 초에 이르기까지의 변혁적인 근대기의 역사·사회적 현실과 당시를 살아간 인물 군상을 총체적이고도 구체적으로 반영한 다큐멘터리로 기능한다는 문학적 의미를 지닌다.

2) 〈학초전〉의 문학사적 의의

우리의 문학사는 '사실 기록과 보고의 문학적 전통'을 지니고 있었다. 그리하여 문학사 전반에 걸쳐서 '기록을 위주로 한 한문산문'이 꾸준하게 창작되어 조선후기에도 한문산문의 창작은 계속 이어졌다. 그런데 조선후기에 이르면 언문의 대중적 활용도가 상승함에 따라 국문을 활용한 산문의 창작도 활발하게 이루어졌다. 처음부터 국문으로 산문을 쓰는 일이 이루어지기도 하면서, 무엇보다도 한문산문의 '역사적 너비'가 확장됨에 따라 한문산문을 국문으로 옮기는 일이 왕성하게 이루어졌다.[15] 특히 한문산문을 국문으로 번역한 한글 산문의 필사본이 18 · 19세기를 거쳐 20세기 극초에 이르면 다수 출현했다.[16] 〈학초전〉은 기본적으로 '사실 기록과 보고의 문학적 전통'에서 기록된 한문 실기문학을 다시 국문으로 옮기는 20세기 초의 문학적 전통 속에서 창작될 수 있었다.

한편 18 · 19세기와 20세기 극초에 한글 필사본이 왕실자료로 쏟아져 나왔다. 이들 한글 필사본에서 한문을 국문으로 번역한 양상은 마침표가 없는 문장이 계속되는 '직역위주의 축자역'인 경우가 대부분이었다.[17] 〈학초전〉의 번역 양상도 당대에 성행했던 이러한 국역 양상의 틀에서 벗어나지 못한 것이라고 할 수 있다.

학초는 19세기 중엽 이후를 살아오면서 자신이 겪은 일을 한문기록으로 적어놓았지만, 그 한문기록을 국문으로 번역하는 작업은

---

15 심경호, 「한문산문의 기록성과 국문산문과의 관련성」, 『한국한문학연구』 제22집, 한국한문학회, 1998, 79~110쪽.

16 안병희, 「왕실자료의 한글 필사본에 대한 국어학적 검토」, 『장서각』 제1집, 한국학중앙연구원, 1999, 1~20쪽.

17 허원기, 「왕과 왕비 입전, 한글 실기류의 성격」, 『장서각』 제5집, 한국학중앙연구원, 2001, 77~100쪽.

1923년경에서야 수행했다. 학초가 그때서야 한문기록을 국문으로 번역하게 된 결정적인 계기는 자신의 환갑을 맞이한 데에 있었다. 학초는 환갑을 맞이해 자신의 파란만장한 생애를 회고하면서 가족, 문중인, 후손 등에게 자신이 겪고 살아온 일들을 구체적으로 전달하고 싶어졌던 것 같다. 그리하여 자신이 써둔 한문실기를 국문으로 번역하고 재구성하여 〈학초전〉을 만들었다. 이렇게 학초가 〈학초전〉을 구성하고 창작한 것은 가족이나 후손에게 겪었던 사실을 전해주고 싶어서였기 때문에, 〈학초전〉은 한문을 국문으로 다시 쓰는 조선후기 이후의 문학적 전통을 계승하여 창작된 것이라고 할 수 있다.

학초는 단순하게 〈박학초실기〉를 번역하여 〈학초전〉을 쓴 것이 아니었다. 〈박학초실기〉를 〈학초전〉으로 재구성하는 과정에서 내용의 일부를 가사로 대신해 적었다. 학초는 〈학초전〉에서 총 7 군데에 가사를 삽입했다. 이 가운데 5번째 가사까지는 〈경난가〉를 쪼개서 실은 것이며, 6번째와 7번째 가사는 무제목의 은일가사와 〈낙빈가〉이다. 〈학초전〉에 총 다섯 군데로 나누어 실은 〈경난가〉는 학초의 서울 왕복 노정과 유랑생활을 서술한 가사로 〈학초전〉에 실린 것 외에 또 다른 이본도 있다.[18] 학초는 서울에 다녀오거나 경주로 이주하는 과정을 〈학초전〉에 따로 서술하지 않고 이 가사로 대신하여 내용의 중복성을 피했다. 한편 학초가 쓴 가사 작품으로는 〈학초전〉에 실려 있는 것 외에 〈쳐사영결가〉[19]도 있어, 학초가 가사를 창작하는 데 매

---

18 〈경난가〉에 대한 것은 이 책에 실린 「동학농민군 지도자의 가사문학 〈경난가〉 연구」를 참조해주기 바란다.

19 고순희, 「근대전환기 한 양반의 첩에 대한 인식과 그 의미 – 박학래의 〈학초전〉과 〈쳐사영결가〉를 중심으로」, 『한국고전여성문학연구』 제43집, 한국고전여성문학회, 2017, 297~324쪽.

우 익숙한 작가였음을 알 수 있다.

동학을 창시한 최제우는 자신의 이념을 적극적으로 가사문학에 담아 이념의 전파에 활용했다. 그래서인지 이후 유독 동학에서는 교리의 전파를 위해 가사를 창작하고 향유하는 전통을 계속 이어나갔다. 학초는 동학농민군 지도자로 활동한 바가 있었기 때문에 가사문학을 창작하는 분위기에 익숙했을 것이다. 더군다나 학초가 성장한 예천지역과 이후 살았던 지역은 모두 경북지역이었다. 경북지역은 가사문학의 창작과 향유 전통이 매우 강한 지역이었으므로 그의 가사 창작은 자연스러운 일이었을 것이다. 그리고 여성을 포함한 학초의 가족도 가사의 창작과 향유에 익숙했을 것으로 추측된다.

근대기에 한문실기와 가사문학의 소통은 다양한 양상으로 나타난다. 이종응(1853~1920)의 한문일기 〈서사록(西槎錄)〉과 가사 〈셔유견문록〉(1902), 김한홍(1877~1943)의 한문기록 〈서양미국노정기(西洋美國路程記)〉와 가사 〈해유록〉(1909) 등은 작가가 여성 가족들에게 읽힐 목적으로 한문실기의 내용을 국문 가사문학으로 다시 쓴 것이다. 한편 1906년 이후에 창작된 〈을사명의록〉은 부친이 쓴 한문실기 〈달폐일기(達狴日記)〉를 주로 참조하여 국문으로 쓰면서 마지막 부분에 새롭게 가사문학을 창작하여 덧붙였다. 이 경우도 작가가 여성 가족들에게 읽힐 목적으로 한문실기를 국문실기로 번역해 쓰고 가사문학을 덧붙인 것이다. 반면 〈학초전〉은 역시 한문실기를 국문으로 번역해 쓰면서 작가가 이미 써 놓은 가사문학을 〈학초전〉의 산문 내용과 겹치지 않게 적절히 배치하여 삽입했다.

이와 같이 〈학초전〉은 작가가 이미 써놓은 한문산문인 〈박학초실기〉를 국문으로 번역하여 다시 씀과 동시에 몇 편의 가사문학을 적절히 배치하여 놓음으로써 한문실기와 가사문학의 소통 양상도 동시에 보여준다. 이렇게 〈학초전〉의 한문실기를 국문으로 번역한 점과 가사문학을 내용의 일부로 대신한 점 등은 모두 조선후기부터 당시까지 문학사의 전개에서 하나의 큰 흐름을 형성하고 있었던 '한문과 우리말글의 소통과 융합'[20]이라는 문화 전통 속에서 나올 수 있었던 것이다.

그런데 〈학초전〉은 '사실 기록과 보고의 문학적 전통'과 '조선후기 한문과 우리말글의 소통과 융합'이라는 문화 전통을 계승하여 창작된 국문실기문학임에도 불구하고 '영웅담적 자기서사'라고 하는 매우 독특한 문학적 성격을 지닌다. 보통 존경할만한 인물의 생애를 입전하여 행적을 서술할 경우 그 서술이 영웅담적 서사의 성격을 지니는 경향이 있다. 그런데 〈학초전〉은 작가 스스로 자신을 입전하여 자신의 행동을 영웅화했다는 특징이 있다.

근대기의 국문 실기문학인 〈을사명의록〉[21]도 〈학초전〉과 마찬가지로 '사실 기록과 보고의 문학적 전통'과 '한문과 우리말글의 소통과 융합'이라는 문화 전통을 계승하여 창작된 것이다. 이 작품은 이승희의 항일적 신념과 일제에 굴하지 않는 의연한 행동을 부각하여 서술함으로써 영웅담적 서사로 보일 수 있는 지점이 있다. 그러나

---

20 김영, 「조선후기 국문학과 한문학의 소통과 융합」, 『국어국문학』 제158호, 국어국문학회, 2011, 49~70쪽.
21 〈을사명의록〉에 대한 것은 이 책에 실린 「근대기 국문실기 〈을사명의록〉 연구─국문기록 의식을 중심으로」와 「근대기 〈을사명의록〉에 나타난 인물의 형상과 의미」를 참조할 수 있다. 〈을사명의록〉은 독립운동가 이승희(李承熙)가 을사조약의 부당성을 주장하는 상소를 올린 일로 일제에 의해 투옥되었다가 석방된 사건의 전말을 서술한 국문실기문학이다. 이 작품도 〈학초전〉과 매우 비슷한 창작 경로와 문화 배경을 지닌다. 이승희는 을사늑약이 체결되자 서울로 상경했다가 돌아온 직후 한문실기 〈乙巳疏行日記〉를, 그리고 체포되었다가 1906년 석방된 직후에는 한문실기 〈達猩日記〉를 썼다. 〈을사명의록〉은 특히 〈달폐일기〉를 참조하여 국문으로 쓴 것이다. 한편 이 작품의 마지막 부분에는 이승희의 석방과 귀가를 축하하는 내용의 가사문학을 적어놓았다.

〈을사명의록〉은 아들인 작가가 부친 이승희를 곁에서 수발하며 실제로 보고 겪은 일을 쓴 것이기 때문에 작품에서 기술한 이승희의 행적은 영웅담적으로 과장된 것이 아니라 있었던 사실 그대로라고 할 수 있다. 일제에 맞서서 굴하지 않는 이승희의 행동이 너무나 대쪽 같아서 현대인이 '어떻게 그럴 수 있었을까'라고 존경하며 읽기 때문에 영웅담적으로 다가왔을 뿐이다.

반면 〈학초전〉은 작가가 자신의 행적을 서술하면서 '영웅담적 자기서사'의 성격을 확연하게 드러냈다. 이렇게 장편의 국문 실기문학이 '영웅담적 자기서사'의 성격을 지닐 수 있었던 이유는 무엇일까? 무엇보다도 학초가 매사에 자신만만한 인물 성격을 지녔던 데에서 그 이유를 찾을 수 있을 것이다. 학초는 언변으로 명성이 높아 맡아하는 변호마다 매번 성공하는 업적을 이룬 인물이다. 학초는 격변하는 근대기에 대응하여 역동적인 삶을 살아가면서 자신의 업적에 대한 자긍심에 충만해 있었다. 이렇게 자신의 업적에 대한 자긍심이 충만했던 한 개인이 자신의 행적을 서술하면서 '영웅담적 자기서사'라는 독특한 작품세계를 구현해냈다고 할 수 있다.

학초의 인물 성격상 '영웅담적 자기서사'의 서술태도는 한문으로 작성한 〈박학초실기〉에서부터 나타났을 것으로 보인다. 다만 학초가 〈박학초실기〉를 국문으로 번역하여 〈학초전〉을 작성하는 과정에서 '영웅담적 자기서사'의 문학적 성격이 보다 강화되었을 것이라는 추정은 가능하다. 그 추정의 근거로 후손 박종두씨의 증언을 들 수 있다. 박종두씨의 증언에 의하면 증조부가 엄청난 책을 소장하고 있었는데,[22] 특히 〈장한몽〉 같은 신소설을 많이 소장하고 있었

---

22 학초가 소장했던 많은 책들은 한국전쟁 당시 후손이 먼저 챙겼지만 일부는 인민군 장교에게 빼앗겼다고 한다. 이후 집안에서 책 관리가 부실하여 이 책들은 거

다고 한다. 학초는 신소설 읽기를 좋아하여 저녁을 먹고 난 이후에는 목소리가 좋은 며느리를 시켜 책을 낭독하게 했다고 한다.

1906년 이후 1910년까지는 〈장한몽〉과 같은 신소설, 〈애국부인전〉과 같은 역사·전기소설 등의 장형소설이 성행하는 시기였다. 후손 박종두씨가 국문학의 장르 구분을 명확하게 알지는 못했을 것이기 때문에,[23] 학초가 저녁을 먹은 후 며느리를 시켜 낭독하게 했던 책에는 신소설뿐만 아니라 당시에 널리 유행했던 역사·전기소설도 포함되었을 가능성이 많다.[24] 이렇게 당시에 유행한 장형소설에 심취해 있었던 학초가 〈학초전〉을 쓰는 과정에서 장형소설의 독서를 통해 체득한 소설체식 문체를 극적으로 활용했을 가능성이 많다. 그리하여 원래부터 〈박학초실기〉에 나타났던 영웅담적 자기서사의 성격이 〈학초전〉에서 보다 강화되어 나타난 것이 아닌가 추정된다.

앞서 살펴본 바와 같이 〈학초전〉은 한문실기를 국문으로 번역하고 가사문학도 활용함으로써 '사실 기록과 보고의 문학적 전통'과 '한문과 우리말글의 소통과 융합'이라는 문화 전통을 계승하여 창작된 장편 국문실기문학이다. 이렇게 〈학초전〉은 국문으로 기록된 국문실기문학이긴 하지만 근대 이전의 보편적인 문화 현상을 계승

───────────

의 없어졌다고 한다.

23　장르 구분을 명확하게 하기 어려운 후손의 증언에서 '신소설'은 당시 유행하던 장형소설 일반을 말하는 것일 가능성이 높다.

24　"1906년 이후 한일병합에 이르는 1910년까지는 장형소설들이 성행하던 시기이다. 이 시기에는 성격이 다른 두 가지 장형소설이 존재했다. 하나는 계몽성을 지니면서도 상업화에 성공한 이른바 신소설들이고, 다른 하나는 계몽성만을 주로 강조한 역사·전기소설들이다. 전자의 예가 되는 것이 이인직의 〈혈의누〉, 〈귀의성〉, 〈은세계〉 등이라면, 후자의 예가 되는 것은 장지연의 〈애국부인전〉과 신채호의 〈슈군의 데일 거록한 인물 리슌신전〉 및 〈동국에 데일 영걸 최도통전〉 등이다."(김영민, 앞의 논문, 146~147쪽)

해서 이루어진 작품이다. 따라서 〈학초전〉은 학초가 한문표기에서 국문표기로의 전환이라는 당대의 시대적 요청에 적극적으로 부응해서 나온 작품은 아니라고 할 수 있다. 그런 의미에서 〈학초전〉의 국문표기 자체는 '근대의 이념'과 연결되지는 못했다고 할 수 있다. 이와 같이 〈학초전〉의 문학사적 의의는 표기 체제의 역사적 전환 시기인 근대기에 전통의 지속 양상을 보여주는 작품이라고 규정할 수 있다.

한편 〈학초전〉은 작가가 학초 자신이므로 영웅소설문학이라고 볼 수는 없다. 그런데 영웅소설문학 중에는 실기문학을 바탕으로 창작된 경우도 있다. 따라서 〈학초전〉은 실기문학을 바탕으로 영웅소설문학이 만들어지는 창작 과정에 작가 자신이 개입할 수도 있다는 사실을 보여주는 한 예가 된다. 〈학초전〉은 우리의 문학사에서 작가가 자신의 생애를 기록한 장편의 실기문학이면서 '영웅담적 자기서사'의 문학적 성격을 지니고 있는 매우 보기 드문 작품이라는 문학사적인 의의를 지닌다.

05 맺음말

이 연구에서는 〈학초전〉을 처음 다루는 논문인 만치 작품 내용을 소개하고 문학적 성격을 밝혀 문학적 의미와 문학사적 의의를 규명하는 데에 중점을 두고 논의했다. 그리하여 변혁적인 근대기를 역동적으로 살아간 박학래라는 새롭고도 흥미로운 인물의 성격에 대한 치밀하고도 분석적인 논의가 이루어지지 못한 점은 아쉬움으로

남는다. 동학과 관련한 행적에서 알 수 있듯이 박학래는 매우 중층
적인 인물 성격을 지니고 있다. 작품 내용을 토대로 작가의 역사관,
양반의식, 변호인으로서의 의식, 여성상 등 제 부문에 걸친 세밀하
고도 분석적인 논의가 필요하다고 할 수 있다. 추후 작가 박학래의
인물 성격에 대한 활발한 논의가 이어지기를 기대한다.

제4장

동학농민군 지도자의 가사문학 〈경난가〉 연구

01 머리말

필자는 예전에 한국가사문학관 필사본 자료를 조사하던 중 '박학초'가 쓴 〈경난가〉라는 가사를 읽게 되었다. 4음보를 1구로 할 때 총 425구나 되는 장편으로 그 내용이 동학전쟁과 관련이 있었으며, 양반으로 보이는 작가의 동학도에 대한 시각이 우호적인 것이었다. 필자는 이제까지 동학에 대한 언급이 있는 가사문학은 대부분 동학도에 대한 작가의 시각이 부정적이었기 때문에 〈경난가〉가 가사문학사에서 매우 드문 작품세계를 지닌 의미 있는 작품이라고 생각했다. 하지만 '박학초'가 구체적으로 누구인지를 알 수 없는 상황에서 작품의 창작 배경이나 작품세계의 문학적·역사적 성격을 규명하기는 어려웠기 때문에 이 가사에 대한 연구를 일단 접어두고 있었다.

그런데 최근에 신자료로 국문실기 〈학초전(鶴樵傳)〉[1]이 학계에 소개됨으로써 '박학초'가 학초 박학래(朴鶴來)임이 밝혀지게 되었다.

〈학초전〉은 동학농민전쟁 시기의 역사 연구에 매우 귀중한 자료로 보인다. 왜냐하면 〈학초전〉에 의하면 작가 박학래는 양반 출신으로 동학농민전쟁 당시 직곡 접장이자 모사대장으로 활약했던 인물이 기 때문이다. 그러나 현재 〈학초전〉에 대한 사학계의 논의는 이병규의 간단한 자료개관[2]만 나와 있을 뿐 본격적인 연구 성과가 나오지 않고 있는 실정이다. 반면 최근에 〈학초전〉을 문학적으로 접근한 연구 성과가 나와 작가 박학래의 자세한 생애, 작품세계, 작품의 문학적 성격, 작품의 문학적 의미와 문학사적 의의 등이 분석되고 규명되었다.[3]

〈학초전〉을 통해 〈경난가〉를 쓴 '박학초'의 생애가 구체적으로 밝혀짐으로써 그 동안 〈경난가〉의 내용에서 의문점으로 남아 있었던 미해결 부분이 상당히 해결될 수 있었다. 그리고 가사 작품의 역사적 성격을 파악할 수 있는 근거도 마련되었다고 할 수 있다. 그리하여 이 연구는 동학농민전쟁 당시 동학농민군 지도자로 활동했던 박학래가 창작한 가사문학인 〈경난가〉를 논의의 대상으로 하여 작품론을 전개하고자 한다.

먼저 2장에서는 작가의 생애와 텍스트의 정본 문제를 다룬다. 작

---

1 동학농민혁명기념재단과 한국사연구회는 공동으로 2014년 8월에 동학농민혁명 120주년을 기념하여〈새로운 자료를 통해본 경상도 북부지역 동학농민혁명〉이라는 주제로 상주문화회관에서 학술대회를 개최했다. 여기서「〈학초전〉을 통해 살펴본 경상도 예천지역의 동학농민혁명」이라는 제목으로 신영우교수가 발표하고, 학초 박학래의 후손인 박종두(당시 대구송일초등학교 교장)씨가 토론자로 나서 질의했다. 여기서 처음 〈학초전〉이 소개된 것이다.
2 이병규,「경상도 북부지역 동학농민혁명 관련자료와 그 성격」,『동학학보』제35호, 동학학회, 2015, 171~202쪽. 이 논문에서 〈학초전〉의 내용을 간단히 소개하고(194~196쪽), 이 자료가 다른 14개 자료와 달리 유일하게 동학농민군 자료로서의 성격을 지닌다고 했다.
3 〈학초전〉에 대한 것은 이 책에 실린「근대기 국문실기 〈학초전〉 연구」를 참조할 수 있다.

가의 파란만장한 생애는 〈학초전〉을 다룬 연구에 자세하게 드러나 있으므로, 여기에서는 〈경난가〉의 창작 배경과 관련한 선에서 그의 생애를 살핀다. 그리고 〈경난가〉의 이본으로는 〈학초전〉에 실려 있는 것과 한국가사문학관이 소장하고 있는 것 두 가지가 전한다. 전하고 있는 두 이본 가운데 정본은 어느 것인지, 전하는 텍스트에서 어디까지가 〈경난가〉인지를 규명할 필요가 있다. 이어 3장에서는 〈경난가〉의 작품세계, 즉 작가가 겪은 '경난사'를 살핀다. 마지막으로 4장에서는 앞서의 논의를 바탕으로 〈경난가〉의 문학적 의미와 문학사적 의의를 규명하고자 한다.

02 〈경난가〉의 창작 배경 및 텍스트의 정본 문제

1) 〈경난가〉의 창작 배경

박학래(1864~1943)[4]는 경북 예천군 우음동에서 몰락한 양반가문의 후예로 성장했다. 가정 형편은 매우 빈한했지만 동냥글을 배우는 처지에서도 열심히 공부하여 어려서부터 남다른 글재주와 인품을 인정받았다. 특히 학초는 젊어서부터 관리의 탐학 및 가렴주구, 그에 따른 민중의 피폐한 삶에 관심을 두는 민중적 시각을 지니고 있었다. 20세 때에는 부동(富洞)과 빈동(貧洞)이 세금 문제로 대립할 때 빈동의 장두가 되어 수천 명이 참여한 관정에서 논리정연하게 빈

---

4 〈학초전〉을 통해 학초의 출생부터 1902년 1월 초까지의 생애를 자세히 알 수 있다. 그 이후 학초의 생애는 『鶴樵小集』(계명대학교 도서관 소장)의 〈鶴樵年譜〉를 참고하면 알 수 있다. 여기서는 〈학초전〉에 서술된 학초의 생애를 중심으로 살펴본다.

동의 입장을 대변하는 주장을 폈다. 그리하여 빈동의 세금 감면을 받아냄으로써 마을민의 신망을 얻었다. 그리고 학초는 뛰어난 언변을 지녀 그의 평생은 크고 작은 송사사건에서 자신과 남을 위한 변호사의 일에 종사하며 살았다고 해도 과언이 아닐 정도였다.

학초는 갑오년 봄에 진사에 급제하고, 자신의 뜻과 부친의 명령에 따라 사족 4~5인과 함께 동학에 입도했다. 이후 최맹순 휘하의 직곡 접장이 되어 휘하에 5,772명을 거느린 동학농민군 지도자가 되었다. 접장이 된 후 학초가 주로 한 일은 동학도인의 폭력을 엄단하고 기강을 바로 잡는 것이었다. 그리고 이해 8월부터는 동학농민군의 대규모 도회와 전투에 참여하게 되는데, 8월 24일의 화지동대도회에서 모사대장이 되어 뛰어난 전략으로 관포군 50명을 생포해 입도하게 했다. 그런데 학초는 갑자기 각각의 군사를 철수하기로 관군과 합의하고 8월 28일에 휘하 부대를 이끌고 귀화했다.

학초는 관군에게서 귀화자를 처벌하지 않겠다는 약속을 받았다. 하지만 주변인의 무고로 9월 10일에 재산을 몰수당하고 말았다. 급기야 예천 수접장 최맹순 일가도 잡혀 죽고 학초는 도망자 신세가 되었다. 학초는 일단 가족을 피신시키고 숨어 지내면서 동학농민군을 진압하는 진압대의 만행을 설욕하고 빼앗긴 재산을 찾기 위해 노력했다. 당시 경상감사는 조병호[5]였다. 학초는 마침 조병호의 장조카인 조한국을 알고 있었던 듯, 조병호에게 전달할 조한국의 서신을 받아내기 위해 갑오년 9월 20일경에 서울로 올라갔다. 〈경난가〉는 바로 이 시점부터 학초의 행적을 서술한 것이다.

---

5 조병호는 당시 국왕인 고종의 사돈이었으며, 그의 형 조경호가 흥선대원군의 사위이면서 국왕 고종의 매부였다. 이렇게 당시 조병호는 강력한 비호권력을 지니고 있는 인물이었다. 신영우, 「경상감사 조병호와 갑오년의 경상도 상황」, 『동학학보』 제35호, 동학학회, 2015, 81쪽.

　서울로 간 학초는 서울에 사는 재종형의 주선으로 무사히 조한국의 편지를 받을 수 있었다. 편지를 받아든 학초는 곧바로 내려와 대구 감영의 경상감사에게 편지를 전했다. 경상감사는 갑오년 10월 15일에 재산을 돌려주라는 특별 훈령을 내렸다.

　학초는 재산 문제로 대구를 오가며 갈 곳을 정하지 못하다가 갑오년 동짓달에 상주 주암동으로 가서 잠시 기거했다. 이 때 동학농민군이 상주대도회에 참석해줄 것을 권유했으나 귀화한 것을 번복할 수 없다며 거절함으로써 학초의 동학농민군 활동은 종지부를 찍게 되었다. 이듬해 1월 경주로 이주할 것을 결심한 학초는 상주를 떠다 부모 형제와 상봉하고, 곧바로 경주를 향해 남하했다. 2월에 경주 봉계에 도착하여 약방을 차렸지만, 5월에 안강읍 홍천동의 빈 집으로, 다시 한 달도 못되어 근처로, 그리고 7월 20일에 안강읍 옥산리로 추정되는 곳에 이주해 살았다. 학초는 이곳에서 살던 중 1896년 봄에 집으로 찾아온 청송 의병장이 소모대장을 맡아줄 것을 부탁했으나 거절하고 전투전략에 대한 조언만 해주었다. 〈경난가〉는 바로 이곳 안강읍 옥산리에서의 생활까지를 서술했다.[6]

　이상에서 살펴본 바와 같이 〈경난가〉는 갑오년 동학농민군으로 활약했던 작가의 전력을 배경으로 창작되었음을 알 수 있다. 〈경난가〉의 전반부에서 서술한 갑오년 가을·겨울의 서울 왕복은 언뜻 보면 서울을 구경하고 오는 단순한 노정으로 보이지만, 실은 동학

6　이후 작가는 1897년 2월 24일에 안강읍 구강으로, 1900년 2월 29일에 청송군 고적동으로, 1901년 8월 9일에 경주 봉계로 이사해 살았다. 특히 학초는 동학농민군이었던 과거 전력 때문에 여러 차례 곤욕을 치렀는데, 이럴 때마다 뛰어난 언변으로, 돈을 조금 주어 보내는 것으로, 관아에 고발하는 것으로, 인맥을 동원하는 것으로 무사히 곤욕에서 벗어날 수 있었다. 학초가 마지막으로 정착한 곳은 1902년경에 이사한 영양군 지평동이었다. 이곳에서 학초는 말년을 보내다 1943년에 78세를 일기로 사망했다. 후손 박종두씨의 증언에 따르면 〈학초전〉은 학초의 나이 60세 때인 1923년경에 집필되었다고 한다.

농민군으로 활동한 전력 때문에 관군에게 빼앗긴 재산을 되찾기 위해 서울에 살고 있는 세력가의 서신을 구해 돌아오는 노정이었다. 그리고 후반부에서 서술한 유랑생활과 옥산리에서의 생활은 동학농민군으로 활약한 전력 때문에 고향에서는 살 수 없었기 때문에 자신이 새로운 정착지로 정한 경주로 이주하는 여정이었다.

2) 〈경난가〉 텍스트의 정본 문제

〈경난가〉의 이본으로는 한국가사문학관본과 학초전본이 있다. 먼저 한국가사문학관본에서 〈경난가〉의 내용이 어디까지인가 하는 문제를 해결할 필요가 있다. 『경난가』라는 가사집에 실려 있는 한국가사문학관본은 "경난가"라는 제목 밑에 세필로 "박학초경난가"가 적혀 있고 이어 3단 귀글체로 가사가 기재되어 있다. 문제는 마지막 부분에서 발생하는데, 이 부분을 인용해 보기로 한다.

가) 천시가 불힝ᄒ야 갑오동난 익연이라 / 지물은 구름이라 바람예 붓쳐두고 / 소즁은 ᄉ람이라 심즁에 싱각ᄒ고 / 허다히 올나간듸 유독히 나려와셔 / 산슈인물 다션곳듸 무슈고상 달기견듸 / 나) 을미 가을 듸구영에 잠간보고 도라올제 / 짜은질고 비갠날에 영천청통 곡개넘어 / 귀경ᄒ나 드러보소 길가에 절문계집 / 펫쳐안ᄌ 듸셩통곡 가련ᄒ 늬팔ᄌ을 / 불너가면 익통ᄒ데 그것티 두ᄉ람은 / 말리업시 셧난지라 그져갈길 젼이업셔 / 연괴잠간 무러본이 우든소릭 긋치고셔 / 신세타령 ᄒ는말이 귀쳔간 계집팔ᄌ / 노름ᄒ난 가장만늬 세상자미 젼히몰나 / 계집은 종누 북치듯ᄒ고 살임은 힉마다 업셔간이 / ᄉ람에 밧는쳔듸 죽거몰나 작졍일에

<u>다)</u> 경난가 박학초경난가

<u>라)</u> 차신이 무용ㅎ야 소업이 흔가ㅎ이 / 산슈간에 집을지여 지형을 기록ㅎ이 / 어릭산이 슈산으로 뒤으로 릭용ㅎ고

가)에서 작가는 갑오년 동학난이 일어났음을 말했다. 그리고 재산보다는 사람이 소중하다고 생각하여 서울로 올라갔다가 다시 내려온 사실을 서술했다. 이어 "산슈인물 다션곳딕 무슈고상 달기견딕"라고 하여 고향을 떠나 낯선 경주에 이주해 산 사실을 서술했다. 이렇게 가)는 〈경난가〉의 전체 내용을 종합적으로 기술한 것에 해당하여 〈경난가〉의 마감말로 적당한 구절이라고 할 수 있다.

그런데 〈경난가〉는 나)를 덧붙였다. 그리고 내용을 계속 써내려갈 빈칸이 남아 있음에도 불구하고 다음 장으로 넘어가 다)의 제목을 적고 라)로 시작하는 가사를 적었다. 문제는 여기서 다)의 제목이 앞서의 것과 동일한데 그러면 라)로 시작하는 가사를 〈경난가〉로 보아야 하느냐 아니면 새로운 가사로 보아야 하느냐 하는 것이다.

그런데 라)의 서두는 통상적으로 가사의 서두에서 사용하는 구절로 이루어져 있다. 내용도 1897년 경주 구강으로 이사해 비교적 안정적으로 생활하는 은일가사의 성격을 지녀 〈경난가〉라는 제목과 이질적이다. 〈학초전〉에서는 이 부분을 "잇쩌 구강 와셔 소유로 인는 집은 졍결흔 일우와옥으로 연연이 개초에 근심업고 기상을 긔록흔이"라고 산문으로 적은 후 "어릭슨이 쥬산으로 뒤으로 릭응ㅎ야"라고 시작하는 가사를 적고 있다. 따라서 라)부터는 또 다른 한 편의 완결된 가사로 보는 것이 아무래도 합리적이라는 판단이다. 이 부분부터가 〈경난가〉와 다른 가사였기 때문에 필사자는 빈칸이 남아 있는데도 장을 바꿔 새로 시작한 것이라고 할 수 있다. 따라서 〈경난가〉는 나)에서 끝나는 것으로 보아야 한다.

또다른 문제는 나)인데, 가)에 의해 가사가 마감하는 분위기였는데 갑자기 1년여 전에 길에서 만난 여인의 사연[7]을 적다가 중도에서 그치고 말았다. 현재로서는 정확한 사실 관계를 알 수 없지만, 일단은 서술한 내용을 존중하는 것이 좋을 듯하다. 아마도 작가는 나)에서 예전에 있었던 한 여인의 사연을 서술하고 다시 한 번 자신의 마감말을 덧붙이고자 했던 것 아닌가 추정된다. 이렇게 나)까지를 〈경난가〉의 텍스트로 볼 때 〈경난가〉의 창작시기는 작가가 안강읍 옥산리로 옮겨가 살던 1897년 초봄[8]이 된다.

다음으로 한국가사문학관본과 학초전본의 관계 속에서 〈경난가〉 텍스트의 정본 문제를 살펴보도록 하겠다. 두 이본은 모두 3단 귀글체 형식으로 기재되어 있다. 〈학초전〉에는 총 7 군데나 가사가 기재되어 있는데, 이 가운데 5번째까지가 〈경난가〉를 나누어 실은 것이고, 6번째는 위에서 살펴본 라)의 은일가사이며, 7번째는 〈낙빈가〉라는 제목의 가사이다. 한국가사문학관본①과 학초전본②를 비교해보도록 하겠다.

　　① 차신이 불힝ᄒ야 망세예 싱장ᄒ이 / 등한이 보닌세월 갑오연 당두ᄒ이 / 잇셧는 칠월이라 사방에 난이난이 / 동난이 봉기ᄒ야 천운

7　이 여인에 대한 사연은 『학초전』에 전혀 나타나지 않는다.
8　작가는 1895년 7월 20일에 안강읍 옥산리로 추정되는 곳에 도착하여 약방을 차렸다. 가사의 마지막 즈음에 "광딕흔 천지간예 도처에 츈풍이라 / 쳐음에 설약ᄒ야 ᄎᄎ광문 삼연간예"라는 구절이 나온다. '약방을 차린 지 삼년간'이라고 했으므로 1895년부터 햇수로 계산하면 1897년의 상황을 읊은 것이다. 작가가 구강으로 이사를 간 것이 1897년 2월 24일(음력)이므로 〈경난가〉는 그 직전에 창작된 것이다.

① <u>이 약시년가 / 방빅슈영 씰씌업쏘 양반상인 분별업다 / 가련흔 세월</u>
<u>이라 이말잠간 드러보소 / 각처에 진을치고 각읍에 취군ㅎ이 / 부모</u>
<u>처즈 서로일코 원근에 길이막켜 / 간듸마다 전장이라 살곳지 어듸미</u>
<u>요 / 이도쥭고 저도쥭고 쥭난건 스람이라 / 이몸줌간 싱각ㅎ이 즈신</u>
<u>지계 하처넌고 / 영위계구 몸일망정 무위우휴 쓰지잇셔 /</u> 가) 셔울이
라 치치달나 세상구경 ㅎ여보졔 / 쥭영에 길이막켜 츄풍영에 길이막
켸 / 조영으로 작노흔이 문경이라 싀원짜에

② 잠시 유ㅎ야 약간 주부을 추려 일단포즈의 망혜쥭장으로 셔울
노 향ㅎ고 써ᄂ이라. 노정긔가ᄉ(路程記歌詞)에 ㅎ여시되(귀글이요)
가) 셔울을 치치달나 세상구경 역역ㅎ시 / 쥭영(竹嶺)에 길이막켜
츄풍영의 길이막켜 / 조령(鳥嶺)으로 작노흔이 문경군 싀원짜의

위에 인용한 ①과 ②에서 가)는 동일하다. 그런데 ①에서는 가)의
이전에 밑줄 친 서두가 서술되어 있다. ②에서는 서울로 가는 준비
와 차림을 산문으로 기록한 후에 "노정긔가ᄉ(路程記歌詞)에 ㅎ여
시되(귀글이요)"라고 하면서 3단 귀글체 가사인 가)를 적어 놓았다.
①의 밑줄 친 부분은 통상적으로 가사의 서두에서 흔히 쓰고 있는
작품 전체의 배경적 서술에 해당한다. 따라서 작가는 ①을 저본으
로 하여 〈학초전〉의 기술 내용에 맞게 가사를 분절하여 ②에서와 같
이 기재해 놓은 것임을 알 수 있다.

① 가) 유련흔 여러날에 장안성즁 구경ㅎ고 / 이목에 허다구경 다
어이 셩언할리 / 그즁에 수군친구 인졍이 긔이토다 / 나) 날이만회 집
싱각이 몽미예 잇지못회 / 판슈블너 문복ㅎ이 가졍소식 뉘일노알지 /

111

그명일 바릭싯틱 손을잡아 하직ㅎ고 / 다) 사평강을 건네셔셔 용인읍
닉 다달른이 / 고향ㅅ람 황경쳔이 반계이 상봉ㅎ이

　　② 가) 유련흔 열어날의 장안셩즁 구경ㅎ고 / 이목에 허다구경 다
어이 셩언ㅎ리 / 그즁에 ㅅ군친구 인정이 긔이토다

　　나) 잇씩 셔울은 졍부(政府) 힝편이 (중략) 특별흔 조흔국으 편지을
어더가지고 경상감영 딕구로 향ㅎ야 써날ㅅ 날이 만히 집싱각이 몽
미근에 잇지 못히 판슈불너 문복흔이 가졍소식 닉일노 안다 ㅎ는지
라 그명일 바릭 싯틱 셔울을 써나 나러온난 노졍긔가ㅅ에 긔록흔이
　　다) 사평강을 건너셔셔 용인읍닉 다달은이 / 고향ㅅ람 황경쳔이
반겨이 상봉ㅎ이

　위에서 인용한 ①과 ②에서 가)와 다)의 부분은 동일하다. 그런데
①의 나) 부분이 ②의 나)에서는 가사에는 없는 내용을 포함하여 산
문으로 기술되어 있다. 그리고 "셔울을 써나 나러온난 노졍긔가ㅅ
에 긔록흔이"라고 하면서 다)로 연결했다. 이로 보아 작가가 〈학초
전〉을 기술할 때 이미 써 놓은 ①의 내용을 여럿으로 분절하여 실어
놓았음을 알 수 있다. 따라서 학초전본②보다는 한국가사문학관본
①이 〈경난가〉 텍스트의 정본이라고 할 수 있다.[9]

9　앞에서도 살펴본 바와 같이 『학초전』을 쓸 당시 한국가사문학관본①을 분절하
　여 학초전본②로 적어 놓아서인지 ①에는 있지만 ②에는 없는 내용이 많으며, 극
　히 일부이긴 하지만 ①에는 없는 것이 ②에는 있는 내용도 있다. 후자의 경우는
　작가가 〈학초전〉을 쓸 당시 원래 가사를 일부 개작한 데서 비롯된 것으로 보인다.

03 〈경난가〉의 작품세계

〈경난가〉는 갑오년 9월부터 1897년 봄까지 작가가 겪은 일을 시간적 순서대로 서술했다. 〈경난가〉의 서술단락을 크게 나누어 보면 다음과 같다. 구수는 4음보를 1구로 계산한 것이다.

> ① 서두 : 1~13구.
> ② 상경 : 14구~146구.
> ③ 귀로 : 147구~258구.
> ④ 떠돌이생활 : 259구~359구.
> ⑤ 경주 안강에서의 생활 : 360구~409구.
> ⑥ 결구 : 410구~425구.

서술단락 ①~③은 가사의 전반부로 서울 왕복 노정을 서술했다. 서술단락 ④~⑥은 가사의 후반부로 유랑생활 후의 정착을 서술했다. 이렇게 〈경난가〉에서 작가는 '서울 왕복 노정과 유랑생활'을 중심으로 서술하면서, '갑오년 동학농민전쟁의 상황과 참상'에 끊임없는 시선을 보내고 있으며, '길에서 만난 민중의 사연'에도 관심을 기울여 서술했다. 〈경난가〉의 작품세계를 이 세 가지로 나누어 살펴보기로 한다.

1) 작가의 경난사 : 서울 왕복 노정과 유랑생활

〈경난가〉는 갑오년 9월부터 1897년 봄까지 작가가 겪은 일을 서술했다. 이 연구는 작품을 처음 소개하는 자리이기도 하여 작품내용에 나오는 옛지명, 연도, 작가가 처한 상황 등을 고증하면서 작품세계를 살펴보도록 하겠다.[10]

> 차신이 불힝흐야 망세예 싱장흐이 / 등한이 보닌세월 갑오연 당두흐이 / 잇씻는 칠월이라 사방에 난이난이 / 동난이 봉기흐야 천운이 약시넌가 / 방빅슈영 쓸씌업소 양반상인 분별업다 / 가련흔 세월이라 이말잠간 드러보소 / 각처에 진을치고 각읍에 취군흐이 / 부모처즈 서로일코 원근에 길이막켜 / 간듸마다 젼장이라 살곳지 어듸믹요 / 이도죽고 저도죽고 죽난건 스람이라 / <u>의몸줌간 싱각흐이 주신지계 하쳔넌고</u> / 영위계구 몸일망졍 무위우휴 쓰지잇셔 / <u>셔울이라 치치달나 세상구경 흐여보세</u> / 죽영에 길이막켜 츄풍영에 길이막켸

위는 작품의 서두이다. 작가는 당시를 '망세'라고 생각했다. 탐관오리의 백성에 대한 수탈과 일제의 노골적인 침탈로 대변되는 당대의 현실을 나타낸 말이다. "잇씻는 칠월이라 사방에 난이난이"에서 7월은 경북 지역의 동학, 즉 자신의 직곡접이 활발하게 전투에 참가한 시점에 해당한다. 방백 수령이 쓸 데가 없어졌고 양반상인의 분별이 없어졌으니 가련한 세월이라고 한탄하여 탐관오리를 비판하고 신분제도의 철폐에 대한 감회를 표현했다. 이어 관군·민보군·동학군이 각각 진을 치고 군사들을 모집하고 전쟁을 벌이니 부모처자가 서로 이별하고 길도 막히고 죽어나가는 사람이 많다면서 당시

---

10 다음 연구자를 위해 번거롭지만 지명이나 특정장소 등을 가능하면 고증하고자 했지만, 아직 고증하지 못한 곳이 몇 군데가 있다. 지명이나 특정장소의 고증은 주로 지자체의 홈페이지를 이용했는데 자세한 홈페이지 주소는 생략한다.

동학농민전쟁의 현실과 참상을 서술했다.

이어 작가는 밑줄 친 부분에서 자신이 서울로 가는 이유를 서술했다. 그런데 작가는 다만 '나의 문제를 해결할 길이 어디인가?'라고만 짧게 서술하고, 자신의 서울행을 엉뚱하게도 '세상 구경'이라고 표현했다. 작가가 서울로 간 것은 실은 자신이 동학농민군에 가담한 전력 때문에 재산을 몰수당하여 그 재산을 되찾는데 세력가의 서신이 필요해서였다. 그러나 작가는 가사에서 이 사실을 의도적으로 드러내지 않으려 했다.[11]

서울을 향해 길을 나서 가던 작가는 죽령과 추풍령 쪽 길이 모두 막히자 조령을 넘어가기로 했다. 문경의 "신원"(新院, 문경시 마성면 신현리 신현마을)~"진장터"(문경시 마성면 남호리)~"마포원"(문경시 문경읍 마원리)을 지나 "이울영"과 "조영산성"으로 가는 갈림길에 도착했다. 작가는 조판서댁이 있는 목천을 들르기 위해 "이울영"(이화령)길을 택해 "요강원"(문경시 초곡면 각서리)에서 숙박한 후 이화령을 넘었다.[12]

---

11 뒤에 서술한 "寧爲鷄口勿爲牛後"는 평소 작가의 소신을 말하고 있는 것으로 보이는데, 맥락상 의미의 연결은 잘 되지 않는다.

12 새원은 1729년쯤 출장관리와 나그네들을 위해 설치되었다. 원은 공사 여행자의 숙식을 제공하기도 하였으나 장사치나 일반여행자의 이용도 많아 각 지방의 산물이 거래되는 곳이기도 했다. 교통요충지였던 문경은 다른 지방에 비해 원의 수가 많았다. 문경지방에서 숙식을 해야 한낮에 새재의 험로를 넘을 수 있기 때문이다. 조령원 요광원, 관음원, 관갑원, 회연원, 개경원, 불정원, 보통원, 동화원, 견탄원 등이 그곳이다. 현재 신현리 151번지 일대가 주막거리유적으로 설정되어 있다. ; 진장터는 조선시대 때 형옥이 있었던 곳이다. ; 마포원은 조선시대에 군졸들이 말을 타고 훈련을 한 곳이다. 마원리는 고려 때부터 교통의 요지로 마포원은 마원, 마판 등으로도 불린다. ; 이울령은 이울리재, 伊火峴 등으로 불렸다. 고개가 가파르고 험하여 산짐승의 피해가 많으므로 전에는 여러 사람이 어울려서 함께 넘어갔다 하여 이유릿재라 하였다. 그 후에 고개 주위에 배나무가 많아서 이화령으로 불리게 되었다. 현재 문경새재도립공원입구에 해당하는 갈림길에서 새재를 넘은 길손과 이화령을 넘은 길손은 수안보길 중간에서 만난다. ; 요광원(要光院)으로 조선시대에 이울영을 넘는 길손들이 쉬던 곳이다.

"용바우"(괴산군 사리면 노송리)~"연풍읍"(괴산군 연풍면)~"칠
성바우"(괴산군 칠성면 사은리)~"괴산읍"~"유목정"~"삼걸리"(증
평군 도안면 화성리)~"우레바우"(증평군 도안면 화성리)~"구정벼
리"~"오굉장터"~목천(천안시 동남구 목천읍)~"안뇌장터"(아우내
장터. 천안시 동남구 병천면 병천리)에 이르렀다.[13] 이곳에서 작가
는 "조판서"[14] 일가와 종형이 서울로 피난을 떠났다는 말을 듣게 되
었다. 그리하여 여기서 하루 밤을 묵고 "교촌"(천안시 동남구 목천
읍 교촌리)에 사는 권생원집에 잠간 들러 조반을 먹은 후 다시 길을
출발했다.

어느덧 시절은 완연한 가을이 되었다. "믜일직"~"숫청걸이"(술
청거리, 천안시 서북구 성거읍 저리)~"홍경솔밭"~"소사장터"(평택
시 소사1동)~"칠언주막"(평택시 칠원동 칠원마을)~ "감쥬걸리"(평
택시 도일동 사거리)~"개장거리"~"진의읍"(평택시 진위면)~"오미
장터"(오산시)~"쥼밋간"(오산시 내삼미동)~"뒤한교"(대황교. 수원
시 대황교동)~수원 남문, 북문~"사근늬"(沙斤乃, 사근내, 사드내.
의왕시 고천동)~"갈밋"(가루개, 갈고개, 葛峴)~과천읍~남태령~"성
방들"을 지나 "동작강"(서울시 서초구 반포동)을 건넜다. 이어 "돌

---

13 칠성바우가 있는 사은리에 현재 괴산 산막이옛길이 있다. ; 삼걸리는 '하작, 아래
   작다리, 주막촌'으로 불리기도 했다. 이 삼거리는 괴산, 충주, 증평으로 이어지
   는 교통상의 요지로, 이곳에 각 장으로 가는 장꾼들이 쉬어가던 주막이 있어 '주
   막촌'이라고도 했다. ; 우레바우는 화성7리에 있는 행화촌의 옛이름이다. '鳴岩,
   울어바우, 우레바우, 우레바위, 우르배'이라고도 했다. 증평문화원 홈페이지에
   화성2리에 있는 '행정, 행화정, 역전마을'의 옛이름이 '우레바위, 鳴岩'이라고 짧
   게 기록되어 있는데, 삼거리에서 10리를 간 곳이라면 화성7리의 마을이 맞는 것
   같다. ; 구정벼리의 정확한 소재지를 아직 알 수 없었다. 황지에서 문곡동으로 내
   려가다 황지천물이 반원형으로 굽이치는 곳을 '구정배리, 구정버리, 구진배리,
   굼배리'라고 한다고 한다. 여기서의 "구정볘리"도 황지 문곡동의 것과 같은 지
   형을 지닌 곳인 것만은 분명하다.
14 "조판서"는 경상감사 조병호의 형인 조경호인 것으로 보인다.

모운"과 남대문을 거쳐 목적지인 "북송현"(서울시 종로구 송현동 한국일보사 앞)에 도착했다.[15] 작가는 이곳에서 종형을 만나 서울 구경도 하며 며칠을 유했다.

작가의 귀로길은 상경길과는 달랐는데, 목적지도 대구 감영이었다. 대구감영의 경상감사인 조병호에게 청탁하는 편지를 전하기 위해서였다. 작가는 서울 북송현에서 사평강(서울시 강남구)을 건넌 후 용인읍에서 고향사람인 황경천을 만났다. 이어 죽산(안성시 죽산면)으로 내려갔는데, 이때는 이미 겨울로 접어든 때였다. 다시 "물안비"(충주시 수안보면)를 거쳐 "문경시직"를 넘어 "굴모웅이"(문경시 불정리 굴모리마을)를 지나니 비로소 작가가 상경길에 갔던 갈림길로 들어섰다.

여기서 "용궁영동"(예천군 용궁면)으로 내려와 가족의 소식을 듣기만 하고 대구를 향해 남하했다. "여의골"~"효령장터"(군위군 효령면 매곡리)~"의흥"(군위군 의흥면)~"다부원"(칠곡군 가산면 다부리)~"칠곡읍" 등을 거쳐 드디어 "대구개명 징청각"(澄淸閣. 대구 중구 경상감영공원)에 도착했다. 이곳에서 흉년이 들어 흉흉하지만 그래도 경주가 제일이라는 말[16]을 경주 친구로부터 듣게 되는

---

15 소사장터는 소사평야 끝자락에 있는 소사마을로 한양 갈 때 반드시 거쳐 갔던 보행자를 위한 국영여관인 소사원이 있었다. ; 칠언주막은 칠원주막, '葛院'이라고 한다. 평택시를 가로 지르는 통복천변에 있는 주막이다. 현재 칠원1동 주변에 주막거리가 있다. ; 감쥬걸리는 감주거리. 도일동 사거리에 엄나무 성황목이 있는데 이 주변을 감주거리라고 한다. 한양에서 지방으로 갈 때 가장 험한 큰흰치고개를 넘은 뒤 기진맥진한 상태에서 마신 술맛이 하도 좋아 '감주거리'라는 이름이 붙여졌다. ; 쥼밋간은 中彌峴, 중미고개로 중미의 옛이름이 "중밋"이다. 오산에서 수원으로 가기 위해서는 이 고개를 넘었다. ; 갈밋은 안양시 관양동에서 과천시 갈현동으로 넘어가는 고개이다. ; 북송현은 서울 한국일보사 앞의 솔재를 말한다. 고개 주위에 소나무가 울창하다 하여 솔재, 한자로는 松峴이라 했다.

16 "일엉절엉 세월가며 경쥬친구 드러본이 / 흉연에 다셔나고 흉연험은 알건이와 / 집도헐코 짜도헐코 안정흔 건 경쥬요 / 자근지물 크게차려 경쥬가 제일이라".

데, 작가의 경주 이주는 이때 결심한 것으로 보인다.

이후 작가는 여기저기 살 곳을 찾아 유랑생활을 하게 되었다.

> 세싴이 박두ᄒ이 가졍싱각 졀노난다 / 고향을 온난길에 상쥬달미
> 드런간이 / 일가에 흔집이셔 인졍범빅 놀납더라 / 셧달 슈무날에 상
> 쥬읍 졉젼ᄒ이 / 각읍에 소동이야 잠옥흡도 허다ᄒ고 / 슌흥이라 집
> 을간이 피난군은 셔로오며 / 뉘기뉘기 죽근즁에 울리부모 평안ᄒ이 /
> 불힝즁 다힝이라 허다경상 덥퍼녹코 / 경쥬로 나려올싀 싀뵌날 느지
> 목이 / 남부어듸 온난길에 풍셜이 분분터라 / 삼빅여리 오자ᄒ이 연
> 노에 거동보소 / 경쥬에 스람이면 구박이 ᄌ심ᄒ다 / 안동쌰 셥밧쥬
> 막 쥬인졍희 슉소든이 / 경쥬수난 셩셔방이 졀문가슉 어린자식 / 봉
> 누방에 흔틔드러 구박모양 ᄌ세본이 / 쳐자으 소즁이야 스람마다 잇
> 건만는 / 남여분별 젼히업쏘 가련경상 못볼너라 / 풍셜이 장유ᄒ이
> 하로갈길 여흘간다 / 잇쎠는 을미이월이라 경쥬싸 긔계면에 / 치동에
> 초도ᄒ야 여간가듸 젼쟝산이

작가는 갑오년 연말이 되자 "가졍"생각이 절로 났다.[17] 그리하여
고향을 향해 오는 길에 동학과의 접전이 한창인 "상쥬달미"(상주군
달미면 주암리)의 한 집에 들어가 잠시 기거했는데, 여기서 12월 20
일에 있었던 상주읍의 접전 소식을 듣기도 했다. 이곳에서 해를 넘
긴 작가는 드디어 순흥(영주시 순흥면)으로 올라가 피신해 있던 부
모형제와 가족들을 만났다.

가족을 만난 작가는 곧바로 가족을 이끌고 경주를 향해 남하했

---

17 〈학초전〉에 의하면 이 때 그는 부실인 강씨부인과 함께였기 때문에 그가 말한
"가정"은 순흥에 피신해 있던 부모형제, 정부인, 자식 등을 말한다.

다. 풍설이 자자한 추위에 길을 걷자니 하루에 갈 길을 열흘이나 걸려 왔다고 했다. 오는 길에 사람들한테 구박을 당하는 경주 사람과 경주사람 성서방네 가족의 형상을 보고 감회에 젖기도 했다. 작가는 드디어 을미년(1895) 2월에 "경쥬짜 긔계면 치동(포항시 북구 기계면 봉계리 치동)"에 도착했다.

작가는 치동에 도착하여 약방을 차려 생계를 도모했다. 그리고 이해 5월 24에 "홍천싯터 회계사(경주시 안강읍 홍천동)"에 빈 초가집을 얻어 갔지만 그곳 주인이 찾아와 비워달라고 하여 근처 "홍슈자"의 머리방에 약방을 차리고 생활했다. 그러나 이곳도 비가 철철 새는 바람에 아내의 불만도 있어 7월 20일에 안강읍 옥산리로 추정되는 곳으로 또 다시 이사를 가게 되었다.

작가는 안강읍 옥산리에서의 생활과 자신의 감회를 길게 서술한 것으로 보아 이곳에서 비교적 안정을 찾은 것으로 보인다. 자신은 평생 술, 담배, 잡기 등 세 가지를 절대 하지 않기로 작정했다는 것, 자신의 학업 과정, 의약서를 공부하여 약방을 차린 후 성실하게 치료하여 3년 만에 치부까지 하게 된 사연 등에 대해 장황하게 서술했다.

이상에서 살펴본 바와 같이 〈경난가〉는 갑오년 9월 동학농민전쟁이 한창이던 시기부터 1897년 봄까지 작가가 겪은 일, 즉 '경난사'를 시간적 순서대로 자세히 서술했다. 작품의 내용으로 보아 제목의 '경난'은 '經難(어려운 일을 겪어내다)'과 '經亂(난리를 겪어내다)'의 두 가지 의미를 동시에 지닌다고 할 수 있다.

작가는 서울에 가는 이유, 조한국의 편지를 받은 사실, 대구 감영에 가는 이유와 그곳에서 얻어낸 결과, 유랑생활을 하는 이유 등에 관해서는 가사에서 전혀 서술하지 않았다. 그리하여 〈경난가〉는 작가의 행적을 모른 채 읽으면 기행, 유랑, 은일 등의 내용이 혼재되어 서술됨으로써 내용의 일관성이 없는 작품으로 보인다. 그러나 작가의 행적과 견주어 보면 이 작품의 내용은 매우 일관성을 지닌다. 전반부의 내용은 기행가사의 성격을 지니지만 이 기행은 순수한 '세상 구경'이 아니라 동학농민군 지도자의 경력을 지닌 자신의 문제를 해결하기 위한 여정이었다. 그리고 후반부의 내용은 유랑생활 끝에 정착하여 사는 은일가사의 성격을 지니지만 동학농민군 지도자에서 귀화한 양반이 고향을 떠날 수밖에 없어 유랑생활로 전전하다 경주 안강읍에 정착하는 여정이었던 것이다.

2) 갑오년 동학농민전쟁의 상황과 참상

작가는 서두에서부터 동학농민전쟁의 발발을 서술한 바 있지만, 서울을 왕복하는 노정 중에 만난 이들로부터 들어서 알게 되었거나 직접 눈으로 목도한 동학농민전쟁의 전쟁 상황이나 참상을 곳곳에서 서술했다. 목천읍 교촌에서는 '곳곳마다 동학이요 사람마다 이사를 간다'고 했으며, 소사장터에서는 청인·왜인이 싸운 전쟁터에다 떨어진 의복, 사람이 죽은 피, 무덤 등이 펼쳐져 있는 광경을 서술했다. 용인에서는 고향 사람인 황경천이 검문이 살벌하니 조심해서 가라는 말을 듣고 길을 떠났다고 했으며, 다부원에서는 왜인들의 집 주변에 인동과 선산에서 모여든 취점군들이 나열해 있음을 서술했다. 칠곡에서는 칠곡부사가 승전하고 들어오는 장면을 서술하고, 대구감영 증청각에서는 각 지역의 전황 소식을 서술했다.

> 연노변 살피본이 창황억싴 거동이야 / 불질은 빈터이며 ᄉ람업난
> 빈집이며 / 총민ᄉ람 오락가락 十軍五軍 유진흔이 / 민포에 가난ᄉ람

동학에 가난ㅅ람 / <u>허다봉칙 되우ㅎ기 활협인난 언권으로 / 민포에난</u>
<u>평민으로 되답ㅎ고 동학에난 동학으로 되답 / 민병에난 정부영을 아</u>
<u>라 동학에난 동학이치 아라 / 되답에 슈단이야 언언이 위지로다</u>

위는 학초본의 구절을 인용해본 것으로 용인의 황경천과 이별하
고 내려올 때 작가가 본 광경을 서술한 것이다. 길가의 집들이 불에
타 빈터만 남았고 살던 사람은 모두 달아났다. 길에는 총을 맨 사람
들만 오락가락 하는데, 어떤 사람은 민포군(民包軍)이고 어떤 사람
은 동학군이라고 했다. 밑줄 친 부분은 한국가사문학관본에는 없는
구절인데, 작가가 삼엄한 검문검색을 빠져나온 요령을 서술했다.
작가는 활협(闊俠, 일을 처리하는 주변이 좋음) 있는 언권으로 민포
군이 검문하면 '평민이며 정부의 영(令)을 잘 알고 있다'고 대답하
고, 동학군이 검문하면 '동학도인이며 동학의 이치를 알고 있다'고
대답했다고 했다. 그리고 작가는 이에 대해 말마다 거짓이었다고
스스로 양심 고백을 하고 있다.

허다봉칙 진닉셔셔 죽순에 다달른이 / 수빅명 병졍드른 죽산읍 유
ㅎ잇고 / 수빅명 동학군은 무긔장터 유진ㅎ고 / 물안비을 다달른이
식벳날 간난길에 / 멀이업난 송장은 동복을 가초입고 / 길을막아 허
다눈되 타너문면 싱각ㅎ이 / 모골이 소연ㅎ야 싸에발이 안이붓고 /
달리목을 건네션이 허다흔 왜병졍이 / 총집고 흔도츠고 좌우에 벼려
셧되 / 스람목을 너헐비여 악슉남걸 밋드라셔 / 각긔달아 흐른피는
비린늬음 승천이라 / 얼푼보고 압만보며 쳔연이 진닉올졔 / 스람마음
목셕이 안이여든 엇지하야 무심할리 / 문경식지 상문온이 성문을 구
지닷고 / 문틈으로 둘너본이 슈빅명 병졍이 좌우에 버러션이 / 위염

도 장할시고 진닉갈이 그늴넌고 / 문을 쑤달이며 밥비열어 달나ㅎ이 / 그즁에 감토씬지 ㅎ졸을 분부ㅎ야 / 성문을 열여쥬며 스람을 인도 ㅎ야 / 진즁에 안쳐녹코 거쥬성명이며 / 무신소간 어듸가시며 이목에 허다본일 / 무슈궁문 흔난즁에 힝장이며 쥬면지며 / 역역히도 뒤져보고 듸답을 실칙업시 다ㅎ이 / 공연이 말유ㅎ면 못가게 말유ㅎ다 / 장부으 간담이야 업쇼보면 죽난게라 / 군조달여 이른말이 아동지어 조션법에 / 법예는 일반이라 군즁에도 법이잇거든 / 도적을 살피보와 난세을 틔평코져 할진듼 / 쳘이허다 힝인을 무단집탈 자불진듸 / 평세예 난이 일노붓터 날빅라 이법은 하법인다 / 그즁에 듸장이 ㅎ난말이 본늬라 양반이 분명ㅎ다 / 관계말고 써나시오 장ㅎ시요 양반임네 / 보는바 쳠이로소이다 ㅎ직ㅎ고 써나션이 / 성문너이 간듸마다 이거동 진늬난이 / 굴모웅이 진늬션이 가든길 역게로다

위는 죽산을 거쳐 수안보를 지나온 노정을 서술한 것이다. 죽산에 이르니 관군은 죽산읍에, 동학군은 무기장터에 대치해 있었다. 이곳을 지나 작가는 물안비(수안보)에 이르렀는데, 때는 이미 겨울이었다. 땅에는 동복을 입은 머리 없는 송장들이 즐비하여 이것들을 타 넘으며 길을 가야 했다. 송장을 타 넘어 가자니 모골이 송연해지고 발이 땅에 내디뎌지지를 않았다고 했다. 이어 "달리목"을 건너니 많은 일본병이 총과 칼을 차고 좌우에 도열해 있었다. 그리고 사람의 목을 베어 "악슉"나무에 매달아 놓아 흐르는 피의 비린내가 진동했다. 작가는 이것을 똑바로 쳐다볼 용기가 없어 얼핏 앞만 보고 지나왔지만, 목석이 아닌 이상 여기에 무심할 수 없었다.

이어 작가는 문경새재 상문(제3관문)에 이르렀다. 닫힌 성문을 두드려 들어가니 감투를 쓴 자가 진중에 작가를 앉혀 놓고 국문을

했다. 그 자는 거주지와 성명, 무슨 일로 어디에 가는지, 오는 길에 본 일 등을 국문하고 행장과 주머니도 뒤졌다. 작가는 실책 없이 모두 대답을 했으나 관군은 보내주지 않았다. 작가는 '난세를 태평하게 하려면 도적을 잡아야지 수많은 행인을 무단으로 잡는다면 오히려 이것이 난리가 아니냐. 이 법은 하법이다'라고 큰 소리를 쳤다. 그러자 이 말을 들은 대장이 '양반이 분명하다'고 하면서 오히려 치하하며 보내주었다고 했다. 그리고 이런 고초를 2문, 1문을 넘을 때마다 마찬가지로 겪었다.

이상에서 살펴본 바와 같이 작가가 오고간 노정에는 치열한 동학농민전쟁의 전장터가 있었다. 작가가 직곡 접장과 모사대장으로 동학농민전쟁에서 활약한 것은 갑오년 봄부터 최시형의 북접 2차 봉기 명령이 떨어진 갑오년 9월 18일 이전까지였다. 그리고 〈경난가〉는 작가가 귀화한 후에 서울로 올라간 것부터 서술했으므로, 〈경난가〉에서 서술한 동학농민전쟁터의 상황은 최시형의 2차 기포령이 떨어진 후 본격적으로 관군·일본군과 동학농민군이 치열하게 접전했던 전쟁의 현실을 반영한다.[18]

작가는 동학농민군을 보면 무조건 잡아 처형하는 관군이 엄존하는 현실에서 자신의 정체를 숨기고 길을 가야 했다. 그렇기 때문인지 작가는 전쟁의 상황에 민감하게 촉각을 곤두세우며 가는 길목과 인근의 전투 상황을 서술했다. 그리고 전쟁의 참상과 주요 길목의

---

18 당시 동학전쟁의 상황은〈학초전〉을 처음 소개하고 발표한 신영우의 논문을 참조했다. 신영우, 「1984년 영남 예천의 농민군과 보수집강소」, 『동방학지』 제44호, 연세대학교 국학연구원, 1984, 201~247쪽. ; 신영우, 「영남 북서부 보수 지배층의 민보군 결성 윤리와 주도층」, 『동방학지』 제77~79호, 연세대학교 국학연구원, 1993, 629~658쪽. ; 신영우, 「경북지역 동학농민혁명의 전개와 의의」, 『동학학보』 제12호, 동학학회, 2006, 7~46쪽. ; 신영우, 「1894년 영남의 동학농민군과 동남부 일대의 상황」, 『동학학보』 제30호, 동학학회, 2014, 149~210쪽. ; 신영우, 「경상감사 조병호와 갑오년의 경상도 상황」, 앞의 논문, 81~138쪽.

행인 통제 상황을 노정의 사이사이에 서술했다.

작가는 〈경난가〉에서 동학의 이념이나 동학농민군을 지지하는 언급을 직접적으로 하지는 않았다. 다만 작가는 자신의 정체가 드러나지 않는 선에서 당시 동학농민전쟁의 상황, 전란의 참상, 행인 통제 상황 등을 가능하면 객관적인 입장을 견지하며 서술하려고 노력했다. 그럼에도 불구하고 동학농민전투에서 죽은 관군과 동학농민군의 시체 가운데 작가의 시선은 동학농민군의 시체에 더 머물렀다. 작가가 〈경난가〉에서 가능하면 자신의 시각을 드러내지 않으려 했지만 동학농민군의 죽음을 안타까워함으로써 동학농민군에 우호적인 작가의 시각을 드러냈던 것이다. 그리고 작가는 문경새재 관문을 지나올 때 관군의 검문검색 과정을 세세하게 서술함으로써 관군의 지나친 행인 통제에 대해 비판적인 정서를 지니고 있음을 드러냈다.

3) 길에서 만난 민중의 사연

작가는 〈경난가〉에서 서울 왕복 노정과 유랑생활 중 길에서 만난 사람들의 형상과 사연도 서술했다. 요강원 숙소에서 우는 아이를 면박 주는 경주인 아빠의 사연, 진의읍에서 지나가는 작가에게 한 끼의 밥을 챙겨준 부인의 선행, 길에 나선 사람이 모두 경주 사람인데 사람들이 이들을 심하게 구박하는 사실, 처자를 구박하는 경주 사람 성서방의 사연, 노름과 폭행을 일삼는 남편을 만나 고생하는 젊은 여인의 사연 등을 단편적이긴 해도 간간히 서술했다. 작가는 이러한 단편적인 민중의 형상 외에도 제법 핍진한 사연을 지닌 민중의 형상도 서술했다.

　이날밤 줌을 자다가 소변보로 잠간쌔여 / 문박게 나가션이 월식은
만졍이요 / 야반인젹 고요ᄒᄃᆡ 난ᄃᆡ업난 부여흔나 / 뒤으로 늬달나셔
쥬져방황 ᄒ난거동 / 나을보고 션듯ᄒ야 연괴잠ᄀ 무러본직 / 쳔연이
ᄃᆡ답ᄒ되 흔방에자든 여인이요 / 본ᄃᆡ경쥬 사옵던이 나흔 슈물흔살
이요 / 흉연을 오연만늬 일례을 오는바에 / 가난곳 젼졍쳬업쏘 밋난
바에 가장인ᄃᆡ / 츌가흔 육연거지 통심졍 흔변못회 / 여자으 평싱소
원 부모동싱 고장발여 / 민난바 흔나인ᄃᆡ 일부종사 ᄒ자ᄒ이 / 졍영
흔 오평숭이라 그안이 익달ᄒ오 / 마참일이 잠간바도 우연이 죳쏘시
퍼셔 / 비록쳡에 쳡이되고 종에종이 되야도 / 슈졍을 알고보면 싱젼
에 원이옵고 / 오평싱이 안이될듯 열여졍졀 잇짜히도 / 졍졀이 허싀
라 그가장 죳쏘보면 / 고상도 씰씌업고 오평싱 할거신이 / 잠간보와
도 평싱귀쳔이 흔변보게 달려스온이 / 원을푸러 살여쥬오 그모양을
즘간보이 / 장부으 욕심이야 옥슈을 넛짓잡고 / 잠간슈작 약허휴에
호련자심 싱각ᄒ이 / 사람으 흔평싱의 영욕은 다이슨이 / 여자마암
이실이라 늬으졍든 사든부부 / 이마음이 이슬넌지 모놀개 스람일니
라 / 잠간쌧쳐 일너왈 세상스람 흔평싱이 / 흔변궁곤언 여싀라 스람
마다 인난겟이 / 곤박할씩 별노싱각 일반삼인 식ᄒ여셔도 / 츠휴에
세상보면 불상흔쥴 셔로알고 / 옛말ᄒ고 순난이라 이를씌예 곤쳐가
면 / 그만더 못ᄒᄆ 자연쳔도라 힝복졍영 못할겐이 / 츠휴라도 그뜻
마라 그마음이 늬닷거든 / 나을다시 싱각ᄒ야 ᄌ신명을 경계ᄒ라 /
조심ᄒ야 조심ᄒ야 그맘부듸 늬지말나 / 계집스람 ᄃᆡ답보소 이달ᄒ
오 신명일에

　위는 작가가 요강원에서 한 여인을 만나 사연을 들은 사실을 서
술한 것이다. 달밤에 느닷없이 한 여인이 다가 오더니 주저하듯이

작가를 보고 섰다. 연유를 물어보니 여인은 자신의 사연을 말하기 시작했다. '같은 방에 자던 나는 경주 사람이고 나이는 21세이다. 5년이나 흉년을 겪어 고향을 떠나 정처 없이 7일을 왔다. 가장은 시집 온 후 6년 동안 사사로운 정을 나눈 적이 없고 나에게 패악만 일삼았다. 일부종사를 소원했지만 나의 평생은 애달프기 짝이 없다. 우연히 당신을 보고 연분을 맺고 싶었다. 비록 첩이 되고 종이 되어도 좋으니 내 원을 풀어주면 좋겠다'는 말이었다. 이 말을 들은 작가는 여인의 손을 잡고 잠간 수작을 부리고 싶은 남자의 욕심이 났다고 했다. 그러나 작가는 이 생각을 떨쳐버리고 '곤궁할 때 가장을 버린다면 도리어 더 잘못되고 행복하지 못할 것이다. 부디 그런 마음을 내지 마라'고 타이르며 여인의 부탁을 거절했다.

> 뒤구감영 나려갈식 여의골 다달른이 / 흔수람으 거동보소 이식간난 경쥬사람 / 손을잡고 통곡ㅎ이 통곡은 무삼일고 / 뒤답업시 통곡ㅎ이 보난수람 밀망ㅎ다 / 이소연으 거동보소 우든소리 진졍ㅎ고 / 노방에 제쳐안즈 진졍ㅎ야 ㅎ는말이 / 경쥬산다 ㅎ온이 동향지인이요 / 소회는 동이라 이식이식 가지마오 / 나도본뒤 수든모양 근근호구 걱졍업던이 / 진작안즈 듯는말이 충쳥상도 올나가며 / 흉연업고 밥존곳뒤 시초홋코 인밈ㅎ야 / 가슴을 진믜ㅎ야 경보로 짐을믿이 / 짐군은 둘니요 소실른 셔인뒤 / 모친나흔 셜른셔인뒤 이심지경 청상이요 / 뇌나훗 십팔이요 느자나흔 십구세라 / 열어빅이 올나간이 뇌즈 발병나셔 / 촌보도 갈길업시 히는셕양 운히야 / 쥬졈은 삼십이 갈참인뒤 절면쮜면 흔탄할제 / 맛참만닉 빈말숟에 싹닷돈에 틱여갈식 / 치을지여 간난거동 이슨모 저산모을 / 구름갓치 진뇌간이 짜라갈길 졍이업셔 / 일모황혼 저문날에 갈쥬막을 차자간이 / 간뒤업고

본이업서 실쳐ᄒ고 도라션이 / 뒤례오든 짐쑨보소 모친을 발려두고 /
먼여간다 차차오라ᄒ고 도망을 쏘갓신이 / 차질길 졍이업셔 모자 셔
로잡고 / 일장통곡 ᄒ고난이 밤은집혀 그손곡에 / 근쳐흔편 바릭본이
창에불이 보이건날 / 불을싸라 츠자가셔 쥬인불너 간쳥ᄒ이 / 모친는
안에자고 나는 외당에자고 / 식볘날 개동초에 모친불너 가자ᄒ이 /
이런벤괴 어듸잇소 쥬인는 환부라 / 열세히 청상모친 이날밤에 회절
ᄒ고 / 진정으로 흔난말이 엇지할슈 업난이라 / 나난임이 이집스람
되야신이 너는이곳 고공인나 사라 / 이말잠간 듯고난이 모친안싴 쳔
연ᄒ다 / 통곡이 절노난다 사세을 싱각ᄒ이 / 어제흔날 직물일코 고
은안히 졍든모친 / 둘니모다 시집가고 늬흔몸만 나마신이 / 산쳔인물
다션곳듸 도라셔른 ᄒ몸이요 / 어보이식 가지마오 통곡을 다시ᄒ데 /
이구경을 잠간ᄒ이 부운갓탄 세상에 / 스람으 변복이여 시각이 잠간
일에

위는 작가가 여의골에서 한 남자를 만나 사연을 들은 사실을 서
술한 것이다. 한 경주사람이 대뜸 작가의 손을 잡고 민망할 정도로
통곡을 했다. 겨우 진정한 그 남자는 자신의 사연을 말하기 시작했
다. '동향의 경주사람이니 마음은 같다. 이사를 가지 마라. 나는 고
향에서 근근히 입에 풀칠은 하고 살았다. 그런데 충청 이북은 흉년
이 없어 좋은 밥도 먹고 인심이 좋다고 하여 가산을 다 팔아 짐을 메
고 길을 나섰다. 짐꾼이 둘이고 딸린 식구는 33세의 청상과부인 모
친, 18세의 나, 19세의 아내 등 셋이었다.

수 백리를 올라와 날은 저물었는데 아내가 발병이 나서 한 발자
국도 옮길 수가 없었다. 마침 빈 말꾼이 있어 아내를 태워 보냈다.
그러나 "갈쥬막"에 도착해 있어야 할 아내는 오지 않았다. 그런데

다가 뒤에 오던 짐꾼이 모친을 두고 먼저 가 버리는 바람에 급히 다시 돌아가 겨우 모친과 상봉할 수 있었다. 모친과 함께 근처 불빛을 따라 한 집에 들어가 하루밤을 자게 되었다. 그런데 다음날 새벽에 길을 나서려 하는데 모친이 이미 집주인의 여자가 되었으니 그곳에서 같이 살자고 부탁하는 것이었다. 나는 단 하루만에 재물을 잃고 아내와 모친마저 다 잃어 내 한 몸만 남았다. 그러니 이사를 가지 마시오'라는 말이었다. 이 말을 들은 작가는 전쟁으로 인해 인간성마저 피폐해진 현실을 한탄했다.

이와 같이 〈경난가〉에서 작가가 만난 사람들은 대부분 '흉년' 때문에 고향을 떠나 유랑길에 오른 것으로 서술되어 있지만, 실은 '동학농민전쟁의 난리통'까지 겹쳤기 때문에 고향을 떠나 유랑길에 오를 수밖에 없었던 것으로 보인다. 그런데 작가가 〈경난가〉에서 서술한 민중이 대부분 '경주사람'임이 드러난다. 그리고 작가가 서술한 민중은 여성과 어린아이에게 집중되어 있는 점도 눈에 띈다. 여의골에서 만난 남자의 사연도 사실 두 여성의 사연이라고 할 수 있다. 작가는 서울을 오고가는 노정에서 줄곧 전쟁의 비극적 현실 자체에 주목했다. 그리하여 전쟁의 가장 큰 피해자이자 약자인 여성과 어린아이의 문제를 보다 부각시켜 서술한 것이다. 특히 작가는 훼절한 여성에 대해 윤리적인 평가를 내리기보다는 전쟁으로 피폐해진 인간성의 문제를 부각시키는 데 주력했다. 어린아이를 구박하는 남자를 바라볼 때도 작가의 시선은 전쟁으로 피폐해진 인간성의 문제 쪽에 가 있는 것이었다.

04 〈경난가〉의 문학적 의미와 문학사적 의의

1) 〈경난가〉의 문학적 의미

〈학초전〉에 의하면 작가 박학래는 양반, 동학농민군지도자, 귀화인, 의약인, 변호인 등의 이력을 섭렵하며 파란만장한 생애를 살았던 인물이다.[19] 이러한 작가의 인물 성격과 그의 동학농민군지도자로서의 활동 및 귀화에 대한 역사적 의미는 반드시 분석되고 평가될 필요가 있다.[20] 그런데 작가는 〈경난가〉에서 자신이 동학농민군

---

19 〈경난가〉의 작가 박학래는 매우 입체적인 인물이다. 그는 양반이었지만 갑오년에 봄에 동학에 입도하여 8월까지 동학농민군 지도자로 활약했다. 그러나 그가 갑오년 동학농민군 2차 봉기가 한창이던 가을과 겨울에 서울을 왕복할 당시에는 이미 귀화를 한 신분이었다. 다음해 작가는 고향을 떠나 유랑인으로 전락하고, 한학을 공부한 선비로서 약방을 차린 의약인이 되어 있었다. 그리고 그는 뛰어난 언변을 지녀 평생을 각종 송사사건에서 자신과 남을 위해 변호해주는 일을 맡아 했다. 이렇게 작가는 양반으로서 매우 다양한 이력을 지닌 입체적인 인물이었다. 작가 박학래의 인물 성격은 양반, 동학농민군지도자, 귀화인, 의약인, 변호인 등의 복합성을 지니므로 단순하게 평가할 수는 없는 지점이 있다.

20 그의 동학농민군지도자의 활동과 귀화가 지니는 의미도 복합적으로 고려해야 할 사항이 많은 것 같다. 그가 예천지역 1차 동학농민군 봉기의 끝에 귀화한 점은 양반의식의 한계로 평가될 가능성이 있다. 작가가 귀화한 것은 동학농민군에게 불리해진 전세에 대응해 휘하 동학농민군을 살리기 위한 최선의 방법이 귀화라고 생각했기 때문이다. 그리고 1차 동학농민군 봉기 때와 달리 2차 동학농민군 봉기 때 예천지역에서는 동학농민군의 활동이 미진했다. 그의 귀화가 지니는 의미를 규명함에 있어서 당시 예천지역 동학농민군의 상황이 고려될 필요가 있다. 한편 그는 생면부지의 경주까지 가 전전하며 사는 고단한 삶을 감내했다. 즉 작가가 타지에 전전하며 감내했던 인생의 무게가 만만치 않은 것이어서 작가의 유랑생활은 역설적으로 귀화한 작가의 심적 고통을 말해준다고 할 수 있다. 이렇게 작가가 고향 예천을 떠나 타지를 전전하며 새로운 직업으로 사는 고난을 자처해 겪은 것은 귀화한 자신의 행동에 책임을 지고자 한 양심적 선비의 행동으로도 보인다. 이렇게 작가는 배신의 낙인이나 일상적 안락 등에 연연해하지 않고 자신의 행동에 우직하게 책임을 지는 양심적인 선비의식을 지니고 있었다. 따라서 작가의 귀화 행위만 보고 작가가 지닌 양반의식의 한계를 지적하는 것은 작가

지도자로서 활동한 사실, 귀화한 사실, 귀화한 데에 따른 심리적 갈등 등을 전혀 서술하지 않았다. 물론 동학농민군 2차 봉기의 전쟁터를 지나게 되었지만 이 싸움에 전혀 가담하지도 않았다. 그러나 이 논문은 가사 〈경난가〉를 다루는 자리이므로 작품세계만을 중심으로 하여 작가의 인물성격을 분석하고 〈경난가〉의 문학적 의미를 논하고자 한다.

작가는 서두에서 '양반과 상인의 구별이 없어져 가련한 세상이 되었다'고 했다. 비록 짧은 구절에 불과하지만 작가의 양반의식이 드러나는 지점이라고 할 수 있다. 그러나 이 구절은 "가련한"의 주체를 작가 자신인 양반으로 하면 '양반과 상인의 구별이 없어져 양반들이 가련하게 되었다'라는 의미로도 해석될 여지가 있다. 이럴 경우 이 구절은 신분제가 철폐된 세상을 비판한 것이라기보다는 신분제가 철폐된 세상에서 살아야 하는 양반의 처치를 자조적으로 표현한 것이 된다. 그리고 작가는 문경새재 상문을 통과하면서 겪은 일을 서술할 때 은연중에 양반으로서의 자부심을 내비치기도 했다. 신분제가 철폐되었다고 해서 하루아침에 양반이 자신의 정체성을 버리는 것은 상식적으로 쉽지 않은 일이다. 작가가 여전히 양반으로서의 정체성을 지닌 것은 어쩌면 자연스러운 일일 것이다.

〈경난가〉에서 작가는 이미 귀화했음에도 불구하고 여전히 동학농민군 지도자로서의 정체성을 지니고 있었던 것으로 나타난다. 작가는 서울을 왕복하는 노정을 서술하면서 자신의 신분을 숨기려 해서인지 몰라도 동학농민전쟁을 어느 한 편에 치우침이 없이 객관적

가 지닌 양반의식의 의미를 지나치게 단선적으로 해석하는 것이 된다. 그의 귀화 행위가 지닌 의미는 다양한 요소를 고려해 종합적으로 평가해야 할 것으로 보인다.

으로 서술하려고 노력했다. 그리하여 전쟁의 비극적인 현실 자체에 주목하여 전쟁으로 피폐해진 인간성의 문제적 현실을 중점적으로 서술했다. 그럼에도 불구하고 작가는 서두에서 동학전쟁의 발발을 탐관오리의 탐학과 연결하여 서술함으로써 동학농민전쟁의 이념과 일치하는 시각을 드러냈다. 그리고 싸움이 한창인 전쟁터의 상황에 촉각을 곤두세우며 길을 감으로써 자신이 동학농민전쟁과 깊이 관여되어 있음도 드러냈다. 더군다나 작가는 전쟁의 희생자 중에서 동학농민군에게 애처로운 시선을 더 두고 있었다. 이 외에도 작가는 왜인에 대한 관심도 드러내 당시 동학농민군의 현실인식과 그 궤를 같이 하는 점을 드러내고, 혹독했던 관군의 검문검색을 상세히 기술했다. 이와 같이 〈경난가〉에서 작가는 전체적으로 동학농민군의 시각으로 전쟁을 바라보고 있음을 드러냈다.

작가는 〈경난가〉에서 길에서 만난 민중의 사연을 많이 서술했다. 그런데 작가가 유독 경주사람의 사연에 집착을 보이고 있는 것은 주목을 요하는 지점이다. 작가와 우연히 한 방에서 숙박하게 된 경주여인은 방 밖으로 나온 작가에게 일부러 다가와 자신의 사연을 말하고 몸을 내맡기려 했다. 그리고 여의골에서 만난 남자는 작가를 보고 '동향의 경주사람이니 마음은 같다'라고 하며 술술 자신의 내밀한 이야기를 다 말해주었다. 박학래는 경주가 고향이 아니며 서울을 다녀올 당시에는 아직 경주에 살기 전이었으므로, 박학래가 자신의 고향에 대해 거짓말을 한 것이 아니라면 '동향의 경주사람'이라는 이 남자의 말은 이상한 말이 된다. 어쨌든 작가가 길에서 만난 사람들은 너무나 쉽게 작가에게 마음을 열고 있음이 드러난다.

여기서 여의골에서 만난 '경주사람'은 말 그대로 경주사람이 아니라 실은 '동학도인'을 감추기 위해 쓴 것이 아닐까 추정할 수 있

다. 경주여인은 물론 이 남자는 양반으로 동학농민군 지도자였던
작가의 정체성을 확인한 후 작가에게 정신적으로 의지를 하여 작가
에게 자신의 이야기를 털어 놓았던 것이 아닌가 한다. '길에 나선 사
람들이 모두 경주 사람이고, 이들을 사람들이 심하게 구박했다'는
서술도 이상하다. 동학농민전쟁 당시 피란길에 오른 사람이 경주사
람만이 아니었기 때문이다. 이것도 실은 구박을 당하는 '동학도인'
에 대한 서술을 암호처럼 표현한 것으로 볼 수 있지 않을까 한다. 이
렇다고 할 때 작가는 서울 왕복 노정에서 계속 동학도인들을 만나
그들과 소통하며 다닌 것을 알 수 있다.

한편 작가는 대구 경상감영에 있을 때 한 경주 친구가 '거듭된 흉
년에도 불구하고 그래도 사람 살기 좋은 곳이 경주다'라고 하는 말
을 듣고 경주로 이주할 결심을 하게 된다. 여기서도 그렇게 말을 해
주는 사람이 유독 '경주사람'이다. 그런데 이전에 서울을 왕복할 때
만난 사람들이 경주를 피해 다른 살기 좋은 곳으로 이주하는 길이
었던 점을 아울러 생각하면 경주가 살기 좋다고 한 것은 아무래도
이상하다고 할 수 있다. 그러므로 작가가 경주로 이주한 것은 말 그
대로 '경주가 그래도 살기 좋다'는 말을 믿었기 때문이 아니라 다른
이유가 있었기 때문이 아닌가 생각할 수 있다. 그런데 앞서 말한 바
와 같이 '경주사람'이 '동학도인'이라고 가정한다면 그는 동학도인
의 말을 듣고 경주로 간 것이 된다. 그렇다고 할 때 비약인지는 모르
겠으나 작가가 하필 경주를 새 이주지로 택한 근본적인 이유는 경
주가 동학의 창시자인 최제우의 고향이었기 때문은 아니었을까 추
측해본다. 작가는 비록 동학농민군을 이끌고 귀화했지만 동학의 이
념과 정신은 간직하고 싶어 동학의 본고장인 경주로 가서 살기로
결심한 것이 아닐까 한다.

이와 같이 〈경난가〉에서 작가 박학래는 동학농민군의 시각에서 여전히 전쟁을 바라보고, 길을 갈 때 '경주사람(동학도인)'과 계속 소통을 하며 그들의 사연에 주목했으며, 고향을 떠나 경주로 가서 살았다. 작가가 비록 귀화했지만 동학농민군 지도자로서의 정체성을 여전히 지니고 있었다고 할 수 있다.

작가의 삶은 근대전환기의 역동적이고도 극단적인 역사 현실이 마련해준 것이었지만 작가가 적극적으로 자신만의 방식으로 개척해 낸 것이기도 했다. 작가는 양반이었지만 과감하게 동학농민군 지도자로 변신을 시도했다. 양반인 작가가 민중의 성장하는 힘을 받아들여 민중을 역사의 주체로 세운 근대기 역사의 변혁적 흐름에 능동적으로 대처했다고 할 수 있다. 이후 작가는 동학농민군 2차 봉기에는 참전하지 않았지만 동학농민군 지도자로서의 정체성을 여전히 지니고 있었다. 그리고 세거지의 양반에서 유랑인과 의약인으로의 신분 변화를 자연스럽게 겪어냈다. 이렇게 작가는 근대기 역사의 변혁적 변화에 능동적으로 대처한 근대적 의식을 지닌 인물이라고 할 수 있다. 이와 같이 〈경난가〉는 갑오농민전쟁기라는 역동적인 역사적 시기에 치열하게 자기의 삶을 개척해나간 한 양반 동학농민군 지도자의 삶과 의식을 반영하고 있다는 문학적 의미를 지닌다.

한편 〈경난가〉는 북접 동학농민군의 2차 봉기 당시 동학농민전쟁의 상황과 참상은 물론 당시 동학농민전쟁의 와중에서 고통 받는 민중의 사연도 생생하게 서술했다. 〈경난가〉는 동학농민전쟁 당시를 살아간 박학래라는 한 인물을 중심으로 하여 당시 민중의 형상을 생생하게 증언하고 당시의 사회상을 담고 있는 다큐멘터리로도 기능한다는 문학적 의미를 지닌다.

2) 〈경난가〉의 문학사적 의의

가사문학사에서 근대기는 가사문학의 창작과 향유가 폭발적으로 늘어난 시기이다. 가사문학은 19세기 중엽에 이르면 언문을 읽고 쓸 줄 아는 여성층이 대폭 증가함에 따라 주로 양반가의 남성과 여성을 중심으로 생활문학이 되어 있었다.[21] 양반가에서 창작한 가사문학은 유형가사의 관습적인 틀 안에서 창작되어 천편일률적인 내용을 지닌 작품이 많지만, 가사문학의 개방성을 적극 활용하여 새로운 내용을 담은 작품도 많이 있게 되었다.

근대기는 일제의 강점 야욕이 노골화되면서 이에 대응한 동학 및 동학농민전쟁, 의병전쟁, 을사늑약반대운동, 독립운동이 전개된 시기였다. 그런데 동학의 창시자로서 가사문학을 적극적으로 활용한 최제우의 영향을 받은 동학에서는 동학의 이념과 교리를 전파하기 위해 가사문학을 적극 활용했다. 그리고 의병전쟁, 을사늑약반대운동, 초기 독립운동의 주담당층은 양반지식인층이었는데, 바로 이들이 가사문학의 주담당층이기도 했다. 그리하여 가사문학은 그 어느 때보다도 역사적 변혁기인 근대기에 이르러 역사적인 현실에 대응하여 역사의 중요 국면을 가사에 수용하기 시작했다.

근대기의 역사적 현실을 작품에 전면적으로 수용한 가사 작품 중에 유형을 이룬 대표적인 것으로는 동학가사, 의병가사, 개화가사, 만주망명가사 등이 있다. 그러나 이들 가사 유형에 속하지 않으면서도 근대기에 전개된 충격적인 역사 현실을 개탄하고, 이 현실을 벗어나기 위한 자신의 주장을 피력하고, 당시 역사적 현실에 의해

---

21 고순희, 「19세기 중엽 상층 사대부의 가사 창작」, 『국어국문학』 제149호, 국어국문학회, 2008, 109~132쪽.

왜곡된 자신의 삶과 그에 대한 감회를 서술한 가사 작품들도 등장
하게 되었다. 그리하여 가사문학사는 근대기에 이르러 '역사·사회
현실에 대응한 가사문학의 전개'라는 큰 흐름을 형성하게 되었다.

작가가 〈경난가〉를 창작할 수 있었던 것은 동학에서 가사문학을
활발하게 창작했다는 점과 작가가 가사문학의 창작과 향유 전통이
강한 경상북도 예천지역의 양반가에서 성장하고 살았던 점이 작용
한 결과라고 할 수 있다. 그런데 동학가사는 동학의 이념과 교리를
담아 대부분의 작품이 교술적인 성격을 지닌다. 반면 〈경난가〉는 작
가 개인의 경험과 감회를 담아 서정적이고 서사적인 성격을 지닌다.
따라서 〈경난가〉는 동학에서 가사를 창작하고 향유하던 전통보다는
경북지역 양반가에서 가사를 창작하고 향유하던 전통의 영향을 더
많이 받은 것으로 보인다. 작가가 〈경난가〉 외에 경주 구강에서의 삶
을 서술한 은일가사 한 편, 〈낙빈가〉, 〈쳐사영결가〉[22] 등의 가사 작품
을 다수 창작할 수 있었던 것은 작가가 가사를 창작하고 향유하는 전
통이 매우 강했던 예천지역 양반가의 인물이었기 때문이다.

동학이 창시된 이후 동학가사가 많이 창작되었지만 작품세계 안
에 동학농민전쟁을 직접적으로 수용한 작품은 없다. 동학가사가 아
니더라도 작품세계 안에 동학농민전쟁과 관련한 개인의 경험이나
감회를 비교적 풍부하게 수용한 작품도 거의 없다. 특히 관군이 아
니라 동학농민군의 시각에서 동학농민전쟁을 바라본 가사 작품은
없었다.

그나마 동학농민전쟁과 관련한 내용을 담고 있는 가사 작품은 몇
편 안되는데, 전체 내용에서 동학농민전쟁과 관련한 내용이 차지하

---

22 〈경난가〉, 은일가사, 〈쳐사영결가〉 등은 한국가사문학관에 소장되어 있고, 〈낙빈
가〉는 〈학초전〉에 기재되어 있다.

는 비중이 지극히 적게 나타나거나 동학농민전쟁을 부정적인 시각에서 바라보는 것뿐이다. 〈천륜ㅅ〉에서는 동학농민전쟁과 관련한 서술이 단 몇 구절에 불과한데, 작가가 마침 동학농민전쟁 때 신행을 가게 되어 어려움을 겪게 되었다고 잠깐 서술되었을 뿐이다.[23] 동학농민전쟁 당시인 갑오년 섣달 그믐날에 창작된 가사문학으로 〈석봉가〉가 있다. 이 가사는 갑오년 당시에 창작되어서인지 동학농민전쟁이 내용의 일부분이긴 하지만 작품의 배경으로 작용하여 동학농민전쟁이 제법 비중 있게 수용되어 있다고 할 수 있다. 하지만 동학농민전쟁을 바라보는 작가의 시각은 관군의 입장에서 부정적으로 보는 것[24]이었다. 조금 뒤에 창작된 〈한양가〉에서도 동학농민전쟁의 시기를 서술하고 있지만 동학농민전쟁을 바라보는 작가의 시각은 주로 관군의 입장에서 부정적으로 보는 것이었다.

〈경난가〉의 작품세계는 시기적으로 동학농민전쟁이 한창이던 시기와 그 직후의 시기를 반영한다. 그리고 작품에 표면적으로 드러나지는 않았지만 이면적으로 작품의 창작 배경에는 동학농민군 지도자로 활동했던 작가의 전력이 놓여 있었다. 한편 〈경난가〉는 작가가 동학농민군지도자였던 탓에 당시 동학농민전쟁의 현실을 관군이 아니라 동학농민군의 시각에서 바라보았다. 이렇게 〈경난가〉는

---

23 〈천륜ㅅ〉에서 작가가 동학 난 때 신행을 가게 되었는데, 도로 중에 왕래하는 행인들을 죄인 다루듯이 하여 다시 친정을 찾을 엄두를 내지 못했다고 했다. 임기중 편, 『역대가사문학전집』 제17권, 여강출판사, 1994, 279~308쪽.

24 〈석봉가〉의 작가는 1894년 동학난을 피해 석봉암으로 피난하여 이 해 섣달 그믐날에 가사를 창작했다. 이 가사에서 작가는 동학농민군에 대해 짧게 서술하고 있지만, 그 시각은 부정적이었다. "論江兩浦 大都會예 放砲聲이 어인일고 / 旗幟 槍劍 羅列ㅎ니 赤壁長坂 戰場인가 / 霽雨法軒 琫準開南 萬古逆學 네안인가 / 上下平蕩 法이읍고 罪滿한놈 得勢로다 / 東學黨을 討罪하여 論山陣中 傳檄하고" 이천종, 「석봉가 연구」(충남대학교 교육대학원 석사학위논문, 2004, 62쪽)에서 재인용. 〈석봉가〉는 『역대가사문학전집』 제25권(임기중 편, 여강출판사, 1992, 34~59쪽)에 실려 있다.

작품세계 안에 동학농민전쟁 시기의 현실을 전폭적으로 수용했을 뿐만 아니라 동학농민전쟁을 동학농민군의 시각에서 바라본 유일한 가사 작품이라는 가사문학사적 의의를 지닌다.

〈경난가〉는 유일하게 동학농민군의 삶과 의식을 반영하고 있다는 점에서 갑오농민전쟁 당시 '역사사회 현실에 대응한 가사문학'을 대표하는 가사 작품이라고 규정할 수 있다. 근대기 '역사사회 현실에 대응한 가사문학의 전개'에서 동학농민전쟁 시기를 직접적이고도 전폭적으로 대응한 가사문학 작품이 없었는데, 〈경난가〉가 동학농민전쟁 시기의 빈 자리를 채워줄 수 있게 되었다. 이렇게 〈경난가〉는 동학농민군 지도자가 동학농민군의 시각에서 동학농민전쟁 시기를 수용한 작품세계를 보여줌으로써 역사·사회에 대응한 가사문학사의 흐름을 온전하게 형성할 수 있게 해주었다는 가사문학사적 의의를 지닌다고 하겠다.

05 맺음말

이 연구는 〈경난가〉를 처음 소개하는 자리이기도 했다. 그리하여 작가의 생애 안에서 가사 창작의 배경을 살피고, 전하고 있는 이본의 상황도 점검해야 했다. 그리고 작품세계를 정리함에 있어서도 많은 고증이 필요했다. 특히 작가의 서울 왕복 이유, 귀로의 목적지가 대구인 이유, 유랑생활의 과정 등은 작가의 생애와 관련하여 반드시 고증을 필요로 한 지점이었다.

한편 서울 왕복 노정의 경우 엄청나게 많은 옛지명과 장소가 계속 등장하는데, 그곳이 어디인지 어떤 곳이지를 모르는 채 범박하게 논의를 진행할 수는 없어 가능하면 고증을 하고자 했다. 이 고증으로 인해 밝혀진 사실들이 이 연구의 논지 전개에 그다지 영향을 미치지는 않는다 하더라도 다음 연구자의 일차적인 수고를 덜어주는 것이 작품을 소개하는 연구자의 임무라 생각했기 때문이다.

그러다 보니 이 연구에서는 〈경난가〉의 작품세계를 살핀 후 그 문학적 의미와 문학사적 의의를 규정하는 데에만 중점을 두고 논의했다. 그리하여 작품이 지니고 있는 문학적 성격과 미학적 성취, 그리고 이것이 지니는 가사문학사적 의의에 대한 논의가 이루어지지 못했다. 그리고 보다 분석적이고 깊이 있는 작가의식의 탐색도 이루어지지 못했다. 추후 여기에서 미진했던 각 주제에 대한 깊이 있는 후속 논의가 이어지기를 기대한다.

제2부

자료편

근대기 국문실기 〈을사명의록〉과 〈학초전〉

제1장
〈을사명의록〉

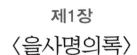

〈을사명의록〉의 원텍스트는 총 64쪽 분량의 공책에 깨끗이 정사된 순한글 줄글체 수기본(手記本)이다. 소장자는 이승희의 손자이자 작가 이기원의 넷째 아들인 이규석(李葵錫)옹이다. 수기본에는 제목이 '을사병의록'이라 기록되어 있으나 오기가 분명한 것으로 보여, 여기서는 '을사명의록'으로 옮겨 적었다. 이 외에 본문에도 오기가 있으나, 여기에서는 원텍스트에 기사되어 있는 그대로를 옮겨 적었다.

원텍스트는 단락쓰기, 띄어쓰기, 문장기호 등이 전혀 없이 1단 줄글체로 연이어 기사되어 있다. 여기에서는 내용에 맞게 단락을 나누고 띄어쓰기를 하였으며, 따옴표·마침표·인용부호·작품기호 등의 문장기호를 넣어 옮겨 적었다. 그리고 원텍스트는 상소문이나 장서를 같은 크기의 필체로 적고 있는데, 여기에서는 글자 크기를 한 포인트 작게 하고 한 칸을 들여 쓰고 '〈 〉'의 작품 표시를 하여 본 내용과 구분이 될 수 있도록 옮겨 적었다. 〈을사명의록〉의 마지막에 실려 있는 가사(歌辭)는 2음보를 한 행으로 하여 기사되어 있는데, 여기에서는 4음보를 한 행으로 하여 옮겨 적었다.

01   을사명의록

아태조 등극하사 한양의 도읍하고 성자현손 게게승승하와 오백년 국운을 이으사 사직과 생영이 태산반석 같이 공고안영하매, 팔도 인민이 격양가를 부르고 전상에 의리와 의관문물이 삼대지치를 비하드니, 세강숙게하야 희왕비래하매 국운이 쇠삭한지라. 조정에 왜추가 기성하매 아국을 능모하야 병역으로 구치하고 종행편답하니, 일심일일 긔연이 조정을 외핍하고 강토를 침탈코저 하니, 임오지변과 을미지화를 엇지 참아 말할소냐. 아국 천만생령이 뉘 아니 절치부심하고 와신상담하여 불공대천지 원수를 욕보이고 설분코저 아니하리요.

백반 모욕으로 을사년을 당하니, 조정에 충신으 제사 극만함을 보지 못하고 신민이 왜인게 세를 위급하여 한 사람도 양언대담함을 저놈들을 항거하난 제 업더라. 오희라 십월 이십일일은 변은 천운이 영절하고 국가가 멸망할 때를 당하미라. 일본 사자 이등방문이 병역으로 궐내에 범입하여 황상을 위협하고 신조약을 협정하여 아국으로 저의 나라 보호국을 삼으려 하니, 허허통제라. 역적 위부대신 박제순과 내부대신 이지용과 군부대신 이근택과 학부대신 이완용 농상공부대신 권중현 5적이 이등으로 더부러 통모하야 십부 인장을 천도하니, 판서 민영환씨와 이정대신 조병세씨가 분석신명하고 정의를 세워 자복음약하야 죽난지라.

강경하신 우리 황상 폐하계서 이등방문을 만나서 말삼하시기를,

"만일 너의 조약과 같이 하면 이것은 곧 나라가 망하는 것이니, 짐이 차라리 종사를 따라 죽을지언정 기히 허락을 못할 겔이요. 또 아국에 대사 잇으면 각부 대신과 재위 유신과 국내 신인민까지 밋처 상의한 후에 결단하고 짐이 사사로 천변치 못하는 것이 조종 내에 떳떳한 법이라" 하시니, 현명하신 우리 폐하 이 한 말슴이 만세에 강상을 보존하시갯도다. 우리 신민이 엇지하여 이 뜻을 갑흘소냐.

불초 대인이 세세잠영으로 국은을 만이 받어섯고 또 친히 은일 벼슬을 누차 바드시니 망극한 국은을 생각하대 감읍무지 하시드니, 조국 위기를 당하시와 엇지 통분치 아니리요. 문득 불초를 불너 왈, "내가 나라이 망할 때에 엇지 안연이 집에만 안자 망연자실하며 또 견양에 굴욕하미 되야 명을 부치고 세상의 머물갯느냐. 내 단연코 황성에 올나가 폐하계 상소하여 역적을 버히고 외국 강적을 물이처 버리고 또 각국 공관에 설명하여 으리에 부당함을 밝히리라." 하시거날,

불초가 엿자오대, "국사 이르함을 뉘 아니 통곡하며 설분코저 아니하리요만은 막비국운이라. 지금 역신이 국내에 웅거하고 강인이 안밧 소요하매 효상이 위험하니 초야에 한 상소 비록 이정언순하나 한갓 적신과 강인에 흉장을 독사할 겔이요, 나라에는 사소 유익도 엇지 못하고 욕굴지화만 면치 못할 거시오니 심양하옵소서." 누차 간하여사오나,

대인 왈, "내 뜻이 이미 정하여스니 엇지 말유하리요." 나라를 위하여 사생을 결심하시고 드대여 행장을 단속하시고 즉시 향중과 도내에 발문하여 반포하고, 불일 상경하시여 복합상소하기로 즉

시 발행하시니, 그날 즉 십일월 십사일이라.

잇때 심동이라 일기가 냉혹하니 원노 행차가 정히 어려운지라. "기차는 일인의 기물이라." 완강이 거절하거날 불초 재삼 간하고 여러 일행이 다 말하대, "국가에 위급할 때를 당하여 엇지 천연이 십여일을 허비하리요. 군자도 활난지사를 당하면 권도가 있으니." 지재지삼 강권하사 부득이 기차로 상경하신지라.

십칠일에 입성하야 탐문한 즉, 금월 초이일에 이등이 또 군병으로 입궐하여 5적으로 더부러 만단 협박으로 어압을 어더가고, 각국 공관이 이미 철귀하니 통애통애라, 만사 허사로다. 거의 사직이 업난 모양이라, 상소한들 무엇하리요. 그르나 아직 우리 폐하에 위호가 상제하니 중는 이 이미 말하난지라, 엇지 한 상소도 아니코 말이요. 드대여 연맹 상소하니 삼백여 명 소수되여 그 소에 하여스대,

〈경상도 초야신 이모 등은 성황성공 돈수돈수 건백배상어우대 황제폐하 왈, 신등이 비록 하토에 미명이오나 우리 성조 오백년 강상의 의중을 길너낸 물건이라. 국가에 위박한 때를 당하매 제호 분울하여 폐하를 위하여 한번 죽기를 원하는 것이 진실노 천성의 같은 배라. 오희라, 전월 이십일일지변은 곧 우리 종사가 전복하고 강상이 멸할 때라. 신등이 통읍 황황하야 의지할 바를 업삽드니 복원 폐하계압서 일사 이등방문을 대하여 왈, "짐이 차라리 종사를 따라 죽을지언정 이 조약은 허락지 못할 것이요. 또한 국가 대사를 각부 대신과 제위 유신과 밋 국내 신사인민으게 통보한 후에 결단하는 거시요. 짐이 사사로 천변치 못한다" 하시니 신등이

말슴을 들으메 실성통곡 창천게 맹세하되, "우리 폐하에 신자되여 누라서 분신마골하야 황상에 지의를 갑고저 아니하리요" 닷토아 길에 올나 깃거히 우리 황제 강상의리에 함게 죽기를 원하여드니 저(이등이가) 유약을 바더 가지고 도라가고 각국 공관이 헛터지고 일국 만구에 이른 바 적신으 무리가 위연이 당우에 처하고 폐하계압서 구중에 깊히 처하사 천하에 다시 할 도리 업는듯 신조약이 만천하에 공포되니 마침내 우리 종사가 전복하고 강상이 참패 멸한지라. 신등이 한 번 죽어 천은을 갑고저 천신게 맹세합니다. 폐하계서 목전에 화만 겁내시고 오난 날 여지가 잇다 하오릿가. 저 일인이 폐하 이르하심을 아시고 만단으로 꾀와 이 지경에 이르니 또 몇 날이 지나면 황실으 죤엄안영함이 엇지 금일언약과 같으릿가 신등이 더욱 통분하여 능히 참지 못하미로소이다. 대저 폐하계서난 일국강상에 주인이시라 국가존망이 비록 위기에 잇사오나 하늘이 우에 잇고 천신이 도으시지 아니하면 속절업구나 장탄부리오며 내 비록 구차이 사라 설 땅이 업난지라. 저 적신들이 폐하에 신자로 적국에 장두가 되여 종사와 강토를 적인으 손에 드리거날 이거산 모골이 송연하고 치가 떨이오니 누구를 더부러 나라를 보전하리요. (죠병세와) 민영환 제신이 봉적을 무릅스고 즉인즉 간하야 대자는 신명이 떠러지고 소자는 구축함을 입어스며 폐하계오서 아름다운 시호를 주시압고 휼전을 네리시나 역적을 버히지 아니시고 유약이 공포되사 신즉 충혼과 열백이 천대하에 장차 읍읍하고 의사에 충담이 분울오열하여 죽기를 구하여도 곧을 엇지 못하니 복원 폐하 죤전에 상소하오니 잇때를 미처 일장 에통한 조서를 내리시와 신민에 충에를 발동키고 적신에 죄를 드러내여 식도 버히고 일사 이등에 위법을 만천하에 들처내고 정사를 땃가 일국으로 다시 회복 보존하기를 바랄 거시요 불행이도 화페를 일우어 군신 상하가 이로 인하여 함께 죽난대도 선왕선조를 지하에 뵈압는 거시 붓그러움을 무릅쓰고 차마 왜국에 귀신이 되는 것보다 나을 거시라. 하물며 명천이 조림하여 아국에 반드시 왜적을 멸시할 이새가 잇을 거시오니 신등으 사사로 억탁하는 바 아니요, 실상 천하에 고의라. 과차이왕으로난 신등으 알 바 안이오이 다만 구학에 업드러 쾌히 대한 일월의 죽기를 원하나이다. 사생존망이 호흡에 박제하메 질성지호가 말삼을 재단치 못하여스니 원큰대 페하는 살피소서. 신등은 건통백배이문하노이다.〉

상소를 올이고 사오일을 기다리매 비답을 보지 못하고, 왜인이 벌서 상소함을 듯고 군병을 내여 사방으로 찻난지라. 황급히 사관을 옴기매 샷샷히 찬난지라.

중인이 "모도가 여개 잇어 비답도 보지 못하고 공연히 화만 당할 거시니 나려가난 것만 갓지 못하다." 하며 역권한대 대인 왈, "화복은 하늘에 달인 것이라. 엇지 일역으로 피하리요. 또 죽난 거시 두려우면 엇지 당초에 상소하로 왓스리." 하시고,

또 멋칠을 지나도 비답이 아니 나리니, 할 수 업서 재차 상소를 지어 올이고,

통곡으로 귀가하야 항상 분울지기를 품어 여인 접대시에 국사를 말삼하며 불각유체만면하시난지라. 불초가 대인으 무사이 왕환하심을 뵈압고 심중에 환희하나, 다만 시시로 부지간 국사만 탄식하여드니,

문득 십이월 이십 오일 초조에 기침하사 방장관수를 하심애, 홀

련이 삭발 흑의한 세 사람이 관이 오류 인을 거느리고 문전에 도립하야 즉시 뜰에 오르거날,

관수랄 마친 후에 입실하야 좌정한 후 문왈, "성명이 무어시며 엇든 소관이 잇서 왓나뇨?"

삼인이 경에필에 명첩을 내여 보이며, "일본 순사 안등삼랑이요, 또한 일인은 일본 헌병이요, 다음 일인은 대구 경무서 통사순검 김진악이라."

대게 문왈, "이참봉 이모야씨오니가?" 대인 왈, "그르하다"

통사가 문왈, "동간의 대한과 일본 신조약 사건으로 상소한 일이 잇나잇가?" 대인 왈, "그르하다"

또 문왈, "향내에 통문한 일이 잇나잇가" 답왈, "그르하다"

또 문왈, "소초가 잇나잇가?" 답왈, "잇다" 하시고,

불초랄 불러 가저 오라 하신대, 황망이 읍대하고 생각하매 이 소초를 보면 필경 저놈들이 대경촉노하리니 엇지 할고 주저하니, 대인이 밧비 가저 오라 호령하신지라. 부득이 가저 오니,

일순사 본 후 손에 잡고 또 동초랄 찻거날 대인 왈, "그 시에 동초난 향교에 들어가고 여개난 업난업노라."

순검 왈, "관찰부 훌영이 내부 훌영 명으로 이참봉을 잡아오라 하니 즉시 읍내로 가사이다."

대인 왈, "훌영을 본 후 갈 것이라." 재삼 힐난하시다가, 일순경 즉시 가기를 재촉하고 사색이 맹렬하야 찬 칼을 만지며 겻해 들어 안고 헌병은 문을 가루며 위인을 못 들어오기 하고 일시각애 내인과 촌인이 사방에 옹위하여드니 헌병이 칼 들어 호통하니 한 사람

147

도 인접지 못.

불초 읍왈, "아무리 하여도 부자랄 상대치 못한 일이 어대 잇으리요?" 재삼 간절하니 헌병 왈, "아들 외에는 한 사람도 못 들어오기 하리라." 하고, 불초 드간 후 모도 다 축출하니, 누가 능히 항거하리요.

대인으 안색을 살피니 소무구색하고 천이 일순사랄 도라보고 그 페도랄 어라만저, "이겼이 반드시 보금일터니 한번 보기를 청하노라." 일순사 황망히 도라보거날 대인이 미소왈, "내가 평생에 보금과 육혈포를 보지 못한 고로 한번 보고저 하노라." 일순사 그재야 안색을 곤치고 하는 말이, "칼은 보이지 못하갯다." 하고, 육혈포를 내여 보이거날 대인이 바다본 후,

도로 주고 왈, "내가 날노 가묘에 배알하니, 이재 하물며 이래 가면서 엇지 사당에 하직지 아니하리요?" 일순사 허락지 아니한지라. 강경히 씨와 일어나시니 순경과 헌병이 따라가 묘 앞해까지 딸아 오난지라.

대인이 즉시 배알한 후 고유왈, "복이소손이 전월 상소사로 내부 홀영이 관찰부로 이르러 일헌병에게 착하미 되니, 생각건대 신자 대에 가발지 못하고 이듯 적노으 욕본 바 되니 분수가 맛당히 한번 죽어 다시 묘하에 기약이 쉽지 못하오니 엄행구고하오니 다만 통읍하오이다." 하고,

나오서 조손을 드리며 무사이 선반하고, 불초가 거럼을 조금 더 디기 하시기를 원한대 즉시 행장을 재촉하여 왈, "일 이 지경에 이르니 천년하면 무슨 유익이 잇으리요. 다만 일인이 나를 도피할가

저허 내실에 들어가 고별치 못하니 창년한지라. 네가 모친을 잘 위로하라. 내 생사는 하늘에 잇는 거시니 노심하면 무슨 유익이 잇으리. 다만 가사나 생각하여 잘 보존하고 부아 태중에 놀내기 쉬우니 부대 안심키하라." 하시니, 그 시 광경이 엇드하랴. 곡성이 진동하며 산천초목이 참연무광하드라.

즉시 읍에 이르니 굿때 마침 공관이라. 왜인이 길을 끄어 관문 안에 들어가 관찰부 훌영을 내여 보이고 관찰부로 착내함이라 하고, 대인을 뫼시고 한 헛간에 들어가 위인을 못보기 엄금하난지라.

불초 또한 들어가지 못하고 문 밧게서 들으니 대인 왈, "훌영 중에 내 명호가 다르니 맛당히 관찰부의 보하여 진가를 자세이 안 후 갈 것이라." 일순사 크게 영성하여 왈, "이거슨 다만 오서함이라 무엇을 의심하리요?" 하고, 협박하여 옥중에 드가시라 하니, 관이 다 공감하여 말하는 자 업드라.

불초가 관에게 말하여 왈, "뉘가 감히 옥문을 열이요?" 관에가 황공하여 차마 열지 못하고 주저할 차, 대인 왈, "사어지차에 별노 의심할 것 업다. 또한 협박만 당할 거시니."

드대여 행장을 재촉하니, 왜인은 조식하기 위해 잠간 주막에 들어가고, 실내에 머무러 부자 삼인이 믜서 안자 타인은 감히 근접지 못하게 하며 만단으로 질문한 후, 조식을 마치고 즉시 발행하여

처음 노정은 왜간으로부터 대구로 간다드니, 길에서 홀연 부상 길노 가그날 내인과 중인이 즉시 모서와 하인을 멈추고 진문왈, "가난 길이 다르니 경성으로 가미냐?" 일헌병이 말읎이 육혈포에 탄알을 여어 사람에 견주니 경황실색하니 대인 왈, "이미 저들에

착치되매 사생은 임기소위할 겄이니, 또 경성으로 가면 일본 사령
관이 재판하면 대구보다 나을 거시니 지만하면 무엇하랴?" 즉시
하인을 하여 발행하여 가는지라.

일기가 한랭하여 풍세가 홀연 대작하니 촌보가 난진이라. 겨우
십여 리를 행하매 일행이 다 한기를 이기지 못하여 산하에 의지하
여 쉬드니.

따라 오난 삼종 참봉형과 불초 저날 보시고 대책왈, "내 생사화
복은 하늘에 잇는 거시니, 너의 등이 따라 온다고 무슨 유익이 잇
나뇨. 집에 도라가 노모나 위로하고 가사나 돌보아 보전하는 것이
너의 직분이요, 내의 효자라. 밧비 가라" 하시니 일인 왈, "우리가
노인을 잘 모시고 갈 것이니 염여 말고 귀가하라." 하난지라.

불초가 복지읍왈, "부친이 이러키 가시는대 자식 되여 안연이 집
으로 도라 가리요?" 삼종형장이 또 엿자왈, "맛당히 모시고 가서
것처 엇드함을 볼 거시니 과히 엄책마르소서."

근근 행할새 일기 점점 혹한되야 수족이 동탁되난지라. 왜인이
저들에 담요를 가지고 옹위하거날 대인이 곧 물이치고 간신이 부
상에 이르니 날이 이미 어둡고 사람이 요동하기 어려운지라. 여관
에 들어가 어한하기를 간청하니, 일순사 칼을 들어 현병소로 가기
를 재촉하거를 불초 지재재삼 간청하나 허락지 아니하고 즉시 가
는지라.

따라 이르매 헌병 십여명이 돌출하여 둘너 싸고 대인으 의관을
볏기려 하니, 대인이 급히 갓을 잡고 대책왈, "내가 평생애 의관을
벗지 안엿그늘, 내 비록 목이 떠러저도 이 갓은 벗지 못하리라." 왜

인이 숙시하드니 요대와 페도만 끄르드니, 즉시 토굴같은 옥의 가두고 종인을 축출하는지라.

이 광경을 보매 천지가 문어지는 듯 경황망조하여, 사관으로 도라와 온냉을 사서 급급히 가니 벌서 어대로 가신지 모르난지라. 방황주저할 재 왜인이 금침을 주그늘 뭇고저 하나 언어를 통치 못하니 엇지 하리. 즉시 정거장으로 차저 가니, 이미 왜인이 대인을 모시고 정거장 안에 들러가 위인을 보지 못하게 하니 급식을 안고 문위에 방황한들 엇지하랴. 수식경에 통사가 오거늘 옷깃을 붓들고 애걸간청하다 보니 그 음식이 차운지라. 다시 엇지할 도리 업고 통사가 겨우 들이니 대인이 또 선반하신지라.

마침 굿때 기차가 와서 올나가니, 집 가사를 일일이 부탁하시며, "내 이번 길에 대의를 버리고 구차이 살기만 구하면 생귀할지 모르나, 단연코 의리랄 직킬나 하면 저 흉족들에게 해를 입을 터이니, 인생세간에 입절취사하미 사역영광이언이와 엇지 구리도생하리요. 단정코 생귀하문 바라지 못할 것이니, 그 역천명이라 엇지하랴. 네가 나이 이미 이십세라. 사역한 가사와 집안 등사랄 다 이저 너의게 막기니, 부대 조심착염하여 가성을 보전키하라. 내가 가장 한 되난 것은 선인의 유문을 다 수집지 못하고 죽으면 엇지 명복하리요. 천추에 한이로다. 너의게 부탁하니 네가 십분착심하여 모관장으게 수고한 후 간행하게 하라." 하시니,

불초 이말삼을 들으매 흉중이 기색하고 천지가 아득하야, 복지통읍왈, "이 말슴이 왼 말슴이온잇가?" 다시 한 말슴도 못하고 체읍통곡하니 대인이 소왈, "네가 장부가 되여 엇지 아녀자와 갓이

체읍하면 무슨 유익 있으리요? 이러나라." 하시며 대책하시니, 심
신을 정치 못하여 무언이 대곡하니 뉘 아니 처창하리. 재방 중인이
다 수루하더라. 그제난 대인계서 이역상심하시거날, 불초 심중에
공연이 대인으 심장을 상하시게 하심을 역시 불효라.

게요 이러나 존안을 첨망 중, 순식간 대구역 도착하니 생소하야
동서남북을 아지 못. 하물며 야심혼흑 밤이 이자경이라. 다만 순
사으 뒤만 따르드니 얼마만의 성문으로 들어가며 불초와 삼종씨와
왜인을 붓잡고 여관에 가서 어한하기를 간청하나, 종시 허락지 안
이하고 즉시 경무청으로 가는지라.

홀지에 한 대문에 다다르니 순금 등이 나와 대인을 인도하여 들
어간 후, 위인은 축출하고 대문을 닷으니 대인이 불초랄 도라 보시
고, "내가 여게 한번 들어가면 다시 대면하기 어려울 터이니, 네가
부대 마음을 정하여 남에 움직인 바 되지 말어라. 사생이 유명하니
엇지 인력으로 요행하리요" 하시고 들어가시니,

다시 한 말슴도 엿주지 못하고 할 길 없어 문틈으로 들다보니,
등촉이 히황한대 다만 순금만 왕내하고 대인은 어대로 가신지 아
지 못. 땅에 업더저 방석대곡하니 삼종씨 간곡 위로왈, "이른 활난
을 당하여 맛당히 관심응변하여 죄를 볼 터이니, 네가 이르하여 만일
생병하면 뉘가 옥중음식 등절을 받을며 선후지책을 엇지 하리요?"

수식경을 지나매 김경이 나오거늘, 불초 금침을 안고 읍전왈,
"노친이 종일 졸한에 오시고 엇지 금침없이 침수하시며 또 어대 계
시나뇨?" 순금 왈, "노인이라 온돌방에 거처하게 하엿으니 다른 염
여 마시요. 내 또 이 금침을 가저가 안온히 거처하게 할 터이니 안

심하여 염여마시요." 불초 배사왈, "감격무지 이 감격한 은혜 미사전 갑흐리라." 하니 순검이 유유히 응답더라.

잇때 밤이 이미 기명시라. 악풍이 맹렬하야 견대기 어려우니 삼종씨 왈, "야심하야 인가이 적적히 문을 다닷스니 사관을 정치 못할 것이요, 여기에 경야치 못할 것이니 엇지하리요?" 불초 왈, "나는 여기서 밤을 지내려니와, 형장은 전일 혹 아는 사관을 차저 침수하시압."

그르할 차 순검 나와, "이재 딴 곳으로 가기 어려울 터이니, 내 집이 동문 안에 있어 여기서 머지 아니하니 함게 가시압" 형장 왈, "순검 말이 고마우니 그리로 가자." 하니, 불초난 갈 뜻이 업서 형씨만 가시를 간청하니, "네가 고집하여 가지 아니하면 엇지 너를 두고 내 혼자 가리요."

재삼 권하여 부득이 따라가 순검 집에 차저 드니, 이미 다 농숙하고 또 객이 상하 방방의 가득한지라. 할 수 업서 서문밧 형씨 아는 집을 차저, 거이 십이나 되난 대 게요 차저 가니, 삼동폐돌에 사벽에 빙설이 설인 듯. 간신이 밤을 지나고.

경무청 앞에 사관을 정한 후, 경무청 문에 이르니 순금이 파수를 엄키하고 잡인을 출입지 못하기 하니, 지척이 철리라 안부도 알기 어려운지라. 앙천장탄 엇지하리요. 파수 순경계 성명을 통한 후, "작야에 내의 부친이 상소로서 구감되신 후 소식을 모르오니, 자식되여 이른 천고소무지변을 당하오니 만사난속이라. 부자지간 소식이나 알고 상면하면 죽어도 한이 없을 걸니 원컨대 선처를 베푸소서."

153

　순금이 이윽고 문왈, "무슨 일노 상소하엿소." 답왈, "월전에 한일 신조약 사건으로 상소하미라."

　순금이 개용왈, "우리 비록 이 직분에 있어 일인의 노에가 될지언정, 아한 인민이 되여 마음조차 다르리요. 영대인계서 절의를 세워 이른 일을 당하시니 무엇이 붓거러우리요. 부친이 이른 일노 욕을 보시난 것은 오히려 영광이라. 무엇 그리 애탁히 여기리요."

　답왈, "인자 되여 부친이 이러한 굴욕을 당하여도 구완하여 설분치 못하오니, 엇지 천지간에 용납하리요?" 애걸사정하니, 저들도 인심이 감탄함인가. "우리 국가국민에 표상이라. 초동목수도 감탄하리로다. 노인이 한절에 거처가 심히 어려우니 조석으로 감지보호하시고 부대 염여 마르시요." 관곡히 후대하니 이 은혜는 백골난망이라, 엇지 보답하리요.

　순금이 인도하는 대로 딸아 들어가니, 당상에 일본경무관과 순경들이 왕내하고 악취가 진동하며, 겨우 틈을 타 문틈으로 엿보니, 침침한 협실에 좌와를 용신치 못. 그중에 대인계서난 의관을 정제하시고 단좌하섯다가 불초랄 보시고 놀나 문왈, "여게 엇지 들어왓나뇨? 유익함은 업고 도로혀 욕을 더할 터이니, 다시 들어오지 말고 나가라. 나는 이 문 외에는 다시 나가기 어려울지라. 세세한 말은 어잰 날 다 하여스니 지금 귀가하여 집이나 잘 보전하여라."

　이 말슴을 들으매 억장이 문어지고 흉격이 막혀 문을 비겨 혼절하엿다가 겨우 정신을 차려 다시 엿자왈, "이 말슴이 엇진 일이오닛가?" 그르할 차 순검이 나가기를 성화독촉하니, 간절한 정사를 엇지 하리요.

그 익일에 대인을 인도하야 경무청 청사의 드러가니, 일본 경무관이 거주를 뭇고 답필 후 인하여 왈, "나를 관찰부 훌영으로 착내하여 일인이 뭇난 것은 웬 일인고?" "지금부터 국사 그러함이라."

일인이 문왈, "소초랄 보지 못하엿나? 그 뜻을 자시 말하라." 답왈, "금번 신조약이 대한신민으 통심한 바라. 우리 폐하게 고하야 오적을 버히고, 또 이등방문으 협박이 천하공의가 아니믈 밝히미라."

통사 왈, "이 말슴대로 전하릿가?" 대인 왈, "내 말대로 전하라."

일인이 대로하여, "신조약의 비리함이 무엇이리요?" "그 상소 중에 다 말하엿으니 엇지 다시 문나뇨?"

일인 왈, "조선 대황제 허락하시고 대신이 다 합의 조인하엿거늘, 엇지 협박이라 하리요?" 답왈, "아황제 종사를 따라 죽엄으로 맹세하섯거늘, 일인이 병역으로 협박함이라. 대신이라 하난자는 곧 대한에 역적이라, 엇지 군신합의하리요."

일인 왈, "양국 문짜가 소연하니 엇지 강재라 하리요?" 답왈, "강재가 아니면 일병이 엇지 퀄내에 들어오며, 민충정 조충이 엇지 죽어시시며, 차인이 아국 일노 황졔게 고하미어날 엇지 이리 힐문하리요?"

일인 왈, "이 일이 신문의 낫으니 보지 못하여나뇨?" "내 임의 보아 일인으 간사함을 만천하에 들어난지라. 엇지 천추에 눈을 깜으리요."

일이 대로하야 진목하니, 재방한 순검이 송연하야 인색이 업난지라.

일인 왈, "이 일이 양국에 다 유익함이니." "이재이 가히 능히 집

주인이 치산을 못하니 주인을 권하여 잘 살기 함은 가컨이와, 임의
로 간섭하며 조수족도 못하하계 하면 엇지 그 집을 보호한다 하리
요? 가히 통곡할지라." 고성대발하니,

일인 왈, "상경할 때 장아무와도 통상하엿나?" 답왈, "그르하다."

일인 왈, "소난 누가?" "내가 지엇노라."

"몃 번이나 하엿나뇨?" "비답을 보지 못함으로 재소하고 도라 왓
노라."

문왈, "재소 뜻은 엇든 이미로?" "처음 소와 갓튼지라. 이릃히 문
답이 지리하니 지필먹을 가저오라."

순검 들이거날 (망의)담암)참회)거터니) 나기연옥공원사아 심
적이 소소무용문하니 대한신자대한[1]지라.

일인이 보고 문왈, "이것이 무슨 뜻이냐?" 답왈, "진회난 송나라
상국이요 금노난 송나라 원수어날, 진회가 화친하야 영화를 구코
저 하거늘, 호담암이라 하는 신하를 버히고져 하여 상소하엿고,
문천상이라 하는 사람은 송나라 충신이라. 원나라 오랑캐가 잡아
서 연산옥에 가두어 초사 바드니, 문청상이가 굴하지 안이하고 죽
은지라. 내 마음은 오늘날 무얻을 물을 것이 잇느냐?"

왜인이 숙시하드니 통변 왈, "일인이 문자 깊푼 뜻을 아지 못하
니 말슴으로 하소서."

일인이 문왈, "조약으로 그르키 여기면 의병을 이릃힐 마음이 잇
느냐?" 대인 왈, "나는 일개 선비라. 다만 문짜 의리나 아라 상소하
난 것은 내 직분이지, 의병은 비록 마음은 잇스나 힘이 업서 못하

---

[1] "妄凝澹菴斬檜擧, 那期燕獄供元辭, 心跡昭昭無用問, 大韓臣子大韓".

노라." 강직히 말슴하시니,

"감방애서 다시 생각하라." 답왈, "나를 가두어 무엇하려느냐? 만일 아국 일을 무를진대 맛당이 일본으로 가서 너의 임금게 항에 코저 하노라."

그 잇튼날 또 불너 문왈, "각처에 통문할 일이 잇나냐?" 답왈, "잇노라"

"그 통문에 무엇슬 말하엿시며 어대로 통하엿나뇨" "그 뜻은 복합상소하고 각국 공관의 편지하자 하엿고, 통보하기난 인동 고령 각읍으로 하엿노라."

일인이 서울서 온 통문을 보여 왈, "이것을 보앗나냐?" 대인이 취하여 보니, 그 뜻이 또한 신조약 반대하고 끝해 민충정 조충정 사절시의 인민으게 유서함이 잇는지라. 다 읽어면서 락누체읍하니, 끗때에 통사가 겻태서 또한 락누하더라.

다 보고 왈, "그 전애 이겄은 보지 못하엿스나, 아국에 인심은 보나 안보나 다름이 업노라. 나를 가두어 두기는 무슨 연고냐? 나를 죽이고저 하그든 즉시 죽이고, 만약 죽이지 안일진대 나 또한 대한 사자라. 판옥 가운대 욕만 보이난 것이 무슨 법이뇨?"

일인이 미소왈, "죽일 일을 하엿나냐?" 답왈, "내가 일본국을 능멸협박하고 또 이등방문을 천하강상에 도적이라 하여스니, 너들 나라에 법대로 하여라." 호통하여드니, 일인이 무언부답하엿드라.

그르구로 연말이 닷치매 차세이진이라. 내 비록 불초하나 마음을 엇지 진정하리요. 대인게 엿자왈, "불가불 귀하야 졔사랄 지내야 할 겄이요. 또한 모친게서 잇때까지 절식하섯다 하시니, 불가

157

불 집에 돌아가 가사를 위하여 도라가려 하오니, 이 옥중에 엇지 홀노 과세하오릿가?"

대인 왈, "잇때까지 잇난 것도 실 때 업는 일이라. 속히 도라가 제사나 정성껏 지내고 노모나 위로하고 이곧은 속히 오질 말어라. 내 혼자 잇서도 식주인게 조석만 부치 노흐면 굼지 안을 터이니 다른 염여 말고, 내 죽잔은 전의는 선인 문짜를 잇지 못하니 인편 잇그든 그 책을 보내여라."

불초 엿자왈, "엇지 이곧을 잠시라도 비우릿가? 종숙주 와 계시오니 환세 후 곧 오기를 기다려 저 대신 계시오니 그리 아압소서." 한사 못하게 하시나 재삼읍간하고 집을 향하오니, 더욱 심장이 막혀 고향산천이 모두 수색을 먹음은 듯 강잉하여 도라오니,

자당계서 엄엄하신 기력으로 놀나 문외의 나오시니 누수로 배알 천언만어로 위안 들이오며. 신년을 당하오니 가가호호 미반란채로 부모님계 현알하는 모양 더욱 상심 진정치 못. 독좌공방하야 눈물노 나를 보내고.

병오 정월 초칠일에 경무청애서 형구를 배설하고 순검이 대인을 인도하여 게하에 세우매 대인 왈, "내가 무슨 죄가 잇기로 게하에 욕보이나뇨?"

일인이 문애 나와 소리를 크게 하여 왈, "옥중 갓처 몃 날을 지나도 신조약을 반대할 뜻이 잇는가?" 고성으로 질책하시 답왈, "내 몸은 비록 너들에게 간금되여스나, 내 마음은 조곰도 변치 안엿노라."

일인이 점점 대질 왈, "다시 생각하라." 대인 왈, "이 몸이 죽드라도 일호도 변개치 안일지라."

"또다시 상소하갯나냐?" 답왈, "신조약이 나라가 망하는 것을 보고 안연이 사라 잇스랴? 듯고 안듯는 것은 아황제게 잇으나 또 상소할 일이 잇으면 누가 막으리."

"조선 정사가 부폐하면 일본서 도와주난 것이어늘, 무슨 연고로 반대하나냐?" 답왈, "아국이 다슬이지 못하면 혹 후원하고 깨와주는 것은 가컨이와, 엇지 일본 사람으로 우리나라를 주장하리요."

굿때에 통변이 공구하여 말을 바로 전하지 못하는지라. 대인이 크게 꾸지저 왈, "죽어도 내가 죽고 갓쳐도 내가 갓칠 겄이니, 통사가 무어시 두려워 바로 말을 못하리요. 통사는 대한 사람이 안이냐?" 하시니, 통사가 더욱 공구하여 겨우 통변하니, 일인이 대로하여 곧 형벌하려 하드니 오래도록 생각하드니, "신조약을 반대하는 거시 양국에 대해가 잇는지라. 맛당히 형벌할 겄이나 애국하는 사람인 고로 그만 두나니 다시 생각해보라." 굿때 순검과 통변이 당황하여 인색이 업드니, 일이으 말함을 듯고 희색이 도라 오드라.

통변이 엿자오대, "이재 국사가 다 된지라. 혼자 회복하지 못할 것이니 엇지 하여 홀노 고생만 이릃이 하심잇가?" 대인이 대책 왈, "우리나라애 엇지 나 한 사람 뿐이리요. 이 마음은 아국의 생령이 다 잇는 배라. 그대도 대한 사람이라 이 마음이 없을소냐?" 순검 왈, "이 일이 진실노 올은 일인 줄 알고 잇사오나, 엄동설한에 노인이 고초 당하심을 뵈오니 너무 절통한지라. 오늘은 말슴만 화하기 하시면 나가실 겄을 감옥을 락지로 아시나잇가?"

침음양구애 옥으로 드가시니, 불초 밧게서 문답함을 다 들은 후 문틈으로 뵈오니 대인 왈, "일인이 처음은 나를 의병하는가 의심하드니 이저난 기여히 항복 밧고저 하니, 내가 여기서 나갈 날이 없을 터이니. 네가 집에 도라가 가사를 보전하고 봉제사와 양노모하야 선대의 업을 잇는 것이 효도라." 하시니 불초 복지읍왈, "부친이 사지에 계신대 집에 도라가 안양하는 것이 엇지 인자지도라 하며, 인심이 반분이나 있으면 엇지 잠시라도 떠나 어대로 가릿가?" 하고 물너 나오니,

유유창천 아차하인사고 우수불락 중 날을 보내오니 백계무책이라. 대수하기로 일본 경시으게 장서하여 왈,

〈성주 거하는 이모는 읍혈치서 우경시라 하하노라. 사람이 세상에 나서 부자군신으 율이 있으니 율이가 떠러지면 엇지 사람이라 칭하리. 이재 대한이 지탕치 못할 지경에 이러시니 대한 신민된 자 엇지 통울한 마음 없으리요. 귀국이 우리나라를 보호하고저 할진대 맛당히 충의 잇는 사람을 표양하여 나라를 다스려야 할 것이어날 형벌하고 가두어 신민으로 하여 임금을 배반하기 함이라 고금불통이라. 내가 연철하고 아는 것이 업서 죄적불효하야 육십 노친이 뉘옥에 열철경세하야 숙수발작 음식을 전폐하시고 근역이 엄홀하시니 자식된 자 아즉 죽지 아니하야 먹고 잠자고 명을 보전하고 있으니 내 스스로 부끄러운지라. 하늘이 반드시 버릴 거시니 엇지 천지간에 용납하리요. 맛당히 이 갓흔 죄인을 형벌노 다스리고 만일 불상히 너기그든 이 몸으로 대수하고 노친을 사라 생전에 귀가케 한 즉 불초가 비록 죽어도 오히려 지하애서 눈을 깜을 터이니 엇지 행하미 안이라 통읍절성의 천만양찰하라.〉

멋날을 지나도 회답도 보지 못하니, 문중 장이나 한번 권하여 볼가 하매 대인이 말유 왈, "내가 의리를 밝키려 하다가 여기서 욕을 당하거늘, 일인으게 애걸하여 사는 것이 도로혀 욕된 일이며." 기여 못하게 하시고, 또한 기회도 엇을 수 업난지라.

이월이 도라오니 새 관찰이 왓는지라. 대인이 장을 정하여 왈,

〈국가에 형법은 반드시 징명이 잇으니 이재 모가 관찰부 훈영으로 경무청의 갓치미 삼사삭이고 합하으 관찰노 오신 지가 또한 일월을 지나시대 한번 진문치 아니시니 아지 못게라. 모가 무슨 죄명에 범하엿난고? 이재 드르니 국가 경사가 잇어 육범 외난 다 노하준다 하니 모으 죄도 응당 명목이 있을 것이니 죄가 들어나서 뭇지 안이 하여도 자연이 아는가, 혹 죄를 일염할 수 업서 아직 정한 율이 업는가? 대저 내가 상서하여 아국대신을 상소하여 도적이라 하엿고 일본대사 이등방문이를 천하공법에 도적이라 하엿스니 죄를 다스리는 법을 요랑할진대 이 무리로 더부러 재판시킨 후에 가히 죄를 정할 것이라. 합하가 맛당히 한번 모의 죄를 무러서 그 연유를 서울노 보고하여 평이원에 재판하고 만일 내 말한 것이 무망한대 도라가면 곧 맛당히 목을 버허서 왕법을 바룰 거시오 죄의 무리가 죄를 면치 못하거든 아국 적신에 죄난 당한 법에 처단하고 이등이는 일본에 조회하여 처치하라 하고 만일 또 이른 일을 일본한태 누질여 마음대로 못하갯그든 모와 적신으로 더부러 일본으로 드러보내 이등이와 함께 재판하면 천하에 공에가 잇을 것이라. 모가 비록 천미하나 또한 대한 신민이라. 나이 육십이니 오래 옥중에 가두어두면 장차 자살할 지경이니 합하가 법 맛튼 관원이 되여 안연이 보아 무명색하기 자진키 하면 이거슨 합하가 사

161

사로 죽이난 것이라. 만일 일인을 겁내여 감히 우리 임군에게 망신봉법하는 충정이 어대 잇나뇨. 오직 합하는 깁히 법을 생각하여 곧 이 정상을 명백하기 척결해 주시기를 천만간절 소원하나이다.〉

그 후 멋 날을 지나도 재시를 보지 못하매, 세 번이나 하여도 무답지라. 그 후에 관찰이 다르니를 대하여 말하대, "우리가 무슨 말노 회답하리요?" 하드라.

그르구로 춘풍 이월에 만물이 화창하고 유사가 청청한 게절이라. 사관에 혼자 안자 탄식하며 내가 미물만 갓지 못하니 촉물상심에 눈물이 마를시 업는지라.

그때 이등방문이 일본서 나올대 대구로 온다 말 듯고 대인이 또 장서하여 왈,

〈이재 들으니 공이 대한에 통감으로 온다 하니 아지 못게라. 이것이 무슨 일인고? 만일 대한나라를 통감한다 한 즉 우리 황제가 능히 나라를 자주치 못하여 일본서 사람을 보내여 통감한다 한 즉 장차 우리 황제 엇지 하려고 고금천하에 이른 일이 또 잇으랴. 천하에 이른 이름을 가지고 대한 땅에서 엇지 용납하리요. 오즉 공은 일본 대신이라 영주를 도와 일국을 새롭게 하여슨 즉 양국이 서로 이웃하여 맹의가 빈빈할지라. 맛당히 순치지세를 생각하여 길이 맹서랄 돈독히 하여 착한 일을 인도하고 악한 일을 바로 하여 왜적의 환을 막아 서로 나라를 보존키 할 것이지 도로혀 간사한 꾀를 내여 우매함을 쏘기고 약육을 탐식하야 스사로 살찌고저 하며 우매한 백성을 꾀와 당유랄 짓고 조정을 어지러히 하야 드대여 병역으로 협박

하고 국군 인허난 뭇지 안코 적신에 인장만 천도하야 조약 하엿다
고 호령하니 열국이 공사랄 들여보내고 일국 인심을 요동하고 충신
열사가 의리를 밝힐나 한즉 구축하여 옥에 가두어 대자는 명이 떠
러지고 소자는 읍읍비통하니 천하에 어대 이른 조약이 잇느냐? 일
시에 이목을 가히 쏙일지언정 상천은 쏘기지 못할 거시요 일시예
위력을 가히 행할지언정 인심은 뺏지 못할 것이니 요량하건대 일본
이 먼저 그 화를 당하여 공이 화에 괴수가 될 것이라. 내 또한 대한
에 신자라 한 장에 소로서 우리 부군 앞해 올이여 공으로 천하강상
에 도적이라 하여시니 이웃나라 임군을 협박하니 이거슨 임군을 모
르난 거시요 남의 신자로 하여 나라를 파라 먹기 하니 천하에 임군
을 업기함이라. 이것이 도적이 아니고 무어시시리요? 그 전에 도적
이라 함은 그 죄랄 말한 것이요. 이재 공이라 함은 우리 황제으 용
접한 고로 체모 잇난 바라. 이재 공이 와서 응당 위엄을 베푸러 전
국내의 항거하는 사람을 모조리 죽일 터이니 나도 역참기중이라.
방금 대구 경무서에 갓치여 잇스니 가히 손을 지휘하는대 업슬 거
시요. 만일 무명색하기 죽이기가 법정에 불안그든 공으로 더부러
두 나라 정부에 재판하여 천하공의에 부처서 그 죄를 정하기가 늦
지 안이하니 오즉 공은 심양하라.〉

이리 하엿드니, 이등이 바로 경성에 갓는 고로 전하지 못한지라.
어언 삼월을 당하니, 일기가 훈화하야 옥중판문으로 여어 보매
뜨거운 짐이 서리여 찌는 듯하고 대인게서 체증복발 하신지라. 호흡
도로에 누러서 이 사정을 알이요. 청사방에 옴기면 조금 나으실가
하여 경무청 총순경게 사정하여 왈, "생이 지식이 소매하고 또 연천

하여 문밧일이 엇진지 모르다가, 졸지에 육십 노친이 뉘옥에 치수하야 이미 해가 밧기고 삼사삭이 된지라. 일기 훈일하매 판옥이 증울하고 봉두난발이 상접하야 침식이 편치 못하고. 본대 적체로 누차 발작되여 기색이 엄엄탕진하오시니, 조석을 보전치 못할 듯 하오니. 생또한 인자라. 차마 이른 형상을 보고 엇드키 명을 부지하고 이 땅에 살아 남으리요. 피창자천이요 호소무지로다. 주야호읍에 차신에 죄가 구사난속이라. 복원 각하는 이 정상을 어엿비 여기사 이 몸을 하여금 대수하여 노친의 병을 조리하기 하면, 이 무상한 것이 기리 천대에 원통한 귀신이 아니되기를 천만혈축 애원" 하여드니,

총순검이 그 정상을 생각하여 대인을 청사방으로 나와계시라 하니, 대인 왈, "내가 임의 여개 갖이여 능히 버서나지 못하여신 즉 편할 거시라. 엇지 구구하기 면할나 하리요." 불초랄 불너 엄책 왈, "내가 저기 있어 몸을 편하는 거시 여기서 마음 편하는 것만 못하다." 하시며 대로하시니, 불초가 감히 다시 엿줍지 못.

총순과 순검이 간청하니 대인 왈, "그대에 지극한 뜻은 감사하나, 일인이 필경 나를 용서 아니할 터이니 도로혀 욕을 볼거시라."

그 잇튼날 총순이 또 엿자왈, "다른 염여 없을 터이니 만일 그리 하시면 도로혀 인정을 상우난 거시라." 하시대, 종내 아니 드르신지라. 금침을 옴기고 옥문을 잠그니 옴기며 부득이 가시니, 절박한 마음 조곰 노이나 기한이 차과하니 주야촉노 중,

그때 마침 이친왕이 일본서 귀국한다 하니, 혹시 기회 있으면 정해 볼가 하여. 부산 항구로 나려갈 제, 기차로 가니 날이 저무러 이미 야심한지라. 생면강산에 한 사람도 아는 이 업고 정처없이 어대

유숙할고. 길에서 방황하며 좌우로 다라보니 일인으 집뿐이라. 밤이 깊으니 물어볼 사람 업고 할 수 업서 길만 보고 더듬어 장근 오리 가량 나려오니 겨우 조선집 멋집 보이거날, 드러가 집집이 문을 두드리니 잘 수 업다 내치니, 호호망망 길에서 하늘을 우러러 앙천통곡 무성무취 저에게 천벌을 나리시난가.

할 수 업서 노중을 해매니 월색은 희미한대 냉풍이 엄습하니 새벽이 다 된 듯. 한편으로 도라보니 망망한 바다에 산덤 갓튼 거시 앞에 대이거날, 창졸에 대우 소리 천지를 진동하니 깜작 놀나 정신을 가다듬어 겨우 진정하여 살펴보니 발알래 대해가 망망한지라. 한발 자칫하면 떨어질 듯. 자세 살펴보니 윤선인 듯하나 평생 보지 못한 것이라. 엇지 요량하리요.

기시부터 얼마를 내려가니 그재야 한옥이 보이거날, 망문투입으로 불문곡직하고 방문을 열고 달여드니 주인이 질책 왈, "엇든 사람이 모야무지에 들어오나냐?" 당황 대책하거날, 내 딱한 사정을 말하고 애걸하고 그날 밤을 지새우고,

날이 밝아 이친왕으 행성을 듯고 소 한 장을 하여스대,

〈모년 모월에 경북 성주군 월항면 불초 소민이 읍혈장서 우이 친왕전하게 쥐영이난 형인으 비련한 정상이 능히 구중의 드르물 감동키하고 주공은 천자애 슉부로대 토악지풍이 필사으게 밋처스니 이재 모가 제영으로 원통함을 머금고 주공의 문에 왓사오니 엇지 한 말삼 상달치 아니하오릿가? 불초으 부가 임하에서 독서하와 나이 이재 육순이오니 우리 황제 폐하게압서 정명으로 들으시고 일명 직함을 주시니 비록 쇠병의 인연하와 행공은 못하여스나

대대로 국을 밧잡기로 한 번 갑기를 원하엿드니 작년 한일 신조약
변을 당사와 종사으 망함을 통분이 여시여 유림을 창동하여 소를
올여 매국하는 재신들을 버히고 능약하는 저 일사으 죄를 보전하
기로 청하여 두 번 올여도 비답을 보지 못 통곡하고 도라 왓삽드
니 마참내 대구 경무청에 구루한 지 우금사색이라. 적체쇠병이 복
발하여 기력이 엄위하여도 조석으로 난감하되 아한 관예들은 보
고도 무일언한지라. 불초 무지하여 도로에 호흡하매 하늘을 부르
지저도 응답지 아니하고 땅을 처도 아름이 업스니 업드려 생각하
매 전하으 영민하신 도량으로 열국에 유람하시와 어지신 선성이
천하에 파단한지라. 이재 폐하으 명을 밧자와 고국애 도라오시니
장차 아황을 도와 나라를 새롭게 하실 듯하니 우리 대한에 인민이
계활지덕을 입어 천만세를 뉘 아니 부르리요. 하물며 불초으 부난
백수 단침에 국가를 위하여 사지에 나아가 생사를 초월하시니 인
자지정으로 옥문 밧게서 유리방황 늬탕하다가 마참 전하으 오심을
듯고 분주히 달여와 상서하오니 복걸 측은이 생각하시와 은전을
내리시여 불초 부로 세상에 사라 나오기 하오시면 성심 결초함은
비록 저들 분 아니오라 대한 신자된 자가 의리에 감동하야 나라를
위하여 죽엄으로 서천을 갑사오다. 감히 번거리 못하오니 하감
하시기를 천만번 바라앞나이다.〉

이리 하여드니, 이친왕이 나오서 모든 경시 삼엄하고 일인의 여
관에 유숙하고, 이튿날 총경들에 겹겹 감시 아래 기차로 즉시 상경
하니, 홀홀 단신이 기회를 어들 수 업는지라. 할 일 업시 모든 희망
과 기대를 허사로 도라가고 조흔 방책을 엇지 못.

요요불락 중 시일만 허비하며 비사고어로 지나든이, 일일은 새 경부 일인이 와서 경무청 죄수를 금찰하는대 모든 죄인을 꾸러 안처 노코 취조하는대, 대인은 마루에 혼자 섯스니 경부가 대인으 의관을 보고 대로 공갈하니 방관이 모다 실색하며 청사가 엽헤서 말하여 왈, "이 나으림은 밤에도 의관을 벗지 아니신다." 하고 총순이 또 말하니, 경부가 그재야 노기를 놋코 대인을 들에 안즈라 하거날,

대인이 단정이 서서 요동치 아니하시매 경부가 또 대로하니 청사들이 황공하여 엇지할 줄 아지 못하고, 순검이 또 와서 안즈시기를 청하니 대인이 소 왈, "내가 무슨 죄수고?" 하시니, 순금이 다시 말하지 못한지라. 경부가 눈을 부릅뜨고 팔을 뽑내며 쫏차와 옷깃을 잡아 안즈라 하니,

대인 왈, "무슨 죄가 잇나뇨?" 답왈, "생각하면 맛당이 알이라."

대인이 "구루한 지 사개월이나 생각하여 아지 못하니 속히 밝혀라." "오래 생각하면 양심이 자연 알이라."

왈가왈부 하시다가 대인이 다시 옥중에 들어가니 총순검이 청사 방에 잇기를 청하여도 종내 듯지 안인지라.

불초가 관찰에 또 호소하여 왈,

〈사람이 천지간에 용납하난 거슨 군신부자으 일윤이 잇시미라. 임군이 욕보시면 신하가 맛당히 죽을 거시오, 아비가 장차 죽을 지경에 자식이 엇지 대신하지 못하리요. 오호라, 작년 조약은 곧 나라가 망하는 때라 생으 부가 전국에 유생들이 뜻을 갗이 하여 상소 대의를 밝히다가 비답을 보지 못하여 권여리에 업드려 만사

무심터니 홀연 작년 납월에 관찰부 훈령으로 착치하야 일인으 손에 막기여 아한 마음을 변치 아니한다 책망하고 판옥에 경년열월하야 풍일을 보지 못하니 생도 또한 인자라, 무슨 마음으로 명을 보존하리요. 주야 호흡하고 도로에 방황하여도 자비 무지앞드니 합하 관찰노 오심을 듯고 요랑하대 반다시 대한 사람을 왜인으게 막기지 아니하여 노병한 부친을 더부러 도라가 어진 덕택 아래 질길가 하여드니 일야여연이라. 막연무문하니 합하가 이에 여가치 못하엿난가, 혹 또 견죄되미 잇서 못하엿난가. 합하난 아한예 법관이시요, 생으 부친도 아한에 신자인 즉 생으 부친의 죄 여부난 합하으게 있을 터이니 이재 왜인으 생사키 한 즉 아한인민이 누구를 밋고 사오릿가? 생으 부가 나이 육순이라. 숙중이 갱발 기골이 엄엄하시니 자식이 되여 참아 이른 형상을 보고 엄연이 사라 조석을 숙식하야 명을 보존하니 천일이 소소하야대 그 죄를 도망할 수 업난지라. 생으 부어 여생이 얼마 아니이 애국하미 무슨 죄이며 일인도 또한 군신부자 윤기난 잇슬 듯 복원 합하는 다스려 당당한 규율을 직히시고 생으 부 무죄함을 심판하여 하옥하오시면 생으 부자 감축하여 생이 죽어도 한이 업슬 터이요, 대한 왕법의 적당할 듯하니 복원 합하게서 그 정상을 어엿비 여겨 생각하옵소서.〉

이러한 호소문도 또한 퇴한지라.

주야가 지리한 중 만춘이 갓가와 윤삼월이라. 옥중에 담배 또한 엄금이라.

일인이 날마다 창틈으로 엿보다가 대인이 항상 서책을 보시니 하로난 문을 열고 좃차 들어오니 수중이 실색하난지라. 대인이 앞에 잇는 서책을 가지고 보시거날 총순이 말하여 왈, "이참봉은 갓처 계서도 항상 책을 보시고 글을 짓는다." 하니 일인이 무언이 출하더라.

아무런 획책이 업서 문중에 공에를 돌여 본관에기 장을 정하여 왈,

〈사람으 사난 바 자난 강상에 의리라. 강상이 떠러진 즉 집이 되지 못할 거시오, 국가가 무사하랴. 전국으 공분한 바를 인하여 한 번 상소하여 의리에 부당함을 편 거시러니 불의에 관찰부 홀영으로 경무청에 구류된 지 사오삭이 되여스니 민도으 정사 절박함은 비할대 업건이와 스사로 위로하난 바 창천이 재상의 애국함이 무슨 죄리요. 불원하여드니 이재 신문을 보매 서울 피수한 자난 차래로 석방이 되엿시나 엇지 여기난 양춘 갓흔 은혜가 잇지 안인고? 어느 누구가 주달하는 이 업서 이러함인가. 합하가 그 정상을 생각하여 실지대로 보고하여 만구일심에 원통함을 신원하여 주기를 천만 바라나이다.〉

드대여 관찰부의 장하여 왈,

〈생등으 족인 전참봉 모가 일인으 수금이 된 지 이미 사오삭이라. 그 일을 물은 즉 작년 신조약 반대 소한 연고라 대저 대한 신자되여 대한이 망함을 통분이 여겨 우리 황제 권고하고 임하에 도라와 잇난 거시 무어시 일인으게 관게 있어 공연히 구류해두며 거년에도 이 일노 옥에 가친 자 차래로 석방이 된 즉 아즉 모난 일우

169

체수하야 아무지경 하난 자 업으니 백수로 뉘옥지중에 전전하니 모에 잇서 죽어도 원망하난 바 업거니와 국가에 수치 아니며 합하에 인정에 손상이 안이리요. 생등 공에사에 민욱하여 여러이 우매 연명하야 호소하오니 복걸 통연히 생각하시와 좌우로 주선하와 탈옥하게 하심을 천만 기간하나이다.〉

그르구로 사월이 도라오매 또 향중에 공문을 돌여 본군에 장을 정하고 드대여 관찰부에 정하여 왈,

〈임군이 욕을 보시면 신자가 죽고 조와함은 인윤에 갓흔 바요, 악함을 징게하고 착함을 권장하는 것은 왕법에 큰 일이니 진실노 한심통한하도다. 공번된 바를 사사로 하며 인윤 엇지 밝으리요. 보수하난 전참봉 이모는 육순 임하에서 공부한 바가 윤상대에라 작년 신조약 하는 일을 당하여 국가의 수욕함을 보고 분하여 몸을 도라보지 아니하고 소를 올이여 의리를 비푸러드니 비답을 보지 못하매 향산에 도라와 두문사세하고 만사여의라. 이에 관찰부 홀영으로 일인으 손에 구루한 지 사오삭이 지나고 백가지 고초로 지나시대 신자로서 임군에게 충성을 하다가 합하지 안이한 즉 아니 들을 일이라 무어시 죄 되미 잇으리요. 하물며 대한 신자로서 님군에게 말한 것이 무어시 일본으게 관게 잇나뇨? 또한 굿때 소한 자가 구류된 자 만으나 다 석방되여시대 홀노 모난 백수 음병에 수도지중이 완전하니 이 일이 무슨 이친고 합하가 충군애국하는 마음으로 이재 법을 맛하 가지고 이곳 왓으니 응당 측은애족한 마음이 잇을 터이라. 생등이 소동한 의리로 실상을 들어 우에 보고하고 외국에 공포하야 모로 하여곰 뉘옥에 사라 나오게 하여 인의

무거움을 다행하게 하며 왕법에 바른 걸을 빗나게 하기를 천만 기
강지지하나이다.〉

이르구로 초칠일을 당하매, 그때 마참 재종숙 진사공과 족인 전
참봉 강백씨게서 가치 잇섯고 순검이 사관에서 문왈 "수중에 이참
봉 자제가 누가 잇나냐?" 재종숙이 왈, "그 아들이 마침 집에 유고
잇서 잠시 귀가 중."

그 잇튼날 초팔일이라. 순검이 다시 나와, "이참봉을 석방식히
려 하니, 누군가 보증인이 잇서야 석방할 터이니라." 하거날 강백
씨 딸아 들어가니, 경부가 문왈, "이참봉 종형이 밧게 잇다 하니 들
어오라." 하거날,

제종숙이 들어가니 성명을 무른후에 가로대, "노인으 종제를 이
제 방석할 터이니, 노인이 가히 현보하고 다시 상소하기를 말나."
하거날 제종숙이 왈, "종제으 한 번 상소함은 신자의 직분이라. 이
제난 다시 상소할 일이 업슬 덧하나, 비록 부자형제 간이라도 뜻이
다르니 엇지 현보하리요." 경부가 간청하거날 재삼 하대 종내 허락
지 아니하니,

경부가 순검다려 이참봉을 다리고 오라 하니 순검이 인도하여
들어가니 경부 문왈, "또 다시 상소할나냐?" 대인이 대로 왈, "내가
나고 싶지 안타."

경부 문왈, "왜 그르타 말인고?" "나는 대한에 무용한 인이라. 용
맹이 족히 일인 하나라도 죽여서 국가에 치욕을 싯을 거시오. 우리
나라를 도와 일본으 원수를 갑지 못하고 이재 나이 육순이 되여스

171

니 죽어도 앗가우미 업고. 다만 여기에 구류하여 이신 적 오히려 가히 천하 사람으로 하여곰 대한 신조약을 반대하고 일인을 협박한 죄가 잇슴을 알 거시라." 하니,

경부가 대로하여 왈, "그른 즉 갓치여 있으라." 하그늘 대인이 옥으로 향하여 가시니, 경부가 다시 불너 앞에 오라 하거늘, 대인이 "가두면 곧 가두지 다시 무엇하려 부르느냐?" 노발하시니,

"일른 일은 용서할 수 업스나, 노인으 체수하미 이미 오래 되여 부득이 출송하야 몸을 마음대로 하니 다시 다른 생각 하지말나." 내가 몸을 마음대로 못함을 허탈해 하시며, "내 몸은 너들에게 감금당하여서도, 내 마음은 너들에게 착취당하지 아니하엿다." 곧 감방으로 향하시니,

경부가 청사다려 출송하라 하니, 부득하여 나오시니 경부 우서며 청사다려 일너 왈, "평안이 모시고 나가라."

굿때에 불초가 기사를 인하여 집에 왓드니, 그 기별 듯고 천지도지 드러가니, 이것이 꿈이냐 생시이냐. 나도나도 이런 경사 잇섯든가. 창화황홀 깃분 마음 일필난설 엇지 할고.

그 잇튼날 집으로 도라올 적, 역노에 산천초목 희색을 띄여 잇고 화류춘 풍경 조흔 때 만물이 환영한 듯 여광여취 금의환향 도라오니, 묘우에 배알하고 중당으로 나오시여 쌍친이 대좌하시니, 가인 노복 면면이 즐겨하며 경하하는 동당제족 구름가치 모와 들어 면면이 치하하고 경하연을 배설한다. 이날에 우리 형제 거동 보소. 청홍채의로 춤을 추며 이른 경사 고금에 또 있으랴. 문단졸필 미흡하나 가사 한 폭 기록하여 이날 환회 기록할가.

천지만물 삼긴후에 유인최귀 하엿도다
성인군자 강생하와 삼강오륜 분명하다
군부지도 일채로서 신자지즉 일반이라
우리대한 오백년에 성자신손 상승하사
여천은택 장할시고 시민여자 하오시니
태평건곤 이세상에 격양가로 지나도다
세세잠영 우리집이 천은망극 장하도다
신지되난 의리로서 보답만일 맹심이라
불행국운 비색하야 을사지변 당한지라
만고흉참 저역적이 일인노에 되여서라
국권전혀 뺏겨스니 종사생영 엇하랴
우리대인 대의로서 삼백여명 소수되여
상소두번 하여스니 신자도리 밝앗도다
일인으게 구류되여 다섯달을 곤고로다
무지하온 이내몸이 호흡도로 뿐이로다
선양지책 전혀업서 노심초사 엇드하랴
천조소소 하오시니 사필귀정 못할소냐
조선신령 감동하사 음우함이 업슬소냐
대대적덕 장하시니 필유여경 하리로다
사월이라 초팔일은 자고일른 명일이라
우리대인 환귀하니 이른경사 또있으랴
고향산천 반가오니 초목조차 즐기도다
중노영접 우리지친 구름갖이 모와드내

173

알묘한후 당상하니 양친상대 여선이라
발란채의 우리형계 가무하기 일이로다
어와우리 붕우들아 이내말삼 들어보소
군신지예 밝이지고 부자지락 온전하다
충성피고 사정피니 장할시고 희한하다
만고무상 이른경사 굴지역역 몃몃치랴
경사로새 경사로새 우리집이 경사로새
연연세세 한가지로 오늘경사 무궁하새
선왕음덕 심원하니 국권회복 못할소냐
영성도치 우리나라 독입국기 세와노코
군신상하 한가지로 오늘경사 갖이하새
끗

제2장

〈鶴樵傳(학초전)〉

〈학초전〉은 작가 박학래의 후손인 박종두씨가 소장하고 있는 필사본이다. 후손이 비매품으로 〈학초전(鶴樵傳) 일(一)〉과 〈학초전(鶴樵傳) 이(二)〉 두 권을 간행한 바 있는데, 필사본을 영인하여 상단에 싣고 현대어로 번역한 것을 하단에 적은 형태였다. 최근에는 필사본 〈학초전〉을 현대어로 번역하고 내용의 일부는 편집하여 『학초실긔』라는 제목으로 출간되기도 했다.[1]

〈학초전〉은 3책 중 2책까지만 전한다. 1책은 총 241면으로 "학초전 일(鶴樵傳 一)"은 1~80면까지, "박학초실기 권지이(朴鶴樵實記 卷之二)"는 82~241면까지 적혀 있다. 2책은 총 210면으로 1면에 "박학초실기 권지삼(朴鶴樵實記 卷之三)"만 기재되어 있다. 그런데 105면의 3줄까지만 내용을 기재하고 이어 106면을 비우고 107면에서 다시 내용을 기재한 것으로 보아 107면부터 끝까지가 '권지사'인 것으로 보인다. 따라서 남아 전하는 〈학초전〉은 2책 4권으로 구성된

---

1 학초 박학래 저, 『학초실긔』, 박종두 역·편, 생각나눔, 2018.

총 451면의 필사본이다.

〈학초전〉의 필사는 1단 줄글체로 기사되었다. 줄글체로 내용을 기사하는 가운데 작가가 의식적으로 행을 띄운 곳이 있어, 여기에서는 그것을 그대로 따라 한 행을 띄워 옮겨 적었다. 그리고 줄글체의 필사본에는 단락쓰기와 띄어쓰기가 전혀 되어 있지 않지만, 여기에서는 내용에 맞게 단락을 나누고 띄어쓰기를 하여 옮겨 적었다. 문장기호도 전혀 없이 기사되어 여기에서는 따옴표·마침표·인용부호 등의 문장기호를 넣어 옮겨 적으려 노력했으나, 꼬리에 꼬리를 물고 서술이 계속되는 경우 따옴표를 생략하고 그대로 옮길 수밖에 없었다.

필사본은 사건과 관련한 통문, 선문, 제사, 회장, 훈령, 소장 등도 같은 크기의 필체로 적고 있는데, 여기에서는 글자 크기를 한 포인트 작게 하고 한 칸을 들여 써서 본내용과 구분이 될 수 있도록 옮겨 적었다. 한편 〈학초전〉에는 가사가 3단 귀글체로 기사되어 있는데, 역시 글자 크기를 한 포인트 작게 하고 한 칸을 들여 써서 본내용과 구분이 될 수 있도록 옮겨 적었다. 그런데 그 구수가 만만치 않게 많아 4음보를 한 행으로 하되, 행 구분을 '/'로 표시하여 연속으로 기사했다.

필사본은 오기가 분명한 곳이 많이 있지만, 여기에서는 이것을 고치지 않고 텍스트에 기사되어 있는 그대로를 옮겨 적었다. 한편 〈학초전〉의 표기 형태는 국문을 기본으로 하면서 한자어에 한자를 병기해 놓기도 했다. 그런데 국문과 한자의 병기 형태가 내용의 초반부에서는 한자가 중심이었다가 점차 뒤로 갈수록 국문이 중심인 것으로 변하고 있다. 그리하여 여기에서는 이러한 표기상의 형태를 반영하여 초반부에는 "朝鮮國(조선국)"과 같이 한자와 괄호 안의 국문으로 옮겨 적었으며, 점차 뒤로 갈수록 "일딕의용접(一大義勇接)"과 같이 국문과 괄호 안의 한자로 옮겨 적었다.

01 鶴樵傳 一(책)

鶴樵傳 一 학쵸전

朝鮮國(조션국) 慶尙北道(경상북도) 英陽郡(령양군) 地坪洞(지평동)에 흔 스람이 이슨이 姓(셩)은 朴氏(박씨)오, 일홈은 鶴來(학리)오 字(자)는 仲化(즁화)오, 호(号)는 鶴樵(학쵸)이, 其先(긔션)은 新羅(신라) 始祖王(시조왕) 六十七代孫(육십칠딕손)이라. 新羅(신라)에 十世王世系(십세왕세계)오, 高麗(고려)와 李朝(리조)에 四十四世(사십사세) 잠영고족으로 八世(팔세) 이상은 七代封君(칠딕봉군)에, 九代祖(구딕조) 密昌君(밀창군)은 宣祖朝(션조조) 壬亂功臣(임란공신)으로 光海朝(광히조) 政承(졍승)으로 仁祖反正(인조반정) 己亥(긔히) 三月(삼월) 十三日(십삼일)에 人臣(인신)이 各爲其主(각위긔쥬)는 萬古(만고)지大義(딕의)을 쥬장ᄒ고 父子(부자) 일시 ᄉ절휴 七兄弟(칠형제) 廢族子孫(폐족ᄌ손)으로 流落江湖(류락강호)ᄒ야 世無定處(세무정쳐)ᄒ이 得姓以後(득셩이휴) 七代以下(칠딕이ᄒ) 父祖以上(부조이상) 단지 四代幼學(ᄉ딕유학)으로 哲宗朝(쳘종조) 八年丁巳

177

(팔연정ᄉ)연에 祖先廢族(조선폐족)은 特別伸冤(특별신원)ᄒ야 신이 일ᄎ 渡淮(도회)지橘(귤)은 세계(世界)예 고독(孤獨)이오 빈한도골이라.

혹쵸으 부친는 正三品(정삼품) 通政大夫公(통졍ᄃᆡ부공)으 妻(쳐)는 양쥬 趙氏(조씨)라. 李朝 高宗 직위 원연 甲子(갑ᄌ) 四月(ᄉ월) 二十四日(이십ᄉ일) 寅時(인시)예 학초 출싱ᄒ야 行年七歲(ᄒᆡᆼ연칠세) 庚午八月(경오팔월)에 이웃집 ᄉ람 김영만의 집은 가세도 넉넉ᄒ고 各色果木(각ᄉᆡᆨ과목) 즁에 大棗(ᄃᆡ조)남기 만ᄒ셔 일동 아히들을 령솔ᄒ고 놉푼 남게 올나 박죠을 ᄒ난듸 란만이 ᄊᆞ에 ᄶᅥ러진이 그 과실을 촌동이 모다 쥬어 쥬고 먹기도 ᄒ고 나죵에 흣터져 제각각 갈ᄶᅥ예 어더 회즁에 ᄊᆞ고 히히낙낙히 간난지라.

잇ᄯᅢ 학쵸가 다른 아회들과 갓치 가셔 그ᄃᆡ쵸을 ᄒᆞᄂᆞᆺ도 쥽지을 안이ᄒ고 놉푼 언덕에 안ᄌ 호을로 구경만할ᄉᆡ 나죵에 갈 ᄶᅥ을 당ᄒ야, 김영만이가 열어 아히을 모다 불너 시우고 회즁에 ᄃᆡ쵸을 만히 써여 쥬거날 학쵸도 부른ᄃᆡ 응ᄒ야 바다가지고 도로허 쥬인으 그럿시 ᄶᅥ려쥬고 도라오난듸 스스로 생각의 '사람이 세상에 나셔 남으 거설 공연이 취할 이치도 업고 노례가 되야 쥬어 쥬고 어들 이도 업고 엇쩌ᄒᆞᆫ ᄉ람은 과실남기 만이이셔셔 ᄌ긔도 호강ᄒ고 일동이 ᄉ람을 일니 희라 절이 말나 ᄒ며 호군긔세을 ᄒᄂᆞᆫ고? 우리ᄂᆞ 남과 갓지 못ᄒ냐?'

업ᄂᆞᆫ 흔탄의 ᄌ연 누슈가 방방ᄒ야 집에 도라와 모친 조씨으 회즁에 의지ᄒ야 무단이 이ᄀᆞᆺ치 운이 모친이 문ᄂᆞᆫ 말의 ᄃᆡᄒ야 심즁에 이 갓튼 ᄉ실을 고ᄒ고 우리는 엇지ᄒ야 남 갓지 못ᄒ고 진ᄂᆞᄆᆞᆯ

일르더라.

기초에 김영만으 모(母)가 학쵸 집 문젼 우물의 물 기르로 와셔 말ᄒ되, "귀덕 동자가 우리 더쵸 싸는 더 와셔, 과실이라 ᄒ면 보통 아히드리 모다 조히라 쥬어 먹기을 쥬장ᄒ는디 그럿치도 안이ᄒ고 다른 아히와 갓치 회즁에 쓰여준이 바다 가지고 무신 마암으로 도로 쩌러셔 쥬인 그럿셰 쥬고 ᄒ 개 먹지도 안이ᄒ고 도라간이 그 쯔을 아지 못할ᄉ이다."

조씨가 자긔집 아히 도라와 낙루ᄒ며 고탄ᄒ든 젼말을 말ᄒ이, 김영만으 모가 집의 도라가 그 시부으게 츠언을 고ᄒ이 그 시부 노인이 답 왈, "그 七歲兒(칠세아)히 ᄒ는 도량이 장니예 일만 스람이 울어어 볼쓴더러 말니 우리 일동 과목(果木)이 모다 그 아히으 소유가 되리라. 鳳飛千仞(봉비쳔인)에 飢不喙粟(긔블탁쇽)ᄒ난 氣像(긔샹)이라. 그 아히을 심샹이 보지마라. 우리쓴 안이라 더쵸을 쥬어 쥬고 먹고 어더가든 모든 아히는 모다 그 ᄒ나 아히으 졸가가 되야 막감앙시ᄒ리라"ᄒ고 샹품 더쵸 삼두(三斗)을 졍이ᄒ야 학초 집에 본니쥬고 무ᄒ ᄒ 치하을 ᄒ거날, 趙氏(조씨) 바다 이웃 인졍을 치하하고 일연 제과에 두고 넉넉 씬이, 우션에도 회즁에 어더 가든 아히예도 십 비 소득일너라.

高宗八年(고종팔연) 辛未年(신미연)은 鶴樵(학쵸) 나히 팔세오 祖父(조부)으 츈츄난 六十一(육십일)이라. 堂叔(당슉) 두 분이 이슨이 스람되미 無恒心(무항심) 放蕩(방탕)ᄒ야 家庭事業(가졍ᄉ업)은 일싱 '휸날휸날 ᄒ지'ᄒ고 雲外靑山(운외쳥산)으로 보고 황금 갓튼 세월을 流水갓치 본니고 술 잘 먹고 노름하기, 곰방

179

더 피여 물고 뒤짐 지고 동니 가운디 횡횡ᄒ며, 女人(여인)보고 우
슴 웃고, 男(남)지디회 시비ᄒ기, 浮浪(부랑)은 場(장)을 치고 家
父兄(가부형)으 말은 전허 듯지 안이ᄒ지라.

조부게셔 항상 걱정을 ᄒ시ᄂᆞᆫ디 집안이 불화ᄒ고 분란(紛亂)이
무상홈을 죠부으 겻티 시립(侍立)ᄒ야 보고 듣는 바의, 심즁에 혜
오되, 祖父(조부)으 ᄒ시난 말삼이 "스람으 ᄌᆞ식된 지, 三十前(삼
십젼)은 담비 피우지 말고, 四十前(ᄉᆞ십젼)은 슐 먹지 말고 限平
生(ᄒᆞᆫ평싱)ᄒ고 노름 안이ᄒᄂᆞᆫ 지라야 세계에 경윤을 셩쥐ᄒᄂᆞᆫ 스
람이 되ᄂᆞᆫ이라."

이 갓튼 말삼을 귀예 익계 작심ᄒ야 일평싱 三禁(삼금)을 ᄒ이
라. 그 당슉 두 분는 과연 말니가 퇴가망신으로 니니 ᄌᆞ손까지 세
계예 말할 슈 업ᄂᆞᆫ ᄒᆞ심ᄒᆞᆫ 위인이 되이라. 악ᄒᆞᆫ 일하는 스람을 보
거든 증계ᄒ야 나는 ᄒ지 말고, 착ᄒᆞᆫ 사람으 일을 보거든 쥬의ᄒ야
쏜을 보난 거시 팔세 아동으 스스로 나는 작심이라.

삼십 젼 담비 피우는 힝위로 말ᄒ면 우연이 남으게 보이기 방탕
가즁ᄒ고, 凡於萬事(범어만ᄉ)의 일동일정을 공연이 안ᄌᆞ 잠시인
들 허숑세월(虛送歲月)을 ᄒ고 무신 스업을 하기 바리며, 담비가
엇지 쥴린 비을 치우며 치운 옷설 디신할가. 소소ᄒᆞᆫ 스환만 가족까
지 분쥬ᄒ고, 스람으게 방탕만 포시ᄒ고 간혹 불시예 화ᄌᆞ도 이슬
거시며, 四十前(ᄉᆞ십젼) 슐노 말ᄒ면 슐이 슐을 더 먹기 ᄒ고 방탕
ᄒᆞᆫ 힝동과 언어(言語)가 지화가 뒤를 좃고 일 엄ᄂᆞᆫ 원슈가 젼정을
막그며, 塵壓泰山(진압티ᄉᆞᆫ)으로 알들알들ᄒᆞ냐, 나라에셔나 집에
셔나 부모쳐ᄌᆞ와 모범적 할 만ᄒᆞᆫ 스업을, 못ᄒᆞᆫ들사 남젼북답도 ᄒᆞᆫ

준 슐에 나라가고, 高樓巨閣(고루거각)도 흔 준 슐에 나라가고, 家庭遺訓(가정유훈)에 祖(조)여父(부)으 명교가 浮雲(부운)갓치 흣직흔이 그 중 말니예는 광더쳔지군에 일신이 의탁 업고, 山寂寂(손적적), 月空明(월공명)을 깨닷지 못흐는 지오.

四十(스십) 휴로 말흐면 男兒出世(남아출세)흐야 스업도 흐여 노혼 휴가 되고, 유주유손흐야 집에난 주손으 우도 되고, 붕우회석과 스회봉장의 列席(열석)에 참예흐야 美女佳客(미여가객)이 唱歌(창가) 전쥬할 제 夕陽春秋(셕양춘츄)는 丈夫(장부)으 當時(당시)라. 잇써 슌비쥬의 싸지고 보면 可謂(가위) 拙丈夫(졸장부) 沒風情(몰풍졍)이라. 담비도 디인슈졉의 불가무라 할 거시오.

도박 잡긔로 말흐면 물론노소흐고, 情(정)든 친고가 敵國(적국)의 션봉 되고, 甘言異說(감언이설)이 瀑死(폭스)흐는 砒礵(비상)이라. 分錢(푼젼)에 욕심은 다소을 물론흐고, 일신예 명례는 원근에 손상흐며, 祖先世業(조션세웁)은 風波(풍파)의 돗철 달고 妻子(쳐주)의 愛重(익중)도 離別(이별)이 젼로 난다. 左右信用(좌우신용)은 命脈(명믹)이 근어지고 十年功業(십연공업)은 일장에 흐직(下直)흐고 粉壁紗窓(분벽스창)은 他人(타인)으 所有(소유)되고 綾羅錦衣(능나금의)은 廢衣(폐의)도 귀하리라. 흐물며 업는 직손 엇긔을 밋지 마라. 養小失大(량소실디)흐야 심장을 변희록코 악슈연졉 반겨흐든 杏花村酒店女(힝화촌쥬졈여)도 昨日(작일)에 호걸이 今日(금일)에 원슈여든 財物(지물) 녹이는 쥬막이오 스람 망흐는 都庫(도고)라. 공연이 남으 지물을 白晝對座(빅쥬디좌)에 횡탈을 모흐면 원망흐고 어드면 능스로 죽난 근본

181

만연흔이 가족에는 픠망지오 경찰에 도적이라. 스람으로 싱겨나셔 작정은 할 거시라.

잇쩌 학쵸 나히 팔세에 입학흔이 자러(自來)로 가정(家庭)이 빈흔(貧寒) 쇼치에 書冊(셔칙)은 전히 업고 담안 인난 거시 쩌러진 千字(쳔즈) 흔 권이라. 가정에셔 넉넉히 비울 학문도 업셔 동리 안에도 비울 곳지 업셔 십리 외예 축일러왕ㅎ며 동령글노 비우기도 ㅎ고, 外家(외가) 豊基郡(풍긔군) 助古里(죠고리) 가셔 蒙學(몽학)을 ㅎ고 이슨이 芙蓉山(부용순) 浮雲(부운)과 御臨城(어림셩) 明月(명월)은 놀고 보든 졍든 곳지라. 외가에 허다흔 果木(과목)이 만는이 팔월 구월 단풍 시예 이 남우 저 남우 과슈에도 졍든 곳지요. 외가에 이휼ㅎ시는 일은 인졍 빅연의 이질 슈 업스나, 일낙황혼에 家山(가산)을 바리본이 幼兒(유아)으 싱각이라. 보고 저은 부모을 그리고, 이곳 와셔 인난 거션 글을 비우라 하시는 일이나 집에 셔칙이 업슨이 남으 칙을 산질노 어더 일쪼 갓다가 줄쩌난 여간 비운 거션 그 칙에 졍도 들고 비운 졍신까지 아울나 그 칙에 싸다쥰이 도라설 쩌 셔우ㅎ니 즈긔 물건을 일흔 거보다 못ㅎ지 안이ㅎ고, 귀절 요졈(要點)에 다시 치고을 ㅎ즈흔이 다시 볼 길 업셔 불학시와 흔가지라.

남으 집 스랑에 가셔 본이 최션비와 비찰방이라 ㅎ는 스람으 집에 셔칙을 스랑층장에 만히 쓰ㅎ녹코 子孫(즈손)에 공부ㅎ기 조흔 거설 龍이 바다에 노는 듯 是所謂學海(시소위학희)라. 文章才士(문장지스)가 岳陽樓(악양누)의 洞庭湖(동정호)을 구경ㅎ는 듯 千古(쳔고)의 興亡(흥망)과 聖賢君子(셩현군즈)으 힝적과 才子

佳人으 실지을 目下에 임의디로 두고 본이 心中에 불여은 마암 엇지 충양ᄒ리요. '셔칙만 만이 잇꼬 보면 부(富)와 귀(貴)도 지ᄎ중이지 남으게 말도 못ᄒ고 엇던 집 祖先(조선)은 이 갓치 ᄒ야 子孫(ᄌ손)의 敎育(교육)을 아조 ᄒ게 좃케 ᄒ얏는고 도라오난 심중의 디장부 당여ᄎ 못ᄒ면 엇지 스람이라 ᄒ리오.' 싱각ᄒ이라.

高宗十二年(고종십이연) 乙亥(을희) 春三月晦日(츈삼월회일)이라. 잇써 학초 연이 십이세(十二歲)라. 醴泉郡(례천군) 仙夢臺(선몽디)에 가서 칠십여명 학싱과 작반ᄒ야 詩(시)을 지을 시 先生이 개겹 글제 '韓信釣漁城下(한신이조어셩ᄒ)'라 하야는디 모든 학도가 션싱이 午前(오전) 츌타을 타셔 글제예 얼려음을 원망ᄒ며 셩편ᄒ긔 울울홈을 견디지 못ᄒ야 臺下淸江(디ᄒ청강)의 모욕도 ᄒ고 層巖傀石(층암괴석)을 좃ᄎ 놀긔도 ᄒ며 경치만 완상소견ᄒ고,

학쵸 호을노 디상 헌함에 비겨 안ᄌ 글제을 싱각ᄒ이 項羽(항우)난 世世將種家(세세장종가)오, 팔연풍진 쵸퓌왕을 잡블 영웅은 일개 훈신이가 아직 ᄯ을 만나지 못ᄒ야 淮陰(회음)도중 소연으게 욕도 보고, 포모으게 걸식도 ᄒ고 셩ᄒ(城下)에 낙슈질ᄒ는 모양이 당시 완연ᄒ 걸인이것만는 휴일 홍망을 세상에 누가 아리오만는 赤松子(젹송ᄌ) 張子房(장ᄌ방)의 못 ᄯᆞ른 恨歎(한탄)을 썩거 싱각ᄒ든 ᄎ에,

先生(션싱)이 츌좌ᄒ시야 열어 학싱으 글을 독칙ᄒ야 불시예 작축ᄒ야 곤루어 壯元(장원)을 쎄야 녹코 글 ᄒ 귀을 高聲大讀(고성디독)ᄒ고 본이 그글에 ᄒ야시되,

183

心隨博浪子房推(심슈방랑주방퇴)오

意活盤溪太公機(의활반계퇴공긔)라

히왈, 마암은 박낭스에 장주방으 철퇴을 싸르고 쓰젼 반계예 강
퇴공으 낙슈더에 널너도다.

先生(션싱)이 셔쥬을 춧거날 학쵸 이례 일어서셔 지비시립훈이
李先生(리션싱)은 본디 文眼(문안)이 고명ᄒ야 글을 ᄒᆞᆫ 변 보면 평
싱 사쥬길흉을 짐작ᄒᆞ는 슈단이라. 朱筆(쥬필)을 당에 녹코 회인
과 학싱이며 빅여명 좌즁에 도라보와 왈, "丈夫氣像(장부긔상)이
당如次可(여ᄎ가)이라, 今日(금일) 져 아히가, 궁곤도 훈탄 말고
이갓치 쓰절 긔루어라. 百萬陣中(빅만진즁)에도 轉禍爲福(젼화위
복)도 할 거시요, 人海風波(인히풍파)에 고등훈 구벤으로 만인을
지휘ᄒᆞ는 스람도 되고, 博浪推(박낭퇴)예 太公機(퇴공긔)을 對
(디)ᄒᆞ야신이 허다훈 환란시절을 당ᄒᆡ도 知足安分(지족안분)ᄒᆞ야
江湖(강호)에 山水(슨슈)을 취ᄒᆞ는 날도 임의로 하리라."ᄒᆞ더라.

잇써 학쵸 연이 十三세 丙子年 九月 二十六日에 龍宮郡(용궁
군)에 스는 海州崔氏(히쥬최씨)으게 취쳐훈이 취씨 나히 잇써 십
팔세라.

익연 丁丑(졍츅)연 졍월 초에 쳐가을 갓던이 쳐가집 동(洞)학
위치됨이 동향산록에 층층으로 집이 되고 압손으로 넘어 드러오난
동구 즁간에 우물이 인난디 미일 셕양이 되면 잇써 마참 졍쵸(正
初) 명절이라 연소부여(年少婦女)들이 각각 쳥홍 물식을 모양 니

여 장속호야 물길으로 와셔 약야계변(若耶溪邊) 갓치 임시젹 도화
인물회라 힉도 허언이 안이라.

학초 필연 보와실 터인디 보와도 못 본 다시 도라도 본 난 일 업
시 집을 추즈 드러온이 빙장 최공(崔公)이 놉푼 당에셔셔 오난 걸
보고 영접인스혼 헌 휴에 인회 셕반을 맛치고 옹셔에 디좌호야던
이 그 밋티집 최기쥰(崔奇俊)으 마당에셔 오구시남이라 호는 구셜
호는디 처음으로 풍물소리가 장구난 둥둥 증은 왱왱혼이 일촌 남
여노소가 동분셔쥬호야 사방으로 운집호며 닷타 가며 구경을 가난
디, 잇쎠에 쳐가집 혼솔 쳐남 삼형제 남여노소가 모다 나셔 자긔
마당 담을 의지호야 야긔혼풍(夜氣寒風)을 므릅씨고 종야토록 구
경이라.

잇쎠 빙장 최공이 도라보와 왈 "박셔방도 져른 구경을 가셔 호여
라. 엇지 심상이 노인을 디좌호야 가고습지 안이호야?" 호거날 학
초 답 왈 "구경은 마암에 업삽고 야긔혼풍의 불가호여이다." 최공
이 심상히 듯고 다시 구경을 권치 안이호고 자긔가 스십(四十)짜
지 로동호야 조션 셰읍 업시 젹슈셩가 호든 말과, 중혼 짐을 지고
셔울을 단이며 쉴 참에, 슐 먹글 참을 쥬졈을 진닌 쉬고, 헐니을 졸
나미여 남 먹난 슐을 참믈 인(忍)즈 디신호고, 이 갓치 참아가며
진암 디心으로, 젼젼푼푼이 규모로 길거호야 남젼북답의 제퇵을
장만호고 남혼여가에 삼빅셕츄슈(三百石秋收)을 호이 丙子年(병
즈연)이 흉년이라 근동에 상호라쪼 飢民(긔민) 쥬던 말이며, 다소
간 듯난 말이 소연에 모범이 될 만혼 말일너라.

夜已深矣(야이심의)라 구경을 다혼이 혼권이 치운 긔운을 견디

지 못ᄒᄂ 모양으로 각긔 방을 ᄎᄌ 드러 자고, 그 명조에 조반을 부부쳐ᄌ, 옹서 홈집ᄒ야 맛친 휴, 최공이 가족을 도라보와 왈, "진닌 밤 구경이 비가 부르지 안이ᄒ고, 구경이 치우를 견ᄃ지신이, ᄒ나도 스람됨은 업신이 엇지되ᄌᆫ 말고? 무가니ᄒ라." ᄒ며,

아달 삼형제을 특별 ᄭ즁 왈, "아비 된 니가 할 말이 안이ᄶ만는 지ᄌ에 막여부라 ᄒ이 니으 ᄒᆫ 집 직킬 ᄌ손이 셔예도 ᄒᆫ 놈 업신이 ᄎ회라 니두에 너히 등이 ᄒ나도 박셔방 안진 자리예 감이 울어어 볼 여지도 업신이 ᄽ을 보와 스람 좀 되여라. 박셔방이 작일에 올 적게 니가 당에 비겨셔셔 바리본이 압산 길노셔 우물 겻티 진니 오난ᄃ 그 우물에 모여 인난 형형식식 다슈에 부여을 필연 보와실 터라. ᄒᆫ 변도 본는 거 갓지 안이ᄒ고 십삼 세 일 초립이 정정힝보로 압만 보고 오난ᄃ ᄒ도 ᄃᆫ범ᄒ야 필시 진닌 휴난 ᄒᆫ 변 도라볼가 ᄒ야 유심이 본이 전휴에 도라도 본는 일이 업시 드러와셔, 지닌 밤 구경을 니가 권ᄒ여도 어런으 명영을 드를 듯ᄒ되, 불가ᄒᆫ 사유을 말ᄒ며 너으 유에 드지 안이ᄒ이 이거시 셜만궁항(雪滿躬港)에 고송이 특입격이오, 봉비쳔인에 긔불탁속이란 긔상도 되건이와 십리(十里)사장에 호올노 웃둑 션난 빅구난 뭇시와 벼절 안이ᄒ고 쳥강슈셩에 세월을 본닌난 긔상이라. 보통 세상으로 말ᄒ면 못된 스람이 더 만코, 場(장)을 가다가 씰ᄃ업난 방입(方笠)흘 친고으 말을 듯고 산다ᄒ는 ᄌᆫ 단졍코 ᄽ을 밧지 마라야 ᄒ는ᄃ 너ᄒ 등은 훈(後)일을 싱각ᄒ이 일너야 씰ᄃ업다. 목전에 보기 실타." ᄒ고 문 박게 ᄎᆨ츌ᄒ고,

박셔방을 도라바 왈, "니가 너으게 긴절이 부탁할 말이 이슨이

아직은 어린 마암에 쯧박그로 아리라만는 머지 안이혼 일이라. 속
셜에 장부가 열 계집 안이 버린단 말도 잇고, 부모를 보와도 휴손
을 괄셰 못ㅎ는 일도 이슨이 타일에 너가 일쳐로 늘글 스람이 안이
라. 一妻二妾(일쳐이쳡)은 丈夫(장부)으 宜當事(의당스)라. 다슈
에 처실을 두드라도 나으 여식(女息)을 벼리는 지경은 말기 ㅎ여
라. 비우미 젼허 업고 빅모에 ㅎ나도 취할 게 업슨나 유약무로 두
고 양실(兩室)을 둘지라도 빅험을 용서하라." 잇쩌 학초으 소견에
엇지 혼 말삼인지 황공무심이 드러 진니던이 과연 혼 일은 츠청혼
문이라.

崔公(최공)으 장ᄌ 최장슈으 스람됨이, 모량은 장부으 기상으
로 잘 낫짜 ㅎ야도 거진말은 안이오 심상은 남으게 욕심 업고 유슌
타 할 거시로되, 부모으 명영으로 글을 비우로 셔당을 가면 중간에
셔 희을 보니고 집에 도라오면 전에 비운 글노 헛소리 ㅎ기 市場
(시장)에 보니면 올쩌 갈쩌 酒幕(쥬막)에 유련ㅎ기 父母(부모)으
진산은 바다에 물 갓치 항상 인난 쥴 밋고 貧寒(빈흔)혼 스람 사정
몰나 능시ㅎ기 칠푼ᄌ리 비빈밥에 셔돈엇치 곡기 먹기 도박은 안
이 ㅎ나 슐은 먹기 죠하ㅎ긔.

二十(이십) 셰에 최공이 긔세혼이 실푸다 스람으 변복이. 人家
三年喪(인가삼연상)이 불과 두 히라. 萬年盤石(만연반셕) 갓튼
가손이 두 히 전에 풍파에 구름이 된 스실을 말ㅎ면 綾羅珠屬(능나
쥬속) 衣服(의복) 숫치는 안이히도 酒幕出入(쥬막츌립) 쥬장이
요, 牛馬(우마) 팔고 사고 소관으로 每日(미일)에 시장가긔, 花柳
妓生(화유긔싱)은 ㅎ나 문안도 못히보고 南田北畓(남젼북답)과

187

世傳家宅(세전가퇵)이 一瞬(일슌)에 他人(타인)으 所有(소유)가
되고 兄弟(형제)까지 의지을 못ᄒ기 ᄒ고, 모친과 형제을 반디ᄒ
고, 언쳥계용ᄒ든 喪妻(상쳐)ᄒ고 天地가 미어ᄒ시고 그 父親 영
혼이 죄을 쥬셧는지 쳔지에 의탁 업난 걸인으로 젼젼힝걸 ᄒ난 즁
에 회복 업난 디풍병으로 촌촌류리 타가 慶州東門外(경쥬동문밧)
셔 무쥬객사 ᄒ엿신이 世間(세간)에 남은 자식 된 자 졍신을 츠려
이 스람을 두고 션악에 前鑑(젼감)이 분명ᄒ이 증계ᄒ야 스람질
할지어다.

김슌철이라 ᄒ난 스람은 强毒(강독)ᄒ기 유명ᄒ고 학초으 션디
로붓터 三代仇讎(삼디구슈)로 阻面(조면)ᄒ난 스람이라. 丙子年
十二月 晦, 산에 격셜ᄒ 엄동이라. 사고에 무인ᄒ 길에셔 학초 불
시예 디두ᄒ야 우연한 싱각에 세슈을 모르미 안이라 以少凌長(이
소능장)은 젹국 에도 업실 듯ᄒ야 공슌이 졀을 ᄒ고 션이 우연건
김슌철이난 말이 업시 ᄒ참 셔셔 싱각을 ᄒ다가 문왈, "너 일개 초
립동이 나이 멋살인야?" 답왈 "십삼 세로소이다."

김슌철이 허히 탄왈, "니가 너으 집과 삼디(三代) 세슈라. 자금
일 이휴로 너를 보와 自服謝罪(자복스죄)로 화히ᄒ겟짜. 만일 니
가 싱젼에 너으 父與祖(부여조)을 츠즈셔 즈복화호을 안이ᄒ야셔
는 나으 즈손이 니두에 너으 손에 씨가 업시리로다. 십삼 세예 너
으 도량이 오날날 나와 상봉은 유렴치 못ᄒ 일에 이갓치 ᄒ는 거시
리두에 장셩ᄒ면 楚漢風塵(초혼풍진)에 項伯(항빅)을 츳든 張子
房(장즈방)과 吳王殿上(오왕젼상)에 銅雀臺詩(동작디시)을 외우
든 諸葛亮(제갈양)으 긔상이라. 니으 즈손이 ᄒ감으로 비할 슈도

업고 父母(부모)된 조 怨讐(원수)을 전조전손치 못할 경위를 깨달을다."호고 기휴에 집을 추조 와셔 實心和好(실심화호)로 삼더 세슈가 一拜人事(일비인사)에 약결강하된이라.

잇쩌 학쵸 나히 십삼 세 丙子年 十二月(병조연 십이월) 간의 부친 명영을 바다 新基洞(신긔동)이라 호는 동닉예 地稅金(지세금) 일원 오십 전 바드로 간이 쥬인집 문 박게 신이 만이 노허거날, 쩌는 적셜엄동이 되야 동닉스람이 일을 다 못호고 소일노 도박을 호는 모양이라.

십삼 세로 초립 씬 학쵸가 문을 열고 드러올 듯호다가 드러오지도 안이호고 다시 가지도 안이호고 말이 업시 엄연이 셔셔 보기만 혼다. 쥬인이 일어셔 드러오라 청혼다. 들고 나기 답도 업시 셔신이 추추로 더데진이 셜한풍은 방을 드리쏘와 조연 방의 온진 조이 좌셕도 불평호고 소연으 슈상호 틱도, 노소에 호는 힝지 광명세계예 소연이라도 호는 모양 국츅이 절노 나셔 쳐음은 혼쪽으로 밀여 안지며 자리을 비워 쥬던이 집직 안이 드러가고 장구이 셧 난 동시예 모다 판을 쓸고 뒤문으로 츌거호고 老主人(노쥬인)이 소연 객 드러오기를 셔셔 마쥬거날,

잇쩌 학쵸으 소견는 닉심즁에난 닉 호평셩호고 雜(잡)긔호난디 不同席(부동셕)으로 自禁(조금)할 터인디 잇짜가 쥬인으 영접을 응호야 드러가 인사 휴에 인이 온 목적에 말을 호이 쥬인왈 "그 지세돈을 진작 못 쥬션호야신이 다음 장의 장만호야 몬닉쥬리라. 염여 말나." 호거늘날,

학쵸디왈, "곳 쥬시야 될 경우가 잇쏘. 조셔히 드르시오. 나는

189

부모으 명영 바다 나라집에 밧치난 막즁 공금을 바드로 이 ᄀᆞᆺ치 셜
한풍에 와셔 허힝을 ᄒᆞ고 보면 도박장에 문안만 ᄒᆞ고, 家國(가국)
에 씨지 못할 將來人物(장릭인물)이라. 쥬인장은 가정에도 금ᄒᆞ
고 관청에도 금ᄒᆞ는 도박을 ᄒᆞ는디, 그 도박ᄒᆞ는 돈으로 공금을 밧
쳐도 씰 만ᄒᆞᆫ 돈이 이슨이 도박젼으로 공금을 밧치시오. 그 도박은
안이ᄒᆞ고 할 일이 업시면 초혜을 각각 삼아 벌이을 ᄒᆞ기ᄒᆞ오."

쥬인이 다시 말을 할 슈 업셔 문 박게 나가 도박ᄒᆞ든 스람을 모
도와 당당ᄒᆞᆫ 소연으 말을 드러 셔로 돈을 협역 슈ᄒᆞᆸᄒᆞ야 쥬고 다슈
에 스과을 ᄒᆞ더라.

잇ᄯᆡ 朝鮮國政府(조선국정부)에셔 스람 씨는 법이 有錢者(유젼
ᄌᆞ) 賣官(믹관)믹직과 世祿(세록)이 쥬장이라. 엇지ᄒᆞ야 세록지
가에셔 돈을 안이 밧치고 首領(슈령)을 오난 스람은 五百(오빅)에
ᄒᆞ나쯤 되면, 人民으 怨不怨(원불원) 질고을 볼듯 ᄒᆞ건이와 그 외
모도난 貪(탐)학이오 외면는 관장이나 실지는 강도라 희도 넉넉ᄒᆞ
다. 심지어 그 일가 원근친고며 시로 보고 스귀인 스람이며 아유구
용을 ᄒᆞ며 뒤을 짜라 그 고을 읍져에 유련ᄒᆞ고 旅館(여관) 영읍ᄌᆞ
을 판도 니며 아젼 장교 긔싱 등 소위 간향활이와 연락ᄒᆞ야 뉘가
이소능장인이, 뉘 집에 싱펀이, 뉘 집에 불효불목인이 뉘가 바들
돈이 몃힉 몃더나 되는 쵀금인이 뉘가 강간 화간인이.

이 갓튼 허구ᄒᆞᆫ 소개을 ᄒᆞ야 관졍에 잡아올 ᄯᅥ 제역시북으로 인
민으 집을 달여드러 스람을 자바 결박ᄒᆞ야 구지타지ᄒᆞ며 심지여
使令(스령)인이 장교이 군로이 면쥬인이 딕쥬인이 덧나근닉이ᄒᆞ

고 족쇄을 다소가 항정은 그 지핀 빅셩으 살임 슈력 업난 개 가직
근 강탈을 ᄒ다ᄒ다 못ᄒ야 얼글 방침이 업난 饒富紳士(요부신ᄉ)
는 査問事(ᄉ문ᄉ)인이 存問(존문)인이 ᄒ야 불너 강탈ᄒ기, 만
일 소송의 걸인 ᄌ는 의례이 썰어 먹난 빅셩이라. 그 중에 鎭營營
將(진영영장)이라 ᄒ면 世界(세계)예나 人民(인미)으 염나부라.
군슈의 여의치 못ᄒ 즈는 진영에 졍ᄒ면 더할 더 업시 막가ᄒ 져셩
이라. 쏘 그 우에 감사(監使)으 취착일다 통제ᄉ(統制使)으 영지
다 학민탐지ᄒ는 슈단는 별별 능슈가 다단ᄒ지라.

잇써 학쵸으 부친 通政公(통정공)이 츙쳥도 단양군(丹陽郡) 셩
참판집 록막을 보던이, 柳學吉(유학길)이라 ᄒ는 ᄉ람이 婢子(비
ᄌ)을 셩참판집에 팔고 그 더금을 자긔으 롱막에 가셔 ᄌ지라 ᄒ는
통지예 의ᄒ야 유학길이가 그 롱막에 참판집 곡셕을 먹고 그 더금
을 상계ᄒ야 쥰슈이 갑푼이 먹근 곡셕갑션 갑지 안이ᄒ고 바들 돈
만 취코져 ᄒ야, 셩참판집에 가셔 난감이 말을 못ᄒ고 빅계힐난으
로 여의치 못ᄒ야 安東鎭營(안동진영)의 要路(요로)을 타셔, 별
써 갓튼 진영나졸이 丁丑年 正月 二十一日(정축연 졍월 이십일일)
에 시볘 미명을 ᄒ야 집에 달여드러 豪鷹(호응)이 비금을 웅키다
시 불시예 강도가 달여드려 협박ᄒ드시 강약부동은 이무거론이
라. 진영 포교라 ᄒ면 일동 인민는 도망이 쥬장이라.

풍우갓치 잡퍼 간 휴, 학쵸 이 광경을 본이 私力(ᄉ력)으로 父
(부)친 구할 돌리 만무ᄒ고 셜혹 쳔병만마을 쳥병ᄒ는 능역도 업
건이와 심상이 보고 이슬 슈 업슴은 인ᄌ으 돌니라. 힘으로 말ᄒ면
십사 세 초립동이 목구가 티ᄉ을 결우난 상이라. ᄒ물며 관졸들을

191

누가 하감 항거ᄒᆞ리요. 불시에 나난 소견으로 ᄉᆞ실터로 걸어가며 ᄉᆡᆼ각ᄒᆞ야 소장을 지여 가지고 本官(본관)에 드러가 급ᄒᆞᆫ 소지을 정할나 ᄒᆞᆫ이 ᄎᆞ시풍속으로 삼문에 드러간이 '郡守(군슈)가 육방관속을 조ᄉᆞ을 밧고 닉아에 입시ᄒᆞ엿싸' ᄒᆞ고 使令(ᄉᆞ령) 등이 '긔달니라' 하며 드러갈 가망이 업난지라 시각이 급급ᄒᆞᆫ딕 엇지 그 말딕로 지딕ᄒᆞ고 이스리요. 특별 거조 업고난 무가닉히라.

ᄉᆞ령들 보기에 심상이 물너가는 거 ᄀᆞᆺ치 나와 직시 閉門樓(폐문누)에 놉피 올나 북 밋티 ᄒᆞᆺ터 인난 ᄎᆡ을 들고 북을 작고 밍타ᄒᆞᆫ이 그 북소릭 둥둥ᄒᆞ야 셩동일부즁(聲動一府中)이라. 야단이 나는딕 문싼이 밧싹 뒤누으며 오며가며, 쏘 닉아에셔 진딕답소릭 급창은 ᄉᆞ령 '네 빨이 에네데' ᄒᆞ던이 풍우갓치 와셔 학초을 압셔우고 가든이 청상에 군슈가 안ᄌᆞ 명영 왈, "네가 엇더ᄒᆞᆫ 초림동의 빅셩이 무신 급ᄒᆞᆫ 원정이이셔 이갓치 ᄒᆞ는야?" 딕왈, "민는 아모면 아모동에 ᄉᆞ는 박학릭 옵던이 집에 아비가 불시횡익으로 방금 ᄉᆞᄉᆡᆼ이 명지경각이라."라 ᄒᆞ거날,

학초 호읍 앙고 왈 "민으 아비가 죄가 이슬 듯 갓트면 셩쥬 ᄒᆞᆸᄒᆞ에셔 유죄뮤죄을 발키시여 유죄ᄒᆞ면 셩쥬도 쳐치ᄒᆞ실 터 ᄉᆞ실노 말ᄒᆞ면 단양 셩참판집에 가셔 종판 딕금을 민으 아비가 안이 쥬면 단양을 다시 가긔는 올컨이와, 저으 입에 먹근 거셜 바들 세금에 안이 갑푸랴고 이갓치 ᄒᆞ는 거션 적반ᄒᆞ장이라 할 듯ᄒᆞ고, 셩참판집은 셩세강약으로 못ᄒᆞ고 억늑의 힝위가 이 ᄀᆞᆺ튼 고로, 셩쥬젼의 졍ᄒᆞ지 안이ᄒᆞ고 월소졍장이 츄칙하실 터옵고 항ᄎᆞ 셩쥬는 이 지방 빅셩으 원불원을 발키 쥬실 목젹으로 조가의 명이신이 빅셩이

이 갓튼 당시예 민원을 불고ᄒ시면 지방에 일누즌밍이 어데가 다시 호소ᄒ며 언는 쳔지예 살기을 바리올잇가? 민으 아비 방금 중노에서 죽ᄉ온이 특히 살여쥬시기 바리ᄂ이다."

군슈 왈, "너으 인ᄌ의 호셩과 관졍에 졍당ᄒ 민소의 디ᄒ야 디령히 잇스라." ᄒ고 ᄉ령 둘 쟝교 둘을 믹겨 발송ᄒ여 쥬거날, 학초 다시 쥬왈, "황송ᄒ오되 방금 힝편으로 말ᄒ면 진영나졸과 군슈나졸 간의 강약도 현슈ᄒ고 쳬통도 현슈ᄒ고 안동지방에 넘어셔면 안동진교는 가위 빅만군졸이라, 여혹 밋치지 못ᄒ 동시난 셩쥬관ᄒ 지방소도쳐에 市民(시민)여 각동인민 ᄒ고 물론다소 긔빅ᄒ고 임의일체 거힝으로 영지ᄒ야 쥬시긔 바리나이다."

군슈 묵연양구의 왈, "그리ᄒ라." ᄒ시고. 소쟝등쟝의 특별비지ᄒ야 학초 군교을 영솔ᄒ고 비퇴 휴 풍우갓치 안동 가난 길을 질너 가며 소도쳐마다 각동 인민을 영솔ᄒ야 중노에 가셔 부친을 구ᄒ고 진교와 쟝민을 결박ᄒ야 본관으로 가자ᄒ이 엇지 가긔을 길긔니요. 들거치에 올여 미고, 각동 빅셩이 젼ᄌ 안동진영 나졸 폐단의 증상ᄌ이라. 잇써 호승으로 홍긔ᄒ야 둘너 메고 너화너화 소리ᄒ며 연로의 진닌이 일시 구경꾼이 인ᄉ인ᄒ너라. 제 각긔 ᄒ는 말이 ᄎ세에 쳐음 보난 셜치요 ᄉ람으 ᄌ손된 분명ᄒ다 쳔셩도 ᄒ다. 군쳥에 잡아 밧쳐 패히 증계 방송ᄒ고 쟝민을 엄치증십ᄒ야 이두 휴 폐ᄒ이라.

豐基郡 懸洞(풍긔군 현동)의 眞性李氏(진셩리씨)에 李邁(리민)라 ᄒᄂ는 ᄉ람이 이슨이 가세는 淸貧(쳥빈)ᄒ고 文學(문학)은

션비라. 그 아달 형제 촌닉(村內) 書堂(셔당)에 가셔 학초와 열어 동모에 글을 짓짜가 나제 밥 먹글 쩌가 되면 그 아히 형제 집에 밥 먹그로 가는 드시 남이 밥 먹는 더을 피히 중간에 두류ᄒ다가 온이 별호을 '모통이 입시동'이라 ᄒ다. 리믹는 初試(초시) 일곱 변 ᄒ고 넉넉ᄒ 문장으로 돈이 업셔 進士(진사) 방목에 참예을 못ᄒ고 공명에 낙쳑ᄒ 션비라.

戊寅年 春淸明(무인연 츈청명) 시절에 학초 시연이 십오 셰라. 리믹와 풍기셔 례쳔까지 ᄒ로 동힝을 ᄒ야 오난디 츠시례 春風細雨(츈풍셰우) 後(휴)에 만순초목이 각각 싱긔을 즈아니고 련노인 민으 젼답에 츈모에 싹이 포루포루ᄒ기 골을 이어 싱긔을 가자는 더 닌인거인(來人去人) 간의 간혹 돌의 것치여 길가에 볼이 싹이 치여신이, 이 노인(老人)이 눈의 보이는 거션 약간 원근을 물론ᄒ고 미미이 작지을 쓸고 치인 볼이싹을 구ᄒ는듸 슈고을 혜지 안이ᄒ고, 路傍酒店(노방쥬졈)에 곳곳지 진너면 美酒佳姬(미쥬가히)으 잘이에 文士親舊(문사친고)가 환령을 ᄒ야 미양 슐을 권ᄒ이 李邁(리믹)가 항상 슐잔을 물론노소ᄒ고 멋여 밧는 일이 업고, ᄒ 자리예셔 일졀 두잔 거듯 드난 일이 업난지라. 쏘 길에 오다가 더 소변을 미미이 인민으 볼리밧티 츠즈 보난지라.

학초 보난 소견에 세 가지가 모다 스소ᄒ나, 스람으 마암에 적지 온이ᄒ 착ᄒ 규모라. '자긔 소유지는 세계예 입츄지가 업는더 남으 곡셕 침히 업고 도워쥬긔와, 세상사람이 모다 공슐이라 ᄒ면 체면 업시 엇지 히도 ᄒ 준 더 먹글얏쏘 달여드난더 이 노인은 항츠 슐은 잘 먹난 스람이요 집이 가난ᄒ 쳐지로 一席一盃 外(일셕일비

외)난 恨死絶禁(혼수절금)혼이 理由(리유)을 물어보리라.' 흐고,

학초 문 왈, "오날 동힝흐야 존장을 모시고 오면 본이 타인전답의 곡셕싹을 스랑흐시고 구제흐시는 쓰전 가히 짐작흐야 휴일에 쏜을 바들 만흐오되, 다정흔 열어 친고가 쥬셕에셔 졀문 美女(미여)가 슐존을 들고 그 갓치 권흐는 팔이 압풀 지경에 가도 흔 존 외예난 다시 안이 드온이 만좌가 중역으로 권흐는 동시의 그 갓치 작정은 인정간 참아 못할 일인디 엇지흔 릿치잇가?"

李邁(리민) 답왈, "장흐다 이 문난 말이여. 나는 五十(오십)이 진닉도록 미양 이갓치 흐야시되, 有心(유심)이 군갓치 못난 스람은 업든이. 이난 세인(世人)이 다 나으 쓰절 모로미라. 君之此問(군지츠문)이 同我智士人(동아지스인)가. 남으 곡셕을 샹흐문 不忍見(불인견)으로 알고 구할 마음은 世人(세인)이 각각 직업을 흐고 無理(무리)예 탐심을 말고 耕者(경즈) 경흐고 讀者(독즈) 독흐야 오고가며 셔로 인스에 공경으로 진닉면 人皆堯舜(인개요슌)에 빅셩이 된다 할 거시오. 슐이라 흐는 거션 슐이 슐을 더 먹게 흐고 말리 스람으 흥망이 흔 잔 슐존에도 잇짜 흐고, 사십 이휴 스람이 되야 전혀 接盃(접비)을 못흐면 酬人事(슈인스)에 박정이오. 일평싱을 일노 흐야 일셕일비로 작정흔 동시라. 슐존을 먼여 바드면 니종에 권흐는 졸임을 덜고져 흐미오. 뭇스람으 권흐는디로 조종을 못흐거나 다정미식(多情美色)으 아양의 장부 중심을 용셔할 량이면 家國間(가국간)에 立身(입신)할 곳지 업시리라. 畵虎不成(화호불성)에 惟爲狗(유위구)가 되드라도 平沙(평스)에 白鷺(빅노)는 뭇 식예 드지 안이흐고 富春山(부츈산) 嚴子陵(엄즈능)의

195

쥐지야 何代無之乎(ᄒ디무지호)아. 丈夫(장부) 쓰지 이중에 인는 이라."

학초 니심에 감복ᄒ야 당당ᄒᆫ 효칙을 ᄒ고져 ᄒ며 삼십 전 불음쥬(不飮酒) 불계연 ᄒ평싱 부잡긔(不雜技)ᄒ야 삼십 휴에 칠연을 더ᄒ야 삼십 칠팔 세가 된이 가히 조인 좌석에 참여ᄒ야 슈인에 몰풍정이 됨으로 음쥬와 계연는 약간 ᄒ여던이 당국에셔 남초 전민국이 셜시되고 남초을 집에 ᄌ긔 소유지예 경작ᄒ야 감정비와 지세와 롱회비와 단으로 그 싸에 만관ᄒ 세금을 ᄒᆸ하야 디조(對照)ᄒ이 갈고 미고 거두코 지은 공을 물론ᄒ고도 부족(不足)이 싱ᄒ이 가히 ᄉ라갓난 정도 계산상 정신업스면 ᄌ손까지 못손는 지경에 싱ᄒ리라.

디졍 십일연 임슐 삼월초일붓터 시로 심상 단연을 ᄒ되 친고 디좌 초인ᄉ에 연초에 불 붓처 들고 권ᄒ는디 당ᄒ야 그도 안이 바드면 너무 몰인졍에 시비가 다언 할 듯하야 바다 틔운 연휴에 그만이라. 李邁(리미)을 두고 말ᄒ면 그 졍휸에 규모로 晚路(만로)에 아달 형제(兄弟)가 문필과 가세 요부ᄒ야 남으게 빌 게 업난 聖世逸民(셩세일민)이 되엿더라.

豐基郡 助古里(풍긔군 조고리)에 사는 趙秉馹(조병일)으 字(ᄌ)는 義文(히문)이오. 號(호)은 蓉樵(용초)오. 詩(시)을 잘 ᄒ야 白日場中(빅일장중)이나 科擧場中(과거장중)이나 가면 션슈 능작ᄒ야 天子軸(천ᄌ축)에 영낙업긔로 별호를 趙一天(조일천)이라. 학쵸와 舅甥(구싱)간이라. 학쵸으 가세 빈ᄒ고 가졍인나

동리에셔 미양 동영글로 비호긔 곤란흐야 풍긔 外家(외가)에 가셔
수학훈이 조용초가 연치난 오연이 상이오 구싱에 슉이 되야 미양
슈학흐면 문담에 필모와 食則同床(식즉동상)흐고, 枕則同衾(침
즉동금)흐고 行則同行(힝즉동힝)흐고 外家(외가)에 허다훈 恩惠
(은혜)가 이슬뿐더러 外祖父母(외조부모)으 사랑흐심과 외슉모
김씨으 자익흠이 별타 음식에 슈다 과실이며 세세역역 다 말할 슈
업시 보통 세계인으 외가로 말흐면 특별 유정은 人所難忘(인소란
망)이라.

芙蓉山(부용순)이라 흐난 틔손이 隱豊縣(은풍현) 동(東)에 이
슨이 고리 풍속이 每年 四月 初八日(미연 스월 초팔일)은 山下各
洞(순흐각동)이 음식을 정결셩비흐야 무당을 불너 그 손에 올나
풍물을 치고 제스흐는 고로, 이 날은 구경 겸흐야 소연 남여의 人
山人海(인손인히)라. 학쵸 용초로 흔 가지 흔 변 구경츠로 등손이
天下江山(쳔흐강손)이 便同目下(변동목흐)로 보이고 春末夏初
(츈말흐초)에 각식 氣像(긔상)은 勝狀(승상)이 불가승언이라. 그
손상의 큰 무덤이 이신이 古來遺言(고리유언)이 壬辰倭亂(임진왜
란) 時(시)에 中原將帥(즁원장슈) 李如栢(리여빅)으 墓(묘)라 흐
는지라.

鶴樵(학쵸) 그 渭陽丈(위양장)으계 문왈, "임란의 즁원 명장 李
如松(리여송) 李如栢(리여 빅) 형제는 우리 朝鮮國(조선국)을 구
희쥬던 명장이라. 古史(고스)에 平壤(평양)셔 戰亡(젼망)을 흐야
엇지 즁원 고향으로 반구을 안이흐고 도로허 평양 동으로 千里(쳘
리) 나와셔 이 곳더 장스흐야 萬古英雄(만고령웅)도 萬里他國(말

197

이타국) 젹막공산에 一腐土(일부토)가 되야 未知子孫何處在(미지ᄌ손하쳐지)오 금일 산ᄒ각동이 풍물을 치며 제ᄉ훈이 아지 못ᄒ는 만고 체창이로소이다."

趙容樵(조용쵸) 답왈, "此(ᄎ)ᄉ 西北(셔북)으로 太白山(틱빅손) 小白山(소빅손)에 일지믹이 芙蓉山(부용산)이 되야ᄂ더, 太白山(틱빅손) 檀木(단목) 下(ᄒ)에 世界上任君始祖(셰계상 임군시조)로 檀君(단군)이 나시야 쳔고만인으 시조되야시나 뉘가 이제 젼젹을 보와짜 할 슈 업고, 져 건너 西(셔)편에 御臨城(어림셩)은 高麗末(고려말)에 恭愍王(공민왕)이 셩을 쓰게 ᄒ고 그 셩에셔 잠시 피란을 ᄒ여짜고 御臨城(어림셩)이라 ᄒ고 어림셩 남예 仙洞村(션동촌) 뒤에 趙月川墓(조월쳔묘)가 잇짜 ᄒ는이라만는 往古(왕고)에 帝王英雄(제왕영웅)과 聖賢文章才士佳人(셩현문장지ᄉ가인)이 무비여츠에 水流雲空(슈류운공)이라. ᄉ젹에 민몰ᄒ야 오지 못ᄒ는 前人(젼인)으 일에 불가승슈라."

학쵸 왈, "ᄉ람이 세상에 나셔 宦路功名(환로공명)이나 江湖隱士(강호은ᄉ)나 두 가지의 무어시 극당타 ᄒ릿가" 조용쵸 왈, "ᄉ람이 逢時(봉시)가 難(난)ᄒ고 知己(지긔)가 難ᄒ이 男兒(남아) 출세ᄒ야 ᄒᆫ 변 세엄히 보와 써을 어더 환로에 림ᄒ야 임금이 아라쥬시ᄂ 동시난 힘디로 ᄉ군ᄒ다가 家國(가국)에 영화도 되고, 亂時(난시)을 당ᄒ면 豫讓(례양)으 ᄌ최와 諸葛亮(제갈양)을 효칙ᄒ야 힝할 마암을 직키고, 만일 임군이 간신을 득용ᄒ며 言不聽行不用(언불쳥 힝불용)ᄒ야 能力(능역)으로 斥奸求君(쳑간구군)을 못ᄒ난 동시난 江湖(강호)의 托託跡(탁젹)ᄒ야 蕉夫漁翁(초부어

옹)을 버절 삼아 屈三閭(굴삼여) 노릭ᄒ고 嚴子陵(엄ᄌ능)을 효
칙ᄒ미 可(가)할 듯ᄒ지. 孔夫子(공부ᄌ) 당시난 철환쳔ᄒᄒ야도
부득힝이란 말도 잇고 東方(동방) 셩현에 李晦齋(리회직)난 당호
를 獨樂堂(독낙당)이라 ᄒ야신이 擧世不如意(거세불여의)ᄒ면
독낙이 가할 듯ᄒ이라."

잇ᄯᅢ 구셩간 여ᄎ 담론이 知己舅甥(지긔구셩)이라 할 듯ᄒ되 피
ᄎ ᄋ지 못ᄒ는 리두빅연의 취지녀라.

高宗 二十年 癸未(고종 이십연 계미)는 학쵸 시연이 二十(이십)
이라. 이히예 참혹ᄒ 흉연이 지는딕, 롱가에 모을 근근이 슈믄 ᄌ
는 믈이 업셔 폐롱ᄒ고, 슈무지 못ᄒ고 딕파건죵을 ᄒ ᄌ는 먹거시
되, 野外生民(야외싱민)는 흉연을 견디지 못ᄒ야 셔로 이산ᄒ이
실푸다 억죠창싱이 엇지ᄒ야 살기을 바러이요? 도쳐에 힝걸이요
촌량은 빈집이 만흔지라.

잇ᄯᅢ 학쵸으 집은 妻家(쳐가)며 姑母家(고모가)며 外家(외가)
이며 가셔 니왕도 ᄒ며, 다시 그 명츈 갑신(甲申)츈 롱ᄉ씨을 긔달
이며 진닉던이 十月(십월)달 초에 집 들온 이 촌즁ᄉ람이 이르되,
"그딕집에 밤즁이 되면 집이 우는딕 단장 안의셔 말 달니는 소릭가
보이지는 안이ᄒ고 소릭은 나며, 집딕량에셔 '짝짝' 소릭가 나다가
집동을 드러치는 거갓치 '탕' 소릭 짜이 울니게 ᄯᅩ '퉁'도 ᄒ이 겹푸
겹푸 그러ᄒ야 밤으로 그 집의 ᄌ지 말나." ᄒ거날,

학쵸 왈, "공곡싱풍이요. 허당동귀라 말은 이스되 상담에 일으
기를 ᄉ람이 겁과 의심을 가지고 밤길을 가면 만산초목의 남ᄋ 표

199

긔마다 볌으로 보인단 말과 흔가지라. 엇지흐야 당당흔 집쥬인이 이스면 그을 잇치 잇스리요?"흐고 집에셔 흔이 어린동싱을 다리고 밤을 조금도 의심업시 진닌이 동리예 스람도 명심흐고 경야 구경흔이 바람에 일초입시도 밧싹에 소리 업고 무스안 면을 한이 동인이 개왈, "정당흔 쥬인는 스불범정이라." 일동이 안졍흐더라.

　高宗 二十一年 甲申春(고종 이십일연 갑신츈)에 학쵸 외가 조용초으 집에셔 각식 죵즈와 우마을 양식과 쥬어 작롱흐야 시졀이 마참 풍연이라. 오십여호 되든 동리가 계미흉연에 모다 이순흐고 헐인 집과 빈 집이며 동즁에 각항 공금은 다익흔 육칠빅양이 학쵸으 독당이라 할 지경이라. 政府(정부)에셔 탕감을 엇지 못흐고 독당할 능역도 업고, 셜스 독당흐드라도 연연이 물고 견딜 슈 업고 일동은 공허라. 각동도 이갓튼 촌낙이 만은지라. 부득이흐야 관가의 제소흐야 탕감도 못흐고,

　이에 학쵸가 군슈으게 二十一도를 호소흐야, 治郡南(치군남)으로 二面(두면)을 통계흐야 빈부을 균일케 다시 경장을 흐기 할시, 소위 富洞(부동)은 반더흐고 장두가 나셔며, 貧洞(빈동)은 통솔흐야 방연이 二十一세 된 박학쵸가 장두라. 일군에 풍셜이 랑즈흐야 부동 빅셩으 面會(민회)의 二쳔여명이라. 다슈흔 인민이 도회을 흐야 각각 승세을 자량흐며 흔쳔동지흐난 셩세가 이십살 제오 되는 일개 소연을 二千(이쳔)여명 民力(민력)으로 닝소흐난 모양이 가히 여지가 업실 會中結定(회중결정)이 訴狀(소장)을 지여 等狀(등장)을 졍흐로 郡廳(군쳥)으로 드러가는디, 富洞狀頭(부동

장두)는 崔金陵(최금능)이라 ᄒ난 스람이라.

잇ᄯ 학쵸가 修學(슈학)ᄒ던 先生(선싱)은 李盟善(리밍션)씨라 ᄒ는 이라. 셩싱을 뫼시고 燈山望見(등산망견)ᄒ던이 션싱 왈, "허다ᄒ 二千(이쳔)여명 빅셩이 너 ᄒ낫 스람을 진멸ᄒ고로 쥬장하야 져갓치 호ᄃ훈이 너으 마암에 두렵지 안이ᄒ야?" 학초 ᄃ왈, "불법에 화젹 강도 갓트면 소자 두려워할 게 안이요 ᄌ연 법에셔 줍블 터오. 일개 소지는 근심할 비 업고 義理長短(의리장단)을 분징ᄒ는 士族人民(ᄉ족인민)일진딘, 二千(이쳔)이나 二萬(이만)이나 다슈 ᄒ드라도 두럼이 업실 듯ᄒ이 슈쳔명 셩령이 불상ᄒ 빈동 다슈인민이라. 다 갓치 살여 쥴랴쏘 져갓치 요동ᄒ이 감사ᄒ다 할 듯ᄒ여이다."

션싱 왈, "범어만스을 조심ᄒ여 ᄒ여라. 다즁ᄒ면 빅족층이라 ᄒ고 ᄒ 스람이 빅인쳔인을 이긔면 일당빅이라 ᄒ는이라." 학쵸 왈, "ᄒ낫 義氣(의긔)가 당당ᄒ면 지자불굴(智者不屈)이온이 그리 할이다." 이 갓치 문답을 ᄒ면 구경ᄒ이. 민회예 다시 인민은 인순인희을 지여 澳川江(오쳔강)을 건너 이십리예 쏏쳣시며 蒙臺江邊(몽디강변)의 웃쑥한 빅소는 세스무심으로 스람으 흥망을 아지 못ᄒ는 듯ᄒ더라.

前記事實(전긔ᄉ실)에 ᄃᄒ야 二쳔여명 인민이 일시에 셩군작당ᄒ야 의긔양양으로 장두가 소장을 안고 각긔 원통ᄒ다 불르지지며 삼문을 들너며 관쳥을 옹위ᄒ고 과거장즁에 시관을 앙망ᄒ다시 빅만진즁에 접젼을 ᄃᄒ다시 츌츌난당으로 소장을 올린 휴 구두로 발괄이 쏘 야단일다. 잇써 郡守(군슈)난 李容泰(리용티)라. 訴狀(소장)을 접슈흐고 "장두 李金陵(리금능)을 枷囚(가슈)흐고 그남은 빅성은 물너 이스라 명영흐고, 將校(장교)을 발흐야 빈동장두 박학리을 성화착리흐라." 흐다.

잇써 학쵸 집에서 관청호츌을 고디흐던이 장교 둘 나졸 흐나 일시예 니도흐야 나린 장을 츌시흐고 취착흐거날 학쵸 조금도 두려미 업시 오셜 입꼬 일어셔셔 쩌나길을 지촉흐야 읍으로 드러올 시, 소과련로에 빈동빅셩드리 이 소문을 듯고 "우리 장두가 잡피 드러간이 우리도 가자 너도 가즈." 흐며 무신 걱정이 이스리오. 인졍상과 사실상과 추동도 가즈 피동도 가즈 다슈 빈민이 제셩호응흐야 겸흐야 환과고독과부 등속이 모두 뒤를 짜라 오난지라. 추시 민란이 낫다 소동도 할 듯흐더라.

잇써 장교가 군청 디상의 올나 빅성 줍아온 설류을 고흐이 군슈 문왈, "네가 금번 츌스에 그 빅셩을 잡바오며 오난 런로이며 피착흔 빅셩으 동졍과 그외 빈동빅셩으 힝편이 엇써흐던야?" 장교 디왈, "박모난 취착을 알고 고디흐여든 모양으로 연소흔 빅셩이 의심 업시 츌두흐는 모양이고, 힝노에 빈동빅셩이 저으 장두가 만일 피힛다 흐면 엇지 될난지 모르되, 장두으 취착흔 소문을 각각 듯고 뒤를 짜라 오난디 그 슈효는 다 아지 못할이이다." 군슈 왈, "퇴디흐야 명일 스관 휴 갱고흐라." 흐다. 장교 나와 "명일 스관 휴 첫 공스에 붓친다." 흐고 쥬인을 졍흐야 기달일시,

추시 富綱都所(부동도소)에 풍문을 드른이 추시 흔 돈식 졍흔 밥이 흔 세예 흡이 二百(이빅)여 양이오, 장두으 가족은 부자형제

원근너외 척당이 모다 오고, 부동 狀頭枷囚(장두가슈)됨을 걱정
흐야 쏘 장두을 틱출흐야는디 긔게가 잇고 황금이 조화을 너긔도
흐고, 양편조화계제로 말흐면 될 만흐기 一夜(일야)간 변복이 인
모(人謀)을 난칙이라. 비밀이 금젼 삼빅 양에 용졍흐고 조흔 쥰마
의 타고, 富洞會所上座(부동도회상좌)의 시로 오신 장두난 학쵸
(鶴樵)으 션싱임(先生任) 李孟善氏(리밍션씨)라.

부동빅셩으 슈단에 소견은 인물노 말힉도 리 션싱은 일향의 유
지만사오 큰일도 만이 흐야보신. 申(신)셕우 경상감스로 그 일가
스람이 오쳔셔당 뒤예 장스흐로 오난디 흐날의 마쳔흔 사명긔도
별상흐던 능디능소흐는 슈단이라. 윗치로 흐야도 그 흔낫 年少弟
子(연소제ᄌ)을 無事自服(무ᄉᄌ복)케 할 터이오, 셜혹 일이 장
디흐드라도 '제자(弟子)가 션싱(先生)을 항거 못하리라.' 계교 흔
비너라.

잇ᄯ 학초가 부동에 시장두 드러왓단 말을 듯고 장교 불너 일른
말이, "니가 달이 도쥬할 스람이 안이라. 니가 잠간 부동도소에 가
셔 단여올 터인이 용셔흐야 나을 잠간 ᄯ라 가자." 장교 왈, "잠시
단여옴미 무관한이 그리 할이다." 흐고. 학쵸 장교을 달이고 부동
도소(富洞都所)에 간이 이 집은 김약방 객쥬집이라 흐고. 인민으
다회난 인산인희로 겹겹이 둘너셔고, 당상(堂上)에 초셕잘이 졍
히 펴고 장쥭(長竹)에 연초를 피워 물고 안자셔 다슈흔 빅셩을 지
휘흐시는 이는 직, 리션싱이라.

학초 분잡흔 길을 헛치고 일개 소연으 밉시로 두려시 승당흐야
지비흐고 시립흐야 션싱으 행츠 안령을 문안흔다. 인어 말을 이어

스건 목젹스을 말혼다. 공손이 흐는 말이 스(辭)령이 분명낭정 흐게 왈, "소즈 금변 일에 잡피여 온 쥴은 아실 비온니 불필앙달이옵고, 가정(家庭)에 스제지분(師弟之分)도 인(人)으 父母와 갓고 관가(官家)는 爲民부모(父母)라. 두 가지 의무(義務)난 역시 아실 터옵고. 소즈난 긔시 관쳥셔 집핀 빅셩이라. 불가분 립정(入廷)할 터이오 자퇴(自退)할 의무(義務)을 부득이올시다. 당쵸에 간예 업든 션싱임(先生任)게셔 스제지간(師弟之間)에 동입숑정(同入訟廷)은 통만고(通萬古)에 디의(大義)안인 듯흐오며, 평일(平日)에 비운 부즈지도(夫子之道)로 반고부즈(反告夫子)흐나이다." 흐고 인이 흐직을 고흐고 물너션다. 다시 도라다본는 일이 업시 가난지라.

츠시예 좌우(左右)에 쥰쥰인물과 승승흔 좌셕의 흐나도 말을 못흐고 잠직쏘 있다 리션싱(李先生)이 흐인(下人) 불너 "나귀(靑驢)을 등디흐라. 방금에 빈동장두으 흐는 말을 뉘 안이 드러시랴. 니가 시각(時刻)을 정지흐면 광디흔 세계(世界)예 거두(擧頭)을 못흐리라." 흐고 쳥여비상에 놉피 안즈 치을 지촉히야 쩌난이라. 잇씬 좌우 관광즈와 셩즁 다슈 인민이 낭자이 흐는 말이 당당흔 의무(義務)의 일월징광(日月爭光)흐는 연소장두(年少狀頭)으 언변(言辯) 흔 번에 이쳔(二千)여명즁 로련슈단디장(老鍊手段大將)을 썩거짜. 필경 저 소연으 쳥슨유슈(靑山流水) 갓튼 구변과 조용당당(從容堂堂)흔 모양이 명일 관정지판에 장관에 구경흐여 보기을 셔로 약속들 흐더라.

익일에 군슈가 오전 구시나 흐야 공사개정 흐는디, 좌우 나졸이 슈십명이요 중계에 급창관로 십여명이오 ᄃᆡ상의 장교와 아젼 통인 등이 무슈이 셔고 권장쥬장은 나졸 등이 각각 집피 시위 엄슉ᄒᆞ고, 관방에 군슈가 안ᄭᅩ 그 문 압ᄑᆡ 셔긔형이 좌우로 업드러 청령을 나린다. "박학초을 올러라." ᄒᆞᆫ다. 구식이 이 갓튼이라.

학초 청영의 의(依)ᄒᆞ야 공ᄉᆞ 마당의 드러간이 엄슉ᄒᆞᆫ 호령에 군슈 청령을 나려 왈, "너 ᄒᆞᆫ ᄇᆡᆨ셩으로 ᄒᆞ야 빈부동 양편 인민이 육칠쳔(六七千)의 다슈 인민으 민요을 지은이 너으 죄가 당장 영문에 보ᄒᆞ야 엄치정비할 거시오. 막즁ᄒᆞᆫ 공금이 철판ᄃᆡ장의 벤경 업난 거설 널노ᄒᆞ야 국볍에 업난 변복을 ᄒᆞ긔ᄒᆞ고, ᄇᆡᆨ셩이 다소간 쥬션ᄒᆞ야 밧칠 것도 너로히셔 지완불납ᄒᆞ고, 너난 나이 불과 이십살 된 어린 ᄇᆡᆨ셩이 나날 송ᄉᆞ을 일을 삼아 분란관정ᄒᆞᆫ이 너으 죄을 용셔치 못ᄒᆞ리라." 분부 머라 ᄒᆞ는 소ᄅᆡ ᄃᆡ상 ᄃᆡᄒᆞ가 야단이라.

학초 복지 쥬왈, "셩쥬난 위민부모시라. 二十살 되난 이 ᄇᆡᆨ셩이 이 지경 원통을 호소ᄒᆞ야 우흐로 나라ᄇᆡᆨ셩이 되고 아ᄅᆡ로 부모쳐ᄌᆞ을 거나리고 살기 바ᄅᆡᄂᆞᆫ 의무 젹은 부모가 ᄌᆞ식 보고 살긔히 쥬슴과 일신상 열손가락에 ᄒᆞᆫ손가락이 상ᄒᆞ면 엇지 욥픔이 업스며, 셩쥬는 위만민으 부모라 빈ᄒᆞᆫ ᄇᆡᆨ셩은 모다 쥭거라 ᄒᆞ고 부ᄒᆞᆫ ᄇᆡᆨ셩만 부익부로 부국될 잇치 업슬 쥴노 ᄒᆞ난 일니로소이다."

군슈 나리다보고 양구이 말이 업다, 삼문을 통개ᄒᆞ고 빈부동 양편ᄇᆡᆨ셩을 모다 입정ᄒᆞ라 하야 빈부동이 각각 즁간에 분간이 잇기 안치고, 모다 오육쳔명 ᄇᆡᆨ셩의 다슈와 방쳥인이며 원장ᄂᆡ외(垣場內外)예 인손인히라. ᄃᆡ상에셔 호령왈, "최금능을 올이라." 잇ᄯᆡ 부동장두 최금능이 안반 갓튼 칼을 씨고 볍정에 안치ᄂᆞᆫ지라. ᄒᆡ가

(解枷)ㅎ야 안친다.

군슈 왈, "너으 두 빅셩이 열어 빅셩을 모와 민요를 지여 관청과 민간을 요란케 ㅎ이 죄당 보영ㅎ야 한ᄉ엄치(限死嚴治)라." 분부 뢰라 ㅎ다. 최금능 왈, "철판디장의 각각 정식이 이는 공금을 엇지 남으 동리 공금을 원증ㅎ긔 억울ㅎ온이 본시 정ㅎ 법디로 밧치긔 ㅎ고, 위법에 분란을 지은 빅셩은 증계ㅎ야 쥬옵소셔." 군슈 왈, "금일 공ᄉ는 양편간 리치(理致)을 드러 정당으로 결졍할 거신이 부동장두으 말의 디ㅎ야 빈동장두 아뢰라." ㅎ는지라.

학초 답왈, "철판디장(鐵板臺帳)에 졍식(定式)디로 쥬장ㅎ는 말는 철판디장도 당초에 ᄉ람이 만든 거시라. 고금(古今)업난 흉연(凶年)을 격는 뒤예. 흉연는 ㅎ날이 ㅎ신 비라. ㅎ날이 씨긔신 변복을 경장치 안이ㅎ고, 빅셩이 업난 동늬예 철판디장만 직키면 공금이 어드로 좃ᄎ 바다 지방에 상납이 되올릿가? 이거션 속셜에 부ᄌ가 빈ᄌ으 ᄉ졍을 모른다홈이요, 조가에 빅셩된 가치가 업는 반젹에 구두라 홈느다."

군슈 왈, "최금능이 아뢰라." 최금능 답왈, "일도(一道)도 안이 되고 일군(一郡)도 안이되고 유독히 민으 두 면만 경장이 불가ㅎ 오며 한희(一年) 흉연는 다시 풍연되면 그 자리 메일 터라. 의구시 횡을 바러나이다."

군슈 왈, "학쵸 ᄋ뢰라." 학쵸 디왈, "빈동빅셩이 부동으로 가셔 혹 고공이며 부적이며 셰금 업시 살며, 빈동은 구셰금(舊稅金) 신셰금(新稅金)에 능역이 아조 가망업는 빅셩이 엇지 빈동에 살노 올 이유 이스며, 경장을 일도일군이 안이ㅎ이 못ㅎ단 말은 ᄒ ᄉ람이 긔갈을 견디지 못ᄒ야 죽난 거설 만인 중에셔 보고 구(求)ᄒ지 안이ᄒ면 만인즁(萬人中)에 불양귀슈(不良魁首)는 부동장두로 인증ᄒ게습느다."

군슈 왈, "최 민는 으뢰라." ᄒ이 말을 못ᄒ는지라. "말 업난 빅셩은 짜로 ᄒ짝게 안치고 원정을 말할 빅셩 잇거든 드러셔 말ᄒ라." ᄒ다. 한 빅셩이 츌반 쥬왈, "빈부가 각각 쳔졍이라. 부동빅셩이 빈ᄒᆫ동리빅셩으 지산을 강탈ᄒᆫ 일도 업고 상관이 업는 터의 엇지 남으 동리 공금을 부동이 당ᄒ오릿가?" 군슈 왈, "빈동 장두 그 잇치 가부를 답ᄒ여라."

학쵸 디왈, "부ᄌᆞ사람이 빈ᄌᆞ으 집 고은 쌀도 달려다가 싱남싱여 호강도 ᄒ고, 부ᄌᆞ가 빈ᄌᆞ을 츄디금젼예 낙슈에 밋기 갓치 쥬고 말ᄂᆞ 빈ᄌᆞ으 살임을 모졸이 쩌러가기도 ᄒ고, 부ᄌᆞ가 빈ᄌᆞ을 디ᄒ야 큰 덕이나 보일 다시 노례갓치 부리괴도 ᄒ고, 가난ᄒᆫ 빅셩은 호구에 여가 업셔 쥬야노동을 ᄒ기로 여가가 부족ᄒ되 부ᄌᆞ는 장긔 바독 도박 등을 신션을 ᄌᆞ층ᄒ고, 남으 지산 다소의 물론ᄒ고 탈취ᄒ며, 탕ᄌᆞ 픠ᄌᆞ 역적이 모다 고금역ᄉᆞ상의 부ᄌᆞ으 집에셔 는이 빈ᄌᆞ을 만히 쎄스 모흔 돈으로 동포지의와 국민의 의연으로 창희일속(滄海一粟) 갓치 구우일모(九牛一毛)로 빈동 공금이나 갓치 안이 할나 ᄒ난 빅셩은 휴일의 난신격ᄌᆞ될 ᄌᆞ이온이 엄치ᄒ시야 이두휴폔ᄒ여 쥬옵소셔."

군슈가 "부동빅셩 디답ᄒ라." ᄒ이 다시 말을 못ᄒ는지라. 말 못ᄒ는 빅셩은 쏘 ᄒᆫ쪽게 모와 녹코 "원통ᄒᆫ 빅셩 잇거든 드러셔 말ᄒ라." 쏘 ᄒᆫ 빅셩이 츌반 쥬왈, "차차 이스면 빈동에도 빅셩 모화 드러 일체가 되올 터온니 잠시 일연 흉연을 빙ᄌᆞᄒᆞ야 철판디장에 벤경 업실 공금을 ᄒᆞᆫ ᄇᆡᆨ셩으 말노 인ᄒᆞ야 변복이 부당ᄒᆞ여이다."
군슈 왈, "빈동 장두 아뢰라."

학쵸 ᄃᆡ왈, "세계상 ᄉᆞ람으 손는 돌리 현금에 물론 공ᄉᆞ치ᄒᆞ고 ᄒᆞᆫ변 비절 지면 십연 이십연 싱전ᄒᆞ고 못바드면 아들 손ᄌᆞ 친척까지 족증을 ᄒᆞᆫ이 궁ᄒᆞᆫ ᄇᆡᆨ셩은 전에 질며진 쵀무에 눕이야 싱젼에 ᄌᆞ신할 돌리 업고, 픠ᄒᆞᆫ ᄉᆞ람 ᄉᆞ든 터의난 나종 오난 이게도 증츌을 ᄒᆞᆫ이 부동 ᄇᆡᆨ셩으 말과 갓다 ᄒᆞ기는 무형적(無形跡)ᄒᆞᆫ 말이라. 정영 그러할 쥴 알진ᄃᆡ 빈동이 셩촌되기 전의 빈동이 미연으로 일동 공금 칠ᄇᆡᆨ여금식과 ᄂᆡ연 우리연 셩촌되기 전 공금을 저 아뢰ᄂᆞᆫ ᄇᆡᆨ셩이 독당할나ᄂᆞᆫ 다즘을 바드시면 금일 송덕을 ᄒᆞ고 퇴거할 터옵고, 만일 득당ᄒᆞᆫ 다짐을 못할진ᄃᆡᆫ. 그 ᄇᆡᆨ셩으 힝위가 막즁 공정 와셔 관민간 ᄃᆡ송에 체도을 모르고 불과 향촌 쥬막에 가셔 슐이나 먹고 제가 잘난 다시 자층란민에 '쥬먹장군'이라 ᄒᆞ는 ᄌᆞ온이 밀이 엄치ᄒᆞ야 리치(理致)업난 란셜에 페단을 금ᄒᆞ야 쥬시기 바ᄅᆡᄂᆞ이다."

군슈 왈, "부동칙에 말ᄒᆞ는 ᄇᆡᆨ셩이 빈동 셩촌되기 전 공금을 네가 담당하개ᄂᆞ다?" 묵묵부담이라. 또 ᄒᆞᆫ펜에 모라 안치고 "원통ᄒᆞᆫ지 드리 아뢰라." 또 ᄒᆞᆫ ᄇᆡᆨ셩이 츌반 쥬왈, "일군을 통기ᄒᆞ고 경장을 ᄒᆞ면 민등으 원통ᄒᆞ미 업스련이와 민으 ᄉᆞ난 두 면만 경장ᄒᆞ기난 ᄒᆞᆫ ᄇᆡᆨ셩으 못된 이우지 되야 ᄒᆡ을 독당ᄒᆞ온이 억울ᄒᆞ오이다."
군슈 왈, "빈동장두 답을 하야 아뢰라."

학쵸 ᄃᆡ왈, "민는 드른이 ᄐᆡ손(泰山)을 엽헤 찌고 북ᄒᆡ(北海)을 쒼다 ᄒᆞ면 못ᄒᆞ는ᄃᆡ 비ᄒᆞ는 말이오. 장ᄌᆞ(長子)을 위(爲)ᄒᆞ야 ᄒᆞᆫ

낫가지을 썩거오라 ᄒ면 못ᄒ다 말을 ᄒ면 힘이 부죡ᄒ개 안이라 나타ᄒ 스람이 씨지 못할 간교을 칭탁ᄒ다 할 거이오. ᄒ 그륵 밥을 가지고 ᄒ두 숀을 분히 먹는다 ᄒ련이와 ᄒ 그력 밥을 가지고 일쳔(一千)숀임을 쳥ᄒ다 말이 되지 못ᄒ는 말이오. 못된 이우지란 말은 가졍에서 부형으 말ᄂᆞᆫ 반디ᄒ며 ᄒ낫 이우졀 불고ᄒᄂᆞᆫ 지온이 엇지 국민(國民)에 동포지의(義)ᄂᆞᆫ 모로난 빅셩이라. 치세예 난민으로 엄치ᄒ기 바러ᄂᆞ이다."

군슈 왈, "부동편 빅셩이 아뢰라." 말이 다시 업는지라. ᄯᅩ ᄒ편에 모와녹코 "ᄯᅩ 원통ᄒ 빅셩 잇거든 아뢰라." ᄒ이 ᄯᅩ ᄒ 빅셩이 츌반 쥬왈, "민등 슈쳔명이 삼문 밧 나셔면 ᄒ낫 박민을 당장 타살ᄒ고 치ᄒ(治下)빅셩이 되지 못ᄒᆞ야 모다 쩌나고 보면 언으 빅셩으 숀에 죽는 쥴 아라 신셜ᄒ며 허다히 쩌나난 빅셩을 셩쥬 엇지다 말유ᄒ시며, 민등으 동ᄂᆡ도 비고 빈터만 잇고 보면 어디가 공금을 바다 상납ᄒ시릿가?"

군슈 노왈, "너 갓튼 빅셩은 가셰을 밋고 남을 능시ᄒ기 되지 못ᄒᄂᆞᆫ 당유를 지어, 스람이 만느면 능스로 알고 사리(事理)에 당당ᄒ기 가국의 되는 졈은 업슨이 두량피류오 불가취용이라. 다시 스리예 젹당치 못ᄒ 빅셩은 죄 당 엄치ᄒ리라." 쏫츠 멀니 안치고 "졍당ᄒ 스리예 억울ᄒ 빅셩 드러셔셔 말ᄒ라." 져근 듯ᄒ야 ᄯᅩ ᄒ 빅셩이 츌반ᄒ여셔 쥬왈, "져 연소ᄒ 박민이 관쳥에 일졍ᄒ 법율을 곤치긔 무신 셩심이 이셔 쳥순유슈 갓탄 말을 ᄭᅮ며 각면 각동을 분난이 ᄒ지말고 민으 동ᄂᆞ로 이스을 오면 갓치 스라 무ᄉᆞ태평할가 ᄒ나이다." 군슈 왈, "져 빅셩으 말을 디답ᄒ라."

학쵸 디왈, "민의 빈동에 긔왕 츌질된 공금과 너두 연연이 나오난 공금을 그 빅셩이 구체할 방침이 이스며, 흑필 민을 저으 동으로 오라할 필요 업삽고, 빈동 빅셩이 낫낫츠로 부동에 가면 그 동시예 이왕에 빈 동셔 지고온 공금을 관청에셔 독봉흐는 시예 그 빅셩이 담당 상납을 할 지경 갓트면 다짐을 바다쥬기 바리옵고, 그럿치 안이할 진턴 말이 잇치에 업고 우션으로 무리흐기 흐낫 털을 눈에 막고 세계을 나는 못 본다 '앙옹'흐는 빅셩이라. 국민에 동포지의가 업고 금일 관민을 모다 쏘기는 무리간(無理奸)계지언이로소이다."

군슈가 부동빅셩을 도라보와 왈 "그리 흐개는야? 다짐을 써 올이라." 답이 업거날, 군슈가 사령을 분부흐야 쥬장쩌로 쏠을 욱계 문른이 말이 업고 압품을 견디지 못흐야 쏙금쏙금 엽푸로만 피코저 흐거날, 이 갓튼 빅셩은 일일 흐편에 짜로 모와 논이 그 중에 더 답 흔 변 못흔 자도 흐나식 둘식 그쪽으로 가셔 안는다. 부동편 빅셩으 안즌 줄을 잡바셔 "원통흐고 정당흔 말할 즈 잇거든 곳 드러셔셔 말흐라." 흐며 스령이 츠츠로 모좃니 나가며 쥬장으로 역굴이을 쑥 지르며 "너가 말흐라." 혹 쏠을 짚으며 "너가 말을 할리?" 이 갓치 나낫 다 지나갓는 바람에 흐낫도 말을 못흐거날, 스령이 쥬장을 들고 스람마다 "네 아뢰라. 네 으뢰라." 쑥쑥 질너 조진이 "할 말 업다." 흐거날,

군슈가 디청에 나셔며 고셩디질 왈, "정당흔 말에 디흐야 말이 업시면 정당(正當)디로 시횡(施行)흐지 너히등이 무신 의무로 셩군작당흐야 민간의 요란케 흐고 관청을 분난케 흐야 타군 풍셩이 민란(民亂)소동흐기 흐나냐? 쌜이 나가 경장(更張)흔 공금(公

金)을 셩화독납(星火督納)ᄒ라."

잇쩌 양편 빅셩이 모다 물너나간다. 인순인희가 조슈가 미는 듯
ᄒ더라. 학쵸난 물너가지 안이ᄒ고 다시 드러셔셔 고왈, "오날날
이갓치 명결(明決)ᄒ신 공문(公文)이 이셔야 휴일 쏘 분란이 업실
터온이 부동에 지스인 동장을 일일이 셩명납고을 바다 완문을 니
여 쥬시옵소셔." 판결장이라. 군슈 다시 분부 왈, "그리ᄒ라." ᄒ고
다시 지스 두 민만 불너드러 씨명날인ᄒ 납고을 바다 판결된 완문
을 ᄒ여 쥬거날,

학쵸 비슈ᄒ고 퇴정ᄒ니 빈동(貧洞) 중에 특별 삼십 여명이 페문
루(閉門樓) 문박게 결진ᄒ고 이셔 츔을 츄며 "셰원도 ᄒ여라. 공결
도 ᄒ신다. 어진 원임의 어진 우리 소연장두을 만니 다시 양츈을 어
더 살갯다." ᄒ고 만세만세 송덕으로 제각금 무슈ᄒ 절을 ᄒ다. 잇
쩌 읍즁빅셩이 구경ᄒ고 나와 소연장두으 의긔(義氣) 구변이 쳥산
유슈(靑山流水)이 호걸남ᄌ이 무슈ᄒ 치ᄒ 분분으로 충션ᄒ더라.

잇쩌 각군에 관속이 빅셩으게 슈세곡 정식이 이슨이 관노청(官
奴廳) 노방세곡(稅穀)이다 문간(門間)의 슈령세곡이다 각면(面)
에 면쥬인세곡이다 정식 이셔 삼가 일촌이라도 三청 세곡이 도흡
ᄒ면 츈츄을 각 일기 이기 ᄒ야 육칠셕이 된이 ᄒ 변 정식을 ᄒ 휴
에 동민는 이거 이리 변복이 이셔도 정식은 곤치긔 어련지라. 각동
인민이 각청을 ᄎᄌ 소위 방장 슈셕을 보고 변경으로 감히 달나고
누누 익결을 ᄒ디 모다 말니에 쥬먹으로 쏠을 맛고 쏫기 나온지라.

학쵸 ᄎ언을 듯고 각면 빈동인민을 읍져의 유회 노코, 혼ᄌ 장방
쳥에 가셔 슈셕방장을 더희 좌정ᄒ 휴 세곡 전말ᄒ고 드른이 "동민

으 션조에셔 ᄒ던 규정을 그 부여숀으 유체에 그짜에 스라 엇지 들닐나 ᄒ는냐고 짜구을 쳐 축출이라" ᄒ이,

"그럿치 안이ᄒ 말을 츄상적으로 드러보시오. 산통졸붕ᄒ야 쳔퇵위능은 쳔지도 변쳔변복이 업다 할 슈 업고 진황한무(秦皇漢武)으 울이든 아방궁 동작딕도 빈터만 나마잇고, 조션 짜 송도(松都)의 만월딕와 신라국(新羅國) 반월셩도 왕숀 방쵸가 셕양에 빅견터인딕 항츠 여항촌민으 변복 가치 조취모숀이 안이라 할 슈 업고, 항츠 계미작연(癸未昨年) 갓튼 흉연는 힝노의 강시가 나고 금옥갓튼 동즈와 금지옥엽이라 ᄒ는 스부집 일등부여도 염치을 불고ᄒ고 문젼에 밥을 비는딕, 군방장 방슈곡이 즐축만 요란이지 강남풍월이 츠경의 씰 쩌 잇쏘. 실지상으로 말ᄒ면 셰금셰곡이 졈졈 인민을 스지 못ᄒ기 쏜난 셰음이오. 도츠 인졍이 창졍이음 경젼이식을 ᄒ고 집에는 봉졔스ᄒ고 관쳥의 셰금을 달나는 딕로 쥬고 누가 살고져 안이 하리오만는, 비유적으로 우션 살 힝편을 볼나ᄒ는 눈의 틱슨 갓튼 셰금셰곡이 옵헐 못 보기 눈을 막근이 살 슈 업고, 우션 살지 못ᄒ야 비가 쥬린이, 남효지양과 여모졍열은 즈연적으로 업셔지고 우션 인명도싱으로 남게 구츠투심을 스졍근쳥ᄒ다 안되면 가히 도젹질도 불가무라. 희가에 셰금셰곡이 당구풍월도 안이 되지요. 쏘 귀쳥즁으로 말ᄒ면 명치션졍ᄒ든 군슈이다 신출명감ᄒ는 어스이다 관풍찰속ᄒ는 감스이다 빅셩으 원통 발키 살기희쥬신 이는 걸이걸이 션졍비가 이셔 닉거힝인이 쳔츄로 송덕을 ᄒ고 즈연적으로 빅셩이 스지 못ᄒ는 거설 닉가 엇치 할 슈 업다 가히 구희쥴 등역을 가지고도 구치 안이ᄒ고 오고 가는 거션츠 소 위거

진두량이요 국록도적이 안이라 할 슈 업지요. 항츠 션악근 의그도 장구항상이 업지요. 항츠 본청 즁방장 슈석은 십세 남짓히야 스십 오십 육십까지 적연근고흐야 방장이 되시야 항상 즈손의까지 스령 관속만 영광으로 할 쥴 바리지 말고, 즈고 제왕지어스서인과 셩현 군즈 지즈가인이라도 말닉는 면치 못할 거시 셩분휴(成墳後) 객손휴(客散後) 손적적(山寂寂) 월공명(月空明)할 씨 싱젼에 착흔 적 션 인민으게 흐알 션심흐여 쥬소. 빅셩 업는 동니 세곡독쵹 어진 군슈으 션졍으로 공금도 경장흐고 장방세곡도 군슈와 갓튼 션심을 바리오. 항근 과만육연 살고 가는 군슈도 션졍흐시논디 즈즈손손 세거할 우리 갓튼 일향의셔 싱각히보시오."

이 일쳥 즁 좌상의 슈석 방장이 손을 들어 즈긔 무릅흘 치며 왈, "참 장흐고 착흐시오. 소연호걸 변스로다. 갓튼 말 갓튼 스실이라도 이 갓치 말삼을 흐이 동졍호 악양누 북창의 안진드시 흉금이 적당하기 세원흐오." 흐고 세곡(稅穀)을 젼에 십분의 팔분을 탕감증셔을 바다 나온이 각동동민이 다 갓치 일도 안 되고 날만 져문러 가물 흐탄흐고 말노 뜻더로 탕감 힛다 말을, 면여 쏘을 마즈 읍품더를 웅키쥐고 슈식흐든 김즁길으게 탕감징셔 뼐건 방위말만 효인 찍근 거셜 보인이 다슈 인민이 일제이 일어나 손을 모와 쥭슈로 츙송흐며 절을 무슈히 흔다.

잇씨 각군관청에셔 호세는 호포라 흐고 쏘 변포라 흐는 거션 일이삼스육칠 변까지 츈츄로 각명으로 나오지 안이흐고 동즁으로 나오고, 스령청에 슈곡과 관노청에 슈곡 모다 동즁으로 연연이 나오논디 인민이 흉풍 연삭의 스다가 타쳐로 이스을 가드라도 동에셔

213

존위 구장이 동에 분비ㅎ셔 밧치는 법이라. 지세는 결복이라 ㅎ고 토지 명으로 밧치는디, 젼답 간의 삼십여 두낙 되면 흔 믹이라 가량 되면 원결인이 상졍인이 풋양인이 관슈인이 흡히야 엽젼으로 일빅열양, 원으로 이십이원 가량인디, 각쳐인민이 곤란으로 흔달 육장ㅎ고 관속이 독봉ㅎ다 잡바간다. 쏘 잡바가는디 족쇄가 잇짜. 모다 스지 못ㅎ는 호원이 만는디.

학쵸가 각동 양면 변민으 호세 지세을 담당ㅎ야 츄칙 업시 쥬션을 씨계 관홍ㅎ기 밧치기 ㅎ고 여혹 관츠으게 잡피여 중노 간는 인민이라도 통지로 용서ㅎ라 담당혼다 ㅎ면 일일 무ᄉ득방ㅎ야 송덕이 ᄌᄌㅎ고 셜혹 잡피여 장지슈지 쳬슈 중이라도 학쵸으 말을 ㅎ면 무ᄉ득방을 혼다. 여혹 시장을 가셔 지부지간의 시비을 ㅎ는 빅셩을 보면 ᄉ실을 드른 휴에 가부을 판단ㅎ야 타일으든지, 불여의 흔 ᄌ는 호통을 ㅎ면 그디로 안이되는 일이 업더라. 일노 인ㅎ야 원근간 '소연 분명'으로 층송이 ᄌᄌ하더라. 여혹 관쳥에 송ᄉ하는 ᄉ람이 학쵸으 손에 소장 써셔 졍ㅎ면 믹믹 득송으로 유명ㅎ고.

朴鶴樵實記 卷之二 박학초실긔

조선이조(朝鮮李朝) 긔국(開國) 오빅삼연(五百三年) 갑오(甲午) 잇써예 나라에서 세록(世祿)을 쥬장ㅎ고 인지(人才)틱용은 과환(科宦)이라 ㅎ고 자졍부로 방빅 슈령 쥬ᄉ(主事) 참봉(參奉)까지 모도 돈으로 믹믹혼이 참봉군슈(參奉郡守) 자리는 흔 달에, 아직에 니 지역에 굴인이, 부임ㅎ다 갈인 자 가다가 갈인 ᄌ 무세

(無勢)훈 슈령은 훈 달에 두 변도 갈인이 베살을 구호는 지 빅셩으 페단질고는 전허 생각지 오이호고, 뉘가 군슈(郡守)나 방빅(方伯)을 호던지 심지 그 족속(族屬) 친고까지 명식 아긱이라 호고, 읍저 여관 도소를 정호고 관청 정스을 근섭호며 인민 쵀송과 원총(怨塚)늑굴과 스문스 존문 싱피 능욕양반(凌辱兩班) 등스로 전허 빅셩 잡아 쩌러먹기, 군슈가 나면 삼공형(三公兄) 각항 이목노령 심지여 면쥬인(面主人)까지 돈을 밧꼬 미미호이, 츠등 관속이 츠츠 세역을 빙즈호며 빅셩 잡바 쏘겨 쩌러먹근이 촌가(村家)에 지본호고 인난 빅셩은 동구에 팔을 젓고 드러오는 스람이 이스면 "뉘가 지핏노?" 호야 마음을 평안이 노치 못호고 긔운이 죽거 피호기 쥬장이오.

그 중에 좁핀 빅셩이면 지핀 디 족죄 문근에 전례 마지면 집장치 ㅈ치면 스장이 구류치 등속으로 죄지 유무 물론호고 훈 가지 천양이 호로 살임 쩔어 마치 마록 다 쎄신이 그 중도 크다훈 감스다 통영(統營)통제스다 영장(營將) 등은 각군(各郡) 무세역훈 부즈는 스문스 존문에 아조 쩌러가기 빅셩의 세금은 지세(地稅)에 열훈 가지 명식으로 도포 호세난 일이삼스칠(一二三四七) 변(番)까지 훈 변에 엽전 닷 양 일곱 양까지 날날 독봉호고, 스령(使令) 관노(官奴) 면쥬인(面主人)까지 츈츈로 세곡을 바다건이 실푸다 빅셩이 엇지 살기을 바리며 원통훈지 어디 가 호소을 할 고지 이실손야.

관청이 인민으 부모란 말 거진말이오. 명천이 유죄지 베락 친다 말도 날노 베락 친난 거 보지 못호고, 오오창셩이 즈연으로 솟터 물이 끌어 넘드시 전나(全羅)도 고부군붓터 경상도(慶尙道)까지 각군에 민난이 나셔 각기 군슈을 미어다 쪽기와, 경북에 영변칠읍은 독흔 홍연이, 갑오연흔면 유명흔 고셜이 될만치 남부여더흐야 경기 츙청도로 개걸가기 길이 쩌 업고 각처에 동학(東學)이 디긔흐야 세계예 혝명(革命) 북소러 진동흔이 동학 스실은 제긛흐회하라.

각셜(却說), 리조(李朝) 슌조더왕(純祖大王) 이십스연(二十四年) 갑신십월(甲申十月) 이십팔일(二十八日) 경상북도 경쥬군 가정이(柯亭里)에셔 흔날이 세계예 유럼으로 특츌흔 선셩이 나스이 셩명은 최제우(崔濟愚)요 호(号)은 슈운(水雲)이라. 연이 三十七경(庚)신 사월 오일에 비몽사몽긛에 상제(上帝)으 명을 바다 유불션(儒佛仙) 삼도을 병흐야 시천쥬조화정령세불망만스지(侍天主造化定永世不忘萬事知) 십삼ᄌ쥬문(十三字主文)으로 조션의 포덕흐야 제ᄌ가 운집흔이 명왈 동학(東學)이라.

조정(朝廷)에 디원군(大院君) 세도 당시예 야슈교 등속 ᄀᄐᄇ 이단(異端)이라 독흔 금영으로 갑ᄌ삼월십일(甲子三月拾日) 경상 감스 셔현슌으게 포착하야 디구(大邱) 관덕당(觀德堂) 읍픠셔 우회흐고. 그 제ᄌ 일홈은 최시형(崔時亨)이오 호은 법헌(法軒)이라. 츙청도 보은 장안동에 거흐야 계스갑오(癸巳甲午) 동학을 포덕흐야 각도각 군 면면촌촌이 일제히 입도흐고.

각영문 각군슈난 쎌더업고, 각체에 동학 접에셔 연(連)낙을 상통흐고 긔호을 놉피 셔우고, 각 접쥬(接主) 긔찰 등에 좌입이 엄슉흐고 원통흔 빅셩으 민소(民訴)가 동학접으로 쳐리(處理)흔이, 쥬의(周衣) 입고 작지 집고 셔실 잇기 사방으로 횡힝흐며 인민을 잡아 ㄴ다 드러 ㄴ다 결박ㅎ여 돌을 직겨 논는다. '아이고 지고' ㅎ 는 소리 이 스람은 모다 누구요 ㅎ면 증전의 양반(兩班)이다 아젼 이다 스환으로 세력ㅎ던 스람이라. 자긔예 부여조족 쳑ㄴ에 퍼가 ㅎ고 욕본 원슈며 다소는 지물을 쎗기고 ㅊ질나 ㅎ기 원총늑굴(怨 塚勒掘)이다.

유부여(有夫女) 강탈당혼 스람, 스문스 존문에 쎄스 먹근 거시 며, 빙공영스ㅎ야 불법으로 쎗긴 스람이며, 문단이 싱피불목으로 쎗긴 스람, 구기소실ㅎ면 쥭글 즈난 양반으 신세라. 이 갓튼 세월 노 쏫ㅊ 욕을 면긔 위ㅎ야 입도도ㅎ고, 세역을 씨즈꼬 입도도 ㅎ 고, 가졍을 보존 ㅎ즈고 입도도 ㅎ고, 말니 동학 즁에도 부졍당혼 스람이 즈연 만은이, 유불선 삼도 엇지된 의무(義務)을 모로고 공 밍지문의 난신젹즈 나드시 동학의 불법즈도 젹지 안이 ㅎ더라.

잇쩌 갑오이월 八日은 왕세즈 젼하 싱일이라. 연연이 과거을 뵈 여 일국 션비를 모와 세록에 양반고가(高家) 스식이 이셔 문호(門 戶)별임으로 우션ㅎ고, 기ㅊ난 쵸시 진스급제을 미미ㅎ는 십관으 로 과거 볼 쩌라. 박학리으 지죵졔 박영리가 도령으로 인물 졀묘ㅎ 야 경셩 삼쳥동 심판셔(沈判書) 상훈씨 집에 이셔, 지죵ㄴ 두 일홈 으로 과거 보와 동방 진스(進士) 양장이 되야 국가에 일이 잇꼬 여 렴에 동학난으로 인ㅎ야 과거 창방을 진시 못ㅎ고 육월에 창방을 ㅎ고 나션이, 젼 ㄱ트면 빅픽 유셔통을 옵셔우고 금의화동의 쌍겨 을 울니고 장안디로붓터 위군 열읍을 유과ㅎ며, 션산(先山)에 령 젼ㅎ고 각촌의 환영ㅎ면 젼지쥬육이 진진ㅎ지만는 동학 힝졍ㅎ는 풍셩(風聲)이 과거혼 즈 역시 세록힝시 빅셩을 쩌러 먹는 괴슈라

ㅎ고 붕알싸는 욕을 뵌다. 세간에 과거호 힝사하리요. 호물며 방
빅슈령도 군졸노 삼문을 직키고 ㅈ기신명 보존을 ㅎㅈ쏘 사면 직
키고 각처 동정만 듯고 진닐 짜름이라.

잇써 경상감ㅅ는 국지원로더신의 조병호라. 위국안민 계칙을
싱각ㅎ되, 동학에 속속 이허(裏許) 아지 못ㅎ이 일일정탐 ㅎ난 중
의 세계을 정리(正理)ㅎ여도 동학 중 ㅅ람이라야 동학의 야단을
침식할 말이 이슨이, '불입호혈(不入虎穴)이면 안득기ㅈ(安得基
子)이요' ㅎ난지라.

박학쵸 ㅊ언을 심득(心得)문지ㅎ고 세계 힝편을 둘너본이 동학
입도호 ㅅ람이 안이면 세계예 용신할 곳지 업고 익익창싱은 오빅
연 ㅅ즉이 죽거라 죽거라 구제할 돌리 업눈지라. 불입호혈(不入虎
穴)이면 안득기ㅈ지리(利)가 정령ㅎ고 부친 통정공(通政公) 명영
도 역연훈지라. ㅅ족더가의중지인(士族大家意中之人) 四五인 동
심ㅎ고 학쵸 먼여 입도ㅎ눈디, 관동포 최밍슌지졉 박현셩(朴賢
聲)으 직곡포(稷谷布)에 우슈라.

입도ㅎ던 그 익일붓터 지ㅎ(支下)에 입도훈이 불과 슈십일 니예
오천칠빅칠십이(五千七百七十二)인으 장슈라. 각군(郡)각졉에 피
착되야 견디지 못ㅎ는 ㅅ람이 모다 와 구원 신셜 호소을 ㅎ눈디, 엇
써훈 졉은 가셔 본이 四五十명 근 빅명식 열좌ㅎ고 그 중에 민장(民
狀) 바다 적축으로 쏘아록코 열셕에 공ㅅ을 혼다. 박학쵸 드러갈
써 먼저 션통을 ㅎ고 좌우에 의중 긔찰 슈삼명 디동ㅎ고 일변 드러가
면 잡바 꿀인 ㅈ 결박(結縛)ㅎ여 갓 벅기고 꿀인 ㅅ람 일제히 희박ㅎ
고, 갓 ㅊㅈ 씨이고, 좌셕을 비이라 ㅎ야 ㄱ치 열셕히 안진 연휴에

다슈훈 인원의 인스을 훈 말에 겸히 훈목ᄒ고 스유을 연셜ᄒ다.

"도중주지로 말ᄒ면 유불션 삼도가 례의 염치 오윤 등속이 각주 슈심을 ᄒ는 거시 올ᄒ던디, 가제 이휴 국치와 민유방본이 모다 동포 형제라. 이왕 과실이 잇짜 히도 개과훈 직 모다 무과라. 셜혹 개과 을 못ᄒ는 스람이 잇기로 관청관리가 온이고 치민ᄒ는 법(法)은 유불션 도 중에도 업고 법율(法律)상에도 업신이 엇지ᄒ즈쏘 동포 형제을 모다 줍바 스험을 셜치코저 ᄒ이, 천지예 상제라 ᄒ던지 가 정의 부형이라 ᄒ던지 위민부모 관장이라 ᄒ던지 화민셩속을 못ᄒ 면 도로허 붓그러운 일이라. 엇지ᄒ야 상희을 훈단 말이오. 다시 논 그리 맙시스. 만일 이 중에 이 스람으 말을 불가타 ᄒ시던지 은 밀이 작혐을 ᄒ시거든, 심중에 쓰아 병되지 마시고 끗나셔셔 훈 가 지 보은 장안도소의 가 문지ᄒᆸ시다. 만일 상졉의 문제을 못ᄒ시거 든 아조 좌의ᄒ시고 다시 그리 마시오."

좌중이 묵묵이고 혹 왈, "가타." ᄒ는지라. 좌중의 민소장츅을 단겨록코 일일이 열람을 ᄒ고 도중에 드러온 민소는 "이 스람도 못 할 비 안이온이 열어분이 밋쳐 못훈 일을 이 스람 ᄒᆸ느다." ᄒ고 제 스에 씨긔을 ᄒ다.

일에 원총(冤塚)굴이난 이굴갱굴(已掘更掘) ᄀ(間)에 빅골젹원 (白骨積怨)는 본 비도중 지사라. 폐문갱스(閉門更思)ᄒ고, 갱스 부득이 직왕졍우법관(往呈于法官)이 가(可)ᄒ고 도중은 불당향스 일, 쵀송(債訟)독봉이 스슈공봉(事雖當捧)인지 이허(裡許) 여 부을 도중 이하 관향사

일, ᄉ문횡탈금ᄉ(査問橫奪金事)는 지관시 ᄉ문(査問) 곡절(曲
節)이 도인이 ᄒ지ᄒ아 세 부득이 슈연이라 도탈 이유여 즉 ᄌ슈
안빈ᄒ면 식역슈도 사

일, 피탈쳐 속환 츄ᄉ는 인륜변괴오. 빅쥬 고분이 졍ᄉ 억울이되,
소탈긔쳐가 긔무절횡ᄒ이 졍하가취며 리하용호아. 환츄난 불과반
위변ᄉ라. 환츄지역으로 갱고 금실ᄒ면 확낙신졍이 긔불구승호아

이와갓치 다슈 작축ᄒ 송안을 삽시 쳐결ᄒ고 쩌ᄂ니라. 그 중 소
장에 걸엿든 ᄉ람은 각기 다 소문을 듯고 가족 심득으로 송셩ᄒ며
친근 가족을 다리고 와셔 ᄯᅩᄒ 입도을 ᄒ이 ᄌᄎ로 풍셩학여의 불
긔이회ᄌ 더옥 불가승슈너라.

잇ᄯᅥ 경북 용궁군 어촌에 ᄉ는 신동건은 양반이 신씨(申氏)에
장졀공 종손(宗孫)이라도 ᄒ고 그 조부증조(祖父曾祖) 이상의 가
세도 거부라. 속셜의 경북부ᄌ을 일으ᄌ면 경쥬교촌에 최부ᄌ와
슌홍에 김ᄌ인과 용궁에 신벼별이라 ᄒ는듸 '버별' 위ᄒ난 말 못할
부ᄌ라 말이오. 퇵호는 보은집이라. 조션풍속에 부ᄌ라 ᄒ면 남으
게 공으로 일치 안이ᄒ고 바들 ᄰ 독봉ᄒ던, 남은 원슈 신동건 부
ᄌ듸의 가손이 조금 군속ᄒ이 양반 ᄌ셰ᄒ고 인민을 줍바다 츄듸
ᄒ기, 당당ᄒ 양반이 안이면 중셔이하(中庶以下)로 그 집 당상(堂
上)에 감이 승당도 못할 ᄲᅮᆫ만 안이라, 동구ᄭᅡ지 머리을 슉이지 안
이ᄒ고 들고 가지 못ᄒ던 집이라.

ᄎ시(此時) 동학이 운흥(雲興)ᄒ 승세ᄒ야 일변 젼험을 푸러보
ᄌ ᄰᅵᆫ 돈을 ᄎᄌ보ᄌ 각쳐 ᄉ방(四方)으로 잡바가기 안이가면

슈빅명 혹 스오십명식 와셔 집을 도육ᄒ고 칠십노인(七十老人),
오십노인 부ᄌ 조손을 결박ᄒ야 그 집 당ᄒ의 쓸니고 당상당ᄒ 좌
우로 둘너셔 공갈위협이 세계예 당할 지 업는 모양이라.

그 집 니졍 노소부여가 전파 풍셩을 드른이 직곡이라 ᄒ는 동학
졉쥬(接主) 박(朴)모난 허다 곤박으로 죽거가난 곤난ᄒ 스람을 잘
구제히 쥰다ᄒ이 ᄌ식 동건을 명ᄒ야 비밀이 급쥬(急走)ᄒ야 와셔
구원을 쳥하는 말이라. 급급ᄒ 모양으로 호환례파 사실 젼말 곤난
형용을 불인소조(不忍所遭)로 부여조 신명을 구ᄒ여 젹션을 ᄒ여
달나 ᄒ는지라.

박학쵸 그 스람을 먼여 본너고 슈하(手下) 긔찰 三人을 더동ᄒ
고 그 집을 가며, 우선 바리본이 슈다ᄒ 스람이 인순인히(人山人
海)로 둘너쓰고 혹 호령 소리도 나며 야단이 기구ᄒ더라. 학쵸 긔
찰이 먼여 드러가며 시명을 통ᄌ혼다. 그 뒤에 학쵸 드러셔며 불슈
인ᄉᄒ고 결박혼 스람부틈 히박ᄒ고 단상을 올르지 안이ᄒ고 마당
에 좌셕을 포진혼 휴,

좌우 둘너보며 왈, "각쳐 렬어분은 드러쥬시오. 보와혼이 동학
슈도인이신더 동포형제 ᄀ에 가ᄉ문제 할 일이 이스면 一二 개인
으로 말삼ᄒ야도 못할 말 못할 일 업실 듯혼더, 다슈ᄒ신 슈빅명
셩군작당ᄒ고 돌입인가ᄒ야 인민을 결박공갈ᄒ고 이ᄌ치 ᄒ는 거
시 도중규칙의 언으 조목에 이스며 언으 상졉 명영이시오? ᄌ셔혼
ᄉ실을 듯기 바리는이다." 혼 스람 출반 쥬왈, "이왕 션성은 드러시
되 보기는 처음이올시다. 인ᄉ 호환젼의 문죄붓틈 ᄒ신이 죄목을
아지 못ᄒᄂ이다."

221

학쵸 답왈, "이 ᄉᆞ람이 멋져 드러올 ᄯᅢ 긔찰에 통ᄉᆞ ᄒᆞ엿거든 영졉ᄒᆞ는 돌니가 일절 업고 보화ᄒᆞᆫ이 당상의 안즈신 이는 두목에 장슈라, ᄒᆞ당 영졉이 업신이 그 ᄋᆞ릐 셧난 쳠위들은 불문가지 그 지하라. 장슈와 어룬을 인ᄉᆞ치 안이ᄒᆞ고 지ᄒᆞ하졸붓터 인ᄉᆞ할 잇치 업실 거시요. 당상의 안즈신 이는 슈인ᄉᆞ의 긔동도 모로시ᄂᆞᆫ 이가 ᄉᆞ람은 엇지 결박ᄒᆞ고 호령을 ᄒᆞ는 거션, 이 ᄉᆞ람이 보기 쥭굴나 헛소리 ᄀᆞᆺ튼이, 셜ᄉᆞ 쥭드라히도 싱전의 인ᄉᆞ 업신이 쥭거도 조문할 필요도 업실 듯ᄒᆞ고 인류에 례볍을 모를진ᄃᆡ 례볍 힝한ᄂᆞᆫ ᄌᆞ리에 단단히 저 결박ᄒᆞ얏든 ᄉᆞ람에 더ᄒᆞᆫ 영금이 박두할 듯ᄒᆞ오."

ᄒᆞᆫ 사람이 츌반 쥬왈, "다슈인 회즁에 비졉(鄙接)이 실례올시다. 용셔ᄒᆞ시고 이 쥬인으로 말ᄒᆞ면 증경 ᄊᆡᄉᆞ 먹근 돈을 ᄎᆞᄌᆞ야 ᄒᆞ고, 결박지ᄉᆞ는 이 ᄉᆞ람등도 증경에 이 마당에셔 결박이야 틔장(笞杖)이야 만히 당ᄒᆞᆫ 갑품이라 할듯 ᄒᆞ와이다."

학쵸 답왈, "귀 졉 실슈을 단단 용셔 못할 일이 이슨이 드러 쥬소. 동시 도인에 슈인ᄉᆞ 의졍이 업신이 엇지 도인이라 ᄒᆞ며, 도인으로 말ᄒᆞ면 공밍지문(孔孟之門)의 난신젹ᄌᆞ오 유불션(儒佛仙) 동학지문에 난신젹ᄌᆞ(亂臣賊子)라. 난신젹ᄌᆞ을 양셩ᄒᆞ야 필경 화용도(華容道)군ᄉᆞ가 되ᄂᆞᆫ 날의 밀이 마초ᄒᆞᆫ슈(馬超韓○)을 직키로 간난 영웅을 효칙할 거시요. 항ᄎᆞ 동셕에서 동시도인 ᄃᆡ위을 모로고 인민(人民)을 결박 공갈ᄒᆞᄂᆞᆫ 거시 볍가에 용셔치 못할 거시요. ᄒᆞ날이 ᄉᆞ람을 널 제 변복이 허다ᄒᆞ야 귀쳔으로 박과넌이 구름 졍ᄌᆞ와 물네박구ᄂᆞᆫ 오히려 더든 모양이라 할 듯ᄒᆞ소. 언제ᄂᆞᆫ 쳠위들이 이 당ᄒᆞ에셔 결박당코 ᄯᅳᆯ여이셔 옵푼 미을 마자 견ᄃᆡ지 못ᄒᆞ

야 돈을 밧쳐 축신호고, 오날 돌니여 박과 되야 쥬인 마로에 객이
안쏘 마당의 쥬인을 쓸여 호령호이, 이 사람으 소견에난 증전에 빗
긴 돈이 안이 빗기드라 힌도 그 지물이 상금 이셔 더 나흘지 으지
못호고, 업셔도 온날날 다시 쓸여노난 형세 되야신이 셜치는 지차
호엿짜 할 듯호고, 도로허 감수호다쏘 쥬인께 스죄호고 각각 물너
가면 휴일(後日) 복이 장구할 줄 든든호여이다. 만일 이 말을 신청
치 못호시면 도중에 할안 명고 당호고 발근 법마당에 쓰거운 형벌
바드리다." 회중이 묵묵무언이라.

학쵸 다시 여셩 연셜왈, "각 쳠위들은 각각 도라가 롱수호는 이
롱수호고 장수호는 이 장수호고, 동학도인이라 충탁호고 남으게
슐 훈 준 밥 훈 거력 공이 먹지 말고 각안 기업 호여쥬소. 만일 이
깃튼 힝위을 호면, 이 스람 귀예 들니는 날 보은(報恩)도소로 불법
난 도인을 져져 보호야 명영을 바든 휴 일항젼심을 호면 비접 수호
오쳔칠빅 여명을 영솔호야 낫낫치 문죄 할 날이 곳 불법으로 통호
는 날노 으시오." 호고,

좌우긔찰을 명호야 파회(破會)을 고호고 더데 간는 주는 칙킹이
로 등을 쳐셔 낫낫치 좃주닌이 제각기 다라나며 호는 말이 "우리
접주 인스에 실례로 인호야 낭픽 우시라도 호고, 다음에 박접장을
보거든 불가불 먼여 허리을 쏩피 인스붓텀 잘 호여라." 혹은 호는
말이 "어법(語法) 경계가 호말 실수에 근본을 삼아 틱손 갓튼 다슈
인을 졍말 화용도 군수되기 붓그럽다." 혹은 말을 호되, "나는 일휴
무신 일이 잇거든 직곡접으로 가셔 비화 복종호리라." 호더라.

그 휴에도 신동건(申東建)으 집의 불법도인이 슈추 젼깃치 야단

223

흥기예 슈츄 가셔 젼곳치 츅츌ᄒᆞ엿던이, 그 휴난 혹이 아지 못ᄒᆞ야 신동건부자(申東建父子)가 학쵸으 집에 와셔이셔 피난을 할시 일일은 허다 동인이 리왕할 ᄶᆡ 흔 ᄉᆞ람이 신동건 조부 七十노인 읍픠 담비을 피우며 언ᄉᆞ불공이라.

학쵸 디질 왈, "연치로 말ᄒᆡ도 부집조항이요, 젼일이나 금일인나 ᄉᆞ람으 돌이가 공근(恭謹)ᄒᆞ디 복이 되고 인졍(人情)이 젼졍(前程)이라. 항차 도인으로 말ᄒᆞ면 동시 소연으로도 공손경디가 올흔디 七八슌 노인을 경디을 모른이 엇지 인류라 ᄒᆞ며, 그디들에 나이 져 어룬곳치 되야 소연이 그디곳튼 이 이스면 통곡을 뉘가 할손야? 극공극공으로 경디을 ᄒᆞ여도 셔손에 근흔 노인을 볼 날이 만치 안이흔디, ᄉᆞ람 곤 뒤ᄂᆞ 영웅열ᄉᆞ도 통곡이라. 다시 이휴붓터ᄂᆞ 무론노소ᄒᆞ고 경디을 ᄒᆞ야 쑴곳튼 셰상에 죄을 짓지 말나." 개시 감이 말을 다시 못ᄒᆞ고 물너곤 뒤에 츠언이 젼파ᄒᆞ야 보은 장으 면츅흔 말이며 ᄉᆞ리을 당연타 안이할 이 업더라.

잇ᄶᆡ 안동군(安東郡) 구담동(九譚洞)에 김종원(金鍾元)이라 ᄒᆞᄂᆞᆫ ᄉᆞ람이 이ᄉᆞᆫ이, 그 션인 김경도가 ᄌᆞ슈셩업 부ᄌᆞ로 조졍셰록가(世祿家)에 친밀흔 길을 어더 급제(及第)도 ᄒᆞ고 ᄉᆞ방의 젼곡곤 츄심에 셰역(勢力)을 부려 독ᄒᆞ기 흔 일이 ᄌᆞ련 바들 걸 바다ᄶᆞ만은 각인 원셩이 만하던이 죽쏘. 그 ᄋᆞ달 종원이 당가(當家)ᄒᆞᄌᆞ 동학이 봉기ᄒᆞ야 '젼일 불법으로 쎗긴 돈을 촛ᄌᆞ' ᄒᆞ고 ᄉᆞ오십명 근빅명식 나날 와 곤욕돌육이 무쌍흔지라. 김치홍(金致弘)으로 인연ᄒᆞ야 박학쵸 졉에 와셔 구원을 쳥ᄒᆞᄂᆞᆫ지라.

학쵸 이예 긔찰 二人을 디동ᄒ고 김종원으 집을 ᄎᄌ갈 세, 밀이 명ᄌ을 션통ᄒᆞ이 그 동학당으 말이 "큰 일 낫ᄶᅡ. 직곡졉쥬가 오면 뉘가 능히 디항ᄒ리요. 어촌(漁村)에 신동건 집에셔 약결 강ᄒ로 팔십인ᄂᆞᆫ 연셜에 당당ᄒᆞᆫ 벼락이 두상을 치며 약불연ᄒᆞ면 오쳔칠빅의 승세을 뉘 감당ᄒ리요. 만일 우리 면목을 알기ᄒᆞ기 부당이라." ᄒ고 각ᄌ 도망을 ᄒ고 쳥당이 고요ᄒᆞᆫ지라. 가면 훗터지고 오면 모혀들고, 누ᄎᆞ 이 ᄀᆞᆺ치 ᄒ기로 긔찰을 파송ᄒᆞ야 그 집을 보호로 직키쥰이라.

잇ᄶᅥ 의셩군(義城郡) 소직골 신틔관(申泰寬) 신승지라 ᄒᆞᄂᆞᆫ 노퇴조관이 이슨이, 증경급제로 찰방옥당(察訪玉堂) 한임승지(翰林承旨)로 베살 ᄒ직ᄒ고 손슈거촌ᄒᆞ야 세월을 본ᄂᆞ쥰이, 지손은 업고 ᄌ슈로 롱ᄉ 못ᄒ고 장ᄉ 못ᄒ고 진ᄂᆞ쥰이, ᄌ연 군속을 견디지 못ᄒᆞ야 ᄉᆞᄉ로 빅셩을 불너다가 젼곡 ᄀᆞ 츄더ᄒᆞᆫ다 ᄒ고 갑기는 시로히 항상 달나ᄒᆞ야 일홈 토식으로 명호가 잇던이, 의셩 등지 동학이 셩군작당ᄒᆞ야 연노ᄒᆞᆫ 증경옥당을 무슈 곤침ᄒ며 심지 잡아ᄀᆞᆫ는 지경ᄭᅡ지 야단이라. 신틔관 집에셔 듯기을 직곡졉은 당시 의용졉(義勇接)으로 인민의 구제 만히 잘 ᄒᆞᆫ단 말을 듯고, 불고원근(不顧遠近)ᄒ고 ᄉᆞ람을 급피 본ᄂᆞ 구원을 쳥ᄒ거날,

학쵸 졍경(情景)에 ᄉᆞ실(事實)을 드른 휴 근처의 여ᄎᆞᄒᆞᆫ ᄉᆞ건이 축일답지ᄒᆞ야 몸 쎄 나가지 못ᄒ고 긔찰 이인(二人)을 명송ᄒᆞ야 통문을 가지고 ᄀᆞᆫ이 그 글에 ᄒ여시되,

통문

우(右) 통고亽 짜은 천지(天地)와 인물(人物)이 츌싱(出生)휴
로, 단긔이휴(檀箕以後) 급금ᄒ야 제왕(帝王)과 셩현(聖賢)이 인
민(人民)을 보호의무(保護義務)로 예낙볍도(禮樂法道)을 제작 쥰
힝훈이 ᄎᄎ 연구의 치례단쳥에 혹 문호(門戶)도 각 입(立)ᄒ고
취지도 각이 ᄒ되 도(道)에 의무(義務)ᄂ는 일반이 안이라 할 슈 업
고, 유불션(儒佛仙) 삼도난 보통인류상(普通人類上) 디경볍(大經
法)이라. 셩군작당ᄒ고 돌입일가ᄒ야 인민공갈은 유불션 삼도 즁
죄인(罪人)이라 국가인민에 난신젹자(亂臣賊子)라. 난신젹ᄌ는
인인득(人人得)이 쥬지(誅之)라 훈이 귀졉은 ᄒ등 도인으로 이갓
치 다시ᄒ면 비졉은 당당훈 인도졍의(人道正義) 위국안민(爲國安
民) 의용원(義勇員) 오천칠빅(五千七百)여 人을 디동ᄒ고 귀졉이
신승지집에 가셔 ᄒ는 힝위을 문제ᄒ야 난도(亂道)지졉을 일병 세
계예 업기 ᄒ기로 통고훈이 회답을 직지힝심

갑오 칠월 이십 구일 직곡 졉장 시명

의셩각 졉즁

직곡졉 긔찰이 통문을 가지고 신승지집에 ᄀ이 다슈제인에 두슈
인(頭首人) ᄎᄌ 인ᄉ 휴 통문을 젼훈이 면면이 둘여보고 혹 목목
무언도 ᄒ고, 그 즁 훈 스람 ᄒᄂ는 말이 "문볍상(文法上)의 우리을
'난신젹자(亂臣賊子)에 인인 득이쥬지라' ᄒ야신이 동시 도인으
체면상에 이 굿치 박졀들 ᄒ시오."

긔찰에션 김종슈 답 왈, "이 도제는 본졉 도쥬에 본졉장으 명영
을 바다 말삼ᄒ느다. 근ᄌ에 동학도인을 빙ᄌᄒ고 탁난을 무슈히

희야 국가에 걱정이요 도중에 난적이라. 이곳치 불법난동 창궐ㅎ
면 정의인도(正義人道)란 도중목적이 업셔지고 세계가 편할 날이
업실 듯ㅎ야 비접접장은 즈장안(自莊安)으로붓터 관동포(關東
布)에 일더의용접(一大義勇接)으로, 쏘 국가법율에 상당ㅎ도록
난동 동학인을 일병 귀화안접을 권고ㅎ다가 만일 안이 드르며 五
千七百七十二人 의용도인(義勇道人)을 긔솔ㅎ야 난도인을 즙바
동학에 할명ㅎ고, 지방 근쳐 영장(營將)도예 낫낫치 즙바 쳐리 특
별 증치히셔 업시 할 작정이온이 단단히 더답들 ㅎ시오. 이마 긔찰
만 명송ㅎ심은 비접장께셔 동시 도인지의로 우선 호의로 통ㅎᄂ
말이올시다. 만일 비접 의용긔(義勇旗)가 남(南)으로 힝진ㅎ면
각군(各郡)호민은 단ᄉ호장으로 걸이걸이 영송을 할 거시로더,
비접접장으 명영규칙은 남으 일비쥬 일기반도 갑업시 온이 먹쏘.
당당ㅎ 우리 의용긔(義勇旗)ㅎ에 선봉을 더적하실 ᄉ람이 잇거든
아조 이 자리예 뵈옵시다.” 그 접 각 도인이 “우리ᄂ 접젼 실쏘.” ㅎ
며 ᄎᄎ 운산ㅎ야 도라가더라.

잇ᄯ 예쳔군 우음동 신틱셩(申泰成)이라 ㅎᄂ 사람이 이슨이,
그 부친 신경조가 전승지 신틱관으 근측이라. 신틱관이 상현찰방
으로 갓실 ᄯ 칙방으로 ᄌ짜 단여온 휴로 신틱관으 급제옥당을 ᄌ
세ㅎ야 인민으 전지토식이 잇ᄀ로 세계 층왈, ‘칙방틱’이라. 막중
공금이라도 三四연식 안이쥬면, 관청 명이가 츌장가면 ㅎ인 불너
상토 잡아 마당의 ᄲᆼᄲᆼ이 씨기고 ᄒ 놈은 장작가지로 박구박구 발
굼치을 ᄶᆝ려 ᄌᆾᄎ 본ᄂ던 ᄉ람이라. 그 아달 신틱셩(申泰成)은 강

유(强柔)을 시쇽(時俗)에 겸젼ᄒ야 어인(御人)지슐이 조금 낫다 ᄒ고 친고에 박학쵸ᄋ 지휘에 인ᄒ야 싱계도 조금 나흔 터이던이, 잇ᄯ 용궁군(龍宮郡) 암쳔동(岩川洞)에 동학도인이 다슈히 집회 ᄒ야 신틱셩을 드러다가 회즁 당ᄒ에 ᄭ울이고 엄슉흔 호령이며 방금 결박흔 등의 흔 짐 되ᄂ 돌을 지이기흔다. 그 가족이 급흔 통기 구원을 쳥ᄒ건날,

박학쵸 슈삼인 귀찰을 디동ᄒ고 급보로 치진흔다. 잇ᄯ 八月 초(初)라. 亽야(四野)에 황도ᄂ 익거 츄슈ᄂ 할 만흔 ᄯ예 즁노에 무덕무덕 모여 안진 스람은 모다 ᄒᄂ 말이 "신틱셩으 신세라. 오젼에 줍퍼ᄀᆞᆺ신이 ᄒ마 치퍼을 당할 걸." 혹은 말ᄒ되, "병신이야 되지마은 당장의 돈은 업실 터, 의용접 직곡접쥬가 알고보면 신씨일문이 평안할 터, 그 흔나야 관계업실 듯." 일어셔며 "참 역게 온다." ᄒ고 걸이걸이 환영을 흔다. 음쳔(岩川)을 드러신이 인산인희 즁에 당상의 호령소리 밍호를 쫏ᄂ 상이라.

직곡접 긔찰으 거동보소. 일변 드러가며 돌을 둘이 마조 들고 흔창 드러오ᄂ ᄌᆞ을 싸긔을 탁 치며, "이게 무신 모양이요?" 당상의 올나셔며, 직곡접장 통ᄌᆞ을 흔다. 학초 일변 드러셔신틱셩으 결박을 히박ᄒ고 의관을 ᄎᆞᄌᆞ 입쬬 씨이고, 외인손에 신틱셩을 부익ᄒ고 당상에 ᄀᆞ치 올나 좌울 편이 안ᄌᆞ 좌즁 인亽 흔 말에 맛치고, "오날 이 모둠과 이 광경이 엇써ᄒ신 도인으 쥬창이시오?" 좌즁이 묵묵이라.

학쵸 여셩 왈, "동학 본의가 도긔장존亽불입(道氣長存邪不入) 광제창싱(廣濟蒼生) 포(布) 덕쳔ᄒ(天下)을 젼허 모로고, 다즁

취흡흐고 출몰힝동으로 다소흔 인주지원을 갑기 쥬쟝흐고난 도인에 디우을 할 슈 업슨이, 도의 세역을 말고 보면 엇지흐야 이 스람을 이갓치 디우을 박절이 흐시오? 추휴에 이갓치 다시흐면 도중지 난젹(亂賊)으로 할안명고흐고 관정에 고발흐면 광디흔 천지예 용납을 언는 짜에 흐개쏘? 개과을 흐고 시로 조히 지니갯짜고 인스을 다시 다 흐시오. 이 말흐는 스람 안면을 보와도 개과호면(改過 好面)을 흐시오." 흐고,

신티셩을 먼여 인스을 씨계 헐니을 굽핀다. 좌중이 모다 일제 흠기 인스을 흔다. 학쵸 하하 우스며 긔찰을 명영흐야 파회을 고흐고, 신티셩으 손을 잡바 도라온이 언감이 항거할 지 다시업쏘 각각 신티셩 욥퓌 개과인스 헐이 굽핀 걸 엇지 굽인 쥴 스스로 굽거 인스흔 걸 도라가며 각기 우셔 요절들흐더라.

잇쌔 안동 의셩으로부터 조령 죽령 이하로 각쳐 동학이 례천 오천(浯川)쟝터예 도회을 흐는디 만일 안이 오난 도인 궐이 벌이나 밧는다 흐고 야단으로 모힌다. 직곡졉쟝 박학쵸는 자긔 슈흐 모다 슈도인을 제폐흐고 단으로 슈삼 긔찰을 디동흐고 참셕흔이 인슨인 히예 열좌을 흐고 무신 공스인지 동졍을 본다. 각졉에 온 시도(時到)을 흐는디 좌중일인 왈, "직곡졉은 드른이 五千七百十二인예 의용명셩(義勇名聲)이 관동 각졉중에 다슈로 말흐면 위치와 명망이 인난디 필야 날노 입도흐는 도인 몟칠천이 될지 모론디 엇지 불과 삼스인의 진나지 못흔이 엇지흔 연고시오?"

학쵸 출반 답왈, "회문(回文)은 실지 바다 보와시되, 의무을 아라 복종흐기로 각항롱상(各項農商)등 영업에 방히 손히가. 그 장

슈된 접장자는 도취임당ㅎ야 왓쓰온이, 드른이 물이 만흐면 홍슈(洪水)이 탁슈(濁水)이 ㅎ고 다중으로 쓸 일이 잇드라도 우선 일이인(一二人)으로 ㅎ여 보고 부득이 ㅎ 경위는 다시 오기 비란ㅎ오되, 인민회의(人民會議)며, 도인회(道人會)가 구별(區別)이 이슬 듯ㅎ이, 민(民)이나 도(道)나 근예 인다회(人多會) 즉 페싱(弊生)이라 할 듯ㅎ온이 초훈(楚漢)시절에 조조(曹操)으 빅만디병을 적벽 쓰홈 어울 적게 제갈양(諸葛亮) ㅎ 스람이 오왕궁전(吳王宮殿)의셔 동작디부을 외와신이 금세옛 들 엇지 다시 제갈이 업싁인가?" 회중이 다시 묵묵ㅎ고 직곡접 오천칠빅여명 불참 궐셕이 막셜되고 타접의 혹 불참ㅈ도 ㅈ초로 무스훈지라.

회중 공스에 일인 발셜 왈, "금변 공스는 다름이 온이라 현디 조션에 정치가 전혀 법율을 쓰지 안이ㅎ고, 세록(世祿)과 문별(門閥)노 쥬장ㅎ고, 과건이 베살인이 ㅎ는 거선 공밍유서을 비운다 ㅎ는 거시 조괄으 도릉독에 지나지 못ㅎ고, 법율 조목은 ㅎ낫도 ㅇ지 못ㅎ고, 비휸 스이도 본디 업고, 돈만 가지고 혹 일가을 못살기 증축도 ㅎ야, 세도디신이다 혹 민중전이다 엇든 붕알 업는 지스이다 어느 셜리다 궁여다 세도길을 과장에 입문ㅎ드시 도득만 ㅎ면, 방빅슈령이라 ㅎ는 스람은 변시 빅셩 써러 먹난 강도에 괴슈라. 엇지 인민에 부모라 ㅎ리요. 물극필반지의로 천운이 슌환ㅎ야 동방의 셩인이 나신이 ㅎ날이 슈월션싱을 명영ㅎ스 동학에 취지 유불션에 도가 나셔 ㅎ날에 구름ㅈ치 바다에 조슈ㅈ치 쳔의 인심이 이ㅈ치 발전되야신이 불법힝위을 ㅎ여 요두전목 ㅎ든 ㅈ와 빅물적원과 인륜벤괴와 빙공영스에 강도 등을 모다 울이 도중으로 척결할

전세가 될 만호이 각각 의견을 너시야 규정을 정히야 될 터인이 발
씨 일너 쥬시믈 바린나이다."

혼 사람이 츌반 쥬왈, "각군각졉에셔 인민으 시비곡졀을 판결히
쥬기호고 각항 셰금을 일졀 졍지호야 쥬지 안이호면 학민호는 소
위 군슈은 먹글 게 업스면 즈연 졔디로 갈 듯호여이다." 쏘 혼 사람
이 츌반 쥬왈, "이 즁이나 이 근쳐이나 지극히 원통혼 일 인난 사람
이나 일디 변괴 된 일이 이쩌든 일졔히 발언호야 증십을 씨겨 이두
휴 폐로호기 홉시다."

각졉에 바든 소장이 젹츅으로 드러오고, 좌셕 혼 쪽에 좁바다 혹
결박혼 치로 만히 노헛더라. 혼 사람이 회셕장 가 가기동에 익명셔
혼 장이 붓터 그거셜 쩌여 회즁예 션입호야 돌여 가만 보고 일졔히
호는 말이 "셰계예 이갓탄 인류 변괴 어디 쏘 이슬이요." 호고 디도
회 홉십 명영으로 긔찰 스인을 명영호야 그 사람을 줍부로 간다.

잇쩌 박학쵸 슈호에 긔찰을 분부호야 "그 익명셜을 가져오라."
호고 가는 츠스 긔찰을 졍지혼다. 그 익명셔에 사람과 스연은 자셔
본이, 학초으 조여부(祖與父) 이상붓터 삼디을 조면호는 원슈에
아달 호류(河柳)의 조혼 가족으로, 싱졍은 스촌이요 양가로 남미
근에 츌가 젼 쳐즈도영(處子道令) 쩍부터 근통되야 비밀이 즈식을
두를 나하 강물에 쩐져 인명살히 둘에 남미근 싱피 소건이라.

박학쵸 슉시양구에 좌즁에 말을 통호야 왈, "요슌(堯舜)은 만고
에 셩군이신디 그 짜임 아황(我皇) 여영 형졔가 스촌(四寸)되난
슌(舜)임군과 혼인힛쏘, 만고디셩 공부즈(孔夫子)는 삼디을 츌쳐
호여신이 법은 당시당시 졍호기예 인는 거시라. 이 일이 변괴라쏘

231

당시 할 듯호되 그 스틱(死胎)으희가 강물에 쩐저 업셔진 동시라.
청(淸)청강슈가 그 스람으 비밀음스을 증치호즈쇼 장구세월에 이
슬 잇치 업고, 가스 잇짜 호드라도 외면에 잘못호 걸 알고 업시훈
스건을 못보난 속 너장에 쏭이 언는 스람에 업실잇가? 은악양션은
더인군즈으 쳐스라. 도즁은 도덕상으로 말호야 그 일을 발긔훈 스
람 음챵 별어지곳튼 마암으로 도즁에 즁인으 힘을 비러 히코저훈
이 광명훈 동학 도덕상 천빅만 회즁이 음챵별기으 쳥을 드를 잇체
업슨이 맙시스." 호고 그 익명셔을 좌즁 화로불에 당황을 탁 글여
소화을 호고 만이라.

잇써 박학초 다시 이러셔 말을 혼다. "부여조의 악힝을 증계호야
그 즈손에 착혼 스람이 허다도 호고, 썩근 둥걸 쑬이예 시슌 나무
도 씨는이다. 셜스 부여조에 션악이 죄라 호고 쳥츈 소연의 연좌될
필요 업고, 혹시 부조가 악호드라도 즈손 가라치는 더난 오지로 할
잇치가 드무고, 항츳 즈손이 부(父)여조(祖)에 악힝을 짓쳐 가랏
칠 잇치 업신이 본너는다." 호고,

혼 소연을 결박히 등에 돌을 지여 업터노흔 혼 스람을 풀어 긔찰
을 온동호야 멀이 지경을 무스이 본너더라. 그 스람은 하류(河柳)
에 유결셩으 손지라. 그 조상의 도덕문장이 국가츙신으로 만고예
슝비호는 유셔희션셩(柳西涯先生) 즈손으로 급제옥당에 결셩(結
成) 군슈을 진니고 그 아달은 션비로 궁곤얼 견더지 못호야 그 쌀
을 천국보라 호는 부즈으게 돈을 만히 바다 파라먹쇼 쏘 스지 못호
야 근읍 세족 슈령에 쳐결호고 학민이 업다 할 슈 업난 터에 쏘 으
달이 줍피여 이다지 당호다가 무스방송 된이라.

쏘 회즁 흔 스람 왈, "당금에 각군 군슈난 우리 도인으로 하야 힝 영을 못흐고 도인은 각기 난동을 규법이 업셔셔 안이될 터오. 각접 에셔 즈바온 죄인이 만흔이 엇써흔 쳐분으로 공동결졍을 속히 흐 기 바리는이다." 그 츳에 좌즁이 별노 말이 업는지라.

박학초 여셩 더왈, "비졉에 소위 졉장지 이 스람이 흔 규졍에 통 문을 지여 금일 도회에 볼 쑨 안이라 쳐결은이라 파회 휴까지 가흐 거든 시힝흐기 바리는이다." 좌즁이 개왈, "호타." 흐는지라. 박학 쵸 회즁 셔긔 긔찰을 불너 지필을 등더케 흐고 놉푼 스령으로 긔세 잇기 스련을 불은이 흐여시되,

통문이라.

우(右) 통고(通告) 일쥰스(一準事) 따은 가유부(家有父) 국유 군(國有君) 도유션싱(道有先生)흐이, 가(家)의 규모오 국(國)의 볍이요 도에난 발젼이라. 신(信)이 효(孝)에셔 더 즁흐고 상화흐 목에 인졍(人情)이 직 젼졍(前程)이라. 신(信)에셔 항심(恒心)이 직기 즁흐면 가제이휴 치국평쳔흐가 효(孝)을 온겨 츙(忠)이 되 고 츙을 흐다가 불우시불우기군(其君)흐면 휘퇴손슈흐야 경운조 월(耕雲釣月) 슈본즈지낙볍을 힝흐면 유불션(儒佛仙) 삼도에 션싱 연원이 즈연 도통을 계속이라. 셜혹 군부을 극근흐야 정부을 혁명 흐즈 흐드라도 동탁 조조가 업실난지, 도츳스상은 위난(危難)흥 망지츄라. 물여 슈본수도(修本修道)흐야 탁젹룡상흐고 보호동포 흐야 위부모보쳐즈의 각안기업흐고, 원총(怨塚)늑굴과 횡토금(橫 討金)환츄와 사혐보슈와 도인외인 근에 호상분징으로 난동지심을 일절 엄금흐고 즈츳 이휴로 층탁도인흐고 인민으 주일비 초혜 일

　　개라던지 언어불공훈 도인은 할안명고 이츠지 실횡심.

　　　　　　　갑오 팔월 초삼일 관동지접 임지 오천 회중

　　이예 학초(鶴樵) 셔긔(書記) 긔찰을 씨계 우통문을 만회중이 듯
기 낭독ㅎ고 각접에 일일이 혼 불식, 쏘 도로 각 접 벽상과 걸이걸
이 붓치기 ㅎ고 기찰을 명영ㅎ야 파회을 고훈이, 설혹 말을 ㅎ고
젼즈이셔도 못ㅎ고 집회 왓던 스람까지 무스히 각즈 운순훈이라.
"무덕무덕 물너가며 긔빅명식 만이 왓던 접은 혹 혼 말도 참예 못
ㅎ고, 슈삼인 셔긔 더동ㅎ고 망혜죽장으로 혼즈셔 실 잇게 드러오
든 직곡접장 박모가 공스 다 ㅎ엿짜. 그 중에 잘도 ㅎ더라. 경위숫
체와 니두의무(來頭義務)을 아죠 길훙을 판단ㅎ야 긔세 잇기 잘도
혼다." ㅎ더라.

　　집을 도라온 그 익일에 三더 원슈 조면ㅎ던 유혁이가 젼날 늑명
셔을 당히 무스혼 젼설을 듯고 와셔 공순례비ㅎ고 三더 잘못혼 스
죄을 구구설설이 즈복ㅎ며 만디은인으로 층ㅎ며 三더 조면을 일장
에 푸러 특별인졍으로 진니즈 ㅎ며 남평 흡죽션 일병을 졍으로 긔
표ㅎㄴ지라. 학쵸 안이밧기로 고스훈이 졍물방츅이 비례라 인졍
긔포로 바든이라.

　　잇써 의셩인(義城人) 이장표(李章表)라 ㅎㄴ 스람이 모양은 졈
존은 체ㅎ나 구긔가 불양ㅎ고 씨지 못할 심슐이 이셔, 즈긔난 무신
세력긔미나 잇난 다지 남으 말을 무단이 희언을 잘ㅎ던이, 동학에
스람을 무근억셜 지어닉여 풍화을 션동ㅎ다가 보은장원까지 가셔

그 말셩을 익기기 쥬장ᄒ야 보은 가셔 입도ᄒ고 동학도 검찰이라 힝셰ᄒ다가 팔월 십삼일에 각군각쳐 동학이 용궁 암쳔동 반셕에 더도회을 ᄒ고 리장포을 줍바다가 난언명례 손상죄을 더ᄒ야 견ᄃᆡ지 못ᄒ 소조에 엄ᄐᆡ 삼십도ᄒ야 만장회시 방축ᄒ고 셕양에 파좌ᄒ야 각ᄌᆞ 귀가ᄒᄌᆞᄒᆞ이 ᄉᆞ방으로 훗터갈 ᄺᅵ,

동으로 ᄀᆞ난 허다 도인이 안동 풍셔면 ᄌᆞ방동이라 ᄒᄂᆞ 동에 일모승식ᄒ야 신장원으 집예 불을 질너 그 집을 몰소ᄒᄂᆞ 중에 그 집 소중ᄒ 사감신쥬을 모다 소화ᄒ지라. 신장원 부ᄌᆞ가 그 ᄉᆞ감 조션이 불에 탄 원슈을 갑ᄒ 달나고 안동군슈에 졍ᄒᆡ 안이 되고 영장의 감ᄉᆞ에 졍ᄒᆡ 못되고 부득이 도인으 ᄉᆞ을 도중에 원졍을 ᄒᄂᆞᄃᆡ, 조션에 당시 상으로 층ᄒ난 보은장안 법헌션ᄉᆞᆼ 도소이 졍ᄒ야, 각접으로 발영ᄒ야 'ᄉᆞ힉ᄒ여 셜치ᄒᆡ쥬라. ᄉᆞ디조가 ᄒᆞ목 불에 타 맛친 원슈을 단단 갑ᄒ쥬라.' ᄒ야 관동 각접이 큰 ᄉᆞ건이 싱겻난지라.

각셜, 잇ᄯᆡ 관동동학 각군각접이 신장원으 신쥬 소화ᄉᆞ로 아모리 ᄉᆞ힉을 ᄒᆞ들 언으 손에 불을 질인는지 변동 망망창ᄒᆡ에 ᄒ 바을을 일코 ᄎᆞ지 못ᄒ기로 슈다ᄒ 쳔만명 중에 미지슈슈축화라. 보은 셔난 급속 ᄉᆞ힉 회보ᄒ라 각접에 미안ᄒ 영장이 축일도달이라. 엇던 접은 접장을 ᄉᆞ임ᄒ고 못ᄒᆞ다, 엇던 접은 쎨디업는 도회공의 ᄲᅮᆫ 할 일 업고 ᄉᆞ실 밍낭이라. 부득이 보은상부셔 듯기을 '직곡접은 접장이 의용쳐결을 잘 ᄒᆞ다.' 쳥문소급의 특별의 의총안찰사 ᄉᆞ령장의 겸ᄒ야 '신장원 신쥬소화ᄉᆞ 쳑쳑공결무원보리사, 모접 모접장 박모젼이라.' 도달이라.

슈하긔찰 각도인이 학쵸 더ᄒᆡ 걱졍으로 의론 왈, "우리 직곡접이

235

의용명셩이 도언 안이고 기고 곤에 방폐숑셩이 허다ᄒ기로, 동으
로 진보 영양 령덕의 빅셩이 곤난이 업기로 입도에 포덕 젹꼬 금변
신장원 ᄉ건얼 엇지 ᄒ시야 그 공ᄉ을 광명게 ᄒ오릿가?" 학쵸 왈,
"그디 등은 염여 말고 니 ᄒ는 디 ᄯᅡ라 보라." ᄒ고 각졉에 ᄉ통을
발ᄒᆫ다. ᄒ여시되,

　　통문
　　우 통유ᄉ는 관동디졉장 안공문 니개예 의ᄒ야 인민이 학위부
조지 설치난 고금곤 인지상졍으로 신장원사 명ᄉ 귀졍ᄒ기 위ᄒ
야 각졉도인 쳠원은 일불유낙ᄒ고 금월모일 ᄉ시로 구담 령벽으
로 일졔 니도ᄒ되, 본통문에 졍양디로 지본장광과 글ᄌ 디소가 상
위 업시 각졉 시도긔을 으조 ᄒ야 칙을 미거든 보통 ᄀᆺ치 ᄒ야 일
병 참회시예 션납 시도ᄒ기 ᄒ고, 오료(午料)일졀은 각ᄌ 판비ᄒ
고 슈일반식 일초혜 일븨쥬라도 도인 명식ᄒ고 구담 일동 촌민에
갑업시 먹난 도인 쳥문 소급지장의 도즁 젹율로 엄치할 안할 ᄉ
이ᄎ지 실힝심.
　　　　　　　　　　　갑오 연 월 이 관동의용안찰ᄉ
　　　　　　　　　　　시도긔 졍식 글ᄌ미요 조히 장광 열서

　구담(九潭) 령벽졍(映碧亭)이라 ᄒ는 졍ᄌ는 예날 구담동 비판
쵸에 유쳐ᄉᄒ난 ᄉ람으 집으로 세디 변복을 ᄯᅡ라 유쳐ᄉ으 고젹비
는 동하 강졍에 지금도 잇고 다안 졍ᄌ는 신씨으 젼리고틱이 되야
신씨으 소즁을 ᄯᅡ라 신장원으 공ᄉ을 그 집으로 도회ᄒ이라. 긔일
을 당ᄒ야 직곡졉이 션힝할 시, 오쳔칠빅칠십이인 외에 허다 도인

이 인순인히 된지라. 그 전날의 학쵸가 긔찰을 명ᄒ야 이상에 올 등본 각장ᄒ야 힁노 각졉 벽상에 부지할쑨더러 구담 초젼 비각 옵픠 붓치고 촌즁 남여노소 인민을 일동 경동ᄒ고 다만 평안이 구경을 허낙ᄒ이라. ᄉ방으로 구름갓치 시율 마촤 드러오난더, 각졉 졉장 긔찰 이상은 련벽 졍으로 기외 졔도인는 졍ᄌ로붓터 광포ᄒ ᄉ장의 각포 포로 쥴쥴이 항오을 맛촤 겹겹으로 일ᄌ좌을 ᄒ엿쩌라.

당샹에셔 학쵸 공ᄉ샹 발영 왈, "금일 다슈히 모도 이슴은 신장원의 조션 셜치ᄉᄌ 상졉 명영으로 거힁ᄒ야 본졉장 안찰명의 담임됨은 다 아시는 비라. 불필깅셜장 더언이와 통고금ᄒ고 통인류 상교 졔지보가 도인이고 도인 안이고 간에 올흔 도리로 교졔ᄒ면 인 각기 보호 장셩이 되고, 올치 못혼 도젹을 품에 품어 은릭ᄒ여 쥬면 비암을 붓드러 과즁에 품은 셈이라. 이홈은 업쏘 말너에 무지 안이ᄒ면 간다고 ᄒ직도 안이ᄒ고 다라날 쑨이올시다. 잇치가 그럿치 온이ᄒ늣쌰?" 만좌 다 왈, "올슴느다."

다시 여셩 왈, "쳔지 싱긴 휴로 유인이 췌귀ᄒ야 오륜을 존승ᄒ고 각항 졔법도(法度)을 쥰슈ᄒ야 각기 즉업을 ᄒ시여 니 벌어 니 먹쏘 네 벌어 네 먹고, 호상침희을 안이ᄒ면 ᄌ고급금에 ᄒ필 관쳥이며 문졔할 필요업스온더, 남으 집에 츙화도 죄 즁ᄒ건이와, 부여조 신쥬을 소화ᄒ야신이 ᄉ람마다 역반ᄉ지로 당코 보면 엇더ᄒ개쏘? 호시 아라도 참아 조인광좌의 은악양션을 안이ᄒ고 '참아 엇지 말ᄒ리' 싱각 마시고 혹언 '니 엇지 말노 원슈을 지를이.' ᄒ지 마시고 마음은 당당히 ᄒ고 슙허도 참아 못ᄒ는 슈가 잇신이 아조 조흔 슈을 힁합스다. 시도긔 결칙ᄒ야 붓세 먹을 뭇쳐 긔찰 둘식 온동ᄒ야 회중 읍읍히 목견케 ᄒ고 긔찰ᄭ지라도 의견을 금ᄒ고 당장 임시임시로 보인ᄃ로 일홈 ᄒ에 마음 ᄀ는 ᄉ람 명ᄒ의 졈을 ᄶᄋ시오. 남이 ᄶ거ᄶ ᄀᄎ이 ᄶ지 말고 각각 ᄯᄃ로 ᄶ거 만이 타 졈ᄌ을 죄인 발각으로 이ᄀᄎ이 ᄒ 직, 뉘 손이며 뉘 입으로 발각을 모로 졀노 들어나게 ᄒᆸ시다."

만좌 개왈, "실노 항복 탄복ᄒ개심느다. 그리 ᄒᄌ 좃타 좃타." 손벽을 친다. 학초 다시 여셩 왈, "만일 금변 공ᄉ 비밀 타졈에 젹 발치 안이ᄒ면 오날 온 동학도인 명식은 일졀 폐지ᄒ고 남으 조션 오윤을 모을 지경에 모다 언는 ᄶ에 용납할 곳지 업실 거신이 각각 마지막 신명관두을 쳑렴ᄒ야 거힝ᄒ시오."

잇ᄯ 보은셔 비단 박학쵸으 슈단도 볼 겸 혹 오경으로 민요만 심할는지 특별ᄒ 비밀 안렴ᄉ로 이용구(李容九)을 명파ᄒ야 각쳐 풍문을 비밀조ᄉ로 ᄶ라이날 령벽졍 뒤에 김슌홍집 ᄉ랑에 잇셔 인ᄉ 인ᄒ의 ᄒ도 두러은이 학쵸 보기 쳥좌ᄒ다.

학쵸도 젼갈 ᄃ답 왈, "도즁 공ᄉ에 긴급ᄒ이 잠간 이신 뒤 가리라." ᄒ고 안이가며 긔찰을 ᄊ계 이 우에 기록ᄒ ᄉ유(事由)을 도라단이며 일너 록코 그 뒤에 읍읍피 시도긔(時到記) 비밀타졈을 밧는다. 즁장을 다 못도라 ᄒ낫 시명 읍피 슈빅졈 먹판이 되야 다시 ᄶ을 틈이 타명 읍헐 넘칠 지경이라.

집ᄉ 긔찰이 회중에 위여 왈, "다 드러낫슴느다." ᄒ고 경상의 올인다. 학쵸 분부 왈, "줍바 드리라." 슈십명 긔찰이 수쳔명으 안젼(眼前)에 긔슈와 용단 잇게 ᄒ 도인을 줍아 쳥ᄒ 회중에 ᄭ울인다.

학쵸 문왈, "네가 김도히(金道熙)야?" "예." ᄃ답을 ᄒ다. "그러면 살기는 어듸 살며, 무신 혐으로 남으 집의 불을 지르고 남으 신쥬을 고의로 불에 소화흔 죄을 범흐냐? 너 흐느로 흐야 관동 각접 슈천만 걱정 누명을 깃치고 바다에 빠져 슈문 반들얼 츠즈니는 억만인으 권점에 드러낫신이 쏘다시 뉘기뉘기을 혐의 할 슈 업시 발각되야신 이 스실 직고 흐라." 김도히 답왈, "소도는 본더 안동(安東) 즁듸스 (中臺寺) 즁이올시다. 신장원스는 당당(當)이 스감조상까지 소화 할 죄상이 인눈디 나무로 짝짜 믿든 신쥬 쓴안이라 스람 인난 신장원 부즈을 즙바 소화 못된 걸 세계상의 원통한 줄 짐작흡느다."

학쵸 왈, "엇지 흐야 그러흐단 말인야?" 김도히 왈, "신장원으 부 여조나 신장원 부즈가 모다 양반만 즈세흐고 무단이 빅셩을 즙아 다가 전곡을 강도갓치 쎄스 먹기 능스룽스 삼아, 으모리 강도라도 흐변두변 흐고 보면 덜 흐기도 흐고 용서도 할련만는, 연연이 즈즈 손이 그 갓치 흐고 신쥬라 흐는 거션 착흔 양반을 공밍안즁 굿트신 이을 당연이 뫼셔록코 츈츄제향흐되, 신장원 굿튼 이가 봉스흐면 그 전셩을 파라 셔원 향교에 단이며 인민을 침히히야 써러먹난 페 단도 소가 되눈디, 신장원는 그 부여조 신장원 부즈까지 강도으 신 쥬을 더 잘 도적질흐라쏘 위히둘 필요 업슨느다."

학쵸 왈, "네가 나히 불과 三十세에 즁이 되야 산스에 잇셔 승속 도 다르고 엇지 흐야 양반으 부여조상까지 그굿튼 혐셜을 지여 악 흔 횡위을 흐는야?" 도히 왈, "소승이 즁듸스 즁인고로 안난 이유 가 잇슴이다. 조션 양반에 남노편씩이 이눈디, 즁듸스가 노론양반 으게 미인 속스올스다. 신장원집은 안동 노론양반이라. 미양 스즁 을 오면 무요로 식스 공괴와 노슈와 신발과 당히 쥬는 규정인디,

239

스중 전답은 신장원 부즈가 다 파라먹고 업시ᄒ고, 흔 달에 一二초
식 와셔 그 즁예 즁으 목탁동령히 모흔 약근 전곡을 각금각금 무슈
히 취더라 ᄒ고 쎄스 먹기, 식스 노슈 신발은 항상 집 소실 장너까
지 사라갈 쥰비로 쎄스가고, 만일 거역ᄒ면 흔인을 씨겨 귀을 잡아
둘여쓰겨 살 슈 업고 능장도 무슈히 마즈 살 슈 업신이 세계예 승
속인민을 신가으 식장을 삼은이 소화 안이ᄒ면 두어짜 양적을 길
우잇가?"

  학쵸 드른이 흔도 어이업셔 실상을 더질ᄒ랴쏘 고소즈 신장원을
츠즌이 다라나고 업논지라. 도히으게 슈죄 왈, "셜스 그 양반이 그
갓치 흔여긔로 네 돌니 상은 즁디스에 안이 살만 그만이 안이야?
죄인으 악힝 치불지난 정부관청으로, 흔도 심ᄒ면 흔날에 베락도
잇거든 너난 정부관리도 안이고 관리라도 그갓치 인가충화할 이
업고, 승속군 보통 인는 범도 보고 피ᄒ고 사감도 피ᄒ거든 그갓치
ᄒ거션 너도 죄인이라. 우션 도즁으로 너을 용셔할 슈 업시 즈상
명영과 세계 만목 소시예 증계을 당ᄒ여라." ᄒ고,

  결박ᄒ야 슈죄흔 죄목 통문을 긔예 달라 들이고 등의 북을 지이
고 구담 일촌의 광탕이 회시ᄒ고 동구 스장 짜을 파고 헐이 알노만
뭇고 죽지 안이할 만치 ᄒ여록코,

  신씨 제족을 불너 일너 왈, "도즁에난 스람 죽기난 권리도 업쏘,
치죄ᄒ는 권리도 업고, 만일 ᄒ면 그 역 불법이라. 슈죄와 셜유 등
스획이라. 이맛치 ᄒ엿신이 지방관에 가던지 즈ᄒ로 엇지 ᄒ던지
당신네 뜻더로 ᄒ고 다시 도즁이라 춧지 말고 부디 착흔 돌리로 사
라가소." ᄒ고 각졉 긔찰을 불너 도인 명식은 一절 파회을 외이고,

그 다음 금번 도인이 모허 혹 페단이나 유무 조수 보호라 호고 김 순흥 집의 이용구(李容九)을 추자본다.

쥬인이 일상 쥬효을 잘이녹코 이용구으 말이라. 인수호현 휴, "처음 뵈옴느다마는 장안도소(莊安都所)에서 종종 놉푸신 의용공결 성명을 여뢰(如雷) 소문혼 바 금변수 흐도 어렬은 공수라. 여혹 실슈 이셔 풍화오결할가, 이 스람 명사로 와셔 앗가 보기을 잠청호야던이, 공수 전말을 드른이 스람으 일이 지척에 두고도 모로고 어렵기 측양 업셔도 말니 알고 보면 쉬운 거 ㅈ지만는 졍말 항복흐리노다. 상상혼이 집에셔 오실 쎠 스통스연을 본이 아조 으라 공결을 호여 록코 오신 줄 명견만니(明見萬里)로 슈단을 으라 상졉예 션싱게 회고흐개심이다."

학쵸 답왈, "천만의 말이올시다. 쥬인으 쥬안상은 도로 불공평호여이다. 남으 집 쥬효에 페단을 짓치기 불의라." 안이 먹근 직 도로 좌우 면목에 박졀다 할 듯, 홍시(紅柿) 혼 개 쏜으로 졉구 이별혼다.

잇쎠 슈하 긔찰이 리고왈, 추동 부주 김종원으 집에서 전일 집을 직켜 방페혼 말 호고, "금변 동중에 오신 촌어요 쥬인으 디졉으로 오료 비빔밥 일 기식 옵쥬막의 쥰비호여신나 졉장임으 명영에 의지호야 퇴호즈 혼이 슉불환성으로 폐가 될 듯호야 먹쇼 갑셜 쥰이 김종원은 '밥상 슈가 안이라, 갑 바들 이류 업다.' 힐난을 엇지호오릿가?"

학쵸 왈, "스실 그을 듯호지만은 열어 스람이 혼 스람으게 신세 짓치기 불가불가라. 도인은 밥갑셜 져져이 니여 그 쥬막 쥬인을 쥬

241

고, 졈쥬는 쌀갑셜 김종원을 쥬면 김종원이 살 미미 안이할 잇치업고, 영읍ᄒ난 졈쥬 일인을 이익게 ᄒ라." 쩌난이라.

잇쩌 용궁군(龍宮郡) 암쳔(岩川)에 김슌명(金順明)이라 ᄒ는 도인이 이슨이, 긔 션은 김동니(金東籬)공 ᄌ손이오 구디(九代) 안동(安東)좌슈의 진ᄉ(進士)집이라. 도니며 안동 향족에 유수ᄒ 그 종손으 동셩이라. 연소 당시예 인물도 남에셔 출즁ᄒ고 쥬식이라 ᄒ면 남에셔 ᄒ 층 조화ᄒ고, ᄉ불여의ᄒ면 호령 겸 지비손도 잇고 민취예 장가드러 그 쳐지도 만이 어더다 씨고, 힝위난 양반에 토호 겸 의긔남ᄌ(義氣男子) 듯ᄒ 스람이라. 안동군슈 홍모와 약근에 불호가 잇던이, 체귀ᄒ는 길이 예쳔 경진이라 ᄒ난 쥬졈의 슉소가 되얏는디, 김슌명이가 동학을 의세ᄒ고 동유 기십명을 디동ᄒ고 달여드러 안동셔 불볍학민으로 토식ᄒ 돈을 니고 가라쏘 ᄒ다가 쯧과 ᄀᆺ지 못ᄒ이 힝장에 보료 요강 등 약근 집물을 탈취ᄒ여 왓단 소문이 랑ᄌ호지라.

학쵸 그 소문을 드른이 희연호지라. 기찰 슈삼인을 디동ᄒ고 암쳔을 ᄎᄌ가, 우션 김슌명이며 ᄀᆺ든 동유을 모도 줍바 탈취ᄒ 장물을 슈식ᄒ야 록코, 슈죄 왈, "그디등은 이ᄀᆺ튼 힝위로 ᄒ야 동학의 폐십이라 할 터라. 셜ᄉ 그디등이 그 군슈게 불볍으로 횡탈을 당ᄒ드라도 호의로 ᄎ츳지 못ᄒ면 풍화에 디단 물란이라. ᄒ물며 쥬지 안이ᄒ는 힝장짐을 쎄스면 도인이 안이라 곳 강도에 면치 못ᄒ이, 그디등으로 ᄒ야 다른 도인에 누명이 동유라. 심상히 쳐치할 슈 업슨이 우션 다시는 그ᄀᆺ치 힝세 말고 그 집문을 져져 묵쩌 져다가 경성싸지라도 갓다 쥬라." 방송흐이라. 그 중간에셔 가지 못흐고 김슌명으 집싸지 나종에 용궁 포군으게 소화흐이라.

잇써 동학이 업난 곳젼 민란이 이러나 영천(永川)군슈 홍용관과 경쥬부윤 민치헌 김희부스 조쥰과 령희군슈 등은 빅셩이 만히 모허 쏩작을 틱여 머여다 벌인 소문이며, 전나도 고부는 전봉쥰(全 琫準) 김개남으 등이 민요에 신초흐야 동학으로 창궐흐다.

당시 례쳔군(禮泉郡) 소야(蘇野)동이라 흐는 곳디 최밍슌이라 흐는 스람이 이셔 보은 장안 이흐에 관동포 동학에 슈졉으로 디셜 졉쥬라. 그 슈흐는 홈경도 스람 고션달 으달 고민흠 형제가 중간 풍긔 은풍 등지 스던이, 잇써 최밍슈으 슈하로 제일이 되고, 기츠 상쥬막골 스는 황방손 즈손에 전 참봉 황은묵이라. 조령(鳥嶺)죽 영(竹嶺) 이흐 각졉 슈부로 연락이 되야 긔셰가 디단으로 충흐난 디, 당연 팔월 일에 용궁으로 도회 통장이 각졉 도달흐지라.

그 통장 요지예 흐여시되, '즈상 발문 비통의 의(依)흐야 위국안 민 취지스로 각졉 도인은 창과 총을 쥰비흐되, 총은 인는디로 극역 쥰비들 흐고, 총 업는 이는 창이라도 각각 쥰비흐고, 각졉에 긔호 을 분명이 보기 좃키 흐고, 회우지제(會遇之除) 항오을 정제히 흐 고 우션 팔월 모일노 용궁으로 무위리회흐야 니용비청무위급급시 힝심' 일너라.

학쵸 그 통장을 보고 스량흐이 당금 시셰된 모양이 천의인심이 도탄 셩영은 필야 혁명은 되고 말지라. 비밀적으로 들이난 말이 임 금으 외통조도 잇짜 디원군이 니응이다. 임진디적흐는 날에도 인

는 남으 총귀예 물 나기 ᄒᄂᆞᆫ 슈도 잇다, 조정에 ᄀᆞᆫ신세록을 교혁
ᄒᆞ야 위국안민 광제창싱ᄒᆞᆫ다. 각항 전설 ᄎᆔ지을 알 슈 업고 각군
슈령은 민요에 ᄶᅩ기들 만이 가고 토싴강도 갓튼 ᄒᆡᆼ위는 동학 창궐
휴로 불금이 ᄌᆞᆷ금 되고 각관원으 횡영이 전허 업ᄂᆞᆫ 이ᄯᅥ라. 불입호
혈(不入虎穴)이면 안득기ᄌᆞ(安得其子)지이을 정말 금변이 구경
할 ᄯᅥ라.

부ᄒᆡᆼ을 통솔ᄒᆞ고 용궁읍으로 향할 시, 즁노에셔 전휴을 도라본
이 당당ᄒᆞᆫ ᄀᆡ호은 션진이 되야 휴군을 굽버본이 슈십니예 나렬ᄒᆞ
야 가이 기구가 강소을 히롱ᄒᆞ고 만일 무신 영을 나리면 세상에 누
가 항거할 지 업실 듯도 ᄒᆞ더라. ᄎᆔ션두와 ᄎᆔ휴진은 연로 촌민에
일졀 도인 위명ᄒᆞ고 폐단을 엄금ᄒᆞᆫ다. 혹 타졉 도인이라 인민을 죱
바 니왕ᄒᆞᆫ는 일이 이스면 일변 무ᄉᆞᄒᆡ방ᄒᆞ기 ᄒᆞᆫ는지라.

용궁을 못 밋쳐가 셩조라 ᄒᆞᆫ는 쥬졈촌이 인ᄂᆞᆫ디 그 동 ᄇᆡᆨ셩이 몃
동우 슐과 안쥬을 쥰비ᄒᆞ야 길을 막ᄭᅩ 먹ᄭᅩ 가길을 쳥ᄒᆞᆫ이, 젼두
ᄀᆡ찰이 안이 먹난다 ᄒᆞᆫ이 ᄇᆡᆨ셩으 권쥬에 길을 못가 그 즁 촌노을
더동, 마두의 와셔 품ᄒᆞᆫ는지라. 학쵸 ᄒᆞ마ᄒᆞ야 그 촌민 더ᄒᆞ야 일
너 왈, "엇지ᄒᆞ야 쳥치 안이ᄒᆞᆫ 음식을 권ᄒᆞ오? 우리 졉은 남으게
폐을 일졀 금ᄒᆞ기 쥬장인디, 먹글 의무 업신이 가지고 물너가라."
ᄒᆞᆫ이 그 졈촌 촌민이 지셩고간 왈, "방금 세계가 각 관리 탐학이 싱
민도탄의 ᄇᆡᆨ셩이 엇지히야 살 쥴 모로난 ᄎ, 동학 포덕된 휴로 관
니으 탐학은 정지되고 ᄯᅩ 도즁으로도 혹 불평이 잇던이 직곡졉 창
셜 휴로 도즁 불법도 일졀 엄기ᄒᆞ여 쥬신이 우선 풍셩소급의도 덕
화(德化)가 젹지 온이ᄒᆞ니, ᄒᆞᆫ날이 직곡졉을 ᄂᆡ신지 ᄌᆞ상졍부로

니신지 알건이 천우신조라. 빅셩이 덕을 잇지 못히 옛적에도 단스호장으로 어령왕스격으로 송덕쥬(頌德酒)을 약근에 표정이라." 혼다. 학쵸 왈, "부득이ㅎ야 토식은 안이요 졍으로 이갓치 혼이 종기원ㅎ고 길을 졍지 말고 속히 쩌나기" 혼이라.

직시 용궁읍을 드러션이 벌셔 소야 상접과 각쳐 단흡ㅎ야, 군슈 인난 동원을 둘너쌋고 인난딕, 그 진을 허치고 딕상의 드러간이, 소야접 고접쥬가 군슈을 더ㅎ야 군긔을 닉라 힐난 중이라. 군슈으 말이, "도인으 접과 졍부상관의 명영과 ㅈㅊ짜 할 슈 업신이, 슘영영지 업시 못혼다." 이 지경 혼 편을 바리본이 벌셔 군긔고(軍器庫)에 소야도인이 달여드러 모다 닉여 헛쳐 노와눈딕, 혼 병도 가이 씰 거션 업고 모다 폐건이라.

모다 들고 소야로 향ㅎ야 '혼들' 이라 ㅎ는 동젼으로 근다. 즈연 츠일 힐난 일낙셔손ㅎ고 황혼이 되도. 학쵸 구경을 ㅈㅊ치ㅎ고 슈ㅎ 도인에 명ㅎ야 "씨지 못ㅎ는 군긔 가지지 말나. 호부근 셜스 가져도 쥬지 오이할 스람이 츠즁에 불무라." ㅎ고 갓치 짜라 가긔만 혼다. 젼휴좌우에 홰불을 드러신이 발기난 빅쥬 ㅈㅊ고 각 도인으 등등혼 의긔은 용궁셔붓터 소야까지 쳔지을 히롱ㅎ는 듯ㅎ더라.

소야을 드러근이 딕장도소(大將都所) 즁군도소 좌우익도소 급량도소 셔긔휴보졍탐 등의 이목을 졔졔 졍ㅎ고, 용궁 군긔을 일병 바다 혼 작에 쏫하 논는다. 그 잇튼날 빅명식 작딕ㅎ야 교연장의 연십을 혼다. 그 중 혼 스람이 출반ㅎ야 영솔ㅎ고 진을 돈다. 학쵸 그 스람을 즈셔 본이 몸은 굴쬬 연근 오십 미만인딕 상상혼이 언으 고을 장교장청 출신으로 짐작할너라.

245

소야 지지와 거민으 촌용을 본이 동에 레천이오 셔는 문경이오 북은 단양인디, 북에 물이 남으로 상쥬을 향ᄒ야 흐둘니 순양으로 츌ᄒ고 틱슌이 동셔북에 둘너, 스람 단이난 곡개가 스방 인는 순중 인디, 인가 뒤 원에난 토셕으로 단을 흔 반 길 되기 쏫록코 시쳔쥬(侍天主)을 가가히 긔도ᄒ다더라.

드른이 각젼이 각기 쩌나는디 용궁 군긔을 분급ᄒ야 달나 안이 쥰다 불평을 부르지진다. 잇쩌 직곡젼 긔찰 김종슈가 학쵸 디히 말을 ᄒ되, 군긔분급 온이ᄒ는 문제을 ᄒ즈 ᄒ거날, 학쵸 답 왈, "나는 어제날 용궁셔붓틈 말ᄒ여건이와 안이 쥴쥴 아라고, 군긔보다 더 조흔 권흔이 각기 너게 이슨이." 아모 말도 말고 디장도소에 근다. 흥직을 ᄒ고 그곳 쩌나 도라오다가 잠시 유진ᄀᆺ치 쉬여 올 스이예 김종슈 문왈, "본젼 도인이 용궁 군긔 못어더온 분셜이 젼장 명영 업스물 우어우어 하 말니 만흔이 젼장게셔 소야 잇셔 ᄒ시든 말이 군긔보다 더 조흔 권한이 각기 너게 잇단 말삼이 엇지된 곡절을 발키 듯기 원ᄒ나이다."

학쵸 답왈, "육도삼약이라 ᄒ는 거시 셩인으 발근 길 ᄀᆺ튼 잇치에 심구라. 일언펴지 왈, 직덕이요 부지험이라 듯지 못ᄒ셧나? 험으로 말ᄒ면 병긔예 더흔 험이 다시 업고, 그 병긔가 씨지도 못ᄒ고 헐스 곤치다 ᄒ야 못씨기 일반이요. 조션졍부가 그 군긔 ᄀᆺ치 페션이라. 우션 그 병긔로 ᄒ야 강병을 소야셔 불너신이 씨지 못할 거시라도 약근 몃개을 각젼의 돌나시면 씨고 못씨고 근에 다음 소야에 유스ᄒ면 구원을 으조 금변에 심상(心上)으로 슫어신이, 일우고셩(一宇孤城)도 업난 토슈 짝골 속게 법졔 잇게 제조흔 디포

멋방이 못히야 제갈양인들 씰더 인나? 참제갈이 갓틀 진딘 각졉에
도인을 면면 위로도 ᄒ고 우리 써날 써 젼송이 업신이, 범교ᄌ픠가
평시에 ᄒᆡᆼ동의 이슨이 급할 써 독부라. 다음 용궁 폐문누 웁펴 뉘
멀이가 달일난지, 공연히 씨지 못ᄒᆞ는 군긔 멋개 가지고 집에 가셔
남으 이목에 입증ᄒᆞ야 낫낫흐로 멸종을 당치 말고 속히 도라가 각
안 기업ᄒ고 위부모 보쳐ᄌᆞ나 ᄒ지. 조션이 혁명 북이 울어도 멋십
만이 죽근 휴요 아직은 안 될 터, 초한(楚漢)의 진승이 진승이 꼭
될 쥴 아면 엇지 장검츌세 할가뿐야. 거세개 탁아독쳥을 못ᄒᆞᆫ 굴원
도 츙신이요 부귀을 마다ᄒ고 부츈산 치지객이 각기 그 ᄌᆞ긔 쳐ᄉᆞ
에 영웅이라. ᄌᆞ금 이휴로 니 말을 듯는 ᄉᆞ람은 남은 ᄒᆡᆼ복 바리노
라." 모다 듯고 유유이 도라 온이라.

각셜 잇써 용궁군긔을 소야 동학졉에 탈취히 갓단 소문이 랑ᄌ
ᄒ야 각군슈는 명식 집강소을 셜시ᄒ야 동학을 방어할 시, 례쳔군
슈난 객ᄉᆞ 동디쳥에 셜시ᄒ고 장문환(張文煥)으로 슈집강 항경지
(黃敬宰)로 부집강 각식 좌임에 부니민군을 취집ᄒ야 창곡을 니여
요미와 북어 일미식 민일 쥬어 취당ᄒᆞ며 말니 집강에 강도 굴혈 페
단은 츠쳥 ᄒ문할 시.

츠시 안동(安東) 읍에 김한돌(金漢乭)이라 ᄒᆞ는 ᄉᆞ람이 이슨
이, 본디 안동진영 장교 츌신으로 황슈까지 진니고 진영영장으 빅
단으로 학민할 써 갓치 학민도 만히 ᄒ고 읍촌근에 일시 세력이 유
명으로 층ᄒ던 ᄌᆞ로, 판세가 츠츠 벤ᄒ야 영장으 학민에 ᄀᆞᆺ치 ᄒ는
임목이 밀이여 동학의 입도ᄒ야 안동발슨 동학졉에 졉장 되야 싱

민에 민형스 모도 철리ᄒ며 허다 빅셩에 학민이 안동(安東) 의셩 (義城) 지경이 도탄이라. 셩민의 오오원셩과 본관 진령의 관계되 야 안동셔 줍바 죽기기로 군용도 베풀고 장나민군이 그물을 별린 고로 딕항ᄒ다가 부득이 예쳔 소야졉에 가셔 구원을 요구ᄒ며 용 궁군긔 탈쥐희오던 익일 교연장의 도든 스람이 곳 츠인이라.

그 즈긔 슈ᄒ로 말ᄒ면 포덕을 몌 빅명 ᄒ야던지 부지긔슈이되, 의셩에 오모(吳某) 둘 이모(李某) ᄒ나 좌우익이 되고 五十七명 포군은 조션 구식총을 가지고 ᄒ 즈욱 ᄒ 방식 백발빅즁ᄒ다난 명 포슈을 딕동ᄒ고 슈다 긔술 셩세 잇게 례쳔군 화지동(花枝洞)에 동학딕도회을 졀엄키 ᄒᄂᆞᆫ 공문을 각졉에 빗발갓치 젼ᄒᆞᆫ이, 죠령 (鳥嶺)죽령(竹嶺) 이ᄒ 도인은 거진 모이난 풍셩스방으로 구름 갓 치 모히더라.

팔월 이십四日에 학쵸 슈ᄒ 도인 오쳔칠빅 칠십이인을 령솔ᄒ고 화지도회예 갈 시, 즁심에 혜오되 도인이라고 도회에 가기ᄂ 호되, 힝식을 ᄌᆞ고ᄒᆞᆫ이 션즈 용궁으로 ᄒ야 소야 갓실 쪄붓틈 도인으 힝 위라 할 슈 업고, 난시예 졉젼ᄒ로 ᄀᆞ난 딕장으 힝군이라. ᄀᆞ치군 긔을 보와도 가히 놀닐만ᄒ고 위령 범졀이 셰계예 막감당젼이라. 영이나 병츌 무명은 업신이 임군을 위ᄒ야 힝진인지 임군을 위ᄒ 고 졍부을 개량ᄒᆞᆫᄌ ᄒᄂᆞᆫ지 외국에 무신 관계가 인ᄂᆞᆫ지, 직츠 일거 에 ᄋ라보고 진퇴을 결말츄라.

동에 드러 멧집을 셜이고 스쳐 유진ᄒ고 회즁 둘너본이, 그 동 즁에 평포ᄒ 산이 당즁에 잇셔 그 우에 딕장소을 ᄒ고 츠일은 ᄒ날 을 갈우고, 딕장소면 즁군소며 좌우익장딕며 군요향관소은 빅모

접장이 긔구 잇기 쥬장ᄒᆞ며, 군양은 어듸셔 왓던지 산ᄀᆞᆺ치 쏫화록
코 각접 시도긔에 명슈을 보와 틱여쥬고. 딕장소 딕장은 김훈돌이
라. 군율을 정제ᄒᆞ기 엄영을 츄상으로 나리고, 혹 불흡ᄒᆞ면 틱벌
도 시위ᄒᆞ며, 제제인물이 긔구 찰난ᄒᆞ더라.

박학쵸 긔찰노 통ᄌᆞ을 션통ᄒᆞ고 드러가 딕장을 보고, 훈헌 이필
의 딕장 왈, "증전에 뵈옵지 못ᄒᆞ야시되 직곡접장으 특이ᄒᆞᆫ 의용평
화ᄒᆞᆫ 놉푼 명셩은 여러 포문이던이 이리 보은이 놉푼 슈단으로
딕도회 상무승을 잘 처리하실 쥴 반갑게 바릭나이다." 학쵸 답왈,
"증왕명이라 할 거슨 업슴느다만는 관동 각접 일부분 지호는 잇슴
느다. 연이나 금변 도회난 변시 군문이라, 병츌무명은 업신이 엇
지할 요점 쥬지을 듯기 바릭ᄂᆞ이다."

딕장 왈, "그러ᄒᆞ오이다. 도중으로 임군으 익통죠가 잇고, 국틱공
딕원군으 닉응도 잇고, 소위 세록이며 각 군슈의 불법학민이 견듸지
못ᄒᆞ야 도탄싱영을 구할 목젹(目的)으로 도중에 의여(義旅)을 운
흥(雲興)인듸, 경긔 졀나 츙쳥 각도가 션짓 흡동인 듯 거역지 으직
세계예 업스되, 안동영장이 도인을 잡을나 례천이 집강소을 설치ᄒᆞ
다 ᄒᆞ이 안례양군을 입도도 ᄒᆞ고 복종ᄒᆞ도록 ᄒᆞ존ᄒᆞ는 참이오."

학쵸 왈, "익통조며 딕원군 닉응을 진적을 알고져 홈느다." 딕장
왈, "저도 ᄉᆞ람으게 츳츳 드럿지, 진적은 아즉 못 보와심느다." 학
쵸 왈, "장안이며 소야셔 금(今)변ᄉᆞ 명영이 이슴늣가? 딕장 왈,
"장안은 아지 못ᄒᆞ고 소야는 알기만 줄 하엿나이다."

학쵸 왈, "현금에 아즉ᄶᅥ지난 울니 도중을 거병 접젼이 업난듸,
가스 도인의 ᄒᆞᆫ두 ᄉᆞ람이 혹 불법힝위을 ᄒᆞ면 도중셔도 금단ᄒᆞ고

관청도 도인이라쓰 못즈바 다실일 잇치 업는디, 경북으로만 히도 각 제제다ㅅ중(多士中) 일이(一二)개인으 삼촌셜노도 불과 례읍지 집강과 안동영장지ㅅ는 무수할 듯흔디 누쳔누만으 도인(道人)으 창의병(彰義兵)을 거흐야 문죄흐기 도로허 휴일의 시약슈치가 될 듯흐오이다."

디장 왈, "장흐시도다 장흐시도다. 열어분으게 듯든 중 쳐음이올시다. 의량이 이스면 말노 셩업흐야 티슌도 물이치고 비을 지어 티평양 바다도 건닌이, 아모조록 금변 도진의 군ㅅ모ㅅ가 되시야 일흐기을 위흐야 특별이 군중 모ㅅ되장이라." 흐다. 학쵸 고퇴흔이 디장이 군중 발령흐되, '즉곡 졉장은 금변 모ㅅ되장이라. 일졀 니왕을 임으로 무상 니왕흐기 흐라.' 흐고 '다슈쳔인이 대장소 슈작이 최상 앙망이라.' 흐더라.

각졉졉장 긔찰 등 유슈인이 참모디장소라 흐고 와셔 각항 의론문제 흐던 츠, 드른이 례쳔셔 포군 오십명이 복식은 조션구식 포군 입난 씀은 우옷 입고 갓 씨고 화승총에 귓불 다라들고 약통 메고, 화지디장소 읍 방쳔을 의지흐야 총은 방쳔에 걸고 견우어 안즈는지라. 도중진이 야단소동흐며 디장소난 중ㄱ에 론들을 상격흐고 마쥬되난 등(嶝)가에 각졉 포군이 옹입흐야 셔로 용을 씨고 이스며 피츠에 션발포을 보와 응포할듯 할듯흐고, 그 뒤에 각항 디장은 셔셔 옹입이라.

이 날 오시예 각 도인 등과 학쵸 슈하 도인이며 계장안츌(計將安出)을 학쵸 디히 문난다. 학쵸 소 왈, "이 갓치 만은 도인중에 엇지 그만 병(兵) 오십명(五十名)을 금일밤 니로 그 총 오십명 울니

도중에 바치고 그 오십명이 입도ᄒ야 울니 도인 민듯난 슈가 업시
릿가?" 좌즁이 입을 벌리고 묵묵도ᄒ고, 혹이 왈, "졍말 그리만 ᄒ
시면 참으로 모스디장 휘ᄒ 되기 바라ᄂ이다. 만일 그런 슈가 업시
면 화지 일국은 혈유셩쳔 되난 인명이 스망날 터인이 힝하기 바리
ᄂ이다. 디장소로 말ᄒ면 셔로 왁닥퉁탕만 ᄋ지 졀노 그ᄎ치 되는
슈는 도시 업습느다."

학쵸 왈, "그러ᄒ면 너영을 거힝ᄒ라. 우션 등불 셔헐 쥰비ᄒ고
등디으로 노푼 디장써 셔헐 쥰비ᄒ고, 일ᄌ 포군 삼빅명을 쥰비ᄒ
고, 셕양에 와셔 쥰비ᄒ 일을 너고 쳥영ᄒ라." ᄒ이라.

화지동 지형이라. 북으로 산이 둘너 싱기 나려, 동으로 ᄒ 가지
경진(京津)을 향ᄒ 남으로 슈구(水口)되고, 그 즁ᄀ에 레쳔으로
너왕ᄒ난 길곡개가 되고, 북으로붓터 ᄒ 가지ᄂ 셔으로 흘여 둘너
남에 고봉을 녹코 경진(京津)을 향ᄒ 동에 손과 슈구(水口) 되고,
그 가운디 나지막ᄒ 손이 동구너 안디ᄌ치 셔으로 들와 안ᄌ 북은
디촌이 되고 촌전과 손웁피 옥답논이 되야 그 론 동에 동손 맛치
방쳔 흘너되야 그 방쳔 넘에 레쳔 포군이오 그 론 셔에 손두난 도
인으 디장소로 총을 마조 견우고 잇짜.

그 날 셕양의 각졉 긔찰이 비밀이 상항 쥰비을 완셩ᄒ고 리고훈
다. 학쵸 과졍 명영훈다. 총명(聰明)영니훈 긔찰 ᄒᄂ을 불너 "포
군 빅명을 영솔ᄒ고 황혼초에 화지동손(東山) 곡개 레쳔셔 오난
길에 복병ᄒ야짜가, 화지동 남손상의 웁피 등롱이 흔들거든, 방포
을 연발ᄒ고 온난 거ᄌ치 ᄒ고, 일향 그 곳 잇고 약츠 막위ᄒ라."
쏘훈 긔찰을 불너, "포군 빅명을 영솔ᄒ고 화지동 동구(洞口)에 가

251

황혼에 미복ᄒ고 잇짜가 남순에 둘지 등롱이 흔들이서든 일시 방
포ᄒ고 혼 빅보 나와 들면 훈 모양ᄒ고 다시더 드러서지는 말나.
비밀 약속 막위ᄒ라.”ᄒ고, ᄯ혼 긔찰을 명ᄒ여 왈, “포군 빅명을
영솔ᄒ고 화지 동편(東便) 방천상유예 미복ᄒ고 남순상의 셋지 등
롱이 흔들거든 약근에 방포ᄒ고 잇짜가 남순에 등롱불이 업거든
례쳔 포군 잇던 로더셔 디장소로 드러오며 그 포군으 옷과 총을 쥬
어가지고 울리 진으로 디령ᄒ라.”

ᄯ 디장소 좌우익장의 밀통ᄒ되, “금야 황혼에 삼쳐에 포성이 나
거든 디장소난 일졀 응포을 말고 훤화도 엄금ᄒ고, 스람만 반겨는
빗치로 옵퓌 스람이 뒤에 스람을 더히도 환영ᄀ치 ᄒ라. 만일 위령
ᄒ면 직곡졉은 용셔 업시 위령ᄌ을 문죄ᄒ리라.”ᄒ다. ᄯ 향관소
에, “금일 셕반은 일직 셕에 다 밋치기 ᄒ라.” ᄒ이라.

모사디장이 화지 남순을 근다. 학쵸 셕반 휴 일직 황혼에 영리ᄒ
슈ᄒ 긔찰 칠인을 디동ᄒ고 화지남순을 근다. 존솔이 울밀ᄒ야 진
솔 모슈쥬의가 걸인다. 일제히 거두쳐 슈건으로 헐이을 동이고 올
나근다. 그 중근에 초옥지실 ᄀ튼 거시 이셔 황구가 영졉을 씽씽
소리훈다. 그 집뒤을 올나 그 손 상상봉을 오른이 광명ᄒ 낫ᄀ트면
가히 스방을 널이 볼만ᄒ더, 셔남은 운쳔이 둘여쑈 그 밋 화지동쳔
은 인산인희 중에 불빗치 령롱ᄒ고 바다이 ᄌ난 듯 도인으 졉에난
군용이 졍제혼 줄 짐작할너라.

학쵸 스방을 바릐보면 줌근 싱각ᄒ이 초훈 젹 계용손의 오날날
변쾌으 힝식인 듯 시 도인 오십명 입도ᄒ기 우숩기도 ᄒ고, 총 오
십(五十)병은 졀노 와셔 드린더 요절도 할 쌔라. 긔찰을 명영ᄒ야

장덕 등롱에 불을 단다. 놉피 셔우되 동셔일ㅈ(東西一字)로 스히
가 훈 칠팔보 가량으로 스히가 쓰기 셔운다. 잇써 쳔지가 준는 듯
훈 쩌라. 취션에 등을 흔든이 화지동 동편(東便) 례쳐셔 드러오난
길목에서 일시예 포셩이 이러나며 쳔지진동으로 쏭을 쏙는다. 조
금만에 제어들 지 등을 흔든이 화지동구(洞口) 경진 쪽에서 포셩
이 디발ㅎ며 쳔지을 마쥬 욱긴다. 조금 잇다가 긔 방쳔 상유에셔
쏘 포셩이 나게 제 삼등을 흔든다. 삼쳐에셔 곳 드러오난 포셩이
일쳐로 욱여든는 듯훈지라.

잇써 례쳔 포군 오십명이 동편으로 뒤을 울여 불시예 달여드난
젹군 앞 노리코져 ㅎ던이, 쏘 으리셔 포셩이 쳔지을 울이고 다라든
이 부득이ㅎ야 강약이 현슈ㅎ고 스절할 필요 업고 포군 옷셜 벼셔
발니고 총은 그양 녹코 총소리 업는 편으로 가셔 동학인으 속게 썻
겨 신명을 보존할 슈 박게 다시 상칙 업셔 제가 절로 속히 와셔 도
인이 되고 말앗짜.

잇써 인이 방쳔 상유에 포군은 총 ㅎ나식 포군으 옷 한가지식 들
고 의긔양양 승전을 자랑ㅎ고 모스디장소에 와셔 진하훈다. 초로
붓터 모스장으 층츤이 적지 안이할 분더러 다슈히 ㅎ는 말이, "당
시 접전 명식이 보통으로 단병접전으로 총을 맛촤 죽고 잡는 승전
분인디, 포셩은 위염만 울니고 인명 살ㅎ는 업시 군긔 ㅈ다 밧치
고, 니 군스 도인 밋드기 보통스가 알고 보면 쉽지 정말 신츌귀몰
ㅎ다." 혹 과도히 말ㅎ는 스람은, "초훈 장ㅈ방 삼국쩌 제갈양이 울
이 도중에 잇짜." ㅎ고 쳔만명 부지긔슈훈 도인이 학쵸만 복종 안
이할 ㅈ 다시 업더라.

토치동 접장 박현성이 힘을 자승ㅎ야 다시 문왈, "다음 스 엇지 ㅎ릿가?" 학쵸 왈, "명일이면 시도인 오십인 절노 비밀이 가셔 우리 도중 힝편이 디단 포장성세로 말ㅎ면 집강 명식이 불가불 신명을 도라보와 다시 온난 스람이 단단 이스니다." 과연 익일 오시예 연로ㅎ 중경 이호장 진닌 공형 등으로 닷셔 스람이 와셔 디장소 읍페 일쓰로 복지셕고 ㅎ다.

다슈인이 학쵸도게 와셔 왈, "모스장 작일 말삼이 참 용ㅎ기 기지여신이로다." ㅎ고 레쳔서 닷셔 스람이 와셔 복지셕쑈 ㅎ는 말ㅎ며, "저 일이 엇지 될이꺄?" 학쵸 왈, "그 중에 길흉 근 일이 이슨이 디장소 쳐분을 드러오라." ㅎ다.

다시 와셔 말ㅎ되, "디장소에셔 무슈 쑤중을 ㅎ고 쳑휴라 ㅎ고, 쏫츠라 ㅎ다." ㅎ거날 학쵸, "그 스람을 근난 길에 가셔 다려오라. 레쳔 집강소가 화호ㅎ고 각즈 귀가ㅎ는 슈가 츠중에 잇쩌." 제인이 질겨ㅎ여 그 스람을 다려왁거날, 학쵸 연접ㅎ야 쥬효로 션디ㅎ고 왈, "엇지ㅎ야 노인이 와시며 소원을 말ㅎ라." 그 닷셧 중 ㅎ 노인이 디왈, "도중과 레쳔읍이 아모 험늬 업는디 도중에셔 친다ㅎ이 ㅎ도 역율ㅎ야 무스보젼키을 바리 왓슴느다."

학쵸 왈, "당연ㅎ 말이라. 도인과 레쳔읍과 일호 관계가 업는디 울이을 줍으랴쑈 집강소을 셜치ㅎ고, 군용을 연십ㅎ다 ㅎ이 그 소문을 듯고 도중이 리즈치 도회ㅎ이 양변이 각각 말ㅎ면 집강소난 울니 줍을 계칙이 셩시여라. 으모 관계가 업쏘 근즈 관리으 학민 불법을 못ㅎ이 그 마음으로 말ㅎ면, 그도 학민ㅎ는 관리가 쌰로 잇고, 도인으로 말ㅎ면 다슈인 중에 불법학민 힝동ㅎ는 스람이 쌰로 이슨이 피츠 조흔 슈가 이슴면 피츠 근 무스가 호스 안인다?" 그 노인 왈, "과연 당연ᄒ온이 그을 물니을 듯기 원이로소이다."

학쵸 왈, "관이 학민 다시 말기만 ᄒ면 도즁이 문제할 필요 업고, 집강소가 일제이 울이 도인에 입도ᄒ야 아모조록 도인여 보통으로 ᄀᆺ치 무스로 학민 못ᄒ기 ᄒ고, 당장 도즁 죄인은 도즁이 즙바 례쳔 집강소로 본닐 거신이 법으로 치지ᄒ야 도인과 평민 광영ᄒ 옥셕 분근 안심케 ᄒ고, 집강소와 도인 도회을 각즈 귀가의 각안 기업ᄒ기 ᄒ미 엇쩌할고?"

그 노인 다셔시 시 절ᄒ야 왈, "과연 적당ᄒ 분부올시다만는 그 ᄀᆺ치 힝ᄒ기 실노 어려울 스이다. 양쳐에 의심이 각기 이슨이 언어 편이 먼저 엇지 ᄒ며 가할지 듯기 바리느다." 학쵸 왈, "너히 집강이 울이 도인을 의심ᄒ리라. 연이나 울니 도즁이 먼여 신을 보일 거신이 쓰지 엇쩌ᄒ야?" 그 노인 왈, "듯기을 바림느다."

학쵸 왈, "울이 관동포 둘지 상접으로 된 접장을 너 군슈을 보로 갈 터, 마쥬 디히 말을, 집강 혁파ᄒ고 도인에 입도ᄒ고 그 뒤에 도회 즁에서 도즁 죄인 둘(二人)이 안동 례쳔 양군의 유명ᄒ 스람이 이슨이 즉 법가 죄인이오 법에서 보고저 ᄒ지 일구ᄒ 스람이라. 도회에 그 이인(二人) 잡바 결박ᄒ야 본닐 거신이 울이 장슈 접장이 노인 진즁 군슈을 보고 안즈 그 스이 할 일니라. 여츠ᄒ면 유ᄒ의심 호아."

그 노인 왈, "정말 그리ᄒ면 빅만인민으 힝복이라. 집강이 입도ᄒ고 혁파ᄒ기 소인 등이 도라가 되도록 ᄒ오린이 도회 즁진에 쳐분을 ᄒ회바리나이다." 학쵸 왈, "연ᄒ 다 일쓰는 우리 장슈 접장이 드러갈 쎄 상의 작졍ᄒ기 ᄒ라." 그 노인이 무슈 지비ᄒ고 ᄭᅳ이라.

학쵸 토치동 졉장 박현셩(朴賢聲)을 쳥ᄒ야 왈, "상졉 졉장 체중ᄒ신 힝ᄎᆞᆫ 금변에 곳 례쳔을 드러가시야 군슈와 집강을 더히 보고 집강소 입도ᄒ고 각ᄌᆞ 귀가ᄒ야 다슈 도인ᄋ 티평을 보기 ᄒ소셔." 박현셩 왈, "방금 양진이 산거ᄒ야 셔로 죱아보ᄌ 젹국지ᄭᅳᆫ에 범ᄋ 입속게 드러가라 말이 엇지ᄒᆞᆫ 말인잇가?" 좌우 모다 입을 별니고 사측난이라고 ᄒ다.

학쵸 왈, "진나라 아방젼상에 봉도ᄒ던 형경이며 제왕젼상에 칠십여 셩을 삼촌 셜노 항복 밧든 여익이며 오왕 젼상에 가셔 동작디부을 외와 만승에 조조을 젹벽에 죱든 제갈양 등은 다 뒤에 구원이 업셔도 당당ᄒᆞᆫ 장부으 거름이여든, 금일 우리 진은 휴군이 ᄉᆞ오만 명이라. 례쳔군슈가 션디할 터 호쥬미식에 풍악으로 디졉할 터, 욕 튜겨 이기기도 분슈가 잇지 휴진을 보와 못할 터, 울니 진으로 말ᄒᆞ면 관동포에 제일졉쥬오 금일 진중에 상장군이라. 상장을 젹국에 본니고 범연이 할 일 업슨 염여말고 가시오. 도중 더죄인 두 ᄉᆞ람은 죱ᄋ 결박ᄒ여 례쳔 옥걸이 타루비 안으로 도중은 그 건너변 월강ᄉᆞ장 쳔볜으로 약졍ᄒ고, 죄인을 쥬고밧고ᄒᆞᆫ 휴에 방포 일셩으로 상약ᄒ야 도인은 각ᄌᆞ 귀가ᄒ기 존체난 죄인 교부 젼에 그 물을 건너편 이 ᄉᆞ람이 셧거든 인이 건너오시오."

박현셩 왈, "말은 이류에 될 듯ᄒᆞ느다만는 졍말 호혈에 가기 어려은 일이올시다. 도중 죄인은 누기며 듯ᄭᆞ저 ᄒᆞ느다." 학쵸가 박현셩으 귀예 입을 다히고 왈, "약시약시." 박현셩 왈, "극히 어렵습느다. 그 ᄉᆞ람이 울니 도중에도 오만여명을 진퇴을 임의로 ᄒᆞ는 큰

범갓튼 디장이라 뉘가 하감 줍바 결박ᄒ릿가? 항ᄎ 그 중히 경든 친병 일ᄌ 포군 오십칠명이 진퇴일보의 빅발빅즁ᄒ난 포군에 극히 어럴 듯 ᄒ오이다. 만일 저 호헐에 드러가 뒤에 범 좁아 드러오난 약죠가 틀이면 ᄀ 스람도 밍낭할 쑨 안이라 신명 이하에 지경이며 울이 도즁으로 말ᄒ도 그 일ᄒ여 성ᄉ하기 쉽지 안이ᄒ오이다." 좌우 제인도 멀이을 쓰득쓰득ᄒ며 "어렵지요."

학쵸 왈, "아모리 성세회도 군병으로 할 것도 안이오, 금전이 조화라 ᄒ도 안이될 거시오, 인정이 조타 ᄒ도 안이될 거시요. 무단이 고지무지지리로 즁이 ᄌ슈싹발지리로 복ᄌᄋ 신장경에난 신장써 죽근 남우도 제가 절노 엇쳥엇쳥 건난이. 항ᄎ 스람이 체골과 이목구비가 그만ᄒᄃ 초동목슈보다 ᄃ단이 슈운이 염여 마시고 가시오."

박현셩 왈, "그 소임을 누가 다ᄒ릿가?" 학쵸 왈, "먼여 가시난 이나 뒤의 ᄒ여 가는 이나 다 울이 박씨올시다. 염여 마시오." 박현셩이 "삼ᄉ을 ᄒ 변 결단ᄒ고 가오리다만는 일ᄌ을 ᄒ일 ᄒ시온이까?" 박학쵸 왈, "명일이 八月 二十八日이라, 오휴 신시로 례쳔 옥걸이 집강소가 군긔 묵거셔우고 나열 복비ᄒ는 굿쎠로 만나스다." 박현셩 왈, "모ᄉ셩장ᄋ 말을 드른이 강산초목이 절노 쏩버들고, 빅만적병이 지가 절노 와셔 항복ᄒ는 슈단을 이전에 보와신이 의심 업슴느다." 쩌난다. ᄎᄀ ᄒ회ᄒ고 션문을 ᄒ다. ᄒ여시되,

갑오 팔월 이십칠일 션문 보고
관동 동학 례쳔 화지동 임시도회 즁 박모모

257

례천군슈 집강소 어즁

우(右)난 작일(昨日) 귀군 노리(老吏) 공형(公兄) 구(口)젼의 상고상신스의 더흐야 각국(各國)종교(宗敎) 각유기원(各有其原)흐야 통만국인허즈(通萬國認許者)이거날 항(況)ᄎ 동학(東學)은 조션토교(朝鮮土敎)라. 쥬지(主旨) 유불션(儒佛仙) 삼도(三道)에 공부즈(孔夫子)지도도 역직그즁(亦在其中)이어늘, 차 귀군여동학 긘(間)에 본무상히 상혐이거날 혹(惑) 존기즁불볍죄인(存其中不法罪人)은 비독도인(非獨道人)으 소직(所在)라. 무단(無斷) 졍별(征伐) 동학(東學)지의로 연병집강(練兵執綱)이 역불가(亦不可)흐이 입도 동학 직위 회숀흐고 도즁 죄인은 도즁으로 결박 납상교부흐고, 각즈귀가(各自歸家)에 각안기업(各安基業)흐기 면더무의지스(面對無疑之事)로 회즁슈신상장(會中修信上將)으로 박현셩을 본 니온이 명일 오젼 입군(入郡)에 오휴(午後) 신유시(辛酉時)로 각즈 귀가하기 이츠 션통 위쳡보사

흐여쩌라. 지셜 팔월 이십팔일 식휴 조발에 박현셩이 쩌나난더 필마단긔로 긔찰 젼휴 슈삼인만 더동흐고 마상에 올울 제 모스더 장을 도라보며 왈, "뒤일 단단히 하실 말 더 부탁할 거 업슨느다." 학쵸 왈, "염여마소. 금(今)변에 가시면 큰 더졉 밧쏘 미쥬가히예 ᄀ진 풍악도 귀경하리다." 쩌난이라.

박현셩이 례쳔 옥걸이을 드러션이 삼공형집강 등이 연졉흐야 군슈 동헌에 드러가 군슈보고 흐훤 휴 군슈 왈, "작일 공형비 도라온 휴 겸흐야 션문을 보온이 다힝훈 말는 상위 업슴을 이ᄀ치 와쥬신이 더할 말업시 감스흐여이다." 현셩 왈, "본니 셔로 일이 업는 터

에 약근 유죄ㅈ는 셔로 발킨 연휴에 단단화히ㅎ고 각안 기업이 쳐
스에 당단훈 힝심으로 안나이다." 군슈 조흔 기승으로 쥬안을 드린
다. 가히미쥬가 좌우나열ㅎ고 권쥬가 훈 곡조 불노초 약슨동더가
모도 틱평에 긔상일너라.

잇써 화지동 도회 진즁 유슈인이 직곡졉 모ㅅ장더에 모허 왈, "관
동포 제이졉쥬 상장을 호혈젹국에 본니고 약조훈 도즁 죄인 결박을
ㅎㅎ 계칙으로 ㅎ릿까?" 학쵸 소 왈, "염여들 마시오. 말도 조흔 말
긔상도 조흔 기상 쳔병만마도 제절노 멀니두고 모로고 졀노 와셔
ㅈ원결박ㅎ고 좌우기찰 부익ㅎ야 레쳔 옥걸이 들을 건닐 젹에 좌우
방광 구경이나 ㅎ여 보시오. 이 스람이 가거들낭 졀노 된 쥴야 으라
쥬소." ㅎ고 긔찰 불너 디장소에 전갈ㅎ되, '명일 스시예 츌진ㅎ야
신유시예 레쳔으로 드러가 집강 입도 하기로 간다.' 만 ㅎ이라.

지셜 이십칠일에 레쳔군 벌지 동학졉쥬 김모가 디장소에 와셔
훤헌 휴 의론 왈, "드른이 울이 즙불나 와던 레쳔 집강소 관포군 오
십명이 군복 벗쏘 총 밧치고 졀노 동학에 입도을 ㅎ는 슈가 낫단,
이 디회도즁에 제갈 군수가 부싱(復生)으로 인난 쥴 감하 ㅎ ᄂ이
다." 디장 김한돌 왈, "셜마 그러ㅎ지요. 니두쳐스을 알고져 ㅎ거
든 직곡진에 가보시오."

벌지 동학졉장 김모가 즉곡진에 와보고 추휴 계장안츌을 말훈
다. 학쵸 답 왈, "귀 졉은 도인이 긔ㅎ오?" "삼슈쳔은 넉넉 되ᄂ더
지휘 명영을 기다리나이다." 학쵸 왈, "속히 도라가시여 명일 신유
시 위훈(爲限)ㅎ고 레쳔읍 신걸이예 임효ㅈ비(林孝子碑) 읍홀 진
니지 말고 그 곳더 유진ㅎ고, 셔남진이 옥걸니 강남편에 열진할 거

259

신이 그츠에 ᄒ난 거션 셔남진이 ᄒ는 디로 ᄒ시면 그 가온디 례쳔 읍이 우리 진즁이라 우리 뜻디로 안도ᄒ고 각ᄌ 귀가 각안 기업ᄒ 기로 결말 셩입 휴 방포 일셩예 각ᄌ 귀가올시다." 쩌난이라.

팔월 이십팔일은 조조에 화지동학디도회(花枝東學大都會) 진 즁 직곡졉 모ᄉ장영으로 례쳔으로 힝진령을 발ᄒ이라. 각졉 포군 은 각각 항오을 정제ᄒ고 군긔을 단속ᄒ야 단는 범으 읍펄 찰드시 여긔을 비양ᄒ며 제각기 졉장디장을 옹위ᄒ야 디마을 등디 좌우익 격휴을 기구잇게 쩌난다. 화지셔붓터 례쳔 십리을 훈불 만손평야 ᄒ얏신이 션진이 읍을 가도 화지본진이 조금 줄 듯만ᄒ고 흣쪼치 가지 못ᄒ야 그양 인난지라.

모사장 학쵸으 출진 긔구난 빅마상 부담 우에 좌우 긔찰 총 명여 긔ᄌ 슈빅명이 ᄌ긔 포ᄒ 오쳔칠빅 칠십여명을 영솔ᄒ, 각졉 군졸 오만여명을 진과 퇴을 임의로 지휘ᄒ이 일동일졍은 박학쵸 쳥영 나리ᄂ 디로 거힝이라. 화지예셔 션참 출진ᄒ며 디장진은 즁군일 제 직곡졉 션봉으로 뒤을 연힝ᄒ기 ᄒ다. 오리나 힝진ᄒ야 좌우을 도라본이 쩌은 오휴 셕양의 셔경ᄌ 십리 장제 상에 버들 빗철 빗는 게 ᄒ여잇쬬, 좌우 손쳔은 인손인히라. 비단 도인 뿐안이라 근쳐 빅셩이 도망을 ᄒᄂ지 구경을 완ᄂ지 이것치 되여더라.

즁노 마상의셔 슈ᄒ긔찰이 집강소 사ᄌ을 디동ᄒ고 마두에 문안 ᄒ며 공문을 올인다. 이 공문은 읍즁 관민이 사방으로 동학디진이 욱여든이 오도가도 못ᄒ고, 황황급급히 살기을 위ᄒ야 위즁에 혼 을 일쬬 군슈가 부득이 급박의 혼 공문인디, 그 안에 박현셩이가 잇건만는 ᄋ지 못ᄒ고 엇지 할 슈 업셔 혼 공문인디, ᄒ여시되,

레천군슈 하첩위 관동동학 화지디도회중 디소인민젼이라. ㅎ고
디약의 문 젼지 용궁군긔 탈취와 금일 화지디도회 거병 입군스로
관만 건 물론ㅎ고 뉘가 경동 안이ㅎ리요. 도중에 죄인은 도중셔
조쳐ㅎ고 비읍 집강조쳐는 군이 조쳐ㅎ기로 읍을 드지 말고 각즈
귀가의 각안 긔업ㅎ기 여츠(如此) 힝심위ㅎ 첩스 갑오 팔월 이십
팔일 화지디도회중

이라 ㅎ여라. 학쵸 마상셔 그 공문을 보고 말을 나리지 온이ㅎ고
그양 안즈셔 힝장의 지필을 니여 그 답회장을 썬본너이 ㅎ여시되,

> 회장이라.
>
> 직접 하첩ᄒᆞᆫ이 유ᄒᆞ의심호(有何疑心乎)아 긔시조약(旣是條約)
> 을 정즁(定重)ㅎ고 아히 히롱 갓치 변경은 불당이오. 일쥰힝지가
> 필요할쑨더러 용궁 군긔스는 본회예 본불관계오 본조약의 역불관
> 계라. 긔지국록지슈지로 만민방회ㅎ난 도중 죄인 착납을 안이바
> 드실 의무(義務)업고 쏘 긔정(旣定) 조약지스을 필무소우라. 물위
> 경동ㅎ시고 젼일(前日)언약(言約)더로 ㅎ고 각즈귀가(各自歸家)
> 각안긔업(各安其業) 이츠 힝심회뵈사.
>
> 직일 화지 디도회 힝진 도중 입이라

ᄒᆞᆫ이라.

레천읍 지형이라. 북(北)으로 틔순상(泰山上) 성(城)지가 셔
(西)ㅎ로 두르고, 북(北)에 물이 동남(東南)으로 흘너 셔으로 간
이 그 강슈읍 쪽은 천방(阡防) 북(北)되는 신걸이셔붓터 물을 짜

라 셔으로 옥걸이 진너 셔경ᄌ(西耕子) 읍흐로 경진(京津)까지 장 저가 된지라. 동학디진이 셔으로붓터 화지셔ᄒ야 무학당(武學堂) 건너로 둘너 신거리로 별지 동학진이 일시에 시을 맛촤 연속 둘너 쏘신이, 그 가운디 읍이 형셔와 지지 힝편으로 볼 작시면 동학진에 낭중물건이라 ᄒ도 가ᄒ고 단지 속에 줍바 가두어 놔화짜 ᄒ도 가 ᄒ고 가마솟 안에 줍바엿코 쑤에을 덥퍼녹코 그밋티 불을 쩐다 ᄒ 도 허언이 안이라.

초시 학쵸가 마상의 온ᄌ본이 긔구와 위령이 강순을 등이녹에 난 듯, 만일 영을 나리면 례천 집강으 조부(祖父)라도 줍부라면 줍 블 터라. 읍뒤 성지을 바리본이 셩중 남여싱영이 절벽을 붓들고 가 도 못ᄒ고 만손ᄒ야신이 구월 단풍에 초목에 단청 갓짜. 실푸다 저 빅셩이 제각기 귀중ᄒ 몸으로 저ᄌ치 되야쏘나. 만일 동학진에셔 ᄒ 변 발포ᄒ면 팔월 박조 ᄀ틀지라. 션봉긔찰 방셩운이 션봉 긔발 이 벌셔 옥걸이 타누비 읍헐 간난지라. 잠ᄀ 말을 유진ᄒ고 전진에 분부ᄒ다. 션봉긔을 옥걸이 드지 말고 그 남편 강 건너 천방으로 이진 힝영ᄒ다.

례천 집강으 거동보소. 위위 군긔 총 등속을 다셔 열식 묵거 옥 걸이 길에 남으 전ᄌ치 셔우고, 군긔 밧치난 긔을 셔우고, 환영인 지 항복인지 길이 초기 복지ᄒ야 살여줍시ᄉ 손이 읍푸기 비비면 인걸이 무슈장관이고 그 엽픽 박현셩이 진솔 쥬의예 흑입흘 씨고 셕더ᄒ ᄒ 사람이 강 남작을 ᄇ리보고 셔셔 손을 칫다. 그 강물은 마참 만치 안이ᄒ고 ᄉ천(沙川)에 훗터나러 혹 쮜기도 할 듯, 발등 에 진닉지 온이할 듯ᄒ더라. 초시예 도중 죄인 디장 둘을 뉘라셔

줍바 결박히 저 건너로 본닐쏘? 무신 슈단을 할난지 셔로 도라본
이 제근ᄒ회라.

잇씨 모ᄉ디장 박학쵸 썩 나셔며 의즁 슈ᄒ 긔찰 슈십명을 자긔
좌우에 일ᄌ로 셔운다. 즁군디장을 손치여 오시라 엿쥰다. 즁군디
장 김한돌이 부디장 오모와 ᄌᆺ치 와셔 읍픠 션다. 학쵸 ᄉ령에 고
져을 썩거 말을 연다. "니 말을 ᄌ셔히 드러 줍시ᄉ. 줌근 니ᄒ 몸
이 굴ᄒ고 젹진 만여명을 항복 바드면 그 안이 좃ᄉ오릿가? 젹장을
줍아 장전에 굴여녹코도 손소 나려가 희박ᄒ고 환영 상좌ᄒ야 도
로 니 슈ᄒ 장슈로 신용도 흔난이 ᄋ라둣개슴ᄭㅏ?" 김한돌이 왈,
"ᄒ시난 말삼은 드러십ᄂ다만는 그 말삼 가온디 일을 발기 말삼ᄒ
시오."

학쵸 왈, "남을 항복 바다 니 휘ᄒ을 믄드ᄌ면 혈ᄉ 허물이 업다
히도 니 허물을 먼여 ᄉ례ᄒ면 저 ᄉ람으 사죄 밧기 실심실힝이 될
거시오. 오른 일을 흔다 히도 남이 그릇 보와 삼ᄉ할 적의 니 잘못
홈을 먼여 표시ᄒ고 져 ᄉ람을 환영ᄒ면 그 ᄉ람으 헐이가 종ᄎ로
굽슴ᄂ다." 김한돌 왈, "다 ᄋ라신이 욧졈을 속히 말ᄒ소."

학쵸 왈, "존체 두위분이 우리 도진에 상장이시라. 말삼 흔 변 쩌
러지면 뉘 안이 복죵ᄒ릿가? 연이나 안동셔난 영장이 줍아 보실나
피희셔 동학진에 와 인난 쥴 비단 세계 뿐 안이라 예천군슈 집강소
가 그리 다 안이, 오날 제역의 례천 집강소가 모다 동학입도을 할
참인디 그 ᄉ람들 싱각의 안동셔 도피흔 이가 저 진의 잇지 엇지
ᄒ면 도쥬을 힛난가? 의졈이 업지 안이할 터라. 두 위분이 결박ᄒ
시야 져 곳디 건너가시면 토치동 상접장이 ᄉ죄을 인ᄉᄒ면 저 ᄉ

263

람드리 저ㅈ치 나열 복지훈 거시 마암을 셔로 에어 결박 뎌장을 더옥 ㅈ과 개과로 앙망을 산두ㅈ치 할 터, 오날밤 집강소 입도예 츠 졉쥬가 되셔봅시스."

김한돌이 스스로 자긔 손벽을 치며 왈, "그리 ㅎ오리다." ㅎ고 뒤짐 짓꼬 도라셔 "묵기타." ㅎ며 그 엽픠 선난 오모을 권훈다. 오모 쥬저ㅎ거날 한돌 왈, "니 ㅎ는 뎌로만 ㅎ지 무신 삼수인가?" 오모 역시 뒤짐 집고 도라셔거날, 잇떠 직곡졉 긔찰이 발손 포군을 실실 뒤셔우고 학쵸 명영에 눈치 보며 지딕ㅎ고 셧짜가 달여드러 둘을 묵거 강을 건닌다. 좌우에 긔찰 너히 업쏘 부익히 건닌다.

박현셩은 건너오며 셔로 오고ㄴ 긔약뎌로 방포일셩 도진에셔도 간다고 방포일셩 이 츠제 박현셩(朴賢成)이 박학쵸으 손을 줍꼬 왈, "져ㅈ튼 밍호 두을 슈고 업시 결박ㅎ야 교부ㅎ이 정말 뎌단 슈단이로이다." ㅎ고 익슈 상별 각ㅈ 귀가훈다.

연작(燕雀)이 안지홍(安知鴻) 곡지리요. 제비싀가 엇지 길력이와 싸욱이 쓰절 모로는 세음으로 두슈뎌장(頭首代將)은 약조뎌로 쓰절 이루고 간다마는 지ㅎ 수만명 무지소졸등(無知小卒等)이 양편에 방포소리 탕 ㅎ는뎌, 동학진은 뎌장이 ㄴ이 싸라 퇴진형세로 인순인희가 물이 쓰러 넘다시 방천 남편 국개론에 살마니며 스람이 스람을 듸듸고 넘어셔며 드드고 희셔 ㅈ상 천답에 스상이 무슈ㅎ고 퇴진형용 방불ㅎ더라.

잇떠 김한돌 두 스람은 례천읍을 드러ㄴ이 부즁이 황황ㅎ며 일이졀이 분별이 업쏘 맛셔 뎌히 졉어할 스람이 업난지라. 도인 집강을 분별도 못ㅎ고 하도 허무셜셜ㅎ야 읍을 훈 불 도라 신걸니로 희셔 통명역초으로 완완이 안동으로 가셔 영히 령덕으로 도피흐야 단이다기가 그 휴 을(乙)미츈에 안동진영에 포착 우히흐이라. 츠야에 학쵸은 슈흐 김슌명 조용셩 등 오육인으로 각즈 환가흐야 안영 무스흐이라.

지셜 사람으 간계난 승시타변흐이, 팔월 이십팔일 밤 진니 례쳔 집강 장문환 등이 간계스상을 동학이 다시 취당공별은 업실 터, 흔 두 스람식 동학이 취당흐거든 잡아 죽겨 말을 업시 할 작정흐고, 군슈와 공모흐야 동학을 용흐기 만이 줍은 형용 즈공흐야 디구(大邱)감영에 보흐고, 읍져 인민을 디셜긔창으로 다즁 취흡흐야 객스(客舍)등 디쳥에 집강군문을 셜시흐고 각항 파임을 졍졔흐고 거쵼흐야 이셔, 동학 위명흐고 아난 스람 지손이나 인난 스람 젼즈 험의나 인난 스람 동학을 갱긔쥬창을 가히 능역할 스람 줍아다가 포살흐고, 그 스람으 계집이 가식이면 쎄스 집강군으 쳡도 삼고 지손을 젼곡 긔명의 복토지까지 강탈흐야 젼곡을 군량흐고 미미할 건 방미흐고 호의호식(好衣好食)에 의긔양양흐야 쵼민으 지손 여지 업시 썰어다가 읍에 빅셩은 집강소을 빙즈흐고 거진 착실요부라.

읍쵼근 직업 업쑈 부랑 잡기즈 모다 집강에 가셔 붓터 누가 동학이라 지손 업눈 지손을 쎄스드러 먹쑈 살기, 계집 취코져 흔 지 계집 쎄스 살기, 증경 험의 진 지 츙탁 동학흐고 원슈 갑기, 그 젼에 바든 공젼이라도 안이바다짜 층흐고 족속에 족증, 길노 근은 장스가 지손이 만흔 듯흐면 동학이라 줍아 스람 죽기고 지산 썰어 먹기, 시장에 물견 오면 동학인으 물견이라 쎄스먹기, 만일 쪽쪽 항디흐면 동학의 항디라 포살흐기, 관쳥으로난 동학 줍분 즈 공으로

265

군용을 셔우고 실상 동학에 결항ᄌ복 화호각슨 휴에 일업난 세계 군용을 베풀고 실측은 빅셩 줍아 살히 무단 쩌러 먹난 강도소라. 그 중에도 부지소졸이 집강과 동학이 엇지ᄒ야 화호각산된 이허을 모로고 바람에 홋친 디로 힝동ᄒ며 작폐 무슈작폐 츠쳥 ᄒ문할ᄉ.

전셜 례쳔군 소야 동학 디진에 고졉장 형제가 다솔도인ᄒ고 용궁 군긔 탈취ᄒ야 회군할 ᄯ, 일본ᄉ람 ᄒ나히 엇지ᄒᆫ 거름이든지. 그 시난 일본ᄉ람이 보통 여힝에 군도 츠고 단이던이 용궁(龍宮)읍 셔로(西路)에서 ᄀ난디, 그 뒤에 다슈ᄒ 도인이 제길노 디로을 츠ᄌ 장셩박이라 ᄒ는 디로 힝진ᄒ난디 일인(日人) 무단이 ᄌ긔 줍을여 오난가 ᄌ경(自驚)ᄌ취로 다라나다가, 도인은 별셔 흐들이라 ᄒᄂᆫ 골노 두르난디 ᄌ격으로 남으 손이 안이죽기로 중노 ᄌ결을 ᄒ여ᄶ. 소문을 듯고 흐들에까지 왓던 도인이 도로 가셔 그 일인으 칼을 가저ᄭ던이 일본ᄉ람이 그 ᄉ람을 도인이 죽겨ᄶ 작협ᄒ고 일본군인과 조션진위디인지 불과 슈십명이 소야에 달여드러 방포일셩에 소야 동학졉을 히숀ᄒ고 그 졉장 형제난 용궁 와셔 폐문누 ᄋᆸ퓌셔 우히ᄒ이라.

원리 소야(蘇野)동학 디졉쥬 최밍슌(崔孟淳)은 츙쳥도 보은 장안 최법헌(崔法軒) 다음 관동포로난 제일 졉쥬로, ᄉ람이 체골은 셕 디지 못ᄒ나 심지가 총명단아ᄒ고로 포덕은 만이 ᄒ야 항상 도인에 도인ᄌ셰 일졀 말고 유불션 슈도나 착실이 ᄒ고 각안 기업ᄒ라 ᄒ되, 각 도인으 혹 부정당ᄒ 힝위을 금단 격정ᄒ던 ᄉ람으로,

독ᄌᄌ식이 연근 이십ᄒ야 위긔부모 ᄌ셩취할 ᄯ라. 친고으 쥬미로 인ᄒ야 례쳔 별지라 ᄒᄂᆫ 곳디 김씨가 규슈가 범졀과 인물이

당세절등이라 혼취을 씨기고, 아달이 그 신부와 첫날밤 즈고 그 잇튼날 부즈가 흠기 례천집강소 포군에 줍핏다.

례천집강소난 일인과 용궁셔 소야 가셔 힉순 씨긴 줄 알고 그 뒤 빈 터에 가셔 인민으 지산을 슷슷치 강탈ᄒ든 츠, 취밍슌 부즈가 은적ᄒ야 혼인ᄒ는 말을 듯고 밍슌 부즈을 죽기고 그 신부을 탈취코져 ᄒ다.

읍으 줍바다 가두어 록코, 최밍슌으 죄로 말ᄒ면 포덕만 만히 ᄒ얏지 즈긔가 나셔 뉘기을 침토ᄒ 일 업스되, 디접쥬 층ᄒ고 '돈을 만이 쥬면 살인다.' ᄒ야 인난 디로 쎼스 먹고, 그 아달이야 쏘ᄒ 무신 죄인나, 불과 동학 접쥬지 즈으 미식슉여으 남편인이 죽겨 업시야만 할 터, 첫날밤 일야 동침ᄒ 그 김씨가 포군에게 줍피기도 ᄒ고, 읍에 드러와 가두지 온이ᄒ고 집강포군이 만단으로 달니며 화간강간을 만단으로 쳥ᄒ야도 김씨 저스위ᄒ ᄒ고 듯지 안이ᄒ이 집강즈 왈, "니 말만 드러쥬면 남편을 살이쥰다. 동학군은 쎌쩌업다. 우리와 살면 금의호식의 영광사랑을 ᄒ다. 만일 온드르면 죽기다." 힉도 빅단을 불쳥이라.

말니 최밍슌 부즈을 흠게 죽기고 김씨난 의탁 업고 남편 업스면 즈연 낭즁물노 알고 죽근 휴 만단으로 달니되 전허 듯지 온이ᄒ고 즈살슌절ᄒ야신이, 당시 강도굴혈에셔 스람스람 그 셩세을 두리고 조취모손에 아쳠을 드리며 지순만 쩔일쑨 안이라 싱남싱여ᄒ던 여즈도 승세을 좃ᄎ 총구종신으로 례천 집강인 셔방이라면 여등용문으로 ᄒ디, 최밍슌 즈부 김씨난 초혼ᄒ 일야 남편이 무신 집푼 졍이 이스리요만는 강도쳔지예 웃쑥ᄒ 일야졍부만고입졀(一夜情

夫萬古立節)ᄒ나이라. 익셕짜 최밍슌은 ᄌ손멸망이라.

일일은 학쵸 례쳔 집강소 풍문이 ᄒ도 흉악ᄒ야 용궁 디죽동으로 피약골이라 ᄒ난 산에 올나 례쳔을 바리본이, 집강ᄌ드르 힝픠가 동학인으 집이라 ᄒ고 지손을 써러가고 그 집에다 불을 질너 열어 곳디 화염이 츙쳔ᄒ이 ᄒ날이 나러보시건디 세상이 크게 둘업더라.

ᄎ시예 집강ᄌ 등으 흉계가 영문 쏘겨 동학 ᄌ아 ᄌ공을 위보ᄒ고 ᄌᄒ로 지손강탈 살인 음구을 ᄒ되, 취상으로 박학니가 스람됨이 二十一세붓텀 슈쳔명 다쥼에 두령으로 쳐스긔모가 인난 ᄌ, 경향관부로 길이 인난 ᄌ, 금변 화지디도회에 울니 포군을 제가 절노군긔 밧치고 도인 민든 슈와 화호각산을 ᄒ야 각안기업 조약이득으로 쥬장훈 필젹이며 화지셔 례쳔으로 힝진할 즁노 마상에 답공문을 여스로이 ᄒ던 지주 옥걸이 드러셔며 다슈훈 선봉긔을 훈 말에 퇴진씨겨 古쳔방쳔으로 건너셔긔 훈이 실상 우리으 공을 되게 훈 쥬장자라. ᄎ인을 업시 ᄒ야 우리 공이 장구실상이 되고 휴일 위보훈 죄을 면ᄒ리라, 니거유처(來去留處)을 비탐ᄒ든 ᄎ,

우동 스난 김즁길이라 ᄒ는 ᄌ 저으 동싱 슈문이가 안동 진령군로로셔 증경에 학민이 무슈ᄒ야 말속 준민에게 그걸스 세도라쏘 무슈 학민 ᄒ는 즁, 심지어 손썹장이 최덥헐이라 ᄒ는 양민을 아모 도젹이라고 극훈 힝벌에 ᄌ복지 안이훈이 심지어 그 신경예 덧침을 박가 죽긴스며, ᄌ긔으 지세을 간롱ᄒ야 남으 일홈에 횡증ᄒ기 ᄌ싱ᄒ기로 학쵸 부친 통정공이 훈 변 엄정 발각 셜유훈 혐의을 품어 두어짜가 잇쩌 례쳔 집강소에 ᄌᄇ바 업쏘고 가손을 적몰씨겨 원

슈을 갑파보즈고 그 포군 오난 날을 상약ᄒ고 황소 다리 둘을 스다
록코 고디ᄒ다.

잇써 갑오 구월 십일은 학쵸가 가산을 정돈히녹코 츄슈을 ᄒ야
황도을 고인 ᄒ인 등으로 마당에서 황혼(黃昏)ᄒ야 티ᄉᆞ ᄀᆺ치 갈여
녹코 의례히 취침ᄒ련만는 마당에서 집을 드지 안이ᄒ고 감독을 맛
친 휴 이웃 스으 가을 건너 친고 스람 신틱셩(申泰成)으 스랑방에
셔 신틱셩과 시스을 말ᄒ다가 의관을 볏지 온이ᄒ고 퇴침을 뵈고
누어 셔로 담화 중에 잠이 드러 미지야지ᄒ시(未知夜之何時)라.
줌이 드러 ᄒᆫ 꿈을 어든이 몽쥬에도 그 스랑에 인난디 슈건 씨고 쌈
둥 옷 입고 조선총에 화셩불 달아 반작반박 보이며 밤 히미ᄒᆫ 중의
근 빅명 포군이 둘너ᄊᆞᆫ다. 완연이 발을 와 흔들거날 쌈작 깨여본이
신틱셩은 즈고 문을 열고 본이 하촌에 과연 몽중과 갓튼지라.

급피 신틱셩(申泰成)을 씨와 "저거셜 보고 진늬라." ᄒ고 쳔연이
나셔 그 집 뒤로 동산을 올나 나려다본이 몽즁과 ᄀ튼 포군 등이
학쵸집을 돌육ᄒ고 일변 지손을 쩌러 십리예 쌧쳐 간다. 그 중에
취상으로 줍고저 ᄒ든 스람이 업슨이 슈식을 일촌을 두진이 하날
이 지시ᄒ시야 그 동손에셔 구경ᄒ는 사람을 저으가 엇지 알니요.

김즁길이가 그 집 누상고을 두지라 ᄒ야 다시 와 슈식ᄒ되 쓰졀
다 일우지 못ᄒ고 도라가며 슈식을 광탐도 ᄒ고, 그 중 조금 지각
즈는 부러 불위라쏘 ᄒ며 ᄀᆫ다. 빅일(白日)이 동승ᄒ며 시뵈 안개
가 먼 스이 둘인다. 학쵸 조용이 신긔동(新基洞)이라 ᄒ난 디 김졈
쥰(金占俊)으 집에가 반겨 영접에 그 날은 피ᄒ고 황혼에 집을 오
다. 읍손 조당(鳥塘)골이라 ᄒ는 손에셔 친고 스람 신틱셩을 불너

니집 가족을 각쳐 갈 곳절 지휘ᄒ고, 기여 만ᄉ(萬事)을 신틱셩에게 부탁ᄒ고 졍쳐업시 써난다. 의용졉이라 ᄒ고 창셩을 광졔ᄒ며 셰계 횡힝ᄒ던 슈ᄒ 친병 오쳔칠빅 일흔둘 어듸 두고, 망혜죽장 쳘이강손이라. 신틱셩이 문 왈, "어듸로 갈낙쇼?" 답 왈, "우리가 친ᄒ기야 ᄒ지마는 도ᄎᆞ 힝장이 갈쩌ᄌᆞ라. 엇지 거쳐을 말ᄒ리요." ᄒ고 써나이라.

잇쩌 례쳔군 빅송동에 이밍션이라 ᄒ는 스람이 이슨이, 션몽듸(仙夢臺) 쥬인으로 이우암(李遇岩) 종손으로 일향에 연로망ᄉ오 문안(文顔)이 유명ᄒ야 남으 글을 ᄒᆞᆫ 번 보면 그 스람됨이 싱젼길흉을 판단ᄒ는 스람이, ᄎᆞ시 집강소 장문환 등이 박학쵸을 비밀졍탐의 줍부랴쇼 방방곡곡이 츤난 즁에 빅송동의 당ᄒ야 리밍션이 크게 호령 왈, "너ᄒ드리 엇지 ᄒ야 그 스람을 가손젹몰ᄒ고 무어시 부족ᄒ야 기여이 ᄎᆞᆽ ᄒ코져 ᄒ는야? 흉연을 당히야 막즁왕셰을 빅셩은 이슨ᄒ고 무쳐증슈할 써예, 창셩을 신원구졔ᄒ고 방금난셰을 당ᄒ야 양반ᄋᆞ젼 명식은 살 곳지 업ᄂᆞᆫ 걸 그 스람이 의용도인을 창셜ᄒ야 오빅연 반리 근쳐 족속을 구졔ᄒ고 화지(花枝) 팔월지스로 말ᄒ야 너ᄒ덜이 군긔을 묵쩌다 도진(道陣) 웁픠 밧치고 입도ᄒ야 신명을 스라지다 할 쩌 도즁죄인을 줍바쥬난 것도 졉슈치지을 못ᄒ고 반포일셩에 각안기업으로 화호약종을 셩입ᄒ야 스오만명 귀화씨긴 듸셩공쥬을 줍바 죽겨 남으 짱을 비실 흉계 너으 소위가 도로허 강도소라. 박모가 신원ᄒᄂᆞᆫ 날에 쳔지신명이 호호힌이 필야 너으 집강소가 베락으로 출도할 날이 이스이라." 다슈 쑤종을 감슈히 듯고 ᄀᆞᆫ이라.

시연 구월(九月) 십삼일(十三日)에 금능동(金凌洞) 봉황디(鳳凰臺) 뒤손(山)을 올나 썩는 단풍(丹楓)시절이요. 손흐(山下) 각 동을 바리보며 왕스니스을 심중에 상상흐이 손천(山川)은 고금(古今)이 갓건마는 초로인싱(草露人生)은 변복(變覆)도 일도 만타. 손슈의 탁젹흐야 부모쳐즈을 보존코저 흐이 관군의 지픾을 면치 못할 터요. 구구흔 쳑신이 천지의 의탁할 곳지 업고 동학의용병(東學義勇兵)을 시로 모화 드러서면 소위 례쳔 집강이야 잡바 셜치하련마는 그 다음 일을 스상흐이 당초에 본의가 부립호혈(不入虎穴)에 안득기즈(安得其子)지의로 가탁 동학이 셩공은 흐여시되 견기탈공(見欺奪功)을 회복즈흐고 다시 동학을 드러 집강소을 문제흐면 집강소난 관군을 빙즈흐고 진위디가 구원으로 동흐면 실상 동학이 되야 조가(朝家)에 죄을 면치 못흐고 졈졈 일이 장디할 터라. 아모쪼록 볍을 비러 신셜을 희야 될 터인디 져놈드른 동학 줍은 즈라 흐는 즈을 도로 문죄흐기.

썩가 조금 일직흐야 거스 귀급흔지라. 가근스게는 부득이흐야 부모형제 슌흥 남디동으로 가고 쳐즈는 인아친척의 긔거를 흐면 인아친쳑으 집도 편안지 못할 모양이라. 추추 동정을 보와 할 추로 나지면 이갓치 손의도 올나 보고 밤이면 근쳐 각동 친고으 집으 추진이,

세상변복과 인졍사상이 동학에 욕보든 스람 나을 보고 엇지도 그갓치 반겨흐나. 안스랑방이며 혹은 안방을 비우고 응졉흐야 옵작 반겨며 창졸 디졉 극히 셩비흐고 혹 쳐즈을 불분니외 상면씨기며 '우리 살여주던 은인(恩人)이오셔짜' 하며 흐도 반겨 고마흐이

도로혀 더답이 미안호고 나으게 길흉근 풍셜을 이익하게 역역히도
젼희주며 급기 쩌날시면 당시 염졀시졀이라. '노슈로 힝즈(行者)
논 필유신(必有信)이라.' 하며 육칠양 일이관식 쥰이 몸이 묵거워
가질 슈 업눈지라. 이집에 바다 져집에 두고 츄동의 바다 피동의
두고 젼지는 불가승용이요 비빌인졍이 혹 더신호야 수환이라도 위
험을 불고흐여 쥰다. 엇던 스람은 평일에 그갓치 유졍할 쥴 몰너던
이 나는 의지도 긔역지도 못흔 은인(恩人)이라 흐며 당쵸 궁도의
속덕을 흐도 흔이 도로혀 몸둘 곳지 미안터라.

일일은 용궁(龍宮) 어촌(漁村)에 신동건(申東健)의 집을 근이
흐도 반겨흐는 인졍은 불승형언이라. 잠시 유흐야 약근 쥬부을 츄
려 일단 포즈의 망혜쥭쟝으로 셔율노 향흐고 쩌눈이라. 그 노졍긔
가스(路程記歌詞)에 흐여시되, 귀글이요.

> 셔울을 치치달나 세상구경 역역하시 / 죽영(竹嶺)에 길이막켜
> 츄풍영의 길이막켜 / 조령(鳥嶺)으로 작노흔이 문경군 시원짜의
> / 쥬졈은 질비흐고 진쟝터이 십이노다 / 마포원 이십리난 산곡으
> 로 분노흔이 / 좌편은 이울영이요 우편은 조령이라 / 지죵형을 첫
> 즈흔이 인난곳지 어딜넌고 / 츙쳥도 목쳔짜의 조판셔으 집이라 /
> 노졍긔을 뭇즈흔이 이울령 이졍노라 / 십리근이 너분흔길 요강원
> 이 쏘십이라 / 오난스람 젼히업고 가난스람 쑌이라 / 영벤칠읍 흥
> 연으로 경쥬의 걸인드리 / 쳘이예 별려신이 잠근수상 일긔로다 /
> 일낙셔산 져문날의 요강원 슉소든이 / 손촌두간 봉노방의 남녀업
> 시 만이든이 / 둘너본이 좌우에난 경쥬스람 모도로다 / 셕반바다
> 먹난모양 혼상밥을 셔히먹쏘 / 잠을즈즈 누어신이 우난아히 소러

로다 / 그남편으 ㅎ는말이 ᄋ희소리 듯기실타 / 그거동 좀간본이 칙은혼마음 절노난다 / 여보그말 ㅎ지마오 그아히 우는소리 / 시장ㅎ여 우난비라 심장인나 상치마오 / 금야철이 셔로만너 혼방소실 되야신이 / 억제로 춤마견더 금실구박 ㅎ지마오 / 초야ㅎ시 잠을 ᄶ야 소변보로 문박난이 / 월식은 만정이요 야밤인젹 고요혼더 / 난더업난 일부인이 뒤으로 니달나셔 / 쥬저방황 ㅎ는거동 나을 보고 션듯ㅎ야 / 연괴줌근 무러본이 쳔연은근 더답ㅎ되 / 혼방에 즈든여즈요 나혼슈물 혼살이라 / 경쥬본더 ᄉ옵던이 흉연을 오연만너 / 칠일을 오난바의 소향은 졍쳐업고 / 밋난바 가장인더 츌가ㅎ지 육연근의 / 통심ᄉ졍 한변업쇼 픠악군속 ᄉ졀이라 / 여즈으 평싱소원 부모동싱 ㅎ직ㅎ고 / 민난바 혼가장이 일부종ᄉ ㅎ즈혼이 / 분명혼 오평싱이 그안이 인달ㅎ오 / 우연이 나난마음 연분으로 ᄶᄶ십퍼 / 비록쳡에 쳡이되고 종의ᄶ종이 되야도 / ᄉ졍을 알아쥬면 싱젼의 원풀이 / 오평싱 안이될듯 열여졍졀 잇ᄶ히도 / 졍졀이 허ᄉ라 그가장 ᄶᄶ 보면 / 고상도 씰더업고 오평싱뿐 할거신이 / 잠간보와도 평싱귀쳔이 혼변보게 달여신이 / 원을푸려 살여쥬오 그모양 줌근본이 / 장부쳐ᄉ 웃쑥싱각 자긔집일 더조혼다 / ᄉ람으 혼평싱의 영욕은 다이슨이 / 여즈마음 이슬이라 너으졍든 ᄉ든부부 / 이마음이 이실년지 모를거시 인ᄉ로다 / 잠근깨쳐 일너왈 세상ᄉ람 혼평싱이 / 혼변궁곤은 여ᄉ라 ᄉ람마다 인는겐이 / 궁박헐ᄶ 별노싱각 일반삼인 식ㅎ여도 / 초휴의 세상보면 불상혼 쥴 셔로알고 / 옛말ㅎ고 ᄉ난이라 이를ᄶ예 곤쳐가면 / 도로허 더못ㅎ야 힝복을 못밧난이 / 조심ㅎ야 조심ㅎ야 그마음부터 너지마라 / 계집ᄉ람 더답보소 인달ㅎ오 신명일너라 / 그날밤 진닌휴 개동초에 포개지고 / 셔울향히 지을넘어 십이근이 용바우 /

오리근이 연풍읍셔 삼십이 칠셩바우 / 이십리 괴손읍 산즁개야
너른곳더 / 물이론ᄒ 동셔촌은 셔으로 읍이되고 / 동편에 홍판셔
집이라 풍속은 경긔로다 / 이십이 류목정이 잠간드러 슉소ᄒ고 /
四十리 삼걸니의 십이근이 우레바우 / 二十리 구정베리 二十里 오
픵장터 / 三十리 목쳔(木川)가셔 안니장터 다달은이 / 죠판셔 더
쇼가이 셔울송현 환고ᄒ고 / ᄎᄌ갓든 지종형은 그집으로 ᄌᆺ난지
라 / 할일업시 밤을쉬고 한양셩즁 ᄎᄌ근다 / 개명초에 너달나셔
교촌이라 권셩원집에 / 잠간드러 조반ᄒ고 이곳풍셜 드러본이 /
곳곳마다 동학이요 ᄉ람마다 이시로다 / 十里근이 미일지는 초목
은 마쳔이요 / 시절은 단풍인더 바리본이 북역케난 / 구름갓탄 산
이야 목ᄒ로 보이ᄂ더 / 산슈인물(山水人物) 다초면에 ᄉ람자최
싱각ᄒ이 / 빅연ᄉ지 못ᄒ인싱 간휴ᄌ취 망연터라 / 슈청걸니 十
里근이 손ᄒ쳐음 개야너라 / 二十里 홍경이솔밧 너르고 나진산의
/ 낙낙장송 드린솔은 본난바 쳐음일너라 / 二十里 소사장터 잠간
가며 살펴본이 / 호호탕탕 너른덜에 활량업난 동셔로다 / 이곳시
절 풍연으로 곡호은 단풍인더 / 남북으로 통ᄒ더로 디로즁에 제
일이요 / 야즁노방(野中路傍) 살펴본이 쳥인왜인(淸人倭人) 전장
터에 / 장ᄉ군졸 간더업고 썰어진 의복이며 / ᄉ람죽근 피와무덤
목ᄒᄉ가 약시ᄒ여 / 옛일을 싱각ᄒ이 정히량(鄭希良)으 퓌진터
오 / 고금변복 싱각ᄒ이 흥망이 ᄌ최업고 / 허다죽근 싱명이야 죽
근터이 말이업데 / 十里근이 칠언바우 감쥬거리 진너가셔 / 개장
걸이 十里로셔 진위읍 다달은이 / 츄슈ᄒ든 롱부드리 점심먹기 ᄒ
창일네 / 얼는진너 도라셔면 잠근엽헐 둘너본이 / 장하다 일부인
이 화룡월터 잘도싱겨 / 그남편을 권ᄒ말이 절믄손임 말유ᄒ야 /
임으익거 만흔밥의 요긔ᄒ여 본너시오 / 외쥬인으 부른말이 여보

시오 여보시오 / 요긔조금 ᄒ고가오 디강 인ᄉ ᄒ온휴의 / 밥을바
다 먹그면셔 잠간보고 싱각ᄒ이 / 일반인ᄉ 좃컨이와 부인마암
싱각ᄒ이 / 밥을취히 말앗이라 그 마음의 도량이야 / 二十젼 부여
로셔 두렷ᄒ 모량힝시 / 휴복졍영 좃키되야 그남ᄌ으 복일너라 /
치하고 쩌난휴의 경쥬여인 싱각ᄒ이 / ᄉ람으 마암이야 천층만
층 경역일네 / 十里곤이 오미장터 즁밋곤 十里로다 / 二十里 더ᄒ
교 다달은이 수원(水原)이 十五里이라 / 슈원치레 볼작시며 남문
올나 구경ᄒ이 / 셩안 셩너 슈만호예 셔울이 비등ᄒ다 / 남문진너
북문든이 치례단쳥 허다비각 / 엇쩌ᄒ 명환드른 복역좃코 덕을깃
쳐 / 제명ᄒ여 령셰불망 만고에 ᄌ취로다 / 그다음 진너션이 모셜
모화 경쳐되야 / 연화가 만발ᄒ이 가을경치 찰란ᄒ다 / 二十里 ᄉ
근너셔 十里곤이 갈밋치라 / 十里간이 과쳔읍에 남틱령 넘어셔셔
/ 셩방들 十里간이 동작강이 五里로다 / 강상에 쩐난빈난 오락가
락 허다ᄒ듸 / 초초쥬자 자바타고 강상에 놉피셔셔 / 사면산천 살
페본이 갈려ᄒ 만학쳔봉 / 한양으로 긔운쥬어 十里안의 셔울이라
/ 돌모운이 五里로셔 남디문이 역게로다 / 북송현 ᄎᄌ곤이 울이
종형 만너본이 / 반갑기가 층업셔 ᄒ졍업난 인졍이라 / 슌임아히
인ᄉ벙졀 모양좃ᄎ 긔이ᄒ다 / 유련ᄒ 열어날의 장안셩즁 구경ᄒ
고 / 이목에 허다구경 다어이 셩언ᄒ리 / 그즁에 ᄉ군친구 인졍이
긔이토다

잇쩌 셔울은 졍부(政府) 힝편이 셰록디관 즁에 두 파가 이슨이
동학(東學)으 혁명 풍셩은 셰록(世祿)을 혁파ᄒ고 인도졍의(人道
定義)을 셔우면, 자긔예 셰력을 보존키 쥬장ᄒ야 군쥬을 찌고 졍
부공ᄉ을 쥬장ᄒ야 쳥국(淸國)을 ᄌ젼으로 조공ᄒ고 셤기든 슈구

275

당은 동학을 치기 청국정부의 청병을 ᄒ고, ᄯᅩ 일본(日本)예 친압 ᄶᅥ져 ᄒᆞᆫ 조신은 일본으로 청병ᄒ고 양국 구원병이 병츌ᄒ야 청국 병정은 조션을 ᄌᆞ고로 ᄌᆞ기국 제휴국이라 층ᄒ고 자세ᄒ며, 일본 장병은 조션정부가 울이을 청ᄒ고 ᄯᅩ 청국병을 청홈은 일본을 무시ᄒᆞᆫ 틔도 잇고, 청국은 자기 국도 보젼능역이 업난 ᄒᆡᆼ편에 엇지 타국을 구ᄒ리 능시도 ᄒ고 ᄎᆞ시을 타 청병을 호령 박별ᄒ면 열국에 강국이 되고, 셔(西)으로 청국을 박츅ᄒ면 북(北)으로 노국은 스스로 위염을 보여 녹코 그 안에 조션(朝鮮)은 스스로 장중지국이라도 의즁지국이라도 할 터라.

동학은 본시 일청관계을 싱각지 못ᄒ고 ᄌᆞ국ᄉᆞ상에 ᄉᆞ지 못ᄒ야 ᄌᆞ국정부을 교졍코져 ᄒ고, 혹은 우션 ᄉᆞ지 못ᄒᆞᆫ는 학민에 부루지져 난동도 ᄒᆞᆫ 터이너라. 엇지 ᄒᆞ여션지 일청 동병ᄒᆞᆫ 이상의 일청 졉젼 승픽 휴면 ᄌᆞ연 동학은 다시 ᄮᅥ을 어더 승ᄒᆞᆫ 국과 흡심되기 젼은 ᄋᆞ직 침식 안이되고 못될 지경 일너라.

잇ᄯᅥ 일본군딕가 강경여긔로 청병을 셔울셔 다라 소ᄉᆞ덜에 와셔 졉젼ᄒ야 청병박츅에 딕승젼ᄒ야 승승장구로 평양에 가셔 ᄯᅩ 딕승 쳡ᄒ고 ᄶᅡ라 ᄶᅩᄎᆞ 마관(馬關)ᄭᅥ지 가셔 을미(乙未) 츈에 일청 ᄀᆞᆫ에 마관(馬關)조약이라 ᄒ면 열국이 다 안난 비너라.

각셜 잇ᄯᅥ 조션정부의셔 일(日)쳥(淸)의 청병이 동병닉도ᄒᆞᆫ 휴로 각도 각군의 민병(民兵)을 창긔도 ᄒ고 진위딕도 츌진ᄒ고 동학진ᄋᆞᆸᄒ기 쥬장ᄒᆞᆫ이, 각도 각군 연로에 동학진도 창궐ᄒ야 목목이 막가 잇고 민포군이다 진위병도 각쳐 목목이 막가 잇고 별노 승픽은 아즉 업스되, 각각 낫낫츠로 ᄒᆡᆼ동ᄒ면 민포군 진위딕로 동학

좁바닷트로 죽기고, 동학도 힉코져 췩당 민포는 낫낫치 즙기도 흔이, 힝노에 힝인이 막히고 도쳐예 셔로 접젼형세을 쥰비ᄒ며 셔로 집에 츙화도 ᄒ고 개인살상이 불가승슈라. 츠지경에 학쵸으 경읍 흔 일이 가층이라도 동학을 잡바짜은 예쳔 집강을 잡바 증치히 달나고 법관에 쳥구ᄒ기 극난할 모양이라.

지종형 박츈리로 인히야 당시 경상감스 조병호으 장질 조흔국(趙漢國)으게 례쳔 집강 장문환 등으게 불법억울을 당흔 말을 ᄒ야 당시 연로에 편지도 니왕이 어려울 쩌로되 특별흔 조흔국으 편지을 어더 가지고 경상감영 디구로 향ᄒ야 쩌날 시, 날이 만히 집 싱각이 몽민ᄀᄂ에 잇지 못히 판슈 불너 문복흔이 가졍소식 니일노 안다 ᄒᄂ지라. 그 명일 바리 깟터 셔울을 쩌나 나러온난 노졍긔 가스에 긔록흔이,

사평강을 건너셔셔 용인읍니 다달은이 / 고향스람 황경쳔이 반겨이 상봉흔이 / 그스람으 일은말이 동난진이 쳐쳐에 막가잇고 / 조령산성 문을닷고 포군이 슈성ᄒ며 / 장스 안이면 가지못ᄒ고 실언ᄒ면 목을치고 / 연로에 힝막비여 슉식이 어엽읍고 / 귀딕안부 드러본이 약시약시 진니온이 / 가졍염여 달이말고 열노에 조심ᄒ여 가시오 / 하직ᄒ고 도라셔셔 갈길을 싱각흔이 / 문복도 할거시오 조심은 특별이라 / 연로변 살피본이 창황억식 거동이야 / 불질은 빈터이며 스람업난 빈집이며 / 총면스람 오락가락 十里五里 유진흔이 / 민포에 가난스람 동학에 가난스람 / 허다봉칙 더우ᄒ기 활협인난 언권으로 / 민포에난 평민으로 디답ᄒ고 동학에난 동학으로 디답 / 민병에난 정부영을 아라 동학에난 동학이치 아라 / 더

277

답에 슈단이야 언언이 위지로다 / 허다봉칙 진녀셔셔 쥭산을 다달
은이 / 수빅명 병정들은 쥭산읍에 유희잇고 / 수쳔명 동학군은 무
긔장터 유진ㅎ고 / 물안비을 다달은이 시베날 곤난길에 / 멀리엽
난 송장은 동복을 가조입꼬 / 길을막가 허다누어 타넘무면 싱각혼
이 / 모골이 송연ㅎ야 싸에발이 안이붓고 / 달이목을 건녀션이 허
다혼 일본병정 / 총집꼬 흔도추고 좌우에 별어션뎌 / 스람목을 너
혈비여 악슘남결 믿드러어셔 / 각기다라 흘은피는 비린니음 승쳔
이라 / 얼푼보고 압만보고 쳔연히 진녀올 제 / 인비목셕이라 엇지
ㅎ야 무심ㅎ리 / 문경(聞慶)시지 상문(上門)온이 셩문을 구지닷고
/ 문틈으로 너허본이 슈빅명 병정이 좌우버러셔 / 위염도 장할시
고 진녀갈니 그뉠언고 / 문을 뚜달이며 밥비열어 달나혼이 / 그중
에 감토씬 장관이 하졸을 분부ㅎ야 / 문을 열어쥬며 스람을 인도ㅎ
야 / 진중으로 드려안치고 거쥬 셩명이며 / 무신소간 어뎌로 乀다
오며 이목에 허다본일 / 무슈궁문 ㅎ는중에 힝장이며 쥬면지며 /
역역히도 뒤져보고 문답실칙 다업신이 / 공연히 말유ㅎ면 길을가
지 못혼다 / 장부으 간담이야 업고보면 쥭난게라 / 정신을 온용ㅎ
고 소리을 여셩ㅎ야 / 장관더히 이른말이 아동방 조션볍의 / 볍례
난 일반이라 군중에도 군율이 이실진뎌 / 도적을 살피보와 난세을
틱평코져 할진뎌 / 쳘리허다 힝노인을 무단집탈 잡블진뎐 / 평세
에난 이일노 쫏츠날비라 이볍은 하졍부에난 볍이오 / 그중의 뎌장
이 하는말이 분명혼 장부으 언시로다 / 관계말고 써나시오 장ㅎ시
고 의무당당 / 보든바 쳠이로소이다 ㅎ직ㅎ고 써나션이 / 셩문너
히 간뎌마다 이 거동 진녀난이 / 굴모웅이 나려션이 가던길이 역게
로다 / 용궁영동 나려와셔 가졍소식 즈셔듯고 / 뎌구감영 나려갈
시 여의골 다달은이 / 혼스람으 거동보소 이스간난 경쥬스람 / 손

을 줍고 통고훈이 통곡은 무삼일고 / 디답업시 통곡훈이 보난스람
민망호다 / 이소연으 거동보소 우든소리 진정호고 / 노방에 폐쳐
안즈 진정으로 호눈말이 / 경쥬산다 호온이 동향 지인이오 / 소회
는 동이라 이시이시 가지마오 / 나도본터 스던모양 호구는 걱정업
던이 / 진작안즈 듯는말이 츙청상도 올나가면 / 흉연업고 밥존곳
디 시정흔코 인심좃타호야 / 가슨을 진미호야 경보로 짐을믿이 /
짐쑨은 두리요 소솔은 서인디 / 모친나흔 셜른(三十) 셔(三)이오
이십지경 쳥상인디 / 너나흔 십팔이요 너자나흔 십구세라 / 열어
빅리을 나간이 쳥츈녀가 발병나셔 / 촌보도 갈슈업고 힉는장ㅊ 셕
양은희야 / 쥬졈은 삼십리 갈참인디 절면쮜며 한탄할제 / 맛참만
닌 빈말쑨(馬夫)에 삭닷돈에 티여갈시 / 치을지여 가난거동 이슨
모 저슨머리 / 구름갓치 진니간이 싸라갈길 정히업셔 / 일모황혼
저믄날에 갈쥬막을 ᄎᆞᆽ근이 / 간디업고 본이업셔 실처호고 도라
션이 / 뒤예 오든 짐쑨보소 모친을 바려두고 / 먼여간다 ᄎᆞᄎᆞ오라
ᄒᆞ고 도망을 쏘갓신이 / ᄎᆞ질길 졍이업셔 모즈 셔로쥽고 / 일장통
곡 ᄒᆞ고난이 밤은집허 근슨곡에 / 근쳐혼곳 바리본이 창에불이 보
이거날 / 불을싸라 ᄎᆞᆽ가셔 쥬인불너 간쳥호이 / 모친은 안의즈
고 나는 외당의즈고 / 시벼날 개동초의 모친을 불너 가즈호이 / 이
런벤괴 어히잇쏘 쥬인은 ᄎᆞ시 환부라 / 열세히 쳥상슈절모친(靑孀
守節母親) 이날밤의 회절ᄒᆞ고 / 진졍으로 ᄒᆞ난말이 엇지할슈 업난
스세 / 나는임의 이집스람 되야신이 너난이곳 고공인나 사라 / 이
말잠간 듯쏘난이 모친안싞 쳔연ᄒᆞ다 / 통곡혼즈 절노나셔 스세을
싱각호이 / 어제혼날 직물일코 고은안희 정절모친 / 두리모다 시
집가고 니혼몸 나마신이 / 산쳔인물(山川人物) 나션곳디 도라셔난
혼몸이오 / 여보시오 가지마오 통곡을 시로ᄒᆞ데 / 이구경 잠간호

279

이 부운 갓튼 츠세상의 / 사람으 변복이여 시각이 줌간일네 / 효령
(孝靈)장터 드러션이 군위(軍威)의흥(義興) 췌졈훈이 / 바람의 긔
발이야 일광(日光)을 히롱ᄒ고 / 다부원(多富院) 드러션이 왜인은
집을짓쬬 / 인동(仁洞)션산 췌졉군이 연로에 나렬ᄒ다 / 칠곡읍 드
러션이 칠곡부ᄉ(漆谷府使) 사공역이 / 승젼ᄒ고 들온길에 거화가
꼿밧치라 / 디구개명 드러션이 증쳥각 뒤방의난 / 조흔친고 동유
훈이 각쳐에 소식드러 / 영변칠읍 흉연이요 긔외 팔도 동학이라 /
젼나도 운봉이며 안의흠양 등지와 / 진쥬션쥬 의령으로 병졍이 오
락가락 / 츙쳥도 괴슌이며 강원도 영월등지 / ᄉ람죽근 소식이야
춤아엇지 드를이요 / 조ᄉ 휴 쳥영소리 조셕으로 개폐문은 / 볍영
이 엄슉ᄒ고 츠쳥ᄒ문 ᄒ올시라

　각셜 잇써 학쵸 감영의 통ᄌ을 영문 장판 각 쵝장이 리츈일(李春
一)을 인ᄒ야 증쳥각 뒤방ᄭ지 드러가셔 감ᄉ을 보고 그 홈씨 조한
국으 편지을 드리고 경셩으로 단여온 말과 조령(鳥嶺)쥭영(竹嶺)
이ᄒ 팔월 젼에 동학으로 불입호혈(不入虎穴)이면 안득기ᄌ(安得
其子)지의로 례쳔군(禮泉郡) 화지동(花枝洞) 동학디도회에셔 례
쳔군 집강으로 교졉ᄒ야 조쥭(鳥竹) 양영 이ᄒ 안의셩(安義城) 이
상(以上)은 ᄉ오만 동학이 실심귀화(實心歸化)ᄒ고 각자귀가(各
自歸家)로 팔월 二十八日 례쳔ᄉ을 군슈(郡守)으 ᄒ졉(下接)ᄭ지
다슈왕복(多數往復) 본말이며 방포일셩에 각ᄌ 귀가ᄒ자 훈이 부
지미말(不知尾末) 동학ᄌ 물너간난 형용이 변동 픠진 굿치 니용
(內容) 셩격을 다 말ᄒ고, 집강ᄌ와 군슈가 허위에 줍분 보고 ᄒ 말
과 허다 빅셩으 지슨 인물 상히ᄒ는 형지며 거짓 ᄌ공 보고훈 누셜

을 업시고져 주긔집을 일일 적몰당호 말을 고빅호이 감사가 즉시 영리(營吏) 불너 특별호 관지훈령(關旨訓令)을 혼다. 호여시되,

감결례천(甘結醴泉)

동도 효유호난 스(東徒爲曉諭事) 임의 연히 신칙호미 이슨이(已有連銘而) 만약 실심으로귀화호 직(若已實心歸化) 곳 평민으 혼가지라(卽一平民也) 전답 검사히 뺏기와(被驗田畓) 가순을 탕진히 뺏기와(蕩折家産) 종종 들임이 이스되(種種有入聞者) 과연 그런가 아지 못히던이(未知果然而) 만약 귀화호 뒤에(若歸化後) 쏘 궁극히 츠즈 쎄심이 이스면(又有收推究則) 이는 스스로 스난 시길을 쯘난지라(是絶自新之路也) 이거시 궁구가 안이야(此非窮究耶) 진실노 그런거시 민망호이(誠爲悶然) 저 근일 드름의 말호이(以近日入聞言之) 본읍 우음동 스는 박학리(本邑于音洞居朴鶴來) 그시 위협이 됨으로(爲其勒脅) 계우 드러다 귀화호 직(纔入旋歸則) 맛당이 쎄와 편이 살기 붓드러쥬어 일을거설(宜其曉諭安撫而) 소위 집강 아전이(所謂執綱吏) 만으나 저그나 살임 물건을(巨細産物) 몰슈히 쎄스가고(沒數奪去) 전답도 쏘혼 속공혼다 호이(田畓亦屬公云) 들임이 밋친 바의(聽聞所文) 히영혼 탄식을 진실노 쎄다를지라(良覺驗歎) 이예서 훈령을 발호이(慈以發甘) 일은난 곳 박민으 가순집물 즈서히 조스호야(到卽詳査朴民之家産斗物) 물목과 갓치(依物目) 낫낫치 도로 니여쥬고(一一還出給) 전답등스는(田畓等事) 일절 다시 침볍말고(切勿更侵) 그 집강아전은(該執綱吏) 엄히 다실너 쓰려 뒤 여페을 막기호며(嚴杖杜後爲旀) 이외도 이궃튼 폐단이 잇거든(此外如有比等之弊) 쏘혼 곳 스실히셔(亦卽査實) 도로 니여쥬고(還給) 일체로 달여 보호되(一體馳報是矣) 짜라가며 잡는

절추을(追捕之節) 힘을 더ᄒ야 신칙할ᄉ(號加操飭向事)

갑오 십월 십오일 지영(甲午 十月 十五日 在營)

슌찰사(巡察使) 인 押 手決

잇썬 각도에난 영문에 각군 맛튼 영쥬인(營主人)이 이셔 영쥬인은 영문에도 유슈ᄒ 스령이라. 례쳔 영쥬인이 상영에 관지을 근ᄌ로 말ᄒ면 훈령공문을 가지고 례쳔을 달여와 군슈으게 도부ᄒ이 육방관속이 송율할 ᄲᆞᆫ드러 소위 집강디장의 장문환(張文環) 부집강에 황경지 등이 엇지할 쥴 정신을 찰일 슈 업고 셔실 잇든 집강 풍셩이 속으로 병이 든다. 황황급급으로 군슈도 엇지 할 슈 업셔 집강이와 제반공형으로 의론을 날노 ᄒ되, 혹은 급피 박모을 ᄎᆞᆽ지산을 ᄎᆞᆽ쥬자 ᄒ되, 허다 빅셩으 지산을 써러가 젹여구신 중에 춧기도 가지가지 얼엽고 쏘난 써러올 씨 슈다 포군 등이 각기 ᄌᆞ기 물건ᄀᆞᆾ치 중ᄀᆞᆫ에셔 은익ᄒ야 일일환슈도 극히 난편이라. ᄌᆞᄎᆞ로 일ᄌᆞ가 지완ᄒᆞᆫ지라. 만일 이 소문이 민간에 드리면 쏘 큰 일이 더 날분더러 다시 써러다 먹난 힝십 못할분더러 속그로 영문 감결 거힝을 엇지 할지 걱정 중으로 결말이 업난지라.

잇썬 학쵸 례쳔 집강으 소위 만만지완ᄒᆞᆫ 형지을 다시 소장 지여 감영에 전ᄒ이 그 소장 지영에 ᄒ여시되,

이 특별ᄒᆞᆫ 훈령을(纔有別甘ᄒᆞᆫ이) 셩화 거힝ᄒ되(星火擧行) 일일이 닉여준 휴(——推給後) 형지을 보ᄒ이오고(形止報來) 확탈할 씨의 작경ᄒ 놈 셩명 뉘기뉘기을(攫奪時作校人姓名誰某) 쏘 ᄒᆞᆫ곳 갈르처 보ᄒ이올사(亦卽指報白事)

十二月 初一日 醴泉 본관(本官)

순찰사(巡察使) 슈결(手結)

감결예천(甘結醴泉) 지도(再度)

본읍 우음동스난 박학니으(本邑于音洞朴鶴來) 가슨 견탈흔 물거과 견답츄슈곡슈을(見奪産物與田畓秋穀藪) 집강쳐의(執綱處) 츠즈 써너여 쥬라흔 쓰지(查推以給之意로) 흐령 발흐지 임의 열흘을 진 니도(發日已過一旬) 쳐음 엇지흐여 다은보고가 업난 연고로(初無如何之報故) 방양으로 간절이 놀니 의심흐던이(方切疑訝) 이제 박민으 다시 아류을 보고(今見朴民更訴흔이) 즈읍으로(自邑) 거힝홈이 업신이(無爲擧行云) 이거시 엇지흔 곡절인지(以何委折是喩) 비록 작일의 동학의 드러짜도(雖昨日入徒) 온날날 귀화흔직(今日歸化則) 진실노 궁극히 쎗난 거시 반닷지 못흔이(固不必推究而) 집강이난 써 픠악흔 난을 지우멀 면치 못흔이(執綱吏以爲未免亂悖) 임의 지극히 희연흐거온(已極驗然) 흐물며 영문흉영 아리(況營甘之下) 곳 거힝을 안이흔이(不卽擧行) 덥허둔 날이 만흔지(掩貳多日有) 더옥 두고 의론치 안이홈이 올치 못흔이(尤不可寅之勿論) 갓치 더부러 보호치 안이흔난 슈령이 아울나(幷與積報之首刑吏) 먼져 미을 엄이 쎠려 증계흐고(爲先嚴杖懲勵) 흔가지로 쎄스온 집물을(同兩奪斗物) 져져 물어준 휴의(這這徵給後) 열록흐야 성칙을 짝가(列錄修城冊) 바다짜는 포을 바다 보흔디 붓쳐(受受標粘報) 전답짜는 일절 침볍을 말기흐며(田畓發置切勿侵濡爲称) 거힝흔난 형지을(擧行形止) 성화갓치 보희(星火馳報) 혹다시 지체흐다가 큰 싱경을 나지말게 할수(無或止滯大生梗白事)

갑오 십이월 초흔로날 슐시 (甲午 十一月 初一日 戌時) 직영(在營)

巡察使 슈경인(函押)

이 특별흔 훈령을 감영에 례쳔 쥬인이 본군에 도부흔이 군슈와 집강 두슈인과 슈형이(首刑吏) 등이 영문 감결 거힝이 시일 급박흐믈 경신을 추리지 못흐던 추에 거힝은 흐고도 다소 상위가 이슬 터라. 걱정근심으로 진니는 중 긔긔괴괴흔 스람 이슨이 좃쳐된 젼말을 유렴흐야 츠쳥흐회.

션셜 례쳔읍(醴泉邑) 삼문(三門) 밧(外) 나셔 우편(右便)에 안동 집이라도 흐고 본니 안동 살 써 죽산(竹山)이라 흐는 집 계집이 이슨이 긔션(其先)은 죽산셔 스라 도적으 계집으로 그 도적이 안동 와셔 도적으로 영장으 게집되여 감옥에 이실 써 남편을 짜라 안동 와셔 당시 안동 영장도 군로(軍奴)흐면 그들으 셰도라. 도적 죱바와 감독에 관계흔 군로에 셕디홍(石大興)을 친근이 흐던이 그 도적은 죽쇼 셕디홍(石大興)으 첩(妾)이 되야 안동셔 쥬식영업(酒食營業)을 흐는디, 자식이 졀등이라도 할 듯 흐고 언어 슈작이 조화가 능쳥흐야 족히 피츠 쳥연장부으 오장을 낙굴만 흐던이,

안동군(安東郡) 신셩동(申城洞) 김영훈(金永勳)이라 흐는 스람 칭호난 셕여라. 그 아비난 벤벤치 못흔 목슈(木手)로 솔미장(松美場)이라 흐는 장에 쇠약긔 장슈로 집의 빈흔을 견디지 못흐야 약간 비운 문필은 과거볼 즈력이 업셔 젼젼걸식으로 셔울 가셔 각디신으 집 쳥지긔도 흐고 귀인즈제 글사장도 되고, 차차 경셩에 발연이 느러, 당시 풍속이 시골에 각군의 아중출입 경셩에 스환가나 디신셰도 집 출입흐면 모로는 관원은 아는 친고 조관으 두호 편지을 어더 붓치고, 이갓치 지면을 연낙흐야 협잡으로 히인비긔(害人肥己)에 다디흔 돈도 비밀 엇긔도 흐고, 심지어 미관미직에 소

개도 ᄒ고, 엽전 당시라 환전에 소개비도 크게 먹고, 그 ᄀ튼 환전
이며 버살에 공명첩지 미미등ᄉ며 업난 ᄌ 인연ᄒ야 그 족척에 증
족ᄒ기 각군에 이속으 소임개ᄎ 청전이며 ᄉ문ᄉ 존문에 밀고 쎄
기, 능청간활ᄒ 슈단이 엇지 굉장하던지 셔울셔 조정에 베살 나난
관보을 보고ᄌ 긔 아비와 일홈 갓튼 ᄌ 전라도(全羅道) ᄉ람 감찰
ᄒ 걸 보고 홈창(咸昌)ᄉ람 김무경으 손을 비러 감찰 교지며 국보
을 위조ᄒ야 그 부친을 감찰로 힝세씨긴, 이 집에난 부모을 쏘기고
나라에 임군을 쏘긴 ᄌ라. 그 외 제반 힝장을 엇지 다 칭양ᄒ리오.

경향 각 군을 츌모 니왕할 쎄 안동부ᄉ(安東府使) 오쥬경이며
경상어사(慶尙御使) 김사철이도 각기다 김영훈을 줍바 엄장 가슈
ᄒ고 죽길나 ᄒ다가, 경성 각ᄃ신으 편지가 츅일답지ᄒ야 김영훈
으 세역을 막지 못ᄒ고 남겨둔 지라.

김영훈이가 안동을 오면 셕ᄃ홍(石大興)으 집에 단골 식쥬인으
로 이셔 죽산(竹山)집과 근통ᄒ야, 셕ᄃ홍은 진영 군뢰로 관문에
나제난 집 나오기 드물고 밤이면 집 나오는 날이 근혹 되고 집을 나
와 ᄌ는 날이면 시베미명에 입변가는 터라. 기근 빈틈은 젼허 김영
훈으 ᄎ지되야 간통에 졈졈 졍이 깁퍼 혹시 보난 셕ᄃ홍(石大興)을
남편으로 ᄃ우할 마음이 업셔 두 ᄉ람으 눈에 갈이 씨는 ᄎ에,

일일은 셕ᄃ홍이 감긔예 병이 드러 약을 지여 먹을 제 ᄉ약을 겸
복씨겨 죽겨 업시고 그 집 셕ᄃ홍 가산 집물 계집까지 몰슈히 가지
고 례쳔읍에 이스히 식쥬가(色酒家) 영업(營業)을 ᄒ이 이거시 안
동집이라 ᄒ는ᄃ. 김영훈으 본집은 촌에 '간실이'라 ᄒ는 ᄃ 이스
히 잇고 셔울에 첩도 잇고. 츌몰ᄒ고 업실 ᄉ히면 죽산(竹山)집이

라 ᄒᆞᄂᆞᆫ 스람은 ᄌᆞ티아양에 청츈을 롱낙ᄒᆞᄂᆞᆫᄃᆡ 례쳔 일읍에 유슈ᄒᆞᆫ 세역 아젼을 제각기 통간에 졍을 두고 심지어 민형ᄉᆞ(民刑事) 청촉에도 비밀 세역가라 할 만ᄒᆞ이 각군슈 각더신을 체결 조혼 김영훈으 쳡이라. 겸ᄒᆡ 비밀인 듯 완연으로 유슈ᄒᆞᆫ 관리으 졍홉실(情合室)이라. 간부 즁에도 특별 구변교 ᄲᅮᆫ안이라 동난시 집강이에 장문환으로도 졍분이 젹지 안이혼 살친구라.

차셜 개명혼 셰계난 지판소에셔 개인으 사형션고을 제일 두리지 만는 이왕조(李王朝) 당시난 어ᄉᆞ으 출도라. 그 다음 영문관지라 ᄒᆞ면 그 삿건에 더ᄒᆞ야 비단 군슈 관속 ᄲᅮᆫ안이라 산쳔초목도 썰썰 썬다 졍신을 찰리지 못할 쎠라. 추시에 박학쵸으 ᄉᆞ로 감영 관지가 거듯 두 변이 도달혼이 관졍과 각관쳥이며 소위 집강소며 슈근슈근 의론이 불일ᄒᆞ며 쥭산(竹山)집은 모다 모혀 걱졍 소가 된 추졔 김영훈(金永勳)도 셔울셔 와 혼가지 모힌 쎠 된지라.

져 각기 안난 더로 조혼 힝편을 싱각혼이 박학쵸으 부친이 셔울셔 츙훈부 도ᄉᆞ 베살이라. 이비ᄉᆞ과로 이력할 쎠 셔울 쥬인이 김영훈으 소가 쥬객지점의 남다르고 학쵸으 지종 박츈ᄂᆡ(朴春來)와 김영훈(金永勳) 동시 경상감ᄉᆞ 집과 친근혼 ᄉᆞ이라. 그 ᄉᆞ이가 셔로 언충 계종할 만ᄒᆞ고 쥭ᄉᆞᆫ(竹山)집으 조화로 집강소 지산 쓰더로 가지게 바다 록코 김영훈이가 무ᄉᆞᄒᆞ여쥬기 박모을 누이고 영문에 고만 두기로 담당ᄒᆞ고, 청촉의 지산은 평싱 최상으로 어더 록코 의긔양양ᄒᆞ기 디구 와셔 감ᄉᆞ의게 말ᄒᆞ되, '박모으 물건을 관치더로 다 너여 쥬어시되, 박모으 종젹을 ᄋᆞ직 만나 보지 못ᄒᆞ야 영슈(領收)증을 못바다 기다리ᄂᆞᆫ 즁이라' ᄒᆞ고 학쵸 영문에 오기을 기달니더라.

을미연(乙未年) 이월(二月) 십삼일(十三日)에 디구 징청각 뒤 솔리지(素理齋)예셔 학초가 김영훈을 디흐야 슈작이라. 례쳔 집강에 이 스람으 일을 전부 영훈씨가 일일이 초즈 담당흐엿짜 흔이 전말(顚末)을 무른 직, 김영 왈, "드른이 난리을 피흐야 경쥬에 가셔 우접흐여싼이 다힝흔 일이라. 례쳔스야 우리 정분이 세교(世交)에 범연할 일 업신이 가손집물이야 여의이 차질 슈 인나마는 초진 걸스 엇지 경쥬까지 원로 가지갈 슈 업고 토지난 미미 못흐고 쏠쏠 마라 져가지 못흐고 보관흐여 쥴거신이 염여 말나." 흐거날 학쵸 왈, "당연이 글얼 터라. 토지난 미연 츄슈나 잘 반분흐여 감독 슈고을 흐여 쥬시고 집은 신틱셩을 보관으로 쥬라." 흐고 피초 신신으로 분슈 작별흔이라.

각셜(却說), 갑오(甲午) 동지(十一月)달에 디구을 니왕흐며 세상에 처신(處身) 곳졀 정치 못흐고 학쵸 지종제 박진사(朴進士) 영릐(英來)을 인흐야 실인 강씨부인(姜氏夫人)을 다리고 우선 피란으로 상쥬군(尙州郡) 쥬암동(珠岩洞)에 족인 션쥰으 집에 일간 방을 정흐고 잠종비적흐야 세상동정을 경역할 시 일일은 지종제 박진스(朴進士)가 외간 소식을 드러 왈, "이 달 이십일로 경긔 통문에 각읍 동학이 상쥬로 디도회을 흔다 디단흔답드다. 형임이 다시 흔 변 가셔 구경을 흐시고 리두는 흐여흐던지 례쳔 집강을 줍바 친히 문죄흐여 보시오."

학쵸 답왈, "그디난 니두세스 으지 못흐는 비라. 셜혹 흔변 신셜을 흐드라도 그 뒤예 쏘 일은 예손흐야 득실을 결국 흐난 지스(智

士)으 쳐싯이 안이될 이유 드러보게. 니가 본시 참 동학에 탁적이
안이라 진(眞)야부(否)야 근에 의무(義務)가 여지가 이스면 롱가
셩진(弄假成眞)도 잇지만는 동학(東學)에 본(本)취지가 유불션
(儒佛仙) 삼도인디 고금쳔흐에 션비나 붓쳐나 신션이 어디 다즁
(多衆) 취당흐야 인민 근에 어디 셔로 공격을 흐디 이스리요. 일졈
션비가 인민에 디위로 혹 취당이 이슨들 그 정부 명영 업시 란동흐
면 인인득이 쥬지흐는 법에 용셔 업슬 터. 셜혹 나라에 무법흐야
도탄성영이 창의을 흐드라도 초흔(楚漢)시졀에 한픠공(漢沛公)
이 의제(義帝)을 발상 거병흐는 의무(義務)나 삼국(三國)씨 조조
난 심즁에 포흠은 달나도 협쳔ᄌ(挾天子) 이령제휴(以令諸侯)흐
이 언필층 쳔ᄌ영이라 항변흐는 스람으게 망망흔 긔호을 셔우건이
와. 현시 동학은 픠망 휴 다시 타국힘을 밧지 안이흐고 안직은 정
부가 반디흐고 셔(西)에 쳥국(淸國)이다 동남(東南)에 일보(日
本)이 경부와 동심흔이 만일 다시 동학에 탁적흐고 일이십연(一二
十年) 니에 조션짜에 신명을 보존 못할 거신이 즁근에 흐도 동학이
작폐흐기레 기시난 우션 제어할 스람이 업슬 찌에 흔 변 장부으 용
단으로 싱민을 구제흐고 오쳔칠빅 칠십여인(五千七百七十餘人)
은 실심 나와 ᄀᆞ치 귀화흔 결심 이상에 다시 엇지 반복흐리요. 금
변 상쥬 디도회가 ᄌᆞ연 무효디 귀가 될이라."흐여던이 기휴 소문
이 과연 시종이 불여흔이라.

朴鶴樵實記 劵之

02 鶴樵傳 二(책)

朴鶴樵實記 卷之三 박학초실긔

각셜 보통 스람이 세상에 쳐ㅎ야 죄악이 극독ㅎ면 ㅎ날이 즈연 용셔치 안이ㅎ고 불힝이 난세을 당ㅎ야 남으게 적악을 혼다 긔군 망상을 혼다 탐지호식을 혼다 유공은인(有功恩人)을 은공을 음치 ㅎ고 죽려 업시ㅎ고 자긔으 몸에 즈공ㅎ고 저 정부관청에 보고혼 자 례천군 슈집강(首執綱)에 장문건(張文健)은 일명을 장문환이 라도 ㅎ고 외명은 장즈근긔이요 짓체는 공싱으로 연소 부랑에 두 목. 갑오연(甲午年) 당시 슈집강이 되야 이상에 긔록혼 범죄을 ㅎ 고 의긔양양 즈득이 이던이.

을미츈(乙未春)에 디구 진위디에셔 례천에 소위 집강에 장문건 으 죄악이 난시을 당ㅎ야 죠쥭양영(鳥竹兩嶺) 이하(以下) 동학난 리을 화지디도회(花枝大都會)예 의용졉 박학쵸가 오쳔칠빅 칠십 여인에 흡심(合心)두령으로 루만인민을 실심 귀화케 ㅎ고 그 중에 죠가(朝家)와 동학(東學)중에 죄인을 잡바쥬고 중ㅎ 약조을 의지 ㅎ고 례천 옥걸이에셔 군긔와 총을 묵거 밧치고 살여쥽시ㅅ 자복 할 제 당당디의예 화호귀화(和好歸化) 각즈귀가(各自歸嫁) 약속 을 의지ㅎ야 죄인 둘 자바 교부 휴 방포일셩에 스오만으로 칭ㅎ던 동학싱민이 각즈 귀가혼 휴에 즈바 쥬는 죄인도 바다 둥히 감너치 못ㅎ고 즈유로 보너고 암스히 동학을 즙바짜 경상감영에 보ㅎ고 동학의 탁명ᄒ던 빅셩을 무슈 학민도 할 뿐안이라 박학초을 즙블 홍계 가손탕쳑과 인명을 슈다히 살희와 탐지호식으로 적굴을 츠리 고 우훈기슈을 ᄒ며 긔군(欺君)망상ᄒ더,

죄인 장문건을 잡블랴고 디구 진위디 장관이 병졍 빅명을 더동 ᄒ고 례쳔의 도달ᄒ야 읍즁에 파슈미복ᄒ고 장집강을 츠질시 스람 만히 즙바먹근 범은 즈졉이 절노 나고 극악ᄒ 죄지은 스람은 즈긔 죄을 아는 법이라. 디구 병졍 더동ᄒ 장관이 례쳔읍 쾌빈루 뒤에 황약국 집에서 장문건을 만너 인스 슈졉 쵸 우션 셔로 통셩명이며 진작 셩화을 드른 말과 디구셔 츌쥬 길에 근읍 시무을 약근 말할 쎠에 장문건이가 장관을 더ᄒ야 더졉할 츠 쥬안상을 드릴 다시 안 문을 열고 ᄒ인을 불은다 온는라 ᄒ다가 안문 박게 좀근 나셔며 ᄒ 인 브르는 다시 여칙ᄒ는 다시 잠간 나셔 안 뒤담을 쒸여너며 져으 싱각의 남으 손에 즙퍼 무슈죄악에 공초을 당코 죽기보다 아조 죽 난 게 올타 싱각으로 ᄋ조 즈결ᄒ여 죽근이라.

진위디 병졍 장관이 그 집안으로 그짗치 드러근이 언으셩 글을 쥴은 모로고 홈졍에 든 범은 홈졍 안으로 노는 다시 보와던이 급기 더덴 휴 츠진이 죄인 장문건은 임의 즈결ᄒ야 세상을 ᄒ즉ᄒ여습 으로 단단히 스망만 조스ᄒ고 회군ᄒ이라.

각셜 잇쎠 박학초 상쥬군 달미면 쥬암(珠岩)이에 잇셔 간혹 디 구도 단이며 안동도 단이며 세스을 둘너본이 쳐신할 곳지 업는지 라. 을미(乙未) 졍월 십이일에 쥬암이에서 실인 강씨(姜氏)을 다 리고 용궁(龍宮)군 영동(嶺洞)으로 단여 어쵸(漁村) 김셔방 집에 유슉ᄒ야 안동 신경 인는 남미 되는 김셔방을 빅목 ᄒ 짐을 사셔

지어 작반ᄒ야 삼인이 쩌는이,

잇ᄯᅵ 세전붓터 디셜(大雪) 와셔 ᄋ직 빅셜쳔지에 원근ᄀᆫ 길만 통ᄒ고 날은 졍월 十六일 시베 미명에 례쳔군 오쳔(澳川)장터을 진닐 시 이곳디 세교로 친ᄒᆫ 쥬인 장졈셕(張占石) 집에 드러 잠간 이라 가는 이별을 고ᄒᆫ이 쥬인니외 ᄌ부까지 자든 잠을 일시에 깨여 ᄒ도 반겨ᄒ며 인이 쩌나난 말에 쌈작 놀니며 ᄒ도 세우인ᄒ는 모양 인비목셕이라 셕목ᄀᆫ장이 눈이 가히 암암할네라. "언제 속히 다시 볼ᄭᅩ, 쇼식인나 종종 듯기 ᄒ소." ᄒ며 인정에 못닌ᄒ는 졍포 물노 디포쎡에 엿스로 체체이 노와 일괴물을 쥬는지라. 이 쥬인으 음식을 젼ᄌ 허다이 먹거지마는 인졍과 음식이 다시 먹글 기필을 못ᄒᆫ이 부득이 바다 짐에 언ᄭᅩ 도라션이 이ᄉ람으 혼솔 작별이 옛날 하양에 소무으 이별인가 연로졍에 양창곡으 이별인가 역슈ᄒ풍에 형경으 이별인가 목셕ᄀᆫ장이라도 녹글 졍셩 이별을 ᄒ고,

오쳔 달이목을 건네 오빅영 우편골노 우포(禹浦)뒤 지을 넘어 통명역(通明驛)을 당두ᄒᆫ이 시베 셜이 ᄎᆫ 바람에 동쳔이 시ᄂᆫ지라 셕바탕이로 작노ᄒ야 노장이로 ᄒ야 홋티지을 올나션이 좌우슨쳔은 구면목으로 좌우 둘너는디 부용슨(芙蓉山) 놉푼 봉은 좌편에 잇거만는 저 슨 셔록 ᄒᆫ감동(漢甘洞)은 위양고퇵(渭陽故宅)이 잇거만는 단여갈 어가 업시 슌흥(順興) 남디궐 본가로 바로 간다.

풍긔읍을 진닉 슈일만에 슌흥군 슙실동에 권노인 광덕으 집을 ᄎᆞᄌ든이 권노인이라 ᄒ는 ᄉ람은 삼디세교 친고으 집이라. ᄒ도 반겨ᄒ며 졍곡에 난즁 다소 슈작과 공괴 진반이 극히 쳔미도 ᄒ더라. ᄒ로을 유희 본가쇼식을 저져히 듯고본이 강원도 동난이 엄치

장이라 ᄒᆞᄂᆞᆫ 사람이 동학을 잘 잡는 공노로 영월군슈을 ᄒᆞ야 관포
군을 사방에 파송ᄒᆞ야 동학과 접전이며 살ᄒᆡ인명과 지손강탈과 살
기부탈인쳐와 촌낙츙화의 분분ᄒᆞᆫ 소식이 곳 례쳔에 장문건 이상이
라. 미긔지을 너머셔면 부모형제 집이 잇거만는 이ᄀᆞᆺ튼 난즁에 안
이갈 슈도 업고 세계가 모다 이갓튼이 진퇴유곡이라.

사람이 세상에 쳐ᄒᆞ야 난시을 당ᄒᆡ셔 부모형제 쳐ᄌᆞ을 보전 못
ᄒᆞ면 사람된 본의가 안이라 ᄒᆞ여 ᄒᆞ던지 만늬는 보야 할 터라. 가
저ᄀᆞᆺ든 짐은 권노인 집에 두고 미긔지을 넘어 남더동 집을 ᄎᆞᄌᆞᆫ
이 집은 비여두고 그 집 북편 틴손 상상골 쑤립박골이라 ᄒᆞᄂᆞᆫ 장곡
험ᄒᆞᆫ 손곡에 참나무 잠목은 ᄉᆞ방에 욱거지고 빅셜은 질 노와셔 빙
쳔이 되야 호박길이 통ᄒᆡ 잇ᄭᅩ 별목 졍 졍소리 나는 곳더 연긔가
피어올은이 일초막 투방집이 육칠호 셩촌이라. 이 즁에셔 부모형
제을 일셕에 반겨 만늬 ᄋᆞᆸ작 길거은 일과 질이ᄒᆞᆫ 난즁 경역ᄉᆞ며 목
ᄒᆞ에 인는 모양 실상 괴괴ᄒᆞᆫ 형용을 다 셩언할 슈 업더라.

투방집이라 ᄒᆞᄂᆞᆫ 거션 남걸 막고 비여 움물 졍ᄶᅩ로 둘개개녹코
그 틈을 흘노 바르고 우언 연목을 더밀어 녹코 시풀로 덮퍼신이 밤
이면 솔불을 써고 이시면 호랑 등속이 사람 잇는 쥴 알고 밤이면
투방박걸 허비며 혹 집우를 허비며 소리도 셔로 ᄒᆞ다 간다. 사람으
식물노 말ᄒᆞ면 감ᄌᆞ쑨이오 셔숙이 별미라. 남쳔(南天)을 바리보
면 빅운(白雲) 유유에 고봉장셜(高峯丈雪)이오. 얼음속개 존존ᄒᆞᆫ
물소리 쑨이오. 잇ᄶᅥ는 쳔슨(千山)에 조비절(鳥飛絶)이라.

부모형제 닉외가 셔로 도라본이 반가온 마음은 ᄌᆞ연 골슈에 싱
ᄒᆞᄂᆞᆫ 일이지만은 닉두 사라갈 예손은 셔로 미든들 계장 안츌고. 동

셩 붕리(鵬來)으 소견은 죽그나 스나 그양그양 그 곳셔 진니갈 작
졍이요, 노모(老母)와 소실 동셔는 시부(媤父)가부(家夫)으 쳐스
ᄒ여 가는더로 바알 쑨이요. 희동이 불구에 되고보면 롱스을 히야
사라갈 스세인디 언으 곳으로 가셔 평안이 롱스도 ᄒ며 스라볼지
광디쳔지예 도쳐 난리라.

엇지할 의론을. 학초가 부친게 고왈, "소지가 디구 이슬 쩨 증쳥
각 뒤방에셔 경쥬에 젼일 영장 동셩 김유셕으게 드른이, 경쥬 등
영변七읍은 동난은 업고 단지 거연 갑오 흉연으로 인민이 거진 유
결이 되야 상도로 이손희 가고 빈집 허다. 롱장이 이마을 져집 스
ᄌ든지 이논 져밧 스ᄌ든지 마암 쯧디로 다 살터요, 갑션 상등 와
가라도 엽젼 빅양에 넘지 온이ᄒ고 상등 밧쳔 삼스 양 상등 답은
열양 슈무양이면 모라 순다ᄒ이, 인긔아쥐로 모다 쩌나고 업는 경
쥬로 가는 거시 상칙일까 ᄒ나이다." 통졍공이 올히 여겨 쩌날나
ᄒ던 ᄎ,

난디업는 포군 삼스인이 쯧박게 달여드러 불문곡직ᄒ고 의풍
(義豊) 디장소(大將所)에 가ᄌ ᄒ거날 막지소위ᄒ고 세부득이ᄒ
야 학초부자가 잡피여 의풍 이십이을 나러ᄀ니 셜중통로에 근근이
의풍이라 ᄒ는 곳디 ᄀ니, ᄒ 쥬졈에 스오십(四五十)명 관포군이
둔취ᄒ고 그 즁에 디장이라 ᄒ는 지 ᄒ쪽방 스쳐을 졍ᄒ고 죄인을
무슈을 줍바 군졸을 맛게 스히로 능장 곤박을 ᄒ며 젼부 쥬지가 동
학이라 ᄒ고 죽긴다 ᄒ며 실지는 직물강취너라. 다슈 놈드리 공초
문답을 ᄒ다본이 의리(義理)지언이 변동 우이독경(牛耳讀經)이
라. 죽건이 살건이 디장을 보기 원을 ᄒ고 죽거도 디장을 보고야

293

혼다혼이, 혼 놈이 디장으게 고호야 학초을 불너 가셔 보고, 디장 왈, "탁신 동학즈는 물론 노소호고 스형을 혼다 힛나 온이힛나?" 문는다.

학초 쳔연혼 안식으로 쳔연이 디왈, "즈고 요슌 씨붓터 지금까지 착혼 셩인이 드물고 우즈 난즈 만느며, 초혼시디예 항우픠공도 진나라정부 말노 호면 난민 중에셔 특츌혼 영웅이요, 삼국풍진에 각기 삼국 군왕 졔장이 모다 난민 중 영웅이라. 이 시 스소혼 동학으로 말호면 다 깃튼 이조신민이라. 스지 못호는 셩영이 조동모셔로 작일 평민이 금일 동학 금일 동학이 명일 평민이요. 동학 중에도 만일 의리 남즈가 이셔 병불혈인호고 억조셩영이 실심귀화호면, 불입호혈이면 안득기즈리요 호혈에 깃든 즈을 죄을 쥬는 지경이면 츌젼디장을 승젼호고 도라와도 적진에 깃든 장슈라 스형에 쳐할 거 깃트면 금일 디장각호는 니두 만일 미앙 궁젼에 회음유 호 훈신으 스적을 짝글진디 포모으게 긔식할 쎠가 맛당호릿가? 괵철으 츙곤을 불쳥할 쎠 맛당하릿가? 휴세 스적을 기록호는 츈츄정필을 엇지호릿가?"

디장 왈, "당세 엇지 그런 스람이 이스리오. 져근 스실이 적쬬 큰이 다시 자셔히 말호라. 뉘가 그 갓튼 스람인야?" 학초 답왈, "본인과 디장 각하 두 스람 스이라 불가스문어라 이로소이다." 디장이 발연 정식호고 눈을 불읍시면 왈, "엇진 연고로 그려호야?"

학초 답왈, "본인도 명식이 조가(朝家)에 사마방목(司馬榜目) 츌신즈로 동난을 견디지 못호야 쳐신할 곳지 광디혼 천지근에 업셔, 만일 동학이 안이되면 스지 못할 지경도 되고 만장창히(萬丈

滄海)에 빠진 사람이 날개와 헤염질을 못흐고 육지을 가라도 못가고 죽을 지경에, 경상도빅(慶尙道伯) 조감스(趙監史) 말에 불입호혈(不入虎穴)이면 안득기주이요, 추언에 탁젹흐야 가탁동학에 의용진(議勇陳) 두령으로 례쳔(禮泉)셔 조쥭(鳥竹)양영 흔 동학이 갑오 팔월(八月) 이십팔일(二十八日) 양진 약조방포 일셩에 누만셩영이 실심 각주귀화 귀흔 거셜 근쏫흔 례쳔 집강이 동학 잡바다 영문에 승젼보고가 씰쩌업고 슈작일입도(誰昨日入道)라도 금일(今日) 귀화(歸化) 즉(則) 일평민(一平民)이라. 가손젹몰과 인민살희을 일졀 엄금이란 경상감스 관지(關知)의 스연을 종두지미(從頭至尾)로 여일이외온이."

대장 왈, "그디가 례쳔셔 이곳치 흐엿는가?" 학초 왈, "위(爲)야 부(否)야는 불필갱문이 올시다. 경상감영으로 조회흐여 아라보시면 슈모 인지셩명을 알 터이옵쏘 미앙궁(未央宮)전 흔신(韓信)이는 본인이 될는지 디장각흐가 될는지 추스는 니두을 두고 보와야 알갯쏘이다." 디장 왈, "만일 그갓튼 사람이 그딜질더 엇지흐야 디구(大邱) 감영(監營)셔 써쥬지 안이흐고 이갓탄 남디동(南大洞) 손즁 쒸립박골에 와셔 구구세월을 암혈에 보니고저 흐는야?"

학초 답왈, "흔(漢)광무(光武) 즁흥 시에 엄주릉(嚴子陵)은 부츈순(富春山)에 탁젹흐엿쏘 젹벽풍진에셔셔는 마초 흔슈을 빙주흐고 스지을 피흐엿쏘 티평셩세도 도연명(陶淵明) 이티빅(李太白)은 쳥운을 마다흐고 오류문(五柳門)과 치셕강이 스칙에 홍진이 불여 스림인 듯흐고 항추 목금에 례쳔사가 유공허공이 될진던 약근 신원이 쾌하다 할 슈 업시 당초 온이흐기만 못흔이 의손임슈

295

(依山臨水)ᄒ야 경운조월(耕雲釣月)의 탁적싱이(託迹生涯)ᄒ고 부모처자가 안락틱평ᄒ면 이안이 셩세예 싱민으 본의잇가."

딕장 왈, "장ᄒ다 연소ᄒᆫ 스람으 말이 유리ᄒᆫ이 믈너가셔 그딕 부친과 그근 식치나 쥰비ᄒ야 단여와 갑고 가라." ᄒ거늘 믈너나온 이 기ᄒ 군졸으 말이 "돈 삼빅양을 가저와야 무ᄉ ᄒ리라." ᄒᄂᆫ지라. 상상ᄒ이본이 도시 직물을 탐ᄒ야 스람을 욕도 뵈이고 말경 돈을 안이쥬면 유죄무죄간 싱살권을 임으로 ᄒᄂᆫ지라. 학초 부득이ᄒ야 그만 ᄒ이도 각인 즁에는 특별로 잘 싱각ᄒᄂᆫ 모양이라 돈을 구쳐 ᄒ기로 집을 도라온다.

찍는 이날밤 삼경이라. 딕셜즁 호박길노 언마짐 올나온이 틱손장곡게 즁근 양편으로 길이 낫신이 언으 길노 가면 남딕동으로 오ᄂᆫ지 으지 못ᄒ고, 우편길노 거으 십리을 근이 장셜은 얼어 은세계가 되고 쌈쌈칠야에 눈빗츠로 ᄒ여 먼 곳젼 어두어 보지 못ᄒ나 가직ᄒ 곳젼 길만 보이고 우편으로 싯닉물은 존존이 흐르는 소릭 들이고 좌편은 너른 밧치 되야 길엽 그 밧 가운딕 부구ᄒ나 이셔, 그 암상에 우쑥ᄒ 짐싱 ᄒ나이 안즈 불을 철철 홀인다. 우연이 두 발이 상지ᄒ며 전신이 웃싁ᄒ며 즈연 거름 믈너셔셔 잠간 싱각ᄒ이 싱젼에 보지 못ᄒ든 범이라. 범은 고릭로 층호을 순군이라 순즁 명물이오 짐싱이라, 스람으 취믹과 이유을 짐작ᄒ리라. 우연이 나오는 목소릭 고셩 호령딕질 왈, "이놈 너가 짐싱일지라도 부모을 위ᄒ야 급피 가는 스람으 길을 막근이 당당이 죽을 죄라. 너가 진약 영물산군일딘디 스람 급ᄒ고 부모 위ᄒᄂᆫ 전졍을 구조도 ᄒ리라 쌜이 믈너가라." ᄒ며 발을 강제로 각두스세로 크게 소릭친이 홀지예 근곳지 업는지라.

다시 물너셔 오든 길을 요량호이 당초의 의풍셔붓터 길을 잘못 든 참이라. 셜중슌쳔이라도 가든 길이 완연이 온이라 의풍을 도로 간다. 다시 디장소에 드러가 짐싱으게 놀닌 말과 가든 길을 말호이 잘못 근는 길을 그 짐싱이 막가 올키 인도호는 모양이라. 다시 호 직호고 이날 밤에 쩌나 남디동으로 향혼다.

근근젼젼으로 쳑신도보호야 오며 싱각호이 소위 디장과 군졸은 강도가 안이라 할 슈 업고, 우션 스세가 저갓튼 놈드를 잡바 셜치며 부모을 구할 계칙은 돈이라. 호지마는 돈을 쥬면 도적을 먹겨 굴키는 세음이오, 돈을 쥰들 그 도적으 쏘 무신 흉계 이실지 으지 못호는지라. 셜스 돈을 쥬드라 니몸이 다시 그곳절 가면 셜치할 스람이 뒤가 업고, 니몸이 온이가고 타인으로 디신호야 뇌물을 본니고 못가는 통지셔을 호야 보니면 휴훈을 의심호야 드를 듯도 호고, 일변언 싱각호이 뇌물 밧는 거시 죄을 즈각호고 잘 될는지 어츠어 어피에 니몸이 다시 가기는 불개라. 집에 도라와 약근 돈을 쥰비호야 스람을 디신히야 본니며 편지을 붓친이라.

잇써 학초 사환이 의풍 디장소을 츠즈가 군졸을 보고 션두에 통고셔 일장을 젼호이 디장소에 올여 써여본이 호여시되,

경계즈 시운이 불힝호야 국가의 난리며 싱민이 도탄이라. 츠시을 당호야 국가을 위호시는 이는 옥셕구분 지탄이 업다 할 슈 업고 옥 셕구분할 당시호야 스람으 부즈 혼 가지 죽는 거선 알고 갈 비 업신 이, 옛날 오즈셔(伍子胥)으 거름이 강상(江上)의 일어부(一漁夫)가

휴일에 평왕을 틱벌할 쥴 아라던가. 친고의신 포셔으 말은 불청ㅎ고 천금으로 초강에 표모을 졔스할 지 당세에 오자셔으 힝적이 다시 엇지 업실는지. 초훈(楚 漢)시예 초픠왕이 셩군(聖君)이 안일지라도 남으 부모 훈틱공(漢太公)은 히치 온이ㅎ고 도라왓거든, 고금에 엇지 쳐스 웅양이 업다ㅎ며. 싱은 젼말은 작일 셕에 다 말ㅎ여신이 불필갱고오, 싱으 부친을 츠편에 돌녀 본니쥬시면 더힝 복망이오. 여츠 쳐분이 업시면 경셩으로 조히 만니보기 바리며 앙 송금은 뇌물이 안이라 졍으로 여비를 츕보ㅎ기 앙졍경요.

　을미 일월 삼일 박학니

　령월 츌 쥬병ㄷ장 좌하

디장지 보고 군졸을 불너 일너 왈 "박모 부을 곳본니라. 그 아달이 큰 일을 닐 스람이요, 니두 조심을 ㅎ여라." ㅎ더라. 이에 무사 방환 ㅎ이라.

각셜, 남디궐이라 ㅎ는 동호은 이조 단종디왕이 그 삼촌 세조으게 손위을 당히 영월로 오고 금셩디군은 슌흥으로 졍비와 이슬 쩌, 단종이 그 삼촌 금셩디군을 보로 슌흥 니왕 시예 잠간 안ㅈ 쉬여 가신 자리에 그 동 빅셩이 불망긔염ㅎ야 비각을 지여 굴피나모 썹쥴노 우을 덥퍼 고리유젼ㅎ고, 일노 인ㅎ야 동호을 남디궐이라 ㅎ고 쏘 그 동니 셩황당이 이셔 ㅈ리로 동인이 위ㅎ던이 세구연심ㅎ야 그 비각과 셩황당이 퇴낙ㅎ야 젼복에 이르러 통졍공이 유젹을 감고ㅎ야 다시 즁슈ㅎ여 휴세 긔렴을 ㅎ기 ㅎ고 잇던이,

츠시을 당ㅎ야 부자 작심이 경쥬로 써날 시 졍이 업다 할 슈 업

는 남디동 순천을 ᄒ직ᄒ기 되야 잇든 집에 나라와 힝장을 슈십ᄒ
며 잠시라도 피난ᄒ던 쒸립박골은 언제 다시 보기을 기필ᄒ며 평
지에 잇던 집과 전장은 제 미부되는 림경슈으게 믹기고 써난다. 이
웃 친고며 남디동 순천이 모다 이별이 된다. 스람으 자최가 오고가
고 ᄒ는 거 이ᄀᆺ치 구름에 정ᄌ을 짓는다. 휴일에 진니는 스람이
뉘가 이ᄀᆺ튼 형용 익갈아 지졉ᄒ리요.

숙밧지을 넘어 니성으로 작노ᄒ야 경쥬질을 문러온다. 증전에
눈이 하도 만이 와셔 얼음길이 되야 남부여디로 전전긍긍ᄒ야 나
러온다. 기상을 긔록ᄒ이,

     시비날 느지목이붓터 풍셜이 분분ᄒ다 / 남부여디 으즈ᄒ이 연
로에 거동보소 / 경쥬에 스람이면 구박이 ᄌ심ᄒ다 / 안동짜 셥밧
쥬막 쥬인졍희 숙소든이 / 경쥬손단 성셔방이 졀문 안희 어린ᄌ식
/ 봉누방에 ᄒᄃᆞ드러 구박모양 ᄌ세본이 / 쳐ᄌ으 소즁이야 스람
마다 ᄀᆺ건만은 / 남여분별 졍이업고 가련경상 못볼너라 / 풍셜이
장유ᄒ이 ᄒ로갈길 열흘근다 / 조조에 길을써나 셥밧치라 ᄒ는동
구 / 일힝이 진니올시

잇써 ᄒ 지 관을 씨고 길을 막가 으ᄌ셔 남여의 체모 업시 보며
길을 빗키지 오이ᄒ이. 졀문 제슈씨 동셔가 길을 피희 길 안인 디
로 도라ᄀᆫ다. ᄎ시 학초가 뒤에 오다 보고 작지을 집고 셔며 이놈
아 호령ᄒ며, "네가 멀니예 씬 거시 무어신야. 당장 벗쏘 말ᄒ여
라." 그 ᄌᆞ가 일어셔며 왈, "오날밤 꿈이 괴슝ᄒ던이 무신 곡졀이
오?" 학초 왈, "이놈아 너가 멀니예 씬 거션 양반이 씬는 관인디 힝

299

세는 남녀체면과 힝ᄌ량노을 모른이 너가 엇지 스람이라 ᄒ리요. 당장 죽거도 죄가 만을지라." 훈이 그 ᄌ이 답을 복복ᄉ죄 왈, "근ᄅ에 경쥬스람이 남여 체면은 ᄋ조 업시 허다 힝셜로 나날 질이 미게 올나간ᄂᄃ 당신은 호을노 나려간이 ᄋ지 못ᄒ야 잘못 되얏소." ᄒ는지라. 학초 왈, "이 스람아 관 씬 갑설 ᄒ거든 귀쳔 ᄀᄂ에 남여 분별 힝ᄌ양노ᄒ여라. 제각기 소중은 일반이라." ᄒ고 도라셔오며 싱각ᄒ이 원로 창피가 이ᄀᆺ치 막심ᄒ이 장부으 쳐ᄉ가 더욱 ᄒ층 조심할 지경이라. 지ᄉ이 업고 보면 옆 노에도 위염에 형식을 일코 연ᄒ나 장부 기안은 업쏘는 안 되는 법이라.

잇쩌은 을미 이월이라 경쥬ᄯ 긔계면의 / 봉계예 초도ᄒ야 여간가ᄃ 전장손이 / 고향으로 더조ᄒ면 가혈은 ᄒ거만는 / 긔지을 살피본이 손슈은 셔츌동유ᄒ야 / 북향마을 되야신이 봉셔옴 놉푼봉은 / 서남ᄀᆫ의 소ᄉ잇고 마봉손 선돌바우 / 빅호가 되야신이 임비장이 옵퍼잇고 / 윤모등이 쳥용된이 그가운더 너으집이 / 한ᄉ유거 맛당ᄒ나 북향이 ᄒ탄이라 / 궁츈모양 드러보소 본형가진 스람업다 / 스람ᄉᄂ 마을마다 전장터이 분명ᄒ다 / 계견이 무성ᄒ고 야불폐문 ᄉᄌᄒ이 / 장장츈일 지고진날 노구질라 쉿질쎨쩌 / 쥬린인싱 허다모양 죽거죽거 바린효상 / 믹츄등장 바러던이 등믹이 되고본이 / 짠세상이 경쥬로셔 걸인여 부ᄌ너라 / 너으 싱계 무어신고 즉읍희야 사라갈터

잇쩌 을미츈에 갑오흉연 여독으로 촌낙이 모다 전장터 갓튼ᄃ 근근 싱존훈 싱민이 롱ᄉ을 짓ᄌᄒ이 롱가에 소 명식이 업서진 츠

에 여긘 잇드라도 우질이 디단 창궐ᄒ야 세계예 변동 소가 영절이
라. 굇지 신접의 셩도 곤난이 빅군이 형언할 슈 업는 중에 롱우가
세계에 업슨이 낭픽소조라.

지셜, 증젼에 조션(朝鮮)이 유리로 힝부상(行負商)에 각도 각
진영(陣營) 관ᄒ군(管下郡)으로 졉장(接長)명목이 조가(朝家)에
롱상공부(農商工部)이 상리국(商理局)을 연락ᄒ야 각 상민에 슈
전폐단을 토식 즉읍을 삼아 소위 힝부상에 졉장 호세가 ᄒ창 당시
레 례쳔에 리학민(李學愍)이라 ᄒ는 스람이 이서, 슈왈 무식ᄒ되
상읍에 젹연 이력으로 공졍ᄒ 의무을 가진 스람으로 경셩 가셔 졉
장을 구스할 써 다디(多大)ᄒ 돈이 드는 디 구ᄒ지 못ᄒ야 가긍ᄒ
형상을. ᄎ시 통졍공이 경셩에 유하실 써 담보을 ᄒ여짜가 리학민
이가 정직(正直)의무는 셰역에 낭픽되고, 통졍공이 그 다디ᄒ 채
무을 횡증으로 가손을 탕픽ᄒ고 둘지 아달을 다리시고 분손(分産)
입산(入山)을 할 적게,

학초가 슈다ᄒ 전리된 문외갱식젼(門外更索錢)을 의싱셜약(醫
生說藥)으로 직업ᄒ야 가졍에 유리ᄒ 슈다 채무을 쳥장ᄒ고 싱젼
작심을 물론 다소 빈부ᄒ고 문외갱식젼 소리 안이 듯기 작심ᄒ고
일롱장 가장을 작만ᄒ야 불슈연긘에 요ᄒ 명층을 듯고. 조션(祖先)
에붓틈 진닉며 일으기을 이ᄀᆺ튼 호젼호답(好田好畓)을 엇지ᄒ야
소작이라 ᄒ여 보기 원ᄒ든 문젼답(門前畓)을 미슈ᄌ류년이 갑오
난시(甲午亂時)을 당ᄒ이 동손(動産) 등물은 물론ᄒ고 부동산(不
動産)이라 ᄒ는 토지도 풍파에 구름졍ᄌ가 되고 사든 곳 사방 십리

에 허다 쵀권이 물 흘너간 빈터이 되고 인정변복(人情變覆)으로 말
ㅎ면 평화호시예 니게 먹고 조화ㅎ든 스람 범범무용 허다ㅎ고 알나
말나 ㅎ든 진니든 스람은 난즁은인(亂中恩人)으로 연연불망도 기
이ㅎ다. 인정이 약시변복은 부운유슈가 역시 감구지졈 이로다.

그즁에 이상의 긔록훈 시장쥬인(市場主人) 장졈셕(張占石)이
라 ㅎ는 스람으게 황우(黃牛) 두 머리을 스셔 전일에 소양으로 쥬
어던이 난즁 인심으로 파라 씨고 일어짜 ㅎ던지 죽거짜 ㅎ고 안이
쥬어도 족히 넉넉훈더 이 스람이 독히 신의(信義)을 직켜 각이 쥰
스람을 단속ㅎ야 본쥬인(本主人) ㅊㅈ오기을 고디ㅎ고 잇던 차,

二月 망간의 ㅊㅈ간이 우질(牛疾)이 엇써키 창궐ㅎ야던지 일빅
삼십칠호 되는 동니(洞內)에 소 명식 다 썰어죽고 학초으 소 훈 멀니
가 독히 스라 동휴송임에 미여잇고 쏘 팔십삼호 동너예 소가 다 썰어
죽쏘 학초으 소 훈 멀이가 역시 동구 임야의 미여 이신이 두 곳 소을
안동(安東) 솔티 민가(妹家) 김셔방(金書房) 집으로 모와온이 보
는 스람마다 이 소 임ㅈ운슈(任者運數)가 ㅎ날이 보호ㅎ다 ㅎ더라.

ㅊ시 학초으 부인 최씨와 유아 병일(丙一)남민가 풍긔군(豐基
郡) 은풍골 한감동(漢甘洞)에 위양가(渭陽家)에 피난으로 잇던이
갓치 달리고 풍긔읍으로 니셩(內城)을 와셔, 친고 스람 용궁군 어
촌 사는 신동건(申東健)이가 역시 피난을 그 외가(外家) 안동 법
젼(法典)동 인는 곳절 ㅊㅈ건이, 신동건 삼부자가 ㅎ도 옵작 반겨
ㅎ며 슈일 유ㅎ야 그 곳더 갓치 살기로 만 유ㅎ되 인졍은 좃컨만은
부모형제을 임이 경쥬(慶州)에 두어신이 골육분리예 참아 못ㅎ
고, 날리예 소문이 ㅇ직 미평훈이 부득이ㅎ야 ㅎ직ㅎ고,

법젼을 써나 니셩 와셔 쳐즈을 디동ᄒ고 안동 와셔 소을 모라 경쥬로 올 시, 안동 쇳지을 넘어 쳥숑 유신니로 입암(立岩)으로 작노ᄒ야 흔티지을 올나션이 봉좌옴 놉푼 봉이 목ᄒ에 두 변 본이 ᄎ 역시 병쥬고향 될 터이라. 저 순ᄒ 봉계촌(鳳溪村)의 우리 부모형제 씻터 즙은 동너로다. 봉계 와셔 가권을 단취ᄒ고. 경쥬(慶州)는 무곡지연(無穀之年)이라 슌흥(順興) 곡셕을 운반ᄒ야 괴량을 ᄒ즈ᄒ이 곤난 막심이라.

을미(乙未) 이월(二月) 영시(令市) 디구 가셔 약을 ᄉ 의약셜국을 할 시 안난 스람도 적글쑨더러 흉연지휴오 인민이 히소ᄒ고 봉계동 위치가 부당ᄒ야 우우독입에 울울심회을 졍치풍랑에 마암이 질졍치 못ᄒ든 츠에, 경쥬셔 시로 친흔 친고 최화슉이라 ᄒ는 스람을 인연ᄒ야 경쥬군 강셔면 홍쳔동에 빈 집을 어더 약국명호을 붓치고 진닉던이,

잇쩌는 오월(五月) 슈무나흔날(二十四日)에 처음 홍쳔(洪川) 씻터로 가는 모양 일필 청여의 어더 약을 싯고 최씨 강씨 병일 등 처자을 압셰고 뒤셔건이 나션이, 부친 마음에 저들이 저ᄀ치 ᄒ여 순슈 인물 다 션 곳디 적슈공권으로 무일푼 쳐지가 되야 압뒤에 쳐즈을 디동ᄒ고 객질ᄉ 집을 두고 집 업는 곳즈로 써나난 모양 본이 즈연 참옥ᄒ신 마음을 진졍치 못ᄒ야 ᄒ직 비퇴예 말업시 안즈 계시며 동긔 슉슉이 문외 허망할 짜름이라.

왜지동(왜旨洞)을 당두ᄒ야 노당지(魯塘嶺)을 바릭본이 만곡심회(萬斛心懷)가 져 지을 보고 졀노 난다. 저순 저길 위 만고풍상에 금일 나ᄀ튼 스람이 몃몃치나 진닌는지. 유졍무지 쳐즈들은 나

303

호나 보고 쌀컨마은 실슈남이가 도초 근두로다. 노당지을 나션이
광활호 안강덜은 동도(東都)고도 통히 이셔 옥야천리라 할 듯호더
갑오흥연이 엇지 그리 참혹도 호야시며 신라고국(新羅故國) 흥망
(興亡)지회가 즈연 인스지 감동이로다. 이 날 오시예 홍천 싯터 빈
집에 슈쇄호고 이신이,

걸인모양 머무던이 일싹이 못호여셔 / 그걸스 집이라쇼 개걸갓
던 가쥬가 츠즈와 / 쏘호 집을 어더간이 일싹이 쏘못호야 / 가쥬
가 츠와셔 부적에 삼천호야 / 쏘호집을 어더간이 부적에 니권두
고 / 홍슈즈으 멀리방에 약을걸고 머문거동 / 쥬인슈지 버절삼아
빈천을 낙을붓쳐 / 세월을 본니즌이 소이요절 힝싁이라 / 니마음
모른스람 웃는거동 먼여알고 / 스람경역 흐여본이 각즈슈신 제일
이요 / 방언과영 이호마션 상하도가 판이호다 / 중심을 촌탁호이
이 마음 뉘알손야 / 손슈인물 사과록코 갈곳절 둘너본이 / 썻썽에
미도갓고 창파에 비도갓다 / 츄풍이 불작시면 낙엽도 귀근이오 /
흐물며 스람이야 낙지가 어디넌고 / 스람마다 일은말이 니고향이
낙지로다 / 시도길드런 가지을 갈이고 고기도 노든물을 좃타호고
/ 기력이는 츄남츈북을 혼다 하물며 스람살곳 / 인걸은 지령이라
인심이 쥬장인더 / 우선고싱 싱각호이 가관으로 우슌거동 / 스람
마다 니으쳐자 귀호줄노 알건마는 / 손슈인물 다션곳더 몸쑨이요
다업슨이 / 즈염호이 걸인이요 싱각호이 광부로다 / 소소쇄쇄 오
는비는 철철츌츌 시는집의 / 호더만 못호걸스 니으집이 안이로다
/ 영영청승 파리소러 솔솔기는 사갈이며 / 일낙셔산 저문날의 난
이낫다 목구소리 / 쥬졈도 안이어든 과긱도 방불호다 / 싱전에 안

이먹든 믹반은 먹근휴에 상상훈이 / 호타훈 믹반과 무루 정두죽은 / 훈광무도 훈야신이 믹반 총탕이야 / 옛성인도 훈야거든 고금비존 훈여본이 / 기갈이 감식이요 시장이 반춘이라 / 비루훈 의복과 고초훈 모양은 / 스람마다 여시라 억제로 견디다가 / 실인으 거동 보소 칙망궃치 훈는말이 / 츌입이오 오입이오 이것도 팔직잇가 / 몸실시절 티평커든 얼넌밧비 가스이다 / 그말말고 닉 말듯소 천훈가 일방으로 / 상도의 동난이요 하도에 흉연일시 / 이갓치 세월가셔 츄칠월 슈무날의 / 쏘훈집의 이시훈이 이스가 세변이라 / 삼쳔지교 옛법인가 홍쳔지형 둘너본이 / 어러슨 일지믹이 셔츌이 동리훈야 / 북으로 봉계동이요 남으로 홍쳔인더 / 부모형제 갈여이셔 간운보월 유회쳐오 / 압푸로 안강 너른덜은 동경고도 통희잇고 / 동셔로 통훈길은 령쳔홍희 통희잇고 / 일졈동슨 송정훈에 정결 일촌 되야신이 / 슈구가 무정훈야 장구홍복 물을너라 / 식슈가 멀어신이 정구지인 결박이오 / 사월휴 칠월본이 믹반의 진사리랴 / 롱부으 훈는소리 믹쥬에 취희쏘다 / 츄식이 등장훈이 인심이 물풍이라 / 팔월츄셕 십월묘스 이웃인정 구경훈이 / 식식이 가진음식 갑품이 업셔신이 / 마암조츠 이져시며 스난범빅 의복모양 / 마암조츠 츄비훈리 닉심스 드러보소 / 스람으 먹고입는 숫치 잇고 보면 쓰제업고 / 부즈옵만 좃타히도 불연마암 전허업고 / 쥬경야독 동중셔을 은근이 쓰제두고 / 물위양상 원앙의는 옛스람으 효칙이라 / 신룡유업 삼빅호을 일단에 공부훈야 / 스람의 경역이요 싱이을 훈즈훈이 / 낙지 기중으로 소견 세월이라

각설 잇써 병신츈(丙申春)에 각도각군에 동난은 지식되고 의병이 창궐하야 쥬지가 위국모복슈훈다. 삭발훈 스람 멀이 버힛다 정

부을 교혁혼다 ᄒ며 동학에 뒤을 이어 세록에 스림드리 각기 문별을 ᄌ창ᄒ며 각군으로 디장인이 소모장인이 ᄒ고 두서업ᄂ 군용을 취당ᄒ야 근근 군슈을 목을 버힛다 안동관찰사 김셕쥰을 목을 버힛다 포장성세가 혼창으로 창궐할 당시예,

청송군 의병장 홍성 등 리쥰구 등이 학초을 소모에 장관으로 츄입코저 ᄒ야 달니며 왈, "스람이 세상에 나셔 나라을 위ᄒ야 쎡을 어더 입신양명을 ᄒ고 가정에 영광을 즁조가 됨이 정당 ᄎ시라." ᄒ며 다소 웅변으로 종사을 청ᄒ며 홍성등으 일가 홍진ᄉ 긔셥으 집에 슈삼일 유련 동침도 ᄒ며 청할 쩌, 학초는 심즁에 짐작하고 졍훈 쓰지 변경치 안이ᄒ고 홍리(洪李) 양장을 도로 달니 말나할 스상도 못되고 당시의 의병을 두고 시을 지어 각각 창긔도 ᄒᄂ 운자가 이셔 학초 지어 보인이 ᄒ여시되,

오빅연민의유친ᄒ이(五百年民義有親) 오빅연 나라빅성으로 친ᄒ 의긔 이슨이

풍성고츌구방신이라(風聲高出舊邦新) 바람소리 놉피 나긔을 옛나라을 시로 ᄒ다

심즁에욕작엄광틱이라(心中欲作嚴光宅) 마암 가운디 엄ᄌ능으 집을 짓고저 ᄒ다

세상의ᄒ다이슉인고(世上河多夷叔人) 세상의 엇지 빅이슉제 갓튼 스람이 만은가

경리구의히동속이요(經來久矣海東俗) 겪거옴미 오러라 히동의 풍속이여

디소시호쳔ᄒ진이라(待掃時乎天下塵) 쳔ᄒ에 쯧걸을 쓸어뽈 쩌

을 긔달이라

남양은ᄉᄌ지와호이(南陽隱士自知臥) 남양짜 슈문 선비가 스스
로 알고 누은이

천만긔병진부진이라(千萬起兵眞不眞) 천이나 만이 이려나는 군
ᄉ가 참이라도 참 안이라

홍리(洪李) 양장이 이 글을 ᄌ서이 일거보고 불응 작심을 알고
써나던이 잇ᄯ난 병신ᄉ월희일네라.

긔휴에 홍셩등은 쳥송군 의병디장이 되고 리쥰구는 소모디장이
되고 다슈 군병을 영솔하고 천지을 히롱ᄒ는 듯ᄒ 긔세로 쳥송으로
붓터 경쥬을 홈셩ᄒ고 영변칠읍과 안동울손 등을 통솔ᄒ다 풍셩이
디단ᄒ며 홍셩등ᄋ 종형 되난 홍참봉이 경쥬 홈셩 익일 조조에 학초
으게 와 비밀졍곡으로 풍셩을 조화ᄒ며 니두ᄉ을 의론 졈 뭇는다.

학초 답왈, "조화ᄒᄂ 의무와 니두 취지을 엇지ᄒ야 뭇는다?" 홍
참봉 왈, "셩등이가 집안 ᄀ 스람이 디장일쑨더러 쳥송셔붓터 경쥬
본군을 와셔 이신이 가셔 보고 습기도 ᄒ고 경쥬 홈셩ᄒ던 소문이
광장도 ᄒ지. 경쥬군슈 리현쥬가 의병 드는 소문을 듯고 셩안군졸
을 통솔ᄒ야 셩상에 올나 위염이 엄슉ᄒ고 사디문을 철옹ᄀᆺ치 직
겨 총살이 여우ᄒ야 동문의 황월 노든 의병이 긔세 막 감당할 지경
에 홍셩등이 동문셩 돌을 집꼬 소ᄉ올나 나라짜 하지. 의병에 긔호
을 동문산에서 둘은이 뒤을 짜라 드러ᄀᆫ이 군슈는 남문으로 도쥬
ᄒ고 의병이 셩즁을 웅거ᄒᆺ신이 경쥬 ᄀᆺ튼 웅도가 이제는 의병 소
혈이 되야신이 드러가 보고져 ᄒ노라."

학초 답왈, "육칠일(六七日)만이면 육통(六通)쥬막에셔 만닐 거신이 문전에 육통을 두고 스십리 경쥬셩니 가볼 필요(必要) 업시리라." 홍참봉이 그 연고을 문난다. "단지 두고 보라." ᄒ고 그 변경 니용은 경션이 말 온이ᄒ고 본너이라.

그 익일 조조에 홍참봉이 학초으게 와셔 육칠일(六七日)만이면 홍셩등을 육통쥬막에셔 상봉ᄒ단 말을 궁극히 알고저 ᄒ다. 학초 답왈, "셰계 스람이 시종(始終)을 ᄋ지 못ᄒ고 범스가 셩ᄒ 펜으로 좃는 지 모도라 히도 허언이 안이요. 의병이라 ᄒ는 거시 ᄋ직까지 뎌병과 접젼을 못ᄒ보고 각즈 즈유로 물미 듯ᄒ는 오ᄒ지졸이라. 셩즁 빅셩도 역시 ᄒ가지라. 우션 달이드며 의병이 양식이 업시 셩즁빅셩으 장다락이로 파라 스셔 먹난 양식을 토식으로 ᄒ고 박그로 군양운유가 쩌러질 터 근두스셰가 오일니외 근이요. 우미ᄒ 의병은 셩즁 군긔을 큰 기물노 밋꼬 드러지만은 군긔고(軍器庫)에 구식호약은 실이 쩍이 되야실 터 오일젼 개비 못할 터. 총이라 ᄒ는 거션 씰 만ᄒ 거션 진작 다 업셔지고 씨지 못할 츙슈만 ᄒ여 두어실 터. 개비 할 여가 업시 군슈(郡守) 리현쥬는 족불이지ᄒ고 당일니 디구 가셔 진위뎌병을 쳥병할 터. 일이일(一二日)니 울순 진위뎌병과 긔약이 어긔지 온이ᄒ고 스오일니면 셔(西)에 디구로 남(南)의 울순으로 다슈 진위뎌가 경쥬셩 위치을 둘너보고 북(北)에 안강 젹노을 용셔ᄒ고 남(南)으로 봉황디(鳳凰臺)에 올나 쳔보더 터지는 날 의병이 다시 동문은 의심 만히 못가고 무인지경 북문으로 불가불 육칠일만이면 퇴병 도쥬ᄒ는 화용도(華容道) 군수가 안강으로 육통쥬막은 영락업시 상봉하련이와 면목보고 졍곡담화는 여가 업실이라."

홍참봉 왈, "성중 빅셩이 관속에 연심흔지라. 그도 의병 되야 일 조가 될 터인이 설마" ᄒ거날, 학초 왈, "설마가 불연이라. 조선에 아전 관속이라 ᄒᄂ 거션 구관이 갈이ᄶ면 우션 신관 오기 전에 구 관을 괄셔ᄒ기 쥬장이오, 목흐에 의병이라 ᄒᄂ 스람이 동도(東 都)ᄂ 가기 화류계란 말 드러썰ᄲᆫ더러 무례이 부여을 겁근화근할 터 갑업시 전곡을 취할 터 강제로 인심을 상히 병이 나기을 셔남 (西南)의 관군(官軍)과 닝응이 잘 되야 반장지근에 오흅지졸이 눈 치 ᄲ른 성중관리으 션봉 되여 곳 퇴병ᄒ리다."

칠일만의 승모ᄒ야 홍참봉이 와셔 왈, "과연 학초션싱이로다. 이갓치 빈촌에 와 인ᄂ 거시 졍영흔 무신 경윤이 인ᄂ 줄 짐작ᄒ련 이와 실상 고지 남양 제갈이 남양 은ᄉ ᄌ지와 흔 ᄶ글이 참으로 알비라. 엇지 당시 제갈이 오이리요. 과연 셩등을 말ᄒ던 칠일만 에 오날 오시ᄒ야 육통 쥬막 옵펴셔 휠휠 가는 거설 잠근 보고 인ᄉ ᄲᆫ이지 어디로 가나훈이 말이 업고 가근 안신도 여가 업시면 목만 보고 흔 말 인ᄉ인 ᄒ직으로 가더라. 이ᄀᄐ이 어드로 갓실잇가. 그갓치 간 뒤 흥망 힝젹이 엇지 될ᄂ지 전일과 ᄀ치 ᄌ셔 가라치 쥬기을 바리나이다."

학초 소이 답왈, "육통셔 기계로 들 터 다시 청송은 안이갈 터, 넝슈정으로 영덕을 갓실터. 다시 오육일닉 단지 영덕ᄲᆫ으로셔 츄 도 오강에 ᄌ문지 지장이라, 그마 두시오." ᄯ 그휴 오육일만에 홍 참봉이 와셔 슈식이 만면ᄒ고 공손이 경곡으로 왈, "홍셩등이 말에 일젼ᄒ시기 미만 육칠일 닉예 츄도오강에 ᄌ문지장이 엇지흔 잇치

속에 말이 온지 알기을 바러노라."

학초 여셩 답왈, "격거 아리실 터에 격그시 이가 온이본 니게 취믹을 ᄒ시랴오? 다름 온이라 범어만스가 츄리 예손으로 조화도 역지기중이요 변통도 역지기중이요 불변당익도 역지 그중이라. 그 일은 전화급보로 상통ᄒ야 연락으로 북에서 원순 진위디ᄀ 희상으로 강능을 진니 영덕에 ᄒ육ᄒ고 안동 진위디가 청송 영양을 진니 일즈을 마촤 영덕으로 디구 울손 진위디가 경쥬 왓던 그 길로 영덕으로 ᄒ날ᄒ시예 남북셔에 즈연ᄒ 포셩이 일시 제발ᄒ는 날 동으로는 망망창회에 승어오강으로 물에 썰어드는 날 이약십명으로도 장슈라 할진디 즈문 이스는 무가니ᄒ라 스나 죽그나 진위병정이 바다물에 좃츠 쳐여홀 터 시신이 어복장스ᄒ고 춫지 못하리다."

홍참봉이 왈, "과연 일즈도 그ᄌ치 퍼진형세도 그 모양으로 일일 마즈신이 참 명감을 감복ᄒ개나이다. 연이나 가족 외 스세 과연 엇지ᄒ면 보존ᄒ잇가?" 츠츠 리스을 의론ᄒ며 세월을 본니던이.

잇쩌는 병신연 팔월일의 경쥬 홍천 홍진스 집에서 슈삼십명 동니 친고가 모허 노던이, 불시예 디구(大邱)진위디 병정 ᄒ나이 스랑방문 드러서 총을 집고 ᄒ는 말이 디구병정 일 소디가 ᄒ로밤 자고 가기를 문다. 불시예 홍진스 부즈는 시식이 되야 말디답을 못ᄒ고 학초을 도라보면 디답ᄒ기을 바리는 상이라. 학초 답왈, "엇지된 연고로 다슈 츌쥬ᄒ신 병스 장관이 이집에 슉스을 청ᄒ나잇가?" 병정 왈, "장관으 명영이라."

그을 츠에 일소디 병정이 뒤을 이어 동구을 츠기 드러오는지라. 학초 쥬인는 운손ᄒ고 혼즈 다슈 병스장관을 인접ᄒ야 친밀이 담화호고 호로밤 졉디히 쥬인 디신으로 호고, 익일 쩌날 쩌 슉식 호 기을 일일 쥬고 곤는지라.

쩌난 휴 쥬인을 추진이 그 전일 병정 드러올 쩌 비단 홍진스집 쑨이 안이라 일촌 남여노소가 졸지 날이디란으로 모다 업퍼지며 굴엉에 쩌러지며 도망호고 세곤집물이 곡셕 밧골에 모다 무더짜가 다시 모으며, 학초으 안연부동으로 천연이 슈졉을 잘 호고 박갑까 지 바다 쥬는 거설 세계 첨 본늣 일노 말호더라. 다름 안이라 홍진 스는 의병디장의 족속이 됨으로 위겹이 더 할쑨더러 진위디로 시 위을 보리랴쏘 역노의 슉식을 호고 학초으 졉디할 쩌 그곤 눈치도 관계업는 변호을 호 비 된이라.

각셜, 잇쩌는 디한광무 원연 정유 이월 이십사일에 학초가 경쥬 군 강셔면 홍천동에 그 졉인 되는 구강동으로 이스할 시, 을미병신 두 히을 홍천서 직업을 의성약국으로 인심을 촌탁호이, 무신무의 호 부랑픽류는 갑오흉연에 모다 쩌나 상도로 가고 남아인는 스람 은 거개 본심 직겨 조흔 스람일너라. 약의 곽향정기손이면 지화가 량칠전호고 빅티 염조 곡물은 호 셤에 구십전 일원호이 호구에 군 속은 당치 안이호고, 고장서 장졉셕게 가저온 소 두발이가 호 바 리는 봉계예 동싱을 쥬어 동싱으 살임즈본이 되고 호 바리가 학초 살이에 답이 쳐음 아홉두락이 되야,

구강동으로 올 쩌 전답이 육십삼 두낙에 소유을 작만호고 졍결 혼 와가 오간을 스셔 이십이명에 짐꾼을 영솔호고 온이, 일연전 걸 인힝식이 봉계을 쩌날 적에 쳔지에 무가직으로 부모동긔가 도라셔

며 할 말이 억식ㅎ던이, 이날 이스시예 가고오는 양동 집군이 연락
ㅎ고 타셩타인에 남여노소가 전송을 ㅎ면 남즈은 축일 못본나 ㄷ
ㄱ이 보물 기약ㅎ고 다슈 부여드른 연연 작별이 이약스람 되고 참
아 잇지 못할 이도 만코. 구강을 온이 동즁 호세 등급에 ㅇ조 이등
이 되는지라.

  잇쩌 구강 와셔 소유로 인는 집은 경결흔 일우와옥으로 연연이
개초에 근심업고 기상을 긔록ㅎ이,

  어러손이 쥬산으로 뒤으로 리응ㅎ야 / 형제봉이 안더로셔 안강
덜니 압피되고 / 서으로 자옥봉은 빅호박게 소스잇고 / 동으로 셜
창손은 쳥용나즈 멀이뵈고 / 구셩이 압퓌이셔 촌명이 구강이요 /
너으집 볼작시면 장관을 뉘알손야 / 뒤으로 죽림이요 읖프로 못
시로다 / 십이안강 너른덜은 롱가일셕 드러잇고 / 령천홍희 통흔
압길 상고민가 오락가락 / 스업에 벌인몸이 지쳐가 흔가흔이 / 손
에올나 덜구경은 날노소풍 줌ㄱ흔고 / 집에넌 셔칙을 위우흔이
고금 스젹 흥망일다 / 부귀는 변복장이오 세월은 여몽경이라 / 쳐
즈에 낙을붓쳐 화락담화 경계할 제 / 명쥬비단 고은옷셜 아조작졍
부려말고 / 칠팔셩 무명옷션 초야증민 직분이요 / 조흔 곡기 맛존
음식 아조작졍 싱각말고 / 마암편코 몸편으면 이안이 낙일손가 /
쳥당을 슈쇄ㅎ고 북창의 누어신이 / 도연명은 안지지며 호즁쳔지
어덜넌고 / 엄즈능으 남은뜻젼 조뎌가 이 안인가 / 공명은 유슈오
부귀는 부운이라 / 창젼에 힝화꼿쳔 봄소식이 가는군나 / 익셕 촌
음으로 광음을 도라본이 / 쳐즈ᄀᆞ치 너몸으로 엇지힉야 늘지말가

이갓치 세월을 본닌이 실인 강(姜)씨으 쥬괴 되야 치산ㅎ는 범절이 안빈에 규모가 이셔 업셔도 걱정근심을 말ㅎ지 온이ㅎ고, 잇난 거션 소즁으로 사랑ㅎ야 넘칠가 업실까 귀즁을 직키고, 쳥방(廳房)을 날노 쉐소ㅎ야 심지어 ㄷ근으로 발판 록코 집연목(椽木)을 걸닉질ㅎ며, 가근빅물을 노코 언난 거시 나고든 거시 업시 규묘에 변경이 업쬬, 흐른 곡셕과 발펀 등걸이 업시며, 원장에 치젼(菜田)은 심경이루 써을 츠즈셔 즈조 민이 세우일셕(細雨日夕)에 화초(花草)로 보이고, 불시예 손이 오면 스람 보와 디졉범절 통기업시 곳ㅎ여 두엇던 거ㄱ치 드러오며, 남즈가 되야 ㄷ혹 말 못할 시장할 써가 이스면 엇지 그리 용키 아라 양도에 허비 업시 부지즁 별식이 긔이ㅎ 써가 만코, 친고와 종유(從遊)타가 밤이 깁퍼 도라와셔 침방스쳐 누어시면 손을 쯔어 디인 곳지 암암즁 별식이며,

일이 이셔 츌타ㅎ면 밤즁마다 정결 모욕ㅎ고 식물 길너 반에 밧촤 녹코 울이 가부가 만스여의 틱평으로 ㅎ여 달나 ㅎ날게 심츅을 혼 변도 안이할 써 업고 엇지 그러ㅎ던지, 츠시에 학초가 마암 닉여 츌타히 본는 일이 안이되야 본 일이 업고, 학초 셩닉로 관지(官災)가 만ㅎ야 영읍근(營邑間)에 가셔 근심으로 진닉다가 만일 야몽(夜夢)에 강씨(姜氏)가 밤즁전에 보이면 그 익일 오젼에 영낙업시 되고 밤즁휴 식비젼에 몽견ㅎ면 그 익일 오휴에 영낙업시 일이 되고, 근근이 사라가는 정도에 시(柴)와 양(糧)을 외쥬(外主)가 쥬션히 쥬난 거설 외쥬으 요량보다 닉쥬가 항상 여지가 이슨이 그 여지예 저축은 쥬식잡기 온이ㅎ는 남즈야 불가불 젼지을 스셔 부윤옥(富潤屋)이 되는 비라. 여혹 아지 못ㅎ는 일에 학초가 걱경ㅎ

면 언온실지(言溫實旨)로 디답ᄒ며 잘못홈을 겸희 언온으로 우셔
디답ᄒ이 만정화긔는 ᄌ지긔즁 안이될 슈 업고, 가부으 명영이라
면 못ᄒ다 말을 드러보지 못ᄒ고, 쩌을 ᄎᄌ셔 ᄌ식 병일이 글 익
거라 지셩권유은 긔츌에도 더할 슈 업고 ᄎᄌ 업시면 린리에 불녀
손을 익글고 드러오며 독셔ᄒ라 경계가 옛날ᄉ젹상 모범부인의 못
할 비 업시며.

　일일은 홍쳔동 회계ᄉ에 잇는 젼졍국이라 ᄒ는 ᄉ람이 집에 쩌
이는 쳔목을 단골노 갑셜 지졍ᄒ고 이어 디이던이, ᄒ날 조젼에 쳔
목을 져다 부억에 쓰어쥬고 마당에 셔셔 북억에 불 쩌는 거설 보고
안이가고 쟝구이 셔셔 보는지라. ᄎ시에 학초가 외당에 이셔 그 거
동을 보고 불너 연고을 무른이 젼졍국(全正局) 왈, "항복ᄒ고 모범
할 일이 잇나이다." 학초 왈, "무어설 보와는다?"

　졍국 왈, "ᄒ 부억에 남글 디이ᄌ면 상롱군 ᄒ나 부족이요 둘 방
에 불을 쩌ᄌ면 상머음 둘이라야 당ᄒ다 ᄒ이 상머음 둘이면 일연
에 곡셕 십오셕은 ᄒᆡ야 그 둘을 먹이고 쏘 의복과 돈을 엽젼으로
말ᄒ면 ᄒ심식 지게 쥬는이 젼곡은 계손 박게 두고라도 열닷셥 곡
셕을 안강 덜론으로 말ᄒ면 열마직이 ᄉ셔 남을 쥬어 반분ᄒ야 녁
녁지 온이ᄒ더, ᄉ람으 살림ᄉ리가 금연에 이ᄀᆞᆾ치ᄒ고 휴연에 그
ᄀᆞᆾ치ᄒ고 보면 ᄌ슈롱업 안이ᄒ는 집이 안이만코 못빅이는이, 울
이 조모(祖母)가 셩젼에 ᄒ신 말삼이 '가모가 되야 부억게 불을 쩔
쩌 남을 걱거 북억에 던지기만 ᄒ거나 다 쩌고 쩌실억긔 등속을 뒤
으로 쎨어 비질ᄒ고 부억으로 모라 온이ᄒ거든 그 집이 안이망ᄒ
는 거설 본지 업는이라.' ᄒ던이 금일 딕집에셔 불쩌는 거설 본이

집푼 부억바닥을 돌로 놉기 구들ᆽ치 녹쏘 그 우에 불을 부직개로 들고 여혼직 필경 다 엿코 비질ᄒᆞᄂᆞᆫ 거설 보기됩면 필연 젖치 ᄒᆞ시난 이가 비질을 그 부억 돌 밋트로 할 듯ᄒᆞ야 기달이고 보ᄂᆞ이 뒥집 항복이 ᄒᆞᆫ가지을 본이, 만복지원이 불문가지오. 속셜에 조고마훈 목쑤영이 보도청이라 ᄒᆞᄂᆞᆫ디 부억 ᄒᆞ나이 ᄒᆞᆫ 소실으 싱ᄉᆞ문이올시다. 잊튼 싱각이 나셔 연낙으로 터이ᄂᆞᆫ 춘목에 혹시 와도 남마 잇게 의상도 ᄒᆞ던이 쥬괴 되신 부인이 인슈 즁에 어리ᄉᆞᆫ ᆽ튼 나모가리와 안강덜 론이 소유가 타쳐ᄉᆞ지 범ᄒᆞ리라.”

학초 우셔 본니고 느지ᄒᆞ야 북역을 조ᄉᆞ히 본이 과연 젼졍국으 말ᆽ치 ᄒᆞ야신이 잊튼 부여으 규모을 쟐랑할 슈ᄂᆞᆫ 업고 심독히 ᄒᆞ여 진니라.

잇쩌 학초 을미병신정유(乙未丙申丁酉) 삼연간은 타향일 슈화가 되야 ᄉᆞ람으 근본과 지능도 셔로 아지 못ᄒᆞ고 세계는 동난휴의쏘 의병란리로 상ᄒᆞ도 각군 니왕이 막키고 경쥬ᄉᆞ람으로 말ᄒᆞ면 거개 지분슈 가지라. 시졀이 연풍ᄒᆞ고 학초 객즁싱기 잘못되야 쌰 할 슈 업고 세상만ᄉᆞ을 운외청손으로 던져두고 ᄒᆞᆫ가ᄒᆞ고 졍결훈 집에 절문 쳐ᄌᆞ로 버졀 삼아 의식에 군속이 업신이 초로인싱이 슈분의 낙일 듯 ᄌᆞ지ᄒᆞᄂᆞᆫ 낙빈가을 지어신이 ᄒᆞ여시되,

시졀은 티평ᄒᆞ고 츠신이 ᄒᆞᆫ가훈이 / 자미는 무어시며 소업이 무어신고 / 신룡여읍 셜약ᄒᆞ야 거세인졍 춘탁ᄒᆞ며 / 리인거인 허다인을 지휘슈졉 졔즁휴에 / ᄒᆞᆫ가훈 그가온디 뒛글을 구경ᄒᆞ고 / 산에올나 덜구경은 쟝관으로 드러본이 / 잇쩌는 칠월이라 롱ᄉᆞ가

315

방극일시 / 롱담 일셔셕의 질우셩이 상반ᄒ고 / 엽피 남교의는 롱
가을 드러보고 / 압길에 너거힝인 치질ᄒ는 말문들 / 마상의 길노
안ᄌ 소ᄅ을 불너간다 / 롱상에 그지미가 제각기 낙이로다 / 집으
로 도라온이 쳥풍지 북창ᄒ의 / 훈가이 누어ᄴ 안ᄌᄴ 연소쳐ᄌ
낙을붓쳐 / 두어말식 경계ᄒ되 쳔셕만셕 부려말고 / 마암편코 몸
편으면 이안이 낙일손가 / 실은소ᄅ ᄒ지말고 실은일 ᄒ지말고 /
부귀을 부러말고 빈쳔을 낙을삼아 / 길삼안코 옷셜입고 롱ᄉ안코
밥을먹고 / 초부업시 셥헐써고 와가라 집언 개초안코 / 양쳐을 두
온ᄶ젼 셋몸이 편케할제 / 괴론일 론ᄂㅣㅎ고 급ᄒ일 ᄀᆺ치ᄒ고 / 병
들제 셔로슈발 셩손젹 셔로슈발 / 어린ᄌ식 길너닐제 승가ᄒ이
정구지역 / 이상어이 퇴평할야 환난상구 이줌이라 / ᄒ임군으 조
정이라 ᄒ가장을 슈발ᄒ고 / 일쳔ᄒ에 비가온이 가지가지 이스리
라 / 형제동긔 잇ᄴᄒ들 이갓치 할작손가 / 비복이 잇ᄴᄒ들 이갓
치 살들손가 / 호구가 일낙신이 이몸ᄒ나 이슨휴의 / 곤읷도 지슈
ᄒ고 영귀도 지슈ᄒ이 / 밋난바 ᄒ날이라 빅연광긱 이몸인이 / 부
더부더 잇지 마소 부더부더 잇지 마소 / ᄒ물며 타관이라 조심할
일 만은이라 / 평ᄉ의 빅노갓치 참물의 길름갓치 / 몸은 평초갓치
쓰젼 죽졀갓치 / 호련이 싱각ᄒ이 셰소는 편몽이라 / 반평싱 넘머
신이 이갓치 ᄒ변가면 / 다늘는다 다늘는다 졀노졀노 늘거보식

　　각셜, 스람이 셰상에 쳐ᄒ야 무신 이치가 그려ᄒ던지 편ᄒ면 걱
졍이 싱기고 먹글게 이스면 도젹이 싱기고 친할 만ᄒ면 히할 마암
을 넌이, 잇쩌에 의병난리가 평졍되고 시졀이 연풍ᄒ이 각쳐 친소
원근 지부지간의 상통이 셔로 된 직 간교ᄒ 인심이 시로 나셔 각영
문 각군슈에 친소에 지면을 통히 무단슈본 평민을 빅가지로 죄을

얼거 인민으 지순을 썰어 먹기 자싱ᄒᆞ는 세월이 갑오젼에 풍속이 시로 되는지라.

무슐연 이월(二月)에 안동 ᄉᆞ는 김봉지라 와셔 말ᄒᆞ기을 "ᄉᆞ지 못ᄒᆞ는 원졍 겸 구걸 갓치 돈을 달나." ᄒᆞ거날 학초 ᄉᆞ상에 '져 ᄉᆞ람이 직읍이 업시 단인이 죽글 날이 머지 온이혼 ᄉᆞ람이요 무단이 남으 집을 ᄎᆞᄌᆞ 돈을 달나혼이 강도가 안이라 할 슈 업고 법관에 고소ᄒᆞ야 증치을 혼다 ᄒᆞ야 현힁 법관이 역시 이 ᄉᆞ람에 다름업실 터 셜혹 엄즁혼 죄을 쥰다 ᄒᆞ도 날노 ᄒᆞ야 인명이 위틱ᄒᆞ면 가위 니 손으로 ᄒᆞ여 ᄉᆞ람 히ᄒᆞ면 혼ᄉᆞ 유거지인이 참마 못ᄒᆞ리라' ᄒᆞ야, 혼 등 장ᄉᆞ 민쳔 될 만치 쥬어 셧더로 본니고 악가운 지순으로 져 ᄉᆞ람 명결을 ᄒᆞ야쑤나 혼이, 실인 강씨 연고을 뭇거날,

학초 답왈, "ᄉᆞ람이 직업이 업고 무단이 남으게 돈을 달나혼이 약간에 돈을 쥬어 젼송ᄒᆞ는 나는 니손에 칼을 듯지 온이ᄒᆞ고 군ᄉᆞ을 명영ᄒᆞ야 적장을 벼히는 격이라. 져 힁십을 자미 보와 타쳐 가셔 또 할 거신이 그 ᄉᆞ람은 단졍코 나갓지 안이할 터라. 셔로 죽드라도 죽글 날이 머지 안이혼이 두고 보소." ᄒᆞ여던이 관연 그 익연의 부ᄌᆞ ᄌᆞ손으로 무직업 퓌망ᄌᆞ 김슈길이라 ᄒᆞ는 ᄉᆞ람과 셔로 ᄶᆞ려 두 ᄉᆞ람이 다 죽거ᄯᆞ ᄒᆞ더라.

무슐 윤삼월 초잇튼날 디구 ᄉᆞ다 ᄒᆞ는 졍치근이라 층ᄒᆞ고 와셔 말을 ᄒᆞ되, "쥬인이 슌흥 ᄉᆞ다 동학란이에 경쥬 이곳즈로 오시ᄶᆞ요?" ᄒᆞ거날, 학초 답왈, "과연 그러ᄒᆞ오." 졍치근 왈, "니가 ᄌᆞ리 장ᄉᆞ로 단이던이 갑오동난에 례쳔 경진셔 오빅금 지순을 일허신이 증츌ᄒᆞ라." ᄒᆞ거날,

학초 드른이 김봉지으 갓튼 당이라. 미인 열지을 흐즈훈이 고성
인도 못훈 거설 불가셩슈 될 터이오, 심훈 직 돈을 쥬고 죄을 스기
쉽고 물노드는 범은 마가야 될 터, 잠간 계교 너여 디답 왈, "더 할
말 업소. 노형이 오실 줄 알고 돈을 쥰희히 두지 못ᄒ야신이 닉집
에 유슉ᄒ면 디졉할 터 돈을 구희오리다." ᄒ고 집에 유희두고, 바
로 비밀이 경쥬 음을 드러가 스실상으로 소장을 지어 고소을 훈이,
잇ᄶ 경쥬군슈난 안동셔 온 권상문이라. 군슈가 소장을 즈셔 본 휴
소장에 지령을 ᄒ여시되,

> 무단구홈(無端構陷)의 힝ᄎ토식(行次討索)ᄒ이 극위희연(極爲
> 駭然)이라. 정치근(鄭致根)을 즉각(卽刻) 착너사(捉來事) 나졸(羅
> 卒) 믹겨

삼월 초사일 오휴에 학초가 나졸을 더동ᄒ고 집을 도라와 도적
을 ᄎ진이, 그자 정치근이가 스스로 의심이 나셔 잇지 온이ᄒ고 다
음 온다 ᄒ며 가고 업논지라. 부득이ᄒ야 실포ᄒ고 그 스연을 군슈
으게 회고ᄒ야 스유을 고훈이 그 소장의 특별지령에 ᄒ여시되,

> 소위(所謂) 정치근(鄭致根)지 구홈(構陷)촌민(村民)의 무단토
> 식(無端討索)훈이 죄당엄칙(罪當嚴飭)이 급기발포이미착(及其發捕
> 而未捉)훈이 동민(洞民)는 난면소우지칙(難免疎虞之責)이라. ᄎ휴
> (此後)의 여혹(如或) 갱침지단(更侵之端)이여든 부디영칙(不待令
> 飭)ᄒ고 즈동즁(自洞中)으로 결박착상스(結縛捉上事) 동임동민등
> (洞任洞民等) 믹겨

이일 휴 무슐연 윤삼월 초팔에 정치근자 다시 완난지라. 학초 동인을 연락ᄒ고 정치근을 디히 일너왈, "너가 무어시 할 즉업이 업시 강도질을 ᄒ고저ᄒ이 너 션셩이 김봉지가 안이냐? 다시난 용셔할 슈 업슨이 죽거보와라." ᄒ고 잡부는 공문을 보이고 동인을 브르고저ᄒ이 정치근이가 ᄋ조 ᄌ복ᄒ고 다시 그갯튼 힝십을 안이ᄒ기로 ᄌ복증셔을 써셔 밧치며 신명 살기을 비ᄂ지라. 부득이ᄒ야 ᄌ복증셔을 밧고 다시 그갓튼 힝위 안이ᄒ기로 용셔ᄒ히 본니라.

각셜 광무이연 무슐 삼월삼일 경쥬군 구강동 이실 쎄 잇쎄예 경쥬군슈는 안동ᄉ람 권상문이라. 안동ᄉ람이 만이 ᄎᄌ와 아객이라 ᄒ고 읍져 여관에 안동촌이라 말이 이실 쎄라. 학초으게 사문ᄉ 비지을 군뢰가 가지고 나완ᄂ디, 비지을 바다본이 '구강셔 박약국 유ᄉ문ᄉ훈이 삼비도착리ᄌ라' ᄒ여거날 학초 직시 이러셔셔 군뢰 읍셔 안강을 나와 쥬인 박기계을 불너 돈 열양만 씰 디 잇다 ᄒ고 구히 군뢰을 쥬며, "너가 ᄎ고 드러가되 오날 제역 니일 아즉까지 이중에 니 식치까지 병희신이 그 남겨지ᄂ 너 ᄎ지라." 삼비도비지예 지체할 슈 업신이 곳 속히 가기을 학초가 더 셔드러 읍셔건다.

ᄎ시 츌ᄉ 군뢰 풍속에 삼문ᄉ비지 ᄒ나만 어더 나오면 족쵀가 의례히 소불하 삼ᄉ빅양식 밧ᄂ디 죄인으 디우가 귀기 곤란곤역이 인ᄂ디, 군뢰가 싸라오며 문ᄂ 말이 "본니 어디 ᄉ다 오셔슴늣가?" 학초 ᄌ치 가며 디왈, "슌흥 ᄉ다 완노라." 군뢰 왈, "슌흥 ᄉ다 오셔시면 읍두들 박참봉 나리을 아시ᄂ잇가?" 학초 왈, "니으 삼종 되시는 나리라." ᄒ이,

군뢰가 깜작 놀너며 왈, "소인는 군뢰에 김경싱이올시다. 조금

ᄒ드면 실슈할 변 힛심느다. 그 참봉나리 일가 되신단이 디단 고맙슴이다. 항상 문안을 가셔 뭇지 못ᄒ고 죄송ᄒ던 쳔인나 항상 져들이 마암에 잇지 못ᄒ야 익갈임느다." 학초 왈, "엇지ᄒ야 그갓치 인정이 영구불망ᄒ는야?"

김경싱 왈, "소인이 젼즈 진령 이실 쩌 진령 군뢰로 거힝할 쩌, 그 참봉나리가 슝덕젼 참봉으로 이셔 훈날 진령에 드러오신는더 사린교을 삼문 밧게 녹코 드러가셔 나올 쩌 슈군뢰 불너 군뢰 ᄒ나 디령ᄒ라 ᄒ셔셔 소인이 갓심느다. 비지 ᄒ나 맛타 스람 ᄒ나 다리다가 젼으로 디령훈이 집피온 빅셩을 관방에 드러오라 ᄒ야 다리고 엇지 슈작ᄒ던지 본너고, 기시 소인을 돈 삼빅양을 쥬시야 그 돈으로 그 시 참쥭굴 스세을 면희 업든 집도 스고 살임을 차려 부모쳐자가 살임 밋쳔을 ᄒ여슴느다. 항상 그 시 장만훈 그럿설 만지면 익싸리며 송덕ᄒᄂ이다."

학초 왈, "니 너게 졍할 일니 잇따. 시방 읍 스십리을 가면 날이 졈을 터라. 굿틔여 문싼에 가셔 요위 쳬면인이 곤난 말 말고 가드미로 향쳥에 향장을 먼여 보기 ᄒ여 달나." 군뢰 왈, "그리 할리다." ᄒ고 드러근이 날이 황혼이라.

향쳥을 근이 향장이 업고 향쳥ᄒ 젼원 기싱으 집에 스쳐을 ᄒ엿따. 스쳐을 근이 노령 등이 문외예 시위ᄒ고 방문 박게 등롱이 휘황ᄒ고 방은 비여는디 일개 여화미인에 기싱만 독좌ᄒ엿고 향장은 동현에 갓다 ᄒ다. 학초가 군뢰을 문박게 두고 방에 드러가 안즈 그 기싱으로 더부러 인스을 ᄒ고 향장으 거취와 너거지속과 미인으 힝편을 므른이, 이 기싱은 일홈이 금홍이라 ᄒ고 당시 군슈에 세도흐는 향장의 리능기(李能琦)으 슈청이라. 정다은 슈작이 과연 아든 스람도 갓고 초면이라 할 슈는 업는 듯흐더라.

그 츠에 향장이 좌우에 등롱을 들이고 드러온다. 학초 일어셔셔 연접흐며 중전에 집에 이셔 문약흐로 와셔 흔 변 본 면목에 두 변 보는 인스을 계속흔다. 향장 왈, "역게셔 보기 듯박이오." 학초 왈, "남아는 물론노소흐고 하쳐 불상봉이지요만는 향장으 너실에 돌입흐야 스랑흐시는 남으 너실미인을 달이고 노라신이 딕단 실례올시다." 향장이 소왈, "허물 업소. 그 난 럴어이 조흐흐는 물견이라 하특 득낙이 조흘잇가마는 촌션비로셔 화류슈작을 아시던잇가?" 학초 왈, "동도에 와셔는 쳐음이올시다. 그 박게 쏘 쳐음 되는 일이이셔 향장쎄 청흐로 왓슴느다." 향장 왈, "무신 사오?"

학초 왈, "일홈 업시 유사문스훈이 구강 거흐는 박약국을 삼비도 착리로 왓는디 방금 잡바온 군로가 문밧게 이슴느다. 다른 청이 안이라 삼문에 줍피온 박약국이 시명이 업실 슈 업신이 박학리오, 박참의 봉너 삼종이요 진스 령너으 지종이라, 이 말만 원님으게 알기 흐여 쥬소." 향장 왈, "그 말 쑨이오? 그리 할니다. 곳 드러가 단여온다" 흐고 드러가던이 미긔시예 곳 나와셔 왈, "쏘도게셔 아시는 모양이라. 군긔골 박능슐이 집으로 쥬인 정흐쥬라 흐더이다." 흐고 군뢰 불너 명영흔다.

향장을 흐직흐고 박능슐이 집을 가며 싱각흔이 츠가이 묘리가 잇짜 싱각흔바 싯초방에 근이 좌우 오육인이 인는지라. 인스을 통흐고 본이 안동 가일 스난 권문약이 안동 츈양 스는 윤상제라. 학초 왈, "평슈상봉으로 각쳐 친고가 상봉흔이 반갑쏘만는 안동양반은 안이 좃소." 권문약이 왈, "엇지ᄒᄂ 말이요?" 학초 왈, "엇지 오셔쏘 원임도 아시지오?", 왈, "알기도 ᄒ고 관희도 ᄒ고 온 지가 달포 되야소." 학초 왈, "그만 희도 낫분 스람이라. 낫분 힝위을 ᄒ고도 북그런 쥴 모른이 기위인호아?" 권 왈, "엇진 말이요?"

학초 왈, "온당ᄒ 선비 갓트면 원임을 증전에 알드라도 군동헌에 와셔 보고 아객힝세 슛치ᄒ 쥴 모르고 세도ᄋ객을 즈쳔ᄒ이 죄당 죽거야 맛당ᄒ이 졍곡 친고ᄂ 충장으로 더위 조상을 할 터 나는 그 갓튼 스람을 두리지 온이ᄒ고 관희라 ᄒ이 관희가 무신 여관ᄒ 집에 월여라 ᄒ이 무신 학민을 ᄒ여 ᄒ 놈 잠바야 식가나 갑고살저가지 작정이지마는 딕갓튼 스람이 만이 이셔 어진 군슈으 졍치예 뉘명이 업다 할 슈 업고 경쥬셩늬예 당시 안동촌이 폐단으로 유명ᄒ이 딕이 안동촌의 ᄒ 부분 낫분 터라. 깨달나 올흔 스람이 곳 밤이라도 써나가오." 윤상제 왈, "초면 친고가 넘무 과ᄒ오."

학초 왈, "스람이 초면이나 세교나 근에 졍졍당당으로 말도 ᄒ고 스구여야 씨ᄂ디 간교ᄒ 우션 좃긔만 슈작은 곳 양적이라. 졍곡으로 말이지 윤상인은 당장 니가 티별이라도 가야라. 부모으 몽상을 입고 부득이ᄒ야 안이보고 안될 일은 상쥬도 불연이와 친고 군슈에 아객질 관희 구경 안이ᄒ면 뉘가 허물ᄒ며 안이ᄒ면 두통 나오? 안동이 스부향이라 ᄒ던이 아조 간교ᄒ고 되지 못ᄒ 장구치 못할 간심만 꽁꽁 죽글나고 셤어향이라도 할 듯ᄒ오. 엇진 말이야 ᄒ면 위국모 복슈이 뉘가 국모을 히흔지 삭발ᄌ 목 비인다 뉘가 출션위무인지 모로고 되지 못ᄒ 의병 갓튼 거 ᄒ다가 본군슈가 경쥬 군슈을 ᄒ여 셔울셔 나려올 쩌 가향이라 안동 와셔 친고을 츠진이

개화군슈라 덜업싸고 문을 닷고 보지 온이ㅎ다가 의병이 쎌 찌 업
신이 도리허 동학ㅎ다 완는이 의병ㅎ다 완는이 ㅎ고 츌몰 아즁ㅎ
야 막즁 민졍을 누키도 ㅎ고 심지여 집에 롱상ㄴ 직분을 벌니고 학
민토젼을 눈이 벌개 가지고 심지야 상쥬가 여막을 남으 집 칙ㄴ 보
드시 벌이고 와셔 두류 셰월을 ㅎ이 관쳥은 두고 향당이 만일 법이
이스면 순회 볼기을 쌀니 본니야 가ㅎ지." 권문약 왈, "너무 심ㅎ
오."

학초 왈, "니가 아라 남즈는 눈치가 말리(萬里)경이라. 니가 안
동촌으 음희로 삼문ㅅ에 와신이 일홈도 모로는 약국직업ㅎ는 스람
에 스문이 무어시오? 어진 군슈으 졍치을 안동촌 소위가 명약관화
라. 안동촌에 큰 북이 ㅎ 변 울어야 경쥬뵉셩이 살 터. 경쥬도 스람
잇지." 이츠 등셜 노걸영슈로 말을 ㅎ다.

잇찌 방 운목 문 옵퓌 ㅎ 소연이 안즈 밤셰 뉘을 기달이는 거 갓
치 온지쌰 드러군다. 윤 권 양인도 잠근 갓쌰 안이 도라오더라. 그
익일 조조에 통인이 와 학초을 츠자 나근이 강셔쥬인에 ㅎ 관가젼
영을 보인다. ㅎ여시되,

강셔쥬인(江西主人)
일전(日前) 박약국을 이타읍(以他邑) 민빅활사 춰착이 금위 스
실 직 명면(名面)이 개비기인이 지이 박약국 삼즈가 오착즈야라.
특위 방송ㅎ셔온 여슈즈의 모집지민이면 무론 슈모ㅎ고 捉囚ㅅ 무
슐 삼월 초사일
군슈 인

통인, "곳 쩌나시오?" 학초 왈, "식휴에 가리라." 통인 왈, "구경 잇짜 호고 가시오." 혼다. 문 박걸 니다본이 사령 군로가 마당에 갓득 드러셔셔 윤권양인 줍바 결박호야 각기 등에 북을 지이고 놉푼 영긔을 호야 읍에 셔고 북을 둥둥 치며 안동촌 아객 호실니을 혼다. 셩안 셩외 이삼 박구식 돌여셔 진장월강희 좃츠 본니더라.

학초 쩌날 씨 리향장을 보고 하직호이 향장 왈, "예제 진역개 그 방의 졀문 아젼 호ᄂ 이셔지오? 조젼에 드러ᄀ이 원임 말삼이 박학니 박영니가 갑오연 동반 진ᄉ라. 갑오란즁에 시골셔는 진ᄉ 힝 셰할 여가 업시되 조가에셔는 분명 진ᄉ오, 박봉니와 삼종이라. 소북영슈로 유명혼 밀창군 령의졍 집으로 시로 신원된 식식혼 집이라. 엇지 객지 와 이기로 셰계예 괄셰할 ᄉ람이 안이라. 필야 더날 씨 향장을 ᄎ질 거신이 갓치 다리고 드러오라." 혼이, 동원에 가긔을 쳥혼다.

그 계틴 잇든 긔싱 금홍 왈, "박참봉나리 집안이 되시기예 그만 호시지오. 져도 쳐음 보와도 니두에 졍다하 알개슴느다." 학초 왈, "금홍은 츠츠 볼연이와 관가에 ᄋ조 못가게슴이다." 쩌쳐 호고 나온다.

고셩을 와셔 ᄋ는 ᄉ람으 말이 셔울 ᄉ는 박진ᄉ가 강셔 와셔 박진ᄉ ᄎ다 못ᄎ고 읍으로 갓다 호야 의심이 진ᄉ 영리가 엇지 나을 ᄎ즈 완는고 호야 필야 군슈을 보로 갓실 터라 호고 도로 드러와 삼문걸이에 비히호던이,

잇쩌 지종 박진ᄉ가 셔울셔 나러와 강셔 와셔 학초을 박진ᄉ라 ᄎ진이 알 슈 업셔 읍에 가셔 군슈 권상문을 볼야호고 읍에 와셔

잇써 풍속으로 삼문근 혈소에 셔고 스령 불너 승발 불너 통즈을 훈
이 스령으 거힝이 짓체훔며 거만이라. 팔팔훈 셩미예 안이쏘와 ᄒ
고 나온이 잇써 지종근 만나 쥬인을 졍희 안즈 적조담화 미필에,
진스으 ᄒ인는 즁경 셔율셔 별슌검에 단이든 스람이라. 문간 스령
을 각기 닉 양반 션기기는 일반이라, 문밧게 온 손을 거문불납훈이
보고 못보기가 도시 ᄒ인의 불찰이라 ᄒ고 도스령으 상토을 갓 씬
치로 막구 췌고 쓸고 와셔 마당에서 빙빙이 씨기며, 훈 ᄒ인은 장
작가지을 들고 박굼치을 짝짝 핀다. 구경꾼이 드러셔며 형리다 승
발이 문안 아뢰면 삼문 잡바 열어셔 "듭스스." 안이근이 통인이 나
와셔 "안이드시면 쓰도게서 곳 나오심느다." 훈다.

　진스 드러가든이 쌈작 반겨 인스 휴에 닉동헌에 드러가 군슈으
마마와 아지먼이 아지먼이 ᄒ며 무슈히 반겨고 제역 먹고도 진직
안이나온다. 군슈 마마 셔울집은 전일 봉닉씨와 살 쩌 진스가 아지
먼이 ᄒ든 말이 더훈 직 어볍은 여전이라. 군슈가 조금 ᄒ드며 지
종씨을 사문스에 실슈할 변ᄒ여던이 지속 잇게 쳥을 ᄒ야 훈 친고
위히셔 두 친고 명고츌송훈 말이며 그 익일에 학초가 진스와 갓치
군슈을 보고 젼휴 졍곡을 특별ᄒ야 그 휴 닉닉 절교로 진닌이라.

　각셜, 더구에 손봉빅이라 ᄒ는 스람은 감영도에 유세역훈 긔관
으 아달노, 남문 안에 전방을 보는더 무슐 츄영시예 학초 령시에
가셔 당시예 힝화가 엽전이 흔ᄒ고 은전이 쳐음 나셔 흔치 안이훈
더 경셩을 갈 양으로 경편을 췌ᄒ야 손봉빅으 전방에 가셔 은전을
박구다가 셔울 박동 김종훈 김판셔으 족ᄒ 진사 긔동을 만나 슈왈

초면이나 학초으 지죵 박진스 영리가 김판셔으 집에 잇기로 인스 휴 슈말을 뭇고 자연 김진스 친ᄒ기 되야 손봉빅으 방에셔 슈일 알고 진닉던이, 단여 온 휴에 김진스는 원인이 가정에 난봉을 브리고 부형에 걱정을 짓쳐 딕구 와셔 밀양군 상납의 획을 위조ᄒ다가 영문으로 금지되고 갓가히 ᄒ는 스람은 귀공ᄌ 유인죄로 손봉빅 갓튼 이가 경무쳥에 경을 치고 객지 스세가 등루거졔라.

학초가 경쥬구강 집에서 김긔동으 급ᄒ 편지를 보고 딕구을 ᄀ이, 김긔동으 형지가 딕구 갓튼 슈만호 변화 인물 중에 오고 가지 못할 간두스셰로 참아 보지 못ᄒ너라. 학초 상상ᄒ이 닉일가 영닉는 저집에 이셔 신세를 만히 지친ᄂ딕, 저 스람이 져른 소조을 당ᄒ 당시 풍속으로 말ᄒ면 셰록이다 양반이다 쥬장ᄒ는 시예 조션국에서 유명 공신으로나 츙신집 션원 죵손 심일딕 판셔 김죵훈씨 족ᄒ라. 가셩이 장동으로 쎵쎵ᄒ는 집 귀공ᄌ라. 봉이 뭇달 속게 욕을 본이 ᄒ도 가이업셔 다소 식치을 갑ᄒ쥬고 경쥬로 달니고 가긔되야,

잇쩌 딕구 말방골이라 ᄒ는 딕 긔성 초운이라 ᄒ는 스람이 전일에 김진스으 부친 김영훈이가 딕구감영에 와 이실 쩌 슈쳥으로 잇던 스람이 이날 소문을 듯고 그 잇웃집 긔성 안셩 월향이을 보고 조션으로 말ᄒ면 양반이 약시약시ᄒ고 셰도로 말ᄒ면 딕딕판셔으 집 쳥연귀공ᄌ라. 금일에 빅의가 명일 군슈 관찰을 할 집 귀공ᄌ가 딕구 만셩 중에 구할 스람이 업셔 경쥬에 스란 친고 스람이 달녀간다 ᄒ이, 월힝이라 ᄒ는 긔성이 달녀다 집에다 비밀이 무더두고 졍을 통히 진닉다가 말닉 경찰셔에 문제가 되야 경셩까지 가셔 빅연 젼졍을 이루지 못ᄒ고 몃히 휴 퇴귀훈이라.

손봉빅이라 ᄒᆞ는 스람이 김긔동으게 그 시 멋천양 금전에 낭퓌을 당ᄒᆞ고 경성 지상가에 가셔는 돈 달나 문안도 못할 스세된이, 박학초을 무슐 동지달 십팔일에 일쳔팔빅양 쥬어짜 위조포긔 쎠셔 가지고 독봉ᄒᆞ기로 군과 영문을 정히 고등법원 갓튼 평이원까지 정희 지령을 가지고 당시 경상관찰사 리우인으게 손봉빅이가 관찰부 셔무주스가 되야 남젼복을 입고 증청각에 드나드며 관찰부 세역이 디단타 할 만ᄒᆞ고 항ᄎᆞ 평리원 지령으로 박학초을 ᄒᆞ여 보ᄌᆞ회포 두고 못ᄒᆞ던 일을 셩스ᄒᆞ여 보ᄌᆞ 작정ᄒᆞ고 령나을 막 푸러 경쥬로 와셔 학초 부친 통졍공을 영문으로 압상이라. 영문 경찰셔가 흅역이라. 당시 풍속이 영문에 ᄋᆞᆸ상 죄인이라 ᄒᆞ면 유죄무죄 근에 살임은 안이 망ᄒᆞ고는 이 업고 가는 소경 각문이 츄풍에 목엽갓치 쪄난지라.

신츅사월 이십스일에 봉계셔 부친이 손봉빅스로 영문ᄋᆞᆸ상 소문을 급히 듯고 쪄나셔, 가는 길에 족인 신령군슈 박쥰셩을 영쳔군 오죵동 조진스 집에 가셔 보고, 영문에 즁근이 막키 호소ᄒᆞ는 길을 열기 편지을 어더 가지고 디구 가셔 사일당에 김쥬스으게 젼ᄒᆞ고, 소장을 지여 ᄎᆞ시 절ᄎᆞ을 짜라 스숑과에 졉슈ᄒᆞᆫ이 오일 만의스 지영(指令)이 나오는디 ᄒᆞ여시되,

스실귀졍스(査實歸正寺) 세부과(稅簿課) 믹겨짜

학초 소장을 ᄎᆞᄌᆞ 지령을 보고 싱각ᄒᆞᆫ이 흠졍의 쌔진 부모을 구ᄒᆞ고 ᄌᆞ긔 신분을 상상ᄒᆞᆫ이 초개갓튼 향촌 일개 ᄒᆞ스로 영문는 당

327

시 염나국인디 세부쥬스 김직익(金在益)은 상쥬(尙州) 스람으로 분명ᄒ기 당세예 유명ᄒ지마는 동시 감영에 셰무쥬스다 셰무쥬스다 동임지스정에 조화가 업짜 할 슈 업실 터. 만일 공정ᄒ기 ᄒ야 손쥬스가 회졈이 이시면 셔로 험무가 업실 슈 업쏘, 너가 낙송ᄒ면 쳔지가 망망아득이라.

스싱을 절벽에 이마치기로 ᄒ고는 볼 터 빅화당(百花堂)에 지판을 간이 당시 풍속으로 소민(小民)을 마당에 셔우고 불과의 셔우는 거시 디민으 디우오. 손쥬스는 디상의 동좌ᄒ고 나졸에 좌우에 벌어 셧짜. 학초 디상을 치다본이 주란화각의 위엄이 장ᄒ지라. 디상을 치여다보며 왈, "현시 관직 유무는 동시 송민에 볍율상 구별이 업실 터에 원고가 디상의 안즈신이 피고도 갓치 ᄒ시다. 만일 이갓치 으조 구별이 이슬진디 스실(査實) 업시 으조 무일언ᄒ고 원고 지소 못할 거신이 원고와 피고 동좌ᄒ스다." ᄒ고 층계을 덩성덩성 도도 발바 올나가 안진이 김쥬스가 스세 연할 듯ᄒ야 그리ᄒ라 ᄒ고 스실(事實)을 문는다.

디답이 원고는 돈 쥬어짜 피고는 아지도 못ᄒ다 다소 언단이 오젼 구시부터 날이 셕양에. 학초 소리 놉피 여셩 왈, "당장 츠셕에셔 두 스람 중에 도적을 젹발할 계칙이 이신이 드러쥬시오." 지판셔리(裁判署理)예 김쥬스 왈, "엇지ᄒ 말인다?" 학초 왈, "피고가 넉넉지 못할 문필일망졍 젹실(的實)ᄒ 포긔 갓트면 남으 손을 츠필할 이유(理由) 업슨이 필젹 지판으로 글시을 써셔 포긔와 디조ᄒ시다. 영낙업는 도적이 지젹의 이 두 스람 중에 잇슴느다."

김쥬스 말을 졍지ᄒ고 양인으 모양을 살핀다. 학초 왈, "이약상판

지십으로 공부즈으 글시을 쏘겨 도필을 흐고 셔울양반 디졉으로 왜
감즈 필육 등속을 쥬고 시골에 무관부지인으게 횡증을 흐즈고 국록
을 먹고 비긔할 욕심을 이갓치 흔이 경상도 빅성이 모다 손봉빅으
식장이 안될이다" 흐고 필연과 쥬지을 당기 록코 글시을 쓴다.

쏘 학초 다시 고왈, "피고으 지극 원흐는 바는 손봉빅으 소위며
부정지판을 흐여쥬소." 김쥬스으 스상이 즈긔 쳐스가 어좌어우간
상당인지 '그리흐라.' 흐고 일어셔셔 증청각을 드러간다.

계하에 나졸은 디흐에 셧짜가 뒤에 셔고 삼인이 압흘 셔셔 사일
당 읍 증청각으로 드러가는 문안에 드러셔셔 학초가 손봉빅 손쥬
스으 두루막과 남젼복 츠락을 줍바 쥐고 김쥬스을 치다보며 왈,
"손쥬스는 온날은 송민이라 증청각이라 흐는 증쓰가 엇쩌흔 증쓰
기예 동시 송민으로 흔 빅성은 디상에 올나가고 흔 빅성은 문외예
이실 잇치 업실 듯흐오. 만일 손쥬스가 독으로 갈 권리(權理)가 잇
짜흐면 이 빅성으 셩명을 쩨고 드러가소." 츠시 손쥬스가 변괴라
흔이 좌우나졸이 학초을 횟코져 드러션이 점점 손쥬스으 고은 젼
복이 상할 지경이라. 김쥬스 도라셔며 왈, "그 스람으 동시 송민에
말이 글얼 듯흐고 갓치 드러가시야 별 필요 업슨이 박게셔 기달니
라." 흔다.

부득이 나졸은 다 물너가고 두 스람이 사일당 문긴쳥에 조금 반
션을 흐다가 소식이 업기로 손쥬스 관방쳐소로 갓치 긴다. 도둠보
료 안셕에 질노 되는 손슈병 치고 문방제구 능란흐고 빅통장죽에
담비을 불 다라 통인이 올인다. 학초 갓치 보료상에 안즈 왈, "츠좌
호의(好矣)라. 손진도 갈분식이라. 담비 흔 디 갓치 붓쳐너오." 통

329

인이 눈치 보와 굿치 장죽에 불을 붓쳐 드린다.

학초 왈, "손쥬스으 버실이며 좌셕위치가 디단 좃쏘. 츠좌 장구ㅎ면 치ㅎ을 ㅎ리다." 손쥬스 왈, "엇지ㅎ 말이시오?" 학초 왈, "정말 조흔 슈가 잇쏘. 허공의 일쳔팔빅양 바들나 말고 육쳔오빅양 드린 쥬스 버살을 츠좌 장구ㅎ소. 양소실디(養小失大)는 장부으 쳐스의 점신점인이다." 손쥬스 왈, "딕이 닉 쥬스 버살을 쎠 즈실 터오?" 학초 왈, "국법이며 체통이지 채통을 도라보시지 안이ㅎ고 문난잇가? 이 스람은 드른이 위치가 놉풀슈록 스스욕심은 말듯ㅎ오."

츠시 셕반을 통인이 드린다. 학초 왈, "송스에 의무는 의무디로 지미잇게 ㅎ련이와 혼 솟터 밥과 혼상에 밥이 먹는디 정분이 조흔이 갓치 먹습시다." ㅎ고 슈을 먼여 당기들고 통인을 도라보면, "너으 날이는 다른 슐을 속히 드리라." 손쥬스 허허 우스며 "그리ㅎ라." 통인이 슈을 디시 드러 갓치 먹는디 뉘가 보면 셔로 송민이라 할 지 업쏘 정다은 듯ㅎ더라.

막 상을 물일츠 증각의 집스가 젼갈혼다. "증각의 싼도 명영이 경쥬에 박민과 부정지판을 할 터이면 쥬스 관측을 스직장을 정ㅎ고 취판ㅎ시라 ㅎ쎠다." ㅎ고 드러근다. 학초 츠언을 드른이 가삼이 셔를ㅎ고 일은 영낙업는 터라. 학초 다스이 말ㅎ기 너므 미안ㅎ야 왈, "부득이 나는 쥬인으로 근이 손쥬스는 즈량 엇지 ㅎ시오?" '취판ㅎ리라' 혼다. '스직ㅎ고 취판ㅎ고 다시 환직은 못될 듯ㅎ이 츙곡으로 즈셔 살피라' ㅎ고 황혼에 쥬인으로 온이라.

당시에 부정지판이라 ㅎ면 션화당인나 증쳥각 지판이라. 여간 혼 일노는 조민 부정지판이 업고 송민이 각각 즈긔 말을 ㅎ즈면 양

반수족은 싱(生)이라 ᄒᆞ고 아전과 평민은 소인(小人)이라 할 ᄯᅥ
요. 부정지판이라 ᄒᆞ면 구경ᄭᅮᆫ이 만이 인는디 항ᄎᆞ 영문시임 쥬ᄉᆞ
손쥬ᄉᆞᄒᆞ고 경쥬 엇던 ᄉᆞ람과 지판을 ᄒᆞᆫ단 소문을 듯고 구경ᄒᆞ기
원을 ᄒᆞ야 지판날을 셔로 무러 알고저 ᄒᆞ든 ᄎᆞ. 직 명일 오시예 영
문(營門)ᄉᆞ령(使令)이 학초 쥬인의 와 ᄎᆔ판ᄒᆞ라 통지ᄒᆞᆫ다.

학초 ᄉᆞ령을 ᄯᅡ라 드러ᄀᆞ며 본이 포정ᄉᆞ 안에셔 니외삼문을 열
어록코 군로 팔십명 사령 팔십명이 좌우에 벌어셔고 중계 상영관
로가 둘너셔고 권장ᄐᆡ장을 와장창 소리 나며 ᄯᅳᆯ에 셔우고 ᄉᆞ령군
로 등은 쥬장을 모다 집고셔고 ᄃᆡ상의에ᄂᆞᆫ 팔비장 각방영리 긔세
등등 옹입ᄒᆞ고 유세ᄒᆞᆫ 관속 좌우ᄃᆡ상의 빈틈업시 서고 포정ᄉᆞ 안
붓틈 심지어 담우에 집우에까지 구경군이 인손인ᄒᆡᄒᆞ고 바다이 ᄌᆞ
ᄂᆞᆫ 듯 고요ᄒᆞ고 그 중에 두 ᄇᆡᆨ셩을 증각 마당에 안치고 곡개을 못
들게 ᄒᆞ고 위령으로 쳥령 문답을 ᄒᆞᆫ다.

바로 아뢰라 ᄒᆞ면 집에 기와장 엽엽히 울어나련다 슈노령이 일
시예 ᄇᆞ로 아뢰라 ᄒᆞᆫ다. 손쥬ᄉᆞ 먼여 말을 ᄒᆞᆫ다. 손쥬ᄉᆞ가 말을 ᄒᆞᆫ
직 노령이 ᄉᆞ정인지 덜ᄒᆞ고 학초게 말할 ᄎᆞ 바로 아뢰라 야단일
다. 학초 말이 업시 이신이 아뢰라 다슈히 쳥령ᄒᆞᆫ다. 짐직 말이 업
신이 남 보기 긔츅(氣縮)도 갓고 쳔연(天然)도 ᄒᆞ고 아지 못ᄒᆞᆫ다.

ᄃᆡ상에 왈, "네가 엇지 말을 온이 ᄒᆞᄂᆞᆫ다? 아뢰라." 야단 일다.
학초 종용코 쳔연ᄒᆞᆫ 음성으로 왈, "이 ᄇᆡᆨ셩으 십일ᄃᆡ조(十一代祖)
도 이 ᄌᆞ리 관찰사을 진닌난이다. 관찰 합하게셔 일즉 포의ᄒᆞᆫ사 ᄯᅥ
일을 싱각ᄒᆞ시면 휴손에 이 ᄇᆡᆨ셩 갓튼 ᄉᆞ람이 다시 업실ᄂᆞᆫ지 ᄎᆞ마
소인ᄒᆞ고ᄂᆞᆫ 원통히 말할 슈 업슴느다." 관찰사 왈, "너 ᄒᆞ고 져은

331

더로 ᄒ라."

학초 왈, "싱은 무슐연(戊戌年) 츄영(秋令) ᄽ에 은젼 박ᄉᄌᄽ 엽젼 빅양을 손봉빅 쥬고밧지 못ᄒᆫ 일은 잇고 손가으 돈 씬 일은 업슴느다." 손봉빅은 왈, "소인이 일쳔팔빅양 쥬어신이 바다쥽시ᄉ." 학초 왈, "싱이 젼ᄌ에 손가을 아지 못ᄒ고 손가가 엇지 다익ᄒ 돈을 쥬어ᄯ 말은 잇치에 업ᄂᆫ 억셜인이다." 손봉빅 왈, "소인이 경거ᄒᄂᆫ 김진ᄉ 보기 젹실이 쥰 포기가 소장에 잇슴느다." 학초 왈, "싱으 젼휴 소장 글씨가 ᄌ필이온이 손가가 쥬장코져 ᄒᄂᆫ 포에 글씨을 디조ᄒ면 위조 포긔을 판명할 쥴노 ᄒᆸ느다."

이츠 등셜노 양편 말이 슉시슉비로 이날 오시붓터 셕양이 되야 심이을 다 못ᄒ고 어ᄉ(御使) 강용구(姜容九)가 시로 나려와 관찰ᄉ을 볼 양으로 통ᄌ을 ᄒ고 디상에 셔셔본다. 디상쳥령이 학초 다려 "속이 단츌ᄒ기 아뢰라." 츄상 갓ᄍ. 학초 왈, "나라에셔 빅셩을 위ᄒ야 군슈 이상에 외방은 관찰부와 어ᄉᄽ가 이슨이 싱으 일은 자셔 심이ᄒ시여 쥬시긔 ᄋ몰이 급ᄒ여도 금일명일 지명일까지라도 ᄌ셔 드러쥬시기을 바랍느다." ᄒ고 단면 말을 안이ᄒ고 묵묵히 짐직 잇다. "아뢰라." 츄상 갓치 쳥령을 ᄒ되 짐직 묵묵히 잇ᄍ.

어ᄉ가 관찰ᄉ으게 조용이 ᄒᄃᆫ 공ᄉᄒ고 보시라 젼갈을 ᄒ고 방쳥을 ᄒᆫ다. 그 다음에 말을 이어 양편 말이 손가 슈단도 칙양업시 지게 이(利)ᄒ 말을 쳥ᄉᆫ유슈(靑山流水)로 ᄭ며디고 나졸으 위풍은 손가으 말할 ᄽ 덜ᄒ다. 이 ᄎ로 밤이 되야 당상에 등롱과 디ᄒ에 황덕불을 노와 화광이 인희을 발킨다. 학초으 말은 의긔가 언ᄉ을 일일 벤빅ᄒ야 손가으 말을 반디로 ᄲᆻ다. 말마다 잇치(理致)

을 붓쳐 쌔여근다.

손봉빅이가 이가치 질이한 말을 져도 상상훈이 학초으 말이 조화운동이 져으 말에 의무(義務)을 덜 미친이 아모 키나 익기 보즈ᄒ는 말노 왈, "박가으 조화슈단은 양반을 ᄌ세ᄒ고 능청훈 슈단도 만코 글씨도 열어 가지을 잘 씨고 슐법(術法)이 풍운조화을 ᄒ는 모양이라. 목보선짝을 접어 던지면 비둘기가 되야 나라근는 딕북궁 딕북궁 ᄒ난 걸 보와신이 미들 말이 업슴느다."

잇써 학초 이 말을 듯고 딕상에서 말 나리긔 젼에 간두에 악셩갓튼 음셩 늠늠훈 호령갓치 손가을 도라다보며 왈, "요놈아 당당훈 본건에 목젹에 당훈 말은 안이ᄒ고 이게 비들기지판인야? 너가 군 속훈이 건공으로 쑤며난야?"

잇써 당상당하 좌우나졸까지 비들기 지판인야 이 말에 나오난 우슴을 졸지 참지 못ᄒ고 모다 입을 막쏘 도라셔 웃는다. 허다구경 방청인히 중에 막즁 존엄지지지에 우슴 쳔지가 된다. 학초는 쳔연이 잇다. 잠직ᄒ고 잇던 츳 당상에서 담빗디 쩌는 소리 짱짱 나던이 "손봉빅이 잡아 물리라." 쳥령이 나린다. 령이 와 츳츳 급창이 쳥령 굿티 사령으 손이 손가으게 달여드러 갓 벽기고 아쒸ᄒ며 다시 둘너업는다.

관찰스 왈, "너으 죄가 비들기 이쓰의 몰을 스람이 업신이, 우거무리를 이츳 가지라. 쏘난 막즁베살을 ᄉ양ᄒ고 인민과 지판을 훈이 본시 악인을 가지라. 박민으 돈과 손희와 비용을 물어쥬라." ᄒ고 안반갓튼 칼을 씨여 ᄒ옥훈다 물너시라 쳥영훈이 당상당ᄒ 인히가 조슈굿치 물너나온다.

잇써 학초 나졸 물너나오난 속게 쓰여 나오다가 이진 말이 이셔 다시 드러가고져 혼이 나졸이 막가셔셔 금단을 혼다. 학초 하일 업실 줄 알고 혼 발 얼는 물너셔며 혼 발노 사령으 가삼을 추며 고성 왈, "이 스령아 너가 무신 원슈로 이 법정을 다시 드러가기 얼어운 디 아조 할 말을 호고 갈나 혼이 외 이갓치 막는야?" 혼이 디상에셔 그 광경을 보고 "두어라, 불너라." 혼다. 학초 다시 드러셔셔 왈, "황송홉느다는 이 법정을 다시 드러오기 빅셩 되야셔 천상옥경을 올으기보다 더 얼어워 범금을 힛슴느다." "무신 말이 쏘 인난다?"

학초 왈, "이 날 관찰합하 명감쳐결호신 일은 일월갓치 명명호오 되 홉하쎄셔 타일 너직디관으로 이직호신 휴 일월도 령칙이 잇셔 밤 될 써 업실 슈 업신이 손가는 디구셩중에 장지호야 쏘다시 구미호 쏠이 흔더러 조히 혼 장만 업시면 외군 빅셩에 싱갓탄 인명과 살임은 왓짜갓짜호이 아조 이 두휴 폐호기로 완문을 너여 쥬시던 지 손가으 전휴 소장을 소화호던지 셩을 쥬던지 오날 호신 즈최가 휴일까지 명명케 호여 쥬시기 바리느이다." 관찰스 왈, "그갓치 호라." 호고 스송쥬스을 불너 손가으 전휴 소장을 져 박민을 져져이 쥬어 이 두휴 폐호기호라 물너느이라.

학초 그 익일에 부친을 구호야 집에 도라오시게 호고 십사일만 에 손봉빅으게 도얼 물여가지고 도라올 시 날이 승모호야 경순군 노실쥬막의 드러 숙소할 시, 가운디 밀창을 열어녹코 웃방에 혼 스람이 이약이을 호는디,

디구감영 삼긴 휴로 쳠 보는 이약이 드러보소 호며 왈, "전즈 영문에서 세도호던 손긔관으 아달 육천오빅양 드리고 관찰부 쥬스 호

야 일천팔빅양 바들나 ᄒ다가 돈도 못 밧고 쥬스 쩌러지고 부옥에 체슈로 잇건이와, 경쥬에 슌단 그 피고 되는 스람이 일전에 증청각에 지판을 ᄒ는디 이약 외군(外郡)에서 연소ᄒ 스람으로 담디도 ᄒ고 경위도 발쑈 법정 말노는 옛날 소진장의가 보지는 못ᄒ야시되 그보다 낫지 못할 터라. 척척 귀절이 격(格)에도 맛쑈 남 보기 체면(體面)도 잇고, ᄒ 스람 웃기기도 졍말 어렵쨔 ᄒ는디 공소ᄒ던 관원과 수천만 방청 구경ᄭᅮ이 요졀ᄒ게 웃고, 득송(得訟)ᄒ고 나오난 질에 다시 드러가 할 말 잇쨔 ᄒ고 들가는 거설 금단ᄒ이 도라셔셔 ᄎ는 발길이 염나부 귀쫄갓튼 스령으 가삼을 ᄎ고, 다시 드러가셔 이 두휴 페까지 ᄒ기 ᄒ고, 돈을 도로 물이고 부친을 구ᄒ고 가는 스람이 이서신이 좌중에도 그갓튼 이 다시 잇실잇가."

듯는 제객기 모다 그 일 귀절(句節)을 문답 요졀을 ᄒ다. 학초는 아모 말 업시 잇쨔가 그 스람을 "뉘시오?" ᄒ이, 그 스람이 ᄌ시ᄌ시 보며 쌔달나 왈, "황송ᄒ느다. 져는 디구영문 스령에 김종한(金宗漢)이올시다. 각군에 영문을 오며 영쥬인이 인는디 져는 홍희군 쥬인이옵던이 풍속으로 유리에 츈말ᄒ초가 되면 디구소소 션ᄌ(扇子) 잘기나 가지고 군에 가면 괄시 온이ᄒ고 돈을 어더온이다. 그는 길에 마참 이ᄭᅩ치 되야셔 다시 보온이 부정에서 보든 존안이 올시다. 참으로 첨 보와슴느다. 걱게셔 시조을 ᄌ랑ᄒ야 쏘드으 마암을 감개케 ᄒ고 소인 ᄌ을 안이ᄒ고 싱을 특허ᄒ시며 귀절귀절이 듯는 ᄌ 이목(耳目)에 분명ᄒ다가 반일붓텀 황혼까지 엄중심문에 일언도 ᄎ착이 업다가 졉졈 꼿철 굴여 비들기지판 귀절에 그 ᄌ리 고셩 호령이 졍말 어렵슴느다. 고장 소리에 츔치기는 슈어도 그 주리예 그 모양은 못합느다." 흐더라.

그 휴로 디구만셩 노소 곤 스람이 학초을 보면 구지판장(鳩裁判長)이라 흐고 아지 못흐는 스람도 진닉가면 셔로 가라치며 '경쥬에 구지판장(鳩裁判長)이 곤다' 흐더라.

朴鶴樵實記 卷之四 박학초실긔[2]

각셜, 긔히연(己亥年)이라. 경쥬군 강셔면 달디펑이라 흐는 큰 덜은 경쥬 홍히 연일 삼군 빅셩으 롱장창고로 예로붓터 유명흔 덜리라. 잇쩌 졍부에 관원이라 흐는 스람이 국가을 위흐야 셩민을 구제할 마암은 본리 업고 무신 슈로 흐던지 관령을 빙즈흐고 빅셩으 지손 쩔어먹기 만단흉계 셰월이라.

경쥬군슈 조의현이와 大邱 진위디 즁디장 조즁셕이와 진위디 흐스 지지흥이와 동모흐야 달디펑 삼만여 두낙에 미두낙에 일원 스십육젼식 슈셰을 연연히 바다먹을 계칙으로, 그 상유에 방쳔을 흔다 빙즈흐고 와셔 빅셩으 히야 노흔 방쳔에 약곤흘 짐문지을 헛치고저 흔이, 다슈흔 평민이 오육쳔인이 모허 못흐기 흔이, 조즁셕 지지흥이가 진위디 병졍을 풀어 방쳔에 둘너 셔우고 빅셩을 시위흔다. 평민은 스상에 롱스진는 빅셩을 진위디 병졍이 엇지 관계흐며 셜마 히할니 흐고 달여든이 빅셩을 향히 방포흔다.

그 즁에 우흔 롱부드리 가삼을 풀고 달여드며 셕게을 노소흐며

---
2 원텍스트에는 기재되어 있지 않으나 앞의 한 면을 완전히 비우고 다시 기술을 시작하고 있으므로 여기서부터가 '권4'에 해당한다고 추정하여 적은 것이다.

336 근대기 국문실기 〈을사명의록〉과 〈학초전〉

달여도 들고 론갈고 밧민든 농부들도 삼삼오오로 분을 익기지 못
흐야 달여드며 항디훈이, 포즁디가 관령 거역지라 흐고 유슈훈 평
민 십육명을 잡바 결박흐야 병정이 전휴좌우 옹솔흐고 경쥬군으로
드러가서 경쥬에 가두어 두고 증치을 흐면 군슈가 혹 원성이 더할
가 흐야 바로 디구로 옵상흐야 디구경무청에 엄슈흐고 난민으 장
두로 엄치훈다.

츠시 지피여근 십육인 가족과 평즁에 상즁하(上中下) 도감(都
監)셔이며 강구셔이 달디평 디도회을 붓친다. 작인으로 말흐면 오
천칠빅 칠십둘이요 지쥬로 말흐며 부즈도 허다흐지만 평즁 공론
이 논갈고 밧민고 슐이나 먹쏘 불과 왈 큰 출입이 장이나 가셔 단
여오면 디단으로 알고 흐든 스람 안이 될 터, 심장적귀히셔 션비라
층흐며 쥬스에나 단이며 풍유남즈도 안이될 터. 시속 어문에 발쏘
눈치 쌜으고 조화손도 잇고 삼만여 두직이 만여명 싱영을 가히 통
솔할 자격즈을 틱정흐야 장두을 틱졍히야 된 공론의 강동강셔을
통계흐고 가감지인이 업고 여출일구로 권졈으로 흐는 말이 "강셔
면 구강동 오두낙 답지쥬 박모가 안이면 안이된다." 흐야 그 즁에
연로흐고 유슈훈 지쥬 소작과 도감 삼人과 학초을 츠즈와 달디평
사 장두로 쳥훈다.

부득이 츌신흐는디 부장두 지무겸 셔기 흐나 말 두필 흐인 둘 졍
흐고 비용은 지무 셔기가 씨는 디로 당히쥬기 나종에 사금 이천양
쥬기 작졍흐고, 동시 평즁에 일부분 지쥬 의무로 장두 되야 평즁스
에 디흐야 장두으 지휘디로 흐기 례졍이라. 익일에 안강 창졍으로
다시 디도회을 흐고 파임을 졍훈다.

오천칠빅 칠십이명에 소장 장두 일인

상평도감에 겸 부장두 셔긔 직무에 리슌구(李純久)

즁평도감에 겸 휴원 직무의 신유티

하평도감에 겸 휴원 직무의 리남긔

상즁하 각평에 감고 삼인

하인 마부 겸 이인 말 둘필

체슈인 십육인으 가족은 특별 휴원 츤셩 인

학초 각항 파임을 졍ᄒ야 열좌ᄒ고 평즁 회인과 홈쎄 듯기 일너
왈, "이 스람이 달디평 즁 근만명 인구에 디표장두가 되야실진딘
잘 되고 못되기 모다 평즁지사라. 범스가 스람이 만으면 잘못혼 점
이 만히여 원일에 방히가 쉽고 작스도방이면 삼연불셩이라 혼이
단심단체로 장두으 ᄒ난디로 일쥰힝ᄒ여 쥬시야 리두에 즁도지탄
이 업게 홉시다."

셔긔을 불너 젼 평즁 가가인명이 다 알기 통문을 브른다. 셔긔
리슌구(李純久)은 바다씬다. 강구을 명영히 각면각동 가가호호
보기 ᄒ라. 인ᄒ야 디구(大邱) 관찰부에 졍할 의송장 부른다. 셔
긔난 바다씬다. 디략 당시 문투로 혼 거 변역에 ᄒ여시되,

경쥬군 강동면 강셔면 달디평 디소민 등 오천칠빅 칠십이인 등
에 의송장두에 박학러

관찰합하 복이 싱등은 드른이 자고로 국가에 각 관리는 각기 칙
임을 ᄶᅡ라 빅셩을 보호혼단 의무을 드러시되, 사쳔연리 민유지손
을 압제로 병졍을 모라 강탈혼단 말은 처음으로 일이 싱계신이,

성등으 소경답은 경쥬군 달디평이 경쥬 연일 흥희 삼군 인민으 경
작 창고라 ᄒ는디, 조선개국 휴 단군 신라 고려 아조 사쳔연리 민
유지을 디구 진위디 즁디장에 조즁셕이와 디구 진위디 향관 하사
에 지지홍이와 경쥬군슈 조의현이와 조가을 쏘겨 션히궁 지령 니
라 ᄒ고 평민이 쳥구치도 안이ᄒ고 승낙지도 안이훈 무탈훈 방쳔
을 ᄒ고 연연이 슈가을 미두낙게 엽전 일곱양 셔돈오푼식 밧기로
빅셩이 훈 방쳔을 ᄒ여짜고 문지을 언치고져 훈이 평즁 빅셩 오육
쳔이 항변을 훈 직 진위디 병정을 푸러 발포접젼훈이 평민은 신명
을 불고ᄒ고 논에 흘썽이로 탄알과 디젼을 훈이 하날이 ᄒ감하시
는 바 빅셩으 롱스짓는 거설 못ᄒ기 군병으로 져히코져 접전훈단
스실은 고금역스상 미문일분더러 정부에서 엇지 경쥬 달디평 빅
셩으 짜을 강탈ᄒ라쏘 진위디 병정장관을 니실 잇치 업실 듯ᄒ고
션히궁은 국가 친척이라 무단이 국정 외예 독으로 경쥬 달디평 강
탈할 잇치 업고 진위디 향관 하스 지지홍은 병정 양도나 향관할
직칙이지 민유지슨 강탈할 볍권이 업실 터 경쥬군슈 조의현은 경
쥬인민으 원 불원은 전불고ᄒ고 성등으 평즁토지에 업는 폐을 쥬
츌할 명영이 조가에 업실 터라. 슈륜과의 파원 셔상윤(徐相允)은
슈륜할 곳지 안이고 즈연쳔연슈로 관개 만민ᄒ는 짜에 부당ᄒᆞᆸ고
전휴 힝위가 국가에 베살을 빙즈ᄒ고 우으로 조정을 쏘기고 아리
로 도탄싱민을 ᄒ고 즁간에 즈긔으 비긔지욕을 이츠가지라. 하날
갓튼 국가에서 실즉 다 달디평 오쳔칠빅 칠십이가 인구로 말ᄒ면
오육만 인민이 ᄒ죄로 불법관원으 식장이 되올잇가. 영감 귀정에
이두 휴 폐을 쳔만 복츅(祝)

잇씨 관찰사 김직현이라. 학초가 부장두 리슌구을 디동ᄒ고 직

시 달여 디구 와셔 의숑장을 사숑과에 졉슈훈이 그 익일 지령에 흐
여시되,

특정사관(特定査官) 흐여신이 이더회보사(以待回報事)

학초가 의숑장에 지령 바다 보고 사숑과에 비졍셥 최셕연으게
무른 바, "사관이 누구시오?" 흔 직 답왈, "군슈을 두고 영문에 월
졍은 졀츠에 월법이지만는 스실이 그를듯흐고 조졍에셔 명숑훈 영
남디관을 모다 죄로 걸고 조가에 션희궁까지 걸어신이 무엄도 심
흐다 할 듯흐고 관령이라 써러지면 빅셩 되고 츄상갓치 거힝흐는
세계예 항츠 진위디 병졍이라 흐면 당장 포살을 임으로 흐는 세계
예 이갓튼 소장을 본이 장두으 간봉은 첨 볼 걷담이오. 명스관은
홍희군슈 강틔향이라." 흐더라
잇쩌 수류과 파원 셔상윤이 즁디장 조즁셕이 흐스 지지홍이 평
즁 빅셩이 감영에 소장 제출훈 줄 모로, 십육명 빅셩을 즙바 디구
경무쳥에셔 죽글 지경으로 희신이 세계는 자긔들 쥬장으로 싱각흐
고 다시 병졍을 다솔흐고 경쥬군에 와셔 노령을 더 디동흐고 달디
평에 다시 와셔 셜역을 흔다. 평즁 장두는 으직 디구 가셔 밋쳐 단
여오지 안이 힛짜. 디구로 단여온 마부으 션통에 평즁 장두으 싱발
흔 눈치을 젼흐즉 다시 포즁디 셔상윤은 소문을 듯고 다슈 평민이
장작 세 가지 고초 흔 단식 모즐이 가지고 포즁디 셔상윤을 불에
틔와 죽인다 흐고 동셔남북으로 모허드는 빅셩이 인순인희라.
그 즁에 흔 빅셩이 "속히 디구 가셔 쳥희 와셔 장두 명영디로 흐

자." 흐고 급보가 와셔 잇써 학초가 달더상평노 당손흐에 일은이 장작갈이 고초걸이가 손봉 갓고 인순인히 다슈 평민이 장두 환영을 흐다. 져편을 바리본이 빅포의 막을 치고 진위더 긔발이 바람에 펄펄 날이고 병경과 나졸이 군용을 정제흐고 그 엽퓌 역쓴이 무덕무덕 안즈더라.

학초 통문을 셔긔 세 명의 영흐야 써쎠 디장써예 다라 도감과 강구와 착슈인 십육명 가족과 디동흐고 인히 중 순회을 돌며 우여 왈, "집단과 장작을 하등난민으 쳐스라. 일절 힝사할 싱각말고 관찰부에서 명스관이 낫신이 불일간 츠정에 오실 터 평중 더소인민은 난동을 부디 말고 불법관리도 호인이 될 날 이슬 터 여혹 디흐드라도 먼여 절흐고 공손흔 말노 단지 억울타 말만 흐라." 흐다.

학초 진위디장 막소에 평중장두 가셔 보기 통즈을 전흔다. 리윤구 진왈, "장두 힝적이 여혹 경솔할 듯 의심나오. 불법힝위로 쥬장흐는 저네개 잡피고 보면 뒤에 일얼 엇지 흐릿가?" 학초 왈, "부련흐다 피츠 이만치 모여 무셩무춰로 바리고만 이슬 잇치 업고 아방전상에 형경이도 만승천즈을 사면으로 보와쬬 화룡도에 조조와 관운장도 의긔로 용셔흐여신이 설마 저마흔 군병속이야. 경송할 돌리을 너고 사관이 오거든 피츠 관원중에 디면괄셔 난안을 업게 쪼츠불고 우리 평민까지 명스관을 디키 흐리라." 흐고 완완이 간다.

일개 부장두 셔긔흐나만 디동흐고 드러거이 포중더가 소이 연접흐며 흔훤 휴 왈, "빅성을 위히 방쳔을 막글나흔이 우미흔 다슈 평민이 긔료 반디을 져갓치 흔이 이히로 달닉 귀슌케 흐면 디구경찰셔에 죄슈 평민도 곳 방송할 거신이 귀화을 흐여 달나." 흔다.

341

학초 왈, "민유방본이라 빅셩은 나라 근본이올시다. 룡은 천하지디본이라. 문관은 인민 다소 억울 발키고 무관은 나라 도젹을 진압흡느다. 슈륜과는 물을 못 더는디 관개흐여 룡스짓기 흐는 거시올시다. 문관과 무관이 병정과 나졸을 푸러 룡민과 압제 접전이 쳔일 명명지흐에 슈치타 안이할 슈 업고 쳔연적 시스로 들긔는 보물을 슈륜이라 말은 산에 가셔 비을 타고 션가을 니라 비 안탄 그 소초부은 필경 우실 듯흐오이다. 부모명영이라 가층흐고 그 즈식이 도박이나 도젹질을 흐면 그 부모 알면 걱정하릿가? 좃타 흐릿가? 나라에 즁디흔 명리가 되야 빅셩을 학민흐거나 억울케 흐면 임군이 흉격이 막킨 병이라 흐릿가? 티평타 흐릿가? 우리 평즁셔 상부에 원정흐야 명스관이 곳 온이 불가 명사관 명스에 의흐야 좌우간 귀화는 흐리다."

셔로 양관이 상고 묵묵흐다가 심즁에 불호흐던지 디답을 "그리 흐라." 흐고 흐직쇼 써나더라. 잇쩌 학초 평회석에 도라온이 언단 슈단이 조화라 흐며 모다 조화흐는 모양이 층양 업더라.

홍히(興海) 군슈 강티향(姜台響) 당시 공명정직흔 군슈라. 감령으로붓터 경쥬달디평 민요 명사 보리 흐라는 명영에 의흐야 달디평즁지스 디소민은 등디흐라 션문 녹코 온다. 젼비휴비 형리 통인 나장 스령 두쌍 등이 스인교을 옹위흐고 나발 호호쩌쩌 흐며 달셩쥬막 근쳐을 오는디 달디평 지쥬소작 근 디소인민은 본군슈 악정으로 본평즁 장두으 션역으로 타군에 군슈가 명사관으로 온다. 나열 환령을 흔다. 명사관이 평민을 디동흐고 보역 방쳔 당쳐을 친심흐고 젼말스실을 일일이 듯고 평민으 일편지언 만드러짜 흐야 경쥬읍 가셔 단여 영문에 보ᄒ고 환관ᄒ이라.

청도(淸道)군ᄉᄂᆫ 김종호(金鍾昊)라 ᄒᄂᆫ 사람이 ᄯᅩ 나셔 슈륜과 위원이라 ᄒ고 셔상윤으 압헐 셔셔 관찰부에 지판을 쳥ᄒ고 명사관으 보고와 평민으 등소와 션화당 지판을 셰변ᄒ야 넉달만에 갓쳐든 빅셩도 득방되고 평중이 득숑ᄒ 개가을 불너 도라온이라.

ᄎ시 경상북도 감ᄉ가 경쥬군 달디평ᄉ 장두에 박학초 ᄉ실을 나라에 장계ᄒ야 디구진위디장 조즁셕과 향관ᄒᄉ 지지홍(池在弘)은 파직ᄒ고 경쥬군슈 조의현은 면즁계ᄒ고 슈륜과 쥬임위원 셔상윤 면직ᄒ신다. 조즁셕과 남영에 동임으로 잇던 디소장관과 본군관리 감영에 각쥬ᄉ 다 모허 조즁셕 젼별회을 ᄒ다.

기셩은 누긔누긔 모허노 ᄒ면 당시 경국식으로 유명ᄒ 잉무ᄂᆫ ᄌ퇴임의 노련으로 오ᄂᆫ디 학히 비련이 춘옥 츄당 계향 월향 초월 초션이 등 삼심여명이 왓짜. 비반랑ᄌ에 창안이 긔퇴ᄒ고 ᄯᅥ나ᄂᆫ 졍이 미진ᄒ야 밤을 이어 일비일비 부일비로 권쥬가 말근 소리에 '손아 손아 팔공손아 아미손 발근 달에 긔셰 조흔 호응으로 졍든 친고 미인들과 언제 다시 노라볼쇼'

인졍도 ᄎᄎ 곡조에 취즁 진졍 발노, 조즁셕이 아리고 아리고 통곡ᄒ며 쥬먹으로 잘이을 ᄯᅡᆼᄯᅡᆼ 치며 왈, "이놈이 당초에 무관학도 졸읍 출신으로 발병졍으로붓터 격연근ᄉ 이력으로 승추ᄒ야 나라에 봉명부월을 즙바 경상일도 진위권을 취고 다솔병졍을 옹위ᄒ고 나셔면 산쳔초목도 가히 암픠셔 헐리을 급피ᄂᆫ 듯ᄒ던이 ᄒ낫 박가놈으로 ᄒ야 일시에 파직이 된이 비연신ᄉ가 일장춘몽이라. 다시 복직은 승쳔을 난가필이라. 아이고 분ᄒ라." 근시에 잇던 장관

이 말유ᄒᆞ며 왈, "하관이 ᄎᆞ휴에 긔틀을 어더 그 놈으 몸의 총이 ᄒᆞ
변 탕ᄒᆞ여 원슈을 갑ᄒᆞ드리이다. 염여 마소."

조즁셕 왈, "그 말 말게. 즌닉는 직접으로 일을 당ᄒᆞ면 총 ᄒᆞᆫ ᄌᆞ
로 갓튼 건 썩구로 집고 항복ᄒᆞ고 그 스람으 언권에 쑥 쩌러저 도
로 빅연지교 친고 될리. 나도 다솔병정에 총 멀리예 칼 씁고 긔슈
잇기 가셔 오쳔칠빅여명과 샹디 미결타다. 그ᄌᆞ가 일개 ᄒᆞᆫ스 복식
으로 담디이 나을 와 본는디 엇지 당장에야 싸귀가 쥬먹과 접견이
안되고 십푼가만는 당ᄒᆞ고 본이 그럿치 안이ᄒᆞᆫ데. 당당ᄒᆞᆫ 의무로
어인 지슐이 ᄌᆞ련 당전ᄒᆞ네. 잠간 드른이 귀절귀절이 격(格)을 맛
촤 분ᄒᆞ던 마암은 ᄌᆞ련 업셔지고 호안면으로 도라 오다가 갑손동
걸이 마샹에셔 싱각ᄒᆞᆫ이 분이야 층양업지마는 그ᄌᆞ가 만인의 권졈
상 쟝두가 ᄒᆞᆫ등 근담으로 부월지즁에 ᄒᆞᆫ스 일신으로 담디이 드러
와 말ᄒᆞᄂᆞᆫ 인긔가 곳 경쥬일방의 디통영 자격이라. 당ᄒᆞ면 경션이
못ᄒᆞᄂᆞᆫ이. 지방ᄒᆞ엿든 소디쟝의 나죵비 왈 실샹 말이지 은일군ᄌᆞ
가 포의지식지라 청운지ᄌᆞ을 소이부답이라, ᄒᆞᄂᆞᆫ이 문명셰계로
말ᄒᆞ면 인민이 일이 이셔 법정에 드러셔면 법율조목을 ᄎᆞᄌᆞ 말ᄒᆞ
ᄂᆞᆫ디 법관이 흉격이 막겨 스직을 ᄒᆞᆫ단네. 그 스람이 드른이 지식과
문필이 이셔 언권과 지조가 이셔 용단과 득실을 안이, 이갓튼 스람
은 부귀나 압제로 달닉도 안이될 터 각각 의무만 직키가기 ᄒᆞ소."

ᄎᆞ경에 조즁셕이 슐이 디취ᄒᆞ야 분히라 ᄒᆞ며 쏭을 왈악 쓰고 엽
프로 씨려진이 갓난 관리으 쏭이 인졍 날 슈 업셔 디소요졀ᄒᆞ며 일
엉저엉 다 훗터지더라.

각설, 세상 인사가 천지가 막막ᄒ고 일신이 죽거가는 거설 살이 쥬어셔도 ᄌ고로 인정을 갑는 지 적꼬 디소스 ᄀ에 남으 두목이 되야 다슈인으게 슈염전이 슈초츙슈는 만치만는 말니 슈흡ᄒ면 혐츅이 업실 슈 업는 거션 별인이 업는 연고라. 달디평사에 비용금(費用金)과 학초으 스금 이천양은 평중 각인이 송덕ᄒ면 니엿지는.

학초가 평중스로 더구셔 경쥬읍으로 도라올 ᄶ 흐졀이라, 안강포스에 황육을 스셔 집에 와 노독푸리로 육회을 먹꼬 병이 나셔, 증세가 좌편는 전허 황식으로 부어 돌갓치 단단ᄒ고 상흐로 유쥬을 ᄒ며 간간 오흔 겸 음식을 전페ᄒ고 강시가 되야 슈월을 누어 긔동치 못ᄒ다. 말니 좌편 억개 다음 팔이 셩롱이 되야 파종 휴 롱집이 나는디 한정이 업고 부긔는 점점 더ᄒ고 스경이 당두라.

집의 신롱유업으로 빅가지 방문과 빅약이 무효ᄒ고 스경이 극단에 올나 문복과 독경이 삼일에 일ᄎ식을 ᄒ되 무효ᄒ고 병이 드러 누은이 철이 객지에 일신 무탁이요 오천칠빅칠십이인에 슈흐로 응디ᄒ던 달디평민는 각기 롱스에 각안기웁ᄒ고 ᄀ혹 와셔 문외예 안부만 ᄒ고 삼도감은 엽전이 빅양만 우션 쥬고 병치료나 ᄒ라 ᄒ며 다시 안이쥬고 죽는다 죽는다 소식은 날노는이 동정 보와셔 죽그면 고만 두고 중ᄀ에 도감이 먹고 진닐 모양이라.

차시예 학초 병 나셔 누음으로붓터 실인강씨 밤미다 경결히 모욕ᄒ고 우물에 물 시로 길너 밤중 휴원에 밧쳐녹코 가부으 병이 속히 나ᄒ 달나 ᄒ날에 츅슈을 불피풍우ᄒ고 하로라도 ᄲ지지 온이ᄒ고 파종된 창공을 날로 입으로 ᄲ라닌이 롱집이 ᄒ 입식 바타 놋키을 흔이 디져 이 병이 무신 병인지 ᄲ는 사람 강씨으 입의 독이

345

써쳐 부풀어 입이 모양 흉흉지라. 말(言)은 혈미을 입으로 쌧다 ᄒ
면 쉽거이와 부모형제 니외근이나 날노 입을 써고 지성으로 쌀기
정말 어려은 성심이 안이라 할 슈 업고 음식을 전폐ᄒ고 누어 일어
나지 못ᄒᄂ히 각 항 음식미음 등속을 시 맛춰 가지고 지성으로 권
ᄒᄂ 성역이 권ᄒᄂ 성심을 보와 ᄒ 변에 ᄒ 슐식이라도 열 변에
열 슐이요 빅 변에 미양 빅 슐이라. 인명이 병중에 구료ᄒᄂ 스람
으 영역에 존망이 업다 할 슈도 업고 정말 스람미두 못할 일이라.

일일은 복자을 불너 독경을 ᄒ고 신장을 다져 문ᄂ지라. 학초 그
소리을 누어 듯고 누은 병셕에 신장디을 가저와 욥픠셔 "니 문ᄂ
디로 무르라." ᄒ고 의셔(醫書)의 병명목록(病名目錄)을 너여록
코 각항병명을 낫낫 다져 문ᄂ다. ᄒ늣도 응치 안이ᄒ다가 다 무른
취말에 쯧밧게 "육독(肉毒)인야?" ᄒ이 그 신장디가 야단으로 흔
든다. 다시 문ᄂ다. "육독이면 자금졍이 적당ᄒ이 즈금졍을 쓸가?"
ᄒ이 쏘 흔드러 응ᄒ다.

물이치고 즉시 즈금졍 진로을 구ᄒ히 지여씬이 신긔도 ᄒ지 밤중
에 강씨게 의지ᄒ야 요강에 디벤을 본이 무어시 뭉케ᄒ며 계란 갓
튼 거시 ᄒ나이 나온다. 잇써 하절장마가 져셔 기왓장 낙슈물이 계
ᄒ 청셕에 지ᄂ디 녹코 씨은이 분명ᄒ 빅명쥬실을 동골게 감아 큰
계란 갓터여 도치로 찍거도 잘 직키지 온이ᄒ다. 약을 연복하이 그
익일에 그만 못ᄒ 거시 쏘 나온다. 세상에 긔이도 ᄒ지 그갓치 삼
스싹을 두고 빅쌋지 약이 무효ᄒ고 그다지 중ᄒ 병이 슘결이 편안
ᄒ즈 부긔가 운권청천되고 창쑹기 절노 불시완흡으로 득초ᄒ이 슈
왈 인명이 지쳔이라 ᄒ되 말너 약에 효역과 신장디로 병명 알기와

강씨부인으 성역이 보통에 특별ᄒ다 안이라 할 슈 업더라.

각셜 학초가 달디평ᄉ에 금 이천양 당봉 조건 중에 이빅양만 병중에 밧쏘 일천팔빅양은 ᄉ람으 인심이 죽그면 그만으로 싱각ᄒ는 듯ᄒ야 전일 병셕에서 경셩에 지종제 박진ᄉ 영리와 삼종씨 참봉 봉리 씨으게 바다 ᄒ라 우편으로 편지 ᄒ여던이, 두 ᄉ람 나려와 도감 등을 줍바다 안강장터 조은현으 집에 안쏘 ᄉᄉ로 구류ᄒ고 풍화가 야단으로 바다가고 말라던이,

기희연 십시월에 셔상윤 김종호가 달디평에 일ᄒ던 장두가 병드러 ᄉ싱미판 쏜안이라 ᄉ드라도 평중 ᄉ람과 비용금ᄉ에 불호ᄒ야 다시 일을 안이본다 소문을 듯고 져으가 션히궁 돈 칠천양이 달디평에 드러짜 바들나고 다시 긔로ᄒ야 전자에 착슈ᄒ엿든 ᄉ람 十六人 줌에 ᄉ인을 자바다가 더구경무청에 착슈ᄒ고 독쵹을 ᄒ이,

ᄎ시는 경ᄌ연(更子年) 츈이라. 평중에 삼도감과 착슈인 가족이 평중에 더송을 등장ᄒᄌ고 평회을 안강 창정(倉亭)으로 모우는 더 근십일을 두고 동(東)에 ᄉ람 모도와 녹코 셔(西)에 근이 동에 ᄉ람 가고 셔(西)에 ᄉ람 모도와 녹코 동에 근이 셔(西)에 ᄉ람 가고 평회가 이갓치 ᄒ이 되는 곡절은 만여명에 장두가 업는 연고로 모도와 록코 장두을 퇵정혼다 희도 할 ᄉ람 업는 거설 알고 오며가며 만구일담이 박학초가 안이면 안이된다.

잇써 학초는 세ᄉ분요을 ᄒ직ᄒ고 청송군 보현ᄉ호 고젹동으로 반이할 작정 임발이라. 달디평중ᄉ로 련로 유슈호 사람 육칠인이와 호 변 슈고만 장두을 다시 ᄒ여셔 죽거근는 넷 ᄉ람 인명을 구

ㅎ고 평중을 보존ㅎ기 ㅎ여쥬면 령세불망 송덕비을 셔우리라 ㅎ며 만단 익걸ㅎ다. 학초가 못ㅎ다 ㅎ야쩐이 옛날 쥬무왕이 여상을 보랴쏘 이갓치 추ㅈ던가, 유황슉이 제갈을 보랴쏘 삼고초려을 이갓치 ㅎ여쩐가. 강동강셔에 망슈ㅎ 노인이 정중 스람을 다솔ㅎ고 스오츠을 와셔 ㅎ 변만 다시 장두을 ㅎ여 쥬시여 넷 사람으 스성을 구ㅎ고 오천칠빅 칠십이명으 승전고을 울여 동경고도의 이천연리 보전ㅎ던 달디평을 구희달나 ㅎ다.

학초 부득이 허낙ㅎ고 그 익일에 안강에 양월동 창정에 나갈 시, 동셔남북에 무덕무덕 둔춰ㅎ엿든 평민이 학초가 나오는 걸 듯고 스방으로 구름갓치 모허든이, 창졍 디쳥을 중심ㅎ고 인순인희라. 그 전날갓치 모히기 어렵던 스람이 이날은 희식이 만면ㅎ고 억개을 비즈부며 욱여들며 장두으 공스 나리는 거설 듯기 원을ㅎ다.

학초 디상의셔 여셩 왈, "달디평 스에 거연 장두가 복츠ㅎ야신이 제반절츠 각항소임도 의구 쥰힝ㅎ시다." ㅎ고 상중하평 각도감은 종기지원ㅎ야 각즈 비로 디구까지 왕환 예비ㅎ고 직일 발힝. 상펴 도감에 부장두 겸 셔긔 리슌구을 불너 읍페 록코 소장 정본을 브른다. 지여 두어든거 갓치 일즈 추착 업셔 시속이 문을 걸령슈로 불너 디여 다 씬 휴 각인이 듯게 일너쥬고 바다가지고 마부을 불너 힝장을 등디ㅎ야 경쥬 읍으로 ㅎ야 바로 디구로 작노라. 평 중 각인에 션문녹코 곳 쩌난다.

갑손을 진니 고셩을 향ㅎ며 전휴을 도라본이 ㅎ 머리는 고셩을 디엿쏘 ㅎ 머리는 아즉 안강셔 연락ㅎ야 인순인희에 강손을 히롱ㅎ고 마부의 심셕슌이는 빅디 말졍민을 도도 들고 전휴에 스람을 영솔ᄒ기 위ᄒ야 거름을 조용조용 제격으로 못다. 만일 ᄎ시에 학초으 말이 ᄶ러지면 초목도 요동할 듯, ᄉ람은 압퓌 안이 굼릴 이 업고 감이 거역할 지 뉘 이스리요.

션진이 경쥬 동쳔니을 건넌이 경쥬 육방 공형이 나와 마두에서 고왈, "ᄊ쏘가 디구영문을 가고 업난디 이갓치 다디인민이 읍을 드러온이 외군 풍셩이 드르면 경쥬난 민란 낫짜 할 터라. 군의 공형 된 이목으로 디단 미안ᄒ여이다."

학초 왈, "원지 호소와 인민으 등장이 예로붓터 이신이 시군슈 김쳔슈(金天壽)씨난 조졍에서 명감이 이슨이 유ᄒ 풍셜호아 물너 시라 바로 디구로 간다." ᄒ고 셩중을 바로 진니 남문을 나셔 셔진 장에 건너셔셔 평민졉고을 ᄒ다. 상중하평 각도감이 각각 슈십쥴 노 쥴노 안즈 호명졉고로 다시 안친다. 원슈가 오쳔칠빅 칠십두명 에 더ᄒ 슈가 삼빅여명이라.

김각간(金角干) 하마비을 진니 알마리 고개을 넘는다. 뒤을 도 라본이 인중승쳔이라. 옛날 김각간 김유신이가 ᄉ라도 삼쳔병마 죽거도 삼쳔병마 ᄒ다던이 오날 나으 영솔군이 육쳔명이로다. 져 김각간 손소의 츈초 만연연록으로 역여힝인으 지졈쳐인디 이날 학 초으 자최 휴일 뉘가 지졈할넌가.

ᄎ시 학초가 경쥬읍에 자고 바로 셔진장 와셔 졉고ᄒ고 모량을 온이 경쥬군슈 김쳔슈가 디구관찰사 김즉현으 싱일에 갓다 군으로 도라오는디 풍셩이 경쥬빅셩이 공관을 틈타셔 민란이 나셔 영문을 향ᄒ 온다 말을 듯고 하인을 단속ᄒ야 인민이 모ᄒ 인는 디로 권장 으로 두두려 쏘치라 ᄒ고 온다.

학초 모량에셔 본이 원임 온단 고목사가 오시예 모량을 진넌다 ᄒ면 진니고 오전 십일시나 ᄒ야 잇써 풍속으로 나발이 써써ᄒ며 젼비 군뢰 용즈 칙졀입 씨고 두 쌍 홍철육에 권장 둘너메고 두 쌍 나장 스령 특별노 두 쌍 젼비휴비 인장 맛튼 통인 압셔 타고 좌우에 옹위ᄒ 사인교가 오며 홍소리 권마셩에 위염이 츄상갓고 압퓌 인민이 인순인희로 길을 막가신이 나졸 등이 일병 권장으로 퓌며 "이놈들 민란을 일바다 어더을 막나?" ᄒ며 무지개ᄀᄐ 빅권장이 변개ᄀ치 쳐나ᄀ니 다슈평민이 물결 허여지듯 츄풍에 돌개바람 낙엽갓치 논들밧들 스방으로 허여지고 나졸은 진니고 군슈 사인교가 그 츄에 닷친다.

잇써 학초가 길 엽퓌 셧짜가 달여드려 군슈 스인교 압치 잡고 "원통ᄒ 싱민을 구ᄒ여 쥬시오." ᄒ며 군슈을 치여다보며 쏘 뒤을 도라다보며 "장민아 드러셔거라." 뒤 도라보면 호통ᄒ고 압흘 보며 공근ᄒ 목소리로 "싱민을 살이쥬실 공스ᄒ여 쥬시오." ᄒ다. 학초가 장민아 들어셔라 말에 ᄒ나둘식 츄츄 슈십명 슈빅명식 쎄길억구 날나 안드시 싹 드러셔 읍길을 막아 좌우전담까지 인순인희로 안즈짜.

군슈가 "가미 노아라." ᄒ다. 슈비 형리도 말을 나려 시립ᄒ고 젼비로 가든 노령도 좌우에 권장을 집고 션다. 통인도 나러 인괴을 교즈안에 군슈 압퓌 드린다. 군슈 왈, "너히 등이 엇써ᄒ 빅셩이건디 길에셔 관장을 압제 잡아 다솔 군졍ᄒ고 핍박을 범법으로 ᄒ는야?"

학초 읍퓌 안즈 답왈, "억조창셩은 일군슈 ᄒ하으 젹즈라. 즈식이 부모 힝츠길에 환령도 겸 억울지스에 호소도 ᄒ기 죄 안이되는

수실 소장을 올일이다." ㅎ고 평중ᄉ 소장을 올인이, 군슈가 바다
열명만 보고 덥퍼록코 고셩디칙 왈, "환관 휴 졍숑을 안이ㅎ고 다
솔 민졍ㅎ야 민란힝위로 연로에 풍화난리로 이갓치 훈이 엇지ㅎᄌ
강제로 ᄒ는야?"

학초 답왈, "강제난 안이올시다. 져근 ᄉ실이 칠쳔양 도젹이붓
터 인민으 너히 목슴이 시ᄀ에 급ㅎ기로 위민부모지하의 관력을
급히 온이 엇고는 곳 죽슴느다. 이ᄎ연괴로소이다." 군슈 왈, "급
ㅎ면 모다 너히 빅셩으 마음디로 ㅎ는야?"

학초 왈, "빅셩이 억울ㅎ고 급ㅎ면 나라에 격징도 ㅎ고 남슌에
거화도 ㅎ고 각군으로 말ㅎ면 문루(門樓)에 올나 등문고도 ㅎ고
쳔지인민 근에 ᄌ쳔ᄌ 지어 셔인까지 유인이 취귀 진인명이 곳 죽
난디 더 급훈 거시 어더 이슬잇가? 발근신 쳐분을 ㅎ여 쥬기 바리
나이다." 군슈 왈, "다즁 평민은 모다 물이치고 너흐 슈삼 빅셩만
뒤을 싸라 환관 휴 쳐졀ㅎ리라. 물너시라." ᄒ다

학초 왈, "그럿치 안이 흠느다. 일반에 삼토 조은 고지제왕도 ㅎ
서ᄭ 일개인으 억울도 육월비상이라 흡느다. 나라에 경쥬일방 셩
민을 위ㅎ시야 이갓탄 위엄으로 록은 국록으로 우리 경쥬인민으
부모군슈시라. 평민등이 사인교을 메고 바로 달디평으로 힝ᄎㅎ
시야 평중을 친감ㅎ시야 쥬기 바릅느다. 조흔 ᄌ리 일순각 갓튼 디
안ᄌ시도 이 평민으 억울을 발키 아자면 밤을 타셔 누지에 욥힝 조
ᄉ을 ㅎ시도 치졍에 위격 안일 듯흡느다." 군슈가 말을 드르며 소
장을 보던이 션히궁지령(宣禧宮指令)이라. "션히궁에 가셔 경ㅎ
지 군슈인들 상부에셔 ㅎ는 일을 엇지 ㅎ는 슈 업다."

351

학초 왈, "그러치 안이ᄒᆞᆫᄂᆞ다. 원노 셔울을 다슈평민이 갈 슈도 업고 가드라도 지방군슈가 ᄌᆞ셔히 억울ᄒᆞᆫ 민졍을 드러보고 ᄒᆞ여 쥬시면 속셜에 열 감슈 ᄒᆞᆫ 원임이라 ᄒᆞ나이다." 군슈 왈, "너히등이 장두가지 사 인민 슈삼인만 다리고 호소ᄒᆞ여도 못할 일이 업ᄂᆞ디 다솔인민을 취당ᄒᆞ고 일군련로에 츌몰ᄒᆞ며 노상에셔 관장을 붓들고 강제로 이갓튼 거조을 ᄒᆞ면 치안방희예는 민율이 이신이 엄치ᄒᆞ리라. 엇지ᄒᆞ야 이갓치 ᄒᆞᄂᆞ야?"

잇ᄯᅢ 학초 심즁에 혼ᄌᆞ 젼평사 디답이 불온ᄒᆞᆫ 듯ᄒᆞ야 엽허 도라보며 말을 온이ᄒᆞᆫ이 리슌구 디왈, "만이 인민이 안이 모와 안될 일리라, 마이 모와 왓습ᄂᆞ다." 군슈 디로 왈, "다즁 취홉ᄒᆞ야 츌몰 관정ᄒᆞᄌᆞᄶᅩ 련노 즁화에 민난이 낫짜 할 터라. 너가 난민 괴슈로다. 죽거 보라." ᄒᆞ고 좁아 물이라 ᄒᆞ이 좌우사령이 달여드러 갓 벅기고 에쏘ᄒᆞ며 좁바 물인다.

학초가 리슌구을 변호ᄒᆞ야 읍퓌 나솨 안지며 왈, "그 빅셩으 말이 그럿치 안이ᄒᆞ온이 셩으 말 드러쥬시오. ○한 풍진에 퓌공이가 의제으 죽금을 발상ᄒᆞᆫ이 쳔히가 퓌공에 쏘춧쏘 미국에 화셩돈이가 일어난이 부억에 부여가 식도을 집쏘 복종ᄒᆞ엿고 금일 달디평 빅셩은 죽글 지경에 스는 등소을 ᄒᆞ다ᄒᆞᆫ이 불긔이회 지로소이다. 모히든 형용을 말ᄒᆞ면 울이 시군슈가 오셔싸 우리 달디평 일을 살기ᄒᆞ여 쥬시지 밋고 남촌빅셩이 근다 ᄒᆞᆫ이 북촌빅셩이 먼여 나셔고 압집 스람이 근다 ᄒᆞᆫ이 뒤집 스람이 먼여 나셔고 죽글 홈졍에 ᄲᅡ진 빅셩이 순난 길이 낫짜 ᄒᆞ면 권고 업시 절노 나셔는 거션 슈지취ᄒᆞ (水之致下) 잇치로 단사호장으로 이령 군슈 ᄒᆞ는 거시 엇지 민란이라 ᄒ올잇가? 불긔이회지 육쳔여민이로소이다." 차시 군슈가 학초으 말을 드르며 션쵸붓치로 스린교젼을 치는 쥴 모로고 치며 왈, "이갓치 다솔인민에 장두가 업실 슈 업신이 네가 장두아? 즈셔히 말ᄒ여라."

학초 장두 디답 초졈이 졍말 어려은 마디라. 션연이 디왈, "셩은 달디평 육쳔여명에 장두오. 지방빅셩으 권졈의 즈연 츄션을 면치 못ᄒ야 장두 되고 영감은 조졍에서 퇴츌ᄒ신 경쥬지방 일경군슈신이 상당ᄒ 쳐분을 바리ᄂ이다." 군슈 왈, "언권이 슈단이 업시면 못ᄒ는 거시라. 네가 그만ᄒ 웅변슈단으로 일직 베실두 구ᄒ야 이갓튼 공스을 안이ᄒ고 뭇빅셩으 등소에 장두가 된단 말인야?"

학초 왈, "황송ᄒ여이다. 즈격도 부족ᄒ고 세록가에 츌싱치 못ᄒ고 돈이 업셔셔 미관에 참예을 싱의도 못ᄒ고, 오육쳔명 즁에 장두는 즈원이 온이오라 그 평즁에 약근 이 론이 잇고 육쳔명 권졈으로 불가 스페할 스세예 오날날 장두가 되야 이갓치 존엄지장의 디ᄒ온 이 일시 연분으로 안이라 할 슈 업고 명결ᄒ신 쳐분을 바드면 공졍ᄒ 장두가 되기 바리나이다." 군슈 왈, "엇지된 사실로 증젼지스을 증젼군슈에 못ᄒ고 니게 밋쳐 관민근 곤란이 이갓치 되는야?"

학초 왈, "긔희연 츈에 디구진위디장 조즁셕과 하스에 지지홍과 체거ᄒ 경쥬군슈와 슈류과 위원 셔상윤 김종호 등이 달디평 상류에 와셔 즈신라이휴(新羅以後) 탈 업는 방쳔을 ᄒ다 ᄒ고 삼만여 두낙 답에 엽젼 일곱양 셔돈오푼식 연연이 바들 홍계로 션히궁에 세납 오빅 양식 ᄒ다 ᄒ고 시역ᄒ는 거셜 평즁빅셩이 다소근 모허 못ᄒ기 ᄒ이 병졍으로 방포졉젼이 된 휴 평민 十六명을 난민장두

라쏘 줍바셔 디구경무청에 가두고 ᄒᆞ는 거설 그시 평중이 등장ᄒᆞ
야 관찰부에셔 홍희군슈로 명ᄉᆞ관을 정희 특별 무ᄉᆞᄒᆞ고 말라던
이, ᄯᅩ 이제 다시 긔료ᄒᆞ되 션희궁 돈 칠천양이 평중에 드러ᄯᅡ니
라쏘 평중빅셩 四人을 디구경무청에 줍피 ᄌᆞ쳐신이 나라에 일이
업는 거설 공연히 중ᄂᆞᆫ에셔 오빅양 세금을 빙ᄌᆞᄒᆞ고 슈류 위원ᄌᆞ
ᄋᆞ 사탁을 치우ᄌᆞᄒᆞ이 나라에셔 중ᄂᆞᆫ이 스람ᄋᆞ 흉격ᄌᆞᄎᆞ치 막히 무
단이 빅셔ᄋᆞ ᄉᆞ소유 삼만여 두낙을 도적ᄋᆞ 밥바당을 만들나 ᄒᆞ이
억울이 고금에 업든 억울이오. 빅셩은 나라에셔 ᄒᆞᆫ다만 ᄒᆞ면 ᄯᅡ에
지세에 ᄯᅡ른 거시 열ᄒᆞᆫ 가지오, 동에 호세가 육칠 ᄀᆞ지오, 장ᄉᆞᄒᆞ
면 횡부상의 폐단이오, ᄉᆞ지 못ᄒᆞᆫ 빅셩이 살기을 바러 이갓튼 ᄉᆞ실
을 바로 임군젼에 알기 ᄒᆞ야 살기 희쥬시기을 바러ᄂᆞ이다."

군슈 왈, "그 ᄉᆞ연을 상부에 보고희 쥴 거신이 다솔평민은 당장
으로 희손케 ᄒᆞ라." 학초 왈, "그는 못할 이유가 이신이 못ᄒᆞᆷᄂᆞ다."
군슈 왈, "엇지ᄒᆞ야 못ᄒᆞᆫ단 말인야?"

학초 왈, "ᄒᆞᆫ쳔(旱天)에 감우(甘雨)을 비든 빅셩이 거문 구름만
보고 풍연이라 미들 슈 업고 너도 가다 나도 가ᄌᆞ 불긔이 회ᄌᆞ 육
쳔여명이 체슈ᄒᆞᆫ 빅셩이 도라와도 화살에 놀닌 시는 바람소리만
드러도 마암을 놋치 못ᄒᆞ고 부득이 위민부모ᄋᆞ 명영을 바드라도
보고 발송ᄒᆞᄂᆞᆫ 보고 초건을 온이보고는 홋터질 슈 업나이다." 군슈
왈, "각동지 인민만 잇셔보고 그 외는 일병 희손ᄒᆞ여라." 리노여 디
왈, "그리 할이다."

학초 다시 쥬왈, "인민이 되야 ᄒᆞᆫ다 ᄒᆞ고 못ᄒᆞ면 쏘기는 거시라.
간난 길노 말ᄒᆞ야도 모다 읍으로 갈 터 잘된 형젹 보고져은 마암은

각각 일반이라. 아모리 가라 ᄒ드라도 다 보고 갈나할 터, ᄌ식이 되야 부모ᄒ시는 쳐분명영을 기다리는 ᄌ을 무신 의무로 쑤쑤려 피도 안 될 거신이 아조 속히 보고 쩌는 초건을 등본ᄒ야 랑독송덕 ᄒ고 갈 듯ᄒ ᄉ유을 ᄋ조 고ᄒᄂ이다." 군슈 왈, "그리 ᄒ라. 속히 물너셔라." ᄒ다.

학초가 절을 ᄒ고 물너션이 육쳔여명이 모다 송덕비을 ᄒ다. 오 전붓터 ᄒ던 공ᄉ가 황혼이라. 학초가 평즁에 명을 ᄒ되 급피 다섯 즁에 홰불 ᄒ ᄌ로식 쥰비ᄒ야 원임과 갓치 경쥬로 드러ᄀ다. 불시 예 홰불이 일쳔二빅병이 전휴좌우에 벌어션이 달디평 장두으 기구 가 정말 적다 할 슈 업다. 학초가 군슈으 힝ᄎ 슈비게 전갈ᄒ되, "긔이 날이 저물어신이 평즁빅셩이 홰불을 쥰비ᄒ이 갓치 모시고 힝ᄎ 평안이 ᄒ기 ᄒ라." ᄒ다.

잇ᄯ 달디평 육쳔여명 빅셩이 장두가 원임을 디ᄒ야 쥬고밧고 ᄒ는 슈작이 쳥순유수로 귀절귀절이 격당도 ᄒᄂ디 흥바람이 절로 나셔 그 시예도 억개가 짓식짓식 ᄒ다가, 리슌구 ᄒ 마디 디답에 줍바 물이는 통에 일만인으 정신이 낙착 ᄒ다가, 학초가 다시 변호 ᄒ야 언두가 셜셜 푸러나가는 귀절에 바다이 ᄌ는 듯ᄒ며 츈풍에 흥치 나셔 참다가 다ᄒ고, 리슌구 갓 들고 물너셔며 절ᄒ는 통에 만장인민으 흥바람에 '우리 장두임 힝ᄎ 모신다' ᄒ며 홰 든 ᄉ람은 길에 칸을 골라셔고 홰 안든 ᄉ람은 시위소리로 권마셩을 ᄒ며 군 슈나 뒤에 장두으 힝ᄎ나 가히 순악을 놀닐너라.

이날 그갓튼 디로에 오고가는 노상힝인이 길을 못가고 머물너 구경ᄒ이 '달디평 장두으 말 잘ᄒ더라.' 층송이 니거에 ᄌᄌᄒ다.

알마곡 개울 너머 김각간 흐마비 읍헐 진닐 시 평중빅성은 승전이
나 흐고 개가을 브르다시 홍치가 야단이라. 셔진장을 당두흔이 읍
에 삼공형이 육방관속이 군슈힝츠 환영을 흔다. 이날은 특이 안이
다르다 할 슈 업더라.

경쥬읍의 슉박흐고 익일 관가스관 휴에 형방청에 가셔 군슈가
상부에 흔 보고초을 등본히 본이 귀절귀절이 장두으 소원디로 잘
됨을 보고 일일 물너와던이, 경즈정월 二十七일에 경쥬군슈 보고
쩌나 디구관찰부에서 三月一日 궁니부로 보고흐야 아직 회제가 도
라오지 못흐야 경찰셔 유치에 인는 스람 가족이 조급흐야 다시또
관찰부에 등장을 흔다고 다슈평민을 안강창정에 평회을 흐고 학초
을 청흔다.

학초 출셕흐야 "금변 등소는 불길지졈이 열어가지 이슨이 흐지
말나, 이 스람은 못건다." 흔이 그 이유을 뭇는다. 학초 왈, "범빅스
가 힝편을 보와 장슈가 힝군흐는 거갓치 지지와 힝편과 강약을 보
와 흐는이, 유치예 잇는 이가 아모리 급흐기로 관청에셔는 즈연 각
도 스건에 총총흐야 짓체되건이와, 먼여 군슈으 보고의 관찰사에
보고가 니부에 가신이 츠츠 상당 쳐분 무스할 거, 시방은 안이될
조건이 관찰사 김직현씨 갈이고 우선 셔리 관찰이 하양군슈 김종
호 일가가 디구군슈 셜리로 관찰사 셜리라. 그 일가 김종호으 두호
청이 업지 온이할 터 외군 등 장쓴이 오육천이 온다흐면 련로에 풍
셩이 먼여 가셔 디구 사디문에 슌검이 슈직흐야 경쥬스람이라 흐
면 줍을 터, 불과 경찰셔의 달디평 죄인만 더흐지 온이흐면 화용도
군스 되야 유익업실나라." 흐고 집에 도라왓던이 평즁에 타인이 임

시장두로 갓짜 흐던이.

일일 개동에 리셩율이가 와셔 우스며 왈, "즁화가 큰 일에 모스는 옛날 장양 제갈양이 금일 곳 즁화에 더흐지 못흘이노다. 과연 화용도 군스 되야 의관도 업고 신발도 밋쳐 신지 못흐고 더구 스더문과 쥬인집에 숫숫치 슌검이 츠즈 줍는 통의 도쥬흐다 조슈 밀이듯 흐여 밤시도록 왓신이." 니스을 문는다. 학초 답왈, "가미 이시면 먼져 군슈 보고에 무스흐리라." 흐여던이 과연 그휴 무스흔이라.

경쥬군 강동면 당귀동에 스난 리경험이 별호는 리츈풍이요 부랑으로 령변칠읍에 상이요 부랑당유 십팔형제가 잇짜 흐는디, 츠시 달더평 쥬스로 더구경찰셔에 갓쳐다가 방송되여 오난 바 경즈연 이월 二十三日 미시에 경셩 니부에서 전보훈령으로 득방흔 그 아들이 아비을 위흐야 셔울 가셔 二月二十六日에 전보로 고미득제 전로난판이라 흔 스람이 박학초가 장두로 경쥬군슈가 보고로 관찰스 김직현이 쩌날 쩌 션히궁 당상은 김천슈으 부친이라. 그 아들 경쥬군슈 보고을 그더로 본니 방송된 스을 리경험 부즈가 돈이 드러짜 가층흐고 달더평즁 미 두낙에 돈 四十전식을 동리 가셔 일인 흐나와 쏘 츠경욱이라 흐는 스람을 다리고 일만일천여금을 강제로 증슈흐는디, 학초논 소작인이 와셔 슈전 독촉난감을 말흐는지라.

세상인심이 이갓치 허무흐믈 학초가 직시 잇쩌 경쥬군슈 겸관이 령천군슈 강영셔라. 경즈 八月七日에 겸관에 소장을 정흔이 지령에 왈,

구기(究其) 리경흠(李敬欽) 부즈(父子) 소위(所爲)가 절절가통
(節節可痛)이라. 이당초스기언지(以當初事機言之)흔이 二十三日 몽
방지스(蒙放之事)을 건직 젼연 부지흐고 二十六日 지경 젼보니 고
미득제 젼로난판 운흐고 금츠 소입지셜이 만만부당흔 만여금지을
횡즁어만 여민난보 지경훈이 여시흐고 구촌셩명 흐아 관역유별
반통치지도 이견과 여등이 이 츠의로 션졍 샹부 향스.

학초가 군지령 바다 가지고 大邱관찰부에 졍흐야 슌스 둘 부혜
둘이 령쳔 와셔 나졸 디동흐고 쏘 경쥬 가셔 나졸 디동흐고 당귀동
나가 리츈풍을 줍바가지고 경쥬 노실쥬졈에셔 날이 져물어 슉박흐
던이, 리츈풍이 아달이 미명에 일원식 쥬고 오십명 모군흐야 각각
디창을 들고 달여드러 죄인 리츈풍을 쎄스 간지라.

이 스실을 츌장슌스가 보흐야 디구셔 경찰셔 일동과 령쳔경쥬
나졸과 삼공형이 군긔을 풀어 당귀 일 동학을 四방으로 둘너쌋고
그 즁에 들가 잡지 못흐고, 디신 일동 유슈 다소인을 줍바 경쥬 와
셔 엇덕케 업형을 하던지 지핀 빅셩 가족이 사골리장 긔집 벽장의
셔 리츈풍을 잡아 경쥬 남문 밧셔붓터 샹토 푸러 결박을 말쏘리예
달라 디구경찰셔에 아홉달 증역으로 병을 어더 집에 와 셰샹을 흐
직흐고, 달디평스 김즉현과 박학초 션졍이라 송덕비을 흐야 달디
평 샹유의 갓다녹코 리츈풍 가족이 히을 지여 셔우지 못흐고 그 방
쳔에 무더는이라.

광무사연 경즈 二月 二十九日에 학초가 경쥬군 구강동에셔 쳥송
군(靑松郡) 보현손하 월미 고적동으로 이스을 오는 본의난 경쥬셔

뉘가 뉘긴 쥴 몰을 쎠는 의스 영읍이 날노 거마가 영문ᄒ야 개즁에 지미도 잇고 영업이 되야 일롱장을 작만ᄒ고 남을 쥬어 분희 드러 호구에 군속을 면ᄒ고 처즈에 낙을 붓쳐 스오연ᄀ 지미가 업다 할 슈 업던이, 의병난이 지식된 휴 원근간 인스도 상통되고 각관리의 탐학과 아객의 츌몰협잡비가 통힝ᄒ며 그간에도 경쥬셔 학초가 경역훈 일에 스람이 뉘긴지 근본이 뉘긴지 지식과 쳐스가 엇써훈지 다 알고 슈다히 츠즈오는 스람이 도로 디답ᄒ고 분요만 ᄒ고 이익 업신이 손슈ᄀ에 탁적하야 소견세월 할 쓰지 잇던 츠에,

경쥬 친고 스람 ᄒ나이 가족에 의병으로 가화을 당ᄒ고 유세역 지가 공으로 가손지물을 드러먹글 쳐지을 당치 못ᄒ야 청송군 고 젹동에 일 가장을 이셔 달나 ᄒ기로 학초의 구강 가장은 스음을 박 치록으로 정ᄒ고 이 날 청송으로 오난디,

쳐즈을 디동ᄒ고 즁간 노당지을 올나 북(北)으로 봉계와 청송을 바리보고 남(南)으로 동경 고도와 달디평을 바리본이 을미연(乙 未年) 오월(五月) 이십스일(二十四日)에 이 지을 넘으며 싱각ᄒ 던 모양을 금일 다시 싱각훈이 세스부운변복거(世事浮雲飜覆去) ᄒ고 인졍(人情)은 유슈고금동(流水古今同)이라. 세상일은 쓴구 름 변복으로 가고 스람의 졍은 예나 지금이나 흐르난 물 ᄒ가지라. 격슈공권 무가객으로 손슈인물 다 션 곳디 쎄걸인으로 가셔 세상 에 무인부지ᄒ고 일롱장 토지와 와옥까지 휴장을 두고 변화을 마 다ᄒ고 록슈청손을 츠즈ᄀ이 인졍 도츠에 연로강산이 무비 스람의 강개쳐가 안이라 할 슈 업더라.

봉계동으로 단여 훈티지을 넘어 죽장을 온이 존존훈 신리물은

을미연(乙未年) 츈에 진닉던 혼가지라. 물은 혼가지로 흐르고 스람은 곤쳐 도로 간다. 꼭두방지을 넘여 보현산하 월미우리 곡젹동에 와셔 이슨이 썩은 삼월이라.

춘화가 만발훈이 순치도 별미고 삼간초옥은 간슈을 임훈이 슈성즁에 집이 이셔 조셕으로 드르면 개페문훈난 풍악이 되고 반셕에 록음이 욱거진이 쳥여을 집꼬 산보흐며 물아 밋티 곡기도 구경흐고 남우 우에 쇠골이소리 춘식을 노릭흐고 슈삼 촌우로 더부러 간혹 시(詩)귀도 지으며 우으로 월미에 침유졍과 알노 쳔변리에 만슈졍이 숟간고젹으로 간혹 음아소견도 흐고 산즁 친고을 더흐면 풍유지스도 방불코 병든 스람을 더흐면 의스도 되고 걱졍근심으로 뭇는 스람이 이스면 귀졀귀졀 이 스람이 화흐야 근력디로 지보할 방침을 말흐고 집에 들면 쳐즈에 독낙으로 세월을 소견할 시,

이히 칠월에 명부지 츙쳥도 연풍 산다 훈 신셔방 츙훈 자 간혹 슈삼인 작당 혹 쳑횡으로 각군에 단이며 자기 젼곡을 넉넉히 먹쏘스난 스람을 츠즈, 츠시예 조션풍속으로 유세가 즈졔라 츙흐던지 어스으 종인이라 흐던지 관찰사 염객이라 흐던지 군슈으 아객이라 흐던지 흐고, 돈을 일이십원이나 일이빅원이나 슈삼쳔원이나 슈긔셩셰디로 달나흐며 안이쥬면 본군에 잡아본다 어스나 관찰사에 줍바본다 죄는 동학에 여당이다 의병에 여당이다 타향에셔 온 스람이면 동학의병흐다 피란 온 지다 얼거닌다.

학초으게 와셔 즈고 이츳등셜에 의병흐든 스람 젼장가옥에 산이 팔세흐고 안이될 말을 흐는지라. 쏘 그 즁에 저으 조션(祖先) 신위을 동학난즁에 소화흐여 셜분길노 나셧짜 흐는지라. 학초 심즁에

전일면목은 모르나 안동에 신장원으 신짜(申字) 동이라. 이 스람이 은인이 츠즈와 원슈을 짓난다. 이약 신가 셩씨 위명ᄒ고 나을 침ᄒ히 안이할 터에 제가 죽글나고 눈이 박기엿나 듯기 조키 디답을 ᄒ다. "여보시오 당시난 갑오전 이티고(太古)라. 양반 파라 살나 ᄒ다가 랑픽 볼 터이요. 각군슈 아객이나 관찰스어스 죵인 염객이 붕비쳔린에 긔불탁속으로 쳥염ᄒ셔야 되지 만일 그갓치 돈을 취ᄒ면 그 법 쥔 그 아문에 상앙갓튼 고즈명철 영웅도 신명을 엇지ᄒ여쏘." 그자가 반디 불호로 써나고져 ᄒ다.

학초 싱각에 츠인을 그리 두어서 양민 슈가지가 견될 슈 업고 홍셩등으 가족이 예날 쳥송군슈로 달전동 퇴촌ᄒ 신관조을 층호을 신구관집이라 ᄒ고 의병 뒤 무신 일이 업기 ᄒ다 ᄒ고 미연 연례로 이쳔양식 쥬는 거설 탕감할 방침과 빅쥬강도을 디ᄒ야 관쳥에 고발 안이할 슈 업셔 저 스람을 조화로 잡아볼 계교로 음셩을 공손이 우스며 왈, "여보시오 창졸에 돈이 이슬 슈 업신이 휴긔을 ᄒ고 기간에 어디 계실눈잇가? 슈이 다시 혼 오일니 만니기 ᄒ읍시다." 신셔방이 반겨는 말노 "신구관 집에 이슬나." ᄒ다. 학초 왈, "신구관 신구관 집에 그리 합시다." 상약을 단단이 ᄒ고 젼송ᄒ 휴,

익일에 싱면부지ᄒ 쳥송군슈을 보로 가셔 쳐음에 송민힝위는 ᄒ지 오이ᄒ고 문간 헐소쳥에 셔셔 손이 군슈 보는 격식으로 사령 불너 승발씨기 통즈을 ᄒ이 연ᄒ야 일편 고셩진 디답이 에데 나던이 삼문을 연다. 학초 드러가셔 쳡의 보는 인스을 통ᄒ즈 인ᄒ여 "가스 지방의 관찰사 염객인이 어사의 죵인이 안동지방 디장 일가인이 군슈영감으 친졀ᄒ 아객이라던지 강도에 힝셰죄가 잇슨이 곳

잡바셔 디구경무쳥으로 가기 ᄒ여 쥬실잇가?"

군슈 왈, "셩명이 무어시며 어디 잇쏘?" 답왈, "일홈은 셩도 아지 못ᄒ오만는 셩쓰와 면목은 아되 이 잘이예 면여 말ᄒ면 잡지 못할 일도 잇고 장교포교만 본니여 잡지 못할 거신이 줍난 법도 잇고 셩으 말을 드러 쥬실나면 포교을 명송ᄒ여 쥬시면 싱이 디동ᄒ고 잡바 드릴이다."

군슈 왈, "그리ᄒ라." ᄒ고 장교 둘 도스령 둘을 직시 불너 명송ᄒ며 부족ᄒ거든 마암디로 다리고 가라ᄒ다. 삼문을 나션이 장교 왈, "어디로 가실나잇가?" 학초 왈, "가셔 보면 알고 머지도 안이ᄒ고 포교난 못가는 집이라. 너 ᄒ는 디로만 ᄒ라." 단속ᄒ고 달은 집이 안이고 달젼에 신구관 옥당집으로 간다.

ᄎ시 조션에 고리풍속이 옥당집 문안는 도적잡비 포교가 못들가는 터이라. 학초가 포교을 명영ᄒ야 문간에 둘을 셔우고 집뒤에 두 곳더 파슈을 셔우고 학초 면여 드러간이 쳥과 방의 제객이 긔국을 별러녹코 쌍쌍ᄒ며 평상 우에 금관ᄌ 탕건 쥬령ᄒ 이 장죽을 물고 안진 이난 절문 옥당 신꼴리오 우션 문이 갈여 못보는 휴당에서 안나 ᄒ는 이는 늘근 옥당 신구관이라. 드러가 초인스에 평상을 나리지 안코 접객을 ᄒ기 예절은 안이ᄒ고 입인스로 ᄒ다. 신꼴리는 셔울셔 나려온 휴 쳥송지방 ᄒ고 입으로만 인스ᄒ는 스람 쳐음 보와쌰.

학초 왈, "금관 옥당이 쳥송 달젼에 세월을 본닉는잇가. 제객으로 더부러 소견세월이 조슴느다." 학초 왈, "조금 미안ᄒ 말이올시다만는, 허다 식객을 엇지ᄒ야 나날 먹여닉며 당시가 롱방이라 손으로 말ᄒ면 각기 집에 산읍을 연감으로 ᄒ야 안이 일허다 할 슈

업고 기시 모허시면 조흔 학업은 업고 신선이 흐는 긔국을 두신이
성은 알건이 신션는 죽근 스람이라 세상의 신선이 업난 줄 아오."

잇써 신교리는 묵묵흐고 보기만 흐며 져 스람이 엇더흔 스람이
게 저다지 말을 흐느 성각흐고, 모든 손은 긔국판을 밀쳐록코 그
중에 흔 스람이 전일 아던 박장화라 나셔며 인스흐고 왈, "죵씨 금
변 오시기 쳔만 의외요 말이 연문이올시다."

학초 왈, "쥬인영감이시며 죵씨나 문는이 쥰인영감 동죵에 연풍
신셔방이 덕에 잇습지오." 박장화난 말이 업고 신교리 왈, "잇지 안
이 흐느다." 학초 왈, "인난 줄 분명 안난디 업다 흐이 밋지 못할지
라. 안을 잠간 통히 쥬시면 포교 달이고 두져보리라." 흐고 문박걸
니다보며 "들거라." 흔다.

우션 포교 두 명이 드러션다. 신교리가 그 포교으 안면은 전일
아지마는 금일 소조는 사정업슬 터 창피도 흐다. 평상을 나려안지
며 왈, "엇지흔 일이며 안을 통흐여 드릴이다마는 명식이 루디청관
으로 셩존흔 양디옥당 문안에 포교가 드러서기 쳐음이라. 두져보
고라도 실상 업고보면 피츠 슈괴흐리다."

학초 왈, "조션에 옥당 본의가 쳥쳥흐기 쳥염흔 힝위을 흐시야
옥당이신디 우션 당장의 본이 당츠 롱방에 인민 모와 도박을 흔이
범죄자가 안이라 할 슈 업고 불룽불상흐고 홍비반 갓튼 이으게 무
신 경우로 쥬지 안이흔 돈을 연연이 二쳔양식 공세갓치 바다 도박
객으 양식을 흐시오." 지방흔 박장화가 무식흐여 쥬인을 위히 왈,
"직졉에 말만 흐시오. 연풍 신셔방을 츠지시면 그 스람이 업신이
엇지흐오?" 학초 왈, "나는 그 신셔방을 신옥당 집에셔 줍쏘난 말

터인이 엇지 할나오? 쌜이 안문을 통ᄒ라." 독칙ᄒ다.

신교리가 진골이라 ᄒ는 동ᄂᆞ 그 동싱 경희으 집에 잇짜 ᄒ기로 학초가 군슈으게 드러와 청송군 각면에 비밀이 잡부라 전영훈이 그 공문 왈,

　직문훈이 소위 연풍 신셩방 츙호ᄌ가 ᄌᆞᆼ 슈의어ᄉ 슈종이라도 ᄒ고 ᄯᅩ 관찰부 염객이라도 ᄒ고 쥴당무슈 즁슈삼훈식 각동민가에 빅쥬토식을 훈다훈이 운극희연이라. 소위 신가여슈종 각인을 들인ᄃᆞ로 본난ᄃᆞ로 좁바 결박착상ᄒ기로 임의 각면각동에 불일발영훈이 만일 즁도에 실포할 염여가 잇거든 일군에 밀통ᄒ야 각동 각인민 등은 별반 안동착상사.

　경ᄌᆞ 칠월십육일 청송군슈라.

잇ᄯᅥ 소위 연풍 신셔방이 과연 진골 신경희 집에 잇짜가 비밀이 잡부란 영을 듯고 쇠지을 넘어 안동을 향ᄒ고 도쥬ᄒ다가 콩박골이라 ᄒ는 동에 지피여 인민 등이 ᄯᅡᆼ을 파고 셔워록코 돌팔미 비오 듯ᄒ야 죽겨 무더 맛츈이라.

잇ᄯᅥ 학초가 군슈으게 정훈 소장에 지령이,

　소위신가(所謂申哥)가 ᄌᆞᆼ층슈종(自稱隨從)ᄒ고 츌몰민간(出沒民間)ᄒ며 경요휴(輕擾後)에 쳠조토전ᄌᆞ(忝祖討錢者) 죄고당육(罪固當戮)이라. 슈도착납지의(隨到着納之意)로 이유각동젼령향ᄉᆞ(已有各洞傳令向事) 경ᄌᆞ칠월십육일(庚者七月十六日)

광무오연 유월이라. 잇쩌 롱시방극에 혼지가 티심ᄒ야 각쳐 인민이 ᄒ날을 울어어 날노 비을 바리되 이날저날 점점 혼지 소동이 나는디, 청송군 현남면 보현산 쳔쥬봉이라 ᄒ는 산봉은 고리로 비가 안이오면 긔우제을 진닉는 제단터라. 여혹 인민 손에 각항치성 긔도을 드리즈면 미양 쳔쥬봉의 제단으로 ᄒ는 싸에 아지 못ᄒ는 즈 부모으 스체을 명산으로 구복ᄒ야 투장을 혼 탈이라 ᄒ야 그 묘을 파고 치성을 ᄒ야 비가 온단 말이 랑즈 소동ᄒ야 만구일담으로 동성항여ᄒ야 그 묘을 임으로 독굴치 못ᄒ는 법율상에 볍관에 등장을 ᄒ즈ᄒ이,

장두가 이셔야 할 터인디 각면각동 인민이 청송군 쳔별리 장터에 회집ᄒ야 장두할 지가 업셔 보현산ᄒ 월미촌(月梅村) 고젹동에 박학초 온이면 안이된다 ᄒ며 그 익일부터 고젹동 반석(盤石)의 인민도회을 ᄒ고 쳥ᄒ는지라.

학초가 사량ᄒ다 마지못히 다즁혼 인민을 위로히 츌셕ᄒ야 다즁 인민을 디동ᄒ고 만슈정 읍푸로 쳔별리 장터을 진닉 션음령을 넘어 청송읍을 향할 시 전후을 도라본이 산군인민일망졍 일동일졍을 학초으 지휘ᄒ에 세역이 가위 인즁승쳔일너라.

학초 각동 인민 디ᄒ야 왈, "금변 비용을 만일 증슈을 ᄒ즈면 휴일 수소혼 디분란이 날 쩌신이 각즈 부담ᄒ고 일동일졍을 속히 단여오기 ᄒ라." ᄒ고 가셔 청송읍 관문 읍퍼 황쥬일으 집에 임시도소을 졍ᄒ고, 소장을 지어 타인을 씨겨 관의 졍ᄒ라 ᄒ이, 문싼에 수령 등이 지디ᄒ고 이스라 다시 근이 미양 혼가지라. 그 닉용은 군슈가 동헌에서 손을 디히 도박을 ᄒ며 조금 잇거라 조금 잇거라 ᄒ는지라.

　각동 인민이 학초으게 와셔 이갓튼 사유을 말ᄒ거눌 학초 왈,
"빅셩이 엇지 관원을 보고 소지을 못졍ᄒ며 관원이 엇지 국록 먹그
며 졍당에셔 도박을 ᄒ고 인민으 쳥숑을 안이바드며 허다ᄒ 인민
이 ᄒ로을 무단이 유ᄒ면 객비 손희가 엇지 ᄒ즌 말인야?" ᄒ고
"뒤을 짜르라." ᄒ고 삼문 안에 드러션이 면담 모퉁이예 사령 등속
이 막아셔며 못들간다 엄금ᄒ거눌,

　학초 여셩호령 왈, "다슈ᄒ 스민으 등소에 원임이 국록을 즈시며
막즁 졍당에셔 도박을 ᄒ즈꼬 소송슈리을 안이ᄒ단 말인야?" ᄒ며
ᄒ 발 물너셔며 오른 발길노 그 사령으 가슴을 츠며 "장민아 듯거
라." ᄒ이 슈심명 스령 등으로 더부러 변동 일시 졉젼 시작이라.

　잇써 엇더ᄒ 스람이 탕건 씨고 안경 츠고 의관은 안이ᄒ고 즁노
(中老)는 되는 신슈 조흔 스람이 나셔며 사령 등으게, "그만 두어
라. 그갓치 의무당당케 ᄒ시난 양반을 엇지 막는야. 그만 두어라."
ᄒ며 "뉘시온잇가?" 급ᄒ 인수을 ᄒ다.

　학초 왈, "나는 경쥬 스다가 고젹동에 와인난 아모라. 뉘기시
오?" ᄒ이 그 스람 왈, "저는 이 고을 아전에 박츙셔(朴忠瑞)라 ᄒ
는 즈온이 말삼을 낫촤 ᄒ시오. 쳥송에셔난 그갓치 놉푸신 호령이
당당ᄒ리 업슴느다." ᄒ며 사령 등을 쑤지신이, 당시 구법이 스령
은 이호아전으 ᄒ례라 인이 지식이 되며, 학초 다솔장민이 플미듯
입졍ᄒ이 급창이 쓸에 나셔며 일편 고셩으로 "형니" ᄒ이 형이아전
이 츄입ᄒ야 딕상목항 밧게 업드리며 좌우에 스령이 나립ᄒ고 군
슈는 딕상평상에셔 도박을 노코 나려안즈 형이으 소장고과을 딕강
듯던이 당장 졔스을 부른다.

상수 도형 보리 향수 각동 동임을 믹긴다.

잇써 학초가 읍픠 스오인민 뒤에 셧짜가 읍픠 스람을 좌우로 밀치고 썩 나셔며 딕상을 치여다보면 왈, "형이는 부셜 잠간 머물너라. 군슈령감이 막중 국녹을 즈시고 나라에 명이로서 공당에 도박ㅎ는 거설 못ㅎ기 ㅎ는 혐으을 민소의 베푸러 딕민으 등소에 불ㅎ일문ㅎ고 당장에 부당ㅎ 제스을 ㅎ신이 엇지ㅎ 연고시오?"

군슈 왈, "엇지 ㅎ쥰 말인야?" 학초 답왈, "영감 공스을 싱 등으게 ㅎ문ㅎ신이 빅셩으 공스을 빅셩이 ㅎ란 말삼이온잇가?" 군슈가 묵연양구에 왈, "인민으 돌리상에 관장으 허물을 집칙ㅎ고 소송을 임으디로 ㅎ여 달나ㅎ는다?"

학초 왈, "군슈령감이 국록을 안이즈시면 청송군을 엇지 오시시며 동헌은 인민으 원불원을 발키쥬시는 공당에 안즈 도박을 ㅎ시고 다른 빅셩으 도박은 엇지 금ㅎ며 당추 ㅎ날이 감으러 억조창싱이 롱스에 비을 비러 시급ㅎ 터에 인민으 딕포로 긔우은 온이ㅎ시고 도박이 무신 의무시며 예날 은왕셩탕은 임군으로 상임델에 비을 비러싯고 현시 국가에서도 ㅎ소가 심ㅎ면 비을 비는디 도박으로 비을 구ㅎ단 말은 듯지 못ㅎ여슴느다."

군슈 왈, "민총굴이 가지가지 볍율ㅎ디 엇지 도형을 안이ㅎ고 당장 빅골젹원을 ㅎ단 말인야?" 학초 왈, "실지 도형은 ㅎ고 오고가고 기간에 빅셩으 롱스을 위ㅎ야 제천할 시긔가 금연은 못할 터라. 싱등이 군슈령감으 감마치을 모시고 실지에 나가 친심을 ㅎ여 속히 쳐분ㅎ여 쥬시면 도박은 못ㅎ시고 인민으 공스에 공평으로 바

367

리나이다." 군슈 왈, "더강 도형을 말노 ᄒ라."

학초 왈, "청송군 보현손은 청송일군에 남(南)으로 안더쥬손(主山)이오, 그 손 셔(西)에 신령군이오, 남(南)에 영천 쥬손이라. 그 손 물이 사방으로 흘너 셋 고을 빅셩으 전답에 관개ᄒ고 각동 턱지로 말ᄒ면 청송군에 슈구오 각동에 쥬손도 되고 안손도 되고 청용도 되고 빅호도 되고 뇌휴도 되고 이 동헌으로 비ᄒ면 이 편 둘너 적에 저 손ᄌ치 되고 ᄌ고로 나리 감을면 그 손우에 츅천ᄒᄂ 고례로 천쥬봉이라 ᄒ이 획지위옥이라도 지명이 분ᄀ 잇고 실지나 미신이나 ᄀ에 막즁 천쥬봉의 인민 투장이 당굴이옵고 만일 굴 이휴에 오비이락으로 곳 비가 오시면 창셩으 송셩이 전히 군슈으 명결ᄒ힌로 알개슴느다."

군슈가 지영(指令)을 불너 형이가 소장에 씬이 ᄒ여시되,

　　　여시 고리 존슙막즁지지예 투장 민심이 극위희연이라. 당장 굴
　　이ᄒ야 손ᄒ 동민으로 희골 보관ᄒ여 더총쥬발현ᄒ야 결박납상에
　　엄치기 불법 쭌더러 삼군인민에 부지호소 향ᄉ.

형이 장교 믹겨 발송 퇴졍ᄒ다.

잇ᄶ 학초 삼문을 나와 형이 장교을 각동 구장이 더동ᄒ야 현장 굴이ᄒ로 본닉며 그외 다소인민은 각ᄌ 귀거 무위객비 변다ᄒ라 지휘ᄒ고 페문누예 줌간 올나 극ᄒ 더우도 소풍 겸 읍즁을 두루 구경ᄒ이 오고간난 읍즁 다소ᄉ람의 변화도 구경ᄒ고 쳔경누에 올나 고젹 전현으 현판에 글도 보고 일모ᄒ야 쥬인 도라와 셕휴에 호을

노 평상에 누어 밤을 진닐 시,

잇찌 읍촌근 인민이 그 쥬인집에 다슈히 모히여 제각기 말을 ᄒ
ᄂ디, "오날날 현남현셔 면등장 장두가 관정에셔 츌도을 ᄒ얏짜
지. 원임으 실슈가 무안도 ᄒ랴." ᄒ 스람이 말을 ᄒ되, "느젓지 느
젓지 산군빅셩이락쇼 등시ᄒ다가 영금을 보왓지." 그 중 ᄒ나이 츌
반 왈, "그 민소 장두가 누구라쇼. 경쥬 달디평스에 오쳔칠빅여명
을 장익에 옹솔ᄒ고 디구진위디 영문과 일등군슈에 경쥬원도 면파
직과 면증겨을 씨긴다. 칼날과 탄알이 오고가는 진중에 빅의척힝
으로 청슨유슈갓튼 옛날 소진장의 구변으로 적국디장을 돌이셔우
기도 ᄒ고 타군군슈을 명스을 나기 ᄒ다. 시군슈 힝ᄎ을 경쥬 아화
길에셔 노정할 제 일월징광에 호변으로 스지예 십육인을 구ᄒ너고
오쳔칠빅여명이 일시예 츔을 츄고 진퇴을 임으로 ᄒ는 스람이 오
눌 고마 일이야 말할 게 잇나. 세스변요을 마다ᄒ고 보현손 중에
은스 될 말인가? 눈에 걸너찌면 목ᄒ에 쥬먹이 즈연 씸너는이." ᄒ
ᄂ지라. 각인이 디답ᄒ되 "올치올치. 그만 ᄒ거든 증전에 ᄋ시오.
답을 보면 아지." ᄒ는지라.

잇찌 일어나셔 초인스에 시명을 상통ᄒ다. "뉘기시오?" 답왈,
"나난 리국보라 ᄒ는 스람이오." 학초 왈, "노형이 전일 청송의병
시예 소모디장이시오? 션성은 익겨 드러시되 노형이 그 시 조정법
정을 모로 변동, 독 속게 쥐오, 입울 밋티 장군이시오?" 리국보 왈,
"노형이 뉘기신디 초면에 스람을 쥐라 입울 밋티 장군이라 ᄒ이 입
울 밋티 장군이 아히 믄드난 자지란 말이요?"

학초 왈, "나는 청송 보현손 중에 줌시 우거ᄒ야 역여풍상의 은

적을 마암디로 못ᄒ고 오날 군정에 밋친 광인으로 츌두ᄒ여든 박
학니올시다." 리국보가 손을 줍고 왈, "ᄒ 상견지 마야오. 드른이
피ᄎ 동갑으로 엇지ᄒ야 그다지 고명ᄒ신가. 독즁지셔와 금ᄒ지
장이 상금도 쌔닷지 못ᄒ 쳔의 흥망을 듯고져 ᄒ오."

학초 왈, "고지례양이가 두 임군을 셤기ᄂᆞᆫ디 엇지ᄒ야 젼의 임군
은 망힌도 ᄉᆞ졀치 온이ᄒ고 휴의 임군 지빅은 위ᄒ야 입졀을 ᄒᄋᆞᆺ
ᄂᆞᆫ가? 다름 안이라 임군이 ᄋᆞ라쥬시고 임군ᄋᆞ 명영의 의ᄒ야 ᄉᆞ졀
인이 긔졀인이 ᄒ련이와 병신 졍유연 조션에 의병은 군부가 먼여
췌발양복으로 위아셩민ᄒ야 솔션위무로 타국과 갓치 문명독입을
ᄒᄌ ᄒ시ᄂᆞᆫ디 췌발양복을 먼여 목을 벼히랴 창의가 독즁지셔오
졍져지와라. 그 망흠을 셔셔 증조가 아조 온닌가?" 리국보가 올치
올치 ᄒ면 그날밤 죵야토록 담화에 빅연지교로 터회ᄒ고 익일 쩌
나 도라온이라.

잇써 경ᄌᆞ연 오월팔일에 학초ᄋᆞ 실인 강씨 붕누(崩漏)에 병으로
ᄉᆞ망ᄒ고 가정에셔 울울 심회을 자미 붓칠 곳지 업셔 부실을 광구
ᄒᆞᆫ이, 약간에 각쳐 친고가 젼ᄒ야 각기 왈, "가홈이라." ᄒ며 십삼
쳐에셔 된 모양 즁에 경쥬군 노곡동 졍권봉(鄭權奉) ᄌᆞ손에 ᄒ 집
이 흥히(興海)군 등명동(嶝明洞) 이셔 마참 젹당ᄒ 그 졍씨에 결
졍셩혼이 되야 양가부모가 ᄋᆞ라 친영을 ᄒ야 경쥬군 봉계동 집에
시로 우귀ᄒ야 두고, 청송셔 장ᄎ 경쥬군 봉계동으로 형졔 졉인으
로 반이을 작졍ᄒ고 아직 이시되, 졍씨ᄋᆞ 셩혼ᄒ던 역부ᄉᆞ실은 쳔
졍이라 다 말할 슈 업고, 청송 ᄉᆞ람은 아직 남ᄋᆞ 가졍ᄉᆞ을 다 몰나

혹이 아직 구혼으로 알듯 흐든 초,

일일에 엇더흔 신부여가 물음을 씨고 의가(醫家)에 문약(問藥) 힝식으로 외당 와 디좌흐야는디, 나흔 이십(二十) 남직흐고 화용 셜부가 누가 보와도 밋지 안이흔디, 의복 밋씨와 안는 거동이 은은 슈티 중 반가(班家)에 스람인 듯흔디, 좌중에 쥬인 뭇쏘 문병으로 왓는디 "병록은 좌변에 못할 말이라." 흐며 "츠츠 흐리다." 흔이 즈연 좌중 제인이 셩손흔 휴에,

학초가 "온 병녹을 말흐시오." 흔이 답왈, "쥬인양반이 언을날 더 우실 쩌예 청송(靑松)군 폐문누에 올은 일이 이서지오?" 학초 왈, "싱각흔이 언제 그런 일이 인늣 듯흐지오." 답왈, "그 시예 무신 다 중인민(多衆人民)으 일로 장두가 되야 관정의 드러 잘 흐시여 온 일이 잇지오?" 학초 왈, "그러 힛지요."

답왈, "이 스람으 병은 다른 병이 안이라 광디흔 쳔지예 일신을 의탁할 곳지 업는 병이라. 이예 더흔 병이 업스온이 드러쥬시기을 바리오며 체모을 갈이즈 흔이 빅연장화가 인도히 쥴 스람이 업고 청춘힝식이 스지예 빠져 홈졍에 든 인스가 남여체면을 찰일 슈가 업셔 모몰염치예 우피츠면으로 이갓치 와셔 실정으로 원정을 흐나 이다." 학초 왈, "엇지 된 일이온지 저갓치 연소부여으 화용월티로 보와흔이 박복흔 터은 안이오, 가족이 이슬 터에 셩취도 흔 이상의 무신 연고로 횡이홈졍에 빠젓짜 흐오?"

답왈, "젼졍 신세을 구제흐여 쥬기 바리온이 모몰염치흐고 비밀 졍화가 즈연 발셜흐리다. 이 스람이 친졍이 영희군 날라올이라 흐 는 디 리씨으 집 츌싱으로 십육세예 안동으로 츌가흐야 복이 박흔

탈노 신힝젼 샹부을 ᄒ고 ᄌᆡ미 업ᄂᆞᆫ 셰월을 친당 시가 근에 오며가며 본ᄂᆡ다가 거연츈에 츈말ᄒᆞ초 록음방초시예 연치가 갓튼 시비으게 경보의복 등속가질 이고 안동영희(安東盈海) 근 진보지경 즁노에셔 아조 유명 부량ᄒᆞᆫ ᄌᆞ으게 붓들이여 몸을 데러우고 보지며 시비ᄂᆞᆫ 그 놈이 가지고 잇짜가 시비ᄂᆞᆫ 달니 파러먹고 이 스람은 겨으 제집이라 ᄒᆞ이 다시 오도가도 못할 신셰지경올시다. 셰샹이 계집으 팔지ᄂᆞᆫ 먼여 맛튼 자가 손아인이 원슈인이 ᄒᆞ고 다시 용신을 못 ᄒᆞ이 살여쥬기을 바러ᄂᆞ이다."

학초 왈, "그러ᄒᆞ면 친당은 조흔 집으로 다시 알기 ᄒᆞ고져 ᄒᆞ들 조션십관에 양반풍속으로 가문에 욕이락쏘 알기 할 슈도 업고 도라다본 치도 안이할 터 옥이 칙즁에 빠진이 칙즁물건이 될 ᄲᅮᆫ이요 무가니 ᄒᆞᄂᆞᆫ 될 듯ᄒᆞ되 엇쪄ᄒᆞᆫ ᄌᆞ으게 붓들이여 그갓치 되어쏘?"

답왈, "쳥송군 관로에 함봉악이라 ᄒᆞᄂᆞᆫ 부랑ᄌᆞ이온ᄃᆡ 이교노령이 관로이 계집이라 ᄒᆞ고 곰작 못ᄒᆞ고 셰역으로 말ᄒᆞ면 각관청에 이놈이 친숙도 ᄒᆞ고 조화가 업짜 할 슈 업고 나리가 이셔 고비원쥬을 ᄒᆞ지도 못ᄒᆞ고 ᄒᆞ다 히도 각군에 통문을 ᄒᆞ야 제가 기여이 차질 터, 이갓치 홈졍에 단단 빠젓 신셰 인물이, 그 젹에 쥬인양반이 폐문누에 올나실 ᄶᅥ 이 스람이 그 누하 휴원 퇴청에셔 반우질ᄒᆞ다가 잠군 눈이 바로 보이셔 보온이 이만ᄒᆞᆫ 신셰 구희 줄 등역 슈단을 심상으로 일이졀이 견우워 싱각ᄒᆞ던 츠에 함봉악이가 도라와셔 가러치가며 말을 ᄒᆞᄂᆞᆫᄃᆡ '져게셔셔 소풍ᄒᆞᄂᆞᆫ 양반이 늬 보기예 조션인긔(朝鮮人氣)라. 오늘 관졍등장 장두로 드러와셔 우리 원임이 쏭을 ᄊᆞᆫᄂᆞᆫ지 걸너ᄂᆞᆫ지 곰작 못ᄒᆞ고 당당의긔로 쳥순유슈(靑山流

水)갓치 ᄒᆞ는 말의 마암디로 ᄒᆞ여 가지고 나와 져게셔 소풍ᄒᆞ다'
말 혼ᄌᆞ셔 놉피 드른이 쥬인양반이 결연을 횟다던지 손다ᄒᆞ면 저
으가 감이 보와도 말을 못ᄒᆞ고 달 쫏튼 개가 호소도 못할 듯ᄒᆞ온이
망문튜지로 ᄎᆞᄌᆞ온 거시올시다."

학초 왈, "닉가 본닉 양실을 두어짜가 연소ᄒᆞᆫ 집이 금연에 죽고
부실속현을 구ᄒᆞ다가 다힝ᄒᆞᆫ 인연을 어더 경쥬에 두어 구ᄒᆞ는디
일남ᄌᆞ삼부인(一男子三婦人)이 부당ᄒᆞ이 할 슈 업는 소실이요."
답왈, "이갓치 된 신세가 종에 종이 되던지 첩에 첩이 되야도 소원
이옵고 관로으 계집은 되기 지원극통이온이 의탁을 바려온이 만일
영절노 말ᄒᆞ오면 오날날 시로 죽기는 쥴 싱각ᄒᆞ개느이다."

학초 부득이 ᄒᆞ야 이날밤붓터 연침ᄒᆞ야 칠삭을 동거ᄒᆞ다가 그
스람으 익운을 다시 말이 ᄌᆞ연 업서건이와 가정으로 말ᄒᆞ도 일남
삼여 투기인이 무어신이 문난지ᄉᆞ는 업서시되 학초 ᄌᆞ량의 일남삼
실이 부당홈을 확정ᄒᆞ야 다시 곤치여 전전이 서로 전정을 활엽ᄒᆞ
야 울손 등지예 소라 인난이라.

각셜 잇ᄯᆡ 학초가 청송(靑松)군 보현손(普賢山)ᄒᆞ 월미촌(月梅
村) 고적이(古赤里) 반석 상에 와서 숙슈(山水)에 탁적(托蹟)ᄒᆞ
고 쳐ᄌᆞ에 낙을 붓쳐 소견세월을 ᄒᆞᄌᆞ고, 존존 강슈 반석 상에
비회ᄒᆞ며 혹 시율도 독창ᄒᆞ며 슈연을 진닉본이, 각쳐 친붕에 오난
심방만 피츠 곤난ᄒᆞ고, 정드고 살임을 일정규모로 ᄒᆞ야 란리풍상
을 격근 가솔을 죽기고 시로 울울심회가 경쥬군 봉계로 오기 맛당
ᄒᆞ야,

시연 팔월 구일에 시로 셩혼훈 실인 정씨 신힝을 흐고 청송의셔 경쥬로 나온난디, 꼭두방지와 죽장장터가 갑오연 오던 일이며 슌 슈인정이 무비역여 쳔지예 스람으 일이 아지 못할너라. 봉계로 말 흐면 봉좌암 놉푼 봉과 윤모등 느러진 장송은 병쥬고향에 면목이 며 스람까지 반겨는 중에 마봉순 션돌바우도 시로 환영을 흐늣 듯 흐더라.

잇쩌 경쥬군슈 김윤란(金允蘭)이라 흐는 스람은 원러에 의셩군 관로 쳔성으로 디구 셔문밧게 와셔 소 잡바 비여 팔고 그 쳐난 슐 장슈 흐고 혹 미음도 흐고 니외가 직손을 만히 모와 일즈무식으로 셔 당시 조졍에 미관흐는 길을 타셔 경쥬군슈로 오난디, 디구본부 아젼으 휴손 졍희붕이을 칙실노 갓치 와셔 탐관학민을 흐는디,

빅셩이 원통훈 일이 이셔 소지을 졍흐면 젹셩권츅으로 모다 엄 치츠착(嚴治次捉) 니스(來事)라 흐고 나졸(邏卒) 믹게 자바오난 디, 소위 족쇄가 그 짓핀 빅셩 살임 쩌러 마자막 가지 디로 이삼빅 (二三百)양붓터 엽젼으로 쳔양(千兩)난나 바다 문싼에 오면 문싼 쳬면으로 몟빅양식 씰이면 집창치며 가두면 구류치 몟빅양으로 바 다 비밀이 군슈 칙실과 반작에 금이 잇고 힘쓴 그 빅셩을 다 쩌러 먹근 휴 소지 졍훈 장민을 도로 얼거 무소관졍이라쬬 그까지 잡바 쩌러 먹쬬 쏘 소지 씨셔 쥰 스람 갓치 본 스람도 잡바 쩌러 먹쬬 그 리흐도 부족흐야 동니 동임(洞任) 두민(頭民) 지스인(知事人)까 지 지도(指導) 못힛짜고 갓치 잡바 쎄스 먹쬬 그갓치 흐존이 부비 며 족쇄 등 금젼으로 츠동(此洞)이 피동(彼洞)이 간에 관계가 즈

연 나셔 각동이 모다 줍퍼 망희근다.

기계면 화디동에 부여(婦女)가 팔월(八月)에 목화(木花)을 싸며 이웃집 말흔 마드로 삼동(三洞)이 망흐고 동희면(東海面) 문약국(文藥局)이 그짤 쳐즈가 겨울날 얼음 얼 쩌 우물에 밋쓸여져 쌔자쥭쏘 두 동이가 망흐고 젼촌(餞村) 스람이 가역졸토싀스(假驛卒討索事) 동보흐고 오동(五洞)이 망할 쩌, 촌촌가가 면면이 돈은 죽겨가며 다 밋기도 군방구류을 면치 못흐다가, 말니 즈부(子婦)가 원졍소지을 흐다가 칙실노 불너두어 밤간통 휴 방송흐고,

토셩(土城)에 김참봉은 일동빈민 구조와 빈가즈제 학비민휼과 과직 밥 만이 먹긴 거설 무단이 화젹와쥬 라쏘 잡바 루월구류에 무슈학졍을 흐여도 돈을 안이 쥰이 칼을 씨여 장시(場市)에 호시흐며 화젹와쥬라쏘 죄을 광고흔이 열어시 장 스람이 심너에 통분흐며 무법쳔지라 흔들 그 쓰졀 뉘알이요. 그 스람은 그갓치 희도 돈을 안이 쥰이 화젹졉쥬로 얼거 진위디예 조회희 넌긴이 무슈곤난 휴 망면이며,

허다 학졍은 쳔지인민(人民) 싱긴 휴 슈만연이리(數萬年以來)로 학졍(虐政)으로 몹씰 군슈(郡守)은 김윤란(金允蘭)이 상(上)이라 할 듯흔 츠, 군슈(郡守)으 쳐(妻)가 그 아달 혼인을 그 근읍 쳥송(靑松) 오살이(五士里)라 흐는 디 쳐즈(處子) 션을 본다 흐고 가마을 타고 강셔면(江西面) 노당(魯塘)지을 넘으면 산유화(山有花)노리을 불은다. 조션에 쳔인으 본식이 속담에 '빅졍으 짤리 가마 타고 가며 벼들을 좃타 쳔니 골이 흐기 좃타' 모양이라.

닌동원이라 흐는 디 곡기 닌음식가 쎄지 은이흔이 셩즁 개가 닌

음을 맞고 자조 드러가면 모졸이 좁바먹기 제역으로 동헌방에 비밀슈작 소리가 눈이 군슈가 기셩을 다리고 인는 가회 소위 신리부인이 드러가며 볼을 치고 짓떨이을 드드고 잡짜진이 기셩은 업쬬 손임뿐이라. 그 휴는 급창과 스령이 느러셔고 딩상에셔 형이 아젼을 달이고 공사을 ᄒ눈디 신리부인이란는 사람이 면담 궁그로 눈을 디고 기셩이 인는가 보다가 급창관로가 "이게 무어신야?" ᄒ고 칙갱이로 꽉 쓔셴이 면부가 쩔여 유혈이 낭ᄌᄒᆫ들 춤마 그 효상을 셜원 못할네라.

차시 신츅연(辛丑年) 츄에 학초으 친고 사람 최세인(崔世仁)이라 ᄒ는 사람이 가세가 요부ᄒ야 경셩 가셔 구ᄉᆞ을 ᄒ눈디 ᄌ긔으 토지 경쥬군 강셔면 반월싱(半月井)이라 ᄒ난 디 짜을 타라 셔울노 보니달나 ᄒ는 위탁을 맛타던이 불양ᄒ 군슈 김윤란이가 학초을 잡바다가 그 론 갑설 관으로 밧치라 못파라시면 토지문셔을 밧치라 횡침ᄒ눈디, 디ᄒ야 관정에 학초 디답이, "최가으 물건을 최가으 명령 업시 무신 이유로 관정에 밧치릿가?" ᄒ고 일향 거역ᄒ이 장방의 구류ᄒ고 ᄒ 오일마다 곤욕엄독을 ᄒ다.

학초 죽거죽거 견디가며 아귀갓튼 군슈을 반디ᄒ고 견디ᄀ는디, 스상을 싱각ᄒ이 '사람이 되야셔 신용(信用)이 명믹(命脈)이라. 최세인(崔世仁)이가 ᄌ슈셩가로 모은 지션을 나갓튼 사람에 믹긴 거설 무단이 강도갓튼 군슈으게 쥬고보면 쥬는 니으 쳐ᄉᆞ(處事) 명믹 업슨 모양이 될 힝ᄉᆞ을 엇지ᄒ리고' ᄒ고 견디가며,

갓치 슈금 중에 잇난 죄슈으 형편을 살피본이, 미일 드러오난 죄슈가 이삼십 명이요 나가는 죄슈는 군로나 사령 등이 밧게 불너 슈

근슈근ᄒᆞ거나 형리 아전인나 아로(衙奴)이 칙실 통인인이 불너 슈근슈근ᄒᆞ면 돈을 밧쳐 괴봉ᄒᆞ고 나가며 항ᄃᆡᄒᆞᄂᆞᆫ ᄉᆞ람은 관졍에셔 형지장지ᄒᆞ고 슈금 즁에셔 항시 족쇄을 ᄒᆞ여 달라록코 친다.

당시예 관리(官吏)으 쳐리(處理)ᄒᆞ난 볍이 형법ᄃᆡ젼 갓튼 ᄃᆡ젼 회통(大典會通)은 어더 보지을 못ᄒᆞ고 힝할 쥬을 젼허 모로고 무죄유죄을 베살만 ᄒᆞ면 인민을 위영강제로 지ᄉᆞᆫ ᄲᅦᄉᆞ 먹기만 젼부 일이라. 가ᄉᆞ 죽글 죄을 볌히도 돈을 써써 세도편지나 즁젼젼교나 군슈으 친ᄒᆞᆫ 길만 ᄎᆞᄌᆞ 돈만 씨면 ᄉᆞ라간다 ᄉᆞ힝을 박과ᄂᆡᆫ다. 긴ᄒᆞᆫ 친면만 이스면 심지어 군슈나 칙실 슈쳥기싱ᄶᅡ지 세도을 ᄒᆞᆫ다. 셩즁에 여관에ᄂᆞᆫ 아객이라 ᄒᆞ고 밧그로 민형ᄉᆞ을 착슈ᄒᆞ야 근ᄌᆞ에 변호ᄉᆞ갓치 승세ᄒᆞ여가며 착슈을 ᄒᆞ야 밤이면 군슈 아즁에 임문을 ᄒᆞᆫ다. 혹은 아객이라 ᄒᆞ고 군슈나 칙실을 어더 보지도 못ᄒᆞ고 공으로 돈을 먹는다. 죄슈 즁에도 양반조ᄉᆞ(兩班朝仕)다 유세아전이다 ᄒᆞ면 옥즁에도 보관쳥이라ᄶᅩ 잇ᄶᅡ가 ᄎᆞ시ᄂᆞᆫ 폐지되고 죄슈 ᄃᆡ우에ᄂᆞᆫ 분별이 조금 잇ᄶᅡ 할 ᄯᆡ라. 박게셔 문옥ᄒᆞ난 ᄉᆞ람이면 슈력ᄃᆡ로 음식을 ᄉᆞ셔 가지고 드러가 보기도 ᄒᆞ고 친고에 거ᄅᆡ가 슈력ᄂᆡ로 인ᄂᆞᆫ ᄯᆡ라.

드러오ᄂᆞᆫ 죄슈며 나가ᄂᆞᆫ 죄슈을 잇ᄯᆡ 학초가 역역히 기록(記錄)ᄒᆞ고 돈 씨고 나가는 거설 안는ᄃᆡ로 일긔을 ᄒᆞ며 억울ᄒᆞᆫ 인민을 전도셜유도 ᄒᆞ며 당당의무에 ᄇᆡᆨ절부절도 말ᄒᆞ며 군로 사령 ᄉᆞ장이비가 구타학민 ᄒᆞᄂᆞᆫ 거설 너히도 ᄉᆞ람이라 못ᄒᆞ기도 ᄒᆞ고 상ᄒᆞ노소남여 분별업난 ᄃᆡ위을 용단으로 말ᄒᆞ야 못ᄒᆞ기도 ᄒᆞ고 원통ᄒᆞᆫ 지가 본군인나 영문이나 원졍소장을 비난 ᄉᆞ람이 만이 이셔 날노 써

써 인민으 억울을 셜명히쥰이 그른 스람 등이 별별 긔이흔 음식이
방쑤셕에 쏫여이셔 다슈죄슈으게 분히 구제도 흐고 혹 여비에 긔
부갓치 쥬는 돈도 실상 여비는 넉넉할너라.

 학초 즈긔에 일은 군슈으게 온이될 쥴 짐작흐고 디구영문을 안
즈우편으로 정희셔 방소지영을 어더 군슈에 도부히도 방송을 못어
더 진넌다. 일일 군슈가 착입 공정흐야 왈, "네가 최세인으 쌍갑셜
안이밧치고 견디갯나?" 엄영으로 흔다. 학초 분두에 디답 왈, "최
가으 돈을 박가에게 밧치라 흐는 거시 불법이라. 이교로령으 위염
으로 화적공스을 흔이 영감이 천지불변흐난 정디흔 득성 이휴 육
십칠디에 육십삼세 잠영고족을 이갓치 흐고 못할이다. 흐고 져은
더로 흐오." 군슈가 진로흐야 즈세양반흐고 능욕관정 이라쏘 영문
을 보흐야 영천(永川)으로 이슈(移囚)을 근다.

 잇써 임인(壬寅) 정월십일일(正月十一日) 경쥬셔 학초가 영천
으로 이슈을 근다 흔이 동시 체슈에 잇던 윤수과 김참봉 김익셔 십
여인 등은 불길흔 이별을 보고 연연흐는 형용과 절절 탄상흐는 말
이 천지도 무심흐지 저갓튼 의긔남즈을 흐날이 아지 못흔다 흐며.

 잇써 각군군슈으 문싼노령 풍속이 죄인 학디토식이 심흠을 져으
들도 셔로 알고 경쥬 장방에 소위 방장스령이다 도사령 등이 령천
장방으로 '츳거 이슈 박반은 당시의 의리가 세무괄셔흐고 모범만
인 즈격이라. 비쳥에셔도 디단 두호흐여신이 귀군에 가거든 동아
관속 일체 션디 필요 힝심으로' 션문을 영천에 본닌다. 경쥬 형
방쳥에셔 안형방이라 충흐는거 경쥬 질쳥스통이다 형이쳥스통이
다 쏘 이 우에 스령 등으 스통 갓치 영천으로 션문을 흔다.

령거장교 일명을 짜라 경쥬남문을 나션이 이교노령이 젼송을 흔다. 친고 스람에 리시구(李時久) 등 즈슈인과 긔셩에 금홍(錦紅) 쥭림(竹林) 등이 모다 젼별을 흔다. 셔진장을 진너셔 김각간(金角干) 하마비 근쳐 와셔 영거 장교가 문왈, "정말 아지 못할 일을 보갯나이다. 자긔예 지물이라도 욕을 볼 지경이면 돈을 쥬고 면흐는 디 항츠 남으 지물을 위민부모 군슈가 밧치라 흐는디 엇지 장방구루에 과세까지 흐시고 관장을 화적공스라 그ㅊ치 흐고 이갓치 간는디 이교(吏校)양청과 군장(郡將)양방이 두호션통이 곤다 젼별(餞別)에 다슈인원 중에 동도(東道)에 당시 일등이라 층흐는 긔성까지 젼별을 온니 호걸죄슈라도 별인이라 흐게나이다."

학초 답왈, "그럿치 온이흐다. 지정을 지정으로만 보난 게 안이라 오륜에 인난 친고으 신지일쓰(信之一字)가 업난야. 신이 업스면 부모의 효도 업고 임군의 츙도 업고 친고에 원슈가 되는이 신(信)이 이셔야 급흐고 위지예 츙효정절이 모다 셔우는이, 최세인이가 나을 스람으로 민난 터이오, 능욕관장은 츙언이지 엇지 능욕이라 흐리요. 츙언을 역이로만 알면 삽짝을 타고 너화너화을 부르고 이 질노 올 씩 나는 츙힝이 호걸의스이라."

이갓치 말을 흐며 앞마르 곡개을 넘을 시, 그 곡개 말양에 돌이 약간 얼명얼명 흔 발찜 험흐야 군슈 김윤란이가 셕슈을 씨겨 준돌 흔 소굴이 찜 닥쏘 그걸셜 션정이라쏘 그 오러 션정비을 스람을 씨겨 셔워건날,

학초 우셔 왈, "이거설 즈공흐고 쳔츄에 젼흐 즈고 비을 셔워신이 가소요절이라. 착손통도흐던 진시황도 덕이 업신이 여슨등에 굴총

이 낫짜 ᄒᆞᄂᆞᆫᄃᆡ 물극필반으로 이갓튼 군슈가 엇지 장구ᄒᆞ리요. 착ᄒᆞᆫ 문명세계가 되면 이 길이 이ᄃᆡ로 잇지 온이할 터라. 악ᄒᆡᆼ을 깨닷지 못ᄒᆞ고 업ᄂᆞᆫ 덕을 젼ᄒᆞ고저 ᄒᆞ이 눈에다 ᄒᆞᆫ 털억을 막고 못본다. '앙옹' 세음이요 휴세 소이 요절비라, 엇지 장구하리요." ᄒᆞ고.

ᄎᆞ일 셕양의 령쳔에 져도ᄒᆞ야 군슈 리장용 명영으로 장방에 체슈ᄒᆞ이 우션 방장사령에 리명쳔이가 일이삼변 도ᄉᆞ령을 ᄃᆡ동ᄒᆞ고 쥬안상을 밧들며 문안ᄒᆞᆫ다. 일낙셔ᄉᆞᆫ을 ᄒᆞ이 령쳔에 이방 황슈가 형이예 이평슉을 다리고 ᄯᅩ 쥬안을 밧들고 와셔 문안을 ᄒᆞᆫ다. 그ᄎᆞ에 긔셩 금란이 모여가 동긔 둘을 다리고 와셔 문안을 ᄒᆞᆫ다.

학초 왈, "이마ᄒᆞᆫ 스람을 위ᄒᆞ야 각쳥에 졈존ᄒᆞ시 이가 와셔쥰이 감스도 ᄒᆞ야 엇쩌타 말 할 슈 업고 ᄯᅩᄂᆞᆫ 긔셩까지 와셔 ᄎᆞᄌᆞ본이 ᄃᆡ단 불안불안ᄒᆞ야 ᄂᆡ두일을 엇지 할지 몰을노다."

이방에 리만셕이며 방장ᄉᆞ령에 이명쳔 등이 왈, "당시 경쥬ᄊᆞ도으 위령지ᄒᆞ에 '화젹공ᄉᆞ'ᄒᆞᆫ단 네 글ᄯᆞ가 졍말 어려운 말이올시다. 이슈 오시기 젼에 령쳔으로 올 쥴은 듯ᄒᆞ지 못할 ᄶᅥ 소문이 오기을 '장방죄슈에 아모씨가 의긔별인이 잇ᄶᆞ.' 슈소ᄒᆞᆫ 말도 진작 드러ᄶᅩ, 참 이 날 당희 경쥬 각쳥 ᄉᆞ통션문이며 ᄃᆡ단 감ᄉᆞᄒᆞ온이 부득이 고셩을 필연 머지 온이할 터." 안령이 진닙을 ᄒᆞ례게 분부할 ᄎᆞ,

긔셩 금난이 모가 옛날 조양각ᄒᆞ에셔 어ᄉᆞ 리도지을 젼화위복으로 ᄒᆞ던 언스로 화룡을 드러 왈, "소여ᄂᆞᆫ 션ᄃᆡ붓터 경쥬가 ᄉᆞ던 졍든 고향이올시다. 경쥬 동원 일송각 읍피 이교로령으 쳥영ᄒᆞ에ᄂᆞᆫ 위염이 인민으 셩살지권이 왓ᄶᅡ갓ᄶᆞ ᄒᆞᄂᆞᆫ 곳지올스다. 그 ᄯᅳᆯ에셔 긔안이 당당ᄒᆞ시긔 빅졀부졀노 ᄊᆞ도가 화젹공ᄉᆞᄒᆞᆫ다고 츙곡밧고

ᄒᆞ시ᄂᆞᆫ 이가 이셔야 세상의 긔셩을 귀희 보젼ᄒᆞ게도 할 터이ᄋᆞᆸ고 경쥬 남문밧 ᄯᅥ날 ᄯᅢ 동도명긔들이 젼송ᄒᆞᄃᆞ라 소문이 각쳥통문 올 ᄯᅢ ᄒᆞᆫ가지 드러신이 소군 영쳔긔셩ᄒᆞ고 오실 ᄯᅢ 환영 못ᄒᆞᆫ 거시 죄송ᄒᆞ여이다. 보온이 황송ᄒᆞᆫ 말노 장ᄒᆞ다 ᄒᆞ개슴느다."

ᄎᆞ시예 유슈ᄒᆞᆫ 이슈(移囚)죄인 두 스람이 영쳔(永川)으로 와셔 쳐음으로 학초와 초면이라. 이즁 ᄒᆞᆫ 스람은 ᄃᆡ구(大邱)셩즁에 스람 영리(營吏)아젼으로 경상일도에 어스가 오던지 감영도에도 세 ᄃᆡ로 집권을 각군슈으 포졔 당시 누어셔 벽상에 열명ᄒᆞᆫ 각군슈을 요놈을 지울ᄭᅡ 져놈을 지울ᄭᅡ 익쌀이든 ᄃᆡ구 셩즁에 진골목 스는 최ᄃᆡ감(崔大監) 죡ᄒᆞ 최달임(崔達琳)이라 ᄒᆞᄂᆞᆫ 스람이 슈금 즁에 각스람을 둘너보면 문왈, "당세예 각군에 군슈라 ᄒᆞ면 그 군에셔 변동 왕(王)이라 할듯 ᄒᆞᄃᆡ, 항ᄎᆞ 경쥬 갓튼 웅도 일등 군슈로 인 난 김윤난을 인민에 확졍은 즐문 말할 슈 업시 ᄃᆡ단ᄒᆞᆫ 즁에 뉘라셔 그 긔봉을 썩거 말할 스람이 업ᄂᆞᆫᄃᆡ ᄃᆡ구셔붓터 드른이 관졍에셔 화젹공ᄉᆞ(火賊公事)ᄒᆞ다 직언용단을 ᄒᆞ고 ᄎᆞ군 영쳔으로 이슈 오신 이가 ᄎᆞ즁에 뉘신잇가?"

좌즁이 모다 눈을 학초으게 두르고 말이 업다. 학초 왈, "엇지 그 스람을 ᄎᆞᄌᆞ 무르시며 알고져 ᄒᆞᄂᆞᆫ잇가?" 최달임 왈, "셜만궁학에 고송이 특입은 장부긔안이라. ᄌᆞ고로 스람이 부귀에 아첨을 안드리고 부월이 당젼ᄒᆡ도 빅졀부졀노 당당ᄒᆞᆫ 의무을 집고 굴치 안이 ᄒᆞᄂᆞᆫ 스람 드물고 경쥬 갓탄 웅도 ᄃᆡ읍에 틸인 지신이 모졸이 인피을 벽긴다 강소을 변동 몃 ᄌᆞ 인나 질이말리을 ᄒᆞ다십피 군방장방의 죄슈가 스오빅명식이며 ᄒᆞᆫ 스람도 영문에 의송 ᄒᆞ낫도 못ᄒᆞᄂᆞᆫ

세계에 그갓치 흐시는 이가 업지요. 보와흐이 귀하인가? 슴은이
장흐도다." 흐면 손을 줍고 압작 반겨 인스을 흐다. 빅연지교가 이
예셔 더할 슈 업더라.

최달임이는 일직 디구 남문 박게셔 디상졈을 볼 찌 경쥬에 전군
슈 조의현으 상납외획 돈을 만이 씨고 장스에 이가 업셔 낭퓌흐고
경쥬외획 상납을 못흐고 난봉에 독촉으로 이슈가 되야 영천에 와
셔 학초와 유정봉칙 궁교가 된지라. 셔로 즈긔 스실을 의론흔다.

영쳔(永川)을 온이 학초으 이문소지(吏文所志) 잘 씨난 풍셩을
듯고 인민으 디송 지가 소장 씨기 청구에 연락부절이라. 일일은 최
달임이가 학초 다려 왈, "귀흐으 스건을 령문에 의송장을 잘 지어
니편지와 동봉흐야 우편으로 디구 본니면 귀하을 위흐야 방셕을
쥬션할다." 흐여 소장을 지여 그 스람 편지와 동봉흐야 우편에 붓
친이라.

잇찌 경상관찰사는 김희 스람 리우인이라. 일직이 스십까지 포
의흔스로 씨을 어더 만니지 못흐야 과긱 당시에 디구 칠셩졍에 양
쥬스 집에 신세을 짓친온 공으로 경상관찰스가 되야, 스송쥬스로
되야 양쥬스라 양쥬스는 최달임으 미부라. 잇찌에 리우인이가 경
상관찰을 졔임흐고 써날 찌 양쥬스가 박학초으 소장을 들고 써나
는 교젼에 원통흔 빅셩 흐나 구졔흐시고 써나기을 고흔이 특위방
송 지령을 흐고 써는이라.

직시 영천에 도달흐야 학초 방송을 어더 최달임과 연연흔 이별
이 되야 최달임으 부탁이 '필야 귀하가 그져 잇지 온이흐시고 디구
을 가실 터, 가거든 장동 가셔 즈긔집을 츠즈' 전갈도 잇더라.

잇씩 학초가 롱중슈조로셔 무사득방훈이 날리을 펏친는 날에 억울훈 친고을 구제ᄒ고 학민강도에 심훈 경쥬군슈 김윤란은 영문에셔 쑥뒤을 친다. 빅셩이 군슈을 씹작을 틴와 너화 소리을 나기 ᄒ는 학초 슈단을 초청ᄒ권 하시오.

朴鶴樵實記 卷之

참고문헌

[자료]

수기본(手記本) 〈을사명의록〉, 이규석 소장.

〈학초전(鶴樵傳)〉 1・2, 박종두 소장.

『학초소집(鶴樵小集)』, 계명대학교 도서관 소장.

〈경난가〉, 한국가사문학관 소장.

『성산이씨세보(星山李氏世譜)』 권4, 865쪽.

이승희, 〈한계선생년보(韓溪先生年譜)〉, 『한계유고(韓溪遺稿)』 7권, 한국국사편찬
위원회, 1976, 527~564쪽.

이승희, 〈을사소행일기(乙巳疏行日記)〉, 『한계유고(韓溪遺稿)』 6권, 한국국사편찬
위원회, 1976, 415~420쪽.

이승희, 〈달폐일기(達狴日記)〉, 『한계유고(韓溪遺稿)』 6권, 국사편찬위원회, 1976,
420~431쪽.

이승희, 〈청주적신파늑약소(請誅賊臣罷勒約疏)〉, 『한계유고(韓溪遺稿)』 1권, 국사
편찬위원회, 1976, 196~198쪽.

이기원, 『삼주선생문집(三洲先生文集)』 건권, 삼봉서당, 1989, 1~463쪽.

이기원, 『삼주선생문집(三洲先生文集)』 곤권, 삼봉서당, 1989, 1~372쪽.

〈석봉가〉, 임기중 편, 『역대가사문학전집』 제25권, 여강출판사, 1992, 34~59쪽.

〈쳐시영결가〉, 한국가사문학관 소장.

〈천륜수〉, 임기중 편, 『역대가사문학전집』 제17권, 여강출판사, 1994, 279~308쪽.

[논저]

고순희, 「19세기 중엽 상층 사대부의 가사 창작」, 『국어국문학』, 국어국문학회, 2008, 109~132쪽.

고순희, 『만주망명과 가사문학 연구』, 박문사, 2014.

고순희, 『만주망명과 가사문학 자료』, 박문사, 2014.

고순희, 「근대전환기 한 양반의 첩에 대한 인식과 그 의미 - 박학래의 〈학초전〉과 〈쳐사영결가〉를 중심으로」, 『한국고전여성문학연구』 제43집, 한국고전 여성문학회, 2017, 297~324쪽.

국가보훈처, 『대한민국 독립유공자 공훈록』 제4권, 1987, 812~813쪽.

국가보훈처, 『대한민국 독립유공자 공훈록』 제3권, 1987, 980~981쪽.

국사편찬위원회, 『수집사료해제집·2』, 2008, 413~657쪽.

권오영, 「한계 이승희선생」, 『한주선생숭모지』, 한주선생기념사업회, 대보사, 2010, 365~374쪽.

금장태, 「한계 이승희의 생애와 사상(1)」, 『대동문화연구』 제19집, 성균관대학교 대동문화연구원, 1985, 5~21쪽.

김 영, 「조선후기 국문학과 한문학의 소통과 융합」, 『국어국문학』 제158호, 국어 국문학회, 2011, 49~70쪽.

김영민, 「19세기 말 이후 20세기 초반 한국의 근대문학 - 서사문학의 전개를 중심 으로」, 『국어국문학』 제149호, 국어국문학회, 2008, 133~157쪽.

김혜원 편, 『만세력』, 도서출판 밀알, 1986, 18쪽.

학초 박학래 저, 박종두 역·편, 『학초실긔』, 생각나눔, 2018.

송상도, 「이승희(사) 을사조약반대상소」, 『기려수필(騎驢隨筆)』, 국사편찬위원회, 1955, 75~80쪽.

신영우, 「1984년 영남 예천의 농민군과 보수집강소」, 『동방학지』 제44호, 연세대학교 국학연구원, 1984, 201~247쪽.

신영우, 「영남 북서부 보수 지배층의 민보군 결성 윤리와 주도층」, 『동방학지』제 77~79호, 연세대학교 국학연구원, 1993, 629~658쪽.

신영우, 「경북지역 동학농민혁명의 전개와 의의」, 『동학학보』제12호, 동학학회, 2006, 7~46쪽.

신영우, 「1894년 영남의 동학농민군과 동남부 일대의 상황」, 『동학학보』제30호, 동학학회, 2014, 149~210쪽.

신영우, 「경상감사 조병호와 갑오년의 경상도 상황」, 『동학학보』제35호, 동학학회, 2015, 81~138쪽.

심경호, 「한문산문의 기록성과 국문산문과의 관련성」, 『한국한문학연구』제22집, 한국한문학회, 1998, 79~110쪽.

안병희, 「왕실자료의 한글 필사본에 대한 국어학적 검토」, 『장서각』제1집, 한국학중앙연구원, 1999, 1~20쪽.

이규석, 「부군 삼주 이기원공의 생애와 독립운동기」, 『한주선생숭모지』, 한주선생기념사업회, 대보사, 2010, 528~533쪽.

이병규, 「경상도 북부지역 동학농민혁명 관련 자료와 그 성격」, 『동학학보』제35호, 동학학회, 2015, 171~202쪽.

이상찬, 「을사조약 반대상소와 5대신의 반박상소에 나타난 을사조약의 문제점」, 『한국근현대사연구』제64집, 한국근현대사학회, 2013, 10~13쪽.

이상하, 『주리 철학의 절정 한주 이진상』, 한국국학진흥원, 2008, 157~158쪽.

이천종, 「석봉가 연구」, 충남대학교 교육대학원 석사학위논문, 2004, 1~111쪽.

정우봉, 「조선시대 국문 일기문학의 시간의식과 회상의 문제」, 『고전문학연구』제39집, 한국고전문학회, 2011, 198쪽.

한주선생기념사업회, 『한주선생숭모지』, 대보사, 2010, 528~529쪽.

허원기, 「왕과 왕비 입전, 한글 실기류의 성격」, 『장서각』제5집, 한국학중앙연구원, 2001, 77~100쪽.

저 자 약 력

▮고 순 희

부경대학교 국어국문학과 교수
저서 : 『고전시 이야기 구성론』, 『교양 한자 한문 익히기』, 『만주망명과 가사문학
연구』, 『만주망명과 가사문학 자료』, 『조선후기 가사문학 연구』, 『고전 詩·歌·謠
의 시학과 활용』, 『현실비판가사 연구』, 『현실비판가사 자료 및 이본』

근대기 국문실기 〈을사명의록〉과 〈학초전〉

초 판 인 쇄	2019년 2월 21일
초 판 발 행	2019년 2월 28일
저　　　자	고 순 희
발 행 인	윤 석 현
발 행 처	도서출판 박문사
책 임 편 집	박 인 려
등 록 번 호	제2009-11호
우 편 주 소	서울시 도봉구 우이천로 353 성주빌딩 3층
대 표 전 화	02) 992 / 3253
전　　　송	02) 991 / 1285
홈 페 이 지	http://www.jncbms.co.kr
전 자 우 편	bakmunsa@hanmail.net

ⓒ 고순희, 2019. Printed in KOREA

ISBN 979-11-89292-26-3 (93810)　　　　　　　　　　　정가 29,000원

* 이 책의 내용을 사전 허가 없이 전재하거나 복제할 경우 법적인 제재를 받게 됨을 알려드립니다.
** 잘못된 책은 구입하신 서점이나 본사에서 교환해 드립니다.